# 처형인의 노래 1

**The Executioner's Song**

세계문학전집 477

# 처형인의 노래 1

## 서부의 목소리들

**The Executioner's Song**

노먼 메일러

이윤경 옮김

민음사

**일러두기**
1 본문의 각주는 모두 옮긴이 주이다.

# 차례

지하 감옥 깊은 곳에 온
당신을 환영해.
지하 감옥 깊은 곳에서
당신의 두려움을 숭배해.
지하 감옥 깊은 곳에
나는 거하네.
당신의 안녕을 바라는지는
나도 모르겠어.

— 옛 죄수의 노래

# 1권

# 서부의 목소리들

# 1부

## 게리

# 1장

## 첫날

### 1

사과나무에서 떨어졌을 때 브렌다는 여섯 살이었다. 브렌다가 나무 꼭대기까지 올라갔을 때, 실한 사과가 달린 큰 가지가 부러졌다. 가지가 몸통을 긁으며 내려오는 순간 게리가 그녀를 붙잡았다. 둘은 잔뜩 겁을 먹었다. 사과나무는 할머니가 가장 아끼는 작물이었고 과수원에서 나무에 오르는 건 금지되어 있었다. 브렌다는 게리가 부러진 나뭇가지를 치우는 걸 도왔다. 아이들은 아무도 그것을 눈치채지 않았으면 했다. 그것이 게리에 대한 브렌다의 가장 오래된 기억이었다.

브렌다는 여섯 살이었고 게리는 일곱 살이었다. 브렌다는 그가 멋지다고 생각했다. 게리는 다른 아이들에게는 거칠었을지 몰라도 브렌다에게는 한 번도 그러지 않았다. 전몰장병 기념일이나 추수 감사절에 가족과 함께 브라운 할아버지의 농장을 방문해서도 브렌다는 남자아이들하고만 어울려 놀았다. 나중에, 그녀는 그 무리가 평화롭고 따뜻했다고 기억했다. 언성을 높이거나 욕하는 사람도 없는, 그저 기분 좋은 집안 모임이었다. 브렌다는 자기가 게리를 아주 많이 좋아해서 무리에 또 누가 있는지 굳이 확인하려 들지 않았다고 기억했다. 안녕하세요, 할머니? 과자 먹어도 돼요? 자, 게리, 가자.

문밖으로 나오면 곧바로 확 트인 공간이 펼쳐졌다. 뒷마당 너머로 과수원과 들판이 이어지고, 그 뒤로 산이 보였다. 흙길이 집을 지나, 계곡 비탈을 올라, 협곡 안으로 나 있었다.

게리는 조용한 편이었다. 둘이 잘 지내는 이유는 한 가지였다. 브렌다는 항상 이런저런 이야기를 조잘거렸고, 게리는 그 이야기를 잘 들어주었다. 그들은 매우 재미있게 놀았다. 그 나이에도 게리는 정말 정중했다. 브렌다가 곤경에 처하면 돌아와 도와주었다.

그러던 어느 날 게리가 이사했다. 한 살 많은 형 프랭크 주니어, 어머니 베시와 함께 시애틀로 갔다. 프랭크 시니어와 같이 살기 위해서였다. 브렌다는 아주 오랫동안 게리를 보지 못했다. 그 후 열세 살이 될 때까지는 그에 대한 기억이 없다. 그러다 어머니 아이다로부터, 포틀랜드[1]에서 베시 이모가 전화했는데 아주 우울해하더라는 얘기를 전해 들었다. 게리가 소년원에 수감된 탓이었다. 그래서 브렌다는 그에게 편지를 썼다. 그러자 게리가 오리건에서 답장을 보내왔다. 자기 때문에

---

1) 미국 서북부 오리건주의 최대 도시.

가족이 그런 일을 겪게 되어 마음이 아프다고.

다른 한편, 그는 확실히 소년원에 있는 걸 좋아하지 않았다. 출소하면 조직폭력배가 되어 사람들을 괴롭히는 게 꿈이라고 편지에 썼다. 또한 자신이 가장 좋아하는 영화배우는 게리 쿠퍼라는 말도 했다.

게리는 답장이 없으면 나서서 두 번째 편지를 보내는 아이는 아니었다. 따라서 그가 보낸 마지막 편지에 답장을 보내지 않으면 수년이 지나도록 그에게서 편지를 받지 못할 수도 있었다. 오래지 않아 브렌다가 결혼을 한 까닭에(그녀는 열여섯 살이었고 죽고 못 사는 남자가 있었다.) 편지를 쓰는 횟수가 점차 줄어들었다. 그녀가 이따금 편지를 보냈을 수도 있지만, 몇 년 전 베시 이모가 다시 전화하기 전까진 게리가 실제로 브렌다의 삶 속에 다시 들어오는 일은 없었다. 베시 이모는 여전히 게리 때문에 속을 끓였다. 게리는 오리건 주립 교도소에서 일리노이주의 매리언 교도소로 이감되었다. 베시가 아이다에게 알려 준 바에 따르면 그것은 앨커트라즈[2]를 대체하기 위해 지어진 곳이었다. 자기 아들이 최고 보안 교도소에만 수감되는 위험한 범죄자라는 게 그녀로서는 받아들이기가 힘들었다.

그 일로 브렌다는 베시에 대해 생각하기 시작했다. 7녀 2남의 자녀를 둔 브라운 가족에서, 베시는 사람들의 입에 가장 많이 오르내렸을 것이다. 초록 눈과 까만 머리의 베시는 주변

---

2) 샌프란시스코만에 위치한 악명 높은 최고 보안 교도소로 1934년부터 1964년까지 운영되었다.

에서 가장 예쁜 축에 드는 여자였다. 예술가적 기질이 있었고, 피부가 햇볕에 타서 거칠어지고 주름질까 봐 들판에서 일하기를 꺼렸다. 피부가 무척 흰 그녀는 그 모습을 유지하고 싶어 했다. 사막에서 농사짓는 모르몬교 가정에서 자랐으나, 그녀는 예쁜 옷과 장신구를 좋아했고, 통 넓은 중국식 소매가 달린 하얀 드레스를 입고 자신이 직접 만든 하얀 장갑을 끼곤 했다. 가끔은 친구와 함께 멋진 옷을 차려입고 솔트레이크시티까지 히치하이킹하기도 했다. 그랬던 그녀가 이제는 늙어 관절염을 앓고 있다.

브렌다는 다시 게리에게 편지하기 시작했다. 곧, 그들은 꽤 많은 편지를 주고받았다. 이 과정에서 게리의 지적 능력이 여실히 드러났다. 소년원에 수감되기 전에 고등학교 문턱도 밟지 못했으므로, 이만큼의 교육 수준을 보이려면 교도소에서 상당량의 독서를 한 게 분명했다. 그는 확실히 어려운 단어를 활용할 줄 알았다. 브렌다의 경우 그중 비교적 긴 단어 몇 개는 뜻이 긴가민가한 건 물론이고 발음하는 것조차 자신이 없었다.

때때로 게리는 편지 여백에다 작은 소묘를 첨가했는데, 그것을 보는 것도 브렌다의 소소한 즐거움이었다. 그의 그림은 끝내주게 훌륭했다. 그녀는 자기도 나름 그림을 그려 보고 있다면서, 그렇게 그린 그림 하나를 우편으로 보냈다. 그는 그녀의 그림에서 실수한 부분을 수정해서 보내 주었다. 원격으로 지도할 만큼 실력도 좋았다.

이따금 게리는 자기가 교도소에 너무 오래 갇혀 있어서 그런지 범죄 행위자라기보다 피해자처럼 느껴진다는 말을 했다. 물론 한두 건의 범죄를 저질렀다는 사실은 부인하지 않았다. 그는 자신이 좋은 남자가 아니란 사실도 브렌다에게 항상 주지시켰다.

하지만 일 년여의 시간 동안 편지를 주고받은 후에, 브렌다는 변화를 감지했다. 게리는 이제 더 이상 감방에서 결코 나가지 못할 거라고 느끼지 않는 것 같았다. 그의 서신에 점점 희망이 담겼다. 어느 날 브렌다가 남편인 조니에게 말했다. 음, 난 정말 게리가 준비되었다고 생각해.

그녀는 그의 편지들을 조니, 그리고 그녀의 부모님과 동생에게 읽어 주곤 했다. 때때로 이 편지들에 대해 이런저런 이야기를 나눈 후, 그녀의 부모인 번과 아이다는 브렌다가 그에게 어떻게 답장해야 하는지를 논의했다. 그들은 게리에 대해 걱정이 많았다. 그녀의 여동생 토니는 종종 그의 그림에 깊은 감명을 받는다고 말했다. 이 그림에는 너무도 많은 슬픔이 있어. 이 아이들의 커다랗고 슬픈 눈 좀 봐.

한번은 브렌다가 물었다. "거기 오빠의 고급 리조트 생활은 어때? 도대체 어떤 세상에서 살고 있는 거야?"

그가 답장을 보내왔다.

이런 종류의 삶을 경험해 보지 않은 사람에게는 적절히 묘사할 방법이 없는 것 같다. 그러니까 내 말은, 여긴 너나 너의 사고방식과는 완전히 이질적인 곳이야, 브렌다. 마치 다른 행성 같은 곳이지.

그녀가 편지를 낭독하는 거실에서, 그 말은 달의 모습을 연상시켰다.

이곳에 있는 것은 기억하고 싶지 않을 만큼 오랜 나날 동안, 경계의 끝에 다가가 하루 스물네 시간 내내 아래를 살펴보는 것과 같아.

그는 다음과 같이 마무리했다.

무엇보다, 어떤 일이 생기든 굳세게 버티는 게 중요해.

크리스마스트리 주위에 앉아서 그들은 게리에 대해 생각했고, 다음 해에는 그가 자기들과 함께 있을 수 있을지 궁금해했다. 그의 가석방 가능성에 대해서도 이야기했다. 그는 이미 브렌다에게 자신의 보증인이 되어 달라고 요청했고, 그녀는 이렇게 답했었다.

"오빠가 실수하면 내가 제일 먼저 등을 돌릴 거야."

그래도 가족은 반대보다는 찬성하는 쪽이었다. 그에게 단 한 줄의 편지도 쓴 적 없는 토니가 연대 보증인이 되어 주겠다고 제안했다. 게리의 편지 일부는 지독히도 우울했고, 브렌다에게 자신을 보증해 줄 수 있겠느냐고 묻는 편지도 사업상의 메모처럼 전혀 따뜻한 느낌이 없었지만, 몇몇 편지는 정말 마음을 울렸다.

친애하는 브렌다,

오늘 네 편지를 받았고, 덕분에 기분이 좋아졌어. 네 태도가 내가 예전 모습을 되찾는 데 도움이 되고 있어…… 머물 장소와 직업도 엄청난 보증이 되지만, 가석방 위원회는 내게 신경 써 주는 사람이 있다는 사실을 더 중요하게 생각하는 것 같아. 이전에 난 늘 혼자나 마찬가지였거든.


크리스마스 파티 이후에야, 브렌다는 자신이 삼십 년 가까운 세월 동안 만난 적 없는 남자의 보증인이 되는 거라는 사실을 자각했다. 그녀는 게리가 사진마다 다른 얼굴을 하고 있다는 토니의 말을 떠올리지 않을 수 없었다.

이제 조니는 그 일에 대해 걱정하기 시작했다. 그는 지금껏 브렌다가 게리에게 편지 쓰는 걸 전적으로 찬성해 왔지만, 그를 자기 가족 속으로 데리고 들어오는 일에서는 몇 가지 우려를 드러냈다. 범죄자를 보호해 주기 곤란해서가 아니었다. 조니는 전혀 그런 사람이 아니었다. 그저 문제가 생길 것 같은 예감 때문이었다.

우선, 게리는 일반적인 지역 사회에 들어오는 것이 아니었다. 그가 들어오게 될 곳은 모르몬교의 본거지였다. 커피와 차를 마시는 것이 죄가 된다고 생각하는 사람들을 상대해 본 적 없는, 이제 막 교도소에서 나온 남자에게, 상황은 충분히 힘들 터였다.

쓸데없는 소리, 브렌다가 말했다. 우리 친구들 중 그렇게 규칙을 엄격하게 준수하는 사람은 없어. 그녀와 조니는 전형적인 보수적 유타 카운티 커플이라고 보기 어려웠다.

그래, 하지만 전반적인 분위기를 생각해 봐. 선교사로 나갈 준비를 하는 저 극도로 청정한 BYU[3] 학생들은 어떻고. 길거리만 걸어도 교회 만찬회에 와 있는 기분일걸. 긴장감을 느낄 수밖에 없어. 조니가 말했다.

조니와 결혼한 지 십일 년째인 브렌다는 자신의 남편이 어떤 대가를 치르더라도 평화를 추구하는 유형임을 모르지 않았다. 피할 수만 있다면 그의 인생에 파동 같은 건 없었다. 브렌다 역시 성가신 일을 부러 찾아다니는 건 아니었지만, 약간의 파동이 인생을 흥미롭게 유지한다고는 생각했다. 그래서 브렌다는 게리가 번과 아이다랑 함께 살되, 주말에만 자기들과 함께 머무는 건 어떻겠느냐고 제안했다. 존은 흔쾌히 받아들였다.

뭐, 내가 동의 안 한다 해도 당신은 어차피 그렇게 할 거잖아. 그가 싱긋 웃으며 말했다. 그 말이 맞았다. 그녀는 누구든 갇혀 있는 사람에겐 극도로 동정심을 느꼈다. "그는 죗값을 치렀어. 그를 집으로 데려오고 싶어." 그녀가 조니에게 말했다.

그것이 앞으로 게리를 맡게 될 가석방 담당관에게 이야기할 때 그녀가 사용한 말들이었다. 어째서 당신은 이 남자를 이곳에 데려오기를 원하는가라는 질문을 받았을 때, 브렌다

---

3) 브리검 영 대학교. 예수 그리스도 후기 성도 교회(LDS)가 1875년에 설립한 사립 대학교로, 캠퍼스는 유타주 프로보와 하와이 그리고 아이다호주, 세 곳에 위치하며, 런던, 예루살렘, 파리를 포함해 20여 개국에 분교를 두고 있다.

가 대답했다.

"게리는 십삼 년 동안 감옥에 있었어요. 이젠 집에 올 때가 되었다고 생각해요."

브렌다는 이런 대화에서 자신이 가진 힘을 알고 있었다. 그녀는 서른보다는 서른다섯에 가까운 나이였지만, 자신이 매우 매력적이라는 사실을 모른 채로 결혼을 네 번이나 해치운 건 아니었다. 그리고 가석방 담당관인 몽 코트는 큰 키에 건장한 체격을 가진 금발 남자였다. 매우 청렴한 편에 속한, 딱 평범하게 잘생긴 미국 남자이지만, 그래도 브렌다가 생각하기에 꽤 호감형이었다. 그는 두 번째 기회라는 발상에 공감하는 편이었고, 합당한 이유가 있다면 융통성을 발휘하겠지만, 그렇지 않으면 꽤 빡빡하게 굴 터였다. 그녀는 그를 그렇게 판단했다. 그는 게리에게 딱 맞는 사람처럼 보였다.

몽 코트는 교도소에서 막 출소한 사람들을 다수 담당해 봤다고 말하면서, 얼마간 예전의 행태를 반복할 수 있다고 브렌다에게 경고했다. 어쩌면 술에 취해 소동을 피우고 이런저런 말썽을 부릴 수도 있었다. 그녀는 그가 모르몬교도에 대한 편견이 없다고 생각했다. 교도소에서 출소한 남자가 곧바로 정상적인 생활을 할 수는 없다고 그가 설명했다. 그것은 마치 군에서 제대한 것과 같고, 특히 전쟁포로로 잡혀 있다가 풀려난 것과 같다. 그런 사람들은 바로 민간인이 되지 않는다. 게리에게 문제가 생기면 이곳에 와서 이야기하도록 그녀가 게리를 도와야 한다고 그가 조언했다.

그런 다음 몽 코트와 또 다른 보호 관찰관이 번의 제화점을 방문했고, 구두 수선공으로서 그녀 아버지의 능력을 주의 깊게 살폈다. 그들은 분명히 감명을 받았을 것이다. 이 지역의 어느 누구도 번 다미코만큼 구두에 대해 잘 알지 못했고, 그리고 결국 그는 게리에게 주거지를 제공할 뿐만 아니라 가게의 일자리도 줄 것이었기 때문이다.

자신이 이 주 정도 후에 석방될 것임을 알리는 게리의 편지가 도착했다. 그런 뒤 4월 초, 그는 교도소에서 브렌다에게 전화하여 며칠 안에 나가게 될 거라고 말했다. 그는 매리언을 지나 세인트루이스로 가는 버스를 타고, 거기서 덴버와 솔트레이크로 가는 다른 버스로 갈아탈 계획이라고 했다. 전화 너머로 들리는 그의 목소리는 듣기 좋았고, 부드럽고 약간 비음 섞인 억양에, 절제된 느낌이었다. 그 중심에는 많은 감정이 담겨 있었다.

그렇게 흥분하는 바람에, 브렌다는 그 길이 그들의 모르몬 증조할아버지가 거의 100년 전에 택했던 길과 사실상 거의 같은 경로라는 사실을 별로 염두에 두지 않았다. 그는 미주리에서 손수레를 끌고 출발하여, 자신이 소유한 모든 것을 가지고 서쪽으로 밀고 나아가 대초원과 로키산맥을 통과하여, 솔트레이크에서 남쪽으로 불과 80킬로미터 거리에 있는 모르몬 왕국 데저렛[4]의 프로보에 정착하게 되었던 것이다.

---

4) 모르몬교도들이 19세기 중반에 설립하고자 했던 자치 영역. 모르몬교도들은 그들의 지도자 브리검 영(Brigham Young, 1801~1877)의 지도 아래 미국 서부 유타주에 정착한 후, 솔트레이크시티를 건설하고 자신들의 '데저렛 왕국'을 세우려고 했다.

2

　하지만 게리는 매리언에서 60~80킬로미터도 못 가, 휴게소에서 브렌다에게 전화했다. 장시간 버스를 타다 보니 신장에 너무 무리가 가는 것 같아, 세인트루이스에서 표를 환불하고 남은 길은 비행기로 가겠다는 것이었다. 브렌다는 그러라고 했다. 게리가 호화롭게 여행하고 싶다면, 뭐, 그에겐 그럴 자격이 조금 있긴 했다.

　게리가 그날 저녁 그녀에게 다시 전화했다. 그는 확실히 마지막 비행기를 탔고 도착해서 다시 전화하겠다고 했다.

　"게리, 여기서 공항까지 가는 데 사십오 분이나 걸려."

　"상관없어."

　브렌다는 이것이 신선한 접근 방식이라고 생각했다. 하긴 그는 비행기를 많이 타 본 적이 없지 않은가. 아마 혼자 쉬면서 긴장도 풀고 싶겠지.

　아이들도 신이 났다. 그리고 브렌다는 확실히 잠을 잘 수가 없었다. 자정이 지난 후, 그녀와 조니는 그저 기다렸다. 브렌다는 늦게 전화하는 사람은 누구든 죽이겠다고 협박까지 해 두었다. 게리가 전화했을 때 통화 중이면 안 되니까.

　"나 왔어." 그의 목소리가 말했다. 새벽 2시였다.

　"알았어. 데리러 갈게."

　"좋아." 게리가 말하고 전화를 끊었다. 이 사람은 무슨 일이 있어도 길게 주절대지 않을 남자였다.

　차를 타고 가는 동안, 브렌다는 존에게 서두르라고 계속해서 잔소리했다. 한밤중이었고, 도로엔 아무도 없었다. 하지만 존은 딱지를 떼고 싶지 않았다. 그들은 어쨌든 주간(州間) 고속 도로를 타고 있었다. 그래서 그는 시속 100킬로미터에 맞췄다. 브렌다는 싸우는 걸 포기했다. 싸우기에는 너무도 흥분한 상태였다.

"오, 세상에." 브렌다가 말했다. "키가 얼마나 될까."

"뭐라고?" 조니가 말했다.

그녀는 이미 그가 작을지도 모른다고 생각하기 시작했다. 그건 끔찍한데. 브렌다는 고작 165센티미터였다. 하지만 그건 그녀에게 익숙한 신장이었다. 그녀는 열 살 때부터 165센티미터에 59킬로그램이었고, 가슴은 지금과 같은 C컵 크기였다.

"그게 무슨 말이야. 그의 키가 크다고?" 조니가 물었다.

"나도 몰라. 그랬으면 좋겠어."

중학생 때 그녀가 굽 있는 신발을 신으면, 그녀와 춤을 출 만큼 체격이 큰 사람은 체육 선생님뿐이었다. 그녀는 남자아이의 이마에 키스를 하고 그에게 잘 자라고 말하는 것을 죽어라 싫어했다. 사실, 자신의 큰 키에 대해 지나치게 가졌던 피해망상이 그녀의 성장을 저해했을 수도 있다.

그런 연유로 그녀는 확실히 자기보다 키가 큰 남자를 좋아했다. 큰 남자와 함께 있으면 자신의 여자다움을 느낄 수가 있으니까. 공항에 도착하고 보니 게리의 키가 자기 겨드랑이까지밖에 오지 않는다면, 그건 악몽일 터였다. 글쎄, 만약 그렇다면 그녀는 바로 거기서 모든 걸 포기할지도 모른다. 오빠 혼자 알아서 해. 그녀는 그렇게 말할 생각이었다.

그들은 터미널 건물의 정문과 나란히 뻗은 주차 구역에 차를 세웠다. 그녀가 차에서 내리자마자, 조니가 운전석에서 셔츠 끝자락을 바지 속에 집어넣으려고 애쓰고 있었다. 그것이 브렌다를 끝없이 짜증 나게 했다.

건물에 기대어 있는 게리의 모습이 보였다.

"저기 그가 있어." 브렌다가 외쳤다.

하지만 조니가 말했다.

"잠깐만, 바지 지퍼 좀 올리고."

"당신 셔츠 자락에 누가 신경 쓴다고 그래?" 브렌다가 말했다. "나 먼저 갈게."

그녀가 주차 구역과 정문 사이의 도로를 건너갈 때, 게리가 그녀를 보고 작은 가방을 집어 올렸다. 어느새 그들은 서로를 향해 달려가고 있었다. 두 사람이 만났을 때, 게리는 가방을 떨어뜨리고 그녀를 눈에 담는가 싶더니 있는 힘껏 얼싸안았다. 그녀는 마치 곰의 품에 안기는 것 같은 기분이 들었다. 심지어 조니도 브렌다를 그렇게 세게 안은 적은 없었다.

게리가 그녀를 다시 땅에 내려놓자, 그녀는 그를 한눈에 다 담기 위해 뒤로 물러났다. 그녀가 말했다. "세상에, 키 엄청 크네."

그가 웃었다. "뭘 기대했는데, 땅꼬마야?"

"내가 뭘 기대했는지는 모르겠는데." 그녀가 말했다. "하지만 다행이지 뭐야. 키가 커서."

조니는 크고 선량한 얼굴로, 어, 음, 음, 하며 거기 서 있었다.

"여어, 사촌." 게리가 말했다. "만나서 반가워요." 그가 조니와 악수했다.

"저기, 게리." 브렌다가 얌전스레 말했다. "이 사람은 내 남편이야."

게리가 말했다. "그럴 거라고 짐작했어."

조니가 말했다. "짐은 이게 다인가요?"

게리가 자신의 여행 가방을 들어 올리고(가방이 딱할 정도로 작다고 브렌다는 생각했다.) 말했다. "이게 답니다. 이게 내가 가진 전부예요."

그의 말투엔 유머도 자기연민도 없었다. 물질적인 것들은 그에게 분명 별로 중요하지 않은 것 같았다.

이제 그녀는 그의 옷을 눈여겨보았다. 팔에는 검정색 트렌치코트를 걸치고, 노란색과 녹색의 줄무늬셔츠와(세상에나!) 고동색 블레이저를 입고 있었다. 아래는 밑단 바느질이 제대로 안 된 베이지색 폴리에스터 바지에다, 검정색 플라스틱 소재 신발을 신고 있었다. 그녀는 아버지의 직업 때문에 사람들의 신발에 관심을 두는 편이었다. 그녀는 생각했다. 와, 정말 싸구려 신발이네. 어쩜, 집에 신고 갈 구두 한 켤레를 안 챙겨 주냐.

"자." 게리가 말했다. "이 빌어먹을 곳에서 벗어나자."

그녀는 그때 그가 술을 좀 마신 상태임을 알아챘다. 만취한 건 아니었지만, 분명 꽤 취한 상태였다. 차 있는 쪽으로 걸어갈 때, 그가 그녀의 어깨에 팔을 둘렀다.

차에 타서는 브렌다가 가운데 앉았고, 조니가 운전했다. 게리가 말했다.

"음, 차가 꽤 귀엽네. 무슨 차야?"

"노란색 매버릭이야." 그녀가 그에게 알려 주었다. "내 작은 레몬[5]이지."

그들은 차를 타고 달렸다. 첫 번째 침묵이 드리워졌다.

"피곤해?" 브렌다가 물었다.

"뭐, 조금은. 하지만 약간 취하기도 했어." 게리가 싱긋 웃었다. "샴페인을 제공하는 비행기를 이용했거든. 고도 때문인지, 오랫동안 술을 제대로 못 마셔 봐서 그런지, 후, 비행기에서 완전히 뻗어 버렸지 뭐야. 기분이 아주 끝내주던데."

브렌다가 소리 내어 웃었다. "취할 만하지 뭐."

이제 막 출소한 탓에, 게리의 머리는 확실히 짧았다. 브렌다가 판단하기에, 자라면 풍성하고 멋진 갈색 머리가 될 테지만, 지금은 뒷머리가 삐죽삐죽 튀어나온 시골뜨기 같았다. 그가 연신 뒷머리를 눌러 내렸다.

상관없어. 그녀는 그의 외모가 마음에 들었다. 그들이 잠든 도시를 양편에 두고 주간 고속 도로를 통해 솔트레이크를 지나갈 때, 차 안으로 들어오는 어스레한 빛 속에서, 그녀는 그 부문에 관해서는 게리가 자신의 기대를 모두 충족시켰다고 결론지었다. 길고 멋진 코, 단단한 턱, 얇고 모양 좋은 입술. 독특한 매력을 지닌 얼굴이었다.

"커피 한잔하러 갈래요?" 조니가 물었다.

---

5) 여기서 Lemon은 말 그대로 노란색의 작은 차를 의미하기도 하지만 중고차 은어로 '고장 잘 나는 차'를 의미하기도 하고, 혹은 애정을 담아 '귀엽고 정든 고물차'라는 뉘앙스가 담겨 있기도 하다.

브렌다는 게리의 몸이 경직되는 것을 느꼈다. 낯선 장소로 걸어 들어가는 걸 생각하는 것만으로도 불안해지는 모양이 었다.

"걱정 마." 브렌다가 말했다. "잠깐만 있다 갈 거야."

그들은 '진스 카페'를 선택했다. 솔트레이크 남부에서 유일 하게 새벽 3시에도 영업하는 매장이었다. 그러나 금요일 밤이 라 사람들이 화려하게 치장하고 있었다. 일단 자리를 잡고 나 자 게리가 말했다. "옷을 좀 사야 할 것 같아."

조니가 게리에게 먹을 것을 권했지만, 그는 허기를 느끼지 못했다. 누가 봐도 몹시 들뜬 상태였다. 브렌다는 게리가 주크 박스에서 열심히 관찰하는 각각의 선명한 색깔들에서 떨림을 감지할 수 있을 것만 같았다. 게리는 담배 자판기의 전자 스크 린에서 회전하는 빨간색, 파란색, 금색 빛의 쇼에 거의 현혹된 듯 보였다. 너무도 몰입한 그를 보다 보니 그녀도 그의 기분에 동화될 것만 같았다. 귀여운 여자 두 명이 들어왔을 때, 게리 가 "나쁘지 않네."라고 중얼거렸다. 브렌다가 웃음을 터뜨렸다. 게리의 말투에서 뭔가 진심이 느껴졌기 때문이다.

파티에 참석했다 온 커플들이 계속해서 들어왔다 나가고, 차가 머물렀다 떠나는 소리가 멈추지 않았다. 여전히 브렌다 는 출입문 쪽을 보지 않았다. 절친한 친구가 들어왔다 해도, 그녀는 내내 게리와 함께 있는 편을 택했을 것이다. 그녀의 기 억에, 누군가 자신의 관심을 이렇게까지 집중시킨 적은 없는 것 같았다. 조니에게 무례하게 굴 의도는 없었지만, 그녀는 정 말로 남편의 존재를 어느 정도 잊고 있었다.

하지만 게리가 테이블 너머로 건너다보며 말했다. "저기, 고마워요. 브렌다와 함께, 내가 나올 수 있게 도와줘서 감사해요."

두 사람이 다시 한번 악수를 나눴다. 이번에는 힘이 들어가지 않은 가벼운 악수였다.

그가 커피를 마시며 브렌다의 부모님, 여동생, 아이들, 그리고 조니의 직업에 대해 물었다.

조니는 '퍼시픽 스테이트 주철과 배관'에서 유지 보수를 담당했다. 지금은 대장일을 하고 있지만, 예전엔 철 파이프를 만들고 그것을 불로 달궈서 주조하거나 때로는 주형 작업까지 했다.

대화는 더 이상 이어지지 않았다. 게리는 조니에게 건넬 다음 질문이 전혀 떠오르지 않았다. 우리에 대해 뭐 아는 게 있어야지, 브렌다가 생각했다. 나도 그의 인생에 대해 아는 게 거의 없고.

게리는 교도소에서 알게 된 친구 몇 명에 대해, 그리고 그들이 얼마나 좋은 사람들인지에 대해 이야기했다. 그러고는 사과하듯 말했다. 교도소 이야긴 딱히 듣고 싶지 않겠지. 별로 유쾌한 이야기가 아니니까.

조니가 자기들은 그저 그의 기분을 상하게 하고 싶지 않아서 조심하는 것뿐이라고 말했다. "우리도 궁금하긴 한데, 그, 알잖아요, 그 안은 어떠냐거나, 대우는 어떻더냐고 물을 순 없으니까요."

게리가 희미하게 웃었다. 세 사람은 다시 조용해졌다.

브렌다는 자기가 게리를 지독하게 긴장시키고 있음을 알았다. 그에게서 계속 눈을 떼지 않았지만, 그의 얼굴은 아무리 봐도 질리지가 않았다. 볼만한 구석이 너무 많았다.

그녀는 계속해서 말을 이었다. "정말이지, 오빠가 와서 너무 좋다."

"돌아오니 좋네."

"이곳을 알게 되면 놀랄걸?" 그녀가 말했다.

그녀는 유타 호수에서 어떻게 즐거운 시간을 보낼 수 있는지, 협곡에서 어떻게 캠핑 여행을 즐길 수 있는지에 대해 이야기하고 싶어 조바심이 났다. 회갈색 사막은 여느 사막과 마찬가지로 음울하고 황량하지만, 3600미터 높이에 달하는 산들이 있고 협곡은 아름다운 숲으로 푸르며 그곳에서 친구들과 멋진 술 파티를 할 수도 있었다. 그에게 활과 화살로 사냥하는 법을 가르쳐 주겠다고 말하려는 찰나, 불현듯 불빛에 비친 게리의 모습이 제대로 눈에 들어왔다. 그토록 집요하게 그의 얼굴을 뜯어보았음에도, 마치 아직 그를 제대로 살펴보지 못한 것 같은 기분이 들었다. 이제 그녀는 깊은 슬픔을 느꼈다. 그의 얼굴에는 예상했던 것보다 많은 흉터가 남아 있었다.

그녀가 손을 뻗어 그의 뺨에 남은 심한 흉터 자국을 덧그렸다. 게리가 말했다. "멋져 보이지, 응?"

브렌다가 말했다. "미안해, 난처하게 할 의도는 아니었어."

이 말을 끝으로 아무도 선뜻 말을 꺼내지 못하자, 마침내 조니가 물었다. "어떻게 된 거죠?"

"교도관에게 맞았어요." 게리가 말했다. 그리고 미소를 지으며 덧붙였다. "그들이 프롤릭신[6]을 주사하겠다고 내 사지를 묶기에 의사 놈 얼굴에 침을 좀 뱉었더니 두들겨 패더라고."

"오빠 때린 그 교도관을 어떻게 해서든 붙잡고 싶지 않아?" 브렌다가 물었다.

"자꾸 캐묻지 마." 게리가 말했다.

"알겠어." 브렌다가 말했다. "하지만 오빠 그를 증오하겠지?"

"당연한 거 아냐?" 게리가 말했다. "너라면 안 그렇겠어?"

"아니, 나라도 그랬을 거야." 브렌다가 말했다. "그냥 확인해 본 거야."

삼십 분 후, 집으로 돌아가는 길에, 그들은 포인트 오브 더 마운틴 지역을 지나갔다. 주간 고속 도로 왼쪽으로는 산에서 긴 언덕이 뻗어 나왔는데, 그 등성이가 마치 고속도로에 막 발을 걸친 짐승의 사지 같았다. 반대편 오른쪽 사막에는 유타 주립 교도소가 있었다. 지금은 건물에 불빛 몇 개만 켜져 있었다. 그들은 유타 주립 교도소에 대해 농담을 주고받았다.


3


브렌다의 집 거실에서 맥주를 마시며, 게리는 긴장을 풀기 시작했다. 자기는 맥주를 좋아한다고 털어놓았다. 교도소에

---

6) 대표적인 항정신병 약물 브랜드. 조현병 등 만성 정신 질환 치료에 사용한다.

서는 죄수들이 빵으로 묽은 맥주를 만드는 법을 알고 있었다. 죄수들은 그것을 '프루노'라고 불렀다. 사실, 브렌다와 조니 두 사람 모두 게리가 자기들이 아는 어느 누구보다 빠르게 술을 비운다는 사실을 이미 알아챘다.

조니는 곧 지쳐서 잠이 들었다. 이제 게리와 브렌다는 본격적으로 이야기를 나누기 시작했다. 그의 입에서 교도소에서 있었던 일 몇 가지가 흘러나왔다. 브렌다가 듣기에, 이야기의 수위는 점점 험악해졌다. 아마도 반은 진실이고, 반은 취해서 하는 과장된 이야기일 터였다. 헛소리를 하고 또 하는 게 분명했다.

창밖을 내다보고 밤이 지난 걸 보고서야, 그녀는 자기들이 얼마나 오랫동안 떠들어 댔는지 깨달았다. 그들은 문을 열고 나가 집 뒤편으로 떠오르는 태양을 바라보았다. 차가운 봄 이슬에 젖은 장난감 더미가 널려 있는 잔디밭에 서서, 게리는 하늘을 바라보며 심호흡했다.

"조금 가볍게 뛰고 싶은 기분인데." 그가 말했다.

"엄청 피곤할 텐데, 제정신이 아니구나."

그는 그냥 크게 기지개를 켜며 깊이 숨을 들이마셨다. 그의 얼굴에 환한 미소가 떠올랐다.

"내가 정말." 그가 말했다. "바깥세상으로 나왔다, 야."

산속에서는 눈이 움푹 팬 곳마다 철회색과 보랏빛이 어렸고, 햇빛을 마주한 모든 비탈이 황금빛으로 반짝였다. 산 위의 구름이 태양빛에 흩어지고 있었다. 브렌다는 그의 눈을 가만히 들여다보았고, 다시 슬픔이 차오르는 것을 느꼈다. 그

의 눈에는, 흔히들 겁먹은 토끼라고 부르는, 예전에 그녀가 쫓
아낸 적 있는 토끼들의 표정이 있었다. 하지만 그녀가 들여다
본 그 겁먹은 토끼의 눈은 차분하고 부드러웠으며, 그리고 약
간의 호기심이 담겨 있었다. 다음에 일어날 일을 알지 못하는
눈이었다.

# 2장

# 첫 주

1

브렌다는 게리에게 거실의 접이식 소파를 잘 곳으로 내주었다. 그녀가 잠자리를 만드는 동안 그는 미소를 띤 채 거기서 있었다.

"뭣 때문에 그런 장난스러운 미소를 짓는 거야?" 잠시 후 그녀가 물었다.

"내가 시트 한 장만 깔고 잔 지 얼마나 됐는지 알아?"

게리는 담요는 받으면서도 베개는 마다했다. 자기 방으로 돌아간 그녀는, 그가 잠이 들었는지 전혀 알지 못했다. 그가 누워서 쉬면서도 셔츠만 벗고 폴리에스터 바지는 결코 벗지 않을 거라는 느낌이 들었다. 몇 시간 후 그녀가 일어났을 때, 그는 벌써 일어나 주변을 서성이고 있었다.

토니가 방문했을 때, 둘은 여전히 커피를 마시고 있었다. 게리가 그녀를 한 번 꼭 껴안아 주고는 뒤로 물러서서 양손으로 그녀의 얼굴을 감싼 뒤 말했다. "드디어 누이동생을 만났네. 이봐, 네 사진들을 봤어. 아주 매력적인 숙녀가 됐구나."

"나 얼굴 빨개지게 만들 셈이야?" 토니가 말했다.

그녀는 확실히 브렌다를 닮은 데가 있었다. 매력적인 검은 눈과 검은 머리, 도도한 표정까지 똑같았다. 다만 브렌다는 풍만한 편이었고, 토니는 모델을 해도 좋을 만큼 날씬했다. 취향의 차이일 뿐 둘 다 매력적이었다.

자리에 앉아서도 게리는 계속 손을 뻗어 팔로 토니를 감싸거나 그녀의 손을 잡았다.

"네가 내 사촌이 아니고 그 커다란 녀석과 결혼하지 않았다면 얼마나 좋을까." 그가 말했다.

나중에, 토니는 브렌다에게 하워드가 "나 없이 게리를 만나 봐."라고 말했던 게 얼마나 현명하고 다행이었는지 말하곤 했다. 그녀는 뒤이어 게리가 자신을 성적인 대상으로 보는 게 아니라 오빠처럼 따듯하게 대해 주었다고 설명했다. 그가 자신에 대해 많이 알고 있는 것도 놀라웠다. 이를테면 그는 하워드의 키가 거의 2미터에 달한다는 걸 알고 있었다. 브렌다는 그가 토니의 편지를 보고 그런 것들을 알게 된 게 아니라는 말은 굳이 하지 않았다. 토니는 한 줄도 쓴 적이 없으니까.

브렌다가 게리를 데리고 번과 아이다를 만나러 가기 전에, 조니가 힘을 과시했다. 그는 욕실 체중계를 손으로 눌러서 바늘이 113킬로그램까지 도달하게 만들었다.

게리도 시도했고 54에 도달했다. 그는 완전히 미쳐서 몸이 덜덜 떨릴 정도로 체중계를 쥐어짜며 힘을 줬다. 바늘이 68까지 올라갔다.

"좋아." 조니가 말했다. "나아지고 있어요."

"최고 기록이 얼마요?" 게리가 물었다.

"아." 조니가 말했다. "체중계 바늘은 130킬로그램까지가 한계지만, 난 그걸 넘겼죠. 아마 135 정돈 되었을 거예요."

제화점으로 가는 길에, 브렌다는 게리에게 아버지에 대해 조금 더 설명했다. 번은 자신이 아는 사람 중 가장 강한 사람일지도 모른다고 그녀가 말했다.

조니보다 더 힘이 세다고?

글쎄, 브렌다가 설명했다. 저울을 누르는 건 아무도 조니를 이길 수 없지만, 팔씨름에서 번 다미코를 이긴 사람은 내가 아는 한 아무도 없을걸.

번은 아주 강한 사람이기 때문에 오히려 늘 온화할 수 있다고 브렌다가 말했다.

"아버지가 내 엉덩이를 때린 건 평생 단 한 번이었던 것 같아. 그런데 그 한 번조차 한 번 때려 봐 달라고 내가 조른 거야. 엉덩이를 가볍게 친 정도였는데, 몸 전체에 충격이 왔었지."

새벽에는 금보랏빛으로 빛나던 산이 아침이 되자 꼭대기는 헐벗고 산등성이는 비에 젖은 회색 눈이 쌓인 커다란 갈색 덩어리로 변했다. 그것이 그들의 기분에 영향을 주었다. 그녀가 사는 오렘의 북쪽에서 프로보의 중심부에 위치한 번의 가게까지는 10킬로미터가 채 안 되는 거리였지만, 스테이트가를 따라가다 보니 시간이 좀 걸렸다. 쇼핑몰과 패스트푸드점, 중고차 딜러, 체인 의류점, 주유소, 가전제품 매장, 고속 도로 표지판, 그리고 과일 가판대들이 보였다. 단층짜리 사무실 건물에는 은행과 부동산 회사가 있었고, 잘린 형태로 되어 있는 망사르드 지붕[7]의 콘도미니엄이 줄지어 있었다. 파스텔 색조의 노란색, 오렌지색, 갈색, 파란색 등 대부분의 건물이 어린이집에나 어울리는 색으로 칠해져 있었다. 빛바랜 이 층 목조 주택 몇 채만이 삼십 년 전에 지어진 것처럼 보였다. 오렘에서 프로보까지 10킬로미터가 이어지는 스테이트가에 있는 집들은 개척 시대 술집만큼이나 오래돼 보였다.

"확실히 변했네." 게리가 말했다.

머리 위로 미국 서부의 강렬한 하늘이 파랗고 광대하게 펼쳐져 있었다. 그것은 변함이 없었다.

오렘과 프로보 경계의 산기슭에 BYU가 있었다. 조립식 장난감 키트로 지어진 것처럼 보이는 그것도 물론 게리의 눈에는 낯설었다. 이십 년 전만 해도 BYU의 학생 수는 수천 명에 불과했다. 이제 등록된 학생 수만 해도 3만 명에 육박한다고 브렌다가 알려 주었다. 모르몬교도들에게 BYU는 가톨릭교도들의 노트르담 성당과 의미가 같았다.

---

7) 프랑스에서 유래한 독특한 지붕 형태로, 지붕의 아래쪽이 경사진 두 부분으로 나뉘어 있는 구조이다. 윗부분은 경사가 완만하고 아랫부분은 가파르게 내려오는 특징이 있다.

2

"번에 대해 좀 더 말해 주는 게 좋을 것 같아." 브렌다가 말했다. "아빠가 언제 농담하는 거고 언제 농담하는 게 아닌지를 이해해야 해. 구분하기가 약간은 어려울 수도 있어. 왜냐하면 아빠가 농담할 때마다 웃는 건 아니거든."

그녀는 자기 아버지가 날 때부터 윗입술이 갈라져 있었다는 사실을 게리에게 말해 주지 않았지만, 그가 알고 있을 거라고 짐작했다. 번은 온전한 구개를 가지고 있었기 때문에 말하는 데는 지장이 없었지만, 갈라진 자국은 바로 드러나 보였다. 그것은 콧수염으로도 감추어지지 않았다. 처음 학교에 갔을 때, 번은 오래지 않아 가장 거친 아이 중 하나가 되었다. 그의 입술을 놀리려 하는 남자애는 누구건 코를 한 대 얻어맞았다고 브렌다는 말했다.

그것이 번의 성격을 형성시켰다. 오늘날까지도, 아이들이 제화점에 들어와 처음으로 그를 보고 뭐라고 말했기에 엄마가 "쉿!" 하고 주의를 주는지 번은 굳이 듣지 않아도 알 수 있었다. 그는 그런 상황에 익숙했고, 이제는 신경도 쓰지 않았다. 하지만 수년 동안 번은 그것을 극복하기 위해 많은 노력을 기울여야 했다. 그것은 그를 강인하게 만들었을 뿐만 아니라, 가감 없이 솔직하게 만들었다. 태도는 온화할지라도, 평소 생각하는 바를 그대로 내뱉었다. 그것은 자칫 듣기 거슬릴 수도 있다고 브렌다는 말했다.

하지만 게리가 번을 만났을 때, 브렌다는 자신이 그에게 필요 이상으로 미리 주의를 준 건 아닌가 하는 생각이 들었다. 인사할 때 게리는 약간 긴장한 상태였다. 그는 주위를 둘러보며 제화점의 규모에 놀란 표정을 지었다. 마치 이렇게 커다란 동굴 같은 장소일 거라고 예상하지 못했다는 듯. 번은 손님이 없을 때 다녀야 할 공간이 너무 넓어서 골관절염까지 걸렸다고 말했다. 무릎 관절이 굳어서 통증이 극심하다고 했다. 그 이야기를 듣는 것만으로도 게리는 걱정이 되는 것 같았다. 브렌다는 그의 걱정이 꾸며낸 것 같지는 않다고 생각했다. 그녀는 번의 무릎 통증이 거의 게리의 음낭으로 바로 전이된 듯한 느낌을 받았다.

번은 게리가 당장 들어와 자신과 아이다랑 함께 살아야 하지만, 며칠 동안은 출근 계획을 세우지 말아야 한다고 생각했다. 자유에도 익숙해질 시간이 필요한 법이라고 판단했던 것이다. 어쨌든 게리는 낯선 도시에 왔고, 도서관이 어디에 있는지 모르며, 커피 한 잔을 어디서 사야 하는지도 알지 못했다. 그래서 그는 게리에게 정말로 천천히 말을 걸었다. 브렌다는 남자들이 서로에게 무언가를 말하기까지 시간이 꽤 오래 걸리는 것에 익숙했지만, 성격 급한 사람이 그 모양을 봤다면 아마 복장이 터질 터였다.

하지만 아이다는 브렌다와 함께 온 게리를 보자 가슴이 뭉클했다.

"베시는 내게 정말 특별한 언니였어. 언제나 날 제일 예뻐했지." 아이다가 그에게 말했다.

조금 통통해지긴 했지만, 적갈색 머리와 밝은색 드레스를 입은 아이다는 매력적인 집시 여인처럼 보였다.

그녀와 게리는 곧바로 게리가 어렸을 때 브라운 할머니 할아버지 댁에 자주 놀러 갔던 이야기를 나누기 시작했다.

"그 시절이 정말 좋았어요," 게리가 이모에게 말했다. "제 인생에서 가장 행복한 때였죠."

그 작은 거실에서 게리와 아이다는 함께 볼만한 광경을 자아냈다. 번은 어깨가 출입구를 가득 채울 정도로 넓었고 손가락 하나하나가 다른 사람 손가락 두 개만큼이나 두꺼웠지만 키는 그리 크지 않았고, 아이다도 키가 작았다. 천장이 낮은 게 그들에게는 문제가 되지 않았다.

거실에는 밝은 가을 색상의 패브릭 가구가 많았고, 밝은 색깔개와 금색 액자에 담긴 색채 가득한 그림도 있었다. 그리고 벽난로 옆에는 빨간 재킷을 입은 흑인 마구간 소년의 도자기 조각상이 서 있었다. 중국풍의 작은 탁자와 커다란 색색의 무릎 방석은 바닥에 자리를 차지하고 있었다.

철창, 철근 콘크리트, 시멘트 블록 벽 사이에서 살았던 게리가 이젠 이 거실에서 많은 시간을 보내게 될 터였다.

집으로 돌아온 브렌다는 짐 싸는 것을 도와준다는 핑계로 그의 손가방 속을 살짝 들여다보았다. 가방 안에는 면도 크림 캔, 면도기, 칫솔, 빗, 스냅 사진 몇 장, 가석방 서류, 편지 몇 통이 들어 있었고, 여벌 속옷은 없었다.

번이 속옷 몇 장과 황갈색 바지 몇 벌, 셔츠 한 장, 그리고 20달러를 그의 짐에 슬그머니 끼워 넣었다.

게리가 말했다. "당장은 못 갚아요."

"내가 주는 거야." 번이 말했다. "더 필요하면 나한테 와. 가진 돈이 많진 않지만, 줄 수 있을 만큼은 줄 테니."

주머니에 돈이 없는 남자는 곤경에 처할 수 있다는 아버지의 논리를 브렌다는 이해했을 것이다.

일요일 오후에, 번과 아이다가 그를 차에 태워 오렘 반대편 레히에 있는 토니와 하워드의 집으로 데려갔다.

토니의 두 딸 애넷과 앤절라는 모두 게리를 만나게 되어 신나 있었다. 브렌다와 토니는 게리가 아이들을 자석처럼 끌어당긴다고 생각했다. 출소한 지 이틀째인 일요일에, 그는 금색 천을 씌운 의자에 앉아서 앤절라를 위해 칠판에 분필로 그림을 그렸다.

그가 아름다운 그림을 그리면, 여섯 살인 앤절라가 그것을 지우곤 했다. 그는 그걸 정말 재미있어했다. 그는 다음엔 공을 들여 더 예쁘게 그렸고, 아이는 네, 뭐, 괜찮네요, 하고는 그것을 지워 버렸다. 그래야 그가 또 다른 그림을 그릴 테니까.

잠시 후 그는 바닥에 앉아서 아이와 카드놀이를 했다.

앤절라가 아는 유일한 게임은 '피시'8)였지만, 각 숫자를 어떻게 말해야 하는지는 기억하지 못했다. 그래서 6은 선이 위로 올라갔다고 해서 '어퍼'라고 불렀고, 9는 아래로 내려갔다고 해서 '다우너'라고 불렀다. 7은 '후커(갈고리)'라고 불렀다. 게리는 웃음이 나왔다. 앤절라가 단호하게 말했다. 퀸은 숙녀야. 킹은 다 큰 남자고, 잭은 어린 남자애야.

---

8) 주로 어린이들이 즐기는 카드 게임.

그가 소리쳤다. "토니, 설명 좀 해 줄래? 내가 지금 네 딸과 여기서 불법적인 게임을 하고 있는 거야?" 게리는 그것이 아주 재미있다고 생각했다.

그 주 일요일 늦게, 하워드 거니와 게리는 서로 대화를 시도했다. 하워드는 평생을 건설 노동자로 일해 온 노조 전기 기사였다. 어렸을 때의 하룻밤을 제외하고는 수감되어 본 적이 없었다. 공통분모를 찾기가 어려웠다. 게리는 아는 것도 많고 어휘력도 뛰어났지만, 하워드와는 어떤 공통된 경험도 없어 보였다.

3

월요일 아침, 게리는 번이 준 20달러 지폐를 깨서 운동화 한 켤레를 샀다. 그 주에 그는 매일 6시경에 일어나 달리기를 하러 나갔다. 그는 번의 집에서 출발해 5번가까지 빠른 걸음으로 달려가 공원을 한 바퀴 돌고 돌아왔는데, 사 분 만에 열 블록 이상을 달린 셈이었다. 무릎이 좋지 않은 번은 게리가 환상적인 달리기 선수라고 생각했다.

처음에 게리는 집에서 자신에게 무엇이 허용되어 있는지 정확히 알지 못했다. 번과 아이다 곁에 홀로 남겨진 첫날 저녁, 그가 물 한 잔만 얻어 마실 수 있느냐고 물었다.

"여긴 네 집이야." 번이 말했다. "그러니 허락을 구할 필요는 없다."

게리가 손에 유리잔을 들고 부엌에서 돌아왔다.

"이제 막 익숙해지는 중이에요." 그가 번에게 말했다. "꽤 좋네요."

"그래." 번이 말했다. "마음대로 오가도 돼. 적당한 선에서."

게리는 텔레비전을 좋아하지 않았다. 교도소에서 너무 많이 봐서인지도 몰랐다. 하지만 저녁에 번이 잠자리에 들면, 그는 아이다와 앉아서 이야기를 나누곤 했다.

아이다는 베시의 화장 솜씨를 회상했다.

"언닌 그 방면으로는 정말 재주가 많았어." 아이다가 말했다. "그리고 감각이 있었지. 언닌 늘 자신을 아름답게 표현할 줄 알았어. 프랑스인인 어머니처럼 우아함이 있었고, 항상 귀족적인 느낌이 났단다."

아이다의 말에 따르면 그녀의 어머니는 자녀들에게 물려줄 교양을 지니고 있었다. 식탁은 언제나 단정하게 차려졌는데, (가난한 모르몬교 가정이었던지라) 아주 엄격한 기준에 맞춘 것은 아니었지만, 식탁에는 늘 식탁보가 깔려 있었고 필요한 만큼의 은 식기가 충분히 준비되어 있었다.

베시는 이제 관절염이 심해서 거동을 거의 할 수 없고, 그녀가 사는 작은 트레일러에는 온통 플라스틱 식기뿐이라고 게리가 아이다에게 말했다. 포틀랜드의 기후를 고려할 때, 그 트레일러는 습기로 눅눅할 수밖에 없었다. 그는 돈을 조금 모으면 상황을 개선하기 위해 노력할 작정이었다. 어느 날 밤 게리는 실제로 어머니에게 전화를 걸어서 오랫동안 이야기를 나눴다. 아이다는 그가 어머니에게 사랑한다면서 프로보로 다시 모셔 와 살게 해 드리겠다고 말하는 것을 들었다.

4월치고는 따뜻한 한 주였고, 저녁마다 다가올 여름을 계획하며 즐거운 대화를 나눴다.

사흘째 되는 날 밤, 그들은 번의 집 진입로에 대해 의논했다. 지금은 넓이가 차 한 대가 들어갈 정도밖에 안 되지만, 잔디와 포장도로를 분리하는 콘크리트 연석을 제거하면 다른 차가 들어갈 공간을 확보할 수 있는 잔디밭이 그 옆에 있었다. 그 연석은 인도에서 차고까지 약 11미터 길이였다. 높이가 약 15센티미터, 폭이 20센티미터에 달했고, 잘라 내려면 많은 작업이 필요했다. 다리가 좋지 않은 탓에 번은 작업을 미루고 있었다.

"제가 할게요." 게리가 제안했다.

아니나 다를까, 다음 날 아침 6시, 번은 새벽녘에 온 동네를 강타하는 게리의 망치질 소리에 잠에서 깨어났다. 번은 그 소음에 잠이 깼을 옆집 시티센터 모텔 투숙객들을 생각하며 몸을 움츠렸다. 게리는 하루 종일 머리 높이 들어 올린 망치로 연석을 내리쳐 깨뜨린 다음, 쇠지레로 깨진 덩어리를 들어 올려 조금씩 치워 냈다. 얼마 지나지 않아 번은 쇠지레를 새로 하나 구입해야 했다.

약 11미터 길이의 연석을 제거하는 데 꼬박 하루가 넘게 걸렸다. 번이 손을 보태려 나섰지만, 게리가 극구 사양했다.

"제가 바위 깨부수는 일엔 일가견이 있어서요." 그가 씩 웃으며 번에게 말했다.

"내가 뭐 도울 일 없니?" 번이 물었다.

“그럼, 맥주나 떨어지지 않게 준비해 주세요. 이걸 하다 보면 목이 꽤 마를 것 같거든요.” 게리가 말했다.

일은 그런 식으로 진행되었다. 그는 맥주를 많이 마시고 정말 열심히 일했고, 그들은 그 일에 만족했다. 일을 마쳤을 때, 게리의 손엔 번의 손톱만큼 커다란 물집이 잡혀 있었다. 아이다가 고집하여 그의 손바닥에 붕대를 감았지만, 게리는 아이처럼 행동하며(남자는 붕대 따위를 감지 않는다나.) 금방 그것을 풀어 버렸다.

하지만 그 일을 하면서 긴장이 풀렸는지, 그는 처음으로 마을을 탐험할 준비가 되었다.

프로보는 바둑판 모양으로 배치되어 있었다. 아주 넓은 거리와 사 층 높이의 건물이 몇 채 있었다. 영화관도 세 개 있었다. 두 곳은 주요 상점가인 센터가에 있었고, 다른 한 곳은 또 다른 상점가인 유니버시티 도로에 있었다. 프로보에서는 두 거리가 교차하는 지점이 타임스퀘어에 해당하는 곳이었다. 한쪽 모퉁이의 교회 옆에 공원이 있었고, 대각선 방향 건너편에는 초대형 약국이 있었다.

낮 동안 게리는 마을을 돌아다녔다. 점심시간에 제화점에 들르면, 번은 게리를 프로보 카페나 마을에서 가장 맛있는 커피를 파는 ‘조스 스픽 앤 스팬’에 데려가곤 했다. 좌석이 스무 개 정도 되는 비좁은 매장이었지만, 점심시간이 되면 사람들이 길거리에 줄을 서서 기다리는 곳이었다. 물론 프로보는 음식점으로 유명한 도시는 아니라고 번이 알려 주었다.

“그럼 무엇으로 유명한데요?” 게리가 물었다.

"알 게 뭐야." 번이 말했다. "어쩌면 낮은 범죄율 아닐까."

게리가 제화점에서 일을 시작하면 시간당 2달러 50센트를 벌 터였다. 그는 제화점에서 일하는 감각을 익히기 위해, 점심 식사 후 몇 차례 매장 안에서 시간을 보냈다. 번이 고객을 응대하는 것 몇 번 지켜본 후, 게리는 수선 작업에 집중하기로 결심했다. 무례한 고객을 감당할 수 있을지 확신이 서지 않았기 때문이다.

"그건 좀 천천히 시작해 봐야 할 것 같아요." 그가 번에게 말했다.

주변을 둘러보다, 게리는 폴리에스터 바지에서 벗어나 리바이스[9]를 사기로 결심했다. 그가 번에게서 몇 달러를 더 빌렸고, 브렌다가 쇼핑몰에 데려갔다.

그는 이전에 한 번도 이런 데를 와 본 적이 없다고 했다. 정말 놀라웠다. 여자들에게서 눈을 뗄 수가 없었다. 눈이 휘둥그레져 그들을 쳐다보느라, 게리는 자신이 분수대 난간으로 걸어 들어가고 있다는 것도 의식하지 못했다. 브렌다에게 소매를 붙들리지 않았다면, 물에 빠졌을지도 모른다.

"눈을 어디다 두고 다니는 거야?" 그녀가 타박했다.

그는 그저 엄청 아름다운 아가씨들을 넋 놓고 바라보았을 뿐이었다. 쫄딱 젖다시피 했지만, 그의 취향은 매우 훌륭했다.

---

9) 1970년대 미국에서 리바이스(Levi's) 청바지는 매우 인기가 있었고, 이 브랜드는 청바지 문화와 밀접하게 연결되어서, 때로는 '리바이스'라는 이름이 청바지 자체를 의미하는 대명사처럼 사용되기도 했다.

페니 백화점[10]의 리바이스 매장에서, 게리는 우두커니 서 있었다. 잠시 후, 그가 입을 열었다. "있잖아, 뭘 어떻게 해야 할지 모르겠어. 바지를 선반에서 직접 꺼내야 하나, 아니면 누가 내어주나?"

브렌다는 정말로 그가 안됐다고 느꼈다.

"오빠가 원하는 걸 찾아." 그녀가 말했다. "그런 다음 점원에게 말해. 만약 그걸 입어 보고 싶으면 입어 봐도 돼."

"돈도 안 내고?"

"그래, 먼저 입어 봐도 돼." 그녀가 말했다.


4


제화점에서 게리의 근무 첫날은 순조롭게 흘러갔다. 그는 열정적이었고 번이 못마땅하게 여길 만한 일은 없었다.

"있잖아요." 게리가 말했다. "저는 이 일에 관해선 아무것도 모르지만, 알려 주시는 대로 따라 할게요."

번은 우선 그에게 구두를 해체하는 작업을 맡겼다. 게리는 발을 뒤집어 놓은 것 같은 모양의 금속 기구에 구두를 끼우고는 밑창을 들어 올리고, 굽을 떼어 내고, 못을 제거하고, 꿰매 놓은 실을 빼내고, 새 밑창과 굽을 위해 상단을 준비하는 작업을 했다. 가죽을 찢어서 다음 사람이 작업하기 곤란한 상태

---

10) 텍사스주의 플레이노에 본사를 둔 미국의 백화점 체인점.

로 만들지 않도록 조심해야 했다.

게리는 손은 느렸지만, 그 일을 곧잘 해냈다. 처음 며칠 동안 그는 겸손하고 유쾌하고 좋은 친구로 훌륭한 태도를 보여 주었다. 번은 그를 좋아하게 되었다.

문제는 그를 계속 바쁘게 유지시키는 일이었다. 번이 항상 가르치고 있을 수만은 없었다. 나가서 급히 처리해야 할 일들이 있었기 때문이다. 가장 큰 어려움은 번과 그의 조수인 스털링 베이커가 둘이서 일을 나눠 하는 것에 익숙했다는 점이었다. 새로운 사람에게 무언가를 완수하는 방법을 보여 주는 것보다 그들이 직접 하는 게 더 쉬웠다. 그래서 게리는 정말로 다음 단계로 넘어가고 싶어도 마냥 기다려야 하곤 했다. 굽을 떼어 내고 나면 새로운 굽을 붙이고 싶었다. 번이 돌아오기까지 이십 분이 걸리는 때도 있었다.

게리는 말하곤 했다. "이렇게 그냥 옆에서 우두커니 서서 기다리는 거 맘에 안 들어요. 바보가 된 기분이에요."

번이 보기에 문제는 게리가 빨리 완벽해지고자 한다는 것이었다. 구두 한 켤레를 번이 하는 것처럼 수선할 수 있기를 바랐다. 그것은 될 법한 일이 아니었다. 번이 게리를 타일렀다.

"그렇게 단번에 배워지는 일이 아니야."

게리는 납득했다. "뭐, 그건 저도 알아요."

하지만 얼마 지나지 않아 조급증이 재발하곤 했다.

물론, 게리는 스털링 베이커와 잘 지냈다. 그는 스무 살쯤된 아주 착한 친구였다. 목소리를 높이지 않았고, 외모도 괜찮았으며, 구두에 대해 말하는 것을 좋아했다. 처음 며칠 동안 게리는 신발에 대한 모든 것을 배울 작정인 것처럼 신발 이야기를 계속 꺼냈다. 게리가 집중에 어려움을 겪는 시간은 예쁜 여자들이 매장에 들어왔을 때뿐이었다.

"저것 좀 봐." 그가 말하곤 했다. "수년간 저런 여자들을 본 적이 없어."

자기는 스무 살쯤 된 여자들이 가장 좋다고 게리가 말했다. 번은 십삼 년 전 바깥세상과 유리되었을 때 게리의 나이가 그리 많지 않았다는 사실을 떠올렸다. 그는 확실히 스털링 베이커 같은 청년과 친구가 되는 것이 편했다.

하지만 번과 아이다가 주선한 게리의 첫 데이트 상대는 그와 비슷한 또래인 루 앤 프라이스라는 이름의 이혼녀였다. 이 소식을 들은 브렌다가 조니에게 말했다. "정말 재미있겠는걸."

5

브렌다는 루 앤이 게리에게 적합한 데이트 상대라고 생각하지는 않았다. 그녀는 빼빼 마른 체형에 아이도 몇 명 있는 데다, 무척 확신에 차 있는 사람이었다. 그녀의 눈꺼풀에는 분홍빛이 돌았다. 형편없는 조합이었다.

그나마 머리는 빨간색이었다. 어쩌면 게리가 좋아할지도 모르는.

다미코 부부는 루 앤이 시도해 볼 만한 가치가 있는 상대라고 판단했다. 지금 당장 생각나는 사람이 없었고, 그리고 루 앤은 어쨌든 브렌다가 게리와 다시 연락하기 시작했을 때 그에 관한 이야기를 들었던 사람이었다. 게리가 사람을 만나는 법도 모르고 자신을 제대로 돌볼 줄도 모른다는 얘기를 듣고, 루 앤은 그와 친구가 될 준비가 되었다고 느꼈다.

"안 될 게 뭐야." 그녀가 말했다. "그는 외로워. 끔찍한 대가를 치렀지."

어쩌면 가족이 설명할 수 없는 부분을 친구는 설명해 줄 수 있을지도 몰랐다.

게리가 세인트루이스에서 솔트레이크로 날아왔던 지난 금요일 밤으로부터 일주일이 채 안 된 목요일 저녁에, 루 앤이 번에게 전화해서 게리가 자기와 함께 나가서 커피 한잔할 의향이 있는지 물었다.

"멋진 생각인 것 같네." 번이 말했다.

전화를 받기 위해 불려온 게리도 선뜻 동의했다.

9시경에 그녀가 찾아왔다. 게리는 그녀를 만났을 때 충격을 받은 것처럼 보였다. 마치 그녀가 그렇게 생겼으리라고는 예상하지 못했던 듯이. 루 앤은 나중에 친구들에게 그때 그가 만족했는지 실망했는지 여전히 알 수 없다고 말했다. 그는 인사말을 하면서 말을 더듬었고, 그런 뒤 그녀의 맞은편 의자에 앉았다.

그는 너무 짧은 데다 밑단이 넓지 않은 구식 바지를 입고 있었다. 거기에 번에게서 빌린 것 같은, 품은 지나치게 크고 길이는 엉덩이에서 짜름하게 올라간 재킷을 입고 있었다. 여하튼 이런 따뜻한 밤에 리바이스와 보기 좋은 블라우스 차림의 루 앤에 비해 옷을 과하게 입은 건 사실이었다.

그가 의자에 앉아 내내 입을 다물고 있었던 탓에, 번과 루 앤이 계속 일삼아 말을 해야 했다.

"게리, 커피 한잔 마시러 나갈래요, 아니면 여기 있을래요?" 그녀가 마침내 물었다.

"나갑시다."라고 그가 말했다.

그가 자신의 방으로 들어가더니, 번이 장난삼아 쓰던 낚시 모자를 쓰고 나왔다. 그 모자에는 온통 빨간색, 하얀색, 파란색 별들이 가득했다. 게리가 마음에 들어 해서 번이 준 것이었다. 이제 그는 어딜 가든 그 모자를 쓰고 다녔다. "모자 어때요?" 그는 번에게 묻곤 했다.

"글쎄." 번이 대답했다. "너한테 별로 안 어울리는데."

루 앤은 그것이 그가 입은 다른 옷들과 끔찍이도 안 어울린다고 생각했다.

함께 나가서 차까지 걸어갔을 때도 그는 그녀를 위해 차 문을 열어 줄 생각을 하지 못했다. 그녀가 커피 마실 장소로 특별히 생각해 둔 곳이 있느냐고 묻자, 그가 움찔했다. "난 차라리 맥주를 마시고 싶은데요." 그가 말했다.

루 앤이 그를 '프레드 라운지'로 데려갔다. 그녀는 그곳을 운영하는 사람들을 잘 알았고, 그래서 아무도 그를 귀찮게 하지 않으리라고 확신했다. 그의 옷차림 때문에 낯선 곳에선 문제에 휘말리기 쉬울 터였다. 한 가지 어려운 점은 주변에 괜찮은 칵테일 라운지가 없다는 것이었다. 모르몬교도들은 쾌적한 환경에서 음주를 해야 할 이유를 알지 못했다. 맥주를 마시고 싶다면 허름하고 지저분한 술집에서 마셔야 했다. 프로보나 오렘의 술집 밖에 주차되어 있는 차량이라곤 서너 대의 오토바이가 전부였다.

'프레드 라운지'에서, 게리는 연신 주변을 두리번거렸다. 보고 또 봐도 마음에 들지 않는 눈치였다.

바텐더가 다가오자 루 앤이 말했다. "게리, 당신의 선택은요?"11)

그는 당황한 표정이었다. 바텐더는 건장하고 풍만하게 살집이 있는 여성이었다.

잠시 생각해 보는가 싶더니 그가 말했다. "나는 맥주를 마시겠소."

루 앤이 말했다. "맥주 종류도 선택할 수 있어요."

그는 '쿠어스'를 골랐다. 루 앤이 게리에게 그것이 얼마인지 알려 주었고, 그가 돈을 건넸다. 바텐더가 거스름돈을 가져다주자, 그는 마치 까다로운 거래라도 해낸 듯 뿌듯한 표정을 지었다.

그가 앉은 자리에서 몸을 돌려 당구대를 주시했다. 벽에 걸린 그림들, 거울들, 그리고 카운터 뒤에 압정으로 고정된 작은 문구들도 하나하나 살펴보았다. 먹고 싶은 건 없었지만, 그는 벽에 걸린 짙은 회색 메뉴판에 흰색으로 적힌 글자들을 유심히 관찰했다. 그는 그림 속 사물들을 암기해야 하

---

11) 뭘 마시겠느냐는 말일 텐데, 교도소에서 막 출소한 게리에게는 무언가를 '선택'하는 상황이 낯설 수밖에 없다.

는 게임에서 사용할 법한 강도로 그 장소를 머릿속에 새기고 있었다.

루 앤이 말했다. "최근에 술집에 온 적 없죠, 그렇죠, 게리?"

"출소한 이후로 한 번도요."

그곳은 사실상 비어 있는 거나 마찬가지였다. 사람들 두엇이 그 여자 바텐더와 함께 주사위를 굴리고 있었다. 지는 사람이 주크박스 음악의 요금을 지불하는 거라고 루 앤이 설명했다.

게리가 말했다. "나도 해도 돼요?"

루 앤이 말했다. "그럼요."

"당신이 날 도와주겠소?"

"네, 그럴게요."

그들은 주사위 컵을 요청했다. 그리고 게리가 물었다. "내가 이겼나요?"

루 앤이 말했다. "글쎄요, 이번엔 당신이 진 것 같네요."

"얼마를 넣어야 하죠?"

"50센트요."

게리가 말했다. "선곡하는 걸 도와주겠소?"

맥주를 마시며, 루 앤은 자신에 대해 이야기하기 시작했다. 항상 빨간 머리였던 건 아니라고 그에게 말했다. 예전엔 금발이었고, 그 전에는 약간 갈색빛 도는 머리를 한 적도 있고, 애시블론드나 허니블론드 등[12] 다양한 색조를 시도했었다. 완전

---

12) 각각 옅은 잿빛의 금발과 캐러멜 같은 금발.

별로였다고 그녀가 평가했다. 그녀는 빨간색에 안착했는데, 그것이 자기 기질에 맞았기 때문이었다. 첫딸이 빨간 머리로 태어났을 때, 자신의 머리색은 마침 허니블론드였다고 했다. 그녀는 곧 허니블론드 머리의 엄마에게서 어떻게 빨간 머리의 아이가 태어났느냐는 사람들의 질문이 피곤해졌다. 그래서 남편의 반대를 무릅쓰고 자기도 선명한 빨간 머리를 시도했다. 반전이라면, 그녀는 그 색을 좋아하지 않았고 남편은 오히려 좋아했다는 것이다. 그래서 그녀는 그 머리를 유지했다. 그리고 이제는 수년 동안 그 머리색을 유지해 온 터라 이렇게 말하곤 했다. "빨간 머리가 곧 나야."

그녀는 유타주 출신으로 이리저리 전학을 다녔다. 부모는 유타주 안에서 자주 이사를 했다. 고등학생 때 사귄 남편이 해군에 입대하자, 그녀는 남편과 함께 캘리포니아와 플로리다 양쪽 해안을 모두 섭렵했다. 그것이 이혼할 때까지 그녀가 살아온 삶이었다.

이제 그녀는 다시 유타 카운티로 돌아왔다. 동쪽을 제외하고는 모든 거리의 끝에는 사막이 있다고 그녀가 말했다. 동쪽에는 주간 고속 도로가 있었고, 그 너머엔 산이 있었다. 그게 전부였다.

그녀는 게리가 살아온 삶도 궁금해했다.

"교도소 생활은 어때요?" 그녀가 물었다. "살아남으려면 어떻게 해야 하죠?"

게리가 말했다. "가능한 한 자주 독방에 갇혔죠. 사람들이 날 혼자 내버려두도록."

집에 돌아갈 때가 되자 게리가 물었다. "맥주를 집에 가져가도 되나요?"

그녀가 대답했다. "원한다면요."

게리가 말했다. "당신 차에서 맥주를 마셔도 괜찮나?"

그녀가 그러라고 했다.

게리는 그녀에게 왜 자신을 만나러 왔는지 물었다. 간단해요. 당신도 친구가 필요하고 나도 새로운 친구가 필요하니까. 그녀가 대답했다. 하지만 그것은 게리에게 충분한 답이 아니었다. 그가 말했다. "교도소에서 누군가가 우정을 제안하는 것은 그에 대한 대가를 바란다는 뜻이거든."

차를 타고 가는 동안 그는 계속 전방 도로를 응시했다. 한 번은 그가 고개를 들고 말했다. "당신은 평소 그렇게…… 그저 주변을 차로 돌아다니기만 해요?"

"네, 그래요." 루 앤이 그에게 말했다. "마음이 편안해지거든요."

"신경 쓰이지 않아요?" 그가 물었다.

"네." 그녀가 대답했다. "전혀 신경 쓰이지 않아요."

그들은 계속 차를 타고 달렸다. 갑자기 그가 그녀 쪽으로 몸을 돌리고는 말했다. "나랑 같이 모텔 갈래요?"

루 앤이 말했다. "아뇨."

"아뇨." 루 앤이 그에게 말했다. "나는 당신의 친구가 되려고 왔어요." 그녀가 최대한 힘주어 말했다. "당신이 원하는 게 다른 거라면, 다른 데 가서 찾는 게 좋을 거예요."

그가 말했다. "미안해요, 하지만 나는 여자를 사귀어 본 적이 없어요." 그가 계기판을 계속 쳐다보았다. 몇 분 동안 침묵이 흐른 뒤, 그가 말했다. "모두가 무언가를 갖고 있는데, 나한텐 아무것도 없어."

루 앤이 대답했다. "우리 모두가 그걸 일해서 벌어야 해요, 게리."

그가 말했다. "그런 말은 듣고 싶지 않아요."

그녀가 길 한쪽에 차를 세웠다.

"우리는 이야기를 나눴어요." 그녀가 그에게 말했다. "하지만 얼굴을 맞대고는 아니었죠. 난 당신이 내 말에 귀를 기울여 주었으면 좋겠어요."

그녀는 자신의 친구들 모두 자기 집과 차와 아이들을 갖기 위해 엄청 열심히 일했다고 말했다.

"당신들에겐 그게 쉬운 일이겠지."

그녀가 말했다. "게리, 교도소 문을 나서는 순간 모든 것을 손쉽게 얻을 수 있을 거라 기대하면 안 돼요. 난 일하는 여자예요." 그녀가 그에게 말했다. "브렌다도 집에서 열심히 일해요. 아이들과 남편을 보살펴야 하죠. 그녀가 그 모든 것을 일해서 얻었다고 생각하지 않나요?"

그녀가 얘기할 때 그는 가만히 있지 못했다. 그 시점에서 그가 말했다. "난 이 차의 손님이야."

루 앤이 대답했다. "그래요, 당신이 내 차를 타고 있지만, 걸어서 가려는 게 아니라면 아무 데도 못 가요." 그녀는 여기가 어딘지 알았다면 그가 지금쯤 차에서 내렸을 거라는 느낌이 들었다.

게리가 말했다. "더 이상은 듣고 싶지 않아."

"음, 당신은 들어야 할 거예요."

갑자기, 그가 주먹을 들어 올렸다.

그녀가 말했다. "날 때리려고요?"

그녀는 그가 정말로 그러리라고는 생각지 않았다. 하지만 그의 분노가 한바탕 자신에게 몰아치는 것을 느꼈다.

루 앤이 앞으로 몸을 기울이며 말했다. "당신 머리 옆의 스위치가 딸깍하고 꺼지는 소리가 들리네요. 게리, 그걸 다시 켜고 내 말 좀 들어 봐요. 나는 당신에게 우정을 제안하는 거예요."

"집으로 갑시다." 그가 말했다.

그녀는 그를 번의 집에 데려다주었고, 그들은 내리지 않고 차 안에 앉아 있었다. 게리가 그녀를 포옹해도 되느냐고 물었다. 마치 호의가 필요하다는 듯이.

"난 많은 사람들과 친하게 지내요." 루 앤이 말했다. "하지만 내가 우정을 제안하는 대상은 극소수죠."

게리가 좌석에서 몸을 움직여 그녀를 팔로 감싸 가까이 끌어당겼다. 그리고 아주 세게 껴안았다. 그가 말했다. "생각했던 거랑 느낌이 다르군."

그는 모든 것을 붙잡으려 애쓰는 느낌이었다. 마치 세상이 그의 손끝에 닿을 듯 말 듯한 거리에 있는 것처럼.

그녀가 말했다. "그렇게 서두르지 마요, 게리. 당신에겐 시간이 있으니까. 시간은 충분해요."

그가 말했다. "난 시간이 없어요. 잃어버렸지. 그 세월을 다 보상할 순 없어."

“글쎄요.” 그녀가 그에게 말했다. “어쩌면 그럴지도 모르죠. 하지만 이제 지나간 일은 잊어야 해요. 한 번에 한 걸음씩 내딛다 보면, 당신에게 여자도 생기고 아이들도 생길 거예요. 당신은 여전히 그 모든 걸 다 가질 수 있어요.”

“당신은 다신 날 만나지 않겠지, 그렇지?” 그가 물었다.

그녀가 말했다. “아뇨, 당신이 원한다면 다시 만날게요.”

그가 그녀에게 키스했지만, 억지로 한 것 같았다. 그러고는 그녀를 밀어내더니, 손으로 그녀의 양어깨를 잡고서 지긋이 바라보았다.

그가 말했다. “미안해요. 내가 일을 망쳤어, 그렇죠?”

그녀가 말했다. “아뇨, 그러지 않았어요, 게리. 우리 또 봐요.” 그녀가 그날 저녁 맥주를 딸 때 사용했던 작은 교회 열쇠를 꺼내 그에게 건넸고, 그가 그녀에게 고맙다고 인사했다. 루앤이 말했다. “대화할 사람이 필요하면, 내 전화는 하루 이십사 시간 내내 열려 있으니 연락해요, 게리.”

그가 차에서 내려서 말했다. “미안해요. 내가 다 망쳤어요.” 그리고 덧붙였다. “번이 엄청 화낼 거예요.”

6

번은 사실 게리가 문을 열고 들어올 때 깨어 있었다. 그리고 두 사람은 그날 저녁에 대해 이야기를 나눴다. 번은 게리가 지나치게 강압적이었으리라는 인상을 받았다.

“데이트할 때 첫 만남에 모든 걸 다 하려고 하진 않아.” 번이 알려 주었다. “그냥 서로에 대해 알아 가는 거지.”

게리가 냉장고에 있는 맥주를 꺼내 마시기 시작했다. 누가 말해 주지 않아도 게리가 이미 몇 병 마셨다는 것을 번은 알 수 있었다.

“게리.” 번이 말했다. “정신 차릴래, 아니면 내가 정신 차리게 해 줄까?”

“뭘 어쩔 건데요?” 게리가 물었다.

“아무래도 내가 정신 차리게 해 줘야겠군.”

“제가 안 무서워요?” 게리가 물었다.

“그래.” 번이 말했다. “내가 왜 그래야 하지?” 그가 지극히 다정한 목소리로 말했다. “난 널 회초리로 때릴 수도 있어.”

게리의 얼굴이 환해졌다. 마치 자신이 이 집에 머물기를 바라는 그들의 마음을 처음으로 느낀 것처럼.

“이모부는 제가 안 무서워요?” 그가 다시 물었다.

“그래.” 번이 말했다. “난 안 무서워. 이 말이 미친 소리처럼 들리지 않았으면 좋겠구나.”

두 사람이 웃기 시작했다.

게리가 방을 둘러보며 번에게 말했다. “이제 제가 원하던 거였어요.”

“그렇군.” 번이 말했다. “뭘 원하는데?”

“글쎄요, 전 집을 원해요,” 게리가 말했다. “가족을 원해요. 다른 사람들이 사는 것처럼 살고 싶어요.”

번이 말했다. “그건 한순간에 얻을 수 있는 게 아니다. 일

년 만에 가질 순 없지. 얻기 위해서는 노력해야 해.”

게리는 아침에 루 앤에게 전화를 시도했다. 하지만 그녀가 부재중이어서 메시지를 남겼다.

루 앤이 제화점에 전화했을 때는 그가 자리에 없었다.

스털링 베이커가 전화를 받았고, 게리는 술을 마시러 갔다고 알려 주었다.

“오, 스털링.” 루 앤이 말했다. “부디 그에게 설명해 줘요. 난 그의 친구이고, 그가 전화했을 때 정말 여기 없었다고. 정말로 그에게 다시 전화하려고 했다고요.”

스털링은 그 말을 게리에게 전하겠다고 말했다. 루 앤은 끝내 그의 연락을 받지 못했다.

게리는 가게로 돌아와 몇 시간 머물렀고, 멀쩡해 보였다. 급료를 받는 날이었지만, 번에게서 미리 돈을 당겨 쓴 터라 받을 돈이 없었다. 하지만 게리가 돈이 부족하다고 말하자, 번이 그에게 10달러를 슬쩍 건네며 말했다. “게리, 만약 이 일이 너에게 맞지 않을 것 같으면 알려 주렴. 다른 일을 찾아볼 테니.”


7


그날 밤 게리는 스털링 베이커의 집에 저녁 식사 초대를 받았다. 그가 오랫동안 아기와 놀아 주는 모습을 보고 스털링의 아내 루스 앤은 꽤 깊은 인상을 받았다. 그는 라디오에서 나오는 음악을 좋아해서, 컨트리 음악에 맞추어 아기를 둥개둥개 얼렀다. 대화 중에 언급된 조니 캐시[13]는 그가 가장 좋아하는 가수였다. 교도소에서 나온 뒤, 한번은 하루 온종일 조니 캐시 음반만 들으며 시간을 보낸 적도 있었다.

교도소에서 얼마나 오래 있었던 거예요? 루스 앤은 궁금해했다. 그녀는 너무 옅어서 천연 백금발처럼 보이는 긴 머리를 가진 작은 여자였다. 만약 남자였다면, 사람들은 그녀를 '화이티'[14]라고 불렀을 것이다.

글쎄, 게리가 그들에게 말했다. 지난 이십이 년 동안 들락날락한 걸 모두 합치면 아마 십팔 년 정도 될걸. 그는 오랜 기간 복역하다 나오니 여전히 자신이 젊은 사람처럼 느껴진다고 말했다. 스털링 베이커는 그가 안쓰러웠다.

저녁 식사를 하며, 게리가 교도소 이야기들을 들려주었다. 지난 1968년에 그는 교도소 폭동에 연루된 적이 있었는데, 지역 텔레비전 제작진이 그를 우두머리 중 하나로 선정하여 텔레비전 카메라에 대고 몇 마디 하게 했다. 그때 그의 외모나 말하는 방식이 이목을 끌었다. 이 일로 그는 베키라는 이름의 여자와 아름다운 서신을 주고받았고, 그 외에도 몇 통의 편지를 받았다. 그는 편지들을 통해 그녀와 사랑에 빠졌다. 그러던 어느 날 그녀가 그를 면회하러 왔다. 그녀는 너무 뚱뚱해서 옆으로 뒤뚱거려야 겨우 문을 통과할 수 있었지만 그는 여전히

---

13) Johnny Cash(1932~2003). 미국의 전설적인 컨트리 음악 가수이자 작곡가.
14) 흑인들이 백인을 가리키는 비어. '흰둥이' 정도의 표현일 것이다.

결혼하고 싶을 만큼 그녀가 좋았다.

그런 게 드문 일은 아니었다고 게리가 말했다. 교도소 면회실에서는 언제나 뚱뚱한 여자들을 볼 수 있었다. 어떤 이유에서인지, 아주 뚱뚱한 여자들과 죄수들은 잘 어울렸다.

"교도소에 갇히게 되면, 대지의 여신 같은 풍만한 여자가 필요해지는지도 모르지."라는 게 게리의 의견이었다.

두 사람은 결혼할 작정이었지만, 베키가 수술 때문에 입원해야 했다. 그녀는 수술 중에 사망했다. 그것이 그가 교도소에서 경험한 짧은 연애였다.

다른 일화들도 있었다. 어릴 때 가장 친한 친구 중 하나였던 르로이 어프가, 게리가 수감된 지 이 년 후에 오리건 주립 교도소로 보내졌다. 르로이는 한 여성을 살해한 뒤 종신형을 선고받았고, 앞으로도 별로 기대할 게 없었다. 그래서 그는 나쁜 습관을 들였다. 르로이는 몇 달 동안 바륨[15]에 엉망으로 취해 있었다고 게리가 설명했다.

"녀석은 교도소에서 마약을 거래하던 빌이라는 놈에게 빚을 지게 됐지." 스털링과 루스 앤을 쳐다보며 게리가 말했다. "그런데 이 빌이라는 놈은 항상 사람들을 못살게 굴었단 말이야. 한번은 르로이가 나한테 소식을 전해 줬는데, 빌이 감방에 와서 자기를 흠씬 두들겨 패고는 쓰러진 자기를 짓밟는 등 별의별 짓을 다 했다는 거야. 그러고는 옷이며, 음, 주사기와 주삿바늘, 돈이며 그런 걸 다 가지고 가 버렸다는 거지." 게리가

---

15) 신경 안정제.

맥주 반 캔을 한 번에 삼켰다. "글쎄." 그가 말했다. "바륨은 환각을 일으킬 수 있기 때문에 르로이가 한 말이 사실인지 확신할 수는 없었어. 나는 칠 일 동안 독방에 들어갈 어떤 녀석과 그 일을 의논했는데, 그가 알아보더니 사실이라고 확인해 줬어. 녀석은 내게 빌과 관련하여 뭔가 도움이 필요한지 물었지. 난 그에게 내가 직접 하겠다고 했어. 르로이는 내 개인적인 친구였으니까. 마침 교도소 마당에서 공사를 하고 있던 터라, 거기서 망치를 한 개 훔쳐 왔고, 빌이 텔레비전으로 축구 경기를 보는 모습을 포착했어. 망치로 냅다 빌의 머리를 내리치고는 곧장 그곳을 빠져나갔지." 게리가 두 사람의 반응을 살피면서 고개를 끄덕였다. "사람들이 빌을 포틀랜드로 데려가 뇌 수술을 시켰어. 완전 엿 된 거지."

"당신은 어떻게 됐는데요?" 루스 앤이 물었다.

"텔레비전 방에 밀고자가 두세 명 있었는데, 내가 한 짓을 목격하고 교도소장에게 알렸어. 하지만 밀고자들은 법정에 서는 걸 두려워했어. 그래서 소장은 날 사 개월 동안 독방에 가둬 놓기만 했어. 내가 독방에서 나왔을 때, 아까 말했던 그 친구 놈이 내게 체인에 매달아 목에 걸라면서 작은 장난감 망치를 주더군. 그리고는 내게 '해머스미스'16)라는 별명을 지어 주었지."

게리는 텍사스 억양의 매우 단조로운 목소리로 이 이야기를 들려주었다. 그는 스털링에게 자기에겐 한 가지 규범이 있

---

16) 망치를 사용하는 대장장이.

다고 알려 준 셈이었다. 그 말인즉슨, 친구에게 의리를 지키라는 것이었다.

게리는 이제 루스 앤에게 자신과 사귈 만한 여자를 아는지 물었다. 그녀는 단칼에 모른다고 대답했다.

# 3장

# 첫 달

## 1

부활절 주말을 맞아 게리는 브렌다와 조니를 방문해 함께 시간을 보냈다. 아이들이 자러 들어간 후, 그들은 식탁에 둘러앉아 부활절 달걀에 색칠을 하며 토요일 밤을 보냈다. 게리는 즐거운 기분으로 아름다운 그림들을 그렸다. 아이들의 이름을 고딕체의 입체 글자로 써서, 부활절 달걀 위에 조그맣게 썼는데, 마치 돌에다 조각한 것처럼 보였다.

잠시 후, 조니와 게리는 함께 낄낄거리기 시작했다. 그들은 여전히 계란을 칠하고 있었지만, "크리스티, 사랑한다." 혹은 "닉, 힘내라."라는 말 대신 "부활절 토끼,[17] 엿 먹어라." 따위의

---

17) 부활절 때 부활절 달걀을 가져다준다는 토끼로, 독일 루터교인 사이에서 기원한 부활절 토끼는 원래 부활절 시즌이 시작될 때 아이들의 행동이 착했는지 나빴는지를 평가하는 심판 역할을 했다.

문구를 쓰고 있었다. 브렌다가 외쳤다. "그런 건 숨겨 놓지 마."

그러자 게리가 활짝 웃으며 말했다. "그럼, 우리가 먹어야겠네." 그와 조니는 잘못 칠한 부활절 달걀들을 삶아서 배불리 먹었다.

그들은 남은 저녁 시간을 지도를 그리며 보냈다. 바위 밑을 살펴라, 거울을 통해서만 다음 단서를 읽을 수 있다 등등 여러 단계가 있었다. 사탕, 달걀 그리고 간식을 마당 곳곳에 숨겨 놓느라 그들은 아주 늦은 밤까지 깨어 있었다.

브렌다는 게리가 나무 여기저기를 올라가는 모습을 지켜보며 즐거운 시간을 보냈다. 나무는 젖어 있었는데, 부활절 주간에 비가 왔기 때문이었다. 흠뻑 젖은 채 선물을 숨기는 게리의 모습이 나뭇가지들 사이로 어렴풋이 보였다.

그런 다음 게리는 자기가 자는 방 곳곳에 젤리빈을 놓아두었다. 특히 다음 날 아침에 아이들이 일어나 누워 있는 그의 위로 뛰어들도록 소파 위 선반에도 올려두었다.

이제 겨우 네 살인 토니는 게리의 가슴 앞쪽을 가로질러 얼굴 위로 올라가 코를 짓누르고 미끄러지면서 귀를 짓밟았다. 게리는 배꼽이 빠지게 웃었다.

아침은 그렇게 흘러갔다. 좋은 아침이었다. 날이 좀 개자, 조니와 게리는 말굽 던지기를 했고, 두 사람은 썩 잘 어울려 놀았다.

부엌에서 브렌다가 그에게 말했다. "있잖아, 게리, 이 냄비 보여? 오빠 엄마가 나한테 준 거야."

"아, 그래?"

"응." 브렌다가 그에게 말했다. "내가 처음 결혼했을 때 결혼 선물로 주신 거야."

게리가 말했다. "이런, 이젠 다 낡고 닳을 때도 되지 않았어?"

브렌다가 말했다. "웃기지 마."

브렌다는 지금이 게리에게 몽 코트를 만나 봤는지 물어볼 시점이라고 생각했다. 게리가 만나 봤다고 대답했다.

"맘에 들어?"

"뭐." 그가 말했다. "꽤 괜찮은 녀석이더군."

"게리." 브렌다가 말했다. "오빠가 그 사람한테 잘 협조하면 그 사람도 오빠한테 잘해 줄 거야."

게리가 희미하게 웃었다. 그는 교도소에서 일하는 사람들과 교도소 시스템을 위해 일하는 사람들 등 많은 남자들이 자신을 담당했었지만 특별히 자신과 소통하려는 사람은 없었다고 말했다.

만찬은 브렌다가 기대했던 대로 진행되지 않았다. 그녀는 번과 아이다, 하워드와 토니, 그리고 그들의 자녀들을 초대했다. 물론 그녀와 조니에게는 이전의 결혼에서 얻은 조니의 아들 케니를 포함하여 그들이 낳은 자녀들이 있었다. 참석 인원을 모두 세어 보니 열세 명[18]이나 되었고, 다들 그것에 대해 농담을 주고받았다. 메인 요리는 이탈리아식 스파게티로, 브렌다가 게리에게 약속했던 대로, 버섯과 고추, 양파, 오레가노와 마늘빵을 곁들여 그녀의 시칠리아 출신 할아버지가 만들던

---

18) 예수의 최후의 만찬에 참석한 인원이 열셋이다.

방식으로 요리되었다. 브렌다는 디저트로 위에 흰색 당의를 엑스 자로 끼얹은 핫 크로스 번[19]과 커피를 충분히 준비했는데, 몹시 경직된 게리의 표정만 아니었다면 식사를 즐겼을 것이다.

모두들 이리저리 오가며 수다를 떨었다. 조용한 식사가 아니었건만, 게리는 거기서 약간 동떨어져 있었다. 이따금 누군가가 그에게 예의상 질문을 던지기도 했고, 그가 "이런, 매리언에서 먹었던 것보다 훨씬 맛있는데." 같은 말을 했지만, 식사 내내 고개를 처박고 음식을 급하게 삼키는 것으로 자신의 침묵을 감췄다.

브렌다는 게리의 식사 태도가 형편없다는 우울한 결론에 도달했다. 안타깝게도, 식사 예절은 그녀가 신경 쓰는 부분 중 하나였다. 남자가 식탁에서 침을 흘리며 허겁지겁 음식을 퍼먹는 모습은 질색이었다.

그의 편지를 읽으며, 그녀는 그가 매우 신사적인 사람일 거라고 상상했다. 이제 와서야 그녀는 그의 식사 예절이 천박하리라는 걸 알았어야 했다고 판단했다. 교도소에서 냅킨이나 개인별 식기 세트를 갖추고 식사했을 리 없잖은가. 그럼에도 그녀로선 그 모습이 거슬릴 수밖에 없었다. 게리는 끝이 가늘고 긴 예술가의 손가락과 피아니스트 같은 보기 좋은 손을 가졌지만, 주먹으로 포크를 움켜쥐고 불도저처럼 입안으로 음식을 밀어 넣었다.

---

19) 윗면에 십자 모양을 새겨 구운 발효 빵으로, 부활절 주간에 먹는다.

하지만 그는 식탁 끝 냉장고 옆에 앉아 있었기 때문에 싱크대 위의 형광등이 그의 얼굴을 비추었다. 그 빛이 그의 눈을 환하게 부각시켰다.

브렌다가 말했다. "와, 내가 본 중에 가장 파란 눈이네."

그는 그 말을 별로 좋아하지 않았다. "초록색이야."

브렌다가 그를 다시 바라보았다. "초록색이 아니라 파란색이야."

이런 말이 계속 오가다 마침내 브렌다가 말했다. "알았어. 오빠가 화났을 때는 초록색이고, 화나지 않았을 때는 파란색이야. 지금은 파란색이고. 기분이 우울해?[20]"

게리가 말했다. "닥치고 밥이나 먹어."

번과 아이다, 하워드와 토니가 아이들과 함께 떠난 후에, 그리고 조니가 자러 간 후에, 브렌다는 게리와 함께 앉아 커피를 마셨다.

"즐거웠어?" 그녀가 물었다.

"오, 그럼." 게리가 말했다. 그런 다음 그가 어깨를 으쓱했고, "좀 어색했지. 난 할 말이 없으니까."

그녀가 말했다. "음, 우리가 그 장애물을 잘 넘겼으면 좋겠어."

"에이." 그가 말했다. "누가 교도소 이야기를 듣고 싶겠어?"

브렌다가 말했다. "난 그저 안 좋은 기억을 다시 떠올릴까 봐 걱정하는 거야. 그 주제를 언급하는 걸 너무 조심스러워하지 않았으면 좋겠어."

---

20) Blue에는 '우울하다'는 뜻도 있다.

게리가 말했다. "그래."

그는 그녀에게 교도소에서 있었던 일 몇 가지를 들려주었다. 세상에, 정말 상스러웠다. 게리는 엄청 징그러운 이야기도 할 수 있었다. 스키직스라는 늙은 놈이 있었는데, 그놈은 스스로에게 펠라티오를 할 수 있었던 모양이었다. 그놈은 그것을 자랑스러워했다. OSP의 다른 어느 누구도 할 수 없는 일이었다.

"OSP?" 브렌다가 물었다.

"오리건 주립 교도소."

게리는 작은 골판지 상자를 가져다가 검은색으로 칠하고 작은 구멍을 뚫어서 마치 렌즈가 없는 침공 사진기[21]처럼 보이게 만들었다. 그는 상자 안에 필름이 들어 있는데 그것이 그 작은 구멍을 통해 사진을 찍을 거라고 스키직스에게 말해 주었다. 모두가 모여, 게리가 그 녀석이 스스로에게 오럴을 해 주는 모습을 찍는 것을 지켜보았다. 멍청한 스키직스는 여전히 사진이 현상되어 나오기를 기다리고 있었다.

이야기를 마치고 게리가 너무 크게 웃음을 터뜨려서 브렌다는 게리의 입안에 있던 스파게티가 방 안 여기저기로 튈까 봐 걱정이 되기까지 했다. 그래서 그가 헐떡거리다 겨우 조용해졌을 때, 브렌다는 그렇게 기쁠 수가 없었다. 게리는 그녀를 빤히 바라보며 마치 이렇게 말하는 듯했다. '이제 알겠지? 내가 대화하기 힘든 이유를.'

---

21) 렌즈 대신에 자그마한 구멍을 뚫은 금속판을 댄 초보적인 사진기.

2

리키 베이커는 스털링 베이커의 포커 모임에 자주 참석하는 단골 중 한 명이었다. 체격에 비해 몸무게가 많이 나가지는 않았지만, 키가 컸다. 매우 컸다. 아마 195센티미터는 되었을 것이다. 게리는 일찌감치 그를 눈여겨보았다. 그는 포커 모임에서 자기보다 유일하게 큰 남자였다. 둘은 잘 어울리는 편이었다.

리키는 스털링의 사촌이었고, 게리가 매리언에서 출소하기 전부터 이미 그에 관해 들은 적이 있었다. 리키는 해군에서 디젤 정비사로 훈련받았지만, 제대 후 실제 직업을 가질 수 있을 만큼의 경험을 쌓은 것은 아니라, 되는대로 날품팔이를 하거나 공사판에서 일해야 했다. 다른 일거리가 없을 때는 번의 가게에서 시간을 보냈고, 스털링이 그에게 가죽 일을 가르쳐 주었다. 번이 교도소에 있는 조카가 곧 출소할 거라는 이야기를 할 때 리키는 우연히 그 자리에 있었다. 나중에 제화점에서 게리를 만났지만, 그때 게리는 자신에 대한 확신이 없는 신입 직원 정도로만 보였다. 게리가 카드놀이를 하는 모습을 보고서야, 그가 바로 그 문제의 친척임을 알아챘다.

포커 판에서 그는 확실히 가게에서와는 다른 성격을 보여 주었다. 리키는 게리가 썩 정직하지 않다는 것을 바로 눈치챘다. 그저 나쁜 태도라고밖에 볼 수 없는 버릇을 많이 갖고 있었다. 상대방이 손에 든 패를 보려고 몸을 기울이고, 규칙에 있어선 변호사처럼 항상 자기에게 유리한 쪽으로 해석했다.

또한 죄수들이 사용하는 포커 규칙을 모른다는 이유로 다른 플레이어들을 계속 비난하거나 무시했다. 기본 10센트에서 시작해서 25센트씩 판돈을 올리기 때문에, 총액이 10달러까지 올라갈 수 있었다. 포커에서 게리의 관심은 명백히 돈이었다. 그는 친구를 사귀지 못했다.

그날 저녁 후, 스털링의 친구 두어 명이 더 이상 오지 않겠다고 말했다. 스털링은 그들에게 자긴 상관없다고 말했다. 그는 확실히 게리에 대해 의리를 지켰다. 하지만 리키와 단둘이 남자, 스털링은 게리를 비난하기 시작했다. 리키도 동조했다. 리키와 스털링은 게리에게서 얻을 것이 별로 없다는 데 동의했다. 하지만 그럼에도 리키는 그 남자에 대해 뭔가 이상한 느낌이 들었다. 별것 아닌 일로 그를 적으로 만들고 싶지 않았다. 게리가 문제를 일으킨다면, 주저 없이 맞서 싸우겠지만, 게리가 주머니에서 무엇을 꺼낼지 조금 불안했다.

하지만 두 사람은 게리가 안쓰럽다는 점엔 동의했다. 게리에겐 문제가 있었다. 인내심이 없었다.

포커 게임은 지속되었다. 매번 다른 사람들이 왔다. 셋째 날 밤, 스털링이 리키를 따로 불러 게리를 어디 다른 데로 데려가 줄 수 있는지 물었다. 이 남자는 정말로 모두의 신경을 거슬리게 하고 있었다.

그래서 리키는 여자들이나 쫓아다니는 게 어떻겠느냐고 게리에게 물었다. 게리가 대답했다. 좋지.

리키는 곧 이놈은 지금까지 만난 남자 중 가장 밝히는 놈이라고 판단했다. 그는 미친놈이었다.

리키는 아내와 다시 갈라섰다. 그는 아내와 육 년을 함께 살았는데, 자신이 열일곱, 아내가 열다섯 살 때부터였다. 두 사람은 사이에 세 자녀를 두었고, 싸우는 법을 잘 알았다. 그래서 리키는 이제 게리에게 가볍게 농담하기 시작했다. 수가 얼마나 예쁜지 묘사하면서, 키가 크고 금발에 예쁘고 인상은 별로지만 괜찮은 여자라고 말했다. 그녀가 남편에게 화가 나 있으니, 어쩌면 게리를 만나고 싶어 할지 모른다고도 했다.

사실, 리키는 마지막으로 떠날 때 그녀에게 너무 화가 나서 집에 있던 모든 돈과 푸드 스탬프[22], 그리고 복지 수표까지 챙겨 왔다. 게리같이 발정 난 녀석을 보내면 그녀는 분명 미치고 팔짝 뛸 터였다. 그래서 리키는 반쯤은 농담 삼아 그렇게 말했던 것이었다.

하지만 일단 가능성이라는 게 생기자, 게리는 끊임없이 그것에 대해 리키를 귀찮게 했다. 리키는 그저 농담으로 한 말이라고 해명했다. 아니, 그 사람은 내 아내라고! 하지만 게리는 계속 언제 자기를 수의 집에 데려가 줄 거냐고 물었다. 리키가 마침내 그에게 절대 안 된다고 말했을 때, 게리가 너무 화를 내서 두 사람은 실제로 거의 주먹다짐을 할 뻔했다. 리키는 센터가에서 차로 천천히 돌아다니자는 말로 게리의 입을 막아야 했다. 자기는 여자들을 쫓아다니는 데 꽤 능숙하다고 게리에게 말했다.

---

22) 미국에서 저소득층이 식료품을 구매할 수 있도록 종이 쿠폰 형태로 발급된 지원 수단.

그래서 두 사람은 리키 베이커의 GTO[23]를 타고 거리를 돌아다녔다. 차를 타고 지나가는 여자들을 손짓해 불러 보고, 다시 한 바퀴 돌아서 센터가를 내려가다 아까 그 여자들을 보고 두 번째로 손짓해 불러 보았지만, 그들은 그저 다른 남자들이 탄 차와 픽업트럭들, 그리고 여자들이 탄 차들과 함께 길게 열을 지어 나란히 이동할 뿐이었다. 모든 차량에서 라디오 소리가 시끄럽게 울렸다.

게리는 긍정적인 결과가 나오지 않자 지루함을 느꼈다. 그들을 놀리던 여자들이 탄 차 뒤에서 빨간불에 정지했을 때, 그가 차에서 뛰쳐나가 앞 차의 창문 안으로 머리를 들이밀었다. 그가 무슨 말을 하는지 리키에겐 들리지 않았지만, 신호등이 초록불로 바뀌고 그 여자들이 출발하려 하는데도 게리는 머리를 창에서 빼내려 하지 않았다. 그 때문에 뒤의 차들이 나아가지 못해 길이 막히는 데도 신경 쓰지 않았다. 그 여자들이 가까스로 출발한 후, 게리는 리키더러 그들을 뒤쫓으라고 요구했다. "말도 안 돼." 리키가 말했다.

"쫓아가!"

주행하는 차량이 많은 관계로, 리키는 도저히 그들을 따라잡을 수 없었다. 그러는 내내 게리는 움직이라고, 아까 그가 말했던 대로 쫓는 실력이 좋다는 걸 보여 달라고 고함을 질러 댔다.

하지만 그들은 너무 늦게 시작했다. 남자들이 탄 차는 많았

---

23) 그랜드투어링 카. 일반적으로 고성능 스포츠카를 가리킨다.

지만, 여자들이 탄 차는 겨우 몇 대뿐이었고, 그 여자들은 그저 돌아다니며 노닥거리거나, 매우 신중했다. 그들에겐 조심스럽게 접근해야지, 겁을 주어 바로 물 밖으로 나가 버리게 만들면 곤란했다. 게리는 리키에게서 다음엔 더 일찍 나오자는 약속을 받아 냈다.

작별 인사를 하며, 게리는 한 가지 제안을 했다. 너랑 나랑 함께 팀을 이루는 게 어때? 포커로 돈 좀 벌자고.

리키는 이미 스털링으로부터 이 이야기를 들은 터였다. 그는 게리에게 스털링이 했던 것과 똑같은 대답을 했다. "글쎄, 게리, 난 내 친구들을 속일 순 없어."

이에 대한 답으로 게리가 말했다. "내가 자네 차를 좀 운전해 봐도 될까?"

GTO는 매우 빠른 자동차였다. 이번에는 리키가 승낙했다. 그래야 할 것 같았다. 제 뜻대로 하지 못해서, 게리는 몹시 화가 난 상태였기 때문이다.

그가 운전대를 잡자마자, 그들은 거의 죽을 뻔했다. 모퉁이를 빠르게 돌다가 정지 신호에 부딪힐 뻔한 것이다. 그러고는 교차로에서 속도를 줄이지 않았고, 속도를 줄이도록 설치된 배수로를 그대로 뛰어넘었다. 그다음에는 도로를 약간 벗어난 곳에 있던 사람들을 칠 뻔했다. 실제로 마주 오던 차 한 대는 갓길로 비켜 가야 했다. 리키는 계속 멈추라고 소리쳤다. 마치 미친놈과 보낸 한 시간 같았다. 게리는 운전한 지 얼마 되지 않은 것을 고려하면 나쁘지 않다고 계속 말했지만, 리키는 금방이라도 심장 마비가 올 것 같았다. 연료가 충분치 않은 상

태에서 클러치를 급하게 밟는 바람에 엔진이 꺼지고 나서야,
게리는 멈출 수 있었다. 그러고는 다시 시동이 걸리지 않았다.
배터리 상태가 좋지 않았다.

그 지경이 되어서야 리키는 다시 운전대를 잡을 수 있었다.
게리는 배터리가 방전된 일로 몹시 우울해했다. 사람들이 나
쁜 날씨에 대해 신경 쓰고 우울해하듯, 게리는 그 일에 기분
이 상했다.


3


다음 날 점심 즈음에, 토니와 브렌다가 제화점에서 게리를
차에 태워 햄버거를 먹으러 갔다. 긴 테이블 좌석에서 그의 양
옆에 앉아, 그의 왼쪽 귀와 오른쪽 귀에 대고 말했다. 그들은
곧장 본론으로 들어갔다. 말하자면, 그가 돈을 너무 많이 빌
렸다는 것이었다.

그래, 토니가 부드럽게 말했다. 오빠는 아빠에게서 이렇게
5달러, 저렇게 10달러를 빌리다 가끔은 20달러도 얻어 냈지.
게다가 제대로 시간을 지켜 일하지도 않았어.

“번과 아이다가 너희들에게 그런 말을 했어?” 게리가 물었다.

“게리.” 토니가 말했다. “오빤 아빠의 경제 상황을 모르는 것
같아. 오빠한테 그런 말을 꺼내기엔 자존심이 강한 분이라고.”

“우리가 오빠한테 이런 이야기를 하는 걸 아시면 엄청 화내
실걸.” 브렌다가 말했다. “하지만 아빠 지금 수입이 많지 않아.

가석방 위원회가 오빠의 출소를 도울 수 있도록 아빠가 일자리 하나를 일부러 만들어 낸 거라고."

"오빠한테 10달러가 필요하다면," 토니가 말했다. "아빠가 도와주시겠지. 그래. 하지만 그 돈으로 맥주를 사 가지고 집에 돌아와 빈둥거리며 맥주나 마시라는 얘긴 아니야."

토니는 이렇게 말하려 했다. 언니와 나는 오빠가 자기 돈을 어떻게 써야 하는지 어려워한다는 걸 이해해. 어쨌든 오빤 주급을 관리해 본 적이 없으니까.

게리가 대답했다. "그래, 맞아, 나는 모르는 것 같아. 뭔가를 사고 나면 돈이 별로 남아 있지 않거든. 나도 모르는 새에 갑자기 빈털터리가 되는 거야."

토니가 그를 안심시켰다. "일단 아빠에겐 계속 돈을 빌려줄 여력이 없다는 걸 이해하면, 나는 오빠가 아빠한테 돈을 빌려 달라고 부탁하지 않을 거라고 생각했어."

"마음이 안 좋네." 게리가 말했다. "번에게 돈이 없다고?"

"약간은 있지." 브렌다가 말했다. "하지만 아빤 돈 때문에 고통을 겪고 있어. 수술비를 마련하려 애쓰고 있거든. 이런 식이면 돈을 계속 못 모을 텐데, 그러면 그놈의 다리 때문에 늘 고통을 달고 살아야겠지."

게리는 그저 생각에 잠겨 고개를 푹 숙이고 앉아 있었다. "난 몰랐어." 그가 말했다. "내가 번을 곤혹스럽게 만들고 있었네."

토니가 대답했다. "게리, 힘들다는 건 알지만, 조금이라도 자리 잡고 살기 위해 노력해 봐. 맥주에 쓰는 돈이 별거 아닌 것 같지만, 오빠가 5달러를 들고 가서 식료품 한 자루를 사 오면 그게 엄마와 아빠에겐 큰 의미가 될 거야. 오빠도 알겠지만, 그분들이 오빠를 먹여 주고 입혀 주고 재워 주니까.”

이제 브렌다는 다음 주제로 넘어갔다. 그녀는 게리가 긴장을 풀고, 항상 상사로 여기지 않아도 되는 번과 같은 사람과 함께 일할 시간이 필요했다는 것을 알고 있었다. 하지만 이제 게리도 자기만의 거처와 진짜 직업에 대해 생각하기 시작해야 할 때였다. 심지어 그녀는 그에게 적당한 일자리를 찾아 주기 위해 얼마간 알아보는 중이었다.

게리가 말했다. “난 아직 준비가 안 된 것 같아. 날 위해 애써 줘서 고맙지만, 난 네 부모님 집에서 조금 더 머물고 싶어.”

“엄마와 아빠는.” 브렌다가 말했다. “토니가 결혼한 이후로 누구와도 함께 산 적이 없어. 그게 벌써 십 년인가 십이 년 전이야. 게리, 우리 부모님은 오빨 사랑하지만, 솔직하게 말할게, 오빤 그분들의 신경을 거스르기 시작했어.”

“그 일자리에 대해서나 얘기해 봐.”

“단열재 상점을 운영하는 남자의 아내에게 말해 보는 중이야.” 브렌다가 말했다. “스펜서 맥그래스라는 사람인데, 내가 듣기로 스펜서는 권위적으로 사람을 부리기만 하는 사람이 아니래. 현장에서 직원들과 함께 일한다나.”

브렌다는 맥그래스를 직접 만나 보지는 못했지만, 그의 아내 마리와는 잠시 즐거운 시간을 보낸 적이 있다고 설명했다. 늘 미소를 띠거나 웃는 얼굴인 마리는 ‘케틀 아주머니’[24] 유

------

24) 1940년대 후반과 1950년대에 유니버설 스튜디오에서 제작한 인기 영화

형의 다소 건장한 체격의 유쾌한 여성이었다.

그때 마리는 브렌다에게 이렇게 말했다. "교도소에서 출소한 사람에게 손을 내밀지 않으면 그들은 좌절하고 돌아서서 다시 문제를 일으키기 시작할 거예요." 누군가를 사회에 복귀시켜 새로운 삶을 살게 하려면, 사회가 조금은 마음을 열어야 한다고 했다.

"알았어." 게리가 말했다. "그 남자를 만나러 갈게. 하지만." 그가 두 사람을 쳐다보았다. "일주일만 더 시간을 줘."

퇴근 후 게리가 식료품 자루를 들고 들어왔다. 식사 준비와는 전혀 상관없는 자질구레한 것들이었지만, 아이다는 그것을 반가운 신호로 받아들였다. 그것은 삼십 년도 더 전의 일을 떠올리게 했다. 그때 프랭크 길모어가 교도소에 갇혀 있던 터라, 그녀가 베시에게 40달러를 빌려주었다. 거의 십 년이 걸리긴 했어도, 베시는 그 40달러를 다 갚았다. 어쩌면 게리도 그런 성격일지 몰랐다. 아이다는 게리에게 마지 퀸에 대해 말하기로 결심했다.

그녀는 마지라는 착한 여자를 알고 있었다. 친구의 딸이었다. 마지는 육 년 전쯤 아이를 낳았지만, 지금은 혼자 살면서 아이를 키우고 있었다. 사실 그녀는 여동생과 함께 지내며 시내에서 객실 메이드로 일했다.

"얼굴도 예뻐." 아이다가 그에게 말해 주었다. "약간 슬퍼 보

---

이는 편이긴 한데, 파란 눈이 아주 아름답지. 깊숙이 들어간 눈이야.”

“그녀의 눈이 이모 눈만큼 아름다워요, 아이다?” 게리가 물었다.

“으이그, 너스레는. 저리 가.” 아이다가 말했다.

게리는 당장 그녀를 만나고 싶다고 말했다.

캐니언 인 모텔 사무실에서 야간 근무를 하던 여자는 장신의 남자가 문을 열고 들어오는 모습을 봤다. 그가 활짝 웃으며 다가왔다.

“음.” 그가 말했다. “당신이 마지겠군요.”

“아뇨.” 그녀가 말했다. “지금은 마지의 근무 시간이 아니에요.”

남자는 그냥 떠났다.

마지 퀸이 전화를 받았다. 듣기 좋은 목소리가 말했다. “난 게리에요. 아이다의 조카죠.” 그녀가 인사를 건네자, 그는 목소리가 좋다면서 그녀를 만나고 싶다고 대답했다. 오늘 밤은 바쁘니까 내일 오세요, 그녀가 그에게 말했다. 그녀는 그가 누구인지 알고 있었다.

이미 마저리(마지)의 어머니가 아이다에게 출소한 지 얼마 안 된 조카가 있다고 말하면서 그와 만날 의향이 있는지 마지에게 물었었다. 그녀는 그가 무슨 죄로 수감되었는지 물었고, 강도죄라는 사실을 알게 되었다. 그녀는 그걸 그렇게 나쁘게 생각하지 않았다. 어차피 살인 같은 건 아니니까. 그녀는 이 시기에 한 남자랑 만나고 있었지만, 꾸준한 관계는 아니었기에 생각했다. 뭐, 나쁠 건 없지.

그녀가 문을 열자 그의 얼굴에 미소가 번졌다. 그는 우스꽝스러운 모자를 쓰고 있었지만, 그 외에는 괜찮아 보였다. 그녀가 그에게 맥주를 마시겠느냐고 물었고, 그는 거실 소파에 등을 편히 기대고 앉아 맥주를 마셨다. 마지가 함께 사는 여동생 샌디와 딸에게 그를 소개했고, 잠시 후 그에게 협곡[25]까지 드라이브하겠느냐고 물었다.

얼마 가지 않아 게리가 말했다. "맥주를 좀 더 삽시다."

마지가 말했다. "뭐, 그러시든가요."

프로보강 어귀까지 올라가, 그들은 좁은 물줄기가 약 300미터 높이에서 떨어지는 브라이덜 폭포에 들렀지만, 곤돌라를 타지는 않았다. 너무 비싼 탓이었다.

그들은 강가에 앉아 잠시 이야기를 나누었다. 날이 어두워지기 시작하자 게리가 별을 쳐다보며 그녀에게 자신이 얼마나 별 보기를 좋아하는지 말해 주었다. 교도소에 있을 때는 별을 볼 기회가 거의 없었다고 했다. 낮에는 교도소 안마당에 나가서 담장 너머의 하늘을 실컷 볼 수 있었지만, 별을 볼 수 있는 유일한 시간은 겨울에 어떤 시비나 문제가 생겨서 법원에 갈 때뿐이었다고 설명했다. 그러면 이미 어두워진 늦은 오후가 되어서야 감방으로 돌아올 수 있었다. 맑은 날 저녁에는 별이 보였다.

그는 마지에게 그녀의 눈에 대해 이야기하기 시작했다. 눈이 아름답다고. 그녀의 눈엔 애수가 담겨 있었지만, 달빛의 반

---

25) 프로보캐니언을 가리킨다.

짝임도 깃들어 있었다.

그녀는 그가 유쾌한 대화가 가능한 사람이라고 생각했다. 그가 영화 데이트를 신청했을 때, 그녀는 흔쾌히 승낙했다.

그러나 잠시 후 주 경찰차가 협곡을 요란하게 지나가는 일이 발생했다. 한순간에 그의 기분이 변했다. 그는 경찰에 대해 이야기하기 시작했고, 말을 하면서 점점 더 화를 냈다. 마치 문이 열린 오븐처럼 화가 마구 터져 나왔다. 그녀는 그와 함께 영화를 보러 가는 것에 대해 다시 생각하게 되었다.

사위가 더욱 어두워지자, 그들은 협곡을 따라 계속 올라가다 '헤버'에서 멈춰 맥주를 좀 더 마시고 걸음을 돌렸다. 10시 30분쯤 되었을 시간이었다. 언덕을 내려와 프로보에 진입했을 때 그녀가 말했다. "이제 당신을 집에 데려다줘도 될까요?"

그가 말했다. "거기 가기 싫은데."

마지가 말했다. "내일 일어나 일하러 가야 해요."

"내일은 토요일이잖소."

"모텔에서는 바쁜 날이죠."

"당신 집으로 갑시다."

그녀가 말했다. "좋아요, 잠시만이에요. 오래는 안 돼요."

그녀의 여동생은 이미 자러 들어간 터라, 그들은 거실에 앉았다. 그가 그녀에게 키스했다. 그런 다음 진도를 더 나가기 시작했다.

그녀가 말했다. "당신을 집에 데려다줘야겠어요."

"집에 가고 싶지 않아요." 그가 말했다. "그들은 거기 없어."

그녀는 그가 가야 한다고 고집했다. 그리고 뜻을 관철시키기 위해 모든 설득을 동원한 끝에 그를 차로 데려다주었다. 불과 몇 블록 떨어진 곳이었는데, 그들이 거기 도착했을 때는 불이 꺼져 있었다. 그가 말했다. "그들은 여기 없어."

이제 그녀는 자신이 취했음을 깨달았다. 자신이 완전히 취했다는 게 실감이 났다. 그녀는 겨우 이렇게 말했다. "당신을 어디로 데려다주면 좋겠어요?"

"스털링네 집으로요."

"여기 들어가면 안 돼요?"

"그러고 싶지 않아요."

그래서 그녀는 그를 스털링의 집으로 데려갔다. 그들이 거기 도착했을 때 그가 말했다. "벌써 잠들었나 보네."

그녀가 말했다. "우리 집에선 머물 수 없어요."

그럼에도, 그들은 그녀의 아파트로 돌아갔다. 음주 운전으로 체포되고 싶지 않았고, 적어도 그녀가 자기 집까지 가는 길은 알고 있었기 때문이었다.

거실에서, 게리가 그녀에게 다시 키스하기 시작했다. 그녀는 비참함을 느끼며 어떻게 이 상황에서 벗어날 수 있을지 고민하던 중, 팔짱을 끼고 고개를 숙인 채 의식을 잃었다. 그녀가 정신이 들어 몸을 움직이기 시작했을 때, 그는 가고 없었다. 그녀는 다음 주에 그와 함께 영화를 보러 가기로 약속한 것을 떠올리면서 잠에서 깼다.

4

다음 날 아침, 게리가 일찌감치 전화했다. 마지가 동생을 시켜 자기는 아직 일어나지 않았다고 말하게 했다. 삼십 분 후, 그가 다시 전화했다. 마지가 말했다. 그냥 나 여기 없다고 말해. 이걸로 다 끝이 나기를 그녀는 바랐다.

토요일 밤에 게리는 술에 취했다. 저녁 일찍 그는 스털링 베이커에게 말해 솔트레이크시티까지 차로 데려다 달라고 했지만, 스털링은 그에게 집으로 가라고 설득했다. 이제 게리는 번에게 운을 떼어 보았지만, 자정에 가까운 시간인 데다 편도로만 80킬로미터가 넘는 거리니 그 생각은 포기하라는 답변을 들었다. 게리가 대답했다. 알았어요, 그냥 이모부 차만 좀 빌려주세요.

"글쎄." 번이 말했다. "그건 안 되겠다."

게리의 표정이 사납게 변했다. 그런 때 그의 눈은 새장 속 독수리의 분노를 담고 있었다. 그 눈은 사실상 번에게 이렇게 말하는 것 같았다. '당신의 69년식 금색 폰티악이 차고에 있고, 당신의 73년식 녹색 포드 픽업트럭도 마찬가지인데, 그 어느 것도 나한테 빌려주지 않겠다고?'

그가 큰 소리로 말했다. "지나가는 차를 얻어 타죠, 뭐."

번은 솔트레이크의 한 술집에서 문제를 일으킬 궁리를 하며 앉아 있는 게리의 모습이 눈에 선했다.

"마음대로 해." 번이 말했다. "난 네가 그냥 여기 있으면 좋겠구나."

"갈게요."

그가 떠난 후, 번은 견딜 수가 없었다. 삼 분도 못 버티고 그가 아이다에게 말했다. "빌어먹을, 내가 태워다 줘야겠어." 그는 차에 오르면서, 게리 옆에 차를 세우고 조수석 문을 열며 "이 멍청이와 함께 솔트레이크에 가겠나?"라고 으르렁거리듯 말할 때 게리의 얼굴에 나타날 표정을 상상했다. 하지만 번은 그를 찾을 수 없었다. 웨스트 5번가에 히치하이킹을 할 수 있는 장소가 있었지만 아무도 없었다. 번은 거리를 왔다 갔다 했다. 게리가 단번에 차를 얻어 탄 게 분명했다.

일요일 오전 8시에, 게리가 아이다호에서 전화를 걸어왔다. 그는 483킬로미터 떨어진 곳에 있었다.

"어떻게 거기까지 간 거냐?" 번이 물었다.

음, 게리가 말했다. 차를 얻어 타고는 곧 잠이 들었는데, 이 친구가 솔트레이크를 내처 지나가 버렸지 뭐예요. 그가 잠에서 깼을 즈음엔, 아이다호였다는 것이다.

"번." 게리가 말했다. "저 빈털터리예요. 이모부가 저 좀 데리러 와 주실 수 있어요?"

"아마 브렌다라면 가겠지." 번이 말했다. "하지만 나는 확실히 안 갈 거다." 그가 한숨을 쉬었다.

"이모부는 날 데리러 오지 않겠다고요?" 게리는 정말로 약이 오른 목소리였다. 말하는 사이사이 연신 하품을 해 댔다.

번이 말했다. "거기 그대로 있어. 브렌다에게 전화할 테니."


"북쪽에서 뭐 하는 거야?" 브렌다가 물었다.

"엄마한테 들르고 싶었어." 게리가 말했다. "있잖아, 내가 아이다호에 친구들이 있다는 어떤 녀석을 프로보에서 우연히 만났는데, 녀석이 '내 친구들을 방문하자. 그런 다음 널 포틀랜드로 데려다줄게.' 그러더라고."

"오 맙소사." 브렌다가 말했다. 그는 가석방 규칙을 위반했다. 그는 유타주를 벗어날 수 없었다.

"어쨌든." 게리가 말했다. "아이다호에 도착하자 그 녀석이 나한테 화를 내더니 그대로 떠나 버렸어. 난 이 술집에 갇혀 있어, 브렌다. 나 돌아가야 돼. 데리러 와 줄 수 있어?"

"이 딱한 사람아." 브렌다가 말했다. "놀고 있는 엄지손가락 뒀다 뭐해. 그거 들어 올려 히치하이킹이라도 해."

몇 시간 후, 몽 코트의 자택으로 장거리 전화가 걸려 왔다. 아이다호주 트윈폴스의 젠슨 형사에게 연락해 달라는 요청이었다. 몽 코트는 그때 자신이 담당하는 가석방 죄수인 게리 길모어가 무면허 운전으로 체포되었다는 사실을 알게 되었다. 젠슨 형사는 이 사안을 어떻게 처리해야 하는지 물었다. 몽 코트는 잠시 생각한 후, 길모어가 자진 출두를 서약한다는 전제하에 유타주로 돌아가는 걸 허락하고, 돌아오는 즉시 자기에게 보고하게 할 것을 권고했다.

브렌다가 또 한 통의 전화를 받았다. 트윈폴스에 있다는 게리의 전화였다. 히치하이킹을 했고, 픽업트럭을 운전하는 남자의 차를 얻어 탔다고 했다. 그들이 한 술집에 들렀을 때, 그 남자가 추근거리기 시작했다. 게리는 바로 그 술집에서 그와 싸워야 했다. 그리고 마무리를 짓기 위해 주차장으로 나갔다. 게리가 그 남자를 때려눕혔다.

"브렌다, 난 내가 그를 죽였다고 생각했어. 맙소사, 난 정말 그를 죽였다고 생각했어. 그를 그의 픽업트럭에 태우고 미친놈처럼 운전했어. 병원을 찾으면 거기 떨궈 놓을 생각이었지. 그런데 그 남자가 발작을 일으킨 거야. 차를 세우고, 이름을 알아내기 위해 그의 옷을 뒤져 지갑을 꺼냈어. 그가 죽을지도 모르니까 말이야. 그러고는 병원을 찾아 속도를 내기 시작했어. 경찰이 나를 세우자마자, 그놈이 정신을 차리더군. 그런데 놈이 경찰에게 폭행과 구타, 납치, 지갑 절도, 그리고 트럭 탈취 혐의로 나를 체포하라는 거야."

브렌다는 그 모든 이야기를 따라가려 애쓰고 있었다.

"내겐 일주일 치 급여의 일부가 있었어." 게리가 말했다. "무면허 운전에 대한 보석금을 내기엔 충분했지. 그런 다음엔 문제를 해결했어."

"오빠가 해결했다고?" 브렌다가 말했다. "세상에, 어떻게?"

"저기, 있잖아, 그 자식이 이 동네에서 호모로 소문난 놈이더라고. 경찰이 내 편을 들어 그놈한테 고발을 취하하라고 설득한 것 같아. 교도소로 다시 안 가도 돼."

"믿을 수가 없네." 브렌다가 말했다.

"사촌아, 그런데 딱 한 가지 문제가 있어." 게리가 말했다. "보석금 내느라 갖고 있던 돈을 다 써 버렸거든. 어떻게 집으로 돌아가야 할지 모르겠어."

"빨리 돌아와야 할 거야." 브렌다가 말했다. "오빠가 아침까지 돌아오지 않으면 내가 몽 코트에게 전화할 테니까. 그는 오빠를 공짜로 교도소까지 태워다 줄걸."

"몽 코트는 이미 알고 있어." 게리가 말했다.

브렌다가 폭발했다. "이 얼간아." 그녀가 소리쳤다. "오빠 정말 멍청이야!"

긴 일요일이었다. 봄눈이 내리기 시작하더니 저녁 무렵엔 눈보라에 가까워졌다. 거실에서 브렌다는 빨간색 깔개와 빨간색 가구, 검정색 연철 램프를 질리도록 쳐다보았다. 그녀는 아이들의 장난감도 발로 차 버릴 준비가 되어 있었다. 조니와 함께 게리에게서 희망적인 면을 조금이라도 찾으려고 계속 고민했다. 그녀는 게리가 자신이 두들겨 팬 남자를 내버리고 도망치지 않아서 다행이라고 생각했다. 그에게 어느 정도의 책임감은 있다는 증거였다. 반면에, 그가 그 남자를 트럭에 태우고 떠난 이유는 그렇게 하면 그 남자를 쉽게 털 수 있을 거라고 생각했기 때문일까? 그리고 어떻게 그 남자가 고발을 철회하게 만들었을까? 그의 소년 같은 미소로?

게리가 곁에 있으면 답이 없는 질문들이 생긴다는 사실을 이제는 인정해야 한다고 브렌다는 우울하게 판단했다. 눈이 계속 내렸다. 도로 위로 나가면, 온 세상이 그저 하나의 커다란 하얀 들판으로 보일 터였다.


5


그날 저녁 9시경에, 게리가 솔트레이크에서 전화를 걸었다. 그는 이제 확실히 빈털터리였다. 또한 폭설로 발이 묶여 있었다.

조니는 텔레비전에서 좋아하는 쇼를 보고 있었다. "난 그 망할 바보 자식을 데리러 가지 않을 거야."

브렌다가 말했다. "문제를 일으킨 사람이 우리 쪽 가족이니 내가 가야지. 당신 트럭 좀 써도 돼?"

그의 트럭은 사륜구동에 시민 밴드(CB) 무전기[26]까지 장착되어 있었다. 그에 비하면 그녀의 매버릭은 너무 가벼웠다.

마침 토니가 와 있었고, 같이 가겠다고 했다. 브렌다는 기뻤다. 솔트레이크 도로는 토니가 더 잘 알았다.

폭설 탓에 브렌다는 주간 고속 도로에서 출구를 놓칠 뻔했다. 공항을 지나 그 술집까지 가는 길은 브렌다가 지금껏 경험한 것 중 가장 험난한 여정이었다. 가장 발 딛기 난잡한 장소를 찾아내는 것은 게리의 특기였다.

두 사람이 술집에 들어섰을 때, 게리는 바텐더와 이야기를 나누고 있었다. 브렌다는 게리가 매대 위에 잔돈을 잔뜩 가지고 있다는 사실을 즉시 알아챘다.

게리가 두 사람을 보고 활짝 웃었다.

"세상에서 가장 매력적인 두 숙녀는 안녕하신가?"

이런, 흠뻑 취했군! 아주 의기양양해. 그만의 공작새들이 방금 문을 열고 뽐내며 들어왔으니까. 브렌다가 토니를 보며 말했다. "저 주정뱅이를 어쩌지?"

두 사람이 양쪽에서 그의 목에 팔을 둘러 그를 지탱했다.

---

26) 주로 트럭 운전사나 아마추어 사용자들이 짧은 거리에서 서로 통신할 때 사용한다. 면허가 필요하지 않아, 일반 대중들이 쉽게 접근할 수 있는 통신 수단이다.

그도 양팔을 그들의 목에 둘렀다.

"갈 준비 됐어, 게리?"

"이번 잔만 마저 마시게 해 줘."

브렌다가 말했다. "문가에서 마셔."

그녀는 이런 술집 한가운데서 술 취한 사람들의 음흉한 시선을 받으며 서 있고 싶지 않았다. 사는 동안 삼십 초 만에 이렇게 여러 번 옷이 벗겨지는 기분은 처음이었다.

"게리, 어떻게 이렇게 멋진 장소를 찾아냈어, 응?"

"글쎄, 여기가 따뜻하더라고." 그가 말했다. 그는 항상 사안에 대해 현실적인 설명을 내놓았다.

"그나저나." 그가 맥주잔에 입을 대고 말했다. "곧 내가 당구 칠 차례인데."

"안 가고 여기서 당구를 치겠다는 거야?" 브렌다가 힐난했다.

"아니 글쎄." 그가 말했다. "내기가 잘 풀릴 것 같단 말이야."

"빈털터리라며."

그들은 카운터 위에 놓인 그의 잔과 그 옆에 있는 달러 지폐들을 보았다.

그가 말했다. "어떤 녀석이 나한테 밤새 술을 사 주더라고."

"이런 멍청한 거짓말쟁이 같으니." 브렌다가 말했다. "나 갈래."

그러자 게리가 정신을 차렸다. "알았어, 알았어." 그가 큰 소리로 말했다. "그게 우리 아가씨들을 행복하게 만드는 길이라면, 지금 갈게."

그는 내기 당구를 치지 못한 것을 짐짓 아쉬워하는 표정을 지으며 그녀의 코에 입을 맞췄다. 그리고 토니에게는 볼에 가볍게 뽀뽀했다.

"자자, 요 매력적인 아가씨들아." 그가 큰 소리로 말했다. "가자."

트럭까지 부축하지 않았다면, 그는 아마 눈 속에 쓰러졌을 것이다. 갑자기 그는 완전히 기력을 잃은 것처럼 보였다. 두 사람은 그를 앞좌석 가운데에 끼워 앉히는 데 가까스로 성공했지만, 그가 말했다. "아, 안 돼, 못 견디겠어. 토할 것 같아."

브렌다가 악을 쓰며 말했다. "나 내릴래."

그들은 자리를 재배치하여, 토니가 가운데 앉고, 게리가 창문을 약간 열어 둔 채 바깥쪽에 앉았다. 그 망할 바보는 집으로 가는 내내 노래를 불렀다. 그는 음치였다.

「담 위의 병」[27]이라는 노래였다. 담 위에 병 100개가 있었는데, 병 하나에 문제가 생겨서 99개만 남았다. 「클로버밭에 날 굴려 줘」[28]와 비슷한 노래였다. 담 위의 맥주병 100개가 하나도 남지 않을 때까지 한 병씩 가져가 마시는 내용의 노래였다.

브렌다가 말했다. "오빠가 잘하는 걸 시도해 보는 게 어때? 세상에, 노래 진짜 못하네."

"나도 할 수 있어." 그가 말하고는 다음 절을 부르기 시작했

---

27) 「담 위 99개의 맥주병」으로 알려진 전통적인 노래로, 술병을 하나씩 줄여 가며 숫자를 세는 반복적인 가사로 구성되어 있다.

28) 영국의 전통적인 민요로, 연애와 관련하여 각 절에서 점점 더 대담한 내용을 담으며 반복되는 후렴이 특징이다. 각 절에서 숫자를 하나씩 올리며 진행하는 형식이라서, 「담 위의 병」처럼 숫자 노래의 일종으로 볼 수 있다.

다. 앞으로 남은 건 듣는 사람의 고통뿐이었다.

그들이 포인트 오브 더 마운틴에 도달했을 때는 고속 도로 전방의 미등이 보이지 않을 정도로 눈발이 거셌고, 픽업트럭 뒤에 적재된 짐이 없어서 차가 미끄러지기 시작했다. 곧 뱀으로 가득 찬 통 안을 운전하는 것처럼 될 터였다.[29] 그녀는 시민 밴드 무전기를 켜고 산 반대편 트럭의 일기 예보를 수신하고자 했다. 만약 상황이 좋지 않으면 갓길에 차를 세우고 폭풍이 지나가기를 기다릴 작정이었다.

하지만 게리는 브렌다가 시민 밴드에 접속하자 화가 났다. 시민 밴드에 대해 들어 본 적은 있지만, 그것이 어떤 용도로 쓰이는지는 잘 몰랐기 때문이었다. 그는 편집증 상태였다. 브렌다가 경찰과 이야기하고 있다고 생각했다.

"뭐 하는 거야?" 그가 물었다.

"스모키 리포트를 들으려고."

"스모키 리포트가 뭔데?" 게리가 물었다.

"스모키는." 브렌다가 말했다. "경찰을 가리키는 이름이야."

"이봐, 날 경찰에 넘길 셈이야?" 게리가 물었다.

브렌다가 말했다. "뭣 때문에? 멍청한 놈이라는 이유로? 멍청하다는 이유로 누군가를 고발할 순 없어."

"아." 게리가 말했다. "오케이, 무슨 말인지 알겠어."

"그래." 브렌다가 말했다. "나는 오빠 경찰에 고발하지 않을

---

29) 앞으로 아주 혼란스럽고 위험한 상황에 처하리란 걸 비유적으로 표현한 말이다.

거야. 하지만 그건 정말 멍청한 말이었어."

"난 멍청하지 않아." 그가 단언했다.

"게리, 오빠 지능지수는 높아도 상식은 한 방울도 없어."

"그건 네 의견일 뿐이야."

그는 가장 빌어먹을 상황에 빠지고는 거기서 벗어날 방도를 찾는 것이 상식이라고 생각하는 듯했다.

스모키 리포트에서는 산 너머의 날씨는 덜 나쁘다고 했지만, 브렌다는 그 길을 시도해 볼지 결정하지 못했다. 시민 밴드에서, 그녀의 뒤를 따라오는 대형 화물차가 전방 도로가 위험하다고 했다. 그런 다음 그 남자가 브렌다더러 어떤 차량을 운전하고 있는지 물었다. 브렌다가 조니의 픽업트럭을 묘사하자, 그 트럭 운전자가 말했다.

"당신이 보이는군. 내 바로 앞에 있네요." 그가 그녀에게 말했다. "내 뒤에도 동료가 한 명 따라오고 있으니까, 우리가 당신을 에스코트하죠."

"그런데." 브렌다가 말했다. "전 오렘까지 죽 가야 하는데요."

"우리가 계속 옆에 있을게요."

그래서 브렌다는 두 대의 대형 트럭을 앞뒤로 둔 채 고속도로를 달렸다. 그녀는 앞차의 미등을 보며 계속 따라갔고, 뒤차가 그녀의 뒤에 바짝 붙어 이동했다. 그들이 그녀와 함께 움직였다.

선두 트럭은 그녀의 차가 중앙 분리대 쪽으로 미끄러지지 않도록 왼쪽 차선에 머물렀다. 다른 트럭은 그녀의 오른쪽 바로 뒤에 있었다. 그녀의 픽업트럭 뒷바퀴가 갓길로 방향을 틀

면, 그가 오른쪽 뒷바퀴 근처의 범퍼를 두드려서, 차가 미끄러
지는 걸 멈추게 할 수 있었다. 트럭 운전사들은 그런 요령을
알고 있었다. 그것은 결정적인 도움이 되었다. 배수가 잘 안 되
는 바람에 이 구간의 도로는 갓길이 급격히 잘려 나가 배수로
와 맞닿았고, 봄철 눈보라인 탓에 운전 차량을 보호해 줄 오
래된 눈 더미도 없었다. 사실 오른쪽에는 자갈과 가파른 내리
막뿐이었다. 그래서 뒤의 차량 운전자가 그녀에게 계속 말을
걸었다. "걱정 마요, 당신은 넘어가지 않을 거예요."

이 모든 것이 게리에게 깊은 인상을 남겼다.

"넌 보호를 받고 있네." 그러고는 활짝 웃으며 말했다. "그런
데 나로부터 보호받을 필요는 없다고 생각해?"

"아니." 브렌다가 말했다. "그게 무슨 말 같지도 않은 소리
야? 날 해치기라도 할 거야?"

"그런 멍청한 말이 어디 있어?" 그가 이젠 기분이 상해서
말했다.

"오빠가 방금 한 말보다 더 멍청한 말은 없지."

토니가 말했다. "얘들아, 얘들아. 싸우지 마."

그렇게 그들은 차를 몰아 집에 도착했고, 그날 밤 게리는
브렌다와 조니의 집에서 잤다.


6


월요일 아침 진눈깨비가 내리는 가운데, 게리는 몽 코트를

만나러 갔다. 그리고 자신의 가석방 담당관에게 다음의 이야기를 들려주었다.

그는 어느 파티에 갔다가 다소 취했다. 그러고는 매춘부를 구하기 위해 솔트레이크에 가기로 마음먹었다. 가는 길에, 그는 아이다호 트윈폴스에서 함께 지낼 여자들을 알고 있다는 한 남자의 차를 얻어 탔다. 그러나 그들이 트윈폴스에 도착했을 즈음엔, 이 약속을 한 그 자식이 그를 그냥 거기 떨어뜨려 놓고 가 버렸다.

그래서 그는 유타에 전화를 걸었고, 사촌은 그에게 히치하이킹을 해서 돌아오라고 말했다. 술집에서 만난 남자의 차를 얻어 탈 수 있었다. 도중에, 그 남자가 경련을 일으키더니 급기야 정신을 잃었다. 그래서 게리가 직접 운전대를 잡고 병원을 찾아야 했다. 이 시점에서 그는 무면허 운전으로 체포되어 코트 씨에게 연락을 취하게 했다. 그리고 그는 이제 지시받은 대로 보고를 하는 것이다, 운운.

몽 코트는 그의 해명이 만족스럽지 않았다. 길모어는 매우 온순하고 공손한 태도로 그의 사무실에 앉아 있었다. 하지만 그의 설명에는 많은 부분이 누락되어 있었다. 그저 질문에만 답했을 뿐이었다. 느낌이 별로 좋지 않았다. 그렇다 해도, 그냥 길모어 같은 이들과 계속 살아가야만 하는 경우가 많았다.

코트에겐 가석방 혹은 보호 관찰 중인 사람이 80명 정도 있었는데, 그는 일주일에 30~40명을 오 분에서 십오 분가량 접견해야 했다. 그것은 그저 운에 맡기는 수밖에 없다는 걸 의미했다. 그는 어제도 길모어가 아이다호에서 스스로 돌아올 거라는 쪽에 운을 걸었다.

반면에 만약 게리가 아이다호의 구치소에 수감되었다면, 그의 가석방이 이루어진 오리건주 당국에 그의 처분을 맡겨야 했을 수도 있다. 일요일 오후에 오리건주 가석방 위원회의 위원을 찾기는 극도로 어려웠을 것이다. 실제로 가석방 위원회가 길모어의 위반 여부를 결정하기 위해 모이기까지 며칠이 걸릴 수도 있었다. 그러는 동안 게리는 내내 트윈폴스 구치소에 갇혀 있어야 했을 것이다. 바로 그 순간, 어떤 변호사가 그를 인신 보호 영장으로 풀어 주기라도 하면, 길모어는 그대로 도망칠 수 있었다. 그는 진짜로 곤경에 처할수록, 더 빨리 자취를 감추는 경향이 있었다. 그런데 길모어는 자진해서 돌아와 자신의 긍정적인 면을 강화하려 했다. 그는 코트가 자신을 신뢰하는 것이 옳았음을 알게 될 터였다. 그렇게 되면 일이 성사될 어떤 기반이 마련될 것이다. 취지는 한 사람을 권위와 어떤 긍정적인 관계를 맺게 하는 것이었다. 그러면 그의 변화가 시작될 수도 있다.

뉴질랜드에서 모르몬교 선교사로 활동했던 코트는 권위의 힘이 변화의 동인임을, 다시 말해, 권위의 힘이 사람들의 인격에 얼마간 실질적인 변화를 일으킬 수 있다는 믿음을 갖고 있었다. 물론 그 사람이 성경이든 모르몬 경전이든 권위를 기꺼이 받아들여야 하고, 혹은 게리의 경우에는, 그가, 보호 관찰관인 몽 코트가, 강압적이거나 과격한 사람이 아니라 열린 마음으로 대화하고 자기에게 합리적인 기회를 주는 사람이라는 사실을 받아들여야 했다. 그는 경미한 위반을 한 번 저질렀다는 이유로 한 남자를 성급히 과밀한 교도소로 돌려보내기 위해서가 아니라, 그 남자를 돕기 위해 그 자리에 있는 것이었다.

물론 그는 길모어가 가석방 규칙을 위반했다고 분명히 설명했다. 한 번만 더 위반하면 그의 가석방 지위가 위태로워질 수 있었다. 길모어가 고개를 주억였고, 정중하게 경청했다. 그는 나이 들어 보였다. 두 사람은 나이가 비슷했지만, 길모어가 훨씬 더 나이 들어 보인다고 코트는 생각했다. 반면 35세 예술가의 모습을 상상한다면, 길모어가 그 외양에 딱 맞아떨어졌을 것이다.

코트는 게리의 미술 작품 일부를 본 적이 있었다. 몽 코트가 게리를 만나기 전에, 브렌다가 그에게 게리가 그린 소묘와 채화 두어 점을 보여 주었다. 오리건주 교도소에서 받은 정보에 따르면 길모어가 폭력적인 사람인 건 분명했지만, 코트는 그 그림들에서 전과 기록에는 반영되지 않은 그 남자의 일면을 엿볼 수 있었다. 몽 코트는 부드러움을 보았다. 그는 길모어가 완전히 사악하거나 나쁘기만 한 건 아니라고, 구제할 만한 무언가가 있다고 생각했다.

몽 코트를 만나고 난 뒤, 게리는 스펜서 맥그래스와 새로운 일자리에 대해 이야기를 나눠 보기로 결심했다. 브렌다는 그 만남을 위해 그를 린던으로 데려갔고, 맥그래스에게 호감을 느꼈다. 그가 정말 괜찮은 사람이라고 그녀는 생각했다. 처음 보면 배관공으로 착각할 수 있는 작고 투박한 인상의 그는 짙은 콧수염을 기르고 현실적인 태도를 지닌 사람이었다. 주변을 돌아다니며 직원들에게, "자, 여러분, 이걸 해치웁시다."라고 독려할 만한 사람이었다. 그녀는 그가 비록 키는 작아도 멋진 사람이라고 생각했다.

머칠 전 게리는 간판 도색 회사의 한 남자를 만나러 갔는데, 시간당 고작 1.5달러를 제시받았다. 게리가 그건 최저 임금[30]도 안 된다고 말하자, 그 남자는 "뭘 바라는 거요? 당신은 전과자잖소."라고 대답했다. 스펜서는 그것이 부당하다는 데 동의했다. 게리가 다른 사람들과 동일한 일을 한다면 동일한 임금을 받아야 한다는 것이었다.

하지만 알고 보니 게리에겐 이 분야에 적용할 만한 경험이 많지 않았다. 그림을 잘 그리긴 했지만, 그들은 간판 도색은 많이 하지 않았고, 그저 기계에 페인트 건으로 페인트칠만 했다.

"그래도 내 보기에 당신은 똑똑한 것 같으니 일을 금방 배울 수 있을 거요." 스펜서가 말했다.

그는 게리의 급여로 시간당 3.5달러를 책정했다. 정부에서 전과자를 위한 프로그램을 운용하고 있었고, 이 급여의 절반을 지급할 터였다. 게리는 다음 날부터 일을 시작하기로 했다. 오전 8시부터 오후 5시까지 근무하되, 점심 식사를 하고 커피를 마실 수 있는 휴식 시간이 있었다.

프로보에 있는 번의 집에서 린던에 있는 가게까지는 11킬로미터가 훌쩍 넘는 거리였고, 단층 건물이 늘어선 스테이트가를 따라 약 11킬로미터를 이동해야 했다. 첫날 아침에는 번이 차로 그를 데려다주었다. 그 후 게리는 도로에서 차를 얻어 타

---

30) 1976년 당시 미국 최저 임금은 시간당 2.3달러였다.

지 못하는 경우를 대비해, 8시까지 일터에 도착할 수 있도록 오전 6시에 집을 나섰다. 곧바로 차를 얻어 타는 바람에, 한 시간 반이나 이른 시각인 6시 30분에 일터에 도착한 적도 있었다. 다른 때는 그렇게 빠르지 않았다. 새벽에 산에서 먹구름이 몰려와 빗속을 걸어야 했던 적도 한 번 있었다. 밤에는 차를 타지 않고 터벅터벅 걸어서 돌아오곤 했다. 가게에 가려면 먼 길을 이동해야 했다. 진흙투성이 마당에 트럭과 중장비만 잔뜩 세워져 있을 뿐 아무것도 볼 게 없는 큰 창고나 다름없는 가게였다.

일을 시작한 후 처음 며칠 동안 그는 정말 조용했다. 뭘 어떻게 해야 할지 모르는 게 분명해 보였다. 그에게 대패로 평평하게 다듬으라고 널을 주면, 그는 그것을 깨끗이 다듬은 후 가만히 기다렸다. 그 널을 뒤집어서 반대쪽도 평평하게 다듬으라고 말해 주어야 했다. 한번은 건장한 팔뚝과 어깨를 가진 중간 체격의 십장인 크레이그 테일러가, 게리가 십오 분간이나 전기 드릴을 가지고 씨름했음에도 구멍 하나를 제대로 뚫지 못하는 걸 발견했다.

크레이그는 그가 역방향으로 드릴을 돌리고 있었다고 알려 주었다. 게리는 어깨를 으쓱하며 말했다. "역방향이 있는 줄 몰랐소."

그래서 스펜서 맥그래스가 들은 그에 대한 평판은, 괜찮은 사람이긴 하지만 고등학교를 갓 졸업한 애 수준의 지식밖에 없다는 것이었다. 복합 그라인더와 전기 사포, 페인트 건을 일일이 설명해 주어야 했다. 그는 또한 외톨이였다. 처음 며칠간은 갈색 종이봉투에 점심을 싸 와서 혼자 먹었다. 한쪽으로 멀찍이 떨어진 기계 위에 혼자 앉아, 생각에 잠긴 채로 음식을 먹었다. 그가 무슨 생각을 하는지는 아무도 알지 못했다.


7


　밤에는 달랐다. 게리는 거의 매일 밤 외출했다.

　리키는 게리에 대해 조금 위압감을 느끼기 시작했다. 건드리면 위험한 인물임을 직감했다. 포커 판에서, 게리가 싸움 끝에 입원시킨 아이다호 녀석에 대해 이야기해 주었기 때문이다.

　이제 게리는 자기가 교도소에서 죽인 흑인 놈 이야기도 모두에게 들려주었다. 그 흑인 놈은 착한 백인 녀석을 자신의 '호모 새끼'[31]로 만들려 했다. 그 녀석이 게리에게 도움을 요청했고, 그래서 자기와 또 다른 동료가 파이프 몇 개를 입수했다. 그래야만 했다. 그들이 상대할 죄수는 나쁜 검둥이였고, 전문적인 싸움꾼이었기 때문이다. 그들은 계단에서 그를 붙잡아 파이프로 반쯤 죽도록 팼다. 그런 다음 그를 그의 감방

---

31) 원어 Punk는 교도소 은어로 '성적으로 폭력적인 재소자들로부터 보호받기 위해, 어쩔 수 없이 더 강한 재소자의 성노예 노릇을 하는 약한 풋내기 재소자'를 의미한다. 그리고 때로는 그런 식으로 정보를 수집하여 당국에 보고하는 '밀고자'를 의미하기도 한다. 죄수들 사이에서, '펑크'는 여러모로 가장 경멸의 대상이다. 해당 문맥에서와 같이 성적인 함의가 강한 교도소 은어로서 Punk는 직관적으로 '호모 새끼'라고 번역했고, 이 밖에 문맥에 따라 '똘마니'나 '양아치'로 번역하기도 했다.

안에 넣고는 사제 칼로 57회나 찔렀다.

리키는 그 이야기가 그저 말에 불과하다고 생각했다. 게리는 모두에게 이 일화를 들려줌으로써 자신을 무시무시한 사람으로 보이려는 것뿐이었다. 그래도 리키는 마음이 편치 않았다. 그런 이야기에 기대어 살고 싶어 하는 사람은, 누군가를 압박하기 시작하면 아무리 상대가 맞서더라도 좀처럼 물러나지 않을 것이기 때문이었다.

하지만 게리는 눈치가 없고 세상 물정에 어두워 보이기도 했다. 리키의 GTO를 타고 여자들을 쫓아다니면서도 아직 많이 배우지 못한 게 분명했다. 리키는 여자들에게 어떻게 접근해야 하는지에 대해 계속해서 설명하려고 애썼다. 거만하고 못되게 굴지 말고 스털링 베이커처럼 부드럽고 온화하게 말해야 한다고 강조했다. 하지만 게리는 그렇게 전략적으로 행동하지 않겠다고 고집을 피웠다. 리키로서는 차를 세우게 하여 여자 몇 명과 잠시 이야기를 나누는 건 일도 아니었지만, 그럴 때마다 게리가 그들을 겁먹게 하여 쫓아냈다.

어느 날 밤, 리키는 여자 셋이 탄 픽업트럭 옆에서 차를 공회전하며 대기했다. 트럭은 리키의 왼쪽에 있었고, 리키는 열린 창문 너머로 여자들이 자신을 괜찮은 남자고 외모도 나름 잘생겼다고 느낄 때까지 그들과 이야기를 나눴다. 그런 뒤 여자들은 어두운 거리를 질러 갔고, 리키가 그 뒤를 따라가 주차했다. 운전하던 여자가 게리에게 다가가 말을 걸었고, 리키는 차에서 내려 그들의 트럭 쪽으로 걸어갔다. 그가 나머지 두 여자에게 그들의 집으로 가서 파티를 열자며 다정하게 이야기하고 있는데, 몇 분도 지나지 않아 운전하던 여자가 겁에 질린 표정으로 돌아왔다. 그녀가 말했다. "당신 친구 좀 어떻게 해 봐요." 그녀는 재빨리 트럭에 올라타 떠났다.

"무슨 일이 있었던 거야?"

"글쎄, 내가 곧장 나와서 그녀에게 그걸 부탁했어. '너무 오랜만이라 지금 당장 좀 하고 싶어!'라고 말했지." 길모어가 고개를 저었다. "난 할 만큼 했어. 그냥 계집애 몇 명 붙잡아서 강간하는 게 어때?"

리키는 신중하게 말을 골랐다. "게리, 난 절대 그럴 수 없어."

그들은 차를 몰고 돌아다녔고, 그러다 게리가 마지 퀸이라는 여자를 안다고 말했다. "아주 괜찮은 여자야." 이제 그는 그녀의 집으로, 오직 그녀의 집으로만 가고 싶어 했다. 그녀는 이 층짜리 건물의 2층에 살고 있었는데, 층마다 여러 개의 셋방이 있는 구조였다. 작은 모텔처럼 보였다.

게리는 십 분 동안 그녀의 집 문을 두드렸다. 마침내 마지의 여동생이 응답하러 나왔다. 그녀가 문을 아주 살짝만 열고 속삭이듯 말했다. "마지는 자요."

"내가 왔다고 전해."

"잔다니까요."

"그냥 내가 왔다고 전하기만 해. 그러면 일어날 거야."

"언닌 자야 해요."

문이 닫혔다.

"나쁜 년." 게리가 소리쳤다.

그는 몹시 화가 났다. 계단을 내려오며 리키에게 말했다.

"그녀의 차를 뒤집어 버리자."

리키 본인도 꽤 취해 있었다. 뭔가 재미있을 것 같았다. 리키는 차를 뒤집어 본 적이 없었다.

마지의 차는 작고 오래된 외제 차였지만 무거웠다. 두 사람이 온 힘을 다해 힘껏 밀어 보아도 약간 흔드는 것 이상은 할 수 없었다. 그래서 게리는 GTO의 트렁크에서 타이어 지렛대를 꺼내어 들고 마지 퀸의 차로 내달려 앞 유리를 깨뜨렸다.

유리 깨지는 소리에 겁먹은 리키가 부리나케 자신의 차로 달아났다. 차가 출발할 때에야 비로소 게리가 달려와 문을 열고 뛰어들었다. 리키는 차가 출발하지 않았다면 게리가 그녀의 집 창문들도 다 깨 버렸을 거라는 생각에 헛웃음이 나왔다.

그들은 스털링을 방문하기로 했다. 가는 길에 게리가 말했다. "내가 은행 터는 걸 도와주겠어?"

"그런 건 한 번도 생각해 본 적 없어."

은행은 쉬워, 게리가 말했다. 그는 은행 터는 법을 알고 있었다. 차에 앉아 있다가, 내가 나오면 차를 몰고 떠나기만 하면 돼. 그러면 네 몫으로 15퍼센트를 떼어 주지. 그는 리키가 훌륭한 도주 담당이 될 거라고 했다.

게리가 말했다. "넌 은행 안으로 들어올 필요도 없을 거야."

"난 못 해."

게리가 열을 냈다. "겁낼 필요 하나도 없다니까."

"난 하지 않을 거야, 게리."

그들은 스털링의 집까지 조용히 갔다.

일단 그곳에 도착하자, 게리는 어느 정도 냉정을 찾고, 마지

퀸이 경찰에 신고했을 경우를 대비하여 그런대로 받아들여질 만한 이야기를 만들어 냈다. 그날 밤 우린 솔트레이크까지 차를 몰고 갔다가 아침까지 돌아오지 못했어요. 마지의 여동생이 우리를 다른 남자들과 헷갈렸나 보네요.

금요일 아침에, 마지는 창문이 박살 나 있는 것을 발견했다. 게리의 짓이라는 생각이 가장 먼저 떠올랐지만, 사실이 아니길 바랐다. 아래층 이웃이 말했다. "맞아요, 술 취한 남자 둘이 엄청 시끄러운 차를 당신 차 바로 옆에 세웠어요. 그다음에 무슨 일이 일어났는지는 나도 몰라요."

그녀는 그 일을 그냥 흘려보냈다. 안 그래도 바닥인 상황에 또 하나의 불행이 더해진 것 뿐이었다.


8


같은 날 아침, 게리가 브렌다에게 연락했다. 그는 그날 밤 급료를 받기로 되어 있었다. 스펜스(스펜서) 맥그래스에게서 받는 첫 급료였다.

"있잖아, 너희들에게 한턱내고 싶어."

그들은 영화를 보러 가기로 했다. 전에 본 적이 있는 영화였다. 「뻐꾸기 둥지 위로 날아간 새」.[32] 그는 그 영화가 교도소

---

32) 켄 키지(Ken Kesey)가 쓴 동명 소설을 원작으로 한 밀로스 포만 감독의 영화. 미국에서 1975년 11월에 개봉했다.

에서 조금 떨어진 거리에서 촬영되는 광경을 감방 창문 너머로 지켜본 적이 있었다. 게다가 심지어 교도소에서 자기를 바로 그 정신 병원으로 보낸 적이 두어 번 있다고 그녀에게 말했다. 영화 속 잭 니컬슨처럼, 똑같은 방식으로 수갑과 족쇄를 채워 그를 데려갔었다.

영화가 프로보의 우나 극장에서 상영되었기 때문에, 브렌다와 조니는 오렘에서 차를 운전해 왔고, 번과 아이다의 집으로 게리를 데리러 갔을 때쯤엔, 그는 급료를 받은 것을 자축하느라 이미 맥주 네다섯 캔 정도를 마신 상태였다.

트럭에서 그는 대마초를 피웠고 기분이 굉장히 좋아졌다. 그들이 극장까지 몇 블록 이동했을 즈음에 그는 킬킬대며 웃고 있었다. 브렌다는 혼자 생각했다. 아무래도 오늘 저녁은 망한 것 같은데.

영화가 시작되자마자, 게리가 동시 해설을 시작했다. 그가 말했다. "저 여자 보여? 저 여자는 정말로 병원에서 일해. 하지만 그녀 옆의 남자는 가짜야. 그냥 배우라고. 저기요!" 게리가 영화관 전체를 향해 말했다.

얼마 후, 그의 언어는 점점 더 상스러워졌다! "저기 저 새끼 좀 봐." 그가 말했다. "나 저 멍청한 새끼 알아."

브렌다는 창피해서 죽을 것 같았다. 고통 없이도. "게리, 영화 대사를 들으려는 사람들이 있어. 제발 입 좀 닥쳐 줄래?"

"내가 거슬려?"

"너무 시끄럽잖아."

그가 자리에서 몸을 돌려 뒤에 있는 사람들에게 물었다.

“내가 시끄러워요? 나 때문에 신경 쓰여요?”

브렌다가 팔꿈치로 그의 갈비뼈 부근을 가격했다.

조니가 자리에서 일어나 한두 칸 건너로 자리를 옮겼다.

“조니는 어디 가는 거야?” 게리가 물었다. “소변 보러 가는 건가?” 더 많은 사람들이 자리를 옮기기 시작했다.

조니는 아무에게도 자기의 머리가 보이지 않도록 좌석에서 미끄러져 내려갔다. 게리의 「뻐꾸기 둥지 위로 날아간 새」에 대한 해설은 계속되었다. “개새끼.” 그가 외쳤다. “늘 저런 식이지.”

뒷줄에 앉은 사람들이 불만을 터뜨렸다. “거기 앞에 좀 조용히 해요!” 브렌다가 그의 셔츠 자락을 움켜잡았다. “너 정말 짜증 나.”

“미안.” 그가 큰 소리로 속삭이듯 말했다. “자제할게.” 하지만 그의 목소리는 포효하듯 터져 나왔다.

“게리, 진심으로 하는 얘긴데, 오빠 때문에 여기 앉아 있는 내가 정말 똥처럼 느껴져.”

“알았어. 얌전히 있을게.” 그가 앞 의자 등받이 쪽에 발을 올리고 흔들기 시작했다. 앞에 앉아서 아마도 내내 좌석을 바꾸고 싶은 충동을 억눌러 왔을 여자가 마침내 포기하고 자리를 옮겼다.

“대체 왜 그러는 거야?”

“맙소사, 브렌다, 계속 그렇게 감시할 거야?”

“오빠 때문에 저 불쌍한 여자가 자리를 옮겨야 했잖아.”

“저 여자 머리 때문에 시야가 가리는 걸 어떡해.”

“그럼 더 똑바로 앉으면 되지.”

“똑바로 앉으면 불편해.”

번의 집으로 돌아갈 때, 게리는 꽤 우쭐한 표정이었다. 브렌다와 조니는 그와 함께 들어가지 않았다.

“왜 그래?” 게리가 물었다. “이제 날 좋아하지 않는 거야?”

“지금? 오빤 내가 알아 온 사람 중 가장 무신경한 사람이라고 생각해.”

“브렌다, 나는 무신경하다는 평가에 무신경하지 않아.” 게리가 말했다.

그는 계단을 올라가는 내내 휘파람을 불었다.

아침 식사 때, 그는 기분이 좋았다. 번이 자기가 먹는 모습을 지켜보자 그가 말했다. “제가 돼지처럼 게걸스레, 허겁지겁 먹어 댄다고 생각하시나 봐요?”

번이 말했다. “그래, 그런 것 같네.”

게리가 말했다. “음, 교도소에서는 서둘러 먹는 법을 배워요. 음식을 받고, 앉아서 먹기까지 십오 분 안에 끝내야 하죠. 가끔은 아예 못 먹을 수도 있고요.”

“넌 제대로 먹은 거야?” 번이 물었다.

“네, 한동안 주방에서 일했어요. 제 일은 샐러드를 만드는 거였죠. 그 많은 샐러드를 만들려면 다섯 시간은 꼬박 일해야 해요. 이젠 샐러드라면 건드리기도 싫어요.”

“괜찮아.” 번이 말했다. “그런 건 안 먹어도 돼.”

“이모부는 힘이 상당히 세죠, 그렇죠?”

“최고지.”

“우리 팔씨름해요.” 게리가 말했다.

번이 고개를 저었다. 하지만 아이다가 말했다. "해 봐요. 얘랑 팔씨름해요."

"그래요, 덤벼 봐요." 게리가 말했다. 그가 눈을 가늘게 뜨고 번을 쳐다봤다. "저를 이길 수 있을 것 같아요?"

번이 말했다. "생각할 필요도 없어. 너는 이기지."

"글쎄요, 오늘은 제가 힘 좀 쓸 것 같은 기분인데요, 번. 저를 이길 수 있다고 생각하는 이유는요?"

"나는 마음을 먹을 작정이거든." 번이 말했다. "그리고 할 수 있을 것 같아."

"시도해 봐요."

"글쎄." 번이 말했다. "일단 아침부터 먹자."

식탁을 다 치우기도 전에 팔씨름이 시작됐다. 번은 왼손으로는 아침 식사를 계속했고, 다른 손으로는 팔씨름을 했다.

"미쳤네." 게리가 말했다. "노인네치고 힘이 굉장하네요."

번이 말했다. "넌 참 한심하구나. 네가 아침을 먹어 둔 게 다행이지. 지금이라면 밥을 안 줬을 거다."

게리의 팔을 반쯤 넘긴 뒤, 번은 포크를 내려놓고 이쑤시개 몇 개를 집어 왼손에 쥐었다.

그가 말했다. "좋아, 녀석, 항복하고 싶으면 언제든 포기해. 안 그러면 네 손을 이 이쑤시개에 정통으로 꽂아 버릴 테니까."

게리는 안간힘을 다하고 있었다. 그가 큰 소리로 기합을 넣기 시작했다. 심지어 자리에서 반쯤 일어서기까지 했지만 달라지는 건 없었다. 번이 그의 손을 넘겨 손등이 이쑤시개 끝에 닿으려고 하자, 게리는 포기했다.

"한 가지 알고 싶은 게 있어요, 번. 제가 항복하지 않았다면 정말 찌를 생각이었어요?"

"물론. 내가 그런다고 했잖아, 안 그래?"

"맙소사." 게리가 고개를 내저었다.

잠시 후, 게리는 왼손으로 팔씨름하고 싶다고 했다. 그는 또 졌다.

그런 다음 손가락 씨름을 시도했다. 손가락 씨름에 관한 한, 아무도 번을 이길 수 없었다.

"있잖아요." 게리가 말했다. "저는 보통 패배를 순순히 받아들이는 편이 아니거든요." 번이 눈길을 돌리지 않자, 게리가 말했다. "번, 당신이라면 괜찮아요."

번은 이 모든 일에 대해 어떻게 느껴야 할지 확신이 서지 않았다.


9


스펜서 맥그래스는 자신의 분야에서 몇 가지 새로운 기술들을 개발했다. 예를 들어 그는 오래된 신문지를 가져다가 가정과 상업용 건물들을 위한 고품질 단열재를 생산할 수 있었다. 그는 현재 전국의 모든 쓰레기를 수거해 재활용할 계획을 세우고 있었다. 그는 이십 년 동안 사람들이 이러한 프로젝트에 관심을 갖게끔 애써 왔다. 이제 그 분야가 가능해지기 시작했다. 불과 이 년 반 전에, 데번 인더스트리가 스펜서 맥그래스와 함께 워싱턴주 밴쿠버에서 유타 카운티로 사업장을 이전하기로 합의했다.

스펜서는 열다섯 명의 직원을 고용하고 있었다. 그들은 데번 인더스트리와의 계약을 이행하기 위해 필요한 기계를 제작하고 있었다. 큰 계약이었기 때문에 맥그래스는 매우 열심히 일했다. 그는 지금이 한 남자의 인생에서 이 년 만에 자신의 경력과 재정 능력을 십 년이나 앞당길 수 있는 그런 시간 중 하나가 되리라는 것을 알았다. 물론 실패할 수도 있고, 그 경우엔 자신이 얼마나 열심히 일할 수 있는지 알게 되는 것 외엔 소득이 거의 없을 수도 있었다.

그래서 그는 사교 활동을 거의 하지 않았다. 일주일 내내 하루도 빠짐없이 그는 오전 7시부터 밤까지 일했다. 늦은 봄에 이따금 유타 호수에서 수상 스키를 타거나, 친구들을 초대하여 바비큐 파티를 열기도 했지만, 며칠 연속으로 텔레비전 10시 뉴스를 챙겨 보지 못할 정도로 귀가가 늦어지기도 했다.

어쩌면 일을 덜 해도 되었을 테지만, 하루 중 자기보다 먼저 오는 사람에게 필요한 시간을 내어주자는 것이 스펜서의 생각이었다. 그래서 그가 길모어를 고용한 이래 그를 계속 주시했을 뿐만 아니라 그와 꽤 많은 대화를 나누는 건 자연스러운 일이었고, 그가 보기에 아무도 그를 어떤 방식으로든 낮잡아보지 않았다. 물론 직원들은 길모어가 전과자임을 알고 있었지만 — 스펜서는 그 사실을 알리는 것이 다른 직원들에게도(그리고 그 문제에 관한 한 게리에게도) 공평하다고 생각했다 — 그들은 좋은 팀이었다. 오히려 다른 직원들이 이런 사실을 안다는 것이 길모어에게 유리하게 작용할 거라고 생각했다.

하지만 스펜서 맥그래스는 꼬박 일주일이 흐르고서야 게리가 차를 얻어 타지 못할 때는 걸어서 출근한다는 사실을 알게 되었다. 그걸 알게 된 것은 그날 아침 눈이 왔고 길모어가 지각했기 때문이었다. 눈길을 걸어오느라 평소보다 시간이 오래 걸렸던 것이다.

스펜서는 그것이 마음에 걸렸다. 길모어는 그런 처지를 아무에게도 말한 적이 없었다. 그런 자존심은 훌륭한 인격을 만드는 밑바탕이었다. 맥그래스는 그날 밤 잊지 않고 길모어를 집까지 태워다 주었다.

그날 늦게, 그들은 얼마간 대화를 나눴다. 길모어는 다른 사람들은 차가 있는데 자신은 차가 없다는 사실을 거론하는 걸 딱히 반기지 않았다. 스펜서는 그것 역시 마음에 걸렸다. 그는 게리가 주급을 한두 차례 더 받으면, 자기가 아는 중고차 딜러인 발 J. 콘린에게 데려갈 수 있을 거라고 생각했다. 콘린은 약간의 계약금을 받고 그 이후로는 매주 할부금을 받는 방식으로 차를 팔았다. 길모어는 이 대화를 고맙게 여기는 듯했다.

스펜서는 기분이 괜찮았다. 일주일이 걸렸지만 길모어가 마음을 조금씩 열기 시작하는 것 같았다. 그는 스펜서가 직원들이 자신을 상사로 생각하는 걸 좋아하지 않는다는 것을 알아가는 중이었다. 스펜서는 직원들과 똑같이 일했고, 상하 관계를 원하지 않았다. 직원들이 그가 기대하는 대로 모두 각자의 업무에 충실히 임하면, 그것으로 충분했다. 누구를 몰아대지도 않았다.

다음 날, 게리가 스펜서에게 차에 대해 말했던 거 진심이냐고 물었다. 그는 그날 오후 자기와 함께 가서 중고차 한 대를 볼 수 있는지 물었다.

'VJ 모터스'에는 꽤 깨끗해 보이는 66년식 6기통 머스탱이 있었다. 타이어 상태도 무난하고, 차체도 괜찮았다. 스펜서는 꽤 괜찮은 제안이라고 생각했다. 그 차는 매장에 795달러에 나와 있었지만, 딜러는 스펜스를 봐서 550달러만 받겠다고 했다. 걸어 다니는 것보다는 나았다.

그래서 그 주 금요일에 게리가 주급을 받았을 때, 스펜서가 게리를 다시 중고차 판매장으로 데려갔다. 게리가 50달러를 내놓고, 스펜서 맥그래스가 향후 게리의 급료를 담보로 50달러를 더한 다음 나머지는 발 콘린이 격주로 50달러를 지불받는 방식으로 결제하기로 했다. 게리가 주급으로 140달러를 벌고 그중 95달러를 실제로 수령하고 있으니, 실행 가능한 거래라고 볼 수 있었다.

게리는 월요일에 시간을 내어 면허증을 발급받으러 다녀와도 되는지 물었다. 스펜서는 그러라고 대답했다. 게리가 월요일 아침에 면허증을 발급받은 뒤에 중고차 판매점에서 자신의 차를 가지고 출근하는 것으로 합의했다.

월요일에 가게에 도착한 게리는 이전 운전면허증이 없으면 교육 과정을 이수해야 한다는 운전면허국의 말을 스펜서에게 전했다. 오리건주 면허가 있다는 게리의 말에, 운전면허국은 그쪽에 조회해 보겠다고 통보했고, 차를 운전하는 것은 조회 결과가 나올 때까지 기다려야 했다.

하지만 수요일에 그는 퇴근 후 머스탱을 가져왔다. 그날 밤, 그는 이를 축하하기 위해 스털링의 집에서 리키 베이커와 팔씨름을 했다. 리키가 안간힘을 썼지만 게리가 이겼고, 그는 포커 게임 내내 그 일을 계속 뻐겨 댔다.

리키는 패배한 것이 창피해서 거리를 두었다. 며칠 후 그가 다시 들렀을 때, 어느 날 저녁 자신의 여동생 니콜이 스털링을 방문했는데 그때 게리가 그곳에 있었다는 이야기를 들었다. 니콜과 게리는 그날 결국 함께 밤을 보냈다. 이제 그들은 스패니시 포크에 나가 살고 있었다. 늘 제 맘대로 해야만 하는 그의 여동생 니콜이 게리 길모어와 함께 살고 있었다.

리키는 그 소식이 조금도 반갑지 않았다. 그에게 니콜은 가족 중에서 가장 소중한 존재였다. 그는 스털링에게 게리가 니콜에게 조금이라도 위해를 가하면 그를 죽여 버리겠다고 다짐했다.

하지만 리키는 둘이 함께 있는 모습을 보고, 니콜이 그를 많이 좋아한다는 것을 알아챘다. 게리가 리키에게 다가와 말했다. "있잖아, 네 여동생은 세상에서 가장 아름다워. 내가 만난 사람 중 최고야." 게리와 니콜은 마치 손목이 서로 묶여 있기라도 한 듯 손을 잡고 있었다. 리키가 예상했던 모습과는 완전히 딴판이었다.

일요일 아침, 게리가 니콜을 데리고 스펜서와 마리 맥그래스를 만나러 왔다. 스펜서가 보기에 니콜은 키가 적당히 크고 입술이 도톰하고 코가 작으며 결 좋은 긴 갈색 머리에 몸매가 죽여 주게 좋은 아주 예쁜 여자였다. 열아홉 살에서 스무 살 정도로 보였고, 혼자만의 생각에 빠져 있었다. 허벅지 쪽이 찢어진 리바이스에 티셔츠를 입고 신발도 신지 않은 상태였다. 차 안에서 아기 우는 소리가 들리는 것 같았지만, 그녀는 돌아갈 기색이 없어 보였다.

게리는 그녀를 무척 자랑스러워했다. 마치 방금 마릴린 먼로와 함께 등장한 것처럼 행동했다. 두 사람은 분명 아주 잘 어울렸다. "내 여자 좀 봐요!" 게리는 내내 이 말만 하고 있었다. "정말 멋지지 않아요?"

그들이 떠난 뒤, 스펜서가 마리에게 말했다. "딱 게리에게 필요한 거네. 먹여 살려야 할 아이가 있는 여자 친구라니. 나참. 그녀는 게리에게 큰 도움이 될 것 같지 않아." 그가 가늘게 뜬 눈으로 그의 차를 뒤쫓았다. "맙소사, 머스탱을 파란색으로 칠한 거야? 흰색인 줄 알았는데."

"여자 친구 차일 수도 있죠."

"같은 연식에 같은 모델이라고?"

"조금도 놀랍지 않아요." 마리가 말했다.


10


스펜서가 런던의 작업장 바로 옆에서 살았기 때문에, 마리는 창문을 통해 삼십 분 일찍 와 있는 게리를 볼 수 있었다. 어떤 날 아침에는 그녀가 게리에게 커피 한잔 마시자고 청하기도 했다.

커피를 마시며 게리가 식탁 위에 발을 올려놓으면, 마리가 다가와 게리의 발목을 찰싹 때리곤 했다.

게리가 브렌다에게 말했다. "마리는 아주 강단 있는 여자야. 무르지가 않다고." 그가 활짝 웃었다. "난 그저 그녀를 짜증 나게 하려고 발을 올리는 거야."

"그렇게 좋은 여자라면서, 왜 짜증 나게 하고 싶은 거야?"

"글쎄." 그가 말했다. "발목 맞는 게 좋아서일지도."

브렌다는 너무 큰 희망은 품고 싶지 않지만, 별일 없다면 게리도 정신을 차릴지 모른다고 생각했다.

그래서 그가 니콜을 자신의 집으로 데려왔을 때, 브렌다는 그다지 마뜩지가 않았다. 오, 세상에, 브렌다가 속으로 생각했다. 게리는 결국 어딘가 나사가 빠진 것 같은 사람하고 함께하게 될 모양이야.

니콜은 그냥 거기 앉아 그녀를 쳐다보았다. 그녀는 어린 여자아이의 팔을 잡고 있으면서도, 팔이 거기 있다는 것을 의식하지 못하는 것 같았다. 그 역척스럽게 생긴 네 살짜리 아이와 니콜은 서로 다른 세상에 살고 있는 것처럼 보였다.

브렌다가 물었다. "당신들 어디에 머물고 있어?"

니콜이 현실로 돌아왔다. "그래요." 다시 정신을 차렸다. "저 아래쪽이에요." 그녀가 부드럽고 다소 잠긴 목소리로 말했다.

브렌다는 탐지기를 탑재한 게 틀림없었다. "스프링빌?" 그녀가 물었다. "스패니시 포크?"

니콜이 천사 같은 미소를 지었다. "이봐요, 스패니시 포크, 그녀가 맞혔네요." 그녀가 게리에게 말했다. 마치 인생의 고속 도로에서 작은 경이로움이 꽃처럼 피어나기라도 한 듯이.

"예쁘지 않아?" 게리가 말했다.

"그래." 브렌다가 말했다. "정말 예쁘네."

그래, 브렌다가 생각했다. 열다섯도 안 돼 애를 낳고 그 이후론 줄곧 정부에 기대어 사는 또 다른 여자애, 가난에 시달리는, 또 한 명의 복지에 기생하는 마녀가 나타났군. 하지만 니콜이 확실히 눈이 가는 미인이라는 점은 인정할 수밖에 없었다. 이 방면에서는 스타급이었다.

세상에, 그녀와 게리는 서로에게 푹 빠져 있었다. 종일 앉아서 서로의 얼굴만 뚫어지게 바라볼 정도였다. 저럴 거면 굳이 여길 뭐 하러 왔는지. 브렌다는 소방서에 저 열기를 진압해 달라고 요청할 준비가 되어 있었다.

"있잖아, 그녀는 열아홉 살이야." 니콜이 자리를 뜬 순간 게리가 말했다.

"설마!" 브렌다가 말했다.

"나랑 사귀기엔 너무 나이가 많다고 생각해?" 그가 물었다. 사촌의 얼굴에 떠오른 표정을 보고, 그가 웃기 시작했다.

"아니." 브렌다가 말했다. "솔직히 말하면, 난 오빠랑 쟤의 지적, 정신적 성숙도가 똑같다고 생각해. 맙소사, 게리, 쟨 오빠 딸이라고 해도 이상하지 않을 만큼 어려. 어떻게 저런 어린애랑 놀아날 수 있어?"

"난 내가 열아홉 살 같은데." 그가 그녀에게 말했다.

"더 늙기 전에 철 좀 들지 그래?"

"어이, 사촌, 너무 직설적이잖아."

"그게 사실이라는 데 동의하지 않아?"

"아마도." 그가 말했다. 그가 투덜거리듯 중얼거렸다.

니콜이 돌아왔을 때, 그들은 안뜰에 앉아 햇빛에 부신 눈을 깜박이고 있었다. 니콜이 없는 동안 아무런 말도 오가지 않았던 것처럼 게리가 팔뚝에 새겨진 하트 문신을 살며시 가리켰다.

한 달 전에 매리언에서 나설 때만 해도 그것은 텅 빈 심장이었다고 말했다. 이제 그 공간은 니콜의 이름으로 채워져 있었다. 그는 오래된 문신의 흑청색과 일치시키려 했지만 그녀의 이름은 청록색으로 보였다. "맘에 들어?" 그가 브렌다에게 물었다.

"비어 있는 것보다 나아 보이네." 그녀가 말했다.

"있잖아." 게리가 말했다. "나는 그냥 그걸 채우기만을 기다리고 있었어. 하지만 먼저 그런 여자를 찾아내야 했지."

니콜 역시 문신이 있었다. 발목에, 게리라고 새겨져 있었다.

"마음에 들어?" 그가 물었다.

조니가 대답했다. "아니."

니콜은 입이 귀에 걸리도록 웃었다. 마치 자신을 만족시키는 가장 좋은 방법은 진실을 말하는 것이라는 듯이. 그 소리가 그녀의 마음속 깊은 무언가를 울렸다. "오." 온 세상이 자기 종아리의 곡선과 육감적인 허벅지를 볼 수 있도록 발목을 뻗으면서 그녀가 말했다. "내 눈엔 멋져 보이는걸요."

"뭐, 문신은 안정감 있게 잘 완성됐어." 브렌다가 말했다. "하지만 여자가 발목에 문신을 새기면 똥 밟은 것처럼 보여."

“난 맘에 들어.” 게리가 말했다.

“좋아.” 브렌다가 말했다. “좋은 의견을 말해 줄게. 나는 그 문신도 오빠가 쓰고 있는 그 얼간이 같은 모자만큼 마음에 들어.”

“내 뚜껑이 맘에 안 들어?”

“게리, 모자에 관한 한, 오빤 내가 본 사람 중 가장 취향이 썩었어.” 그녀는 너무 화가 나서 울음이 터질 것 같았다.

며칠 전 그는 베이지색 바지와 멋진 황갈색 셔츠를 차려입고 영화관에서의 행동에 대해 사과하러 왔었다. 하지만 그는 넓은 무지개색 띠가 둘린 흰색 파나마모자를 쓰고 있었다. 흑인 포주라고 해도 어울리지 않을 그 모자를, 게리는 마피아 대부처럼 챙의 앞쪽이 아래로 뒤쪽이 위로 들린 형태로 쓰고 있었다. 그가 현관 매트 위에서 몸을 구부정하게 숙인 자세로 주머니에 손을 넣고 문의 아래쪽을 발로 찼다.

“그냥 걸쇠를 들어 올리면 되잖아.” 브렌다가 그를 맞으며 말했다.

“할 수 없어.” 그가 말했다. “손이 주머니 안에 있는걸.” 그리고는 그녀가 박수를 쳐 주기를 기다렸다.

“예쁜 모자이긴 한데.” 브렌다가 말했다. “오빠 같은 사람한테 안 어울려. 오빠가 뚱쟁이로 변하지 않는 한.”

“브렌다, 넌 썩었어.” 그가 말했다. “넌 정말 아무것도 몰라.” 그가 일부러 취했던 자세가 모두 허물어졌다.

그녀는 그에게 또 그런 짓을 했다. 그녀가 자신의 모자만큼이나 니콜의 문신을 좋아하지 않는다는 사실을 그는 도무지 이해할 수가 없었다. 그가 떠나려고 일어났고, 브렌다가 그들을 문 앞까지 배웅했다. 밖으로 나온 브렌다가 옅은 파란색 머스탱을 보고 깜짝 놀랐다.

그것만으로 그는 기운을 되찾을 수 있었다. 두 사람이 꼭 기막히게 어울릴 필요는 없지 않느냐고 그녀에게 말했다. 자신과 니콜은 똑같은 모델과 똑같은 연식의 차를 구입했고, 그것은 하나의 징조였다.

브렌다는 그날 하루 종일 기분이 엉망이었다. 니콜의 발목 위 문신이 계속 생각났다. 그때마다 불안감이 엄습했다.


11


게리가 들려준 최악의 이야기가 다시금 떠올랐다. 어느 날 밤 거실에서, 그는 펑구라는 죄수에게 문신을 새긴 이야기를 하면서 웃음을 멈추지 못했다.

"그는 강하고 멍청하고 날 좋아했어," 게리가 말했다. "한번은 우리가 독방에 있을 때, 청소를 맡은 펑구가 내 감방 옆을 지나갔어. 그런데 녀석이 어이없게 나한테 목 뒤쪽에 장미꽃 문신을 해 달라는 거야. 그래서 내 바늘과 검정색 잉크를 꺼내서 장미꽃 대신 진짜 가느다란 작은 고추와 땅콩 크기의 불알을 문신해 주었지.

그런데 그다음 날 그의 부모님이 면회를 오기로 되어 있었단 말이야. 내가 한 짓을 알았을 때, 그는 미쳐서 펄펄 뛰었어.

목에 수건을 두른 채 부모님을 만나야 했지. 그날 아침 면회실이 100명이 넘는 사람들로 바글바글했는데, 그는 그들에게 더울 때 수건 두르는 걸 좋아한다고 말해야 했어." 게리는 말하면서 너무 격하게 웃느라 소파에서 떨어질 뻔했다.

"하지만 평구는 너무 멍청해서 나한테 화를 내지 않았어. 돌아와서 이렇게 말하더라고. '게리, 목에 좆을 얹고 돌아다닐 순 없어.' '좋아,' 내가 그에게 말했어. '내가 그걸 뱀으로 만들어 줄게.' 다만 나는 영감을 받아 그것을 머리가 세 개인 커다란 좆으로 만들었어. 거기에 지금까지 본 것 중 가장 흉측한 무사마귀도 더해 주었지. 작업하는 내내 웃음을 참을 수가 없었어. 그런데 평구가 계속 이러는 거야. '꼭 멋진 뱀으로 만들어 줘야 해.'"

게리는 주체할 수 없이 웃었다. 그 거실에서도 그의 기억은 여전히 그의 혈관 속에 살아 있었다.

"'오.' 내가 말했지. '내가 본 것 중 이게 가장 아름다울 거라고 믿어.' 마침내 거울로 그 문신을 보게 된 평구는 충격에 빠졌어. 충격이 너무 커서 나를 때릴 정신조차 없을 정도였지. 독방에 가끔 대마가 밀반입되기도 했는데, 그는 대마로 인해 내 머릿속이 폭탄 맞은 것처럼 곤죽이 되어 버렸다고 판단했지. 그는 내가 아니라 대마초를 탓했어. 마지막으로 봤을 때, 그는 그 세 개의 좆 대가리를 가리려고 목 전체에 거대한 방울뱀 문신을 새겼더라고. 그때쯤엔 아무도 믿지 못했기 때문에, 그것을 숯 검댕과 물로 했더랬지."

브렌다와 조니의 미소는 이미 차갑게 식은 스테이크의 지방처럼 굳어 있었다.

"꽤 추악한 이야기지, 응?" 게리가 말했다. "그래." 그가 말했다. "몇 번은 나도 그 생각에 마음이 좋지 않더라고. 그건 분명 펑구의 세상을 확실히 망가뜨렸을 거야. 그 일로 인해 내가 나쁜 업보를 쌓은 게 분명해. 하지만 그런 장난을 치고 싶은 유혹에 저항할 수가 없었어." 그가 한숨을 내쉬었다.

그가 교도소에서 나온 지 정확히 오 주하고 이틀이 지났을 때의 일이었다. 이제 그녀는 그 이야기를 믿을 수 있었다. "맙소사, 그는 어떻게 그렇게 끔찍할 수 있지?" 그녀가 조니에게 물었다. "자기를 믿어 준 사람에게 어떻게 그런 짓을 할 수가 있어?"

"내 생각에 그는 이런 말을 하고 있는 것 같아. 교도소에 갇힌 남자는 재미를 위해서라면 무슨 짓이든 할 수 있다고. 아니면 미쳐 버릴 테니까."

그녀는 그렇게 말하는 조니를 사랑했다. 그녀는 크고 강한 고래 같은 마음을 지닌 남편을 사랑했다. 그는 잠재적인 경쟁자들에게도 연민을 품을 수 있는 사람이었다. 자신은 남편처럼 그렇게 마음이 넓지 않았다.

"오, 이런." 브렌다가 말했다. "게리가 니콜을 사랑해."

2부

니콜

# 4장

# 스패니시 포크의 집

1

어머니와 아버지가 갈라서기 직전에, 니콜은 스패니시 포크에서 작은 집 하나를 발견했고, 그것은 더 나은 쪽으로의 변화를 예고하는 것 같았다. 그녀는 혼자 살고 싶었고 그 집 덕분에 일은 한결 수월해졌다.

프로보에서 16킬로미터 정도 떨어진 언덕 기슭 초입의 한적한 거리에 위치한 아주 작은 집이었다. 집은 그 블록에서 가장 오래된 건물이었고, 슈퍼마켓 광고지에 나오는 그림처럼 보도 양옆으로 늘어선 목장 방갈로들과 이웃해 있어, 동화처럼 빈티지한 느낌이 있었다. 외부는 옅은 라벤더색의 치장 벽토에 창문 테두리는 초콜릿 갈색이었고, 내부에는 거실, 침실, 주방, 욕실뿐이었다. 지붕보는 가운데가 구부러져 있었고, 현관문이 사실상 보도 위에 있었다. 그만큼 지어진 지 오래된 건물이었다.

뒷마당에는 녹슨 철사 몇 개가 나뭇가지를 고정하고 있는, 늙었지만 멋진 사과나무가 있었다. 그녀는 그 나무가 무척 좋았다. 아무도 관심 갖지 않고 신경 쓰지 않는 길 잃은 개처럼 보였지만 그래도 여전히 아름다운 나무였다.

그녀는 정말 자리를 잡아 가고 있었다. 이번만큼은 아이들을 정말 잘 돌보는 자신이 좋았다. 그러다 혼자 있을 때, 생각들이 마구 뒤엉키지 않도록 정신을 가다듬으며 왜 바로 그 시점에 캐서린과 찰스가 이혼하기로 결심했는지 생각해 보려고 애썼다. 그녀의 불쌍한 엄마와 아빠는 고등학교도 졸업하기 전에 결혼한 뒤 이십 년 넘게 결혼 생활을 하면서 다섯 아이를 낳았다. 두 사람은 이따금 사랑했을지는 몰라도 서로를 좋아하지는 않았다고 니콜은 늘 생각했다. 어쨌든 그들은 헤어졌다. 스패니시 포크의 집이 없었다면, 니콜은 오갈 곳이 없었을 것이다. 집이 남자보다 나았다. 니콜은 자기 자신에게 놀라고 있었다. 그녀는 몇 주 동안 누구와도 잠자리를 하지 않았고, 그럴 마음도 나지 않았다. 그녀는 그저 세 번의 결혼과 두 아이들과 셀 수 없을 만큼 많은 남자들로 점철된 자신의 삶을 제대로 이해하고 싶었다.

뭐, 그런 식의 패턴은 계속되었다. 니콜은 프로보에 있는 그랜드 뷰 카페에서 웨이트리스로 일하다가, 한 공장에서 재봉 일을 하게 되었다. 웨이트리스보다 고작 한 단계 높은 직업이었지만 그녀는 기분이 좋았다. 그녀는 공장 방침에 따라 일주일 동안 학교를 다니면서 전동 재봉틀 사용법을 익혔고, 이전보다 돈을 더 벌고 있었다. 시간당 2달러 30센트였고, 실수령액은 일주일에 80달러였다.

물론 일은 힘들었다. 니콜은 자신에게 특별히 일머리가 있다고 생각하지 않았고, 분명 손이 빠른 것도 아니었다. 그녀의 머리는 확실히 뒤죽박죽 혼란스러운 상태였다. 그녀는 허둥대기 일쑤였다. 공장에서는 니콜을 한 기계에 투입했다가 그녀가 그 기계에 익숙해지고 시간당 할당량에 가까워졌을 때쯤 다른 기계에 투입하곤 했다. 그러다 예기치 못한 순간에 기계가 고장이 나기도 했다.

그래도 나쁘지 않았다. 복지 기관으로부터 이렇게 저렇게 타 낸 가욋돈을 모아 둔 게 100달러였고, 거기에다 일을 해서 75달러를 더 모았다. 그래서 그녀는 옆집에 사는 이웃의 형제에게 현금 175달러를 주고 낡은 머스탱 한 대를 구입할 수 있었다. 원래 300달러까지 불렀지만, 그는 그녀를 좋아했다. 그녀는 그저 운이 조금 좋았다.

니콜이 게리를 만난 날 밤, 그녀는 서니와 제러미를 데리고 드라이브를 다녀왔다. 아이들은 그 차를 정말 좋아했다. 그녀의 올케가 그녀와 동행했다. 니콜과 수 베이커는 딱히 친한 사이는 아니었지만, 많은 시간을 함께 보냈다. 수는 이즈음 매우 우울했다. 임신한 상태에서 리키와 헤어졌기 때문이다.

운전 중 니콜은 사촌의 집에서 한 블록 정도 떨어진 곳을 지나갔는데, 수가 그 집에 들르자고 제안했다. 니콜은 동의했다. 니콜은 스털링을 좋아하는 수가 그 역시 이번 주에 부인과 아이 모두와 갈라섰다는 소식을 들은 게 틀림없다고 짐작했다.

산 공기가 여전히 눈의 기운을 머금은 5월의 서늘하고 어
두운 밤이었다. 다만 스털링의 집 문이 조금 열려 있어서 그
렇게 춥게 느껴지지는 않았다. 여자들이 문을 두드리며 집 안
에 들어섰다. 니콜은 청바지와 홀터넥 상의 외엔 아무것도 걸
치지 않은 차림이었다. 소파에 이상하게 생긴 남자가 앉아 있
었다. 그녀는 그 남자의 외모가 그저 그럴 뿐만 아니라 이상해
보인다고 생각했다. 그는 며칠간 면도도 안 한 얼굴로 맥주를
마시고 있었다. 스털링은 니콜과 수에게 인사하느라 그를 소
개조차 하지 않았다.

니콜은 그 낯선 남자를 무시하는 척했지만, 그에게는 뭔가
특별한 점이 있었다. 두 사람의 눈이 마주쳤을 때 그가 그녀
를 쳐다보며 말했다. "나 당신을 알아."

니콜은 아무 말도 하지 않는 것으로 응수했다. 아주 짧은
순간 머릿속에 무언가가 스쳐 지나갔지만, 이내 그녀는 생각
했다. 아니, 난 한 번도 그를 본 적이 없어. 확실해. 뭐, 어쩌면
전생에 만났을지도 모르지.

그걸로 모든 것이 시작되었다. 그녀는 꽤 오랫동안 그런 식
의 생각을 해 본 적이 없었다. 이제 그 느낌이 다시 그녀를 찾
아왔다. 그녀는 그가 무슨 말을 하는지 이해했다.

그의 눈이 길쭉한 삼각형 모양의 얼굴에서 매우 파랗게 빛
나며 그녀를 응시했다.

그가 다시 말했다. "이봐, 나 당신을 알아."

마침내 니콜이 가볍게 웃으며 말했다. "그래요, 어쩌면." 그
녀는 그것에 대해 잠시 생각했고, 다시 그를 보며 말했다. "어

쩌면요." 두 사람은 한동안 서로 말이 없었다.

그녀는 스털링에게 관심을 기울였다. 사실 두 여자 모두 스털링 주변에 모여 있었다. 그는 세상에서 가장 어울리기 쉬운 남자였다. 니콜은 온화하고 따뜻하고 매우 친절한 데다 섹시하기까지 한 스털링이 항상 좋았다. 그는 주변 사람들의 기분을 편안하게 만들어 주는 사람이었다.

수도 그를 좋아했으니, 그날 밤은 뭔가 흥미진진한 느낌이 있었다. 이야기를 나누던 중, 니콜은 마침내 스털링에게 어렸을 때 몇 년간 그를 짝사랑했다고 고백했다. 스털링은 곧바로 자기는 항상 그녀에게 미쳐 있었다고 맞받아쳤다. 두 사람은 그냥 크게 웃었다. 사촌에게 반하다니. 다른 한 남자는 의자에 앉아서 계속 그녀를 쳐다보았다.

잠시 후 니콜은 이 낯선 남자가 꽤 잘생겼다고 판단했다. 그는 그녀에 비해 지나치게 나이가 많았다. 마흔 가까이 되어 보였다. 하지만 키가 크고 눈이 아름다웠으며 입이 꽤 보기 좋았다. 지적으로 보이면서도, 동시에 오토바이 갱단에나 잘 어울릴 법한 나이 든 남자처럼 위험한 분위기를 풍겼다. 그녀는 얼마쯤 매료되었다. 하지만 자신이 품은 관심을 인정할 마음은 없었다.

수 또한 그에게 전혀 말을 걸지 않았다. 그녀는 사실상 그가 거기 없는 듯이 행동했다. 이를 보상하듯 서니가 정말 못된 네 살짜리 아이가 되어 낯선 사람 앞에서 할 수 있는 한 가장 밉살맞고 오만불손한 행동을 하기 시작했다. 그녀는 니콜에게 이거 해라 저거 해라 명령하기 시작했다. 이윽고 서니는 볼이 발그레하게 예뻐져서 그 남자에게 새살거렸다. 바로 그즈음 그 남자가 니콜을 쳐다보며 말했다. "이 계집아이 때문에 골치 좀 썩겠어. 나중에 소년원에 갈지도 몰라."

그녀는 뜨끔했다. 사람을 불편하게 만드는 한마디였다. 어쩌면 그녀는 자기 아이들을 결국 소년원에 가게 만드는 그런 유의 엄마일 수도 있었다. 니콜은 그 말이 앞으로 몇 년 동안 가시처럼 가슴에 박혀 있을지도 모른다고 생각했다.

그가 최면술사나 그 비슷한 사람이기라도 한 것처럼, 그녀는 이 남자에게 일종의 심령 능력이 있어서 앞으로 무슨 일이 벌어질지 실제로 볼 수 있다고 생각하기 시작했다. 자신이 과연 그걸 좋아하게 될지는 알 수 없었다.

어쨌든, 그는 그 정도면 대화를 시작하기에 충분하다고 생각한 것 같았다. 얼마 지나지 않아, 그는 매우 끈덕지게 그녀에게 말을 걸었다. 맥주를 사러 가게에 가고 싶다면서 성가실 정도로 같이 가자고 졸라 댔다. 그녀는 계속 고개를 저었다. 수와 그녀는 떠날 준비를 하고 있었고 지금 이 남자와 함께 가게에 가고 싶지 않았다. 그는 너무 이상했다. 어차피 가게는 길에서 조금만 내려가면 있었기 때문에, 구태여 누군가와 함께 갈 이유가 없었다.

하지만 수가 아직은 떠날 마음이 없었던 것이 그에게 유리하게 작용했다. 그녀는 이제 막 스털링과의 대화를 즐기기 시작하던 참이었고, 스털링과 단둘이 좀 더 시간을 보내는 것은 당연히 괜찮아 보였다. 그래서 니콜은 그러자 했고, 만약을 위해 제러미를 데려갔다. 그때쯤 서니는 잠들어 있었다.

그들이 가게에 도착했을 땐 이미 영업이 끝난 상태였다. 그들은 시내로 계속 이동했다. 니콜은 심지어 차에서 나가지도 않았다. 장신의 남자가 가게 안에 들어가서 여섯 개들이 맥주 한두 묶음과 제러미를 위해 바나나 하나를 사서 돌아오는 동안, 그녀는 차 안에 머물렀다. 바나나를 사는 건 그의 생각이었다.

기이하게도 그는 그녀와 같은 모델, 같은 연식의 머스탱을 갖고 있었다. 색깔만 달랐다. 그래서 그녀는 그 차가 편안하게 느껴졌다.

그가 맥주를 사 가지고 돌아왔을 때, 그녀는 문에 기대어 있었다. 그가 맥주를 그녀의 무릎 위에 올려놓았다. 그녀가 농담조로 말했다. 아야, 아프잖아요. 그가 그녀의 무릎을 쓰다듬기 시작했다. 그의 손길은 점잖았다. 지나치게 친밀하게 구는 게 아니라 그냥 순수하게 다정한 태도여서 느낌이 좋았다. 그렇게 그들은 집으로 돌아갔다. 스털링 집의 진입로 끝에 다다랐을 때, 그녀가 차에서 내리기 전에 그가 차체를 돌아 그녀 앞에 서더니, 얼굴을 쳐다보며 자신에게 키스해 줄 수 있느냐고 물었다. 그녀는 잠시 아무 말 않다가 그러겠다고 대답했다. 그가 몸을 기울여 그녀에게 키스했고, 그것은 그녀가 그에 대해 가지고 있던 생각에 전혀 나쁜 영향을 끼치지 않았다. 사실 놀랍게도, 그녀는 울고 싶은 심정이 되었다. 오랜 시간이 흐른 뒤에도, 그녀는 그 첫 번째 키스를 기억할 터였다. 그런 뒤 그들은 집으로 돌아갔다.

이제 니콜은 이전만큼 그를 무시하지는 않았지만, 여전히 방 맞은편에 떨어져 앉아 있었다. 보아하니 수는 분명 이 남자를 못 견뎌 하는 것 같았고, 웬만해선 그가 앉은 방향은 쳐다보지도 않았다. 그는 수가 자신을 싫어한다는 사실에 전혀 신경 쓰지 않는 것 같았는데, 사실 니콜은 그게 놀라웠다. 수는 지금 겉으로도 임신한 태가 났지만, 니콜이 보기에는 아름다운 금발의 여성이었다. 어쩌면 두 사람 가운데 훨씬 눈을 끄는 쪽이었을 수도 있다. 하지만 그는 신경 쓰지 않았고, 얼마든지 혼자 앉을 작정을 한 듯 보였다. 스털링도 조용했다. 잠시 후면 그날 저녁이 아무런 성과 없이 끝날 것 같았다

분위기가 가라앉으면서, 니콜과 수가 대화를 나누기 시작했다. 니콜은 리키와 사이가 좋았던 시절에 수가 자신을 그다지 좋게 생각하지 않는다는 느낌을 종종 받았었다. 니콜이 사귀는 남자들 때문이었는데, 실제로 언젠가 그녀가 증조할머니 집에서 한 남자를 침실로 데려갔을 때 수와 리키가 그녀의 행실을 두고 잔소리를 한 적이 있었다. 그 일 이후로 그녀는 수를 전혀 신뢰하지 않았다. 그녀는 수가 자신을 여전히 그렇게 쉬운 사람으로 여기게 하고 싶지 않았다. 그래서 니콜이 막 아이들을 집으로 데려갈 준비를 하던 참에 게리가 그녀의 전화번호를 물었을 때, 다소 뻣뻣하게 굴었다. 오늘 밤 내내 새로운 삶을 살겠다는 말을 해 놓고는 올케 앞에서 남자의 구애에 쉽게 응한다는 것이 확실히 우습게 느껴졌다. 그래서 게리에게 번호를 알려 줄 수 없다고 말했다. 그는 몹시 놀랐다.

그가 말했다. 이렇게 그냥 가 버린다고? 다신 당신을 볼 수 없다고? 그건 말이 안 돼. 너무 아깝잖아. 그녀가 계속 안 된

다고 말하자 그는 심지어 약간 화를 내기까지 했다. 거기 앉아서 그녀를 쳐다보았다. 그녀는 그의 파란 눈을 응시하며 번호를 주지 않겠다고 말했다. 그런 뒤에도 아이들 때문에, 그리고 수가 스털링에게 인사를 하느라, 떠나는 데 시간이 조금 걸렸다. 집 밖으로 나왔을 때쯤엔, 그에게 전화번호를 주고 싶다고 소리소리 지르고 싶을 만큼 니콜의 마음은 간절했다.

그녀는 심지어 집에 전화도 없었다. 그녀가 알려 줄 수 있는 것은 집 주소나 이웃의 전화번호뿐이었다.

차를 타고 가는 동안, 니콜은 자신이 느끼는 감정이 전혀 마음에 들지 않았다. 그녀는 수를 집에 데려다주고, 스패니시 포크로 차를 몰고 가서 집 앞에 차를 세우고는, 차에서 움직이지 않았다. 이윽고 그녀는 될 대로 되라고 중얼거리면서 다시 스털링의 집으로 향했다. 가는 길에 그녀는 자신이 바보라고 판단했고, 심지어 그 남자는 이제 거기 없을지도 모른다고 생각했다. 아니면, 다른 여자와 잘해 보려 하고 있을지도 몰랐다. 스털링이 그를 위해 다른 여자를 불렀을 수도 있었다.


2


니콜은 자신이 어떤 상황과 맞닥뜨릴지 정말 두려웠다. 왜 이런 짓을 하고 있는지 스스로도 이해할 수 없었다. 더그 브록 이후 자기 쪽에서 남자를 쫓아간 것은 처음이었다. 브록은 유일하게 그녀를 쫓아낸 남자였다. 그녀는 자기보다 나이가 훨씬 더 많은 그를 확실히 좋아했다. 니콜은 잠시 솔트레이크의 한 모텔에서 일한 적이 있는데, 근처에 살던 그가 어느 날 그녀에게 돈을 줄 테니 집을 청소해 달라느니 어쩌느니 하는 말을 했다. 그가 그녀를 집 안에 들인 후, 결과적으로 둘은 꽤 멋진 시간을 보냈고, 그녀에게 언제든 놀러 오라고 했다. 어느 날 밤 그녀는 잠을 이룰 수 없었고, 혼자 있는 것이 진력나서 그의 집을 찾아갔다. 새벽 2시였다. 그가 벌거벗은 채로 문을 열더니 이 시간에 뭐 하는 거냐고 반문했다. 그런 다음 그는 무례하게 굴었고, 다른 남자 이야기를 꺼내며 다른 남자와 놀아나는 어린 년과는 엮이고 싶지 않다고 말했다. 그 말을 할 때의 그는 꼭 공장의 현장 감독 같았는데, 마침 그게 바로 그의 직업이었다. 그 직후, 그는 다른 여자와 뒹구느라 바쁘다고 말했다. 새벽 2시에 바로 자기 집 문 앞에서 그런 말을 했다. 정말 역겨웠다. 니콜은 다시는 그를 찾아가지 않았다. 사실 그녀는 게리가 아직 거기 있을지 궁금해하며 스털링의 집으로 돌아가는 이 순간까지 그를 거의 떠올리지 않았다.

그녀는 자신이 어떤 상황에 처하게 될지 정말 무서웠다. 사실 그녀의 마음은 너무 들떠 있어서, 마치 이상한 가스를 들이마신 것처럼 반쯤은 졸도할 것 같으면서도 반쯤은 황홀한 기분이었다. 이렇게 강렬한 느낌은 처음이었다. 이 남자를 놓아주는 게 불가능할 것 같았다.

그의 차는 여전히 그 자리에 있었고, 그녀는 그 바로 뒤에 주차했다. 아이들이 뒷좌석에서 자고 있었기 때문에 아이들은 두고 나왔다. 이런 한적한 길에서는 아이들을 두고 가는 것이 안전했다. 그러고는 현관 계단을 올라갔고, 문은 여전히 조금 열려 있었지만 굳이 문을 두드렸다. 문을 두드리기 직전에 그의 목소리가 들렸다. 믿을 수 없게도 그는 이렇게 말하고 있었다. "있잖아, 난 그 여자가 맘에 들어."

그녀가 안으로 들어가자, 그가 그녀에게 다가와 슬쩍 건드렸다. 끌어안고 격렬하게 키스한 게 아니라 가볍게 만졌는데, 그녀는 정말 기분이 좋았다. 괜찮았다. 그녀는 옳은 일을 한 것이었다. 두 사람은 소파에 앉아, 두어 시간을 웃고 떠들었다. 스털링이 방에 같이 있는지 여부는 크게 중요치 않았다.

잠시 후, 그녀가 그날 밤 그 집에 머물 것이 분명해지자, 그들은 밖으로 나와 차에서 잠든 아이들을 안아 들어 스털링의 침대 위에 눕혔다. 그런 뒤 계속 이야기를 나눴다.

그들은 거의 아무것도 하지 않고 마냥 웃기만 했다. 그녀의 주근깨를 세는 일과 그것의 불가능함에 대해 얘기하며 크게 웃음을 터뜨렸다. 그가 요정의 주근깨를 세는 건 불가능하다고 말했기 때문이었다. 그러다 큰 웃음 뒤에 따라오는 조용한 순간에, 그는 그녀에게 자신이 인생의 절반을 교도소에서 보냈다고 알려 주었다. 그는 그 사실을 있는 그대로 말했다.

니콜은 그가 두렵지는 않았지만, 무서웠다. 또 다른 패배자와 얽힐지 모른다는 생각 때문이었다. 자신에 대해 충분히 성찰하여 성공해 보려고 노력하지 않는 사람. 그녀는 인생을 되는대로 떠돌듯 사는 것이 나쁘다고 생각했다. 다음 생에 너무 많은 대가를 치러야 할지도 모르니까.

그들은 업보에 대해 이야기했다. 그녀는 어렸을 때부터 환생을 믿었다. 그것만이 유일하게 말이 되는 일이었다. 사람에게는 영혼이 있고, 죽으면 그 영혼이 지상으로 돌아와 새롭게 아기로 태어난다. 전생에 잘못한 일로 인해 새로운 삶에서 고통을 겪게 된다. 그녀는 윤회 여행을 할 필요가 없도록 이번 생을 제대로 살고 싶었다.

놀랍게도 그가 동의했다. 그 역시 오랫동안 업보를 믿어 왔다고 했다. 징벌은 현생에서 마주할 수 없었던 무언가를 직면해야 하는 일이었다.

그래, 그가 그녀에게 말했다. 누군가를 죽였다면 다음 생에 돌아와 그 사람의 부모가 되어야 할지도 몰라. 자신을 직면하는 것, 그게 삶의 전부라고 그가 말했다. 그렇지 않으면, 짐이 점점 더 커지거든.

그녀가 이제껏 경험한 것 중 최고의 대화가 되어 가고 있었다. 그런 대화는 머릿속에서나 가능하다고 항상 생각했는데.

그러다 그가 소파에 앉아서 양손으로 그녀의 얼굴을 감싸고 말했다. "있잖아, 난 당신을 사랑해."

그녀와 고작 6~7센티미터 거리에서 그런 말을 했다. 그녀는 대답하고 싶지 않았다. 니콜은 "사랑해."라는 말이 싫었다. 진심도 아니면서 그 말을 한 적이 너무 많았기 때문이다. 그래도 그녀는 그 말을 입 밖으로 내야 한다고 생각했다. 예상대로, 그 말은 진심으로 들리지 않았다. 그녀의 머릿속에 불쾌한 울림이 남았다.

그가 말했다. "있잖아, 어둠 속에 어떤 장소가 있어. 내 말이 무슨 뜻인지 알겠어?" 그가 말했다. "거기서 당신을 만난 것 같아. 거기서 난 당신을 알고 있었어." 그가 그녀를 바라보며 웃었다. "스털링도 그 장소에 대해 아는지 궁금하군. 그에게 말해 줄까?" 두 사람이 스털링을 쳐다보았다. 그는 그저, 글쎄, 얼굴에 어색한 미소를 띠고 거기 앉아 있었다. 그러자 게리가 말했다. "그도 알아. 보면 알아. 그의 눈을 들여다보면 안다는 게 딱 보여."

니콜이 즐겁게 웃었다. 재미있었다. 자기보다 나이가 곱절은 많아 보이는 남자였는데, 뭔가 순진한 구석이 있었다. 말하는 걸 들어 보면 똑똑한 것 같은데 내면은 너무도 어렸다.

그는 맥주를 계속 마셨고, 니콜은 가끔씩 일어나 스털링의 아기에게 젖병을 주러 들어갔다. 루스 앤은 일하러 나가고 없었다. 루스 앤과 스털링은 헤어졌음에도 여전히 한 집에 살고 있었다. 집을 따로 얻을 형편이 되지 않았다.

게리가 니콜에게 사랑을 나누고 싶다고 계속 졸랐다. 그때마다 그녀는 오늘 밤에 당장 관계를 시작하고 싶지는 않다고 말했다. 그는 이렇게 말하곤 했다. "난 당신이랑 그저 떡치고 싶은 게 아니야. 당신과 사랑을 나누고 싶어."

잠시 후 그녀가 화장실에 갔고, 볼일을 보고 나와 보니 스털링이 집을 나서고 있었다. 기분이 이상했다. 어쩔 수 없이 떠나는 기색은 아니었다. 쫓겨나는 것처럼 보이지도 않았다. 그래도 그녀는 게리가 조금 무례를 범했을 수 있다고 생각했다. 스털링을 내보내고 둘만 남을 작정이었다면, 꽤나 무례한 발상이었다. 게다가 맥주를 많이 마셔서 그런지 그는 약간 거칠어지고 있었다. 그래도 이제 둘만 남았으니 거절할 논리가 거

의 없었다. 잠시 후, 그녀의 옷이 벗겨졌고, 두 사람은 바닥에
누웠다.


3


　발기가 되지 않았다. 그는 도끼에 맞은 것처럼 보였지만 웃으려 애썼다. 멈추려고도 쉬려고도 하지 않았다. 마침내 반쯤 단단해졌다.
　그는 그녀의 위에서 너무 무거웠고, 그저 계속 시도했다. 잠시 후 그가 사과하기 시작했고, 맥주를 마신 탓이라고 변명하며 그녀의 도움을 요청했다. 니콜은 자신이 할 수 있는 것을 하기 시작했다. 도저히 끝이 날 것 같지 않고 목이 너무 피곤했다. 하지만 그는 여전히 그만둘 기색을 보이지 않았다. 그것은 곧 중노동이 되어 버렸고, 그녀는 화가 났다.
　그녀는 그에게 잠시 열을 식힐 필요가 있다고 설득했다. 나중에 다시 시도해 보자고 했다. 그러자 그가 그녀에게 자기 위에 올라타 달라고 부탁했다. 부드러운 말씨였다. 이제 그가 그녀의 귀에 대고, 그녀가 영원히 거기 누워 있으면 좋겠다고 말했다. 그리고 그녀에게 그렇게 자기 몸 위에서 누워 잘 수 있겠느냐고 물었다. 그러면 기쁘겠다고도 했다. 그녀는 오랫동안 노력했다. 그녀는 그에게 쉬어야 한다고, 그리고 걱정하지 말라고 말했다. 열기와 피로, 그리고 일이 잘 풀리지 않았음에도, 그녀는 여전히 그에게 애정을 느꼈다. 그녀는 자신이 그

렇게 애정을 느낀다는 사실에 놀랐다. 그녀는 그가 술에 취한 것이 슬펐고, 그가 그렇게 안달하는 것이 안타까웠고, 그리고 어쩌면 그를 사랑하는지도 몰랐다. 하지만 그가 너무 흥분해서 열기를 가라앉히고 잠들지 못하는 것이 짜증이 나기도 했다. 그리고 그는 사과를 멈추지 않았다. 맥주와 피오리날[33] 때문이라고 다시 변명했다. 두통 때문에 매일 피오리날을 복용해야 한다고 했다.

한번은 스털링이 문 반대편을 두드리며 다시 돌아와도 되느냐고 물었고, 게리가 그에게 꺼지라고 소리쳤다. 그녀는 그에게 스털링에게 무례하게 구는 것이 전혀 마음에 들지 않는다고 말했다. 결국 게리는 그녀에게 담요를 덮어 준 뒤, 문을 열어 스털링이 들어올 수 있게 해 주었다. 게리는 다시 돌아와 그녀를 다시 자신의 몸 위에 올렸고, 그녀를 조금 더 지분거렸다. 그것은 밤새도록 계속되었고, 두 사람은 거의 잠을 이루지 못했다.

아침 6시경, 양로원에서 일하는 루스 앤이 집으로 돌아왔다. 루스가 자신을 그리 좋게 평가하지 않는다는 것을 잘 알았기에 니콜은 약간 당황스러웠다. 그래도 일어날 핑계가 생겼으니 나쁘지 않았다. 잠시 혼자 있고 싶었으니까.

하지만 게리와 헤어지기 전에 그녀는 그에게 자신의 집 주소를 알려 주었다. 그것은 정말 큰 진전이었다. 그는 그곳이 정

---

33) 편두통이나 긴장성 두통을 치료하기 위해 처방되는 복합 진통제. 중독 가능성이 있다.

말 그녀의 집인지 계속 물었다. 그녀는 진짜 자기 집이 맞다고 재차 말해 주었다. 그가 퇴근 후에 들르겠다고 말했다.

아니나 다를까, 그가 거기 있었다. 그녀는 마트에 가야 했기 때문에 쪽지를 남겨 두었다. 거기에는 "게리, 금방 돌아올게요. 편히 있어요."라고만 적혀 있었다. 하지만 그 쪽지는 그들이 함께하는 내내 집 안 어딘가에 남아 있었다. 그녀가 그것을 잘 정리해두면 아이들이 찾아냈고, 그래서 그녀와 게리는 다시 그 쪽지를 마주하곤 했다.

그녀가 마트에서 돌아온 이날 오후, 그는 이미 지저분한 몰골로 거실에 서 있었다. 바지는 전화 수리공이 주머니에 공구를 넣고 다니기 위해 만든 것 같았고, 티셔츠는 단열재 작업으로 더러워진 상태였는데, 니콜은 그 모습이 멋져 보인다고 생각했다.

잠시 후 스패니시 포크의 협곡 위쪽에 살던 그녀의 할아버지가 잠깐 들렀다가, 그녀를 향해 "이런 맙소사, 또 그 짓을 하는 거야, 누코아 버터 볼[34]?"이라고 말하는 것 같은 음흉한 표정을 지었다. 그것은 그녀가 어릴 때 그가 그녀에게 붙여 준 별명이었다. 할아버지는 그녀가 어떤 상황에 빠질 수 있는지 알고 있었다. 물론 그 남자가 거기 남아 있기를 원하는 그녀의 바람도 알아챘기 때문에, 눈치껏 오래 머물지는 않았다.

게리는 다른 사람의 집에 있는 것이 불편해 보였다. 그녀가

---

34) '누코아'는 버터와 마가린 등을 제조하던 식품 회사 상호, '버터 볼'은 '뚱보'를 의미한다.

아이들을 챙기느라 바쁘게 움직이는 동안, 게리는 밖으로 나가서 주변을 돌아다녔다. 나중에 주변이 조용해지자, 두 사람은 다시 밤늦도록 이야기를 나눴다. 그녀는 이 남자가 자신과 거의 동거하는 것과 진배없는 상태가 되자 불안했다. 그녀는 정말 무서웠다. 니콜은 사랑에 관해선 자신이 늘 가식적이라고 생각해 왔다. 시작은 진심일지 몰라도, 남자와 정말 사랑에 빠져 본 적이 있는지는 스스로도 확신할 수 없었다. 그녀는 남자들을 좋아했고, 남자들에게 반한 적도 많았고, 그들 가운데 일부와는 꽤 진지했던 적도 있었다. 대부분 그것은 그 남자가 잘생겼거나 그녀에게 친절을 베풀어서였다. 하지만 니콜이 게리에게서 보는 것은 얼굴이나 외모만이 아니었다. 그보다는 처음으로 자신이 알맞은 자리에 있다는 느낌이 들었다. 그녀는 게리와 함께 있는 매 순간이 좋았다.

나중에, 니콜은 침대에서 보낸 두 번째 밤이 첫 번째 밤보다는 좋았지만 어땠는지 더는 기억하지 못했다. 뭐 대단히 좋지는 않았겠지만, 첫날처럼 번거롭지는 않았다. 그런 다음 낮밤을 함께 보내기 시작했다. 그가 완전히 주거지를 옮기기까지는 일주일이 걸렸지만, 그동안에도 사실상 거의 모든 시간을 그녀와 함께 했다.


4


주말에 게리는 니콜을 번과 아이다의 집으로 데려가 소개했고, 사뭇 과시하듯 행동했다. 그녀는 그가 자신을 소개하는 방식과, 계속해서 제러미의 별명 '피버디'[35])에 대해 말하는 것이 마음에 들었다. 이보다 좋은 별명 들어 본 적 있어요? 그래서 그가 이렇게 말했을 때 아무도 놀라지 않았다. "번, 저 나가서 니콜과 함께 살기로 했어요." 다들 이미 그렇게 결정되었으리라는 걸 알고 있었지만, 그는 그 말을 직접 꺼내는 걸 무척 즐기는 것 같았다.

번의 태도도 더없이 좋았다. 그는 게리가 원하는 것이 바로 자신이 원하는 것이라고 말했다. 번은 니콜도 일하고 있으니, 두 사람이 힘을 합치고 둘이 버는 급료를 합치면 잘해 낼 수 있을 거라고 인정했다. 그동안 게리는 지금 쓰는 방을 자유롭게 사용해도 된다고 말했다. 그는 지하실에 살며 매주 임대료를 내는 하숙생 같은 존재가 아니었으니까.

하지만 니콜은 그의 방을 보고 쥐구멍이나 다름없다고 생각했다. 벽에 그림이 걸려 있지도 않았고 전등도 없었다. 싸구려 호텔의 단칸방처럼 보였다. 게리는 서랍에 바지 한 벌과 셔츠 몇 장만 가지고 있었다. 교도소 친구들의 사진이 담긴 녹색 폴더도 있었다. 그녀는 그가 괴상한 낚시 모자 같은 것을 꺼내어 머리에 쓰기 전까지는 왜 자신을 방으로 데려왔는지 짐작하지 못했다. 그는 거울에 비친 모습을 보며, 자기가 정말로 멋져 보인다는 듯 행동했다. 그런 다음 빨간색, 흰색, 파란색 줄무늬가

---

35) 보통 '지식인'이나 '교양 있는 사람'을 연상시키는 이름이다. 조금 오래된 미국식 이름이라, 점잖고 고풍스러운 느낌을 준다.

있는 또 다른 모자를 꺼냈다. 완전히 미치광이 같은 모자들을 멋지다고 생각하는 것, 그것이 그의 가장 이상한 점이었다.

5

수 베이커는 게리가 니콜과 동거하는 것은 물론이고 니콜과 만나고 있다는 사실조차 몰랐다. 그러던 어느 날 니콜이 전화를 걸어 재봉틀 공장을 하루 쉬기로 했다며 시간을 내서 수와 이야기하고 싶다고 했다. 그래서 두 사람은 아이들을 데리고 공원에 소풍을 나갔다. 그곳에서 니콜은 자신이 게리에게 느끼는 감정을 다른 어느 누구에게도 느낀 적이 없다고 말했다. 그녀는 그를 사랑했다.

니콜이 그를 알게 된 지 세 번째 혹은 네 번째 날 밤, 그가 술에 취했다. 그가 한가하게 엉덩이를 붙이고 앉아 너무 많이 마시고 취해 버리는 바람에, 그녀가 화를 냈다. 하지만 그때 그가 앉은 자리에서 그녀를 그렸다. 그때까지 자신이 그림을 얼마나 잘 그리는지, 대회에서 얼마나 많은 상을 탔는지 자랑하는 소리는 들어 왔지만, 그녀는 그가 그림 그리는 것을 직접 본 적이 없었다. 그의 말을 믿지 않았었다. 그녀는 자기 능력을 과장하여 떠벌이는 남자들을 많이 봤다. 죄다 헛소리들이었다. 하지만 그가 그린 그림은 정말 훌륭했다. 그저 조금 잘 그리는 정도가 아니라, 진짜 화가 같았다.

퇴근하는 게리를 데리러 가기 위해 공원을 떠날 시간이 되

자, 니콜의 눈이 반짝 빛났다. 그를 데리러 간다는 생각만으로
도 눈에 생기가 돌았다. 그래서 수에게는 니콜의 기분이 얼마
나 좋은지를 말해 줄 다른 사람이 필요치 않았다. 니콜이 그
정도로 사랑에 빠졌다면, 자신이 받은 첫인상이 어쨌든 그 남
자에 대한 자신의 생각을 바꿀 준비가 되어 있었다.

물론, 리키와 헤어진 후 수에게는 교통수단이 없었다. 그래
서 니콜과 함께 런던으로 갔고, 돌아오는 길에 실제로 게리를
좋아하게 되었다. 그는 확실히 사근사근했다. 근사한 두 여성
이 자기를 데리러 오니 얼마나 기분이 좋은지 모르겠다는 소
릴 계속 늘어놓았다.

그것은 칭찬이었다. 그녀는 배가 많이 나온 상태였다. 수는
요즘에도 여전히 남자와 데이트도 하고, 심지어 춤을 추러 가
기도 하지만, 그녀는 배가 많이 나왔고 그것은 분명히 리키가
한 짓이었다. 처음에 그는 그녀의 IUD[36] 때문에 아프다고 불
평했다. 그래서 그녀가 그것을 뺐는데 그때 임신이 됐다. 그녀
는 열 남매 중 막내였고, 자신의 가족 안에서조차 가장 밑바
닥에 있는 외톨이였다. 그런데 이제 리키마저 그녀를 떠났다.

만약 게리의 칭찬이 아니었다면 지금 이 순간, 수 베이커는
불행의 늪으로 곧장 가라앉았을 것이다.

하지만 니콜은 운명의 변화를 경험했다. 그러니 어쩌면 내
게도 기회가 찾아올지 몰라, 언젠가 내 인생에도 멋진 일이 생
길지 몰라, 라는 생각이 들었다.

---

36) 자궁 내 피임 기구.

수를 내려 준 후, 니콜은 게리에게 자신이 가져온 베개를 보여 주었다. 게리와 더 가까이 앉기 위해, 니콜은 항상 좌석 자체보다는 앞좌석의 튀어 올라와 있는 곳 가까이에 앉았는데, 두 개의 일인용 좌석이 있는 머스탱에서는 앉기가 편치 않은 위치였다. 그녀는 마침내 머리를 썼고 오늘 베개를 가져왔다. 더 편안할 뿐만 아니라 엉덩이 닿는 부분이 높아져 앉은키가 커진 덕에 그의 목에 팔을 두를 수 있었다. 그는 한 손을 그녀의 무릎에 얹고 그녀의 손을 잡은 채로 운전했다.

이날 장을 보기 위해 가게 앞에 차를 세웠을 때, 그가 차에서 내리지 않고 자기 어머니 이야기를 하기 시작했다. 그는 어머니를 아주 오랫동안 보지 못했는데, 어머니는 관절염이 심해서 거의 걷지 못할 지경이라고 설명했다. 게리가 말을 멈추었고, 곧 눈에 눈물이 어렸다. 니콜은 그가 자기 어머니에 대해 그렇게 깊은 감정을 느낀다는 사실에 놀랐고, 그가 울 수 있다는 사실에 놀랐다. 그는 강인한 사람이라 눈물을 흘리는 일이 없을 거라고 생각했던 것이다. 그녀는 말없이 옆에 앉아 그의 눈물을 만져 보았다. 평소엔 남자가 우는 모습을 보면 역겨웠다. 보통 그녀에게 버림받은 남자들이 눈물을 흘렸으니까. 여자 때문에 눈물을 흘리는 건 약점이라고 생각했기에, 남자들이 울 때 그녀는 신경을 끄는 데 능숙했다. 하지만 게리의 눈물은 약점으로 생각되지 않았다. 그를 위해 무언가를 해 주고 싶었다. 말하자면, 손가락을 딱 튕겨서 그의 어머니를 그곳에 '짠!' 하고 나타나게 해 주고 싶었다.

그들은 포틀랜드로 어머니를 방문하러 가자고 이야기했다.

돈을 조금 모아서 그녀의 차를 타고 갈 수도 있고, 어쩌면 그의 차도 그 정도 거리는 달릴 수 있을지 몰랐다. 그러다 그들은 구십구 년 동안 임대할 수 있는 섬에 대해 이야기하게 되었다. 게리는 그 주제에 대해 잘은 모르지만 정보를 조금 얻어 보겠다고 했다.


6


근무일에는 일찍 일어나야 했지만, 그는 그런 생활에 익숙해져 있었다. 그녀는 그가 이른 아침 어스름 속에서 자신을 안아 주며 사랑한다고 속삭이는 것이 썩 괜찮은 느낌이라는 걸 알게 되었다. 둘은 벌거벗은 채로 잤지만, 그는 그녀가 거기 있는지를 확인하기 위해 여전히 그녀를 안아 봐야 했다. 물론 그것은 문제가 될 수도 있었다. 그런 때 니콜은 그에게 키스하는 것을 즐기지 않았다. 그는 담배를 피우지 않았고, 입냄새도 나쁘지 않았지만, 그녀는 담배를 많이 피웠고, 새벽 5시 30분엔 입안에서 끔찍한 맛이 났으니까.

너무 늦기 전에 그녀는 침대에서 일어나 주방으로 가서 그에게 샌드위치를 만들어 주고 커피를 내렸다. 그녀에겐 아주 짧은 목욕 가운이 있었는데, 때때로 그것을 걸치거나 아니면 그냥 벌거벗은 채로 돌아다녔다. 그는 앉아서 카네이션[37]의

---

37) 증발 우유와 분유를 주로 생산하던 유제품 회사. 1985년에 네슬레에 인

아침 식사 대용 음료를 한 줌의 비타민과 함께 마시곤 했다. 그는 비타민 광신자였고, 비타민이 원기에 좋다고 믿었다. 물론, 퇴근 후 과음한 다음 날 아침에는 피곤할 수밖에 없었다. 그래도 그는 함께 지내기 좋은 사람이었다. 그는 가능한 한 오랫동안 그녀와 커피를 마셨고, 그러는 내내 그녀를 바라보며 그녀가 아름답고 자기를 놀라게 한다고 말하곤 했다. 그는 여자가 그녀만큼 상큼하고 달콤한 냄새를 풍길 수 있을 거라고는 지금껏 한 번도 믿지 않았다고 했고, 그리고 정말로 니콜은 그 말들을 기꺼이 듣고자 했다. 왜냐하면 그녀는 목욕을 좋아했기 때문이다. 가끔 집 안 꼴이나 아이들의 모습이 추레해 보이는 경우가 있을지 몰라도, 그녀는 단정하고 깔끔하게 보이는 것을 정말 중요하게 생각했다.

그는 화장하지 않은 그녀의 맨얼굴이 이슬처럼 싱그럽다고 말했다. 당신은 내 요정이야. 당신은 사랑스러움 그 자체야, 라고 그가 말했다. 얼마 후, 니콜은 그가 자신과 똑같은 사람이라는 느낌을 받았고, 지금 벌어지고 있는 일을 제대로 이해하기가 어려웠다. 항상 아름다운 무언가가 곁에 있다는 느낌을 말이다.

그 후, 그가 출근 준비를 마치기 직전에 일어나서 이십 분간 화장실에 틀어박혔다. 니콜은 그가 머리를 빗고 자기 볼일을 본다고 생각했다. 그 후, 그들은 현관에서 오 분을 보냈고, 그녀는 현관에서 그가 차에 타는 모습을 지켜보았다. 시동이

---

수되었다.

잘 안 걸릴 때가 많아, 가끔 그녀는 리바이스 청바지에 다리를 끼워 넣자마자 나와서 차를 밀어야만 했다. 그녀의 차를 타고 가야 할 때도 있었다. 어느 머스탱에 기름이 더 많이 남았는가에 달려 있었다. 그들은 가끔 정말로 빈털터리였기 때문이다.

하지만 그녀는 일을 그만둔 것을 후회하지 않았다. 수와 소풍을 가려고 재봉틀 공장을 결근한 그날 이후, 그녀는 자신이 일을 계속하지 않으리라는 것을 알았다. 그녀에겐 생각할 시간이 필요했다. 늘 애인을 떠올리며 몽상하고 싶을 때는 재봉틀에 진지하게 신경 쓰기가 어려웠다. 게다가 그의 급여에다 그녀의 복지 지원금이 나왔고, 게리는 그녀가 일을 그만둬도 딱히 상관하지 않았다.

그가 출근한 동안, 그녀는 집 안을 청소하고 아이들에게 밥을 먹였다. 정원에서 일을 많이 하고 커피를 마시기도 했다. 가끔은 두어 시간 동안 앉아서 게리 생각을 했다. 가만히 앉아서 혼자 미소를 짓기도 했다. 그녀는 자신이 느끼는 감정이 믿기지 않을 정도로 좋았다. 여러 번 그녀는 게리와 함께 있고 싶다는 생각에 점심 도시락을 싸서 차를 몰아 그가 일하는 곳으로 가기도 했는데, 그러면 그는 차에 와서 앉았다.

니콜은 엄마의 집을 자주 방문하기 시작했다. 캐서린의 집이 그가 일하는 곳에서 멀지 않았고, 엄마와 커피를 마시고 아이들을 맡긴 후에는 게리와 단둘이 있을 수 있었기 때문이다. 그녀는 그런 시간이 정말 좋았다. 니콜은 엄마의 집으로 돌아가 한 시간 정도 있다가 다시 스패니시 포크로 돌아가 집

안을 정리하고 기다렸다. 인생에서 처음으로 유한부인이 된 기분이었다.

어느 일요일, 그녀가 정원을 파헤치는 동안 게리가 사과나무에 두 사람의 이름을 새겼다. 그는 그것을 주머니칼로 아주 깔끔하고 멋지게 새겼다. 게리는 니콜을 사랑해. 이전의 누구도 그렇게 한 적이 없었다.

다음 날 그녀는 할 일이 많았고, 계속 돌아가고 싶었다. 마침내 집에 도착했을 때, 그녀는 먼저 그의 차를 깨끗이 닦은 다음, 그가 이름을 새긴 곳보다 더 높은 곳으로 나무를 타고 올라가서 글귀를 새겼다. 니콜은 게리를 사랑해. 그런 다음 그녀는 집 안으로 들어갔고 시간에 맞춰 그를 맞이할 수 있었다.

그가 맥주를 들고 뒷마당으로 나오자 그녀가 그에게 사과나무를 쳐다보라고 말했다. 그가 아무것도 알아보지 못하자, 결국 그녀는 그것을 손가락으로 가리켜 보여 주었다. 그러자 그는 어린아이처럼 행복해하며 그녀가 자기보다 더 잘 새겼다고 했다. 그녀가 이름 주위에 새긴 하트가 정말 예쁘다고 칭찬했다.


7


게리가 그녀와 함께 살게 된 지 일주일쯤 지났을 때, 그녀는 게리의 물건들 속에서 커다란 노란색 폴더를 발견했다. 그것은 교도소 치과 의사와의 분쟁에 관한 서류 묶음으로 논쟁 내용은 모두 교도소 언어로 작성되어 있었다. 너무 재미있어 보여서 그녀는 거기 앉아서 크게 웃었다. 의치에 관한 거창한 말들이라니. 그러나 그녀가 게리에게 그 일에 관해 말하자, 게리는 몹시 기분이 상했다. 자신에게 의치가 있다고 말한 적이 없었으니까. 그녀가 이 사실을 알게 된 것이 몹시 신경 쓰였다.

물론 그것은 그녀가 새롭게 알게 된 사실이 아니었다. 그녀는 첫째 날 밤에 그것을 발견했다. 그녀는 전에 의치를 끼운 남자와 함께 산 적이 있고, 그것이 어떤 기분일지 알고 있었다. 키스할 때 본인은 언제나 상대의 입안에 혀를 넣으면서도 상대가 자기 입안에 혀를 넣는 것은 원치 않기 때문에, 키스를 해 보면 의치가 있는지 알아챌 수가 있었다. 그녀는 심지어 의치에 대해 그를 놀리기까지 했는데, 그는 무척 언짢아했다. 누군가가 방금 불을 꺼 버린 것처럼 표정이 급격히 어두워졌다. 그녀는 자신이 그것에 전혀 신경 쓰지 않는다는 걸 알게 하려는 듯 그를 계속 놀렸다. 그녀는 포장지와 끈을 포함해 그의 모든 것을 일괄 구매할 준비가 되어 있었다.

매일 그녀는 그가 해 주는 사소한 일들이 자신에게 놀라운 즐거움을 선사한다는 사실을 계속 깨달았다. 예를 들어, 그는 담배를 피우지 않지만, 그녀가 담배를 직접 마는 모습을 본 뒤엔 집에 올 때 담배 한 갑을 들고 왔다. 그런 작은 배려가 너무 멋있었다.

저녁에는 한가하게 앉아 맥주를 마시곤 했는데, 아무리 함께 있어도 그 시간이 부족하게 느껴졌다. 그녀는 원하는 만큼 솔직해질 수 있었고, 그에게 자신의 과거에 대해 무엇이든 말할 수 있었다. 그는 귀 기울여 들었다. 그녀가 하는 모든 말에 주의를 기울였다. 만약 다른 남자가 그랬다면 그런 지속적인 관심에 넌더리를 냈겠지만, 그의 관심은 조금도 성가시지가 않았다. 자기 역시 게리를 똑같은 방식으로 주의 깊게 살피고 있었기 때문이다.

그녀가 원하는 것은 오직 그와 더 많은 시간을 함께 보내는 것이었다. 그녀는 늘 혼자 있는 시간을 소중히 여겼지만, 이제는 그가 돌아오기를 바라는 마음에 조바심이 나곤 했다. 5시가 되면 그가 집에 돌아왔고, 그제야 그녀는 행복해졌다. 그를 위해 첫 맥주를 따 주는 일에서 행복을 느꼈다.

때때로 그는 비비 총을 가지고 뒷마당으로 나가서, 어스름 속에서 병과 맥주 캔을 쏘곤 했다. 사위가 어두워져 총알 튕기는 소리나 유리의 짤랑거리는 소리 외에는 명중했는지 분간하기 어려울 때까지 총 쏘기는 계속되었다. 땅거미는 천천히 내려왔다. 마치 장미 다발에서 숨 한 번을 들이마시고, 또 한 번을 들이마시는 것처럼. 그때의 공기는 마리화나처럼 황홀했다.

그런 초저녁이면 집 주변에 항상 아이들이 있었다. 베이비 시터는 로럴이라는 여자애였는데, 어린 사촌들이 많은 십 대 아이였기 때문에 그 사촌 아이들도 그녀와 함께 놀러왔다. 가끔 게리와 니콜이 드라이브를 하고 돌아오면, 여전히 아이들이 집 주변에 있었고, 게리는 그들과 놀아 주었다. 그들에게 목말을 태워 주기도 했다. 아이들은 그의 어깨 위에 서서 천장에 손을 대 보기도 했다. 그는 그렇게 목말을 타고 방 끝에서 끝까지 걸어갈 만큼 배짱이 있는 아이들과 노는 걸 좋아했다.

아이들은 그를 엄청 좋아했다.

하지만 그가 퇴근하자마자 로럴을 집으로 돌려보내고 단둘이 차를 타고 떠나는 일이 더 많았다.

보통은 드라이브인에서 식사를 했고, 몇 번은 그녀를 스토크 클럽에 데려가 당구를 쳤다. 오후에 퇴근 후 곧장 쇼핑몰에 들러 그녀를 위한 섹시한 속옷을 고르거나, 맥주와 담배를 사서 자동차 극장에 가는 경우도 있었다.

그는 거의 주차를 하자마자 그녀에게 옷을 벗어 달라고 졸랐다. 그런 다음 그들은 앞좌석에서 영화를 봤다. 게리는 그녀가 벌거벗는 것을 정말 좋아했다. 자신이 벌거벗은 여자를 안고 있다는 생각을 떨쳐 버릴 수 없었다.

한번은, 「피터 팬」을 보던 두 사람이 차에서 내려 트렁크 위 차체에 등을 맞대고 앉았는데, 그때 그녀는 벌거벗은 상태였다. 머스탱이 외야에 멀찍이 주차되어 있었지만, 주변에 다른 차들이 있었고, 그녀는 몸에 아무것도 걸치지 않은 상태였다. 세상에, 그건 정말 끝내주는 기분이었다. 교도소에서 그 모든 세월을 보낸 후, 게리는 그녀가 엉덩이를 드러내고 젖가슴을 튕기며 걸어 다니는 모습을 지켜보는 것에 미쳐 있었다. 그녀는 그가 자신의 벗은 모습을 좋아하는 것을 이해했다. 그는 그녀를 완전히 자기 뜻대로 할 수 있었고, 그녀는 그것을 전혀 개의치 않았다.

하지만 그는 거만해지지 않았다. 그녀에게 무언가를 부탁할 때의 그는 정말 마음을 움직이는 데가 있었다. 어느 늦은 밤, 그녀는 심지어 사실상 마을의 중심이라고 할 수 있는 프로보 공원 안의 제일 모르몬 교회의 뒤쪽 계단에서 옷을 벗기도 했다. 늦은 밤이었다. 두 사람은 그저 거기 계단에 앉아 있었고, 그녀의 옷은 잔디 위에 놓여 있었다. 그녀는 잠깐 춤을 추었고, 게리가 조니 캐시 같은 목소리로 노래하기 시작했다. 물론 노래 실력은 그리 훌륭하지 않았지만, 게리와 사랑에 빠진 사람의 귀엔 다르게 들릴 수 있었다. 그는 「놀라운 은총(Amazing Grace)」을 불렀다.

> 수많은 위험과 역경, 그리고 유혹을
> 우리는 이미 거쳐 왔다네.
> 그 은총이 나를 안전하게 지금 여기까지 이끌었고,
> 그리고 그 은총은 나를 인도할 것이네.

그런 식으로 그녀는 산에서 내려오는 추위 대신 사막에서 밀려오는 열기가 가득한 뜨거운 봄밤의 새벽 2시에 알몸으로 그의 곁에 앉아 있었다.

그날 밤, 아주 늦은 밤에, 침대로 돌아와 그들은 정말로 해냈다. 섹스가 잘 진행되어 가고 있을 때, 그가 그녀의 부드럽고 따뜻한 엉덩이에 거친 손을 대고 그녀의 영혼에 숨을 불어넣는 것에 대해 이야기했고, 그때 그녀는 그와 함께 절정에 올랐다. 처음으로 진짜 오르가슴을 경험한 것이다.

아침에 그녀는 앉아서 자신은 그를 정말 많이 사랑하고 그 사랑을 멈추고 싶지 않다는 내용의 편지를 썼다. 그저 짧은 편지였다. 그녀는 그것을 그의 비타민 옆에 놓아두었다. 그는 그 편지를 읽고 답장을 보내지는 않았지만, 하루나 이틀 후 두 사람은 센터가에서 조금 벗어난 곳에 있는 예의 그 교회 옆을 지나가다 유성을 보고 소원을 빌었다. 그가 무슨 소원을 빌었는지 물었지만, 그녀는 알려 주지 않겠다고 대답했다. 하지만 그녀는 곧 그를 향한 자신의 사랑이 변함없이 영원히 지속되기를 기도했다고 고백했다. 그는 자신들에게 불필요한 비극이 일어나지 않기를 바랐다고 그녀에게 말했다. 그러자 그 순간 마치 꿈속에서 쓰러지는 것처럼 그녀에게 한꺼번에 기억들이 밀려들었다.

# 5장

# 니콜과 리 삼촌

1

한번은, 게리가 그녀에게 처음으로 누군가와 잤던 때를 기억하느냐고 물었다. 니콜이 잠시 뜸을 들이더니 대답했다. "희미하게요."

"희미하게?" 게리가 물었다. "'희미하게'라니 그게 무슨 뜻이야?"

"그렇게 대단한 일도 아니었어요," 니콜이 말했다. "난 그때 겨우 열한 살이나 열두 살 정도였거든."

물론, 그녀는 그에게 단번에 자신에 관한 모든 이야기를 들려주지는 않았다. 여섯 살 때 키웠던 라쿤처럼 귀여운 이야기들을 먼저 들려주었다. 그녀는 어깨에 그 라쿤을 얹고 학교에 걸어가면서 자신이 아주 대단한 사람이라고 생각하곤 했다.

그녀는 자주 수업을 빼먹었다. 가끔은 학교 위 언덕에 올라가 소나무들 한가운데에 앉아, 교실 안의 그 모든 작은 바보들을 내려다보기도 했다. 어느 날엔 건방지게도 숲에만 머물지 않고 도로가를 걸어 돌아갔다. 바로 그때 엄마의 차가 모퉁이를 돌았다. 저기 니콜이 있네. 그녀는 엄마가 이렇게 말하던 것을 기억한다. "좋아, 어서 차에 타."

아니면 엄마가 귀 뒤쪽 피부가 다 보일 정도로 그녀의 머리를 짧게 잘랐던 때라든가. 사람들은 그녀를 남자애로 착각하곤 했다. 놀이터에서 몇몇 아이들이 그렇게 말해 그들에게 자신이 남자애가 아님을 증명해 보인 적도 있었다.

게리가 웃음을 터뜨렸다. 그러자 이야기에 속도가 붙었다.

그녀는 열 살인가 열한 살 때 음란한 말을 입에 달고 사는 아주 추잡한 남자애한테 외설적인 편지를 썼던 일을 기억했다. 왜 그런 걸 썼는지 지금은 모르겠고, 그저 다 쓰고 나서 한 번 훑어보고는 찢어 버린 게 다였다. 그런데 캐서린이 그것을 쓰레기통에서 꺼내 테이프로 붙여 복원했다. 그때 그녀의 엄마는 그녀가 얼마나 끔찍한지 말해 주었다. 특히 다음의 이 부분을 문제 삼았다. 좋아, 네가 그걸 자꾸 얘기하니, 어디 한 번 해 보자.

니콜이 자기 엄마가 매우 똑똑하다고 생각했던 순간들이 있었다. 캐서린은 다른 사람들의 생각을 알아차릴 수 있었다. 니콜이 보기에, 캐서린은 자기 내면의 소리에는 전혀 귀를 기울이지 않으면서 남의 내면에는 관심을 집중하는 사람이었다. 그녀의 엄마와 오랫동안 함께 살다 보면, 상대방이 무언가를 미처 생각하기도 전에 그녀가 먼저 그것을 언급할 때가 있었다. 누구라도 그런 일을 당하면 불쾌해질 수밖에 없었다. 캐서린은 아주 체구가 작은 여성이었다. 하지만 그녀는 검고 멋진 콧수염을 가진 건장하고 잘생긴 남편을 게으름뱅이라고 비난하곤 했다. 그에게 방금 같이 있던 여자한테 돌아가서 떡이나 치라고 말하기도 했다. 찰리가 퇴근 후 술집에 들러 몇 잔 걸치고 오느라 늦게 집에 돌아오면, 술에 취해 비틀거리거나 말이 어눌해지지는 않았지만 클라크 게이블[38]처럼 얼굴에 묘한 미소가 떠올랐다. 니콜은 아빠를 보면 기분이 좋아 보인다고 생각했다. 하지만 바로 캐서린이 그의 기분을 망치기 시작했다. 그녀는 그를 쉽게 용서하지 않았다.

한번은, 캐서린이 실제로 어느 모텔 계단을 내려오는 그를 목격한 적이 있었다. 2층에 그의 여자가 있었다. 캐서린이 아빠의 권총을 쥐고 그를 쏘겠다고 협박했다. 하지만 그녀는 쏘지 않았다. 니콜의 아빠는 오히려 캐서린이 간통한다며 비난을 일삼았다. 그녀의 엄마가 간통이라니! 찰리(찰스) 베이커는 그녀의 첫 남자였고, 그녀는 다른 남자와 만난 적이 없었다. 하지만 그 사실도 아빠의 질투는 막지 못했다. 한번은 그가 늦게 귀가하고 보니 집에 아무도 없었다. 그는 캐서린이 다른 남자와 함께 아이들을 데리고 영원히 떠났다고 생각했다. 사실 그녀는 아이들을 데리고 드라이브인 영화관에 갔을 뿐이었다. 그들이 집에 돌아왔을 때, 찰리는 그 말을 믿으려 하

---

38) 미국에서 1939년에 개봉된 영화 「바람과 함께 사라지다」의 '래트 버틀러' 역으로 유명한 영화배우.

지 않았다. 아이들은 곧장 집에서 뛰쳐나와 차에 올라타야 했다. 그리고 엄마가 차를 몰고 도망치려는 순간 찰스가 이미 움직이기 시작한 차량에 뛰어오르려 했고, 그러다 다리가 부러졌다. 그때 니콜은 일곱 살쯤이었고 그녀의 아빠는 스물다섯 살이었다.

돈 때문에 싸우는 건 늘 있는 일이었다. 엄마는 아빠가 가족에게는 철저히 인색하면서 사냥용 소총을 사거나 군대 친구들과 어울려 술을 마시는 데에는 돈을 아끼지 않는다고 주장했다. 그래도 니콜은 아빠가 베트남에 있던 열 살 때를 기억했다. 그때 엄마는 아빠가 죽을지도 모른다는 걱정에 사로잡혀 있었다. 가끔 늦은 밤에 엄마의 울음소리가 들리곤 했다.


2


게리가 그녀의 엄마를 만나고 싶다고 했을 때, 니콜은 지난번에 캐서린과 나눈 대화를 그에게 말해 주지 않았다. 그녀의 엄마는 그녀의 새로운 남자 친구가 나이가 많으며 교도소에 있었다는 얘기를 들었다고 했다. 그러면서 그 점이 두 사람의 관계에 큰 영향을 미칠 거라고 경고했다.

"난 내가 원하는 사람하고 사귈 거예요." 니콜이 말했다.

하지만 정작 그들이 만났을 땐, 아무 일도 일어나지 않았다. 게리는 정중했고, 제러미를 품에 안고 찬장 옆에 서서 모두를 바라보며 술을 마셨지만, 아무 말도 하지 않았다. 마치 자리를 지키며 눈의 총기를 유지하기 위해 바짝 긴장하고 있는 것 같았다. 떠날 때 그는 캐서린에게 "만나서 반가웠습니다."라고 말했고, 니콜은 어딘가 불편한 감정이 있다는 것을 알아차렸다.

사람들이 그에게 무례를 범할 수 있다는 생각에 그녀는 더 신경을 썼다. 그는 자신과 맞지 않는 사람들과 어울려야 하는 열네 살 소년처럼 경직되어 있었다. 그녀는 이해했다. 그녀는 교도소에 갇혀 있다는 것이 어떤 기분인지 알았다. 마치 자기도 그곳에 산 적이 있는 것 같은 느낌이었다. 교도소는 다른 누군가가 손가락으로 코를 막아서 숨이 부족한 상태를 의미했다. 손가락이 사라지는 순간, 갑작스레 들이치는 공기에 정신이 아찔해질 것이다. 교도소란 너무 이른 나이에 결혼하여 아이들이 생긴 상황과도 비슷했다.

자신이 그에게 어떤 이야기를 들려주었는지를 그녀가 항상 기억하는 것은 아니었다. 오히려 다행이었다. 어떤 이야기들은 끔찍했으니까. 그럼에도 그녀는 보통 자신의 생각이 단 몇 마디만으로도 그대로 그의 머릿속으로 전해지는 듯한 느낌을 받았다. 그러다 보니 미처 깨닫기도 전에 그에게 점점 더 많은 이야기를 하고 있었다. 그는 화내지 않고 잘 들었다. 그게 정말 중요했다.

여덟아홉 살 때까지도 그녀는 자기가 못생겼다고 생각했다. 볼품없는 작은 새 같다고 생각했다. 그러다 갑자기 꽃처럼 피어났다. 그녀는 6학년 중에서 가장 가슴이 큰 아이가 됐다. 사실 그 초등학교에서 가장 가슴이 큰 아이였던 적도 있었다.

굳이 관심을 찾아다닐 필요가 없었다. 아이들의 관심이 저절로 따라왔다. 아이들은 그녀를 '발포 고무'라고 불렀다.

열한 살이 되기 전까지 그녀는 누구도 그것을 집어넣지 못하게 했다. 하지만 옷을 벗고 몸을 보여 주는 것은 좋아했다. 그런 다음 남자아이들이 자신을 만지도록 내버려두었다. 그녀는 잘생긴 남자아이들의 관심을 받는 것이 좋았다. 자기가 인기 있다고 생각한 적이 없었기 때문이다. 그들이 그녀에게 파티에 함께 가자고 요청하는 일은 많지 않았다. 주일 학교에 다니는 훌륭한 모르몬교 가정 출신의 여자아이들은 그녀를 자주 괴롭혔다.

중학생이 될 즈음엔 최악의 아이들과 친해지고 있었다. 어떤 아이들은 최대의 말썽꾸러기였고 어떤 아이들은 가장 못생긴 애들이었다. 그녀는 특히 아이들의 사물함에서 물건을 많이 훔쳤다. 걸리지 않아도, 사람들은 항상 그녀를 의심하고 혐오했다. 하지만 아무도 그녀가 더 나은 사람이 되기를 바랄 만큼 관심을 갖지는 않았다. 그녀는 자신이 착한 아이가 되어 교회에 다니고 성적이 좋아진다 한들 누가 그것을 인정해 줄까 생각했다.

그러다 열세 살에 정신 병원에 보내졌다. 어떤 극단적인 여자와 상담하게 되었는데, 그 여자의 설득으로 정신 병원에 가게 됐다. 처음엔 몇 주만 지내면 될 거라고 하더니, 리 삼촌에 대한 이야기를 무심코 털어놓자, 그녀를 칠 개월이나 가두어 놓았다.

학교에 입학할 때부터 그들과 함께 살았던 아빠의 군인 친구가 있었다. 아빠는 그를 '동지'라고 불렀고 아이들은 리 삼촌이라고 불렀다. 그는 친삼촌도 친척도 아니었지만, 아빠는 그를 형제보다 훨씬 더 가깝게 여겼다. 그는 심지어 어딘가 찰리 베이커를 닮은 듯도 보였다. 두 사람이 함께 외출할 때는 마치 엘비스 프레슬리가 엘비스 프레슬리와 함께 길을 걷는 것 같았다.

지금은 죽었지만, 리 삼촌은 그녀가 여섯 살 때부터 간간히 그들과 함께 살았다. 니콜은 리 삼촌 때문에 항상 엄마와 아빠를 원망했다. 그가 자신을 망쳐 놓은 것이 확실했기 때문이다. 그녀는 심지어 자기가 그 남자 때문에 창부가 되었다고 생각하기도 했다.

아빠는 밤에 기지에서 일하고 엄마도 늦게까지 일했다. 그녀의 남동생이 잠들면, 리는 시작했다. 저녁 늦은 시간에 엄마와 아빠가 함께 외출하면, 니콜은 그것이 다가오리라는 것을 알았다. 그녀는 욕조에서 나올 리를 기다리며 긴장하기 시작했다. 얼마 지나지 않아, 거실에서 그녀와 단둘이 앉은 그가 자신의 목욕 가운을 젖히며 그녀에게 놀자고 요구했다. 그는 그것을 '고추 문지르기 놀이'라고 불렀다.

불이 꺼진 상태에서, 그녀는 그것이 건드리고 있는지, 혹은 그가 무엇에다 입을 맞추기를 요구하는 것인지를 잘 알지 못했다. 얼마 후엔 그게 그렇게 이상하게 여겨지지도 않았고, 그가 "기분 좋니?"라고 물을 때, 그녀는 공손하게 "네."라고 대답했다.

열두 살이 된 니콜은 그에게 더 이상 자신에게 그 짓을 강요하지 말라고 선언했다. 에이프릴 옆에서 자고 있을 때였다. 리가 그녀를 깨웠다. 니콜은 에이프릴이 어쨌든 깨어 있을 거라고 생각했다. 그래서 그에게 싫다고 말했다. 그러자 리가 화장실에서 그녀가 하는 짓을 봤다고 말했다. 자기가 목격한 그녀의 자위를 상세히 묘사했다. 그가 말했다. 넌 정말 자유로운 영혼이야. 그러니 나랑 할 수 있어. 그녀가 말했다. 당신이 뭘 봤든 상관 안 해요. 세상 사람들에게 알리고 싶으면 알려요. 그 일이 있고 얼마 후, 그는 베트남에 가서 목숨을 잃었다. 리에 대해 강한 악의를 품었던 만큼, 니콜은 자신이 저주를 남긴 건 아닌지 의문스러웠다.

그녀는 가족 누구에게도 그가 한 짓을 말하지 않았다. 가족들이 믿지 않을까 봐 두려웠다. 하지만 이제 그들은 알고 있는 듯했다. 아마도 그녀를 정신 병원에 보낸 그 친절한 여자가 나서서 가족들에게 알렸을 수도 있다.

게리는 오랫동안 말이 없었다. "당신 아빠는." 그가 말했다. "총살당해야 해."

"정말 다 듣고 싶어요?" 그녀가 물었다.

"듣고 싶어." 그가 고개를 끄덕였다.

그래서 그녀는 그에게 그 정신 병원과 자신의 첫 결혼에 대해 이야기했다. 그사이의 난교에 대해서도 숨기지 않았다. 그러지 않았다면, 그녀가 첫 번째 남편을 만나기 전에 두 번째 남편을 만났다는 것을 설명하기가 너무 복잡했을 것이다.

3

　사실 그곳은 반은 정신 병원이고 반은 소년원이었다. 일종의 청소년 재활 센터 같은 곳이었다. 자신이 갇혀 있는 현실이 어이없어서 내내 미치겠는 기분인 걸 제외하면, 그렇게 나쁜 곳만은 아니었다. 내가 미친 것도 아닌데 그들은 왜 날 여기에 가둬 두는 것일까, 그녀는 자문하곤 했다. 밤에는 조용했고, 누군가가 비명을 지르면 그녀는 외로움을 느꼈다.

　처음으로 집에 다녀오는 것을 허락받았을 때, 그녀는 할머니의 집에 머물렀다. 옆집 남자 몇 명이 그녀에게 파티 좀 즐기고 싶지 않으냐고 물었다. 그녀는 옆집으로 슬쩍 넘어가서 며칠을 그들과 보냈고, 허가받은 기간을 넘겨 문제가 됐다. 그녀가 다시 병원으로 돌아간 뒤론 아주 지독한 감시가 이어졌다. 그 바람에 다시 무단이탈하기까지 육 개월의 시간이 걸렸다.

　어느 날은 정말로 멍청한 노파가 문을 지키고 있어서 니콜은 그녀를 지나쳐 빠져나갈 수 있었다. 그녀는 들판을 내달려 담장 두 개를 넘었고, 뒷마당 몇 개를 지나 꽤 큰 도로를 발견하고는 히치하이킹을 한 끝에 리키와 수의 집에 도착했다. 거기서 며칠 동안 머물다가 첫 남편이 된 짐 햄프턴과 어울리기 시작했다. 그는 첫 데이트부터 사랑에 빠졌다고 주장하며 그녀와 결혼하고 싶다고 했다. 그녀는 그가 몸집만 컸지 철없는 멍청이라고 생각했다. 하지만 니콜은 무단이탈해 있는 동안 매일 그와 함께 있었다. 그녀는 자신이 그보다 우월하다는 생각에 몹시 우쭐했다.

그러다 아빠가 그녀의 행방을 알아내고 찾아왔다. 딱히 화를 내지는 않았고 정신 병원에서 도망친 것은 나름 잘했다고 생각하는 모양이었다. 아빠는 그녀에게 결혼하라고 제안했다.

니콜은 항상 자신이 '맥 트럭'[39]에 떠밀려 그 결혼을 하게 된 것처럼 느꼈다. 그 정신 병원에서는 자기보다 더 큰 무리에 의해 억지로 결혼하게 될 때 그 표현을 썼다. 맥 트럭에 떠밀리다. 부모가 자신을 떼어 놓고 싶어 하는 것이 니콜의 눈에는 빤히 보였다.

한편, 그녀는 햄프턴의 성격이 마음에 들거나 그의 지성에 감명받지 않았지만 그가 꽤 잘생겼다고 생각했다. 더구나 아빠는 결혼하면 미치광이들에게 돌아갈 필요가 없다고 거듭 말했다. 그러자 햄프턴이 찰리에게 허락을 구했고, 아빠는 이렇게 말했다. "좋아, 가는 거야." 니콜의 의사는 한 번도 묻지 않았다.

그는 짐 햄프턴과 함께 차에 탔다. 서른도 안 된 그녀의 아빠와 스물이 넘은 짐은 마치 오랜 친구 같았다. 그녀를 뒷좌석에 태우고 차가 출발했다. 짐 햄프턴과 결혼한다고 해서 자유를 얻게 되는 게 아니라는 것을 니콜은 빌어먹게도 잘 알았다. 그들은 차를 몰고 가면서 앞좌석에서 술을 마셨고, 니콜은 이왕 일이 이렇게 된 이상 한번 잘해 보기로 다짐했다.

뒷좌석에 앉아서 니콜은 아빠가 자신을 술집에 데려갔던 열두 살 때를 떠올렸다. 아빠가 자기를 자랑하고 싶어 하는 줄

---

39) 미국의 대형 트럭 제조업체로, 힘과 크기의 대명사가 된 브랜드이다.

알았는데, 알고 보니 그곳에 그가 자랑하고픈 여자 친구가 있었다. 니콜은 자기가 이 사실을 엄마에게 말하지 않을 것임을 알았다. 하지만 문 앞에서 그녀는 멈췄다. 21세 미만은 입장할 수 없다는 표지판이 눈에 들어왔다.

아빠가 2와 1을 가리키며 말했다. 12세 이하는 안 된다는 뜻이야. 네 나이면 충분해. 그녀는 언제 숫자를 거꾸로 읽어야 하는지 확신할 수 없었고, 그래서 그날은 21이 12인가 보다고 생각했다.

이제는 열네 살이 되었으므로, 그것에 대해 웃지 않는 것이 할 수 있는 전부였다.

찰리가 햄프턴과 술을 마시는 광경은 참으로 꼴사나웠다. 사실 아빠는 자신의 예비 남편과 조금 비슷했다. 그녀는 두 사람 모두 그 빌어먹을 리 삼촌과 닮았다고 생각했다.

뭐, 결과적으로 여행은 그리 나쁘지 않았다. 셰릴 쿠머라는 이름의 니콜 친구를 차에 태웠고, 그녀는 그들과 함께 네바다의 엘코까지 갔다. 그리고 그곳에서 니콜과 짐 햄프턴은 결혼했다.

짐은 그녀를 거칠게 대하지 않았다. 오히려 다정한 편이었으며, 소중한 인형 대하듯 했다. 그는 결혼하지 않은 친구들에게 항상 이렇게 말했다. 얘들아, 내가 뭘 가졌는지 봐. 그에게 변변한 직업이 없는 탓에, 그들은 실업 수당에 의지해 살았다. 그는 직업을 가지려 하지는 않았지만, 콜라 자판기에 손톱줄을 사용하는 방법만큼은 정말 잘 알았다. 니콜은 푼돈으로 근근이 생활하는 것을 전적으로 찬성하지는 않았지만, 그들이 재미있게 살고 있다고 생각했다.

　몇 달 후에도 그녀는 여전히 그에게 충실했고, 그것은 나쁘지 않은 경험이었다. 그녀는 성적 고민을 해결하려고 노력 중이었다. 관계의 빈도가 지나치게 오락가락했다. 당시 그녀는 절정에 도달할 수 없었는데, 그것이 전적으로 햄프턴의 잘못은 아님을 알고 있었다. 리 삼촌 외에도, 그녀에겐 햄프턴에게 말하지 않은 큰 비밀이 한 가지 더 있었다. 그 일은 주말 외출 허가로 처음 정신 병원을 떠나 이틀 낮 이틀 밤 동안 파티에서 머물렀던 때 발생했다. 심지어 햄프턴을 만나기 몇 달 전의 일이었다.

　당시 할머니 집에 있던 그녀를 자기 있는 곳으로 오라고 부추긴 남자는 스물여덟 살 정도였고, 그곳에는 술과 마리화나가 있었다. 그녀는 그 남자가 정말 좋았다. 그는 그녀를 어린애처럼 소중히 대하며 많은 관심을 기울였고, 계속 곁에 두었다. 그와 사랑을 나눌 때, 그녀는 달콤하고 부드러운 기분이었다. 그런 다음 그는 친구들에게 침실에 작고 달콤한 것이 있으니 가서 그녀와 얘기나 나누라고 말했다. 니콜은 그 남자에게 정말 집착했다. 심지어 그가 자기 친구들이랑 자면 자신과도 친구가 될 거라고 넌지시 말했을 때조차.

　그 일이 벌어졌을 때, 니콜은 많은 것을 느꼈다. 그녀는 자신에게서 멀리 떨어져 스스로를 바라보았다. 그것은 사물에 대해 생각할 수 있는 방법 중 하나였다. 문제를 숙고해서 해결하라.

　근본적으로, 그녀는 자랑스러웠다. 비록 어느 정도는 그놈들이 자기를 욕심껏 성적으로 유린하고 있었지만, 자신 또한 친구들이 겁이 나서 감당하지 못할 만한 파티에 빠져 있었다. 정말 신났다. 그래서 그녀는 조금 취했고, 결국 그 집에 있던 거의 모든 남자들과 관계를 갖게 되었다. 아마 그곳에서 사흘 쯤 머물렀을 것이다. 그동안 그녀는 단 한 번도 집 밖을 나서지 못했다.

한창 그러던 와중에 처음으로 배럿을 만났다. 이전엔 한 번도 본 적 없는 마르고 작은 남자였는데, 그가 침실로 들어왔다. 둘째 날 그녀는 마약에 취해 멍한 상태로 혼자 침대에 누워 있었고, 그가 들어오더니 복도에서 그녀에게 말을 걸었다. 있잖아, 너 이럴 필요 없어. 이러지 않아도 돼. 넌 이것보다 나은 사람이야. 그래, 네 모든 걸 낭비할 필욘 없어. 그는 그렇게 말했다. 그것이 두 번째 남편 짐 배럿에 대한 첫 기억이었다. 그가 거기 머문 시간은 고작 몇 분이었지만, 그때 그의 얼굴에 떠오른 표정이 그녀의 기억에 늘 남아 있었다.

다시 정신 병원에 입원하고 한 달 후에 그녀는 배럿을 다시 만날 수 있었다. 그 역시 그곳에 강제로 입원했기 때문이었다. 그는 전혀 미치지 않았다. 그러나 군대에서 무단이탈한 그를 아버지가 직접 서류에 서명하여 병원에 위탁했다. 정신 병원이 군 교도소보다는 나았다. 자기 아버지는 보험 설계사가 되기 전에 주 경찰관으로 일했다고 배럿이 말했다. 그러니 당국의 관점에서 보자면 그의 아들이 어느 정도는 미친 사람이어야 했다.

정신 병원에서 그녀는 배럿과 정말로 사랑에 빠졌다. 그들은 거의 똑같은 두 사람이었다. 그는 정말 귀엽고 아기자기한 얼굴에, 친절하고 다정다감한 남자였다. 카우보이 부츠를 신고 남색 바지와 딱 달라붙는 셔츠를 입고 머리를 단정하게 빗고 깔끔하게 꾸미고 다녔으며, 항상 미소 띤 얼굴로 늘 상냥한, 그냥 작은 남자였다. 그러던 그가 다시 군대에 끌려갔다. 오랫동안 그녀는 그의 소식을 듣지 못했다. 그래서 그녀는 무단이탈했고, 다른 짐, 즉 짐 햄프턴과 결혼했다.

몇 달이 지난 어느 날, 배럿이 나타났다. 슈퍼마켓 주차장에서 그녀를 기다리고 있었다. 두 사람은 서로를 만나서 너무 기뻤다. 어떻게 날 두고 결혼할 수 있어? 날 사랑하지 않았어? 아무도 우리를 괴롭히지 않는 우리만의 집에서 사는 것에 대해 이야기를 나눴었잖아. 네가 그 남자와 행복하다면 내가 물러날게. 배럿은 그녀의 사랑과 행운을 빌어 줄 만큼 그녀를 많이 사랑했다. 하지만 만약 그녀가 행복하지 않다면……. 그것은 멋진 심리전이었다. 삼십 분 후, 그녀는 햄프턴에게 마음속으로 작별을 고하고는 배럿과 함께 달아났다.


4


그들은 덴버로 갔다. 추운 여행이었다. 그들은 그의 친구를 방문해 일주일 동안 머문 후 유타로 돌아와 그의 가족과 함께 지냈다. 니콜은 그를 짐이라고 부르려고 계속 애써 봤지만, 그것은 또한 햄프턴의 이름이기도 해서 배럿이라고 부르는 게 마음이 더 편했다.

　그들이 유타에 돌아왔을 때, 그의 어머니 마리 배럿은 정말 친절했고, 그들을 기꺼이 집에 머물게 해 주었다. 다만 그들이 집 안에서 자는 것만은 허락하지 않았다. 너희들이 여기 머물고 싶다면 결혼하렴. 그것이 그녀가 선을 긋는 방식이었다. 니콜은 상관없었다. 배럿과 도망친 뒤 과수원에서 노숙했을 때가 자기 인생에서 가장 행복했던 순간이었으므로, 그녀는 폴크스바겐 뒷좌석에서 밤을 보내는 것쯤은 개의치 않았다. 거리에서 위험에 노출된 기분을 느끼는 쪽은 배럿이었다. 그는 아버지를 통해, 그들이 덴버에 있는 동안 짐 햄프턴이 찰리 베이커와 함께 자기들을 찾으러 다녔다는 사실을 알게 되었다. 니콜은 햄프턴과 자기 아빠가 자기들 일이나 신경 쓰지 않는 게 한심하다고 생각했지만, 배럿이 니콜에게 설명했듯이, 그는 육체적인 도전에 맞설 수 있는 체질이 아니었다. 그래서 그들은 더 나은 은신처를 찾았다.

　그들은 레히의 중심가에서 작고 허름한 아파트를 발견했다. 그 집으로 이어지는 계단은 아래층 술집에서 비틀거리며 나오는 술주정뱅이들 때문에 매번 위험하고 불쾌했다. 거리 끝에는 사막이 있었고, 바람이 휘몰아치듯 불어왔다. 창문에서 거리가 내다보였다. 니콜은 거기 서서, 자기 아빠가 아래 술집으로 들어가는 모습을 지켜볼 수 있었다.

　그러던 어느 날 찰리가 그녀가 사는 집 문 앞에 나타났다. 모두가 찾고 있었지만, 그녀의 아빠만이 그들이 그 주에, 그 마을에 있을 뿐만 아니라 사실상 자신의 아지트나 다름없는 곳에 있다는 것을 알아낸 것이다. 찰리는 곧장 들어와서 예의 그 재수 없는 미소를 지으며 안부를 물었다. 배럿이 다가오자, 찰리가 말했다. "이봐, 네 그 빌어먹을 불알을 잘라 버릴 거야. 네놈의 불알을 찢어 버리겠다고." 클라크 게이블이 말하는 것 같았다. 배럿은 "우리 먼저 얘기 좀 나눌까요?" 같은 온화한 말로 대응했다. 그런 다음 자기는 나쁜 사람이 아니며 니콜을 몹시 사랑한다고 말했다. 니콜은 조용히 찰리의 눈을 주시했다. 모든 일이 끝나기 전에, 그녀의 아빠는 강경한 태도를 허물고 순순히 집으로 돌아갔다. 좀처럼 믿을 수가 없는 일이었다.

며칠 후 경찰이 찾아와 부적합자라는 이유로 배럿을 체포했다. 부적합자, 그것이 가엾은 짐을 지칭하는 용어였다. 그녀는 자신의 엄마가 아빠로부터 그 일에 대해 알아내고는 밀고했을 거라고 짐작했다. 어쨌든 배럿에게 마약을 공급해 준 사람이 나타나 보석금을 내고 그를 빼냈다. 그리고 이번엔 니콜의 차례였다. 그녀는 완전히 무너졌다. 그녀와 배럿은 어느 날 밤 한 친구의 밴에서 성냥갑에 든 '오렌지 선샤인'[40]을 먹으며 밤을 보냈다. 다음 날은 모두가 녹초가 된 채 하루를 보냈지만, 그다음 날 밤엔 모두 다시 한번 약을 했다. 니콜은 환각 상태에 빠졌다. 그들은 프로보의 센터가에 라디오를 켠 채로 주차해 있었는데, 사이렌 소리와 함께 그랜드 펑크[41]의 노래

---

40) 1960년대 후반 캘리포니아에서 주황색 정제 형태로 생산된 강력한 환각제 LSD.
41) 그랜드 펑크 레일로드. 미국의 하드록 밴드로, 1960년대 말부터 1970년대 중반에 상업적 성공을 거두었다.

가 흘러나왔다. 갑자기 차 안 모든 사람들의 기분이 오락가락했다. 니콜은 어느새 자신이 휙! 하고 도로를 날듯이 달리고 있음을 느꼈다. 짐이 그녀를 쫓아와 다시 끌어왔지만, 본인도 너무 느즈러진 상태임을 느꼈다. 니콜은 대마초를 피우며 비명을 지르고 있었다. 배럿이 그녀를 병원으로 데려갔지만, 병원에서도 그녀를 감당하지 못했다. 그녀는 간호사들에게 못생겼다고 조롱하며 뛰어다녔다. 눈앞에 사자와 호랑이들이 보였다. 그래서 사람들이 그녀를 청소년 재활 센터로 데려갔다.

캐서린은 그녀를 꺼내 주려 하지 않았다. 그녀는 배럿에게 니콜과 결혼하고 싶으면 병원비를 먼저 내야 한다고 말했다. 그러지 않으면 니콜을 소년원에 보내겠다고 말했다. 배럿은 자신의 부모에게 도움을 청할 수밖에 없었다. "그녀와 결혼하게만 해 주세요. 그게 제가 원하는 전부예요." 그러고는 그들을 설득해서 필요한 180달러를 마련했다.

엄마는 결혼식 때 입으라며 그녀에게 검정색 드레스를 주었다. 그것은 짧고 옆트임이 있는 드레스였는데, 니콜의 기분에 큰 영향을 주었다. 니콜은 열다섯 살에 검정색 드레스를 입고 결혼하는 것이 적절하지 않다는 느낌이 들었다. 엄마에게는 아무 말도 하지 않았지만, 심지어 결혼식에서 사진을 찍는 사람조차 없다는 사실에 마음이 괴로웠다. 니콜은 식장 어딘가에 카메라가 있을 거라고, 부모님도 우리의 결혼사진을 원할 거라고 줄곧 생각했지만, 사진을 찍는 사람은 아무도 없었다. 몇 주 후, 그녀의 가족이 그녀를 두고 사라졌다. 찰리와 캐서린은 아이들을 데리고 미드웨이에 있는 새로운 기지로 떠났다.

배럿과 함께 살아도, 섹스는 햄프턴과 할 때와 거의 같았다. 그 시절 그녀는 초보였다. 그녀가 그런 척하는 만큼 좋지는 않았다. 결혼하고 한 달이 지날 때까지는 절정을 전혀 맛보지 못했다. 물론 그녀는 배럿과 관계를 시작하자마자 리 삼촌이 처음 자기를 건드렸을 때가 떠오르곤 했다. 사실 짐과의 섹스가 너무 오래 이어질 때마다 그녀는 쓰리고 화끈거리거나, 거칠게 만져진 젖가슴이 예민해졌다. 어렸을 때와 똑같은 느낌이었다. 그래도 그녀는 배럿에게 푹 빠져 지냈다. 그는 상냥하고 마음이 맞는 사람이었다. 그들은 결혼 생활 내내 가난하지만 행복하게 살겠다고 다짐했다.

하지만 처음에는 그리 행복하지 않았다. 배럿은 상당히 부담스러운 걱정거리를 하나 안고 있었다. 마침내 그는 아버지에게 이 무거운 고민을, 마치 텔레비전 드라마처럼 정말 과장하여 털어놓았다. 전직 경찰인 배럿의 아버지는 그런 이야기를 믿는 경향이 있었다.

"있잖아요." 짐이 그에게 말했다. "어떤 놈들이 저한테 대마초를 조금 맡겼는데, 제가 다 피워 버렸어요. 수중에 배상할 돈도 없으니 절 가만두지 않을 거예요. 전 이 마을을 떠나야 해요."

그 말과 함께, 짐은 아버지를 설득해 중고 밴을 구입했고, 뒷좌석에 매트리스를 싣고 떠났다. 한참 후에야 니콜은 배럿이 자기 아버지에게 사기를 쳤고 그런 종류의 곤경에 빠진 적이 전혀 없음을 알았다.

그들은 결국 샌디에이고에서 코모도어라는 이름의 낡은 목조 호텔에서 묵었다. 그녀는 길 한복판에서 차에 치이기 직전의 통통한 검정색 새끼 고양이를 발견하고 데려왔다. 알고 보니 새끼 고양이가 아니라 임신한 고양이였고, 몇 주 지나 새끼들을 낳았다. 니콜은 그것이 꽤 멋지다고 생각했다.

이상한 시절이었다. 그들은 행복과 비참함을 동시에 느꼈다. 그녀는 배럿과 관계를 가지면서 오르가슴을 느끼기 시작했고, 그는 그녀의 몸을 팔아 보면 어떨까 생각하기 시작했다. 그가 타고난 세일즈맨이라 팔아야 할 것이 필요했던 건 아니었다. 그는 실험하는 걸 좋아했고, 그녀도 마찬가지였다. 그녀는 게리에겐 차마 털어놓을 수 없는 수많은 복잡하고 혼란스러운 감정들을 경험했다. 그 감정들은 어딘가 너무 거칠었고, 더구나 그녀는 자신을 상품화하는 데 관심이 없었다. 고민 끝에, 그녀는 배럿의 자존심은 건드리지 않는 편이 좋겠다고 결정했다. 그는 질투심이 많은 사람이었다.

그러다 두 사람은 고양이들을 다른 사람들에게 나눠 주고 다시 차를 몰고 유타로 돌아갔다. 오렘에 도착해서 차를 주간 고속 도로 입구 근처에 주차해 두었다. 배럿은 부모님 댁에는 들르지도 않고, 그저 카드 한 장을 보내어 자기가 어디에 밴의 열쇠를 숨겨 두었는지 알리고는 대금을 계속 납부할 수 없게 된 것을 사과했다. 아들이 캘리포니아에 있다고 생각하는 부모님이 오렘 소인이 찍힌 카드를 받는다는 게 웃기다고, 그가 니콜에게 거듭 이야기했다.

그런 다음 지나가는 차를 얻어 타고 머데스토까지 갔다. 거기서 한쪽 눈이 다 망가진 이상한 남자가 아주 작은 통나무 집을 월세 50달러에 빌려주었다. 바퀴벌레가 서식하는 집이었다. 그들은 불을 껐다가 다시 켰고, 그때 눈에 보이는 바퀴벌레들을 죽였다. 그녀는 그곳에서 임신 사실을 알게 되었다.

그들은 아기를 낳는 문제로 싸웠다. 그는 아기를 키울 수 없을 거라고 주장했다. 나중에 유타로 돌아온 니콜은 지금이 갈림길이라고 판단했다. 그녀는 그가 직업을 갖기 원했고, 그는 그렇게 하겠다고 줄곧 약속하는 상황이었다. 하지만 말과 행동이 같을 수는 없었다. 배럿은 자신의 진정한 재능을 발휘하여 방 열세 개짜리 집을 팔려고 내놓은 여성을 설득하여 그 집을 자기들에게 월 80달러에 임대하게 했다. 그렇게 하면 그녀가 원하는 구매자들에게 집을 보여 줄 수 있기 때문이었다. 입주한 후, 배럿은 일은 하지 않고 친구들을 불러서 파티를 열었고, 다시 마약 거래에 손대기 시작했다. 니콜이 임신 6개월에 접어들 때까지도 파티는 멈추지 않았다.

어느 날 경찰서장이 집주인과 함께 와서 배럿에게 보름치 집세를 돌려줬고, 경찰이 그 자리에서 그를 퇴거시켰다. 그는 계속 머물고 싶어 했지만, 그들은 손에 돈을 쥐여 주고는 나가라고 말했다. 그가 부모와 함께 지내는 동안, 니콜은 임신한 상태로 할머니 집에 얹혀살아야 했고 그 사실에 속이 상했다. 그들은 많은 돈을 빚지고 있었다. 그뿐만 아니라 배럿은 하루 종일 아무 일도 하지 않고 자기 친구들과 약에 취해 있었다. 삶이 지루해졌다.

그 시점에, 미드웨이에 있던 아빠가 볼일을 보러 유타로 들어왔다. 그가 농담하듯 말했다. "나랑 같이 가고 싶니? 섬 구경할래?"

그녀가 말했다. "좋죠!"


5


그렇게 그녀는 처음으로 배럿을 떠났다. 임신 7개월 차에, 햄프턴을 떠날 때처럼 느닷없이 떠났다. 비행기에서 그녀는 사랑이 넘쳐서 배럿이 느끼는 감정까지 느낄 수 있었던 초창기 시절을 계속 떠올렸다. 물론 그런 생각들은 비행기에 탑승한 후에야 밀려왔다. 여행 초반에는 일이 그렇게 순조롭지 않았다. 그녀와 찰리는 하와이로 가는 군용 비행기를 타려고 몇 시간 동안 애를 썼지만 계속 탑승이 거부되었다. 찰리가 그녀의 출생 증명서를 갖고 있지 않아서 니콜이 그의 군인 가족 카드에 딸로 등록될 수 없었던 것이다. 그녀는 임신 중이었기 때문에 평소보다 나이가 상당히 들어 보였다. 그녀 옆에 선 그는 아버지라기보다 남자 친구나 남편처럼 보였다. 갑자기 리 삼촌이 미친 듯이 생각났다. 그러고 보니 자신의 아빠는 항상 자기를 섹시한 여성에게나 베풀, 그런 특별한 정중함으로 대하지 않는가.

어쩌면 그녀의 이런 생각들이 그의 귀를 간지럽혔는지도 모르겠다. 찰리는 밤새 발이 묶인다는 사실에 화가 나 저 빌어먹을 비행기에 내 딸을 태우지 못한다면 차라리 저걸 납치하고 말겠다고 선언했다.

그가 나가서 식당 쪽으로 걸어가는데, 다음 순간 헌병 네 명이 이렇게 말했다. 저희와 함께 가시겠습니까, 베이커 씨? 헌병들은 그들을 바로 밖으로 데리고 나가, 찰리를 사지를 벌려 벽 쪽에 세워 놓고는 몸을 수색한 뒤 영창으로 끌고 갔다. 니콜은 몸이 달아오른 80명의 수병과 함께 식당에 남겨졌다. 니콜이 그녀의 아버지를 찾으러 갔을 때, 그녀는 이제껏 본 것 중 가장 커다란 바퀴벌레를 발견했다. 쥐만 한 바퀴벌레가 니콜이 기다리고 있던 로비로 뛰어 들어왔다. 그녀는 그 바퀴벌레를 쫓아 계단을 내려가 건물을 돌아다녔다. 배가 나온 니콜은 그 커다란 바퀴벌레를 쫓아 달려가는 것 외엔 달리 더 나은 일도 없었다.

그때 그녀의 아빠가 입이 귀에 걸린 채 웃으며 나왔다. 그가 모든 것을 깨끗이 정리했다. 그 실수 때문에 그들은 이제 그와 니콜을 마치 왕과 왕비처럼 융숭하게 대접했다. 그녀는 화려하게 미드웨이에 도착했다.

그녀가 집에 들어서자, 캐서린은 눈이 튀어나오도록 놀랐다. 니콜은 캐서린이 너무도 말랐던 것을, 그리고 안았을 때 마치 모든 것을 점점 더 버겁게 느끼는 듯 어딘가 공허해 보였음을 기억했다. 어린아이들이었던 에이프릴과 마이크는 이제 십 대가 되어 거칠어지고 있었다. 니콜은 너무 안타까운 마음에, 며칠 동안은 엄마 앞에서 담배조차 피우고 싶지 않았다.

그녀의 행방을 알아낸 배럿은 아버지 집의 전화통을 붙들고 살았다. 감정이 고조되어 다시금 깊이 사랑에 빠진 그는 직장도 구했다, 심지어 예금 계좌까지 개설했다며 그녀를 만나러 오겠다고 했다.

니콜은 전화로 사랑을 전했다. 그가 오면 자기 아빠가 곤란해지니 오지 말라고 했다. 요금을 아끼기 위해 찰리는 그녀를 자신의 부양가족으로 데려왔고, 모두가 그녀를 미혼모라고 생각하고 있었기 때문이다.

어쨌든 결국 배럿은 나타났다. 솔트레이크 공항에서 나중에 그의 아버지가 대신 지불 이행해야 하는 수표를 썼고, 비행기를 타고 병원으로 가서 산부인과 병동을 찾아 그녀가 있는 병실 밖에 앉았다. 캐서린이 방을 떠나자 그가 바로 들어왔다. 니콜은 그가 와서 기뻤고, 그것은 변화를 일으켰다. 하지만 큰 변화는 아니었다. 그의 잘못을 모두 용서할 수는 없었다. 며칠 후 그녀는 그를 집으로 돌려보냈다.

# 6장

## 강 위의 니콜

1

이제 니콜은 게리의 삶에 대해 듣고 싶었다. 하지만 게리는 자기 이야기를 하고 싶지 않았다. 그녀의 이야기를 듣는 게 더 좋았다. 청소년기를 교도소에서 보냈고, 그 이후로도 거의 매년 교도소에 갇혀 지냈던 게리는 그녀의 작은 머릿속에서 무슨 일이 벌어지고 있는지를 아는 것에 더 흥미를 느꼈다. 니콜이 그 사실을 깨닫는 데까지는 시간이 조금 걸렸다. 그는 그저 자신처럼 사랑스러운 것들과 더불어 성장하지 않았던 것이다.

사실, 어쩌다 그가 들려주는 이야기는 대부분 어렸을 때의 일이었다. 그녀는 그가 이야기할 때의 방식이 재미있었다. 마치 그의 그림 같았다. 아주 명확했다. 그는 몇 마디로 설명했다. A가 일어났고, B와 C가 일어났고, 그러니 결론은 D일 수밖에 없다.

A. 7학년 때 그의 반은 서로에게 밸런타인데이 카드를 보낼지 여부를 투표로 결정했다. 그는 그런 건 어린애나 하는 짓이라고 생각했다. 그는 유일하게 반대표를 던진 사람이었다. 투표에 지자 그는 밸런타인데이 카드를 사서 모두에게 우편으로 보냈다. 반면 그에게 카드를 보낸 친구는 한 명도 없었다. 며칠이 지나자, 그는 소득 없이 우편함을 확인하는 일이 지겨워졌다.

B. 어느 날 밤, 그는 창 안에 총을 진열한 가게를 지나갔다. 벽돌을 찾아서 창을 깼다. 손을 벴지만 원하는 총을 훔쳤다. 1953년 당시 125달러였던 윈체스터 반자동 권총이었다. 나중에 그는 탄환 한 상자를 사서 재미 삼아 사격 연습을 했다.

"나한테 친구 두 놈이 있었어." 게리가 그녀에게 말했다. "찰리와 짐이라는 놈이었지. 그들은 그 22구경을 정말 좋아했어. 그런데 그때쯤 나는 아버지 모르게 그걸 숨겨 두는 게 지겨워졌어. 내가 원하는 방식으로 무언가를 가질 수 없으면 난 그걸 정말로 원하지 않게 돼. 그래서 말했지. '총을 개울에 던질 테니, 너희 중 용감하게 뛰어들어 그걸 찾는 사람이 가져." 녀석들은 내가 헛소리를 한다고 생각했어. 첨벙 소리가 들리기 전까진 말이야. 그러자 짐이 뛰어들었고, 크고 날카로운 바위에 무릎을 다쳤지. 총은 끝내 찾지 못했어. 개울이 너무 깊었거든. 난 배꼽이 빠지도록 웃었지."

C. 열세 번째 생일날 그의 어머니는 파티를 여는 것과 20달러 지폐를 받는 것 중 하나를 선택하게 했다. 그는 파티를 선

택했고, 찰리와 짐만 초대했다. 그 둘은 부모가 게리에게 선물을 사 주라고 준 돈을 자기들을 위해 써 버렸다. 그러고는 게리에게 그 사실을 털어놓았다.

D. 그는 짐과 싸웠고, 화가 나서 짐을 거의 죽을 만큼 팼다. 거칠고 저돌적인 남자였던 짐의 아버지가 게리를 끌어 떼어냈다. 그에게 "다시는 이 주변에서 얼쩡대지 마라."라고 경고했다. 얼마 지나지 않아, 게리는 또 다른 일로 문제를 일으켜 소년원에 보내졌다.

그의 이야기가 지나치게 압축되어, 마치 늙은 카우보이가 말린 고기를 작은 덩어리들로 잘라서 씹어 대는 소리를 듣는 것만 같아졌을 때, 그럴 때 그는 맥주를 한 모금 삼키고는 니콜에게 자신의 상상 속 기타 이야기를 들려주었다. 잠을 자면서도 연주할 수 있는 기타라는 것이다.

"그냥 크고 낡은 기타지만, 회전식 손잡이가 달린 바퀴가 있어서, 꿈에서 내가 그 바퀴를 돌리면 음악이 흘러나와. 세상의 모든 곡을 다 연주할 수 있어."

그런 다음 게리는 자신의 수호천사에 대해 이야기해 주었다. 게리가 세 살, 형이 네 살 때, 부모님과 함께 저녁에 샌타바버라의 식당에 식사를 하러 갔다. 그때 아버지는 거스름돈을 받아 와야 한다고 말했다. 금방 돌아오겠다고 했다. 그러고는 석 달 동안 돌아오지 않았다. 어머니는 어린 두 아들과 함께 돈도 없이 홀로 남겨졌다. 결국 어머니는 프로보까지 히치하이킹을 시작했다.

그들은 네바다의 훔볼트 싱크[42]에서 오도 가도 못 하게 되었다. 사막에서 죽을 수도 있었다. 그들은 돈이 없었고 이틀 연속으로 아무것도 먹지 못한 상태였다. 그때 한 남자가 손에 갈색 봉투를 들고 길을 내려오더니, 이렇게 말했다. 아내가 점심을 준비해 주었는데, 내가 먹을 수 있는 양보다 많네요. 좀 드실래요? 그의 어머니가 말했다. 네, 그럼요. 주신다면 정말 고맙게 받을게요. 그 남자는 어머니에게 봉투를 건네고 계속 걸어갔다. 그들은 걸음을 멈추고 길가에 앉았다. 봉투 안에는 샌드위치 세 개, 오렌지 세 개, 쿠키 세 개가 들어 있었다. 베시가 감사 인사를 하려고 고개를 돌렸지만 남자는 이미 사라진 뒤였다. 그곳은 네바다 고속 도로의 길고 평평한 구간이었다.

게리는 그게 바로 자신의 수호천사라고 했다. 그는 필요할 때마다 주변에 나타났다. 어린 시절 어느 겨울밤, 게리가 주차장에 서 있었는데, 주변이 온통 눈으로 덮여 있었고, 추위로 인해 손이 동상에 걸릴 지경이었다. 바로 그때 그는 눈 위에서 털로 덧댄 새 장갑을 발견했다. 장갑은 그의 손에 딱 맞았다.

그래, 그에겐 수호천사가 있었다. 오래전에 떠났을 뿐이다. 하지만 니콜이 스털링 베이커의 집으로 걸어 들어온 날 밤, 그는 자신의 천사를 다시 찾았다. 팬티를 벗은 채로 대시보드에 다리를 올린 니콜과 함께 차를 타고 스테이트가를 달리면서, 그는 니콜에게 이 이야기를 즐겨 했다.

---

42) 네바다 사막 지역에 있는 건조한 평야의 일부. 여기서는 지명 정도로 이해하면 된다.

누가 쳐다봐도 그녀는 신경 쓰지 않았다. 예를 들어 대형 트럭이 신호 대기 중 옆에 차를 세웠고, 운전석에 앉은 남자가 그들의 차 안을 내려다봤지만, 게리와 니콜은 눈곱만큼도 신경 쓰지 않고 웃기만 했다. 게리가 마리화나에 불을 붙이며 그것이 지금까지 피워 본 것 중 최고의 마리화나가 될 거라고 말했다. 한 모금을 빨아들이며 게리가 말했다. "신이 이 모든 걸 창조했잖아."

어느 날 밤 그들은 일찌감치 자동차 극장에 갔다가 자기들이 그곳에 가장 먼저 도착했다는 사실을 알게 되었다. 게리는 재미 삼아 각 줄 사이의 턱을 넘어 달리기 시작했다. 당연히 관리 직원이 트럭을 몰고 쫓아다니며 무례한 목소리로 그렇게 차를 타고 돌아다니는 걸 멈추라고 말했다. 게리가 멈춰서 차에서 내린 뒤 그 사람에게 다가가 무섭게 욕했다. 그러자 그 남자가 "그렇게까지 화낼 필요는 없잖아요."라고 징징거렸다.

하지만 게리는 미친 듯이 화가 났다. 어두워진 후, 그는 펜치를 들고 가서 스피커 두어 개를 잘라 냈다. 다음에 또 자동차 극장에 갔을 때도 그들은 잊지 않고 두 개를 더 잘라 냈다. 그 스피커는 주변에 두고 사용하기 좋은 물건이었다. 방마다 하나씩 연결하면 집 안 곳곳에서 음악을 들을 수 있을 터였다. 하지만 그들은 차마 설치할 엄두는 내지 못하고 그것들을 그녀의 차 트렁크 안에 넣어 두었다.

때때로 그들은 정신 병원과 산 사이의 풀밭을 배회하기도 했다. 정신 병원 뒤편의 큰 언덕에 오르는 생각만으로도 니콜은 짜릿함을 느꼈다. 뭐 어떤가. 여긴 여섯 해 전에 자신이 갇했던 곳 아닌가.

서니와 피버디는 언덕 위에 오르는 걸 늘 좋아하지는 않았고, 밤에 이상한 한기가 바람처럼 내리덮이고 위에 있는 산들이 얼음처럼 차갑게 보이면 겁을 먹었다. 그런 때는 그녀와 게리 둘이서만 그곳에 갔다.

한번은 그녀가 그곳을 이리저리 뛰어다니고 있는데, 게리가 불렀다. 그의 목소리에 담긴 무엇 때문에 그녀는 내려오는 내내 눈물을 적셨다. 급기야 제때 멈추지 못하고 그에게 세게 부딪혀서 정말로 아팠다. 그러자 게리가 그녀를 안아 올렸다. 그녀는 다리를 그의 허리에 감고 팔을 그의 목에 둘렀다. 눈을 감은 채, 그녀는 게리에게서 연원한 어떤 사악한 존재가 자신의 곁에 있는 이상한 느낌을 받았다. 그녀는 그 느낌이 반쯤 마음에 들었다. 스스로에게 말했다. 글쎄, 그가 정말 악마라면, 어쩌면 난 더 가까이 가고 싶은지도 몰라.

그것은 섬뜩한 감각이라기보다는 강렬하고 기묘한 느낌이었다. 마치 게리가 자석이어서 스스로 수많은 영혼들을 끌어당기는 것 같았다. 물론, 저 철창 달린 창문 뒤의 그 미친 사람들은 밤에 정신 병원 뒤편 암흑의 땅에서 어떤 것이든 불러낼 수 있을 터였다.

어둠 속에서, 그녀가 물었다. "당신 악마예요?"

그때, 게리는 그녀를 내려놓고 아무런 말도 하지 않았다. 주변이 정말로 차가워졌다. 그가 니콜에게 말했다. 워드 화이트라는 친구가 있었는데, 녀석도 언젠가 나한테 똑같은 질문을 했어.

수년 전 소년원에 있을 때, 게리는 예기치 않게 어느 방에 들어갔다. 워드 화이트가 또 다른 아이에게 뒤로 당하고 있었다. 게리는 그 일에 대해 함구했다. 그와 워드 화이트는 몇 년간 헤어졌다가 교도소에서 다시 마주쳤다. 둘은 여전히 그 일에 대해 아무 말도 하지 않았다. 그러던 어느 날, 게리가 교도소 취미용품 가게에 들어왔고, 워드가 방금 우편물 취급소에서 은을 받았다면서, 게리에게 그것을 반지로 만들어 달라고 부탁했다. 『오시리스의 반지』라는 제목의 이집트 디자인에 관한 책에서, 게리는 '호루스의 눈'이라 불리는 것을 보고 모방했다. 그것이 완성되었을 때, 게리는 그것이 마법의 반지이고 자신이 갖고 싶다고 말했다. 옛 기억은 절대 언급하지 않았다. 그럴 필요도 없었다. 워드 화이트는 '호루스의 눈'을 그냥 그에게 넘겼다. 니콜은 항상 그 반지를 뒤로 당한 아이에게서 빼앗은 것으로 생각했다.

이제 게리는 그것을 그녀에게 주고 싶었다. 그가 그녀에게 말했다. 힌두교도들은 이마 중앙에 보이지 않는 눈이 존재한다고 믿어. 이 반지가 당신이 그 눈을 통해 볼 수 있도록 도와줄 거야. 집에 도착했을 때, 그가 그녀를 바닥에 눕혔다. 그녀의 감은 눈 사이 공간에 세 번째 눈이 나타나기를 기다려야 한다고 그가 말했다. 그 눈이 열릴 때까지 집중해야 한다고 했다. 만약 그 눈이 열리면, 그녀는 사물을 샅샅이 꿰뚫어볼 수 있을 터였다.

그날 밤은 아무 일도 일어나지 않았다. 그녀는 너무 많이 웃고 있었다. 그녀는 계속 피라미드를 기대했고, 아무것도 보지 못했다.

하지만 다른 날 밤, 그녀는 무언가가 열리는 것을 자신이 정말 본 것 같다고 믿었다. 아마도 그건 좋은 일이었을 것이다. 그녀는 그 눈을 통해 자신의 삶이 되살아나는 것을 느꼈고, 잊고 있던 일들은 기억해 냈다. 하지만 너무도 내면 깊숙이 자리하던 것들이었기 때문에, 과연 자기가 그 모든 것들을 그에게 이야기하고 싶은지 확신이 서지 않았다. 그렇게 하면 더 많은 유령들을 불러낼까 봐 두려웠기 때문이다.

그래서 그녀는 그에게 계속 자신에 대해 이야기를 들려주었지만 가감 없이 솔직하진 않았다. 점점 더 그녀는 옛 남자 친구들을 부러 깎아뭉갰고, 그들을 자기 인생에서 아무것도 아닌 존재처럼 말했으며, 그들과 가장 좋았던 시간들은 혼자만 간직하기 시작했다. 정신 병원에서의 그 밤 이후, 과거 중 많은 부분이 그녀의 마음속에만 머물렀다. 그것은 마치 강을 떠내려가는 자신의 모습을 담은 영화를 보는 것 같았다. 그녀는 그 대부분을 혼자만 봤고, 그에게는 몇 가지 장면들만 선별해서 이야기해 주었다.


2


서니가 태어난 지 십 주도 지나지 않았을 때 니콜은 새로운 것에 휩쓸렸다. 그녀는 미드웨이에서 제대로 연애해 본 적 없는 남자들과 데이트하기 시작했다. 부분적으로는, 배럿이 그녀를 침대에서 그저 그런 여자로 믿게 만들었기 때문이기도 했다. 그래서 어쩌면 그녀는 잘하는 게 뭔지 모르는 사람과 사귀는 걸 선호했는지도 모른다. 물론 배럿은 그녀 외에는 어떤 여자에게도 세우지 못한다는 약점이 있었다. 그래서 그는 조용한 방식으로 미치광이처럼 질투할 수도 있었다. 가끔 시내를 걷다가 어떤 남자가 그녀를 보고 미소를 지으면, 배럿은 그녀가 그 남자와 잤다고 확신했다. 다만 속에 담아 둘 뿐이었다. 그러다 사나흘쯤 지나 의심을 터뜨리며 그녀를 창녀 취급하곤 했다. 심지어 그를 만나기도 전에 남자들이 얼마나 많이 그녀의 몸을 취했는지를 강조했다. 그녀의 구멍이 얼마나 헐거웠는지에 대해 가장 잔인한 말을 쏟아 냈다. 그녀는 언제나 이렇게 되받아치고 싶었다. 당신 좆이 손가락보다 두껍다면 그렇게 나쁘진 않았겠지. 그래서 그녀는 절대적으로 감사할 줄 아는 남자들과 관계를 갖는 기간이 필요하다고 생각했다.

하지만 오래지 않아 니콜은 미드웨이에서 돌아오기로 결심했다. 그녀는 많은 경험을 했고, 기분도 정말 좋았고, 몸도 날씬해졌으며, 아기도 예뻤다. 여름이었고, 배럿이 공항으로 그녀를 마중 나왔다. 그는 하루에 최고급 마리화나 1킬로그램을 유통하고 있었고, 본인도 잘나가는 것처럼 보였으며, 그녀가 자기와 함께 돌아가기를 원했다. 하지만 그녀는 새로운 태도를 보였다. "난 당신의 아내가 아니야." 그녀가 그에게 말했다. "당신은 내 남편이 아니고. 난 내가 원하는 대로 할 수 있어." 그래도 그녀는 집에 들어왔다. 그 여름, 그들은 내내 최상

질의 THC[43])와 칸나비놀에 취해 있었다. 그녀는 정말 섹스를
할 마음이 났다.

그 시절 배럿은 그녀를 끊임없이 만족시켜 주는 남자가 되어
있었다. 그녀는 그것이 함께 문제를 해결할 수 있는 남자가 바
로 그라는 것을 의미하는 것인지 궁금했다. 어쩌면 조건 반사
같은 것이었을지도 모르지만, 배럿이 방 안으로 걸어 들어오는
것만 봐도 그녀는 흥분했다. THC가 그녀를 말랑말랑하게 만
들었고, 그녀는 항상 춤을 추고 싶다고 느꼈다.(다만 약을 하지
않으면 두통이 밀려왔고, 치아와 신장이 아프기 시작했다. 강력한 물
질이었다.) 그래도 그것 덕에 끝내주는 섹스를 할 수 있었다.

하지만 외로웠다. 배럿은 그녀가 무슨 생각을 하는지 전혀
알지 못했다. 그는 그저 거물인 척하기를 좋아했다. 사람들이
주목하는 딜러처럼 거들먹거리며 돌아다니는 걸 즐겼다. ‘인
과응보’는 그에게 아무 의미도 없었다. 니콜은 그에게 루스 몽
고메리 포드의 『저 너머의 세계』를 선물했다. 나중에, 그가 그
것을 읽었다고 말했다. 하지만 그것이 그가 말한 전부였다. 그
정도로 똑똑한 사람치고는 대단한 논평도 아니었다. 마리화
나로 인해 일종의 자살 충동을 느끼고 있던 니콜에게는 전혀
도움이 되지 않았다. 그녀는 자신이 죽었다고 생각하고 사막
에 파 놓은 무덤 안에 누워 있는 꿈을 꾼 적도 있었다. 마지막
순간에, 부드러운 검은 밤이 그녀를 온통 감싸안으며 말했다.

---

43) 마리화나의 주성분으로, 환각을 일으킨다. 칸나비놀 역시 마리화나의
주성분 중 하나이다.

"내게로 와."

그녀는 너무 충격을 받아 배럿에게 말했다. 자기에게 죽음이 말을 걸었고, 그녀는 그것을 반길 거라고. 이봐, 그가 말했다. 당신은 그러기엔 너무 귀중한 사람이야. 하지만 그는 그 주제에 대해 해 줄 말이 전혀 없었다.

그들에게 개인적인 골칫거리들도 생기기 시작했다. 그에게는 스토니라는 이름의 파트너가 있었고, 그녀도 그를 마음에 들어 했기에 함께 지내고 있었다. 어느 날 밤, 뜨거운 여름밤처럼 몸이 달아오른 그녀가 배럿에게 다정하게 다가가 말했다. "당신이 소파에서 자고 스토니에게 기회를 주는 게 어때?" 그 말에 배럿은 극도로 당황했지만, 그녀가 더 이상 자신의 아내가 아니라는 조건을 이미 받아들였기 때문에, 그냥 소파에 누웠다. 그리고 스토니는 그녀와 함께 잠자리에 들었다. 배럿은 너무 화가 나서 자기 차를 타고 어딘가로 갔다가 약 이십 분 후에 돌아왔고, 그의 파트너에게 나가라고 말했다. 그 일은 그렇게 마무리되는 듯 보였다.

하지만 며칠 밤 후, 배럿은 이것이 그녀가 정말 원하는 일이라고 생각한 것이 분명했다. 협곡 위에서 열린 한 파티에 그녀를 데려가서 친구 몇 명과 굳이 공유하려 애썼으니까. 그러다 그가 감정을 주체하지 못하고 무너졌다. 두 사람은 크게 싸웠다. 니콜이 그에게 마체테 칼[44]을 집어 던졌고, 그것이 스크린 도어를 뚫고 나갔다. 그다음 그녀는 부엌 창문으로 망치를 내

---

44) 날이 넓은 긴 칼로, 한국에서는 '벌목도' 혹은 '정글도'라고 불린다.

던졌다. 그러고 나서 그들은 관계를 끝냈다. 그녀는 서니를 데리고 리키와 수가 사는 자신의 증조할머니 집으로 갔고 그들과 함께 살았다.

그것은 하나의 불행을 다른 불행으로 대체한 것이나 마찬가지였다. 그녀는 수와 잘 지낼 수 없었다. 수는 항상 똥 묻은 기저귀를 여기저기 방치하곤 했다. 집 안에서 악취가 났다.

그러던 중 리키와 수는 증조할머니의 침대에서 니콜이 중국인 톰 퐁과 함께 있는 모습을 발견했다. 그는 착했고, 중국 음식점에서 일하며 사장을 속여 돈을 꽤 잘 벌었다. 그리고 니콜과 결혼하고 싶어 했다. 니콜의 인생에서 보자면 그녀와 결혼하기를 원하는 또 한 명의 남자일 뿐이었다. 그녀가 톰을 그 방으로 데려간 것은 어느 정도는 남의 눈을 피하기 위해서였다. 톰은 자신의 전문 분야인 마사지를 해 주었고, 리키와 수가 방 안에 들어섰을 때 니콜은 마침 상체를 탈의한 상태였다. 하지만 톰 퐁이 떠난 후 심한 말다툼이 벌어졌고, 그녀는 계속해서 건방지고 무례하게 받아쳤다. 그러자 리키는 계속 그렇게 불손하게 입을 놀리면 가만두지 않겠다고 경고했다. 그때 숙모와 삼촌이 들렀는데, 그녀가 그 침대에 있었다는 말을 듣고 매우 화를 내며 어떤 말도 들으려 하지 않았다. 그녀를 창녀라고 욕했다. 삼촌은 실제로 그녀의 뺨을 치기도 했다. 그녀는 베갯잇 속에 기저귀, 이유식, 젖병 등 물건을 잔뜩 던져 넣었고, 배낭을 챙겨서 서니를 데리고 나왔다.

그녀는 울고 있었다. 증조할머니는 좋은 분이셨지만, 열성적인 모르몬교 신자였다. 니콜은 증조할머니가 욕조에서 나와 몸을 말린 후 곧바로 맨몸 위에 아마포로 만들어진 종교 의복을 입던 어릴 적 기억을 떠올렸다. 울퉁불퉁한 옷이라 그걸 입으면 위에 무얼 걸치든 맵시가 살지 않았다. 성전에서 결혼하려면 피부에 직접 닿는 옷은 바로 그 옷이어야 했다.

증조할머니는 그녀를 주일 학교에 데려가곤 했다. 좀 지루했다. 주일 학교에서는 이렇게 가르쳤다. 만약 너희가 죄를 지으면 외부의 어둠이, 그리고 불화가 너희의 운명이 될 것이다. 너희가 착한 아이라면, 하나님의 무릎 위에 앉게 될 것이다.

유일한 문제라면, 모든 착한 여자애들은 니콜을 좋아하지 않았고, 니콜과 남자애들에 대해 추잡한 말을 했다는 점이다. 그들은 옆을 지나가면서 비웃곤 했다. 침실에서 그 난리가 벌어진 후에, 이제 그 모든 기억들이 다시 그녀에게 떠오르고 있었다. 니콜은 고속 도로를 걸으면서 울지 않으려고 애썼다.

펜실베이니아로 운전해 가던 말더듬이 남자가 그녀를 태워 주었다. 니콜은 어디로 가든 상관없었다. 그 남자가 좋은지 아닌지는 잘 모르겠지만, 그는 분명 누가 필요했고, 그녀는 어디로 가든 신경 쓰지 않았다. 그렇게 그녀는 그와 함께 떠나, 결국 펜실베이니아주 데번에서 함께 살게 되었다. 그는 그곳에서 가죽 공예품 가게를 운영하며 안정적으로 생계를 유지했다. 두 사람은 결혼 이야기도 나눴다. 그는 침대에서 진정한 선수였다. 그녀를 만족시키기 위해 아주 열심이었다.

3

하지만 킵 에버하트라는 이름의 이 남자는 함께 살기 힘든 사람이었다. 그는 온갖 피해망상에 시달렸는데, 이런 사람한 테 그녀는 자신에 대해 말하는 실수를 저질렀다. 그는 일하러 나가는 순간부터 니콜이 다른 곳도 아닌 자신의 트레일러에 서 다른 남자와 함께 있는 것은 아닌지 걱정했다. 아무와도 그 런 적 없지만, 그녀는 그에게 확신을 줄 수 없었다. 그것은 그 녀를 정말 엉망으로 만들었다. 그녀의 머릿속이 복잡했던 것 은, 자신이 오후 시간을 즐겁게 보내기 위해 정말 멋진 남자를 데려오고 싶다는 생각을 은밀히 품었기 때문이었다. 킵은 악 마처럼 격정적으로 사랑을 나눌 수 있었지만, 가끔은 그녀가 악마가 된 것 같은 기분이 들게 만들었다.

킵은 하다 하다 말도 안 되는 의심을 품기도 했다. 심지어 그녀가 흙먼지로 얼굴이 새카매진 뚱뚱한 노인과 잠자리를 했다고 비난하기도 했다. 가끔은 그녀를 두들겨 패기도 했다. 맙소사, 그녀는 그를 사랑했지만 그는 정말 개자식이었다. 다 른 모든 남자들을 합친 것보다 더 큰 상처를 주었다.

인생에서 일 년이나 되는 시간을 그에게 바치고 그로 인해 정신까지 망가져 버릴 뻔한 것을 생각하면, 니콜이 폭력을 쓰 는 그를 경멸하게 된 것도 당연했다. 그는 키가 작고 왜소했으 며 근육질이지만 어깨가 구부정해서, 둘이 싸우면 꽤 고약한 난투극이 되었다. 심지어 니콜이 이길 뻔한 적도 두어 번 있 었다.

자신이 다시 임신했음을 알게 되었을 때, 니콜은 열일곱 살이었다. 그녀의 임신 소식을 들은 순간, 킵은 자신에게도, 두 사람 모두에게도 잘된 일이라고 생각했다. 그는 계속 자기들에게 생길 아이에 대해 얘기했다. 그녀는 구역질이 났다. 남은 인생을 이 남자와 보내고 싶지 않았다.

그녀는 임신을 피하는 방법을 전혀 알지 못했다. 사실 그녀는 이번에 데번 근처의 미국가족계획협회 건물에 자궁 내 피임 기구를 얻으러 갔다가 임신 사실을 알게 된 것이었다. 니콜은 피임약을 먹거나 배란일을 계산해 본 적이 없었다. 한 달 중 특정 시기가 다른 시기보다 임신 가능성이 높다는 글을 읽은 적이 있지만, 그게 언제인지는 알지 못했다. 그것에 대해 읽어도 장소마다 다른 날을 언급하는 것 같았다. 그녀는 왠지 자신이 임신하지 않으리라 믿었다.

하지만 이번 경우에는, 옆집에 살던 간호 실습생이 니콜에게 가족계획협회에 약속을 잡으라고 계속해서 주의를 주었다. 그녀가 마침내 모습을 드러냈을 때, 사람들은 그녀가 분명히 아이를 가진 것 같다고 말했다.

킵에게 알리자 상황은 더 나빠졌다. 그는 검은색의 멋진 턱수염과 곱슬머리를 하고 앉아서, 그녀를 두 사람의 몫만큼 더 사랑했다. 그는 뭐라고 말하려 했지만 너무 감정이 벅차올라 몇 시간에 걸쳐 겨우 두 마디를 내뱉었다. 그녀는, 알다시피 나는 독심술사가 아니야, 라는 심정으로 얼굴에 미소를 띤 채 앉아 있어야 했다. 하지만 무슨 말을 하려는지 그녀가 알고 있을 때조차 그는 계속 말을 질질 끌었다. 그래서 그녀는 무엇보다도 우선 달아나고 싶었다.

거기다 그놈의 지긋지긋한 편집증도 문제였다. 그는 종종 누군가 자신을 미행한다거나, 이상한 문제들이 기다리고 있다는 말을 하곤 했다. 곧 문제가 닥칠 거라고도 했다. 자, 당신도 보이지? 이런 말도 자주 했다. 그녀의 눈엔 보이지 않았다.

그녀는 작별을 고한 뒤 그레이하운드 버스를 타고 유타로 갔다. 스물네 시간 후, 그녀는 버스에서 만난 친절한 남자와 함께 침대 위에 있었다. 별일 아니었지만, 그녀는 긴장을 풀고 웃고 떠들었다. 어쨌든 그녀는 어느 곳으로든 돌아가기 위해 딱히 서두르지 않았다.

낙태를 할까 생각도 했지만, 차마 아기를 죽일 수는 없었다. 배럿은 더 이상 참기 힘들었지만, 서니는 사랑했다. 그녀로서는 또 사랑하게 될 수도 있는 새 아기를 죽이는 건 상상할 수 없었다.

제러미가 태어난 다음 날, 배럿이 병원에 있었다. 그녀는 그가 자신에게 얼렁뚱땅 부리는 수작을 믿을 수가 없었다. 제러미가 마치 자기 아들처럼 느껴진다나.

그녀가 퇴원한 후에도 배럿은 계속 찾아왔다. 제러미는 미숙아였기 때문에 인큐베이터에 아이를 눠둔 채, 이틀에 한 번씩 차를 얻어 타고 병원에 가야 했다.

배럿은 그녀와 함께 차를 얻어 탔다. 계속 아이를 보러 갔다. 새로운 아기까지 포함하여 그녀를 정말 많이 원한다고 그녀에게 호소했다. 배럿에게는 매우 감정적인 일이었지만 그녀로서는 일상일 뿐이었다. 그녀가 말했다. 뭐, 당분간은 당신이랑 살게. 그녀는 배럿이 셔츠를 입고 마스크를 쓰고 병원에 가서 아기 보는 걸 정말 좋아하는 것 같다고 인정해야 했다. 서니에게는 한 번도 그런 적이 없었다.

제러미가 태어날 때까지 니콜은 모텔에서 하루 종일 일하며 침구를 갈고 욕실을 닦았다. 최종 학력이 중학교 중퇴라 니콜이 할 수 있는 일은 그 정도뿐이었다. 어쨌든 그녀는 마침내 킵에게 전화했다. 배럿 이외의 누군가에게 자신에게 아들이 있다는 사실을 알리고 싶었다. 킵은 그 소식을 믿지 못했다. 출산일까지 아직 몇 주 더 남았다고 생각했던 것이다. 어쨌든 그는 조금도 말을 더듬지 않았고, 또한 전화 통화에서 다정하게 굴었기에, 그녀는 다시 시도해 보기로 결정했다.

처음 며칠이 그녀로선 킵과 보낸 최고의 밀월 기간이었다. 그가 다시 가죽 공방에서 일할 때까지였다. 그날 오후 그녀는 이리저리 뛰어다니며 어질러진 물건들을 집어 소파 밑에 박아 두었다. 그는 정말이지 집 안이 깨끗하기를 원했다. 집이 제대로 정돈되어 보이지 않으면, 그녀가 다른 남자와 놀아난다고 생각했다. 전에도 그랬다. 그래서 그가 문을 열고 들어올 때, 그녀는 집 안을 정리정돈하려 애쓰고 있었다.

그녀가 그에게 키스하려고 기다리며 거기 서 있었지만, 그는 그녀를 쳐다보지 않았다. 대신 눈을 가늘게 뜨고 집 안을 살펴보았다. 그녀가 전에도 자주 본 표정이었다.

그가 집 안 곳곳을 살피다 화장실로 들어갔다. 그녀가 옆을 지나면서 보니, 킵이 빨래 바구니에서 속옷을 뒤지며 끈적끈적한 게 묻은 것이 있는지 살펴보고 있었다. 정말 역겨웠다. 그녀는 킵에게 왜 의심을 하느냐고 계속 물어보았다. 마침내 그가 말하기를, 그가 막 차를 몰고 올라오는 순간 창문 앞에서 두 사람이 걷는 모습을 봤다는 것이었다. 안을 들여다볼 수 있는 창이 덧창과 안쪽 창 두 개이니, 아마도 그림자 두 개를 본 게 아니겠냐고 그녀가 말했다. 하지만 그는 그 말을 믿으려 하지 않았다. 하나님께 맹세코 두 사람이었다고 주장했다. 그녀가 소리를 지르게 만들기에 충분했다.

4

유타에 돌아오자, 가족은 그녀가 딸 하나 아들 하나를 가졌으니 얼마나 운이 좋으냐고 계속 이야기했다. 하나도 원하지 않았던 자신이 두 아이를 돌보게 된 것이 뭐가 그리 대단한 일인지 니콜은 알 수가 없었다. 힘든 날에는, 자신이 많은 것을 놓쳐 버렸다는 생각이 주로 들었다.

다시 한번, 배럿은 잊지 않고 공항으로 그녀를 마중 나왔다. 두 사람은 옛날 이야기를 나눴고, 그가 지내는 곳으로 가서 좋아하는 음반을 들었다. 그는 그녀를 위해 이 공간을 준비했으며 앞으로는 귀찮게 하지 않겠다고 했다. 그래서 그녀는 이사했다.

사실, 그곳엔 마리화나를 피우는 그의 친구 두 명이 이미 머물고 있었는데, 그는 그곳을 떠나려 하지 않았다. 며칠 후 그는 심지어 벌컥 화를 내며 이곳은 빌어먹을 자기 집이라고 소리치기도 했다. 옳은 말이었다. 다시 배럿과 함께하게 되었지만, 그에 대해선 어쩔 도리가 없었다. 차도 없고 돈도 없고 집도 없었다. 애만 둘이었다. 미드웨이에서 돌아온 캐서린과 찰리가 자기들의 집에 머물러도 된다고 제안했지만, 그녀는 패잔병의 모습으로 돌아가고 싶지 않았다. 게다가 부모님에겐 그들 나름의 많은 문제가 있었다. 여동생 에이프릴이 정신적으로 불안정한 증세를 보여 찰리는 해군에서 전역해야 했다. 보아하니, 그들은 모두 정신 병원 유경험자가 될 것 같았다. 어쨌든 본인의 삶만으로도 버거운 니콜은 부모가 싸워 대는 소리까지 감당할 수 있는 상태가 아니었다.

바로 그즈음에 배럿의 사업에 문제가 생겼다. 스프링빌에는 짐을 매번 단속하는 경찰이 있었다. 수색할 핑계는 많았다. 그 경찰은 배럿의 번호판이 제대로 고정되지 않았다고 주의를 주었다. 어느 늦은 밤에는 미등이 나갔다는 이유로 단속했다. 그보다 일찍이 배럿은 정맥에 스피드[45] 100밀리그램을 주사하고, 코카인을 한 차례 흡입한 후, 자신이 약을 소지하지 않았다고 착각하는 실수를 저질렀다. 집을 나서기 전 그는 바닥에 널브러져 있던 바지를 주워 입었고, 주머니 깊숙한 곳에 들어 있는 알짜배기 '스피드'를 전혀 감지하지 못했다. 경찰이 그에게 길 한쪽으로 차를 대게 할 때까지도 그는 알아채지 못했다. 밴 밖에서 수색을 위해 차 지붕에 손을 올려놓고 있을 때

---

45) 암페타민 유도체로서 중추 신경을 강력하게 흥분시키는 각성제인 메스암페타민을 가리킨다. 얼음 모양이라 '아이스'라고 불리기도 하고, 작용이 빨라 '스피드'라고 불리기도 한다.

도 그는 괜찮았다. 약에 취해 한껏 고양되어 있었지만 약을 소
지하지는 않은 상태였다. 나중에 그녀에게 말해 주었듯이, 경
찰이 그의 주머니를 뒤집어 볼 때 그는 주변을 둘러보고 있었
다. 배럿이 이제 고개를 숙여 보니, 경찰의 손에 스물다섯 개
의 하얀 알약이 담긴 작은 비닐봉지가 들려 있었다. 그녀에게
알려 준 바에 따르면, 배럿은 고양이처럼 날쌔게 그것을 잡아
챘다. 그리고 재빨리 입안에 털어 넣어야 했지만, 대신 최대한
멀리 던져 버렸다. 올리버 넬슨이라는 이름의 그 경찰이 그 시
점에 그에게 수갑을 채웠고, 그 수갑을 잡고 그를 끌고 다니면
서 주변을 탐색하기 시작했다. 바닥에 눈이 쌓여 있어서 코카
인을 찾기 힘들었지만, 그는 넬슨이 포기하지 않으리란 걸 알
았다. 마침내 전신주 근처에 떨어진 그것이 배럿의 눈에 들어
왔고, 올리버가 그를 그 전신주 가까이 이동시키자마자, 그는
그 봉지를 눈 속에 숨기려고 시도했다. 그러나 그가 다리를 뻗
었을 때, 경찰이 그의 수상한 움직임을 감지했고 코카인을 발
견했다. 경찰들은 그를 서로 데려갔다.

리키가 와서 110달러의 보석금을 지불하고 그를 집으로 데
려왔다. 새벽 2시쯤이었다. 리키는 그를 다시 니콜에게 데려다
줬는데, 그때도 그녀는 화내지 않았다. 정말로 이해심이 있었
다. 하지만 배럿은 큰 곤경에 처했다. 그들은 며칠 만에 짐을
챙겨서 유타주의 버논으로 이사했다. 마약 거래는 한동안 휴
업했다.

5

이때쯤 니콜은 일이 흘러가는 대로 내버려두고 있었다. 이젠 그다지 신경도 쓰이지 않았다. 배럿은 버논에서 유조차를 운전했다. 그는 일자리를 구했다가 잃고 다른 일자리를 구하곤 했다. 성미가 급한 그는 별다른 도발 없이도 상사에게 지옥으로 꺼지라고 말할 수 있는 사람이었다. 한번은 니콜이 안정적인 생활이 너무도 절실한 나머지 두 아이와 소지품 몇 개를 챙겨서 거리를 걸어 내려가는데, 마침 배럿이 집을 향해 운전해 왔다. 그래서 그들은 대판 싸웠다. 그는 진심으로 그녀를 늘씬하게 패 주려 했지만, 오히려 그녀가 서니의 장난감 의자를 붙잡고 그를 제대로 두들겨 팼다. 그의 온몸이 시퍼렇게 멍들었다. 그래서 그녀는 떠나지 않았다. 그의 꼬락서니를 보니 너무 기분이 좋았기 때문이다.

그녀는 가끔 다시 학교에 다닐까 고민했고, 실제로 몇 군데에 편지도 썼다. 하지만 배럿은 그래, 그래, 라고 무성의하게 대응하며 그녀에게 학교에 갈 필요가 없다고 말했다. 자기가 부양하겠다면서. 그녀는 그가 자신을 자기 것이라고 부르기 적당한 멍청한 여자애로 여긴다고 생각하게 되었다.

그러다 배럿이 그녀에게 다시 거처를 옮기겠다고 말했다. 그는 트럭 한 대를 빌렸고, 그 차로 가구를 운반하겠다고 했다. 그녀가 알아채기도 전에, 대신 물건들을 팔아치운 뒤였다. 스테레오와 그녀의 드라이기, 그리고 램프들까지. 그는 그 돈으로 판매할 해시시[46]를 사서 떠나 버렸다. 가구가 있든 없든,

그녀는 학교에 등록했고, 복지 기관에서 한 달에 130달러의 지원금을 받으며 모든 것에서 벗어난 작은 트레일러 단지에서 살았다. 그곳에서 조용히 사는 것이 좋았다. 배럿이 떠나고 없던 그때는 그녀의 인생에서 꽤 행복한 시간이었다. 그녀를 괴롭히는 유일한 걱정거리는 한 달에 90달러에 달하는 집세였다. 식료품이 떨어졌고, 그녀는 다시 초조해지기 시작했다.

그때 자기보다 나이가 훨씬 많은 스티브 허드슨이라는 남자가 등장했다. 아마도 서른 살 정도였을 텐데, 나이보다 훨씬 늙어 보였다. 그녀는 이전 남자들과 달리 그에 대해서는 분별 있게 판단했다. 그는 마약과 거리가 먼 성실한 사람이었고, 교회에도 다녔다. 그녀는 그와 몇 달 사귀다 결혼까지 했지만, 고작 이 주 후에 그를 떠났다. 그저 서로 맞지가 않아서였다. 그녀는 실의에 빠졌다. 너무 속상해서 곧 교회에서 만난 다른 남자와 관계를 시작했다. 말투가 느리고 덩치가 큰 조 밥 시어스라는 사람이었다. 그는 자기 관리를 잘했고, 열심히 일했으며, 열정적으로 사랑을 나눴고, 그녀의 아이들을 정말로 좋아했다. 사실 조 밥은 제러미에게 엄마인 그녀보다 더 잘해 주었다. 그녀는 지금까지 제러미를 사랑할 수가 없었다. 제러미가 울면 안아 들긴 했지만, 울음을 그치지 않으면 그냥 다시 유아용 침대에 던져 두었다. 제러미를 다치게 한 적은 없지만, 그를 매트리스에 함부로 내던진 건 사실이었다. 조 밥은 사실상 그녀보다 제러미를 더 잘 돌봤다. 아마도 그것은 그가 거의 만

---

46) 대마초에서 추출한 농축 마약으로 환각 효과가 무척 강하다.

나지 못한 자신의 아이가 있었기 때문인지도 몰랐다.

미시시피에서, 조 밥의 아버지가 암으로 죽어 가고 있었다. 그가 아버지를 뵙고 싶어 했기 때문에, 니콜은 아이들을 찰리와 캐서린에게 맡기고 떠났다. 그녀는 조 밥과 자신이 잘되리라는 희망을 가지고 있었다. 그는 그녀에게 진정한 안정감을 주면서도 활기차고 흥미로운 남자였다.

미시시피의 어느 날 밤, 니콜은 심각한 충격을 받았다. 조 밥의 부모님은 마을에서 가장 큰 정육점을 운영했고, 그들 소유의 소 몇 마리를 키우고 있었다. 이날 밤, 니콜은 우연히 헛간으로 나갔다가 널빤지 사이로 울타리 반대편에서 송아지한 마리가 자기가 만난 새 남자의 그것을 빨고 있는 장면을 목격했다.

이따금 조 밥은 개가 닭과 교미하는 사진을 본 적이 있다는 이상한 말을 하면서 니콜도 그런 걸 본 적 있는지 알고 싶어 했지만, 그녀는 그 말을 그냥 듣고 넘겼었다. 이제 그녀는 혼자 생각했다. "넌 영원히 실패자가 될 거야. 현실을 직시해."

그녀는 송아지와 함께 있던 조 밥을 본 적이 없다고 스스로를 속여야 했다. 그러는 내내, 그는 아버지의 정육점 인수에 대해 이야기했다. 그들은 곧 동물들에 둘러싸이게 될 터였다. 죽은 동물들에. 알고 보니 조 밥의 아버지는 그가 유타에서 말했던 것처럼 그렇게 아픈 게 아니라 단지 은퇴할 준비가 되었을 뿐이었다. 그들은 유타로 돌아가서 서니와 제러미를 데리고 다시 미시시피로 내려오기로 했다. 니콜은 그 어느 때보다 심각한 덫에 걸린 것 같았다.

유타로 돌아와 조 밥의 집 현관문을 열고 들어온 지 십오 분 후에, 최악의 문제가 발생했다. 조 밥의 동물 중 일부가 우리에서 나와 제멋대로 뛰어다니고 있었다. 집수리가 늦어져 건축용 널빤지가 여전히 못으로 고정되어 있었고, 바닥엔 구멍이 나 있고, 싱크대는 설치 중이었다. 상황은 더 악화되었다. 조 밥의 작은 트레일러가 마당에서 사라졌다. 조 밥은 누가 그것을 훔쳐 갔는지 즉시 알아챘다. 왜냐하면 그자는 빚진 돈을 갚지 않으면 우선 채무자의 물건부터 뜯어 가기 때문이었다. 이제 그것은 사라지고 없었다. 조 밥은 경찰과 이야기를 나누었고 니콜은 문 앞에 서 있었다. 머리가 쪼개질 듯이 아팠다. 서니와 제러미는 울고 있었다.

그녀는 경찰이 물건을 점유한 사람이 법적으로 유리하다고 설명하는 것을 들었다. 조 밥은 그 트레일러를 법적으로 소유한 적이 없기 때문에, 그가 할 수 있는 일은 많지 않았다.

그가 돌아와서 그녀에게 다시 설명하자 그녀가 말했다. 알아요, 나도 들었어요. 듣고 싶지 않아요. 정말 기절할 것 같아요. 더는 말하고 싶지도 않고요. 그러자 그의 태도가 거칠어지기 시작했다. 그녀도 거칠게 대응했고, 그러다 다음에 벌어진 상황을 촉발할 어떤 말을 입 밖에 냈음이 틀림없다. 집에 들어온 지 십오 분 만에 그는 그녀를 들어 올려 방 건너편으로 던져 버렸다.

그러고는 다시 달려들어 그녀를 집어 던졌다. 바닥 위에 매트리스가 있었지만, 그녀는 몇 번 더 튕겨 올라 벽에 부딪혔다.

그가 그녀 위에 올라타서 목을 졸랐다. 그는 더 이상 이런 일은 용납하지 않겠다고 말했다. 저런 일도 용납하지 않겠다고 말했다. 급기야 그녀가 자신의 노예라고 말하기 시작했다. 그는 90킬로그램이 넘었고 그 무게의 대부분이 등과 어깨에 몰려 있었다. 그는 몇 시간이고 그녀의 위에 걸터앉아서 내킬 때마다 그녀를 때렸다. 그러고는 며칠 동안 뒷방에 가뒀다.

조 밥은 아이들에게 하루에 한두 끼씩 식사를 제공했다. 가끔씩 그녀와 함께 방 안에 있는 것도 허용했다. 문을 잠그지는 않았지만, 그녀는 그 방을 떠날 수 없었다. 그가 허락하지 않았다. 그녀는 많이 울었다. 때로는 비명을 질렀고, 가끔은 몇 시간씩 가만히 앉아 있었다. 그는 돌아와서 시끄럽다고 그녀를 때리곤 했다. 그래서 그녀는 어떤 감정을 얼굴에 드러내지도 소리를 내지도 않았다. 그가 거기 없는 것처럼 행동했다.

그는 또한 그녀를 많이 범했고 ─ 그 방면에서 그의 습관엔 변함이 없었다 ─ 그녀를 자기야, 애기야, 여보라고 불렀다. 때때로 그녀는 비명을 지르고 악을 썼다. 다른 때는 마치 아무 일 없는 것처럼 행동했다. 얼마 후, 그녀는 그의 총을 기억해 냈고 그것을 손에 넣을 궁리를 했다. 그것은 커다란 권총이었는데, 그것이 그녀를 견디게 했다. 총을 찾으면 그를 죽일 작정이었다. 그녀는 조 밥에게 계속 말했다. 당신이 날 완전히 망가뜨릴 순 있겠지만, 난 결코 당신과 함께 있지 않을 거야. 절대로.

이런 식으로 한 주가 더 흘렀다. 그는 이제 하루에 한 번씩만 벌을 주고 그녀가 마당에 나가는 것을 허락했다. 그는 심지어 일을 하러 나가기도 했다. 함정이 아닌가 하여 처음에는 그녀도 움직이지 않았다. 하지만 며칠 후 그녀는 집을 나가 버스 정류장으로 갔다. 그날은 제러미의 첫돌이었다. 그녀는 전화를 걸었고, 배럿이 다시 한번 그녀를 구하러 왔다. 그는 항상 이 빌어먹을 세상에 아무도 없을 때 나타났다. 그럴 줄 알았다. 좋았다. 그는 최악의 상황에서 그녀의 탈출을 돕는 유일한 사람이었다. 백마 탄 왕자님.

그들은 그의 친구 집 잔디 위 작은 텐트에서 아이들과 함께 살았다. 그러다 프로보에 아파트를 얻어 함께 크리스마스를 보냈다. 그러는 내내 그녀는 배럿에게 그와 함께 살고 싶지 않다는 의사를 분명히 하려고 노력했고, 그는 그녀가 사실은 자기와 함께 살고 싶은 거라고 설득했다. 그녀가 스패니시 포크에서 동화 속에나 나올 법한 낡고 고풍스러운 집을 발견한 직후, 배럿이 같은 이름을 가진 친구 배럿과 함께 와이오밍주 코디로 가면서, 마침내 두 사람은 헤어졌다.

# 3부

## 게리와 니콜

# 7장

# 게리와 피트

1

6월의 둘째 주말에 게리와 니콜은 협곡으로 올라가 숲속에서 캠핑하기로 했다. 하지만 니콜은 베이비시터를 구할 수가 없었다. 로럴은 부모님과 함께 친척을 방문하러 가야 했다.

그리하여 토요일 아침, 게리는 간판에 글씨를 쓰려고 번의 가게에 들렀다가 토니의 딸인 애넷 거니가 가게에 들어오는 것을 보았다. 토니와 하워드가 브렌다, 조니와 함께 네바다주 엘코에 가서 슬롯머신과 크랩 게임을 즐기는 동안, 애넷은 번과 아이다의 집에서 주말을 보내고 있었다. 바로 거기서, 애넷을 눈여겨보던 게리가 그녀에게 아이들을 좀 돌봐 달라고 부탁했다.

아이다는 반대했다. 손녀가 열여섯 살처럼 보이지만 이제 겨우 열두 살이라 애넷 혼자서 어린애 두 명을 돌보는 것은 너무 과중한 부담이라는 것이었다.

게리는 가능성을 포기하지 않았다. 나중에 일이 끝나고 번의 가게에서 페인트 통을 가져다 차에 실으면서, 그는 애넷에게 아이들을 돌보는 비용으로 5달러를 주겠다고 말했다. 애넷은 그러고 싶지만 그럴 수 없다고 말했다. 애넷이 미소를 지으며 주머니에서 장식판 하나를 꺼냈다. 게리가 교도소에서 나온 첫 주 일요일에 토니의 집을 방문했을 때 애넷에게 미술 수업을 해 주었는데, 이제야 장식판에 그림을 완성한 애넷이 그것을 그에게 주고 싶어 한 것이다. 그는 너무 기뻐서 애넷을 감싸안고 볼에 가볍게 입을 맞췄다. 그런 다음 두 사람은 손을 잡고 거리를 거닐었다. 게리는 계속해서 아이다가 아이 돌보는 일을 허락하도록 애넷을 설득하고 있었다.

번의 집 뒤편의 작은 집을 빌린 피터 갤로반은 두 사람이 나올 때 가게에 들어가는 중이었는데 게리와 애넷이 나란히 걸어가다가 멈추는 것을 눈여겨보았다. 그는 그 광경이 마음에 들지 않았다. 게리가 이야기하는 동안 애넷은 벽에 등을 기대고 있었다. 그는 최대한 빨리 중요한 말을 많이 하려고 애쓰는 것처럼 보였다. 피트(피터)가 다시 가게로 들어가서 말했다. "아이다, 아무래도 게리가 당신 손녀에게 수작을 거는 것 같은데요."

애넷은 삼 개월 전 아이다와 함께 지내다가 바로 집 앞에서 차에 치이는 사고를 당했다. 차는 거의 움직이지 않았고, 그리 심각한 상황은 아니었다. 하지만 애넷은 조부모와 함께 있다가 다친 것이었다. 아이다는 애넷이 할머니 할아버지 집에 올 때마다 사고가 난다고 토니가 생각하지 않기를 바랐다. 그래서 그녀는 곧장 창문으로 달려가 마침 게리와 애넷이 손을 잡고 다시 걸어 돌아오는 모습을 보았다.

"그게 잘한 일이었는지 모르겠다." 그녀가 말했다. "애넷에게 가까이 가지 마."

나중에, 번이 게리에게 말했다. "나는 뭐가 됐든 상식에서 벗어난 일은 보고 싶지 않다."


2


다음 날 저녁, 애넷이 토니에게 말했다. "엄마, 우린 잘못한 게 없어요. 제가 게리에게 장식판을 주니까, 게리가 제 뺨에 뽀뽀해 준 게 다라고요."

"그럼 왜 그와 함께 길을 걸은 거니?"

"크고 빨간 벌레 때문에요. 제가 본 것 중 가장 커다란 딱정벌레가 옆을 날아갔거든요. 우린 그걸 보러 갔을 뿐이에요."

"그리고 손을 잡았지."

"전 그 아저씨가 좋아요, 엄마."

"그가 어디 만진 데는 없었지? 다정한 뽀뽀 외에 다른 건 하지 않았니?"

"아니라고요, 엄마." 애넷은 별 미친 소리를 다 듣겠다는 듯한 표정으로 말했다.

토니와 남편이 게리 이야기를 나눌 때 하워드가 말했다.

"게리가 사람들이 지나다니는 제화점 바로 앞에서 뭘 어쩌진 않았을 거야. 여보, 난 별일이라고는 생각지 않아. 그냥 지켜보며 조심하자."

월요일에 번이 피트에게, 게리가 그를 아주 제대로 손보려고 벼르고 있다고 알려 주었다. 조심하게. 번이 말했다. "설사 게리가 들어와 싸움을 건다 해도, 난 그게 가게 안은 아니었으면 하네. 싸우려면 나가서 싸워." 하지만 피트는 싸워서 좋을 건 없다고 생각했다. 그는 게리가 아이다호까지 갔던 일과 사람 하나를 병원에 입원시킨 일에 대해 전부 들은 바가 있었다.

예전에 게리가 쇠망치와 쇠지레를 이용해 번의 콘크리트 연석을 뜯어낼 때, 피트 갤로반은 창문 너머로 그 모습을 지켜보았고, 이틀 동안 그가 발휘한 노동력에 깊은 인상을 받았다. 그래서 피트는 처음 기회가 닿았을 때 그를 교회 댄스파티에 초대했다.

나중에 브렌다가 게리에게 말해 주었듯이, 피트는 하늘 아래 그 누구보다 신앙심이 깊은 인물이었다. 마치 알에서 갓 깨어난 듯 조금 서툴고 불안정하긴 했다. 그는 사람들의 목을 끌어안고 함께 기도를 하려는 경향이 있었다. 또한 190센티미터가 넘는 거구에 육중하고 뱃살이 두두룩한 친구로, 안경 너머로 사람을 똑바로 응시하는 핏기 없고 푸석푸석한 커다란 얼굴에 친절한 표정을 띠고 있었기 때문에, 거절의 말을 건네기가 쉽지 않았다. 하지만 댄스파티에 초대하고 싶다는 말을 꺼내자마자 게리에게서는 바로 꺼지라는 답이 날아왔다.

피트는 지금 그와 싸우고 싶지 않았다. 그가 책임져야 할 일이 너무도 많았기 때문이다. 피트는 집세를 해결하려고 번의 가게에서 일했고, 여기에 더해 세 군데에서 또 일했다. 그는 프로보 학구에서 수영장 관리인으로, 시간제 버스 운전기사로 일했으며, 부업으로 카펫을 청소했다. 그는 또한 모르몬 교회의 은총을 되찾으려고 노력하는 중이었다. 게다가 첫 결혼에서 낳은 일곱 자녀를 키우는 전처 엘리자베스에게 금전적인 도움을 주기 위해 최선을 다하고 있었다.

말할 필요 없이 그는 피곤했다. 과거 입원하여 리튬 치료[47]까지 받아야 했던 여러 신경 쇠약으로 인해 지속적으로 고통받고 있다는 사실을 굳이 언급하지 않고도 그랬다. 게리와 문제가 생길지 모른다는 생각만으로도, 피트는 근육과 등허리가 긴장하여 뻣뻣해졌다.

월요일 늦은 오후, 피트가 제화점에서 일하고 있는데 번이 말했다. "저기 오는군."

게리는 피트가 머릿속에서 상상했던 모습 그대로였다. 화가 나서 몹시 열이 오른 상태였다. 예상할 수 있는 가장 추악한 표정이었다.

게리가 말했다. "나에 대해 당신이 아이다에게 한 말이 맘에 들지 않아. 사과를 해 주면 좋겠어."

피트가 대답했다. "당신을 기분 나쁘게 했다면 미안하지만, 내 전처에게도 그 또래의 딸이 있고, 내가 느끼기엔……."

---

47) 1970년대 미국에서 리튬은 정신과 치료, 특히 조울증(양극성 장애) 치료에 널리 사용되었다.

"내가 뭐라도 하는 걸 봤어?" 게리가 말을 잘랐다.

"당신이 뭘 하는 걸 보지는 못했지만, 겉모습만 봐도 당신이 무슨 생각을 하는지 의심이 됐소." 피트가 말했다. 이 말이 너무 심하게 들렸다면, 그가 덧붙였다. "아이다에게 한 말, 사과합니다. 아무래도 입을 다물고 있었어야 했나 봐요. 말이 너무 많았던 것에 대해 사과하죠. 하지만 당신이 그 아이에게 보이는 관심이 내 눈엔 계속 이상해 보였소." 피트는 정직하고 싶을 땐 끝까지 물러서지 않았다.

"좋아." 게리가 말했다. "싸우자."

번이 바로 거기에 있었다. "뒤로 나가서 싸워." 그가 말했다. 가게 안에 손님이 한 명 있었다.

피트는 정말 이런 일에 휘말리고 싶지 않았다. 게리보다 한두 발짝 앞서 뒷골목으로 걸어가면서, 그는 예전에 자신이 발휘하던 힘의 위용을 떠올리며 마음을 가다듬으려 애썼다. 열다섯 살에 사고로 자기 발에다 총을 쏘기 전까지는 장래가 촉망되는 육상 선수였고, 그래서 이후 투포환으로 종목을 바꾸고도 고등학생 부문 주 우승을 거머쥐었다. 그는 건설 일을 해 왔고 역도에도 일가견이 있었다. 힘에 대한 자신감을 자기 몸 크기만큼 불리기 시작하던 피트가 뒷목을 퍽! 하고 가격당했다. 거의 쓰러질 뻔했다. 그가 몸을 돌리자마자 게리가 피트에게 달려들었고, 피트가 게리에게 헤드록을 걸었다. 그리고 즉시 바닥으로 쓰러졌다. 그 자세가 주먹다짐을 하는 것보다 훨씬 나았다. 바닥에서라면, 게리의 머리를 시멘트 바닥에 짓찧을 수 있었다.

물론 그렇게 꽉 움켜잡느라 피트의 갈비뼈에는 큰 압력이 가해졌다. 윗주머니에 들어 있던 안경이 부러졌다. 심지어 다음 날 피트는 아픈 목과 가슴 때문에 접골사에게 가야 할 판이었다. 하지만 지금 당장은 게리를 굴복시키고 있었다. 피트는 번이 바로 옆에서 관전하고 있음을 알았다.

게리가 일어서서 얼굴을 맞대고 주먹을 날릴 때까지 기다렸다면, 게리가 그 녀석을 때려눕혔을 거라고 번은 생각했다. 하지만 지금은 피트가 상대를 붙잡고 있었고, 110킬로그램에 가까운 체중을 모두 활용하고 있었다. 그렇게 붙잡아 놓은 것이 피트에게는 세상에서 가장 운 좋은 일이었다. 피트가 게리의 머리를 바닥에 내리치며, "이제 충분해?"라고 거듭 말했다. 게리는 거의 숨을 쉴 수가 없었다. "아, 아아아, 아아, 아아." 게리가 대답했다. 알아들을 수 없는 말을 웅얼거리는 것이 그가 할 수 있는 전부였다. 번은 게리가 받아야 할 타격을 모두 받기 원했으므로 잠시 기다렸다가 말했다. "좋아, 이제 충분해. 그가 일어나게 해 줘." 피트가 옥죄던 팔의 힘을 풀었다.

게리는 얼굴이 하얗게 질렸고 입에서 피를 많이 흘리고 있었다. 번이 본 중에서 가장 험악한 눈빛으로 상대를 노려보고 있었다.

번이 게리를 호되게 꾸짖었다. "네가 자초한 거다." 그가 말했다. "정말이지 형편없는 짓이야. 사람을 뒤에서 공격하다니."

"그렇게 생각해요?"

"그러고도 네가 남자라고?" 번이 그의 팔을 잡았다. "화장실에 가서 좀 씻어." 게리가 그대로 서 있자 번이 그를 직접 밀어 넣었다. 그는 좀처럼 가려 하지 않았지만, 그래도 번은 그를 밀어냈다. 그러자 게리가 돌아서서 말했다. "그게 내가 싸우는 방식이에요. 첫 타가 중요하다고요."

"첫 타." 번이 말했다. "하지만 뒤에서 하는 건 아니지. 넌 남자도 아니야. 깨끗이 씻고 다시 가서 일해."

피트는 흥분을 가라앉히기 시작했다. 그 어느 때보다 동요한 상태였다. 하지만 화장실에서 나온 게리는 여전히 사과를 요구했다. 다시 싸울 준비가 된 것 같았다. 사실 게리의 얼굴은 뭐든 할 작정인 듯 보였다. 그래서 피트는 전화기를 들고 말했다. "지금 당장 떠나지 않으면 경찰에 신고하겠소."

긴 침묵이 흐른 후 게리는 확실히 떠났다.

어쨌든 피트는 전화를 걸었다. 게리가 떠난 뒤에도 뒷맛이 영 좋지 않았다. 경찰이 가게에 들렀고, 피트에게 서로 와서 신고하라고 말했다.

번과 아이다는 그 생각에 전적으로 반대하지는 않았다. 그들은 피트에 대한 게리의 행동이 날이 갈수록 도를 넘고 있다고 말했다. 피트는 심지어 게리의 가석방 담당관인 몽 코트의 이름까지 알아내어 그에게도 전화를 걸었다. 하지만 몽 코트는 게리가 다른 주에서 왔기 때문에 그렇게 쉽게 다시 교도소로 보낼 수 있을 것 같지는 않다고 말했다. 피트는 그가 책임을 떠넘기고 있다는 느낌을 받았다. 게리가 실제로 뭔가 일을 저지르지 않는 한 체포되지 않을 것 같았다.

그날 밤 피트는 전처 엘리자베스를 만났다.

"다음에 이런 일이 생기면." 그가 그녀에게 말했다. "게리가 날 죽일 거야."

금발의 엘리자베스는 체구가 작고 관능적인 외모를 지녔지만, 성격은 불같은 데가 있었다. 피트가 보기에는 수많은 개인적 시련 속에서도 밝은 기운을 잃지 않은 지혜로운 여성이었다. 이제 그녀가 그에게 그 일은 무시하라고 일렀다.

피트는 그럴 수 없다고 말했다. "그건 확실해. 그는 날 죽일 거야. 나 아니면 다른 누구라도."

자신은 지금 그가 불안정한 상태임을 예민하게 감지할 수 있다고 강조했다. 그런 예민함은 신이 피트에게 준 능력의 일부였다. 하지만 피트는 자신이 상황에 지나치게 예민하게 반응하면 신경 쇠약이 된다는 것도 알고 있었다. 그는 더 이상 그런 상황을 만들지 않으려고 애썼다. 그래서 엘리자베스에게 이렇게 말했다.

"게리는 다른 사람을 해칠 수 없는 곳에 있어야 해. 그가 있어야 할 곳은 교도소야. 그를 고발할 거야."

3

다음 날 출근한 게리는 입이 붓고, 얼굴에는 얼룩덜룩 멍이 들어 있었다.

"무슨 일이야?" 스펜스(스펜서)가 물었다.

"맥주를 마시고 있는데." 게리가 말했다. "어떤 놈이 맘에 안 드는 말을 했어요. 그래서 놈에게 주먹을 휘둘렀죠."

"보아하니, 그놈이 이겼구먼." 스펜스가 말했다.

"오, 아니에요. 그를 보면 생각이 달라질걸요."

"게리, 자넨 가석방 상태잖나." 스펜스 맥그래스가 잔소리를 했다. "술집에서 주먹다짐을 하면 그들이 자넬 교도소에 처넣을 거야. 곱게 마실 자신 없으면 아예 손을 대지 마."

그날 아침 늦게 게리가 찾아와서 조용히 말했다. "스펜스, 내가 생각을 좀 해 봤거든요. 당신이 날 위해 한 말이라는 걸 믿어요. 술을 끊을 생각이에요."

스펜서가 찬성했다. 그는 그 이야기를 더욱 강조하려고 했다. 예컨대 그가, 스펜서 맥그래스가, 술집에 가서 몇 잔 마시다 싸움에 휘말렸고, 경찰이 와서 그를 유치장에 집어넣었다고 가정해 보자. 그러면 난 곤란한 상황에 처하겠지, 그렇지? 하지만 길모어가 유치장에 갇히는 것만큼 문제가 크지는 않을 거다. 왜냐하면 길모어의 경우 가석방 규정을 정면으로 위반한 거니까.

게리가 물었다. "스펜스, 교도소에 수감된 적 있어요?"

"음, 아니." 스펜스가 말했다.

게리는 니콜이 점심을 먹으러 오기를 기다렸지만 그녀가 나타나지 않자, 현장 감독인 크레이그 테일러 옆에 앉았다. 이제 둘은 가끔 식사를 함께 할 정도로 친해졌다. 게리는 대화하는 것을 좋아하는 반면, 크레이그는 꼭 필요한 말 이상은 하지 않고 팔과 어깨 근육을 과시하는 게 전부였다. 그래서 더 잘 맞았다.

오늘, 게리는 교도소에 대해 이야기했다. 이따금 그가 교도

소 이야기를 꺼낼 때가 있었는데 오늘이 그런 날이었다. 게리
는 심지어 자신이 찰스 맨슨[48]을 안다는 말도 했다.

크레이그는 안경 뒤에서 눈을 깜빡이며 게리가 유명 인사
의 이름을 잘 아는 양 들먹인다고 생각했다. 두 사람은 맥주
를 홀짝였고, 크레이그가 관찰한 바에 의하면 게리는 맥주 몇
잔이 뱃속에 들어갔을 때 훨씬 더 대담해졌다.

"교도소에서 사람 하나를 죽였지." 게리가 말했다. "덩치 큰
흑인이었는데 쉰일곱 번이나 찔렀어. 그런 다음 그를 부축하
여 침상 위에 눕히고, 다리를 꼬아 놓고, 야구 모자를 머리에
씌운 다음 입에 담배를 꽂아 주었지."

크레이그는 게리가 약을 복용하고 있음을 눈치챘다. 피오리
날이라고 불리는 흰색 진정제였다. 크레이그에게도 한 알 권했
지만, 그는 거절했다. 그 약이 길모어의 성격을 크게 변화시키
는 것 같지는 않았다. 그는 여전히 몹시 긴장한 상태였다.

두 사람이 식사를 마칠 무렵 니콜이 들어왔다. 대화를 나누
기 시작하자마자 니콜과 게리가 곧 심란한 표정을 짓는 모습
이 크레이그의 눈에 들어왔다. 그들은 서로의 손을 꼭 잡고 진
한 키스를 나눈 뒤 작별 인사를 했다. 그 키스는 게리가 자기
에겐 아름다운 여자 친구가 있고 모두가 그걸 알아야 한다는
것을 보여 주기 위한 방식이었다. 그래서 크레이그는 별로 감

---

48) 1969년에 로만 폴란스키의 집을 습격하여 그의 아내이자 유명 영화배
우인 샤론 테이트를 포함한 다섯 명을 난도질해 죽이고 체포되어 1971년에
사형 선고를 받았으나, 1972년에 캘리포니아에서 사형제를 폐지하는 바람
에 무기 징역으로 감형되어 수감 생활을 하다가 2017년에 사망했다.

명을 받지 않았다. 하지만 서로의 손을 꼭 눌러 쥐는 것은 다르게 보였다. 그 후 오후 내내 게리의 행동이 이상했다.

크레이그는 게리와 똑같은 이름을 가진 아이, 열여덟 살의 게리 웨스턴과 게리를 2톤 트럭에 태워 보냈다. 그들은 어느 집을 단열하는 작업을 하고 있었는데, 벽 속에 플라스틱 피막을 취입한 다음 단열재를 집어넣어야 했다. 먼지와 냄새 때문에 숨쉬기가 불편한 작업이었다. 가는 도중 어디선가 게리가 가게에 들러 맥주 여섯 캔을 사 오더니 일하면서 마시기 시작했다.

게리 웨스턴은 아무 말도 하지 않았다. 열여덟 살이었던 그는 자신이 그만한 위치가 아니라고 생각했다.

그렇게 함께 일하던 중 길모어가 말했다. "트럭을 훔치자."

"그게 무슨 말이에요?"

"오늘 밤에 돌아와서 이 트럭을 훔치는 거야. 그런 다음 칠해서 팔자는 얘기지."

웨스턴은 그를 화나게 하고 싶지 않았다.

"음, 게리." 그가 말했다. "우리는 그 트럭 주인의 집을 단열 작업하고 있잖아요. 우린 아무래도 그를 아주 잘 알죠."

"그래, 친구한테 그럴 순 없지." 게리가 맥주를 홀짝이며 말했다.

웨스턴은 복귀해서 다른 사람 몇 명에게 게리의 일을 말해 주었다. 모두 크게 웃었다. 게리가 확실히 맥주를 몇 병 마시긴 했군. 트럭을 훔치는 건 말이 안 되지.

그날 밤 퇴근하기 전에, 스펜서가 그에게 면허증을 받았는지 물었다. 게리가 오리건주에서 아직 면허증을 보내오지 않았다고 말했다. 면허증을 아직 찾지 못했다나 어쨌다나. 이번엔 이래서 못 보내 주고, 다른 땐 저래서 못 보내 준다는 식으로 매번 이야기가 달랐다.

이전 운전면허증이 정확히 어디 있는지 찾을 수 없으니, 운전 연수 과정에 등록해야 한다고 스펜서가 말했다.

게리가 말했다. "그 시험은 애들을 위한 거잖아요. 전 다 큰 어른인데, 제 수준엔 안 맞는다고요."

스펜서는 그를 설득하려고 애썼다.

"법은 모두에게 적용되는 거야. 굳이 자네만 콕 집어낸 게 아니라고." 그가 설명을 시도했다. "만약 내가 다른 주에 있는데 운전면허증을 안 가지고 있다고 가정해 봐. 그럼 그들은 나에게도 운전 연수를 받아야 한다고 할걸. 자넨 나보다 자네가 더 낫다고 생각하는 거야?"

"죄송해요." 게리가 마침내 말했다. "니콜에게 전화해야겠어요." 그가 떠나면서 말했다. "정말 좋은 조언이에요. 훌륭한 조언에 감사해요, 스펜서." 그러고는 서둘러 떠났다.

니콜이 점심시간에 가져온 메시지는 이러했다. 몽 코트가 스패니시 포크의 집으로 와서 피트가 폭행 혐의로 게리를 고소할 예정이며, 고소가 취하되지 않으면 게리가 심각한 상황에 처할 거라고 알렸다는 것이었다.

게리는 그녀에게 걱정하지 말라고 말했고, 그들은 서로의 손을 꼭 쥐었다.

하지만 게리에게 작별 인사를 하는 순간, 니콜은 걱정되기 시작했다. 마치 집에 찾아온 의사에게서 그녀의 다리를 절단하겠다는 말을 들은 것 같았다. 정말 이상한 만남이었다. 몽 코트는 수영 팀이나 테니스 팀 주장처럼 잘생기고 체격이 큰 모르몬교 신자였고, 머리색은 금발에 가까웠으며, 다소 고지식한 사람이었다. 도착했을 때 그는 니콜의 머스탱에 앉아 있던 여동생 에이프릴 때문에 무척 당황했다. 어쩌면 에이프릴이 그의 외모가 마음에 들었거나, 아니면 날씨가 너무 더운 탓이었을 것이다. 평소 에이프릴이 어떤 행동을 할 때 니콜은 그 이유를 전혀 짐작할 수 없었다. 어쨌든 몽 코트가 집을 나설 때 에이프릴은 홀터넥 상의를 벗고 차창에 등을 기댄 채 앉아 있었다. 몽 코트는 굳이 니콜의 차 뒤쪽으로 돌아 나감으로써, 에이프릴의 드러난 가슴을 쳐다보는 모습이 앞 유리를 통해 비치지 않도록 신경 썼다. 니콜이 그 모습을 보고 웃을 수 있으면 좋았겠지만, 속이 좋지 않았다.

그녀는 게리의 머릿속을 잘 알고 있었다. 걱정하지 마, 라는 것은 피트를 곧 죽여 놓겠다는 뜻이었다. 그녀는 자신이 직접 갤로반과 이야기해 보기로 결심했다.

그는 번의 집 뒤편에 있는 지저분한 작은 오두막에서 살았다. 그녀는 그를 설득하려 애썼다. 게리에겐 문제가 있고 그것을 바로잡으려고 노력하는 중이다. 게리를 교도소로 돌려보내는 것은 어느 누구에게도 도움이 되지 않는다. 그러는 내내, 피트는 낡고 땀에 전 티셔츠와 지저분한 바지를 입고 있었다. 그는 그녀에게 멍청한 말만 계속 늘어놓았다. 게리가 자신을 심하게 폭행했다는 것이었다.

그녀는 침착하고 분별 있게 행동하려고 애썼다. 그녀는 화내지 않고 게리에 대해 설명하고 싶었다. 그녀가 말했다. 피트, 그 남자는 오랫동안 갇혀 있었어요. 밖의 삶에 적응하는 데는 시간이 좀 걸려요.

피트 갤로반이 계속 끼어들었다. 상대의 말을 도무지 들으려 하지 않았다. 그냥 덩치 크고 단순한 늙은 미련퉁이였다.

"그 남자는 위험해요." 피트가 말했다. "도움이 필요해요." 그러고는 덧붙였다. "나는 오랜 시간 열심히 일해 왔는데, 이런 일을 겪어야 할 이유가 없잖소. 그는 나에게 아주 고약하게 굴었소. 난 지금도 고통받고 있어요."

그녀는 계속 그의 동정심에 호소했다. 당신은 내가 하는 말을 이해할 거라고 그에게 말했다. 당신은 내가 게리를 사랑한다는 걸 알 거다, 사랑은 사람을 진정으로 돕는 유일한 방법이다, 운운.

"사랑은." 피트가 동의했다. "어떤 상황에 하나님의 영적인 능력을 가져올 수 있는 유일한 길이죠."

"그래요." 니콜이 말했다.

"하지만 지금은 어려운 상황이오. 당신의 남자는 도를 넘어도 한참 넘었소. 난 그가 사람도 죽일 수 있다고 확신해요. 날 죽이고 싶어 하지."

그 순간 갤로반이 너무 꼴 보기 싫어진 그녀가 경고하듯 말했다. "당신이 고소해도, 그는 보석으로 풀려날 거예요. 그러면 당신에게 복수하러 오겠죠." 그녀는 그를 똑바로 쳐다보았다. "피트, 설사 그들이 그를 바로 가둬 버린다 해도, 나한텐 여전히 그가 내 목숨보다 중요해요. 그러니 당신 목숨보다는 훨씬 더 중요하겠죠. 그가 당신에게 복수하지 못하면 내가 할 거예요."

어느 때보다 진심으로 한 말이었다. 그녀는 그 순간 피트가 충격을 받았음을 느낄 수 있었다. 마치 내부에서 과거와 현재를 아울러 그의 온몸에 피가 흘러내리는 것 같았다.


4


열여덟 살이 되던 해, 피트는 모르몬교 선교사가 되기 위해 구 개월 동안 돈을 모았다. 열아홉 살에 해외에 나간 지 사 개월 반 만에 처음으로 신경 쇠약을 경험했다. 하지만 그 기간 동안 그는 아홉 명의 개종자를 교회로 데려왔다.

한 달에 두 명씩이었다. 프랑스에서 활동하는 그와 같은 젊은 선교사들은 평균적으로 일 년에 두 명을 개종시켰다.

자신의 사명에 지나치게 몰두한 나머지 그는 기이하고 이상한 종교적 체험을 하기 시작했다. 그는 국빈 방문을 위해 프랑스로 향하는 케네디 대통령을 개종시킬 수 있다고 확신했다. 교회에서 피트를 본국으로 데려간다고 했을 때, 그는 그들이 자신을 개종의 권위자로 만들려 한다고 생각했다. 하지만 자신을 병원에 입원시키고 리튬을 투여하자 얼마나 실망했는지 모른다.

그는 곧 퇴원했고, 기도 덕분에 이 모든 과흥분 상태에서 회복할 수 있었다고 여기면서도, 자기가 신경 쇠약에 걸린 건 하나님이 자신을 공정하게 대우해 주지 않아서라고 생각했다. 그래서 그는 스무 살에 처음으로 성관계를 했다. 모르몬교 선교사는 임무 전이나 과정 중에 성관계를 가져서는 안 된다는 걸 잘 알았지만, 그는 하나님께 원망하는 마음을 품고 있었다. 그 직후 그는 자신이 잘못된 행동을 했다는 것을 깨닫고 감독[49]에게 가서 고해했다. 그 후 피트는 오 년 동안 육체적 순결을 지키며 살았다. 그는 여러 일자리를 전전했고, 유럽 전역을 다니면서 건설 일을 했지만 금욕했다.

이후 1970년경, 자신의 삶과 탐색에 만족하지 못한 그는 시애틀에서 친구와 함께 지내며 보잉사의 경비원으로 일했다. 어느 날 밤 그는 우연히 사람들이 전화를 걸어 기도를 요청하는 종교 방송을 듣게 되었다. 피트는 이 프로그램에 대해 아는 바가 별로 없었지만, 전화를 걸었을 때 그는 확실히 모르몬 교회와 자신의 신앙에 대해 언급했다. 우연히 이 방송을 들은 모르몬교도 몇 명이 피트가 소속된 지회의 장에게 이 사실을 알렸고, 지회장은 재빨리 피트에게 더 이상 이 프로그램에 전화하지 말라고 말했다. 교회는 갤로반이 대중 앞에 나서는 것을 원치 않았다. 그는 그런 일을 위임받지 않았기 때문이었다. 그 일로 피트는 감정이 상했다. 그는 사람들을 돕고 싶었을 뿐이었다. 그래서 그는 파문 요청서를 제출했다. 모르몬 교회가

---

49) 가톨릭의 '주교'와 다르게, 모르몬교에서는 지역 교회 책임자를 '감독'이라고 부른다.

자신의 돕고자 하는 열망을 제한하는 게 싫었다.

그는 '기독교 청년 운동'[50]과 함께 일했으며, 시애틀 북쪽의 여호수아 하우스에 살면서 텔레비전에 출연하여 모르몬교를 비판하는 발언을 했다. 심지어 그의 아버지가 선지자 스펜서 킴볼[51]의 전화를 받기도 했다.

"당신 아들을 어떻게 할 셈이오?" 선지자가 물었다.

그의 아버지가 말했다. "내버려둬요. 이것은 하나님의 일입니다. 그 아이는 어느 때보다 강해져서 돌아올 겁니다."

피트는 하와이로 건너가 팻 분[52]을 만나 약 25명과 공동체 생활을 시도했고 중독자들을 위한 상담 전화에 응답했다. 그는 자살도 목격하고 치유도 목격했다. 모든 종류의 종파와 함께 일했다. 그는 자신의 사명이 교회의 개혁을 돕는 것이라고 확신했다.

하지만 그는 무너졌다. 사람들이 그를 병원에 입원시켰고, 그에게 집단 치료와 리튬을 처방했다. 그는 자기 몸의 중심에서 엘리야의 영을 느꼈고, 세상이 평화에 이르리라는 것을 알았다. 그는 유타로 돌아와 잡역부로 취직했다. 모르몬 교회로 돌아갔고 그가 하는 모든 일에서 활력을 얻었다. 그는 관리

---

50) Jesus Movement. 1960~1970년대 미국에서 젊은이들 중심으로 일어난 기독교 부흥 운동으로, 현대적인 방식으로 예수를 따르는 것을 강조했다.
51) Spencer Kimball(1895~1985). 1973년 12월부터 1985년 11월에 사망할 때까지 예수 그리스도 후기 성도교회(모르몬교)의 제12대 회장으로 봉사했다.
52) Pat Boone. 1950~1960년대에 큰 인기를 끌었던 미국의 가수이자 배우로, 그는 종교적인 가치를 강조하며 기독교 활동에도 적극적으로 참여했다.

및 청소용품 가게와 청소 사업을 함께 운영했다. 다수의 식품점과 청소 계약을 맺었으며, 20명의 직원을 거느렸다. 그러나 그는 세속적인 성공에 힘입어 여러 여성과 간음했고, 교인 자격을 박탈당했다. 그러다 엘리자베스를 만났다.

그녀는 남편 없이 혼자 생계를 꾸리며 일곱 명의 자녀를 돌보았다.

피트가 그녀에게 말했다. "난 큰 사업가요. 내가 당신의 생계를 책임지지."

그녀는 거듭 말했다. "그건 옳은 것 같지 않아요." 당신이 감당해야 할 일이 아니라고 그녀가 설명했다.

마침내, 그녀가 그와 결혼하는 데 동의했다.

피트와 아이들 사이에는 긴장감이 흘렀다. 피트는 성질이 있었고, 엘리자베스도 성질이 있었고, 아이들 역시 성질이 있었다. 청소 일은 밤에 이루어지는 탓에, 피트는 낮에 잠을 잤다. 아이들은 소리를 낼 수 없었다. 어느 날 엘리자베스의 아들 대릴이 주먹으로 창문을 깼다. 아이들 중 하나가 말했다. "엄마, 이젠 못 참겠어요. 엄마가 저 사람과 살겠다면 우리가 떠날래요." 그녀는 피트가 식비를 대고 있음을 설명해야 했다.

두 사람은 1975년 7월에 결혼했다. 10월에 그가 아이 하나를 방 건너편으로 내던졌다. 경찰이 출동했다. 아이들이 울고 있었다. 피트도 울고 있었다. 그들은 별거했다.

교회가 피터의 권리를 박탈한 후, 오그덴에서의 사업이 무너지기 시작했다. 그의 고객들은 신실한 모르몬교 신자들이었고, 이제 그는 그들을 잃었다. 한 식품점에 이어 다른 식품점이 계약을 해지했다. 그는 또다시 신경 쇠약에 걸릴 것 같았다.

그는 프로보로 이사한 엘리자베스를 만나러 갔고, 그녀와 하룻밤을 보냈다. 다음 날 그는 번 다미코의 집 모퉁이를 돌면 나오는 호텔 로버츠에 입주했다. 나중에 그는 번의 지하층으로 이사했다. 그는 프로보 교육청에 고용되어 버스 운전 자리를 구했고, 다른 일자리도 구해서 엘리자베스를 부양할 만큼의 돈을 벌게 되었다.

그러나 1976년 5월에 — 게리와 니콜이 만난 다음 날 — 피트와 엘리자베스는 이혼했다. 두 사람은 여전히 친구였지만, 그녀는 계속 불공평하다고 말했다. 자기를 부양하느라 밤낮없이 일하며 정신없이 사는 게 아니라, 피터를 사랑하는 누군가와 진정으로 사랑에 빠지고 싶지 않으냐고 그녀가 말했다.

5

이제 그는 작은 오두막집 방 침대 위에 앉아 있었다. 자다 일어나 더럽고 꿉꿉한 느낌이 드는 동시에 그렇게나 잠이 필요했던 탓에 몸이 늘어졌다. 고소를 강행하면 죽여 버리겠다고 경고하는 니콜이라는 여자의 얼굴이 눈앞에 아른거렸다. 피트는 너무 비참해서 눈물이 날 것 같았다. 겉으로는 정신없고 거친 삶을 살지만 심성은 착하다고 생각했던 이 여자, 겸손하고 경박하지 않은 이 여자가 자기를 너무도 싫어했다.

그는 또한 겁이 났다. 이런 문제에 휘말려 엉망으로 만들 시간이 없었다. 처음에는 무섭다기보다 상처를 받았다. 그는 속이 따끔거렸다. 니콜은 게리를 위해 살인이라도 저지르겠다고 할 만큼 게리를 사랑했다. 자신을 그렇게 사랑해 준 여자는 없었다고 생각하니 피트는 가슴이 아팠다.

그는 이러한 생각들을 하며, 그로 인한 모든 슬픔을 깊이 들이마셨고, 니콜에게 미안한 마음과 함께 감동을 느꼈다.

"자자, 진정해요. 흥분을 가라앉혀요. 어쩌면 그 남자에겐 또 한 번의 기회를 얻을 자격이 있을지도 모르겠소." 피트가 말했다. "고소를 취하할게요."

그가 무릎을 꿇었다. "당신이 허락한다면." 그가 그녀에게 말했다. "당신과 함께 기도하고 싶소."

니콜이 알겠다고 말했다.

"당신과 게리를 위한 기도요. 두 사람 모두 기도가 필요할 거요."

그는 주님께서 니콜과 게리를 불쌍히 여기고 축복해 주시기를 기도했고, 게리가 자제력을 좀 더 키울 수 있기를 기도했다. 피트는 기도에서 한 말을 모두 기억하지는 못했고, 기도하는 동안 니콜의 손을 잡았는지도 기억하지 못했다. 기도에서 한 말을 기억해서는 안 되는 것이었다. 그 순간은 두려웠고, 다시 반복해서는 안 될 일이었다.

니콜이 문밖으로 나간 후 방 안엔 평온한 기운이 감돌았고, 피트는 나름 기분이 좋아져서 엘리자베스를 만나러 갔다. 하지만 그곳에 도착했을 때쯤엔 다시 심란해졌다. 프로보시 전체에서 공포가 느껴졌다. 그는 소파에 앉아 니콜과 있었던 일을 이야기하며 울기 시작했다.

피트가 말했다. "그는 매우 위험한 사람이야. 날 죽일 거야."

그가 동요할수록 엘리자베스는 침착해졌다. 그녀가 그에게 진정하라고 말했다.

피트가 그녀에게 자기는 나가서 보험에 가입하고 그녀를 수익자로 올리겠다고 말했다. 엘리자베스는 끔찍한 기분이 들었다. 피트가 말했다. "한 가지 방법으로 당신에게 돈을 줄 수 없다면 이런 식으로 해결해 줄게." 그러고는 그녀에게 청혼했다. 그녀는 다시 한번 거절했다.

"난 고소를 취하할 거야." 피트가 거듭 말했다. "고소하지 않을 생각이야." 그리고 잠시 조용히 있다가 덧붙였다. "고소해야 한다는 느낌이 들긴 하지만."

다음 날 피트는 나가서 보험을 들었고, 프로보 사원에 가서 사람들이 게리를 위해 기도하도록 그의 이름을 명단에 올렸다.

# 8장

# 직장

1

　일요일 이른 아침 침대에 누워 있던 게리가 니콜에게 그녀의 음모를 면도해 주면 안되겠느냐고 졸랐다. 그는 지난 몇 주 동안 줄곧 그 이야기를 꺼내고 있었다. 마침내 니콜이 승낙했고, 그녀는 욕조에 들어가면서 생각했다. '그에게는 이게 정말 중요한 일인가 보네.'

　그도 도왔다. 큰 가위를 조심스럽게 사용했고, 많이 웃었다. 니콜은 부끄러웠지만, 그래도 그렇게 하는 게 맞다고 생각했다. 그녀는 음모를 면도하는 게 두렵다기보다 면도 후 그곳이 어떻게 보일지가 더 걱정스러웠다.

　그가 그녀를 욕조에서 침대로 옮겼고, 그녀는 게리와 성관계를 하면서 두 번째로 오르가슴을 느꼈다. 그녀는 그것이 다시 한번 여섯 살 어린애처럼 음모 없는 음부가 된 것과 관련이 있다는 사실을 깨달았다. 니콜의 뇌리에 리 삼촌이 번쩍 스쳐 지나가는 순간, 그녀는 단숨에 자신이 내던져져 벽에 부딪쳤던 곳으로 이끌려 가는 것을 느꼈다.

면도된 작은 음부는 일요일 아침에 게리를 확실히 불한당으로 만들었다. 피트와의 일 이후, 그는 그녀에게 두 배의 애정을 쏟고 있었다. 이제 그는 진정으로 그녀에게 몰두해 있는 것 같았다.

그날 밤, 로럴이 그녀의 사촌들과 로즈베스라는 친구까지 함께 집에 데려왔다. 게리와 니콜이 드라이브에서 돌아오자 베이비시터로서 임무가 끝난 로럴은 집으로 돌아갔지만, 로즈베스는 계속 남아 있었다. 그녀는 게리를 바라보는 것만으로도 한숨을 쉬었다. 니콜은 웃었다. 로즈베스는 너무 어리고 귀여운 소녀였고, 게리에게 푹 빠져 있었다. 다음 날 밤, 로즈베스가 혼자서 집에 찾아왔고, 니콜은 자기도 모르게 로즈베스더러 게리에게 키스하라고 권했다. 그러자 모두가 웃었고, 니콜이 게리에게 키스했다. 결국 세 사람은 옷을 벗고 침대에서 이리저리 뒹굴기까지 했다.

정확히 난교라고는 할 수 없었다. 로즈베스는 아직 처녀였다. 그러나 그녀는 어떤 짓이라도 할 준비가 되어 있었다. 그것은 즐거운 유희였다. 이것이 게리에게 주는 선물이라고 생각하니 니콜은 정말로 마음에 들었다.

주말 내내 그들은 그것을 점점 더 많이 했다. 어느 날 로즈베스가 대낮에 들렀고, 게리는 문과 창문을 닫았다. 언제나처럼 이웃 아이들이 드나들며 놀고 있었기 때문에, 그들이 밖에서 불안해하는 것이 느껴졌다. 이웃들이 무슨 소리를 들었는지는 아무도 모른다. 그다지 조용하지는 않았다. 니콜은 약간 강박적인 두려움을 느끼기 시작했다. 게리가 미성년자와 놀아난다는 사실이 드러나면 가석방이 취소될 수 있었다. 그러자 그녀 자신도 위험할 수 있겠다는 생각이 들었다. 아이들을 빼앗길 수 있었다.

그녀는 애넷에 대해 생각했다. 니콜은 게리가 애넷의 뺨에 살짝 입 맞췄을 때 이런저런 생각이 없었을 거라고는 생각지 않았다. 그는 어린 여자를 좋아했다. 하지만 그가 육체적으로는 아무 짓도 하지 않았다고 확신했다. 따라서 니콜의 관점에서 볼 때, 피트는 여전히 주제넘은 짓을 한 게 맞았다. 어쨌든 니콜은 로즈베스와의 관계를 끝낼 준비가 아직 되지 않았다고 느꼈다.

무엇보다 그 애에겐 모든 것이 새롭다는 점이 니콜은 마음에 들었다. 니콜은 섹스가 새로웠던 적이 한 번도 없었다. 자신도 로즈베스처럼 그 주제에 입문했다면 얼마나 좋았을까. 게리가 그녀를 활짝 개화시키는 모습을 지켜보는 게 짜릿했다. 물론 게리는 여자에게 매우 까다롭게 굴기도 하고 자기 걸 제대로 잘 빨라고 명령하기도 했다. 여자애가 자기한테 이렇듯 푹 빠져 있다는 사실이 그를 무척 흥분시켰다.

그리고 니콜은 또 다른 문제에 직면해야 했다. 주중에 게리가 출근하고 로즈베스가 집에 오면 니콜은 여전히 그녀와 관계를 갖고 싶었다. 그녀는 자신이 동성과의 성관계에 좀 더 깊이 빠져들고 있는 건 아닌지 궁금했다.

2

며칠 후, 게리는 퇴근 후 머스탱 할부금을 지불하기 위해 발 콘린에게 잠시 들렀다. 그는 이미 첫 번째 할부금 지불 기한을 놓쳤고 발은 화가 나 있었다. 물론, 그리 대단한 사건은 아니었다. 콘린에게서 자동차를 구매한 사람들 가운데 절반이 오래지 않아 할부금을 연체했다. 그것은 그저 발의 인생에서 지긋지긋하게 이어지는 빌어먹을 성공담의 일부일 뿐이었다.

지난 십오 년간 콘린은 오렘 뷰익-쉐보레 대리점의 총괄 매니저였다가, 링컨-머큐리 대리점을 소유했다. 그러던 중 포드 자동차와 큰 분쟁을 겪고 동업자와도 분쟁을 겪으면서, 소송이 끝나기도 전에 유타 카운티에서 가장 큰 규모의 신차 딜러에서 가장 작은 규모의 중고차 딜러로 전락해 버렸다. 정말 대단한 성공담이었다. V. J. 모터스는 연식이 짧은 자동차보다 아주 오래된 자동차를 파는 경우가 더 많았다. 그는 그저 약간의 계약금만 받고 팔아넘겼다. 나머지 금액은 형편이 될 때 갚으라고 했다. 기초 수급자나 적은 이혼 수당으로 생계를 유지하는 사람들, 전과자들, 다른 곳에서는 외상 거래를 할 수 없는 고집 센 사람들, 그런 사람들이 그의 고객이었다.

키가 크고 날씬한 발은 안경을 쓴 친근한 인상의 열정적인 남자였다. 체격은 골프 선수 같았다. 자연스럽게 힘이 빠진 어깨와 약간 나온 배가 특징이었다. 이날 그는 폴리에스테르 소재의 빨간색 체크무늬 바지와 옅은 노란색 스포츠 셔츠를 입고 있었다. 게리는 얼굴과 콧구멍, 그리고 의복에 온통 단열재

먼지를 뒤집어써서 지저분해 보였다. 발의 셔츠와 맞춤한 옅은 노란색 먼지였다.

콘린은 게리에게 대금을 미납한 것에 대해 잔소리했다. V. J. 모터스는 한때 작고 허름한 드라이브인 레스토랑 자리였던 곳에 위치했기 때문에, 자동차를 전시하기엔 쇼룸이 충분히 크지 않았다. 책상 두어 개와 의자 열두 개, 그리고 누가 됐든 그곳에 존재하는 사람이 있을 뿐이었다. 발의 말을 그곳에 있는 모두가 들을 수 있었다.

"게리." 그가 시동을 걸었다. "나는 나가서 일일이 문을 두드리고 싶지 않아요. 어떤 식으로 대금을 납부하는지 다 말해 줬잖소. 우린 사람들이 감당할 수 있는 대금을 책정하려고 노력해요. 당신이 이 주마다 50달러씩 가져오기로 우린 합의를 봤어. 그러니 다음 주에 100달러를 지불하겠다는 둥, 다음 달에 200달러를 지불하겠다는 둥, 개똥 같은 소린 나한테 하지 마쇼. 이제부턴 제때 돈을 가져와요."

"난 이 차가 마음에 안 들어." 게리가 말했다.

"글쎄, 뭐 그렇게 번드르르한 차가 아닌 건 사실이지." 발이 말했다.

"교차로에서 다른 고물 차들에게조차 추월당할 정도로 형편없어요. 정말 최악이야."

"파트너." 발이 말했다. "확실히 합시다. 당신이 여기서 차를 산다는 건, 내가 당신에게 호의를 베푼다는 뜻이오. 당신은 나 말곤 누구한테서도 차를 살 수 없어요."

"내가 진짜 원하는 건 트럭이라고요."

"제때 대금을 지불해요. 일단 이걸 다 갚으면, 트럭으로 바꿔 주죠. 하지만 이 주마다 50달러를 꼭 받아야겠소, 게리. 그러지 않으면, 당신은 걸어다니는 수밖에."

게리가 급료 수표를 현금화해서 50달러를 지불했다.

그날 밤 니콜과 게리는 침대에서 별로 좋지 않았다. 너무 오래 지지부진했고, 그는 다시 한번 4분의 3 정도 발기했다가, 반 정도 발기했다가, 마침내 모든 것이 나빠졌다. 게리는 일어나서 옷을 주워 입고 발을 쿵쿵 구르며 나가더니 차에서 잤다. 니콜은 게리가 집을 나간 것에 화가 났고, 그가 나가는 소리에 아이들이 깬 것 역시 도움이 되지 않았다.

그녀는 그를 진정시키려면 우선 자기부터 진정해야 한다고 스스로를 다독였다. 어쨌든 그가 집 밖으로 뛰쳐나가 차 안에 앉아 있던 적은 이전에도 있었다. 대개는 아이들의 소음이 신경에 거슬릴 때였다. 그가 들려준 이야기를 통해, 그녀는 교도소의 소음 정도가 항상 심하고, 그의 귀가 지나치게 예민하다는 것을 알고 있었다. 그렇게 오랜 세월 교도소에 갇혀 지냈으면서도, 그는 그 소리에 익숙해지지 못했다.

이제 그녀는 아이들을 모아 따뜻한 우유를 먹이고 이불을 잘 덮어 준 뒤, 밖으로 나가 그의 머스탱 쪽으로 갔다. 그는 운전석에 돌처럼 조용히 앉아 있었다. 그녀는 십 분 동안 아무 말도 하지 않다가, 손 하나를 운전석 안으로 살짝 들이밀었다.

가끔 게리는 어떤 꿈에 대해 이야기하곤 했다. 이날 밤 차 안에 앉아서, 그는 그 꿈에 대해 다시 이야기했다. 그는 전생에 한 번 처형당한 적이 있다고 믿었다. 머리가 잘려 나갔다는 것이다.

그 꿈에는, 무언가 '오래됨'에 대한 것이 있었다. 무언가 추하고 낡고 곰팡내 나는 것. 그가 말을 하는 동안, 그녀는 오싹한 한기를 느꼈다. 그녀는 그가 종종 식은땀에 젖어 잠에서 깼던 일을 떠올렸다. 언젠가는 또 다른 꿈 이야기도 들었는데, 그 꿈에서 그는 상자 안에 넣어졌다가, 벽에 난 틈 속에 넣어졌다. 거기에는 오븐 같은 문이 있었다.


3


다음 주말에 게리는 우연히 번을 마주쳤다. 두 사람은 서로를 응시했다. 맙소사, 번은 생각했다. 저놈 눈빛 험악한 것 좀 봐라.

"내가 남자답지 못하다고 생각하죠, 안 그래요?" 게리가 그에게 물었다.

"그럴지도 모르지." 번이 대꾸하고 뒤돌아서 떠났다. 나중에 그는 후회했다.

같은 날, 토니가 브렌다의 집에 와 있을 때 게리가 들렀다. 확실히 토니는 무슨 말을 해야 할지 몰랐다. 게리를 비난할 생각은 없었다. 저 불쌍한 남자는 살면서 충분히 많은 일로 비난받았을 테니까. 다른 한편, 그녀는 그 일을 아무런 언급 없이 그냥 넘기는 것도 옳지 않다고 생각했다. 애넷은 아름답고 어린 숙녀였고, 게리에게 어떤 의도가 있었을지 모르는 일이었다.

그녀가 커피를 마시러 부엌으로 들어갔고, 게리도 마침 그때 화장실에서 나왔다. 두 사람은 서로를 똑바로 바라볼 수밖에 없었다.

게리가 토니에게 말했다. "토니, 애넷과 이 얘기 한 적 없지."

그녀가 대답했다. "게리, 해야 할 말이 있다면, 난 할 거야."

그가 그녀의 손을 잡고 말했다. "난 너나 네 가족을 절대 해치지 않아."

잠시 침묵이 흘렀다. 토니는 그를 믿었다. 다시 말해, 그녀는 그가 말한 것을 받아들일 수 있다고 믿었다. 그래도 애넷이 그와 단둘이 있는 건 허락하지 않겠다고 생각했다. 다른 가능성은 언제나 존재하는 법이니까.

"게리, 난 오빠 생각에 동의해." 그녀가 마침내 대답했다. "하지만 내가 무엇보다도 엄마라는 사실을 기억해."

그가 미소를 지으며 말했다. "그렇지 않았다면 너한테 실망했을 거야." 그가 그녀의 뺨에 살짝 입을 맞추고는 다시 거실로 돌아갔다.

브렌다는 발 콘린 이야기로 게리를 즐겁게 해 주려고 했다. 발이 링컨-머큐리 대리점을 운영하던 옛 시절, 그는 리버사이드 컨트리클럽에서 항상 거물처럼 행동했다. 손가락을 딱 팅겨서 웨이트리스들을 부르는 유형이었다. 한번은 브렌다가 발의 테이블을 담당했는데, 발이 좀 무례하다고 느낀 그녀가 말했다.

"내가 이 수프를 당신 머리에 부어 버리면 어쩔래요?"

“그 마지막 발언으로 당신을 해고하게 하면 어쩌겠소?”

“내 상사에게 당신이 거짓말한다고 할 거예요.”

게리가 웃었다. 그가 그녀를 껴안아 전혀 힘든 기색 없이 공중으로 들어 올렸다. 당시 그녀의 몸무게가 70킬로그램이었다는 점을 고려하면, 그는 엄청나게 힘이 셌다. 그런데 어떻게 피트와의 싸움에서 진 걸까?

게리는 그녀의 머릿속에 들어앉아 있던 게 틀림없다.

“브렌다.” 그가 말했다. “아직 끝난 게 아니야. 교도소에서는 그런 일들을 미완성인 채로 두지 않아.”

4

다음 토요일에도 게리와 니콜은 협곡으로 여행을 떠날 계획이었지만, 이제 머스탱 두 대가 모두 문제를 일으켰다. 니콜은 자기들이 운이 없나 하는 생각이 들었다. 지난주 내내 게리의 차는 매일 아침 도통 움직이려 하질 않았다. 그는 매번 차를 미느라 지각할 수밖에 없었다. 심지어 그는 이번 토요일에 무엇이 문제인지 알 법한 스펜서 맥그래스를 찾아가기로 마음먹었다.

스펜서는 즉각 배터리가 문제인 것 같다고 말했다.

“기존 배터리에 아무런 문제가 없는데요.” 게리가 그에게 말했다.

스펜서가 말했다. “그걸 자네가 어떻게 아나?”

게리가 말했다. "글쎄, 괜찮아 보이는데요."

스펜서가 웃었다. "겉으로 봐서는 모르는 거야."

스펜스가 가게에 가서 계량기를 가져와 확인했다. 수치가 엄청 낮았다. 그가 말했다. "배터리에 불량 셀이 있네."

게리가 말했다. "그럼 이제 어떻게 해야 하죠?"

"새걸 하나 구입하게. 한 20~30달러에 팔 거야."

"이런, 그만한 돈은 없는데."

"어제 급료를 받지 않았나." 스펜스가 말했다.

"그러게요. 하지만 자동차 할부금을 내서 남은 돈이 얼마 안 돼요."

스펜스가 말했다. "금요일까지 어떻게 버티려고 그래?"

게리가 말했다. "버틸 수 있겠죠. 새 배터리를 살 만큼은 아니라서 그렇지."

스펜서는 그에게 30달러를 빌려주었다.

게리가 삼십 분 후에 돌아왔다. K마트에서 29.95달러짜리의 정말 괜찮은 걸 발견했다. 세금까지 포함하면 32달러였다.

스펜스가 물었다. "자네 돈도 몇 달러 썼겠군?"

게리가 대답했다. "네, 뭐."

스펜스가 물었다. "게리, 이번 주를 어떻게 넘길 생각인가?"

게리가 모르겠다고 대답했다.

스펜스가 기름값 하라고 5달러를 더 내어주며 말했다. "일단 차 할부금부터 정산하게. 그런 다음 문제를 해결해 보자고."

불량 배터리 때문에 32달러를 써야 했던 일은 본격적인 불운의 시작에 불과했다. 월요일 밤, 게리는 니콜을 깜짝 놀라게 할 요량으로 운전 연수 학원에 그녀를 데리러 갔다가, 자신의 여자가 남자를 넷이나 달고 복도를 걸어오는 모습을 보았다. 니콜은 게리를 보자마자 바로 달려와 활짝 웃으며 자신이 게리의 여자 친구임을 모두에게 보여 주었다. 하지만 그녀는 그 광경이 그에게 어떻게 보였는지 느낄 수 있었다. 집에 오는 길에 그가 말했다.

"난 당신을 묶어 두진 않을 거야."

그녀는 그가 리 삼촌, 짐 배럿, 사흘간의 파티, 다른 두어 명의 남자들, 그리고 그녀의 지나온 인생에 대해 반추하고 있다는 걸 알았다.

그가 스털링에게 이 이야기를 들려주었다.

"그녀는 자유인이야. 나는 그녀의 자유를 침해하고 싶지 않아."

그는 스털링이 사는 거리의 모든 집과 마주 보고 있는 공동 묘지로 건너갔고, 스털링도 그와 동행했다. 꽃이 없는 무덤이 있었다. 어린 소년의 무덤이었다. 게리가 다른 여러 무덤들을 돌아다니며 꽃을 하나씩 가져와 소년의 비석 옆에 놓인 작고 녹슨 꽃병에 꽂았다. 그러고는 적당한 화분을 찾아 두리번거렸다. 별안간 게리는 묘지에서 나가야 했다. 그는 스털링에게 어느 무덤에선가 자기 자신을 보았노라고 말했다.

며칠이 지난 어느 밤, 함께 스털링의 집에 있는데 게리가 리키에게 팔씨름을 하자고 들볶기 시작했다. 니콜에게 자기가 저번에 네 오빠를 이겼다며 뻐겨 댔다. 두 사람은 시합에 돌입했다.

게리가 전날 밤 일로 인해 지쳤는지 어쩐지 니콜은 알지 못했지만, 이번에는 리키가 우세했다. 다시 말해, 리키가 이길 뻔했지만 결국 게리가 명백한 속임수를 썼고, 심지어 팔꿈치를 테이블에서 들어 올리기까지 했다.

이제 게리는 다른 팔로도 시도하고 싶었다. 이번에는 리키가 정말 확실하게 그를 이겨 버렸다. 그러자 게리의 표정이 험악해졌다. 스털링의 집에서 돌아오는 길에, 게리는 이십사 시간 영업하는 작은 가게에 들러 여섯 개들이 맥주 두 묶음을 집어 들고 조용히 나왔다.

그렇게 작은 가게에서 물건을 훔치는 데에는 위험이 따랐지만, 그에겐 기술이 있었다. 그는 맥주 한 묶음이 아닌 두 묶음을 집어 들고 불쾌한 표정을 지었다. 누구도 그런 얼굴에 대고 사소하게 맥줏값을 지불했는지 아닌지 묻고 싶다는 생각이 쉽게 들지는 않을 터였다.

처음에는 재미있었다. 하지만 그녀는 슬슬 신경이 쓰이기 시작했다. 뭔가 거슬리는 일이 있을 때마다 그는 대담해졌다. 니콜은 필요하면 언제든 물건을 슬쩍할 준비가 되어 있었고, 그들이 함께 다니기 시작한 이후로는 그녀가 먼저 나선 적도 있었다. 게리는 뭔가를 가지고 걸어 나가는 방법을 그녀에게 진짜로 보여 주었다. 한동안 그것은 소소한 재미를 주었다. 이제쯤이면 게리가 뭔가 일이 잘못되었을 때 기분을 풀기 위해 물건을 훔친다는 사실을 그녀도 눈치챘을 것이다.

그런 뒤 그는 맥주를 마시곤 했다. 언제나 맥주에 취해 있었다. 그녀는 그가 술을 마시지 않는 날이 고작 며칠에 지나지 않는다는 것을 깨달았다. 그녀는 계속 그가 하자는 대로 따라가려고 애썼지만, 그러면서도 내키지는 않았다. 그는 심지어 그녀가 맥주를 남기는 것조차 허락하지 않으려 했다. 낭비하는 것을 싫어했다. 그녀가 캔을 따면, 그는 그것을 끝까지 마시라고 종용했다.

니콜은 게리가 물건을 훔칠 뿐만 아니라 그 사실을 동네방네 떠들고 다니는 것에 짜증이 났다. 그는 심지어 자기 이모부한테까지 자랑하듯 떠벌렸다. 적당한 상황이 아닐 때도, 게리는 어쨌든 기어이 들러서 맥주 한 묶음을 건넸다. 번은 머스탱 트렁크 안에 똑같은 묶음이 두 개 더 있는 것을 발견하고는 게리에게 무슨 돈으로 샀느냐고 물었다.

"돈은 필요 없어요." 게리가 말했다.

"네가 가석방 규정을 위반하고 있다는 건 알고 있냐?" 번이 물었다.

"신고하지 않을 거잖아요, 안 그래요?"

"신고할 수도 있다." 번이 말했다. "계속 이런 식이면, 내가 널 신고할 수도 있다고."

하루는 그가 수상 스키 보드를 들고 집에 왔는데, 그게 니콜은 너무 신경이 쓰였다. 위험을 감수할 가치가 없었다. 훔쳐봐야 25달러 이상으론 팔 수 없을 텐데, 가격표는 100달러가 넘었다. 중범죄로 기소될 수 있다는 의미였다. 니콜은 그런 멍청한 습관이 정말 싫었다. 그는 고작 25달러에 둘이 가진 모든 것을 걸었다. 처음으로 그가 싫다는 생각이 들었다.

이를 감지한 듯, 그는 그녀가 들어 본 것 중 최악의 이야기를 들려주었다. 굉장히 역겨웠다. 몇 년 전 아직 어렸을 때, 그는 진정한 사디스트를 만나서 그와 강도질을 했다. 슈퍼마켓 매니저는 문을 닫은 후 혼자 있었고 협박해도 금고의 비밀번호를 알려 주려 하지 않았다. 그래서 그의 친구가 그 남자를 위층으로 데리고 올라가, 고데기를 데운 후에 항문에 쑤셔 넣었다.

그녀도 자신을 제어할 수 없었다. 웃음이 나왔다. 이야기가 생생하고 흥미로웠다. 그 뚱뚱한 슈퍼마켓 매니저가 돈을 지키려고 애쓰는 모습과 게리의 친구가 그의 엉덩이를 찌르려고 고데기를 들어 올리는 모습이 머릿속에 그려졌다. 그 웃음의 기저에는 가진 것이 많다고 거만하게 구는 사람들을 미워하는 마음이 있었다.

5

처음으로 그녀가 게리와 함께 살지 말아야겠다고 생각한 날이 있었다. 마음 한구석에는 오랫동안 한 남자와 이렇게 가까이 지내는 게 싫다는 감정이 들었지만, 니콜은 그것을 깨닫자마자 게리에게 털어놓을 수 없다는 것을 알았다. 게리는 두 사람의 영혼이 함께 호흡하길 바랐다. 하지만 갈수록 예전의 추악한 감정이 되살아났다. 누군가에게 자신을 맞춰야 할 때 느끼는 감정이었다. 그런 감정을 언제까지나 무시할 순 없었다. 그녀는 여전히 다른 누구보다 게리와 함께할 때 기분이 좋았다. 하지만 기분이 나빠질 땐 마치 자신의 영혼이 두 개여서 그 가운데 하나는 게리를 훨씬 덜 사랑하는 것 같았고, 그 사실은 변하지 않았다. 물론 게리의 일부도 그랬을 수 있다. 다섯 시간에 걸친 말다툼에 돌입했을 땐 그도 그녀를 그리 사랑하지 않았을 테니까.

수상 스키 보드를 집으로 가져온 날 밤의 일이었다. 다음 날 아침, 그녀는 그것이 배럿과 관련이 있는지 궁금했다. 며칠 전 게리가 가게에 나간 사이에 짐이 나타난 적이 있었기 때문이다. 그는 수개월 동안 멀리 떨어져 있다가 태연하게 문을 열고 들어왔다. 조건 반사였을 수도 있지만, 그녀는 아래쪽이 약간 저릿해지는 느낌이었다.

배럿이 떠난 후, 그녀는 게리에게 일부만 사실대로 말했던 자신의 태도에 가책을 느꼈다. 그녀에겐 배럿에 대한 존경심 같은 건 일절 없었고, 그건 사실이었다. 그는 겁쟁이였다. 하지만 그녀는 배럿이 몸 안으로 깊숙이 꿈틀거리며 파고들 때 얼마나 저릿저릿한지를 게리에게 말한 적이 없었다. 그래서 짐을 처음 만났을 때, 게리는 지나치게 무겁게 굴지 않았다. 물론 배럿은 그저 서니의 아버지에 지나지 않는 것처럼 굴며 자신이 용인되는 것에 만족하는 듯 보였다. 그런데도 니콜은 썩은 비밀 하나를 간직하고 있는 것 같은 기분이었다. 배럿은 담배 하나를 건네면서도, 그걸로 뭔가 의미를 암시할 수 있는 사람이었다. 그는 마치 손바닥을 간질이는 것처럼 그녀의 기억을 되살렸고, 그녀의 성적인 재능에 대한 암시를 던졌다.

최근 며칠 밤 동안, 그녀는 게리와의 분위기를 좀 더 끌어올리기 위해 과거에 짐과 함께한 좋은 추억들을 조금씩 떠올

리고 있었다. 게리와 보내는 시간이 다소 불편해지는 ─ 그녀
는 인정할 수밖에 없었다 ─ 상황이어서 배럿이 등장한 시점
은 확실히 좋았다. 로즈베스 이후 게리는 일주일에 예닐곱 번
은 사랑을 나누어야 했다. 하룻밤을 건너뛰면 다른 날 두 번
으로 보충했다. 그것은 그녀의 생각이 아니라 그의 생각이었
다. 그녀는 하루나 이틀 정도 간격을 두었을 때 더 즐길 수 있
었지만, 빌어먹게도 그는 계속 과욕을 부렸다.

이날 저녁 7시부터 자정까지, 니콜과 게리는 처음엔 수상
스키 보드에 대해 말다툼을 하다가 그다음에는 다른 모든 것
들에 대해 싸웠다. 마침내 그녀는 게리와 잠자리를 하지 않겠
다고 선언했다. 그는 각성제, 진정제, 그리고 이런저런 약물에
너무 깊이 빠져 있었다. 그녀에게 어떤 재능이 있다 해도, 게
리는 그것을 제대로 이끌어 내지 못했다. 이거 해, 저거 해, 당
장 내 걸 빨아 줘 등의 요구로는 그렇게 할 수 없었다. 그녀는
그들의 몸 너머로 게리를 바라보며 말했다. "난 좆 빠는 거 싫
어해요."

피오리날을 복용한 탓에 눈이 흐릿해졌음에도, 그는 그녀
의 말을 또렷이 들었다. 그가 벌떡 일어나 집을 나갔다. 자정
에 떠나서 새벽 2시까지 돌아오지 않았다. 다시 돌아왔을 때,
그는 문지방을 채 넘기도 전에 자기 걸 빨아 달라고 다시 요구
했다.

왜요? 그녀가 물었다. 저능아처럼. 내가 원하니까 하라는
대로 해, 그가 말했다. 그들의 첫 밤만큼이나 엉망이었다. 그
들은 5시까지 잠들지 못했다. 5시 30분에 게리는 미친 사람처

럼 일어나 출근 준비를 했다.

6

　자정에서 새벽 2시 사이에 게리는 스펜서와 마리를 보러 갔다. 맥그래스가 문을 열자, 게리가 마리까지 해서 셋이 함께 포커를 치지 않겠느냐고 물었다.

　마리는 이미 침대에 누워 있었지만 일어나서 커피 한 잔을 준비했다. 그러나 맥그래스 부부는 포커를 치고 싶지 않았다. 자정 이후에는 안 될 일이었다. 스펜서는 이렇게 늦게 남의 집에 찾아오는 것은 좀 실례인 것 같다고 말을 하고 싶었지만 참았다.

　사실 그들은 게리의 취한 모습을 보는 것이 익숙했다. 그가 애매한 시간에 찾아온 적이 여러 번 있었기 때문이다. 언젠가 그를 정말로 진정시켜야 했다. 그는 피트 갤로반이라는 놈에게 자신이 무슨 짓을 저지를지를 떠벌리기 시작했다.

　또 한번은 스펜서와 마리가 뒷마당에서 바비큐 파티를 하고 있을 때, 게리가 들렀다. 그는 너무 취해서 대문의 걸쇠를 들어 올리지도 못했다. 스펜서가 가서 게리를 데리고 들어와 음식을 주어야 했다. 주변에 손님들이 많았지만, 스펜서는 게리에게 온전히 집중하며 커피 두어 잔을 마시게 했다. 그러자 게리는 허황된 말들을 주절댔고, 급기야는 환생에 대해 이야기하기 시작했다.

“자넨 정말 그걸 믿는 건가?” 스펜서가 물었다.

“아, 물론이죠.” 게리가 말했다.

“많은 사람들이 우리가 말이나 곤충 같은, 다른 종으로 돌아온다고 생각하던데.” 스펜서가 말했다. “그렇게 서로 다른 종으로 왔다 갔다 하면 정리하기 힘들겠어.”

게리는 스펜서의 생각에 찬성하지 않았다. 그는 인간으로 돌아올 예정이었다. 이번 생을 망치면, 다른 생에서 더 잘하면 될 터였다.

‘이번 생에서 더 잘할 생각은 왜 안 하지?’ 스펜서는 생각했다. 하지만 그 말은 입 밖에 내지 않기로 했다.

스펜서에게 자동차에 대한 지식이 조금 있다는 사실을 알게 된 후부터 게리는 토요일마다 머스탱을 끌고 찾아오기 시작했다. 한번은 소음기가 떨어졌는데, 게리는 죔쇠를 조여 그것을 다시 끼우는 방법을 몰랐다. 요만큼도 생각하지 못했다. 그가 게으르다는 얘기가 아니다. 한 달 전이었다면 어떻게든 상황을 파악하려고 노력했을 수 있지만 이제 그는 주도적으로 뭘 하려는 노력을 전혀 보이지 않았다. 차에 문제가 있다는 사실에 기분이 상한 것 같았다. 이러한 기능 불량이 자신의 운전 지식 부족 탓일 수도 있다는 사실을 그는 전혀 인식하지 못했다. 운전면허 취득을 위한 학습 프로그램을 시작하라고 스펜서가 계속 권하는 데는 이렇게 다른 이유가 있었던 것이다. 하지만 게리는 전혀 귀담아듣지 않았다. 그는 확실히 남을 못 자게 만드는 법을 알았다. 스펜서가 포커를 쳤어도 그만큼은 잠을 잤을 것이다.

게리가 자신을 슬프게 한다는 사실을 그는 인정하지 않을 수 없었다. 처음에 그는 항상 크레이그 테일러나 자신에게 자기가 한 일을 봐 달라고 부탁하러 오곤 했다. 게리가 새로운 기술을 익혀서 그들이 칭찬해 주면 그는 무척 기뻐했다. 자부심으로 어깨가 올라갔다. 니콜과 살기 시작한 이후, 스펜서는 그가 자신이 잘하고 못하고를 신경 쓰는지 알지 못했다. 그저 급료를 받기 위해 시간을 투입하는 것 같았다. 니콜의 리바이스 따위를 사야 하니까. 게리가 그 여자의 수준에 맞게 내려가고 있는 것 같았다.

잠이 부족한 탓에 스펜서는 요즘 낮 동안 게리가 빈둥거리는 행태에 새삼 부아가 났다. 게리가 점심을 얼마나 오래 먹는지 눈치챌 수밖에 없었다. 그리고 그는 목요일마다 가석방 담당자를 만나기 위해 일찍 퇴근해야 했다. 거기에 더해 다른 때는 다른 핑계를 댔다. 가욋돈을 요구하지 않고 일주일이 지나는 적이 없었다. 스펜서는 게리가 일하지 않은 시간이나 자기 주머니에서 따로 나간 돈을 급료에서 공제하지 않았다. 한번은 게리가 그림을 그려 빚을 갚겠다는 의사를 밝힌 적이 있었다. 하지만 마리와 그가 그것을 진지하게 고려하기 시작하자, 게리는 더 이상 그 말을 꺼내지 않았다.

다음 날 아침, 사람들이 일을 시작할 자세를 잡기도 전에 게리가 수상 스키 보드를 사고 싶은 사람이 있는지 물었다. 한 직원이 스펜서에게 다가와 혹시 게리가 훔친 게 아닐까 하는 의혹을 제기했다.

스펜서가 물었다. "그거 신상품인가?"

그는 게리가 수상 스키 보드를 훔쳤다는 사실을 믿을 수가 없었다. 커프스단추나 시계를 주머니에 슬쩍 흘려 넣을 수는 있지만, 어떻게 그렇게 커다란 보드를 매장에서 바로 훔칠 수 있단 말인가?

스펜서는 자신을 정말 단순한 사람이라고 여겼지만, 게리가 근무 중에 마리화나 같은 걸 피우는 게 아닌지 의심하기 시작했다. 아닌 게 아니라 오늘 아침 게리의 얼굴은 영 봐줄 수가 없었다.

"게리." 스펜서가 말했다. "기본적인 것부터 얘기해 보세. 매주 자넨 빈털터리가 되지 않나. 맥주에 쓰는 돈을 저축해 보는 건 어떤가?"

게리가 말했다. "전 맥주에 돈 안 써요."

"음, 그럼 대체 누가 자네에게 맥줏값을 주는 거지?"

게리가 말했다. "가게에 들어가서 그냥 집어 오는데요."

스펜서가 말했다. "아무도 자넬 안 잡는다고, 응?"

"네."

"그런지 얼마나 됐지?"

"몇 주요."

스펜서가 물었다. "매일 맥주를 훔치는데 단 한 번도 걸린 적이 없다고?"

게리가 대답했다. "한 번도요."

스펜서가 말했다. "모르겠군. 어떻게 다른 사람들은 걸리는데 자넨 안 걸리는 건가?"

게리가 말했다. "제가 그들보다 솜씨가 좋거든요."

"아무래도 자네가 날 놀리는 것 같군." 스펜서가 말했다.

게리는 이어서 자신이 쉰일곱 번이나 찔렀던 흑인 죄수에 대해 이야기했다. 스펜서는 게리가 본인이 얼마나 강한 사람인지 과시하며 자기가 겁을 먹는지 보려는 거라고 생각했다. "이보게, 게리." 그가 말했다. "쉰일곱 번이라고 하니까 무슨 수프[53] 종류가 생각나는군."

두 사람이 한바탕 웃고 난 뒤, 게리가 금요일에 일찍 퇴근하고 싶다는 말을 꺼냈다.

"자네가 눈치챘는지 모르겠는데." 스펜서가 말했다. "다른 직원들은 조기 퇴근 같은 건 하지 않아. 그들은 하루 종일 일하고, 종종 근무 시간 후에도 일을 처리하곤 해. 그게 보통의 방식이야."

그래도, 그는 그에게 시간을 주었다. 이번 한 번만 더 봐주자 생각했다. 스펜서는 다소 불편한 기분이 들었다. 어쨌든 전과자 프로그램을 통해 게리가 받는 시간당 3달러 50센트의 절반에 해당하는 금액을 정부가 지급하고 있었다. 남들이 한 시간 일할 때 게리는 반 시간만 일하는 이유를 그걸로 설명할 수 있었다.

---

53) 미국 'H. J. 하인즈 컴퍼니'의 광고 슬로건인 '57가지 종류(Heinz 57)'를 가리킨다. 이 슬로건은 1896년에 하인즈 컴퍼니의 다양한 제품을 소비자에게 알리기 위한 마케팅 캠페인에서 개발되었다.

어느 날 오후, 니콜이 캐서린 집에 가느라 자리를 비운 사이에 배럿이 스패니시 포크 집을 방문했고, 그곳에서 로즈베스를 발견했다. 니콜이 돌아왔을 때, 그녀의 어린 친구는 더 이상 숫처녀가 아니었다.

처음에 로즈베스는 배럿이 그곳에 있었다고만 언급했다. 아, 그래? 얼마나 오래? 니콜이 물었다. 한 한 시간 정도요. 로즈베스가 대답했다. 니콜이 웃기 시작했다. 배럿이 부끄러움을 타지 않았다면 침대에 있었을 테지. 한 시간 반이면 배럿에게는 충분한 시간이었다. 니콜이 화내지 않는 걸 보고, 로즈베스가 킥킥거렸다. 이제야 게리가 왜 한 번도 삽입하지 못했는지 알 것 같다고 그녀가 니콜에게 말했다. 너무 커서. 니콜과 로즈베스는 게리가 퇴근하기를 기다리며 한참을 웃었다.

하지만 게리는 발 콘린에게 들렀다. 그가 가져간 맥주는 얼음처럼 차가웠다. 제때 돈을 지불하지 못해서 언쟁을 한 뒤로, 게리는 발에게 들를 때마다 습관처럼 여섯 개들이 맥주 묶음을 가져갔고, 발은 그것을 환영했다.

게리가 트럭 한 대를 눈여겨보았다. 흰색으로 칠해 매장에 세워 둔 트럭이었다.

"친구." 발이 말했다. "머스탱값을 다 치르면 내가 당신에게 더 나은 걸 구해 주죠."

"저 트럭을 가져야겠어요."

"충분한 현금 없인 안 되지." 발이 말했다. 그 트럭은 1700달러에 매물로 나와 있었다. "자, 들어 봐요, 파트너, 당신이 보증인을 데려오지 않으면 저 트럭을 넘볼 순 없어요."

게리는 가능하다고 생각했다. 번 이모부면 되겠지.

"내가 번을 아는데." 발이 말했다. "내 생각엔 그가 이런 신용 거래를 감당할 상태는 아닌 것 같소. 하지만 당신이 원한다면, 그에게 신청서를 작성하게 해요. 그런 후에 우리가 어떻게 할 수 있는지 한번 봅시다."

"그래요." 게리가 말했다. "알았어요." 그가 머뭇거리다 말했다. "발, 그 머스탱은 영 별로예요. 새 배터리와 발전기를 달아야 했다고요. 50달러나 들었소."

"내가 뭘 해 주길 바라는데요?"

"음, 내가 저 트럭을 사면, 내가 머스탱에 썼던 비용을 고려해 줄 수 있겠죠."

"게리, 당신이 트럭을 사면 그 50달러는 빼 줄 테니 걱정 마요. 일단 보증인이나 구해요."

"발, 보증인은 필요 없어요. 돈은 내가 지불할 수 있다니까."

"보증인이 없으면, 트럭도 없소. 파트너, 우리 단순하게 갑시다."

"그 망할 머스탱은 아무 쓸모가 없어."

"게리, 난 당신에게 호의를 베푸는 거요. 당신이 그 머스탱을 원하지 않으면, 그 빌어먹을 차를 바로 저기에 버려두든지."

"난 저 트럭을 원해요."

"당신이 트럭을 가질 수 있는 방법은 대출 선급금을 많이 내는 것뿐이야. 그게 아니라면 보증인을 데려와요. 자, 이 신용 거래 신청서를 번에게 가져다 주쇼."

게리는 책상 맞은편에 앉아 창밖으로 줄 끝에 서 있는 흰색 트럭을 바라보았다. 트럭은 산 정상에 여전히 남아 있는 눈처럼 희었다.

"게리, 신청서를 작성해서 다시 가져와요."

발은 알고 있었다. 게리는 화가 나서 미치기 직전이었다. 그가 아무 말 없이 지원서를 집어 들고 일어나 문밖으로 나가더니, 그것을 뭉쳐서 바닥에 내던졌다.

발의 판매원인 하퍼가 말했다. "와, 성질머리하고는."

"그러거나 말거나." 발이 말했다.

그의 주변 사람들은 열을 내며 씩씩거렸다. 늘 있는 일이었다. 그의 '엄청난 성공담'만이 계속 끓고 있는 중이었다.


8


그날 밤 한창 사랑을 나누던 도중, 게리가 니콜을 '파트너'라고 불렀다. 그녀는 그 말을 잘못 이해했다. 니콜이 로즈베스와 관계를 가졌다고 그가 그녀에게 헛소리를 한다고 생각했다. 하지만 나중에 설명하려 한 것처럼, 그는 종종 남자든 여자든 상관없이 동지, 친구, 파트너 등으로 부르기도 했다.

아침엔 머스탱이 말썽이었다. 시동이 걸리지 않았다. 게리를 구성하는 무언가가 매일 아침 자동차의 전기 시스템을 망가뜨리는 것 같았다.

# 9장

# 법적 곤경

1

캐서린은 게리에게 상당히 깊은 인상을 받게 되었다. 어느 날 점심시간 무렵 게리가 그녀의 집 문을 두드리면서부터였다. 그녀는 깜짝 놀랐다. 단열재를 온통 뒤집어쓴 탓에 그가 마치 땅속에서 겨우 기어 나온 사람처럼 보였기 때문이다.

그는 그녀가 단열 작업을 원하는 방을 살펴보기 위해 들렀다고 말했다. 캐서린은 그제야 기억이 났다. 니콜이 그를 데려왔을 때 안쪽 방에 단열 처리를 하는 문제에 관해 이야기를 나눈 적이 있었다. 알겠어요, 캐서린이 말했다. 뭐, 좋아요. 그녀는 게리를 빨리 내보내고 싶었다.

음, 하고 게리가 안쪽 방을 살펴보더니 자기와 함께 일하는 친구와 이야기해 봐야겠다고 말했다. 그러고는 견적을 내 주겠다고 했다. 캐서린이 그러면 정말 좋겠다고 말했다. 아니나 다를까, 같은 날 오후에 그는 열여덟 살 청년과 함께 돌아왔고, 그 일을 하는 데 60달러 정도가 든다고 말했다. 그녀는 생각해 보겠다고 했다.

사흘 후 점심시간에 게리가 다시 현관에 나타나서, 빠른 어조로 말했다. 당신과 맥주나 한잔할까 해서 왔어요. 맥주 있나요? 이런, 없는데요, 캐서린이 말했다. 커피밖에 없어요. 그럼, 그가 그녀에게 말했다. 어쨌든 들어갈게요. 먹을 것 좀 있소?

그녀가 샌드위치를 만들어 줄 수 있다고 말했다. 그거 좋죠. 내가 얼른 가서 맥주를 가져오죠. 캐서린은 하릴없이 자신의 어린 여동생 캐시를 쳐다보았다.

십 분 후, 그가 맥주를 가지고 돌아왔다. 그녀가 샌드위치를 준비하는 동안, 그가 이야기를 늘어놓았다. 대단한 대화였다. 처음 그녀의 집에 왔을 때는 내내 입을 꾹 다물고 있더니, 이젠 캐서린과 캐시에게 대뜸 자기가 맥주를 훔쳤다고 말했다. 그리고 담배가 필요한지 물었다. 아뇨, 그녀가 말했다. 많이 있어요. 그럼 맥주는요? 그가 물었다. 별로 안 마셔요. 거의 마시지를 않죠.

그는 전날 가게에 갔던 이야기를 했다. 그는 여섯 개들이 묶음을 하나 집어 든 뒤 그냥 나왔다. 그리고 그것을 차 트렁크에 넣고 있는데, 술 마실 나이가 안 된 남자애 하나가 맥주 한 묶음을 사다 줄 수 있냐면서 그에게 5달러를 건넸다. 게리는 웃었다. "그래서 가게에 들어가 맥주를 집어 들고 나와 녀석에게 건네주고는 현금을 챙겨 떠났죠."

그들이 조심스럽게 웃었다. 무섭지 않았나요? 그들이 물었다. 아니, 게리가 말했다. 가게 주인처럼 행동하면 돼요.

그는 이런저런 이야기들을 하나씩 꺼내 놓기 시작했다. 그들은 그가 하는 이야기들을 믿을 수가 없었다. 펑구라는 남자에게 문신을 해 주었던 이야기, 스키직스라는 이름을 가진 변태의 사진을 가짜로 찍었던 이야기, 망치로 어떤 놈의 머리를 갈겼다거나 어떤 흑인을 칼로 쉰일곱 번 찌른 이야기. 그는 두 사람의 표정을 주의 깊게 살피며 말했다. 이젠 이해하겠어요? 그의 목소리가 거칠어졌다.

그들은 힘겹게 미소를 지었다. 게리, 여자들이 말했다. 그것 참 대단하네요. 그리고 억지웃음을 흘렸다. 캐서린은 니콜을 걱정해야 하는지, 아니면 자신이 더 걱정되는 건지 알 수 없었다. 그가 한 시간 반쯤 머물렀을 때, 그녀가 일터로 돌아가야 할 텐데 늦지 않겠느냐고 물었다.

게리는 일 따위야 어찌 되든 상관없다고 대답했다. 나에 대해 불만이 있으면 직장에서 알아서 하겠지. 그러고는 슈퍼마켓 매니저에게 뜨거운 고데기 맛을 선사한 친구에 대해 이야기했다.

그동안 그는 그들을 아주 면밀히 지켜보았다. 그는 반드시 그들의 반응을 확인했다. 그들은 뭔가 반응을 보여야 한다는 압박감을 느꼈다.

게리, 두렵지 않았어요? 그들이 물었다. "누군가한테 걸릴 수도 있잖아요."

그는 과시하는 말을 많이 했다. 마치 보트를 타고 이 바위 저 바위를 쾅쾅 부딪치며 가는 것 같았다. 떠날 때, 그는 그들에게 친절히 대해 줘서 고맙다고 말했다.

2

니콜은 점심 식사 때 있었던 일들에 대해 들었다. 그에게는 어른들에게 엉뚱한 이야기를 떠벌리는 걸 좋아하는 면이 있다고 그녀는 생각했다. 마치 여덟 살 나이에 갇혀 있는 것 같았다.

그러다 그녀는 정신 병원 뒤편 언덕에서 밤을 보낸 일을 떠올렸고, 그가 악령을 끌어당기는 자석 같은 존재가 아닌지 궁금해졌다. 그는 어쩌면 귀신을 쫓기 위해 그리 험악하게 행동하는 건지도 몰랐다. 하지만 그렇게 생각해도 전혀 기분이 나아지지 않았다. 만약 그게 사실이라면, 그는 점점 더 고약해질 수 있었다.

자정 무렵, 니콜은 게리 때문에 꼼짝달싹 못 하는 것 같은 기분이 들었다. 그녀는 자신이 배럿에 대해 생각하고 있음을 깨달았다. 그 생각이 줄곧 머릿속을 맴돌았다. 그날 오후에는 킵에게서 편지가 오기도 했지만, 그녀는 계속해서 배럿과 로즈베스 생각을 했다.

킵의 편지는 열어 보고 싶은 마음도 나지 않았다. 그런데 어쩌다 열어 보니, 킵은 그녀가 돌아오기를 바라고 있었다. 편지를 읽고 나니 마음이 복잡했다. 마치 과거가 돌아오는 것 같았다. 하고많은 사람들 중에 햄프턴[54]이 그녀의 여동생 에이프릴과 어울려 다니고 있었다. 혼란스러워서 골이 아플 지경이었다.

니콜이 이런 생각을 하는 내내, 게리는 그녀의 발치에 앉아 있었다. 그런데 하필 이 순간을 골라 사랑의 눈빛을 보내며 그녀를 올려다보았다.

"자기야." 그가 말했다. "난 정말 온 힘을 다해 영원히 당신을 사랑해."

그녀도 그를 쳐다보았다. "그래요." 그녀가 말했다. "다른 일곱 명의 개자식들도 그러더라고요."

게리가 그녀를 때렸다. 처음 있는 일인 데다, 강도도 셌다. 그녀는 고통보다는 충격에, 그리고 뒤이어 실망감에 휩싸였다. 항상 같은 방식으로 끝이 났다. 남자들은 자기들이 내킬 때 그녀를 때렸다.

얼마 지나지 않아 그가 사과했다. 그는 계속 사과했다. 하지만 소용없었다. 그녀는 이미 빌어먹을 만큼 많이 맞았기 때문이었다. 아이들은 침대에 있었고, 그녀는 게리를 바라보며 말했다. "죽고 싶어."

그것이 그녀가 느낀 감정이었다. 그는 계속 화해하려고 애썼다. 결국 그녀는 그에게 전에도 죽고 싶다고 느낀 적은 있었지만, 그걸 시도한 적은 없었다고 말했다. 하지만 오늘 밤엔 괜찮을 것 같다고 했다.

게리가 칼을 집어 들어 그녀의 배에 칼끝을 들이댔다. 그러고는 지금도 죽고 싶은지 물었다.

---

54) 짐 햄프턴. 니콜의 첫 남편.

두려움이 느껴지지 않는 것이 무서웠다. 몇 분 후, 그녀가 마침내 아니라고 말했지만, 유혹을 느낀 건 사실이었다. 그가 칼을 치우자, 그녀는 함정에 빠진 느낌마저 들었다. 그녀는 그 순간 자신을 덮친 그 끔찍한 감정의 크기를 믿을 수가 없었다.

그들은 섹스를 할지 말지를 놓고 밤새 한 번 더 지루한 공방을 이어 갔다. 그러던 중 자정 무렵, 그가 집을 나가더니 얼마 지나지 않아 상자를 잔뜩 들고 들어왔다. 상자마다 권총이 들어 있었다.

그녀는 자신의 충동을 조금 이겨 냈다. 그래야만 했다. 주변에 총이 있으니까.


3


스털링 베이커가 6월 마지막 주 일요일 오후에 생일 파티를 열었는데, 파티는 스털링의 아파트와 뒷마당에서 열다섯에서 스무 명 남짓의 좋은 사람들과 함께 진행되었다. 많은 사람들이 술을 가져왔다. 니콜은 청반바지에 홀터넥 상의 차림이었고, 자신이 매력적으로 보인다는 것을 알고 있었다. 게리는 분명 그녀를 과시하고 있었다. 남자들 몇 명이 게리에게 여자 친구가 섹시하다고 말했다. 게리는 "알고 있어."라고 말하며 그녀의 양쪽 젖가슴을 움켜쥐거나 무릎 안쪽으로 그녀를 끌어당겼다.

자, 그날은 스털링의 생일이었고, 니콜은 여전히 사촌에게 조금 반해 있었다. 그래서 생일 축하 키스를 해 줘야 하는 거 아니냐며 장난처럼 말했고, 스털링은 그녀의 제안을 받아들이겠다고 말했다. 그녀는 스털링에게 키스해도 괜찮은지 게리에게 물었다. 그가 그녀를 한 번 슥 쳐다보았지만, 니콜은 어쨌든 스털링의 무릎 위에 앉았다. 그러고는 스털링과 오래도록 키스했고, 그것은 그녀에 관해 많은 것을 알려 주었다.

그녀가 눈을 떴을 때, 게리는 무표정한 얼굴로 앉아 있었다.

그가 말했다. "충분히 했어?"

그들은 집 뒤편에 맥주 통을 보관하고 있었다. 위층에 사는 남자가 자기 친구들도 초대했고, 그들 가운데 한 명은 지미라는 이름의 치카노[55]였다. 스털링이 맥주 통을 두드리는 동안, 지미가 뒷마당에 있는 고장 난 낡은 차 지붕 위의 선글라스를 집어 들었다. 니콜은 지미가 몰랐을 거라고 생각했다. 그는 그냥 그걸 집어 든 것뿐이었다. 문제는 그 선글라스가 게리가 스털링에게 준 선물이었다는 점이었다.

게리가 적개심을 드러냈다.

"안경 돌려줘." 그가 지미에게 말했다.

"그거 내 거야." 지미가 화가 나서 자리를 떴다.

니콜이 날카롭게 소리를 질렀다. "당신이 파티를 망치고 있어요. 빌어먹을 선글라스 하나 때문에 이딴 말도 안 되는 짓을 하고 있잖아."

지미가 친구 두어 명과 함께 다시 돌아왔다. 그가 마당에

---

55) 멕시코계 미국인.

들어서자마자, 게리가 일어나 지미에게 다가갔다. 누가 말릴 새도 없이 그들은 서로에게 주먹을 휘두르기 시작했다.

너무 취한 탓이었는지, 지미의 첫 주먹에 게리의 눈가가 찢어졌다. 얼굴 위로 피가 줄줄 흘렀다. 그가 또 한 대를 얼어맞고 무릎을 꿇었다가 다시 일어나 주먹을 휘둘렀다.

그즈음엔 모두가 싸움을 말렸다. 스털링이 지미를 집 앞까지 데려가 내보냈다. 지미가 떠나려는 순간, 게리가 뒷마당의 낡아 빠진 차에서 떼어 낸 기어 손잡이를 들고 나섰다. 스털링이 그의 앞을 막아섰다.

"게리, 이제 그만 끝내요. 그를 때릴 생각 말아요." 그가 말했다.

그저 평소의 어조였다. 하지만 바로 옆에 서 있는 게리보다 커다란 덩치가 그 말에 힘을 실었다. 니콜이 게리를 이끌고 나와 집으로 왔다.

니콜은 자신의 남자가 싸움에서 얼어맞는 꼴은 보기 싫었다. 특히 그가 먼저 주먹을 날렸을 때는 더욱 그랬다. 그녀는 싸움 내내 그가 바보였다고 생각했다. 비겁하기도 했다. 자신의 오빠와 팔씨름했을 때처럼.

그는 다시 지미를 찾아가고 싶어 했다. 그의 싸움에 대해 얼마나 실망했는지에 대해 입을 다물었기에, 그녀는 겨우 그를 스패니시 포크로 데려갈 수 있었다. 그녀는 게리만큼 싸움에서 지는 걸 싫어하는 남자를 거의 본 적이 없었다. 그것이 그녀의 감정을 어느 정도 누그러뜨렸다. 어쨌든, 그는 매우 강한 상대에게 두들겨 맞았지만, 포기하진 않았다.

니콜이 그를 씻기고 보니, 찢어진 상처가 꽤 심각했다. 그래서 그를 그녀의 이웃인 일레인에게 데려갔다. 일레인은 구급차 운전사 응급 처치 과정을 막 이수한 상태였는데, 상처를 반드시 봉합해야 한다고 말했다. 니콜은 걱정이 되기 시작했다. 공기 중의 산소가 눈 근처의 상처에 들어가면, 곧장 뇌로 가서 사망에 이를 수도 있다고 들은 적이 있었다. 그래서 그녀는 그를 의사에게 데려갔다. 남은 밤 동안 그녀는 그의 얼굴에 얼음주머니를 대고 아기처럼 돌보았고, 최근의 상황들을 고려할 때 어느 정도 그것을 즐겼다. 아침에 그가 코를 풀려고 할 때, 코 주변의 볼이 부풀어 올랐다.

4

스펜서가 말했다. "게리, 왜 그렇게 자기 몸을 학대하는 건가? 이해가 안 되는군."

"아무도 날 해칠 수 없어요." 게리가 말했다.

"아, 그래? 눈가가 찢어져 까맣게 멍이 들고 이마에 혹이 생겼는데도? 코도 아주 제대로 퉁퉁 부었구먼. 거기 서서 나한테 그런 거짓말은 하지 말게. 싸움에서 매번 이겼다는 자네 말은 전혀 믿기지 않으니까."

게리가 말했다. "내가 분명 이겼다니까요."

스펜서가 말했다. "언젠가 어느 날 밤, 167센티미터쯤 되는 — 스펜서의 신장이 그 정도였다 — 작은 남자가 자네 얼굴 한가운데에 진구렁을 만들어 놓을 거야. 왜냐하면 그런 일은 생기기 마련이거든. 2미터가 훌쩍 넘어야만 잔인할 수 있는 건 아니야."

"난 게리 길모어예요." 길모어가 말했다. "아무도 날 해칠 수 없어요."

저녁에 니콜과 서니와 피버디를 차에 태우고 가던 게리가 V. J. 모터스에 들러 발 콘린에게 트럭에 대해 이야기했다. 심지어 한 시간 동안 시승도 했다. 게리는 제대로 된 모터가 달린 차의 운전대를 잡고 앉아서 정말 행복해했다. 그러는 내내 그녀는 그가 총에 대해 생각하고 있음을 느낄 수 있었다. 총이 그의 눈에서 '$$$' 모양으로 빛나고 있었다.

그가 돌아와서 발에게 계약금 액수에 대해 이야기했다. 니콜은 거의 듣지 않았다. 자동차를 사려고 기다리는 온갖 유형의 괴상하고 낙오된 사람들과 함께 전시장에 앉아 있는 것은 지루했다. 한 여자는 터번을 쓰고 있었고, 양쪽 눈 밑에 아이 새도를 두텁게 바르고 있었다. 그녀의 블라우스가 벨트에서 막 빠져나올 것 같았다.

그녀가 니콜에게 말을 걸었다. "눈이 참 예쁘네요."

"고마워요." 니콜이 말했다.

게리가 흠집 난 레코드처럼 같은 말을 반복했다.

"그놈의 머스탱은 맘에 안 든다고." 그가 발에게 말했다.

"그럼 트럭 쪽으로 좀 더 가까이 가 봅시다, 친구. 우린 근처에도 못 갔어요. 보증인을 데려오거나 돈을 갖고 와요."

게리가 씩씩대며 가 버렸다. 니콜이 아이들을 데리고 허겁

지겁 따라갔다. 전시장 밖에서, 게리는 발이 한 번도 들어 본 적 없는 욕설을 내뱉었다. 전시장 창을 통해 머스탱이 보였지만 시동이 걸리지 않았다. 게리가 거기 앉아 운전대를 있는 힘껏 두드려 대고 있었다.

"맙소사." 하퍼가 말했다. "이번에는 제대로 열받았네요."

"그러거나 말거나." 발이 말했다. 그러고는 각기 다른 차에 걸린 채무를 안고 앉아 있는 사람들 사이로 걸어갔다. 그래, 난 저런 자들에 비하면 산꼭대기에 있지. 그리고 밖으로 나가 게리에게 물었다. "무슨 일인데 그래요?"

"이 개 같은 차." 게리가 말했다. "이 빌어먹을 차."

"음, 잠깐만, 가만있어 봐요. 배터리 충전용 케이블을 가져와서 시동을 걸어 봅시다."

그리고 물론 발은 시동을 거는 데 성공했다. 그저 배터리 전압이 필요했던 거였다. 그러자 게리는 마치 뒤에서 채찍질이라도 당한 양 자갈을 흩뿌리며 급히 떠났다.

다음 날 밤, 게리는 총을 팔아 줄 사람을 구했다. 하지만 그들은 직접 만나서 거래하자고 했다. 그 말인즉슨 게리가 차에 총을 싣고 이동해야 한다는 의미였다. 게리에겐 면허증이 없었고, 니콜의 머스탱에는 작년 번호판이 그대로 붙어 있었다. 두 대 모두 주 경찰이 특별한 이유 없이도 세울 만큼 모습이 형편없었다. 그래서 두 사람은 심하게 다퉜고, 결국 권총들을 그녀의 차 트렁크에 넣고 출발했다. 그들은 아이들을 데려갔다. 아이들은 경찰관이 별것도 아닌 일로 그들을 손짓해 불러 세울 때를 대비한 보험이었다.

반면에, 서니와 제러미의 존재는 니콜이 그의 운전을 지독히 의식하게 만들었다. 그녀는 확실히 긴장하고 있었다. 게리는 마침내 오렘과 플레전트 그로브 사이에 위치한 타코 음식점 '롱혼 카페'에 들어가 전화를 걸었다. 하지만 총을 팔아 주기로 한 남자와 연락이 닿지 않았다. 게리는 점점 더 화가 났다. 아무 소득 없이 저녁 시간이 허비될 모양이었다. 상쾌한 초여름 밤이었다.

그가 '롱혼'에서 나와 차로 돌아오더니 차 안에서 다른 전화번호를 탐색했다. 그러다 전화번호부 책에서 책장들을 뜯어내기 시작했다. 마침내 전화번호를 찾아냈을 때는, 그 남자가 외출한 뒤였다. 서니와 제러미가 시끄럽게 칭얼거리기 시작했다. 그녀가 정신을 차리고 보니, 게리는 '롱혼'을 빠져나와 다시 오렘 쪽으로 향하고 있었다. 시속 130킬로미터로 달리고 있었다. 그녀는 아이들 걱정에 바짝 얼어붙었다. 그에게 차를 세우라고 말했다.

그가 갓길로 빠지며 브레이크를 세차게 밟았다. 차가 끼익 소리를 내며 멈췄다. 그가 몸을 돌려 아이들의 엉덩이를 때리기 시작했다. 무시무시한 속도에 겁에 질린 아이들이 막판엔 아무 소리도 내지 못했는데도.

그녀가 곧장 게리를 때리기 시작했다. 있는 힘껏 주먹으로 치면서 차에서 내리게 해 달라고 소리쳤다. 그가 그녀의 손을 움켜잡고 그녀를 제압하자, 이번에는 아이들이 비명을 지르기 시작했다. 게리는 그녀를 내보내 주려 하지 않았다. 그때 정말 멍청해 보이는 남자가 옆을 지나갔다. 게리가 당장 자기를 죽일 것처럼 그녀가 소리를 질러 대는데도, 그 개자식은 멈춰서 "무슨 문제라도 있나요?"라고 한 번 묻고는 그냥 가 버렸다.

니콜은 멈추지 않고 소리를 질러 댔다. 게리는 결국 그녀를 버킷 시트 사이의 공간에 밀어 넣고 손으로 입을 막았다. 니콜은 정신을 잃지 않으려 애썼다. 그의 다른 손은 그녀의 목을 움켜쥔 채 누르고 있었다. 그녀는 숨을 쉴 수 없었다. 그때 그가 그녀에게 조용히 집에 가겠다고 약속하면 놓아주겠다고 말했다. 니콜이 알았다고 웅얼거렸다. 빠져나가려면 그게 최선이었다. 그가 그녀를 놓아주는 순간, 그녀가 다시 소리를 지르기 시작했다. 그의 손이 다시 그녀의 입으로 다가오자, 그녀가 엄지 근처의 살을 매우 세게 깨물었다. 피 맛이 났다.

어떻게 된 건지 모르지만, 그녀는 어찌어찌 차에서 내렸다. 그가 그녀를 놓아주었는지, 아니면 그녀가 그냥 도망쳤는지 나중엔 기억이 나지 않았다. 어쩌면 그가 그녀를 놓아주었을지도 모른다. 그녀는 양손에 아이를 하나씩 안고 길을 가로질러 달려가 고속 도로 중앙 분리대 한가운데를 걷기 시작했다. 히치하이킹을 할 생각이었다.

게리가 따라 걷기 시작했다. 처음에는 그녀가 차를 얻어 타는 시도를 하도록 내버려두었지만, 차 한 대가 그녀를 위해 거의 멈출 뻔한 걸 보고는 그녀를 머스탱으로 다시 끌고 가려고 했다. 그녀는 꿈쩍도 하지 않았다. 게리가 머리를 써서 아이 하나를 홱 잡아당기려고 했다. 그녀는 아이들을 절대 놓치지 않은 채 있는 힘을 다해 버텼다. 둘 사이에서, 아이들은 몸이 늘어날 지경이었다. 마침내 픽업트럭 한 대가 길 한쪽에 서더니, 남자 두 명이 젊은 여자 한 명과 함께 다가왔다.

그 여자는 니콜이 일 년 동안 보지 못했던 옛 친구였다. 그녀가 사귄 첫 번째 친구 페퍼였다. 그런데도 니콜은 그녀의 성이 무엇인지조차 생각이 나지 않았다. 그만큼 마음이 어지러운 상태였다.

게리가 말했다. "여기서 빠져. 이건 가족 문제니까."

페퍼가 자신이 할 수 있는 최대한 당당한 태도로 게리를 쳐다보며 말했다. "우린 니콜을 알아요. 그리고 당신은 가족이 아니에요."

그게 전부였다. 게리가 그녀를 놓아주고는 길을 따라 그녀의 차를 향해 걸어갔다. 니콜은 페퍼와 함께 아이들을 트럭에 태우고 출발했다. 한때 자신이 게리를 위해 모든 것이 잘되길 바랐던 일이 떠오른 순간, 니콜은 울기 시작했다. 자신도 어쩔 수 없었다. 그녀는 많이 울었다.


5


그는 다시 그녀의 머스탱을 타고 그랜드 센트럴 슈퍼마켓으로 운전해 가서는, 진열대에서 카세트 플레이어 한 개를 집어 들고 걸어 나갔다. 문 앞에서 경비원이 그의 멍든 눈을 한 번 쳐다보더니 영수증을 요구했다.

"엿이나 먹어." 게리가 욕설을 내뱉고는 상자를 경비원의 품에 던졌다. 그러고는 주차장으로 달려가 니콜의 차에 뛰어 올라탔고, 후진하다 뒤에 있던 차를 들이받았다. 그는 그 공간을 빠져나와 다시 다른 차에 쾅 부딪힌 후 출발했다.

그는 프로보를 빠르게 통과하여 스프링빌로 이어지는 뒷길로 빠져나갔다. 그곳에서 그는 '더 휩'에 들렀다. 주차장에서 권총 상자를 석유 드럼통 아래에 숨기고, 바에 들어가 남자 화장실로 가서 니콜의 자동차 열쇠를 변기 위 탱크에 넣고 나와 맥주를 마셨다. 기다리는 동안, 게리 웨스턴에게 전화를 걸어 자기를 데리러 오라고 말했다.

사이렌 소리가 고속 도로를 따라 가까워지더니 '더 휩'의 문밖에서 서서히 멈췄다. 경찰관 두 명이 들어와 파란색 머스탱의 주인이 누구인지 탐문했다. 그들은 모든 사람들에게 물었다. 모든 신분증 위의 이름들을 적어 내려갔다. 경찰차의 회전하는 불빛이 술집 창문을 통해 계속 번쩍였다. 그들이 떠난 후, 게리는 게리 웨스턴과 함께 떠났다. 하지만 니콜의 차는 그대로 남겨졌다. 경찰은 그것을 압수했다.

11시였을 것이다. 브렌다는 문을 두드리는 소리에 잠에서 깼고, 조니는 여느 밤처럼 소파에서 자고 있었다. 그는 8시부터 거기 있었다. 브렌다가 조니를 처음 만났을 때, 그는 양궁 B군 주(州) 챔피언이었으며, 짧고 뾰족한 수염을 기르고 있었다. 양궁장에서 그는 로빈 후드처럼 잘생겨 보였다. 오늘날 존은 열 시간 이상 자지 못하면 기운을 쓰지 못했다. 이제 브렌다는 자기가 죽도록 지루해하다 잠이 들었다는 사실을 떠올렸다.

"귀찮은 일이 좀 있었어." 게리가 말했다.

“귀찮은 일이라고.”

“내가 그랜드 센트럴 슈퍼마켓에서 카세트 플레이어를 슬쩍해서 밖으로 나가려는데, 경비원이 막았어. 그래서 그걸 그 놈한테 던졌지.”

“그런 다음 뭘 했는데?”

“차를 박았어.” 그가 나머지 이야기를 했다.

그가 너무 피곤하고 또 너무 슬퍼 보이는 데다, 얻어맞은 얼굴이 아주 엉망진창이어서, 그녀는 계속 화만 내고 있을 수가 없었다. 조니가 잠자리에서 일어나 움직거렸다. 자기가 자는 걸 좋아하는 이유는, 잠을 자면 이런 소식을 들을 필요가 없기 때문이라고 말하는 듯한 표정이었다.

“브렌다, 50달러가 정말 절실하게 필요해.” 게리가 말했다. “캐나다로 가고 싶어.”

그는 이미 생각해 놓은 바가 있었다.

“네가 경찰한테 설명하는 거야, 니콜은 이 일과 아무런 관련이 없다고. 그러면 그들이 그녀에게 차를 돌려줄 거야.”

“오빤 남자잖아.” 브렌다가 말했다. “가서 직접 차를 가져와.”

“날 안 도와줄 셈이야?”

“자백서 쓰는 걸 도와줄게. 그걸 확실하게 전달할게.”

“브렌다, 그 차 트렁크에 스피커가 많아. 자동차 극장에서 훔쳐 왔어.”

“몇 개나?”

“대여섯 개 정도.”

“애들처럼 그냥 뭘 좀 해 보려고?” 브렌다가 말했다.

게리가 고개를 끄덕였다. 결국 캐나다를 보지 못하리라는 슬픔이 그의 눈에서 묻어났다.

"아침에 몽 코트에게 자수해야 돼."

"사촌, 이 일로 계속 날 닦달해 줘, 알았지?"


6


니콜은 그날 밤을 증조할머니 집에서 보냈다. 그가 그녀를 찾으러 거기까지 올 것 같지는 않았다. 아침에 그녀는 어머니의 집으로 돌아갔고, 얼마 지나지 않아 게리가 전화를 걸어 그곳으로 오겠다고 말했다. 니콜은 겁이 나 경찰에 신고했다. 실제로 게리가 들어왔을 때 그녀는 상황실 요원과 이야기를 나누고 있었다. 그녀는 전화기에 대고 말했다. "최대한 빨리 사람 좀 보내 줘요."

그녀로서는 게리가 자신을 끌고 가려고 온 건지 알 수 없었다. 그는 주방 싱크대 옆에 그냥 서 있었다. 그녀가 게리에게 자기를 내버려두고 가라고 말했지만, 그는 계속 그녀를 바라보고만 있었다. 그는 마음이 온통 괴롭다는 듯이, 정말로 괴롭다는 듯이 아픈 표정을 지었다. 그리고 이렇게 말했다. "당신은 잠자리만큼이나 싸움도 잘하더군."

그녀는 웃지 않으려고 애썼지만, 사실 그 덕분에 그가 조금 덜 두려워졌다. 그가 다가와 그녀의 어깨에 손을 얹었다. 다시 그녀는 그에게 가라고 말했다. 놀랍게도 그는 몸을 돌려 가 버렸다. 그는 사실상 막 들어오는 경찰을 지나쳤다.

오후쯤 되자 그녀는 그를 쫓아낸 걸 후회했다. 그가 돌아오지 않을까 봐 정말 두려웠다. 머릿속에서 터널 속 메아리 같은 목소리가 계속 들렸다. 그것이 말했다. "난 그를 사랑해, 난 그를 사랑해."

그가 퇴근 후 담배 한 갑과 장미 한 송이를 들고 나타났다. 그녀는 미소를 지을 수밖에 없었다. 그녀가 그를 맞으러 현관으로 갔고, 그러자 그가 그녀에게 편지를 건넸다.


소중한 니콜에게,

내가 왜 나 자신에게 이런 짓을 했는지 모르겠어. 당신은 내가 보고 만져 본 것 중 가장 아름다운 존재인데…….

당신은 그저 날 사랑했고 놀랍도록 부드럽게 내 영혼을 어루만져 주었고 무척 친절히 대해 줬지.

난 그걸 감당할 수가 없었나 봐. 당신에겐 거짓이나 비열함이 없거든. 그런데 난 당신처럼 나를 해치려 하지 않는 정직한 영혼을 대하는 법을 몰랐어…….

난 지독히 슬퍼…….

그 광경이 마치 영화처럼 자세히 보여. 그런데 말이 안 돼. 나는 속으로 비명을 지르고 있어.

당신은 내가 당신의 삶에서 사라지기를 바란다고 말했어. 당신을 탓할 순 없겠지. 나는 아마도 존재해선 안 될 인간 중 하나일 테니까.

하지만 난 존재해.

그리고 난 내가 늘 그리리라는 걸 알아.

꼭 당신처럼 말이야.

우린 둘 다 아주 늙었어.

당신이 날 향해 웃는 모습을 다시 보고 싶어. 내가 어둠이 없는 곳에 이를 때까지 기다려야만 당신의 웃는 얼굴을 볼 수 있는 건 아니었으면 좋겠어.

게리

니콜이 편지를 다 읽은 후에도, 두 사람은 한동안 현관에 앉아 있었다. 별말은 없었다. 그러다 니콜이 안으로 들어가 아이들을 데리고 그들의 기저귀를 챙겨서 그와 함께 떠났다.

가는 길에 그가 그녀에게 그랜드 센트럴에서 있었던 일을 이야기했다. 스패니시 포크에 도착했을 때, 그는 용기를 내어 몽 코트에게 전화를 걸었고, 몽 코트는 저녁 시간이 가까워져 당장은 아무것도 할 수 없다고 말했다. 다음 날 아침 일찍 코트는 그를 차에 태워 오렘 경찰서로 데려다주었다. 게리와 니콜은 서로에게 팔을 두르고 잠이 들었다. 그들이 함께 보내는 마지막 밤이 될 터였다. 얼마 동안 떨어져 있어야 할지는 그들도 몰랐다.

7

오렘 경찰서 형사과 경위는 얼굴이 크고, 머리가 벗겨져 적황색 머리칼이 뚜껑처럼 남은 평균 체격의 남자였다. 유쾌한 인상의 그는 안경을 쓰고 있었다. 이름은 제럴드 닐슨으로, 목장 출신의 독실한 모르몬교도이자 교회 장로였다. 그가 사무실에 앉아 있는데 상황실 요원이 전화를 걸어 말했다. "여기 자수하고 싶어 하는 사람이 있습니다." 이따금 있는 일이지만 흔한 일은 아니었다. 경위는 그를 만나러 갔다. 접수처에서 닐슨의 사무실까지 걸어오는 동안 자수할 용기를 잃을지도 모르는 일이었다.

이른 아침이었고, 남자는 잠을 제대로 못 잔 얼굴이었다.

"저는 게리 길모어입니다." 그가 말했다. "담당자와 이야기하고 싶습니다."

그는 선글라스를 쓰고 있었고 눈이 꺼멓게 멍들고 코는 팅팅 부어 있었다. 서로 인사를 나누기도 전에 길모어가 자신이 싸움을 했다고 고백했다. 꿰맨 바늘 수를 고려하면, 교통사고라도 났나 생각될 정도였다.

사무실로 돌아와, 제럴드 닐슨은 수감자들을 위해 준비된 포트에서 커피 한 잔을 따라 주었고 — 따로 경비 처리가 되었다 — 두 사람은 잠깐 동안 말없이 앉아 있었다.

"그랜드 센트럴에서 카세트 플레이어 한 개를 훔쳤어요." 길모어가 입을 열었다. "그리고 그곳을 떠날 때, 다른 차를 박았어요. 제가 운전하던 차는 친구 소유인데 결국 압수당했습니다. 캐나다로 도망갈까 생각도 했지만, 여자 친구가 앞으로 닥칠 일을 감당하라고 했어요." 그가 구타당한 얼굴로 말했다.

"관련된 건 그게 다요?" 닐슨이 물었다.

"네."

"음, 그런데 왜 그렇게 긴장하는지 궁금하군요."

"이제 막 교도소에서 나왔거든요."

그들이 그랜드 센트럴에서 일어난 사건에 대한 경찰 보고서가 나오기를 기다리는 동안, 길모어는 자신이 교도소에 몇 년간 갇혀 있었는지 이야기했다. 그가 말을 하는 모습을 보고, 닐슨은 가석방 담당관이 문 앞까지 태워다 주지 않았다면, 오늘 아침 길모어가 결코 이곳에 나타나지 않았을 거라는 확신을 갖게 되었다.

길모어가 중얼거렸다. "저기, 전 술만 마시면 사고를 쳐요."

보고서가 왔고, 사건은 길모어가 진술한 대로였다. 닐슨이 몽 코트에게 전화를 걸었고, 그는 자기가 게리를 이곳으로 데려왔다는 사실을 확인해 주었다. 코트가 오렘에서 프로보에 있는 사무실로 돌아갈 만큼의 시간이 지났으니, 닐슨은 길모어가 자신이 이곳에 왔음을 알리기로 결심하기까지 몇 분 이상 머뭇거렸음을 알 수 있었다.

이제 그는 선글라스 너머로 닐슨을 응시하며 말했다. "아시다시피 저는 다시 그곳으로 돌아가고 싶지 않습니다."

"글쎄요." 닐슨이 말했다. "경범죄를 저질렀다고 교도소로 돌려보내지는 않소."

"정말입니까?"

"그게 어쩔 수 없는 현실이죠." 그가 경범죄로 인해 가석방이 취소될지도 모른다는 생각에 편집증에 가까울 정도로 겁을 먹고 있다는 사실이 닐슨은 조금 신경이 쓰였다. 길모어와 같은 경험을 가진 사람이라면 분명 그 정도는 알 것이었다. 경위는 보고서를 다시 한번 살펴본 후, 그를 구금하지 않기로 결정했다. 아직 고소장에 적힌 모든 사실이 밝혀지지 않았고, 길모어를 구금하는 것은 길모어가 자백하기 위해 기울인 노력에 역효과를 낼 수 있기 때문이었다.

그래서 닐슨이 말했다. "분명 그들은 당신을 고소할 거고 고소장도 접수될 거요. 하지만 지금 당장은 가서 일이나 하는 게 어때요?" 길모어가 당황한 표정을 짓자, 닐슨이 덧붙였다. "내일 점심시간을 좀 길게 달라고 해요. 그러면 판사 앞에 출두할 시간을 벌 수 있을 거요. 경찰관에게 서류를 준비하라고 말해 두겠소."

"절 가두지 않겠다는 뜻입니까?"

"당신의 일자리를 위태롭게 하고 싶지 않소."

"어, 음, 알겠어요." 길모어는 확실히 놀랐다. 그는 거기 잠시 앉아 있었다. "전화 한 통화만 해도 될까요?" 이윽고 다시 말했다. "돌아갈 차가 없어서요."

"물론."

그가 몇 차례 전화를 걸었지만 누구에게도 연락이 닿지 않았다.

"어쩌면." 그가 말했다. "프로보로 가서 압류된 차를 가져와야 할지도 모르거든요. 지나가는 차를 얻어 타야겠어요."

"그럼." 닐슨이 말했다. "내가 지금 그곳으로 가야 하니 당신을 태워다 주겠소."

닐슨은 그를 프로보 경찰서까지 태워 가 적절한 창구 앞까지 데려다준 후 떠났다. 길모어는 니콜의 차를 빼내기 위해 승인서를 작성하기 시작했다. 그런데 복잡한 문제가 있었다. 자동차 극장의 스피커가 발견되었다. 차량이 처음 압수되었을 때, 스피커는 목록에 없었고, 다음 날에야 발견되었기 때문에 도난당한 스피커를 고소장에 추가할 법적인 근거가 없었다. 예를 들어 '더 휩'에 있던 누구라도 스피커를 트렁크에 넣을 수 있지 않은가.


8


니콜에게 키스로 인사하고 몽 코트의 차를 타고 떠난 지 세 시간 후, 게리는 그녀의 파란색 머스탱을 타고 집으로 돌아왔다. 그는 눈을 빛내며 빠르게 설명했다. 빨리 법원으로 가야 한다고 그녀에게 말했다. 정말 좋은 기회였다. 경찰의 고소장이 내일까지는 준비되지 않으리라는 사실을 알았기 때문이었다.

그는 지금 경찰서에 가면 자신이 저지른 일을 자세히 조사할 경찰이 없을 거라고 니콜에게 설명했다. 절도죄로만 기소되었으니까. 판사는 그가 1달러를 훔쳤는지 99달러를 훔쳤는지 알 수 없을 터였다. 게다가 정규 판사가 휴가 중이라는 소식도 들렸다. 임시 판사, 즉 진짜 판사가 아니라 그냥 대리로 있는 평범한 변호사만 있을 뿐이었다. 임시 판사는 사건을 그렇게 많이 알지 못할 것이다. 모든 게 딱 맞아떨어지는 상황이었

다. 경범죄 사건인데 검사도 없고 고소장을 읽어 줄 경찰도 없
다면, 마치 교통 위반 벌금이나 내러 온 것 같은 분위기일 수
도 있었다.

게리의 설명을 들었음에도, 그녀는 판사를 보고 놀라지 않
을 수 없었다. 그는 서른 이상으로는 보이지 않았다. 키가 작
고 머리가 큰 그 남자는 이 사건에 대해 아는 바가 전혀 없다
고 큰 소리로 말했다. 게리는 마치 세일즈맨이 거래를 성사시
키듯 매끄럽게 대화를 이어 나갔다. 가끔씩 신중하게 '재판장
님'이라는 경칭을 끼워 넣는 것도 잊지 않았다.

니콜은 일이 잘 풀리리라는 확신이 들지 않았다. 판사의 표
정만 봐서는 특별히 좋은 느낌이 들지 않았다. 꽉 막힌 모르
몬교도 같았다. 게리가 유죄를 인정할 경우 어떤 처벌을 받게
되는지 물었을 때, 판사는 확언할 수 없다고 말했다. B급 경범
죄로 며칠 동안 구치소에 구류되고 299달러의 벌금이 부과될
수 있었다.

그녀는 놀라기 시작했다. 게리가 "존경하는 재판장님, 저
는 죄를 인정하고 벌을 달게 받겠습니다."라고 말하자, 판사
는 그가 마약을 했거나 술에 취했는지 물었다. 그 말이 재판
받을 권리와 변호인 선임권을 포기하겠다는 뜻임을 알고 있습
니까? 무시무시하게 들리는 말이었지만, 그 젊은 판사가 건조
하게 말을 건네고 게리가 덤덤히 고개를 끄덕이는 것을 보고,
니콜은 그것이 정례적인 절차이기를 바랐다.

그러자 판사가 보호 관찰 및 가석방 부서를 통해 '판결 전
조사서'를 받아 보길 원한다고 말했다. 이제 게리는 자신에겐

이미 지역 담당관이 있다는 사실을 설명해야 했다. 니콜은 게리가 자기 목을 매다는 것이 확실하다고 생각했다. 판사가 눈살을 찌푸리며 5시까지 100달러의 보석금을 낼 시간을 주겠다고 말했다. 그렇지 않으면, 카운티 구치소에 통보할 수 있다고 했다.

게리는 자신에겐 5시 전까지 그렇게 많은 돈을 마련할 희망이 없다고 말했다. 제 보호 관찰관이 절 보증하면, 판사님께서 절 석방해 주실 수 있을까요? 판사가 말했다. "나는 돈이 없다는 이유로 사람들이 처벌받아서는 안 된다고 굳게 믿고 있습니다. 자진 출두했으니 당신의 요청을 고려해 보겠습니다. 보호 관찰관더러 내게 전화하라고 하세요."

게리가 웃으며 전화 부스에서 나왔다. 법원은 그가 자수한 것이 마음이 들었고, 그래서 한 달 동안은 걱정할 필요가 없어 보였다. 물론 판결 전 조사가 있고, 7월 24일에 선고를 위해 출석해야 하지만, 그때쯤이면 상황이 진정될 수도 있었다. 두 사람은 함께 법정을 나섰다.

이제, 그 모든 일이 있고 나서, 치카노와의 싸움과 고속 도로에서의 끔찍한 밤, 그리고 이틀 동안의 이별과 그보다 훨씬 더 오래 헤어져야 할지도 모른다는 두려움을 겪은 끝에, 그들은 다시 함께였다. 하루 낮과 밤 동안은 그들이 한 번도 떨어져 본 적 없을 때보다 모든 것이 좋았다. 마치 무언가를 찾을 거라 전혀 기대하지 않았던 그녀의 마음속 어떤 장소에 누군가가 폭죽을 숨겨 놓은 것 같았다. 맙소사, 그의 얼굴이 회복되는 동안 그녀는 그를 사랑했다.

# 10장

# 니콜의 가족들

1

에이프릴이 방문해 며칠 동안 머물며 쉬지 않고 떠들었다. 그녀는 니콜에게 엄마가 지긋지긋하다고 말했다. "있잖아, 엄마는 여왕이야. 난 엄마의 권력 놀음에 지쳤어. 난 그냥 위협에서 벗어나고 싶을 뿐인데 엄만 날 썩어 빠진 반항아로 만들려고 해. 내가 한마디라도 하면 병원과 의사들을 동원해 날 협박한다니까. 하지만 나도 가만히 앉아 엄마의 행동을 지켜보지만은 않아. 엄마는 떠나야 할 거야. 여왕과 공주는 어울릴 수 없으니까."

니콜도 동의했다. 그녀는 에이프릴과 함께 지낸 지 며칠 지나지 않아, 자기 가족들이 죄다 미쳤다고 결론을 내렸다. 단, 에이프릴의 증상이 더 깊고 무거웠다.

하지만 에이프릴과 게리는 정말 사이가 좋았다. 에이프릴은 게리가 강하고 재치 있고 매우 똑똑하다고 생각했다. 첫째 날 밤, 맥주 몇 잔을 마신 후 게리는 에이프릴에게 그림 그리는 법을 가르쳐 주었다. 에이프릴은 게리가 언니를 정말 많이 사랑하고, 아이들도 사랑하는 게 틀림없다고 말했다.

게리가 그리는 것은 모두 면도날처럼 날카로웠다. 그가 새를 그리면, 마치 돋보기를 대고 그린 듯 깃털 하나하나를 세세히 볼 수 있었다. 하지만 그는 그런 식으로 가르치지는 않았다. "그냥 네가 느끼는 대로 나오도록 색을 섞어." 그가 말했다.

에이프릴은 스승이라도 대하듯 게리를 우러러보았다.

니콜은 에이프릴의 외모를 어떻게 받아들여야 할지 판단이 안 섰다. 에이프릴은 식단 관리를 하지 않으면, 그러니까 거의 항상, 작고 통통한 체형이었지만, 다른 곳 말고 눈만 놓고 보자면 정말 아름다웠다. 에이프릴의 눈은 보라색과 파란색 중간인 남색이지만 거기에 초록색이 섞여 있었다. 멋진 색깔이었다. 마치 기분에 따라 색채가 변하는 투명한 돌 같았다.

하지만 에이프릴의 머리칼은 구부러진 시금치처럼 늘어지고, 입이 정말 이상했다. 니콜은 정신 병원에서 충분히 시간을 보낸 덕에 정신적으로 불안정한 사람의 입술이 어떤지 알고 있었다. 에이프릴이 한쪽 방향을 바라보면, 그녀의 입이 다른 쪽으로 떨리기 시작했는데, 마치 자동차의 뒷부분이 제멋대로 움직이는 것 같았다. 때로는 막 물 공급이 끊긴 낡은 수전처럼 입술이 떨리거나, 윗입술은 이완되는데 아랫입술은 뻣뻣해지기도 했다. 얼굴 전체가 안면근에 강직이 온 것처럼 굳어지기도 했다. 대부분의 시간 동안 치통을 앓는 것 같은 표정이었다.

니콜은 에이프릴의 목소리가 무척 거슬렸다. 에이프릴은 열일곱 살치고는 목소리가 끔찍하게 컸다. 도대체 어디서 그런 목소리가 나오는지 알 수 없었다. 그녀는 자신에 대한 확신이 너무도 강했다. 그녀의 목소리는 자신이 얼마나 대단하다고 생각하는지가 그대로 드러나서 듣는 이를 불쾌하게 만들 때가 있었다. 그러다가 응석받이처럼 징징대기도 했다.

에이프릴은 자신이 게리를 매우 뛰어난 사람이라고 생각한다는 사실을 두 사람에게 숨기지 않았다. 그는 매우 겸손했는데, 그것은 주인이 자기 노예를 대할 때의 겸손함이었다. 동시에 그는 매우 피곤하고 슬퍼 보였다. 그도 노예가 겪은 것과 같은 일을 겪었기 때문이다. 그는 자기가 아는 어느 누구보다 훨씬 수준 높은 존재였다. 에이프릴은 그의 몸에 집중하는 것만으로도 그것을 느낄 수 있다고 말했다.

그림을 그리기 시작한 지 얼마 지나지 않아, 에이프릴은 햄프턴에 대해 이야기하고 싶어 했다. 햄프턴은 에이프릴의 전부였다.

"내 가장 가까운 과거예요." 그녀가 속삭였다.

햄프턴은 그녀에게 자기는 매일 아침 부모님 댁에 간다고 말했고, 그녀는 그 모든 밤 동안 자신이 그렇게 믿도록 만든 햄프턴을 미워하고 싶었다. 그는 매일 새벽 5시에 일어났고, 어둠 속에서 그냥 조용히 떠나지 않고 그녀를 깨워 작별 인사를 했기 때문에, 그녀는 그가 자신을 사랑한다고 믿었다. 그러나 에이프릴은 그가 자신의 여자 친구에게 돌아가는 것이라는 사실을 알게 되었다. 동이 트기 전에 돌아가야 하는, 뭐 그런 식이었다.

그녀의 뱃속에는 말을 하지 않으면 허기를 느끼는 공간이 있었다.

"「뒤통수치는 사람들」[56]이라는 노래 들어 봤죠?" 바닥에 앉아 그녀가 물었다. "글쎄요, 뒤통수치는 사람들은 누가 돈을 준다 해도 내 입장이 되어 보려 하지 않을 거예요. 나한텐 정말 엄청 기괴한 기억들이 있거든요." 두 사람이 아무런 대꾸도 하지 않자, 에이프릴이 말했다. "오늘 밤에는 내 말이 로봇처럼 들려요?"

에이프릴이 말했다. "난 오늘 아침에 일어나서 가운데에 치즈가 들어가고 얇은 토스트 조각을 넣은 달걀 두 개짜리 오믈렛을 요리해서, 바나나 슬라이스가 들어간 딸기우유를 곁들여 먹었어요. 너무 많이 먹었죠. 그런 음식은 처음 맛봤어요. 그냥 토할 것 같더라고요. 배를 가득 채웠어요. 그러다 콘택트렌즈를 싱크대에 떨어뜨렸어요. 부주의했지 뭐야."

두 사람에게서 별다른 반응이 없자 그녀가 말했다. "난 너무 쉽게 사랑에 빠져요. 그런 사랑은 사그라지지 않죠. 완전히 사로잡혀요……. 그러니까, 내 몸이 너무 뚱뚱하다는 생각에 집착했던 것 같아요." 그녀가 게리를 엄하게 바라보았다. "지금만큼 살이 찐 것도 아니었는데."

"넌 뚱뚱하지 않아." 니콜이 말했다.

---

56) R&B 그룹 오제이스(O'Jays)의 1972년 노래 「백스태버스(Backstabbers)」. 이 노래의 화자는 남성들에게, 앞에서는 미소를 지으면서 뒤로는 아내나 여자 친구를 몰래 훔치려는 그들의 친구에 대해 경고한다.

"언니는 비쩍 말랐었지!" 에이프릴이 말했다. 그녀는 게리에게 아주 단호하게 고개를 끄덕여 이것을 확언했다. 그러고는 덧붙였다. "시시[57]는 내 어린 시절의 대부분이었어요." 그녀는 마치 이것은 논쟁의 여지가 없는 문제라는 듯이 강한 어조로 말했다. "저랑 마이크, 그리고 시시는 리키와 함께 협곡 옆으로 산책을 가곤 했어요. 이끼로 뒤덮인 통나무에서 달팽이를 줍기도 했죠."

그녀는 이끼가 달팽이에서 흘러나온 점액으로 인해 끈적이던 것을 다시 떠올리고 있었다. 그때 그녀는 그렇게 느꼈다. 손가락 사이에 묻은 점액을 비벼 문지르면 미끈거림 외엔 아무 느낌도 없었다. 마치 자신이 미끄러운 감촉의 한가운데 있는 것처럼. 사랑을 나누는 것처럼.

"햄프턴이 그리워요." 그녀가 말했다.

그녀는 그에 관해 이야기하고 싶지 않았다. 귀머거리이자 장님이 되고 싶을 정도였다. 때때로 그녀의 생각들이 너무 강하게 두드러졌다. 에이프릴은 그 생각들이 머릿속에 들어오기 이십 초 전부터 들을 수 있었다. 특히 아주 강렬한 생각이 떠오르기 전에는 더더욱 그랬다.

"나 이젠 완전히 끊어 냈어요." 그녀가 말했다. "사랑이라는 개념에 작별을 고했죠."

게리가 가진 음반은 대부분 조니 캐시의 음반이었다. 삶이 얼마나 잔인하고 달콤하며 투지로 가득한지에 대해 느끼는

---

57) 니콜의 애칭.

남자들의 사랑과 슬픔으로 가득 차 있었다. 에이프릴의 취향은 아니었다. 남자들은 그 남자들의 이야기에 깊이 공감할 테지만. 그래도 그녀는 게리와 함께 조니 캐시의 음악에 발을 들였고, 그 음악에 깊이 몰입했다. 그리고 지금 어디에 있든, 조니 캐시는 자신의 노래가 그녀의 심금을 울리는 것을 느낄 수 있을 터였다. 마치 그에게 마법 숟가락이 있어 그의 수프를 저어 주는 것 같았다. 사람들은 악기를 연주하지 않아도 음악에 심취할 수 있었다. 그건 그들이 어떤 음반을 틀어 놓느냐에 달려 있었다.

"나는 햄프턴에게 푹 빠져 있었어요." 에이프릴이 말했다. "그의 눈에는 초록빛이 가득해서 그가 이야기를 들려주리라는 걸 바로 알 수 있었죠."

"그는 항상 지루했어." 니콜이 말했다.

"침대에선 괜찮았어." 에이프릴이 말하고는 한숨을 쉬었다.

그녀는 지난주 어느 날에 대해 생각했다. 그날 시시가 와서 햄프턴에게 말했다.

"당신, 머리 잘라야겠네."

"당신이 잘라 줄 거야?" 그가 물었다.

그러자 시시가 말했다. "그러지 뭐."

그녀는 햄프턴의 머리를 잘 잘라 주었다. 마치 그의 머리가 자기 소유인 것처럼. 니콜의 가위에 햄프턴의 머리카락이 잘려 나갈 때마다, 에이프릴은 자신에 대한 햄프턴의 사랑이 끝나는 걸 느낄 수 있었다. 머리칼이 잘릴 때 나는 소리에서도 그것이 느껴졌다. 잘 가. 이제 그녀는 게리도 똑같은 소리를 들으며 햄프턴을 미워한다는 걸 느낄 수 있었다.

"아, 난 햄프턴을 정말 좋아했어요." 에이프릴이 상황을 무마하려고 말했다. "그 사람 참 멍한 데가 있었거든요."

니콜이 조롱조로 말했다. "네가 그를 좋아한 이유가 그가 멍해서라고?"

에이프릴은 강렬한 분노를 느꼈다. "그건 내가 그의 멍한 틈새에서 살 수 있었기 때문이야."

다음 날인 7월 4일, 200주년 독립 기념일에, 그들은 어떤 축제에 갔고 에이프릴은 아는 남자애 두 명을 마주쳤다. 다음 순간 그녀는 모습을 감췄다. 게리와 니콜이 뒤를 돌아보니 에이프릴이 어디론가 사라지고 없었다. 특별한 일은 아니었다. 에이프릴은 늘 그랬다.

그들은 집에 도착했고 마침 울리고 있던 수화기를 겨우 집어 들었다. 니콜의 아버지였다. 찰리 베이커가 니콜에게 말했다. 나 네 할아버지 댁에 있다. 스타이니가 버나를 위해 성대한 생일 파티를 열고 있는데, 너도 올래?

니콜은 몹시 화가 났다. 그렇게 큰 가족 파티인데, 그것이 시작될 때까지 그녀를 초대할 생각을 안 했다는 말인가. 수화기 너머로 소음이 들렸다.

그녀가 말했다. "음, 저도 가고 싶어요. 하지만 내 남자 친구를 봐도 화내지 마세요."

# 2

니콜은 할아버지 토머스 스털링 베이커(애칭은 '스타인')가 아내인 버나를 위해 준비한 7월 4일 독립 기념일 파티가 작년 12월 크리스마스 전에 계획된 것이었음을 알게 되었다. 그때 각기 다른 곳에 살고 있는 여섯 아들과 두 딸이 모두 독립 기념일 200주년에 한데 모여 어머니의 생신을 축하하기로 약속했던 것이다. 글레이드 크리스천슨과 그의 아내 보니는 글레이드가 광산 감독관으로 일하는 와이오밍주 라이먼에서 왔다. 마찬가지로 라이먼의 광산에서 일하는 대니 베이커와 조앤 베이커, 거기에 더해 셸리 베이커도 그곳에 있었다. 웬델 베이커는 와이오밍주 마운틴뷰에서 차를 몰고 왔다. 찰리 베이커는 새 여자 친구 웬디와 함께 유타주 투엘에서 왔다. 그는 지금 그곳의 군 보급창에서 일하고 있었다. 그리고 케니, 비키, 로비 베이커가 로스앤젤레스에서 들어왔다. 스털링 베이커의 아버지인 보이드와, 할머니와 이름이 똑같은 어머니 버나가 그들이 몇 년 동안 일했던 알래스카에서 돌아왔다. 이 모든 아들과 딸들의 많은 자녀들도 참석했다. 심지어 일부 손주들은 성장하고 결혼하여 남편과 아내, 아이들과 함께 참석했다.

일부는 7월 4일 오전 10시부터 도착하기 시작했고, 파티는 그날 밤 11시까지 계속되었다. 화창한 날씨에 거의 모든 사람들이 높은 덤불로 협곡 도로를 가린 앞마당에 앉아서 파티를 즐겼다. 바깥에서는 차들이 쌩쌩 지나가다가 가끔 갓길에 멈춰 덤불에 침을 뱉거나 토하기도 했다. 그들이 어린 시절에 자주 듣던 소리였다.

그곳은 집 앞과 옆을 둘러싸고 있는 넓은 마당이었다. 스타인은 마당을 어느 정도 정리해서 야외용 그네와 의자를 배치하고, 간이 차고 안의 큰 테이블 위에 소고기구이, 감자 샐러드와 구운 콩, 감자칩과 다양한 젤로 샐러드, 아이들을 위한 탄산음료와 맥주 등, 모든 음식을 차려 놓았다. 하지만 여전히 옆 마당 뒤편의 뒷마당이 보일 수밖에 없었는데, 그곳은 영 깨끗하게 치워지지가 않았다. 풀과 잘린 나뭇가지 같은 것들이 거대하게 쌓여 있었고, 바람에 흩어지지 않도록 그 위에 녹이 슬어 가는 커다란 낡은 간판을 얹어 두었으며, 그 옆에는 픽업트럭 위에 올려놓은 스타인의 낡은 캠프용 트레일러가 있었다. 둘둘 감아 놓은 게 반쯤 풀린 낡은 호스와 나무에 달린 낡은 도르래에 매달린 젖은 그네, 칠이 다 떨어져 나간 채 뒤집혀 있는 작은 나무배가 있었다. 그리고 녹슨 간판 옆에는 난로가 들어 있는 빨갛고 낡은 통이 있었다. 기울어진 창고에는 원예 도구가 있었고, 낡은 차체 주변에는 낡고 닳은 시커먼 타이어가 여기저기 흩어져 있었다. 스타인의 마당은 뒤로 갈수록 한평생 살아온 흔적이 그대로 남아 있었다.

집 내부로 들어가면, 버나가 신이 세상에 주신 모든 색을 가구에 입힌 것을 볼 수 있었다. 노란색, 초록색, 파란색, 보라색, 빨간색, 주황색, 검정색, 갈색, 흰색 등, 각각의 아이들에게 해당하는 색깔이 한 가지씩 있다는 것이 가족끼리의 농담이었다. 컨트리뮤직을 듣기 위한 하이파이 세트, 티브이 콘솔, 다양한 쿠션이 놓인 소파, 동물 사진이 담긴 액자, 스타인을 위한 푹신한 의자, 그리고 누구의 것인지 모르겠지만 크롬 다리가 달린 검정색 인조 가죽 스툴이 있었다. 아마도 욕실에서 나온 것일 텐데 욕실은 흰색과 분홍색과 노란색으로 꾸며져 있었고 크고 납작한 고무 꽃들이 벽지에 붙어 있었다.

워낙 대가족이어서 구성원들을 일일이 다 헤아릴 수는 없지만, 그것도 선조들에 비하면 아무것도 아니었다. 유타주 커내브 출신인, 스타인의 외가 쪽 모르몬교도 할아버지는 전통적인 다처주의자로서 여섯 명의 아내와 쉰네 명의 자녀를 두었다. 하지만 굳이 커내브까지 거슬러 올라갈 필요는 없었다. 스타인과 버나가 1929년에 결혼한 이래로, 수많은 추억들이 바로 여기에 있었다.

일용직 노동자로 시작해 프로보시(市) 상수도 관리국장이 되기까지 이십칠 년이 걸렸지만, 시장이 그의 자리에 공학과 졸업생을 영입하기로 결정해 직장을 그만두어야 했다는 사실을 생각하면, 스타인은 아직도 속이 상했다. 시장은 심지어 스타인에게 새로 들어온 젊은 놈에게 상수도 사업에 대한 모든 것을 가르쳐 주라고 부탁할 정도로 뻔뻔했다. 그것은 모든 걸 되돌아보기 위한 파티를 열 때, 일종의 좋은 감정을 망치는 기억 같은 거였다.


3


찰리 베이커는 바비큐 화덕을 담당했다. 이 망할 파티를 직접 계획했더라면, 자기가 이렇게 가장 큰 몫을 담당하는 일은 없었을 것이다. 그는 소 뒷다리 부위를 사서 직접 준비한 양념에 사흘 동안 재웠다. 그러고는 어제 아침, 그 재운 소고기의 수분을 유지하기 위해 먼저 얇은 면직물로 싼 뒤, 그 빌어먹을 것을 갈색 포장지로 감싸고 다시 삼베에 말았다. 그런 다음 그것을 투엘에서 160킬로미터나 떨어진 스패니시 포크로 운반했다. 물론 그는 스타인의 마당에서 빌어먹을 구멍을 개인용 참호보다 더 크게 파는 내내 그것을 촉촉하게 유지했고, 그 구멍을 자기가 직접 파낸 돌로 채워 넣은 뒤, 불을 피우고 돌들이 내내 뜨거울 수 있도록 몇 시간이고 불이 타오르는 걸 지켜봤다. 바비큐 화덕이 제대로 기능하려면 돌을 지옥 불보다 뜨겁게 만들어야 했다. 꽁꽁 싸맨 뒷다리를 넣은 뒤 — 이와 관련해 두 가지 이론이 있다 — 그 위에 흙을 덮거나, 혹은 찰리가 선호하는 방식대로, 뚜껑을 사용해 필요할 때마다 천에 물을 뿌릴 생각이었다. 그렇게 하면 고기가 더 부드러워지고 육즙도 풍부해질 것이었다.

전날 밤 찰리는 불을 지켜보기 위해 밤을 새우기로 마음먹었다. 그래서 그는 7월 3일 늦은 오후에 잠시 낮잠을 자려고 어머니에게 가서 낮잠을 잘 만한 방이 있는지 물었다. 그녀는 방문한 자녀들을 위해 침실 세 개를 준비한 상태였다. 그리고 그는 소 다리 부위를 구입하고, 노심초사하며 그것을 재운 뒤 트럭에 실어 운반하고, 참호를 파고, 돌을 들어 옮기는 부담까지 졌다. 그러니 밤에 졸지 않도록 침대로 가서 낮잠을 좀 자고 싶었을 뿐이었다.

그런데 그의 어머니가 말했다. "거기 내려가지 마. 케니의 침대에 누우면 네가 흘린 땀 때문에 냄새가 밸 거야."

아주 다정한 목소리였다. 찰리는 미친 듯이 화가 났다. 이번에 그는 천사같이 어린 미래의 새 신부 웬디와 동행했다. 캐서린 없이 형제와 누이들을 보는 것은 처음이었기 때문에 이미 충분히 싱숭생숭했다. 뭐, 캐서린과의 결혼 생활이 몇 년 더 이어졌다면, 모두가 캐서린과 그의 결혼 25주년 기념일을 축하하러 왔을 터였다. 하지만 그들은 이제 이혼했다. 그는 자기 나이의 절반쯤 되는 웬디와 함께 이곳에 왔다. 그런데 어머니의 제안으로 집 밖 잔디밭에 쳐 놓은 텐트 안에서 자야 했다.

점점 감정이 쌓이고 있었다. 피곤하고 졸리고 불행하며 기억이 많은 남자더러 불을 지켜보라고 요구하는 것은 무리였다. 불만큼 불행한 기억을 끄집어내는 것도 없었으니까. 아니나 다를까 그는 밖에서 까무룩 잠이 들었다. 이른 아침 그가 잠에서 깨었을 때, 불은 이미 꺼지고, 돌도 식어 있었다. 뭐, 그래서 그는 다시 원래대로 불을 피우려 애썼지만, 가망 없는 일이었다. 다음 날 파티를 하는 내내, 짜증이 고조되었다. 결국 고기를 통째로 꼬챙이에 꿰어 서둘러 구워야 했고, 그것은 풍미에서 비교가 되지 않았다. 육즙 많고 부드럽고 풍미 깊은 옛날식 화덕 바비큐 대신, 통제가 안 될 정도로 많은 연기와 그을음이 있었고, 양념은 새까맣게 타 버렸다. 찰리는 불이 꺼지게 둔 스스로에 대해 변명조차 할 수 없었다. 그는 떠오른 기억 중 일부가 얼마나 괴로웠는지 누구에게도 말할 생각이 없었다. 괴로운 기억이 자꾸 떠오를 때 사람이 할 수 있는 일은 잠으로 도피하는 것뿐이다.

그의 이런 감정 상태는 니콜이 어떤 남자와 길 아래쪽에서 살고 있다는 아버지의 말에서 시작되었다. 당연히 그날 밤 내내 찰리는 간헐적으로 니콜에 대해 생각했다. 그것은 캐서린에 대한 생각으로 이어졌고, 그러다 끔찍한 기억이 떠올랐다. 베트남에 있을 때 캐서린은 애정이 담긴 편지를 써서 보내곤 했다. 그들의 사이가 가장 좋았던 때였다. 그가 집으로 돌아온 지 일주일도 되지 않아 지독한 싸움이 있었고, 캐서린은 이렇게 악담을 퍼부었다. "당신이 차라리 유골함에 담겨 왔으면 얼마나 좋았을까." 아주 대단한 귀향이었다. 그건 마치 독일에서 그가 맥주를 마시는 문제로 벌어졌던 싸움 같았다. 세상에서 제일 끝내주는 맥주를 단돈 18센트에 큰 맥주잔으로 가득 마실 수 있었다. 그렇게 값싸고 좋은 맥주를 두고 어떻게 매일 밤 취하지 않을 수 있겠는가? 그렇게 취해 집에 돌아가면 그녀의 잔소리를 직면해야 했다. 그는 하사관이었지만, 집에만 갔다 하면 그녀가 그를 바보로 강등시켰다. 그 생각을 하면 여전히 화가 났다. 그런 생각은 그에게 전혀 도움이 되지 않았다. 그런 것들이 자신의 내장 속으로 들어와 장기들을 마구 뒤트는 것 같았다.

그리고 물론, 리와 니콜의 일도 결코 잊을 수 없었다. 제기랄, 그건 사실이었다. 그가 정신 병원에 입원한 니콜을 만나러 갔을 때, 그곳에서 그에게 그런 이야기를 들려주었다. 실제로 그와 니콜은 서로 한 번도 편안한 관계인 적이 없었다.

불길을 지켜보자니, 불꽃에서 더 깊은 슬픔이 그에게 밀려왔다. 하와이에서 에이프릴이 흑인 세 명에게 강간당했는데, 아무도 그 사실을 그에게 알려 주지 않았다. 하와이에서 미드웨이로 돌아가는 길이었다. 에이프릴이 가스가 심하게 차서 화장실에 계속 가야 하니, 하루 기다렸다가 비행기를 타야 할지도 모르겠다고 캐서린이 말했다. 그가 그녀에게 대답했다. 우린 저 비행기를 탈 거야. 방귀 몇 번 뀌는 게 어때서 그래? 그렇게 뭘 제대로 알지도 못한 상태에서 결정을 내렸고, 결국 에이프릴이 너무 고통스러워하자 기장에게 회항해서 딸을 의사에게 데려다 달라고 부탁해야겠다고까지 생각했다. 비행기가 미드웨이에 착륙하고 나서도, 캐서린은 여전히 그 사실을 그에게 숨겼다. 나중에 '미 해군 건설 대대'에서 나오고 나서야, 그녀는 해군 기지에 흑인 수병들이 많았기 때문에 그에게 말하기가 두려웠다고 인정했다. 그가 미친 듯이 날뛸까 봐 두려웠다는 것이다. 그녀가 자신을 그렇게 불안정한 사람으로 여겨서 흑인들을 무차별적으로 쏘고 다닐 거라고 생각했다는 사실이 그에게 상처를 주었다. 미드웨이에 있는 동안 에이프릴은 통제가 불가능할 정도였고, 그는 그 이유를 몰랐다. 그 애가 어떤 일을 겪었는지 전혀 알지 못했다. 그래서 그는 에이프릴을 심하게 혼냈다.

에이프릴이 외출하고 싶다고 하면, 그는 "방 청소는 했니?"라고 묻곤 했다.

"네."

"그래, 그럼 가."

하지만 그가 둘러보면 그녀는 아무것도 해 놓은 게 없었다.

그래서 에이프릴이 돌아오면, 그는 그녀를 야단쳤다.

"너 아주 혼날 줄 알아."

그녀가 대꾸했다. "날 때리면 곧장 군목한테 갈 거예요."

딱히 욱하는 성미가 아니라도, 그런 식으로 말대꾸를 하면 엉덩이를 걷어찰 수밖에 없었다. 사실 한번은 꽤 세게 때리기도 했다. 그 애는 곧장 군목을 찾아갔다. 가톨릭 군 사제와 개신교 군목이 모두 집에 찾아왔다.

"뭐, 제가 항상 그 아일 때리는 것에 대해 어떻게 생각하실지 이해합니다." 그가 말했다. "만약 아동 학대로 저를 비난하고 싶다면 하세요. 하지만 저는 그 아일 학대하지 않았어요. 그저 그 애가 당신들을 들먹이며 날 협박하기에 발로 한 번 차 준 것뿐입니다."

안타까운 점은, 그녀가 정신적으로 아프고 불안정한 내내 그는 그녀가 거짓말하고 있다고 생각했다는 것이다. 그러니까 그녀는 자신이 방 청소를 했다고 말했고, 청소했다고 믿었다. 그 차이를 알지 못했다.

커다란 바비큐 화덕 옆에 앉아, 돌이 달궈지는 걸 지켜보는 동안 이런저런 감정들이 그의 마음속에서 달아올랐다. 아이들 가운데 가장 얌전했던 마이크도 미드웨이에서 반쯤 맛이 가기 시작했다. 그와 그의 친구가 휴가차 기지를 비운 상사(上士)의 집에 들어가, 상사가 애완 물고기에게 주려고 남겨 놓은 빌어먹을 사료를 한꺼번에 수조에 버렸다. 그로 인해 물고기가 죽었다. 전에는 단 한 번도 말썽을 부린 적 없는 착한 아이였는데, 미드웨이에서 점점 난폭해지기 시작했다.

그러다 시시가 리하이에 있는 한 술집의 윗집에서 배럿과 함께 살았던 일이 생각났다. 캐서린은 이 배럿이라는 녀석이 시시를 마약에 중독되게 만든 저급하고 더러운 헤로인 밀매자일 뿐이라는 생각에 반쯤 미쳐 있었다. 침대에 묶인 니콜을 배럿이 주삿바늘로 찌르는 모습을 상상하곤 했다. 그래서 그는 자신의 딸이 어떤 종류의 무기를 들고 있을지 모르는 약쟁이와 함께 바로 위층에 있다고 생각하면서, 아래층 술집에서 술을 마시며 전의를 불태웠다. 마침내, 그는 술주정뱅이 한두 명을 넘어 계단을 걸어 올라갔고, 문을 두드렸다. 친절하고 인상 좋은 젊은 남자가 나왔고, 찰리는 그가 첫눈에 마음에 들었다.

하지만 그는 여전히 거칠게 말했다. "배럿, 내가 네 빌어먹을 불알을 잘라 버릴 테다."

녀석은 그를 바라보았다. 똑똑하고 잠재력 많고 작고 귀여운 이목구비를 가진 것이, 딱 시시와 닮아 있었다.

그리고 녀석이 말했다. "저, 음, 일이 잘 안 풀리고 있다는 건 압니다."

그가 자책하는 말을 다 끝내기도 전에, 찰리는 녀석이 안타까워지기 시작했다. 녀석에 대해 긍정적인 무언가를 느꼈다. 어쩌면 그가 거세 운운할 때 배럿이 그를 쳐다보며, '그렇게 해서 당신의 기분이 나아진다면, 뜻대로 하십시오.'라는 식으로 말했기 때문인지도 몰랐다. 어쨌든 니콜의 모습을 제대로 본 순간, 찰리는 인정할 수밖에 없었다.

"음, 좋아 보이는구나." 그가 말했다. "체중도 전혀 줄지 않은 것 같고."

사실 니콜은 정말 더할 나위 없이 매력적으로 보였다.

찰리는 "네 엄마 말로는 네가 헤로인 때문에 여기 있다고 그래서. 이런, 넌 괜찮네." 따위의 말을 중얼거렸다. 그리고 그 저 몇 마디 말을 두서없이 건네고는 계단을 내려왔다. 자신이 바보처럼 느껴졌다. 두 배로 바보처럼 느껴진 건, 그가 마지막에 돌아서서 니콜에게 이렇게 말했기 때문이다. "시시, 내가 한 짓에 대해 용서해 줄 수 있겠니?"

배럿 앞에서 그런 말을 하다니 제정신이 아니었던 게 틀림없었다. 하지만 그는 리가 자신에게 했던 말을 곱씹었고, 어쩐지 그것을 마음에 담아 두었다.

그가 잠이 든 건 바로 그때였다. 새벽에 잠에서 깨어났을 때 불은 꺼져 있었다. 그 이후로는 만회하기 바빴고, 코에는 연기가 가득했다.

4

아침 내내, 긴장이 계속 쌓였다. 찰리는 결국 소고기를 꼬챙이에 꿰었다. 모두가 실망했다. 모두가 그에게 고기가 맛있었다는 말을 반복했다.

"너무 많이 구워졌나?"

"아니, 적당해."

"너무 새카맣게 탄 거 아냐?"

"아니, 전혀."

아버지가 요 근처에 사는 시시를 언급한 건 이 시점이었다. 왜 그녀를 초대하지 않았을까? 정확히 말하자면 찰리가 그녀를 초대하고 싶지 않았던 거지만, 그래도 그는 전화를 걸었다. 그러기 위해서는 마음의 준비가 필요했다. 그는 단 한 번도 그녀를 보러 집에 들른 적이 없었다.

그러다 그는 그녀가 지금 어떤 놈팡이와 사귀고 있는지 궁금해졌다. 시시는 모자라고 덜떨어진 놈을 찾아내는 데는 선수였다. 아니, 패배자라고 해야 할까? 빈털터리 얼간이나 형편없는 개자식이겠지.

시시가 새 남자를 데리고 들어왔을 때, 그는 정말로 여드름이 덕지덕지 난 장발의 개자식을 상상할 준비를 하고 있었다. 찰리는 그가 조금 나이 들어 보이지만 충분히 평범해 보인다고 생각했다. 사실 군대 같은 곳에서 만났으면 죽이 잘 맞았을 거라고 생각했다.

길모어라는 친구는 곧바로 개인적인 이야기를 나누고 싶다고 했고, 두 사람은 뒷마당으로 갔다. 거기에 찰리가 서 있는데도, 그 남자 친구는 깍지 낀 손으로 뒷머리를 받치고 잔디에 누워 이야기하기 시작했다. 그가 처음 한 말은 정말 이상했다. 찰리는 그것이 마음에 들지 않았다. 길모어가 말했다.

"누군가를 죽이고 싶었던 적 있어요?"

찰리는 농담으로 넘기려고 했다.

"그럼요." 그가 말했다. "내 상사야 늘 죽이고 싶지. 아무것도 모르는 개자식이거든."

하지만 길모어는 조금도 웃지 않았다. 침묵 속에서, 찰리는 자신이 한 발짝 다가서는 것을 느꼈다.

"그러니까, 진심은 아니잖아요, 안 그래요?" 그가 물었다.

남자 친구가 말했다. "예, 뭐, 그냥 궁금해서요."

대화가 끝나고 나서야, 찰리는 누군가를 죽이고 싶다는 게 자신을 겨냥한 말인지 궁금해지기 시작했다.

아무래도 이날 저녁은 편안해지기 그른 것 같았다. 시시가 들어오자, 아니나 다를까 찰리의 남자 형제들 가운데 한 명이 웬디를 가리키며 말했다.

"니콜, 네 새어머니와 인사 나누렴."

웬디는 반쯤 민망해 죽겠다는 표정을 지었고, 마침내 니콜이 물었다.

"당신이 내 새엄마라고요?"

웬디가 말했다. "아무래도 그런 것 같네."

니콜이 그녀를 정말 이상하게 쳐다보았다.

그다음에, 니콜은 모두가 보는 앞에서 길모어와 잔디 위에서 껴안고 애무하기 시작했다. 찰리는 버나가 짜증이 많이 났음을 감지했다. 그녀가 웃는 척하며 다가가서 말했다.

"둘 다 그만 좀 해!"

마치 교미하는 개들을 쫓아내는 것 같은 태도였다. 길모어는 총이라도 맞은 듯 벌떡 일어섰다.

조금 후에, 찰리는 길모어가 글레이드 크리스천슨과 거의 싸울 뻔했다는 이야기를 들었다. 글레이드는 라일락 덤불 아래 앉아서 막내아들에게 젖병을 물리고 있었다. 그때 길모어가 축구공 한 개를 들고 와서 공놀이를 하겠느냐고 물었다.

글레이드가 말했다.

"아이에게 분유를 먹여야 해서요."

게리가 스툴에 앉아서 글레이드가 하는 일에 대해 질문하기 시작했지만, 곧 질문거리가 다 떨어졌다. 그러자 글레이드를 보며 물었다.

"나에 대해 알고 싶은 거 없어요?"

글레이드는 정말로 혼자서 아이를 먹이고 싶었다. 그가 대답했다.

"별로요."

그러자 길모어는 정말 한바탕 주먹다짐이라도 하고 싶은 것처럼 굴기 시작했다. 글레이드에게 말했다.

"당신은 정말 사내다워 보이는군."

말썽을 원하지 않았던 글레이드가 대답했다. "그게 무슨 뜻입니까?"

길모어가 말했다. "글쎄, 당신은 딱 진짜 사내처럼 보이거든."

그러면서 계속 그를 위아래로 훑어보았다. 글레이드는 굳이 대응할 필요를 못 느꼈고, 길모어는 그냥 가 버렸다.

그리고 나서 남자는 아마 틀림없이 니콜과 말다툼을 했던 것 같다. 갑자기 사라졌다. 찰리는 그를 탓할 수 없었다. 그 기분이 어떤지 이해했다. 마치 오 년 만에 교회에 갔는데, 평소 신도석을 차지하고 있던 사람들이 자신을 경원시하는 느낌이 있을 것이다. 차라리 좌석을 하나 사고 말지, 하는 생각이 들 정도로 말이다.

나중에 찰리는 게리가 집 안에 들어가자마자 스툴을 넘어뜨리고 화장실에서 나둥그러졌다는 얘기를 들었다. 결국 스타인은 "네 친구가 꽤 취한 것 같구나."라고 넌지시 핀잔을 주었고, 그에 대해 니콜은 "아마 괜찮아질 거예요."라고 응수했다. 어쨌든 게리는 떠났다. 니콜은 상관없다는 얼굴이었다. 그녀는 오랜만에 친척들과 이야기를 나누었다.

찰리는 모든 대화를 놓치고 있는 것 같은 기분이 들기 시작했고, 그로 인해 연금 수급이 가능한 재직 기한을 고작 삼 년 남겨 놓고 군대에서 밀려난 일에 대해 다시금 곱씹게 되었다. 생각만 해도 끔찍한 일이었는데, 그는 그것이 미드웨이 이후로 악화되기만 하던 에이프릴의 정신적 문제 탓이라고 느꼈다. 에이프릴이 한번은 손목을 그었고, 또 다른 밤에는 약물을 과다 복용했다. 찰리가 가족을 떠나 해외 주둔지로 갈 때마다, 에이프릴이 또다시 발작을 일으켰다는 이유로 귀국 허가를 요청해야 했다. 그때 그는 대대와 함께 오키나와에서 힘든 임무를 수행하고 있었고, 그들은 그를 어느 정도 신뢰하고 있었다. 그런데 두 번이나 긴급 휴가로 집에 가야 했다. 문제가 계속될 것 같다는 이유로 그들은 그에게 제대를 권유했다.

찰리가 말했다. "나가고 싶지 않습니다."

그러자 그들은 그에게 전역 명령서를 건넸다. 그는 서명을 거부했다. 결국 그들은 명령서를 손에 들려주고는, 이렇게 말했다.

"이봐, 비행기에 타."

전역까지 삼 년밖에 남지 않은 시점이었다. 정말 치사한 처사였다.

그날은 그런 밤이었다. 그는 마침내 캐서린에게 전화해 달라고 니콜에게 부탁했다. 어쩌면 막내인 에인절이 오늘 밤 여기서 그와 함께 지낼 수 있지 않을까? 에인절을 생각하면 항상 속이 상했다. 이제 겨우 여섯 살인 그 애에겐 한창 아빠가 필요할 텐데, 이렇게 곁에 있어 주지 못하기 때문이었다. 그 시점에 버나가 그를 못살게 굴기 시작했다. 주변에 아이들이 지나치게 많다고 불평했다. 여덟 명의 자녀를 키웠고 셀 수 없이 많은 손주들을 둔 여성치고, 그녀는 확실히 아이들을 좋아하지 않았다. 그다음엔 아버지가 신경을 건드렸다.

"넌 여기서 묵으면 안 된다. 애들도 물론이고."

두 사람은 싸웠다. 그의 아버지는 예순여덟 살이었는데, 그가 그렇게 연로하지 않았다면 엉덩이라도 걷어차고 싶을 정도였다. 실제로 찰리는 그를 한 번 밀기도 했다. 그러고는 웬디의 손을 붙잡고 인사도 없이 떠났다.

정말 실망스러운 독립 기념일 200주년 기념행사였다.


5


처음에 니콜은 친척들이 미운 마음에, 잔디밭에서 키스를 하는 등 게리에게 더욱 애정 표현을 했다. 하지만 버나가 그만하라고 일갈하기 무섭게 게리가 벌떡 일어서자 니콜은 존경심을 잃었다.

묘하게도, 니콜은 자기 가족이 어설프게 자랑스러워지기 시작했다. 그렇게나 강하고 엉뚱한 사람들이라니. 그런데 게리는 레드 와인에 취해 그녀의 사촌들에게 약을 건네고 있었다. 그는 유독 지치고 초라해 보였고, 그가 기르기 시작한 염소수염은 아직 세 가닥의 염소 털처럼 보였다. 그가 떠났어도, 그녀는 별로 아쉽지 않았다.

그랜드 센트럴 일로 그 난리를 겪은 후, 그녀는 그를 더할 나위 없이 사랑하게 됐지만, 그것은 하룻밤, 그리고 또 하룻밤 동안만이었다. 이제 그는 다시 맥주를 마시고 피오리날을 복용했다. 그녀는 자신이 과연 그에게 여전히 애정을 느끼는지 확신이 안 섰다. 그녀는 다른 남자 생각을 하고 있었다.

흠잡을 데 없는 새로운 인물이 그녀의 삶에 등장했다. 아직 게리에게는 그에 대해 말하지 않았다. 그러기엔 정말 최근에 나타난 사람이었다. 로저 이튼이라는 이름을 가진 그는 '유타 밸리 몰'의 굉장히 깔끔하고 상냥한 책임자였고, 믿을 수 없는 방식으로 그녀의 인생에 들어왔다. 그녀는 서명 없는 편지 한 통을 받았는데, 수요일 밤에 자신과 잠자리를 가져 주면 50달러를 지불하겠다는 내용이 담겨 있었다. 현관 불을 켜 두는 것으로 신호를 줄 수 있겠냐는 것이었다.

그녀가 그 편지를 게리에게 보여 주었다. 그는 그 편지를 찢어 버렸다. 그 개자식을 죽이겠다고 했다. 그녀는 그것에 대해 잊어버렸다. 별일이 다 있다 생각하고 넘겼다.

그런데 몇 주 후, 파란 눈과 멋진 진갈색 머리에 잘생기고 체격도 좋은 남자가 주유소에서 그녀에게 다가와 자신을 소개했다. 자기가 그 편지를 쓴 사람이라며 그녀에게 콜라를 사

주고 싶다고 했다. 그녀는 그날 그와 잠깐 이야기를 나눴고, 만나서 커피도 마셨다. 그러다 고속 도로에서 게리와 싸운 후엔 정말로 그에게 도움을 요청하러 갔다. 차 안에서의 드잡이로 온몸에 멍이 든 것을 발견하고는 너무 화가 나서 곧장 로저 이튼의 사무실로 찾아간 것이다. 그가 동정하는 태도를 보였기에 그녀는 바로 어제 다시 그를 만나러 갔다. 게리의 일터를 찾아갔다가, 게리가 점심 대신 맥주를 마시는 모습을 발견한 직후의 일이었다.

매일 정장 차림으로 출근하는 남자를 알게 된 건 이번이 처음이었고, 그녀는 만족스러웠다. 오늘 밤 게리가 파티 장소에서 떠나야 했을 때, 그녀의 머릿속을 가장 먼저 스쳐 지나간 것은, 위급한 일이 있으면 자기 집으로 전화하라던 로저 이튼의 말이었다. 오늘 밤 그에게 전화할 수도 있었다. 하지만 그러면 그들 사이에 작게나마 존재하던 무언가를 망칠 수도 있었다. 자신이 좋아하는 남자에게서 특별하거나 섹시한 특징만을 떠올릴 수 있게 된 건 정말 오랜만이었다. 그동안은 땀, 습관, 역겨운 특징들까지 포함해 모든 것을 받아들이며 함께 살아야 했기 때문이다. 그래서 그녀는 전화하지 않았다. 그저 아버지와 잠깐 이야기만 나누고 집으로 돌아갔다.

게리는 나중에 귀가했다. '프레드 라운지'에서 '선다우너스'[58]의 두 '어깨'들과 술을 마시고 온 게리는 이제 오토바이

---

58) 아마도 모터사이클 클럽으로 추측되는데, 특히 1960~1970년대는 미국 전역에서 모터사이클 클럽이 폭주족이나 반사회적 이미지로 언급되던 시기였다.

를 손에 넣겠다는 이야기를 하고 있었다. 내가 한 대 훔쳐 보겠다고 그들에게 말했지. 그러고는 니콜을 약간 소심하게 쳐다보았다. 그는 그들이 자기를 크게 비웃다시피 했다는 것을 인정했다. 경찰이 항상 주시하는 한 가지가 바로 오토바이이라더군. 훔친 오토바이는 엉덩이 사이의 얼음 조각만큼이나 빨리 사라진다나. 그래도 그들은 진짜 멋진 녀석들이야. 나와 같은 부류지. 그가 말했다. 그들과 함께 일할 날이 왔으면 좋겠어.

그는 오토바이에 푹 빠진 열아홉 살짜리 남자애 같았다. 바이커들이 자기를 좋아해 줘서 그는 기분이 무척 좋았다. 그녀는 마음이 누그러졌고 두 사람 사이에는 다시 다정한 분위기가 흘렀다. 식사와 음료, 그리고 친척들과 함께한 파티는 결국 약간의 달달함을 남겼다. 그래서 두 사람은 몸이 달아오르기 시작했다. 그런데 게리가 그것을 세우는 데 시간이 걸렸다. 그녀는 자신이 한때 그것이 나아질 거라고 확신했다는 걸 믿을 수가 없었다.

게리는 항상 교도소 탓을 했다. 그 오랜 세월 동안 실제 여성과 관계를 가지는 대신 누드 사진을 보며 딸이나 쳐야 했기 때문이라는 것이었다. 오늘 밤 그녀는 너무 화가 나서 그에게 헛소리하지 말라고 쏘아붙였다. 그건 그의 지나친 음주와 피오리날 과다 복용 탓이었다. 게리는 피오리날을 옹호했다.

"두통이 있는 상태에서는 사랑을 나누고 싶지 않아." 그가 말했다. "그런데 난 늘 머리가 아프거든. 피오리날이 두통을 덜어 준다고."

그녀는 분노가 샘물처럼 밀려드는 상태로 그 자리에 앉아 있었다. 그는 축 늘어지고 축축한 그것을 다시 세워 보려고 애썼다. 끝낼 수 없는 일은 시작도 하지 말라고 그녀가 일갈했다. 솔직해지라고.

작업이 시작되었다. 이제 그들은 새벽 4시까지 잠자리에 들지 못할 터였다. 그런데 그는 6시에 일어나야 했다. 그러다 그가 속도를 내기 시작했고 효과가 있었다. 그는 뿔처럼 단단히 세우더니 삽입하고 싶어 했다. 그녀는 너무 피곤해서 자고 싶은 생각뿐이었다. 하지만 그들은 그것을 하고 있었다. 계속했다. 그는 사정하지 못했다.

거기 누워서, 그녀는 스스로에게 분명히 말했다. "그는 문제투성이야."

6

7월 둘째 주 어느 더운 날 아침, 그녀는 엄마 집에 들렀다가 짐 햄프턴을 발견했다. 그가 에이프릴과 놀아난 후로 니콜은 그를 별로 좋아하지 않았다. 하지만 그가 어린 여동생과 남동생을 데리고 왔기에, 그녀도 그날은 그들과 괜찮은 하루를 보냈다. 그들은 차를 타고 돌아다니다가 아이들에게 먹을 것을 좀 주기 위해 스패니시 포크의 집에 들르기도 했다. 그런 다음 햄프턴을 엄마 집에 데려다준 뒤, 다시 차를 몰아 집으로 돌아왔다. 그렇게 돌아다니느라, 그날 그녀는 160킬로미터 가까이 운전했다.

그녀가 돌아왔을 즈음, 게리는 이미 일터에서 돌아와 차의 엔진을 살펴보고 있었다. 그녀가 앞 계단 위에 앉았다. 두 사람 사이에 무거운 침묵이 흘렀다.

마침내 그가 니콜에게 무엇을 하고 있었는지 물었다. 니콜은 엄마 집에서 죽치고 있었다고 대답했다. 돌아올 기름이 부족해서, 빌어먹게도 종일 거기 있어야 했다고 말했다.

"그래요." 그녀가 그에게 말했다. "그냥 죽치고 있었어요."

그런데 그가 그녀에게 말했다. 집이 오늘 아침 나갔을 때와는 뭔가 다른 느낌이 들어. 오늘 여기 왔었어?

그래요, 오늘 여기 왔었어요, 그녀가 대답했다. 나는 당신이 하루 종일 당신 엄마 집에서 죽치고 있었다고 생각했는데. 그녀가 미소를 지으며 말했다. 내가 바로 그렇게 말했었죠.

게리가 집으로 들어갈 것처럼 아무렇지 않은 표정으로 차에서 걸어왔고, 그녀 옆을 그대로 지나가는가 싶더니 그녀의 얼굴을 후려쳤다. 예상치 못한 폭행이었다. 그녀의 머리가 알람 시계처럼 울렸다.

니콜은 자신이 당해도 싸다고 생각했다. 뜬금없이 무례하게 구는 걸 게리는 참아 주지 않았다. 그렇다 해도 그가 그녀를 때린 게 이번이 벌써 두 번째였다. 그녀는 자기 안에 많은 추한 감정들이 쌓이기 시작하는 것을 느낄 수 있었다.

다음 날, 그녀는 그중 일부를 배출할 수 있었다. 기저귀나 세탁비누를 살 돈이 늘 있는 것도 아니고, 깨끗한 속옷이 항상 있는 것도 아니었기 때문에, 그녀는 여름에 아이들을 알몸으로 놀게 하곤 했다. 이웃 중 일부는 불쾌감을 느꼈을 것이다.

이날, 제러미가 누군가의 잔디밭에 앉아 있고, 나머지 아이들은 인도와 도로 사이의 도랑 가장자리에 앉아 발을 물에 담그고 있을 때, 경찰차가 차를 세우고 소리를 질렀다. 니콜은 제 눈에 보이는 것을 믿을 수 없었다. 경찰이 거의 걷는 것과 비슷한 속도로 운전해 그녀의 집 앞에 바짝 차를 대고는, 문 앞에 와서 당신의 아이들이 저 아래 도랑에서 놀고 있어 목숨이 위험하다는 등의 믿을 수 없는 개소리를 쏟아 내기 시작했다. 당신의 어린 아들이 익사할 수도 있습니다. 니콜이 말했다.

"아저씨, 말도 안 되는 소리 하지 마세요. 제 아들은 그 물 근처에도 안 갔어요. 몸에 물 한 방울 안 묻었다고요."

아이 몸에는 정말 물 한 방울도 묻어 있지 않았다.

그 경찰은 이웃들이 그녀가 아이들을 제대로 돌보지 않는다는 불만 전화를 걸어왔다고 말했다.

"내 땅에서 나가요." 니콜이 말했다. "당장 꺼지라고요."

그녀는 자신이 집에 머무는 한 무슨 말이든 할 수 있다는 것을 알았다. 경찰이 밖에 서서 생활 보호 지원금과 관련해 위협하자, 그녀는 그의 면전에서 문을 닫아 버렸다. 그가 아이들이 밖에서 돌아다니게 하지 않는 게 좋을 거라고 소리쳤다. 그녀가 다시 문을 확 열었다. 니콜이 말했다.

"저 아이들은 하루 종일 밖에서 놀 거야. 그리고 당신은 그 애들을 건드리지 않는 게 좋을 거예요. 안 그러면 당신을 쏴 버릴 테니 두고 봐요."

경찰이 그녀를 쳐다보았다. '이런, 이제 어떡하지?' 하는 표정이었다. 화가 나는 와중에도, 그녀는 그의 입장을 이해할 수 있었다. 경찰로서는 정말 황당한 상황이었다. 여자에게 위협받다니. 그녀는 문을 닫았고, 경찰은 떠났다. 그때 게리가 침대에서 일어났다. 요즘은 날씨가 더워 침대를 거실 창문 바로 옆에 옮겨 둔 상태였다.

그녀는 불현듯 지난 몇 분이 그에게 어떤 영향을 미쳤을지 깨달았다. 그녀는 총에 대해 완전히 잊고 있었던 것이다. 경찰이 그들 집에 멈춰 서는 모습을 보았으니, 그는 훨씬 더 많은 맥주와 피오리날을 필요로 할 터였다.

7

다음 날 아침, 그는 캐서린의 집으로 갔다. 그녀는 그의 방문이 정말 느닷없다고 생각했다.

"밖으로 나와요." 그가 말했다.

캐서린은 겁이 났다. "여기서 말하면 안 돼요?"

"안 돼요." 그가 말했다. "밖으로 나와요."

그녀는 게리의 태도가 마음에 들지 않았지만 지금은 밝은 대낮이었다. 그래서 밖으로 나갔다. 게리가 말했다.

"내 차에 여기 잠시 맡겨 두고 싶은 것이 있어요." 그러고는 머스탱으로 가더니 트렁크에서 기저귀 가방을 꺼내어 그녀의 차 뒤쪽으로 옮겼다.

캐서린이 물었다. "그게 뭐죠, 게리?"

그러자 그가 대답했다. "총이요."

"총이라고요?"

"그래요." 그가 대답했다. "총이에요."

그녀는 어디서 총을 구했냐고 물었다.

"어디서 났겠어요? 훔쳤지."

캐서린은 그저 "오."라고만 대꾸했다.

그가 그녀의 자동차 뒤쪽 차체 위에서 바로 총을 꺼내 살펴보기 시작했다.

"총을 여기에 두고 싶어요." 게리가 말했다.

"맙소사, 게리." 캐서린이 말했다. "그러지 않는 게 낫겠어요. 그걸 여기 둘 순 없어요."

"일 끝나고 돌아올게요." 게리가 말했다. "잠시만 안전한 곳에 놔두려는 거요."

그것들을 차 트렁크 위에 그렇게 진열해 놓다니, 그녀는 정말이지 믿을 수가 없었다. 이웃에 사는 어느 누군가가 창문 너머로 봤더라도, 눈앞의 광경을 믿지 못했을 것이다.

그는 일부러 총을 하나씩 들고, 그것이 마치 아름답고 진귀한 물건이기라도 한 것처럼 그녀에게 설명했다. 하나는 357구경 매그넘인가 하는 것이었고, 다른 하나는 22구경 자동 브라우닝이었으며, 그다음은 댄 웨스턴[59] 38구경 어쩌고였다.

캐서린은 이렇게 말할 뿐이었다. "게리, 난 총에 대해선 아는 게 별로 없어요."

---

59) 고급 리볼버로 유명한 미국 총기 제조사인 댄 웨슨(Dan Wesson)의 잘못된 표기인 듯하다.

"이건 어때요?" 그가 물었다.

"오, 좋네요. 다 좋아요. 알잖아요." 그녀가 말했다. "그것들로 뭘 할 건가요, 게리?"

"두어 명한테 팔 생각이에요."

이제 총의 포장지가 모두 벗겨졌다.

그가 말했다. "니콜에게는 호신용으로 하나 줬어요. 예쁜 오버앤드언더[60] 데린저로. 당신에겐 이걸 줄게요."

"난 필요 없어요, 게리. 정말 필요 없어요."

"하나 갖고 있어요." 그가 말했다. "니콜의 엄마잖아요."

"맙소사, 게리." 캐서린이 말했다. "난 이미 총이 있어요."

"그럼." 그가 말했다. "당신이 이 스페셜 권총을 가졌으면 좋겠어요. 당신과 여동생처럼 여자 단둘이 이곳에 나와 사는 건 안전하지가 않아요."

그녀는 자기가 이미 남편의 매그넘을 가지고 있다고 설명하려고 했다.

하지만 게리가 말했다. "그건 너무 커요. 쏠 생각 같은 건 하지도 말아요."

이제 그는 총들을 그녀의 차 트렁크 안에 넣었다. 캐서린은 그에게 총들을 싣고 돌아다니고 싶지 않다는 뜻을 확실히 전했다. 그러자 그가 말했다.

"그럼 집에 둘게요."

그러면서 5시에 돌아오겠다고 말했다.

---

60) 두 개의 총열이 위아래로 겹쳐진 구조의 소형 권총을 가리킨다.

글쎄요, 그녀가 단언했다. 그때 난 집에 없을 거예요.

그건 상관없었다. 그냥 그가 와서 그것들을 가져가겠다고 했다. 그 말과 함께, 그는 그 기저귀 가방을 집 안으로 가지고 들어갔고, 모두 합쳐 일고여덟 자루의 총을 소파 뒤에 두었다. 그런 다음 스페셜 권총을 낡은 천에 싸서 침실 매트리스 밑에 넣었다.

그날 저녁 그녀와 캐시가 집에 돌아와 소파 뒤쪽을 살펴보았다. 다행히 총은 사라지고 없었다.


8


낮에 게리가 일하고 있을 때, 배럿이 트럭을 타고 찾아와 니콜은 그와 함께 차를 타고 협곡 위로 갔다. 서니와 피버디는 트럭에서 내려서 놀러 나갔다. 마리화나 담배에 불을 붙이기도 전에, 그의 바지가 벗겨졌고 그녀의 바지도 벗겨졌다. 두 사람은 섹스에 열을 올렸다. 니콜은 자신의 목소리를 들었다.

"게리는 제정신이 아니야. 우린 어쩌면 죽을지도 몰라." 그러고는 짐에게 말했다. "혹시 무슨 일이 생기면, 내가 당신을 사랑한다는 걸 알아줬으면 좋겠어."

그 말을 할 때는 정말 그랬다.

게리는 소매가 잘린 낡고 더러워진 바람막이를 입고 집에 돌아왔다. 바지는 엉망진창이었고, 반쯤 취한 상태였다. 그는 그녀에게 함께 발 콜린의 중고차 매장에 가서 트럭을 살펴보자고 말했다. 그녀는 그에게 먼저 몸을 씻으라고 요구했다. 그녀는 정말 그와 함께 있는 모습을 사람들에게 보이고 싶지 않았다. 그는 마당에서 노숙한 사람 같았다.

게리는 콘린이라는 남자에게 마치 돈을 가지고 있는 것처럼 계속 이야기했다. 정말 거슬렸다.

다음으로, 게리는 크레이그 테일러의 집에 잠시 들르자고 했다. 정말 바보 같았다. 크레이그의 아내 줄리는 병원에 입원 중이었다. 이제 게리가 크레이그와 체스를 두는 동안 니콜의 아이들과 테일러의 아이들은 온 사방을 신나게 돌아다녔다. 게리는 크레이그를 이기고 함성을 질렀다.

그러다 게리는 트럭 사는 걸 기다리게 만든 발 콘린에게 분통을 터뜨리기 시작했다.

"매장을 부숴 버리고 차도 두어 대 망가뜨릴 거야." 그가 말했다. "창문도 걷어차서 박살 내겠어."

그건 마치 지독히 악취 나는 병을 개봉하는 느낌이었다.

크레이그는 올빼미처럼 귀를 기울였다. 올빼미의 얼굴을 가진 남자치고는, 그녀가 본 중 가장 어깨가 큰 남자였다. 그는 아무 말도 하지 않았다. 가만히 눈만 깜박였다.

게리는 티브이 보는 게 싫다고 말했다. 특히 경찰 관련 프로그램이 싫다고. 니콜이 하품했다.

떠나면서, 게리가 크레이그에게 물었다. "나에 대해 어떻게 생각해?"

"글쎄, 자넨 애쓰고 있어." 크레이그가 말했다. "조금 쉬면 괜찮아질 거야."

크레이그의 집에서 캐서린의 집으로 가는 긴 여정에서, 아니나 다를까 또 시동이 꺼지고 말았다. 게리는 너무 화가 나전면 유리를 망가뜨렸다.

그냥 뒤차기로 앞 유리를 가격했다. 금이 갔다.

아이들이 놀라서 어쩔 줄 몰랐다. 니콜은 아무 말도 하지 않았다. 그녀는 차에서 내려 차를 밀어 시동이 걸리도록 도왔다. 전혀 움직이지 않았다. 그때 누군가가 와서 함께 밀어 주었다. 그들은 아무 말 없이 200여 미터를 주행했다.

일주일 동안 그녀는 두 사람이 각자 따로 살면서 가끔씩 만나자는 말을 꺼내려고 시도했다. 결국 그 말을 내뱉자, 게리가 입을 열었다.

"당신을 당신 엄마 집에 데려다줄게." 그가 말했다. "다시는 당신 얼굴 보고 싶지 않아."

그는 그녀와 아이들을 마치 슈퍼마켓에 맥주를 사러 가는 것만큼이나 아무렇지 않게 내려 주고 갔다. 후련할 줄 알았는데 그렇지가 않았다. 뭔가 제대로 끝난 것 같지 않았다.

열두 시간 만에 게리가 캐서린의 집에 나타났다. 점심 식사를 바로 앞둔 시간이었다. 그는 그녀가 돌아왔으면 했다. 그녀에게 돌아오겠느냐고 물어볼 때조차 그는 취해 있었다. 그녀는 돌아가지 않겠다고 말했다. 잠시 생각할 시간이 필요하다고 했다.

그는 그녀가 생각하는 걸 원치 않았다. 그녀가 그냥 동의해 주기를 원했다. 그래도 그녀는 놀랐다. 그는 아무것도 강요하지 않았다. 하지만 그가 떠난 후, 그녀는 너무 쉬웠다고 판단했다. 내일이면 몇 시간마다 그가 올 거라고 생각했다. 그래서 그녀는 배럿에게 전화를 걸어 그의 거처에서 지내도 되는지 물었다. 니콜은 계속 머무를 생각은 없다는 뜻을 분명히 했다. 그냥 며칠간 묵을 곳을 원할 뿐이라고 강조했다.

게리로부터 모습을 감추려면 배럿의 거처보다 나은 곳이 있어야 했다. 그녀는 연립 주택을 찾아다녔다. 다음 날 배럿이 스프링빌의 한 연립 주택을 찾아냈다. 주소를 아는 사람은 거의 없었고, 그녀는 배럿에게서 비밀을 지키겠다는 다짐을 받아 냈다.

이제 그녀는 스패니시 포크의 집에서 8킬로미터 떨어진 곳에서 살게 되었다. 게리가 프로보로 갈 때 주간 고속 도로가 아닌 뒷길을 이용하면, 그녀의 집에서 두 블록 떨어진 곳을 지나가게 되었다.

배럿은 그들이 한 번 더 시도해 보길 원했다. 마음의 여행을 한 번 더 해 보라고 했다. 어려서 동물 이야기들을 읽을 때면 캐서린은 환생에 대해 이야기해 주곤 했다. 그것을 마치 동화처럼 들려주었다. 그때 니콜은 작고 하얀 새로 다시 태어나기로 결심했다. 이제 그녀는 자신이 남자들과 관계 맺는 방식을 바로잡지 않으면, 추하게 환생해서 어떤 남자도 자신을 쳐다보지 않을 거라고 생각했다.

# 11장

# 전남편들

1

배럿은 자신을 작게 생각하는 경향이 있었다. 사실 그의 부모는 그가 태어났을 때 신발 상자에 든 새끼 고양이보다 딱히 더 커 보이지 않았다고 말했다. 지금은 179센티미터의 키에 66킬로그램의 체중을 유지하지만, 그는 늘 버릇처럼 스스로를, 체구가 작은 자족적인 인간이라고 생각했다. 마치 새끼 고양이처럼. 니콜과 첫 연애를 하던 시절, 그는 정신 병원의 노란색 독방에서 일주일 동안 오롯이 혼자서만 지냈던 일을 기억했다. 아이들 놀이방처럼 옅은 노란색으로 칠해져 있었지만, 그곳은 그냥 감방이었다. 그는 양말을 돌돌 말아서 벽에 던졌던 일, 그것을 공중으로 던졌다 받곤 했던 일을 떠올렸다. 그것이 그가 할 수 있는 유일한 일이었다. 그는 잘 지냈다.

반면에, 그는 힘겨운 처벌을 감당해 내는 유형은 아니었다.

길고 뾰족한 코와 여자처럼 부드럽고 고운 연갈색 머리를 가진 그에게는 어울리지 않았다. 그의 머리칼은 고속 도로에서 지나친 낯선 사람의 나쁜 분위기를 감지할 수 있었다. 그래서 배럿은 보통 일어날 일을 어느 정도 예상하는 편이었다. 니콜이 나이 많고 비열한 미친놈 게리 길모어로부터 숨는 것을 도와주고 있는, 지금 눈앞의 공포를 생각하면 그것은 다행스러운 일이었다. 니콜과 게리의 연애는 정말 배럿을 경악하게 했다. 니콜의 형편없는 취향에 소름이 끼쳤다. 그녀가 이렇게까지 판단력을 잃은 모습을 본 건 처음이었다.

배럿은 니콜과 함께 모든 일을 겪었다. 잘난 척하는 놈들, 운동광들, 괴짜들, 야수 같은 놈들, 거의 불구에 가까운 놈들까지, 그는 수많은 녀석들이 니콜 곁을 거쳐 가는 것을 보았다. 하지만 그들에겐 항상 무언가가 있었다. 잘생기거나 힘이 세거나 물건이 실하지는 않아도 공감할 수 있는 무언가가, 좋은 재주가 있었다. 배럿은 니콜이 아름답고, 정말 독립적인 사람임을 알았다. 배럿처럼 그녀와 사랑에 빠지는 불행을 겪는 사람은, 니콜이 다음에 누구와 사귀게 될지를 염두에 두며 살아야 했다. 니콜이 그 남자를 떠날 준비가 되었을 때, 그녀 옆에 있어야 했다.

배럿은 부담이 큰 만남은 감당할 수 없는 사람이었다. 그것이 그가 스스로에 대해서 어느 정도 이해하는 부분이었다. 그런 그가 인생에서 가장 용감하고, 가장 중요한 일들을 수행할 때는 모두 니콜 때문이었다. 예를 들어, 니콜이 조 밥의 집에서 나오는 걸 돕는 건 무서운 일이었다. 빌린 트럭을 가지고 밖에서 몇 시간을 기다렸다. 니콜이 있는지 확인하러 조 밥이 일터에서 돌아올 수도 있었기 때문이다. 그날 배럿은 총을 가지고 있었지만, 조 밥은 총으로도 어쩌지 못할 만큼 강한 사내였다.

그랬다. (두 사람이 함께 살았을 때 배럿의 가구였던) 그녀의 가구를 옮기는 데 들인 그 모든 시간 동안, 배럿은 그때까지 경험한 적 없는 엄청난 압박감을 느꼈다. 그래도 그는 결국 전등갓 하나 빠뜨리지 않고 모두 챙겨서 그녀를 데리고 나왔고, 서니와 제러미도 앞좌석에 태워 함께 빠져나왔다. 그렇다. 그는 또 한 번 니콜을 구해 주었고, 그가 스패니시 포크의 그 집을 발견했을 때, 그녀는 심지어 그와 다시 함께 살기 시작했다.

당시 그는 일을 하고 있었다. 콘크리트를 펌핑<sup>61)</sup>하는 일이었다. 그는 마약 거래에서 빠져나오기 위해 직업을 찾고 있었다. 콘크리트 펌핑으로 그것이 가능할 거라고 생각했지만, 그 일에 충실하기는 힘들었다. 정상적인 사람들은 그와, 그에게 흐르는 히피 분위기와 술 장식이 달린 스웨이드 염소 가죽 스타일의 재킷, 긴 머리, 작은 콧수염을 한 번만 보고도 그를 바로 밑바닥으로 분류했다. 자기 대신 다른 친구가 몇백 달러를 벌어들이는 동안, 남의 트럭을 운전하며 몇 푼의 돈을 받는 것은 견디기 어려운 일이었다. 그것이 언제나 배럿을 우울하게 만들었다. 마약 거래를 할 때는 적어도 사업가였던 것이다.

---

61) 콘크리트 펌프 트럭이나 고정형 펌프를 사용해서 콘크리트를 필요한 위치로 정확하고 효율적으로 운반하는 기술.

그래도 그는 착실하게 살려고 노력하며 니콜에게 무언가를 증명하려고 애썼다. 스패니시 포크에서 차를 몰아 아메리칸 포크까지 가서 콘크리트 펌핑 일을 하는 그는 유타 카운티의 한쪽 끝에서 다른 쪽 끝까지, 하루 100킬로미터에 가까운 거리를 출퇴근하고 있었다. 아침의 교통 체증 속에서 출퇴근하는 것은 더할 나위 없이 평범한 일이었다. 그것이 바로 그가 강조하고 싶은 점이었다. 하지만 니콜과 그는 곧 과거에 있었던 모든 일들을 가지고 다투기 시작했다. 그녀가 다른 남자들과 성관계를 가졌다는 사실이 그를 괴롭혔다. 도저히 머릿속에서 지울 수가 없었다.

스패니시 포크에서 살기 시작한 처음부터, 그들의 성생활은 예전과 달랐다. 더 이상 사랑의 감정이 없었다. 그는 그녀에게 말하곤 했다.

"당신은 심지어 날 원하지도 않잖아."

그는 몸에 구멍이라도 난 것 같았다. 니콜 없이 존재하는 것은 지옥의 불구덩이 속에서 사는 것 같았다. 그녀는 그가 어떻게 느끼는지 깨닫지 못했다. 만약 그녀가 가끔이라도 그의 고통을 느낄 수 있다면 얼마나 좋을까. 자기가 의지만 갖는다면 모든 것이 얼마나 아름다울 수 있는지 그녀는 알지 못했다. 니콜처럼 누군가가 자신을 원하는 느낌을 주는 사람은 없었다. 마치 유혹자인 양, 그녀가 그런 친절을 베풀면 천국이 따로 없었다. 그런데 그녀가 그것을 중단하자, 배럿은 지옥에 떨어진 기분이 무엇인지 알게 되었다.

그래서 스패니시 포크에 (한 달에 75달러인) 집이 있음에도,

그는 어쩔 수 없었다. 떠나 버렸다. 몇 주 동안 와이오밍으로 가서, 떠나 있을 때면 늘 그랬듯이 자유를 만끽하고, 일상의 번거로움 없이 삶을 최대한 즐기려고 노력했다. 하지만 그는 자유로운 삶의 긍정적인 면, 그러니까 약간 멋지고 당당한 것 같은 기분을 좀처럼 느낄 수가 없었다. 대신 그는 니콜에 대한 생각을 짐처럼 이고 다녔다. 그래서 첫 번째 기회에 그는 와이오밍에서 니콜을 깜짝 방문하기로 하고, 추운 2월 밤 11시쯤에 스패니시 포크의 집 앞에 차를 세웠다.

다른 녀석의 차가 앞에 있었기 때문에, 배럿은 뒤쪽으로 들어갔다. 니콜과 한 남자가 알몸으로 화장실에 함께 있었다. 그 녀석은 세탁 바구니 위에 앉아 있었는데, 기이하게 생긴 더러운 녀석, 클라이드 도지어였다. 배럿은 그를 오며 가며 알고 있었다. 별 볼 일 없는 역겨운 놈이었다. 알다시피 배럿은 폭력을 쓰지 않았다. 그는 그냥 인접한 부엌으로 갔다. 클라이드가 와서 옷을 입고 사과하며 니콜의 잘못이 아니라고 말했다. 배럿이 말했다. "너나 조심해, 클라이드. 화내기 전에 여기서 꺼져."

배럿은 그렇게 거친 사내는 아니었지만, 그래도 어쨌든 인맥이 좀 있었다.

클라이드가 떠나자 니콜은 이렇게 말했다. "난 당신 아내가 아니야. 당신도 알다시피 당신은 날 떠나 와이오밍으로 가 버렸어. 그러니 난 내가 하고 싶은 건 뭐든 할 수 있다고."

어쨌든 니콜은 부엌 바닥에 잠자리를 준비했고 배럿은 몸이 달아올랐다. 자신이 왜 섹스를 하고 싶었는지는 알 수 없지만, 그녀가 응해 준 이유는 저항하면 그가 폭력을 휘두를 것 같아서라고 짐작했다. 다음 날 아침, 그는 화내지 않았다. 자기 여자와 부엌 바닥에 누워, "제발, 클라이드보다는 좀 나은 사람을 고를 수 없었어?"라고 핀잔한다는 게 다른 무엇보다 웃겼을 뿐이었다. 그는 정말 그녀와 함께하고 싶었다. 그래서 와이오밍을 포기하고 린던에 자리를 잡았다. 그녀가 접근하지 말라고 말할 때까지, 일주일에 두세 번씩 들렀다. 한번은 그가 집에 갔는데, 또 다른 저급하고 추레한 남자가 거기 있었다. 프레슨 펠프스라니, 이름도 참! 다시 그곳을 찾기까지 배럿은 오랫동안 스패니시 포크를 멀리했다.

이번 경우에는, 주변에 다른 것들이 있었다. 다른 가구들이 보였다. 새로운 누군가가 들어와 살고 있었기 때문이다. 배럿은 그녀와 함께 앉아서 커피 한 잔을 마셨다. 본격적으로 대화를 시작하기도 전에 길모어가 들어왔다. 그날 그녀가 길모어를 소개하기 전까진 그에 관해 들은 바가 전혀 없었다.

어디서 더러운 놈이 또 하나 나타났군, 하는 게 배럿이 받은 인상이었다. 그는 제대로 된 인간으로 보이지 않았다. 취향 나쁜 건 여전하군! 그는 밑단이 너덜너덜한 반바지를 입고 있었고 다리가 지나치게 희었다. 니콜보다 나이도 훨씬 많아 보였다. 상처를 받은 건 아니지만 배럿은 넌더리가 났다. 믿을 수가 없군, 이런 느낌이랄까.

그는 니콜과 계속 이야기를 나눴다. 길모어는 말 한마디 없이 식탁에 앉아 있었다. 그는 심기가 불편해 보였다. 잠시 후 그가 일어나서 거실로 갔다. 바로 그때 배럿이 니콜에게 고갯

짓을 했고, 둘은 밖으로 나갔다. 서니와 제러미가 놀고 있었다. 그리고 그들은 아이들 근처에 앉았다. 니콜은 길모어가 전과자임을 알려 주었다. 그런 뒤 집으로 돌아갔다. 배럿은 밖에 남아서 아이들과 놀았다. 얼마 지나지 않아, 아이들이 똑같은 말을 계속 반복하기 시작했다. 마치 쇠지레를 그의 쇄골에 걸어서 억지로 속을 열어젖히려는 것 같았다. 아이들이 "빵, 뿡, 빵, 뿡." 하며 킥킥 웃었다.

그는 자신의 트럭을 몰고 떠났다. 운전석에서 자신의 마른 엉덩이가 통통 튀어 오르는 것이 생생하게 느껴졌다.

그리고 두 번째로 길모어를 만났다. 니콜의 집에 들렀을 때, 게리는 마트에 가고 없었다. 사과나무 옆에서 배럿이 니콜과 이야기하는 중에 길모어가 돌아왔다. 당장 꺼지라는 말은 없었지만, 그는 자신이 돌아온 것이 곧 떠나야 한다는 신호인 것처럼 행동했다. 그래서 배럿은 자리에서 일어났고 니콜은 바로 집 안으로 들어갔다. 그렇게 해서 배럿은 혼자 거리로 나가게 되었다. 바로 그때 길모어가 현관문을 통해 나와 그를 인도에서 마주했다

그가 말했다. "당신에게 할 말이 있어. 당신이 서니의 아버지라는 사실은 인정하지만, 니콜은 내 여자야."

배럿이 말했다. "이봐요, 친구, 니콜을 가져도 돼요. 난 니콜을 원하지 않아요."

이 말에 길모어는 더욱 험악한 표정을 지었다. 정말 못된 개 같은 표정이었다. 길모어가 말했다. "그렇다고 그녀를 모욕할 필요는 없잖아."

그 순간 배럿은 무섭다는 느낌을 받았다. 그는 다른 남자들과 함께 니콜을 만나는 것이 익숙했다. 다른 남자들과 함께 있는 그녀를 지켜보았었다. 달리 무슨 말을 더 하겠는가? 당신이 그녀를 가질 수 있다고 할 수밖에. 그는 확실히 다른 남자들이 그녀를 갖는 걸 막을 수가 없었다.

더욱이, 길모어가 자신의 진심을 알아서 좋을 게 없었다. 그것이 길모어를 일깨울 테니까.

배럿이 말했다. "그녀를 모욕하려는 게 아니에요. 니콜은 날 원하지 않고, 나도 그녀를 원하지 않아요. 그냥 당신이 그걸 알았으면 했어요."

그는 트럭에 올라타 도로를 주행하면서 희망을 느꼈다.

길모어가 "니콜은 내 여자야."라고 말했기 때문이었다. 남자들은 그렇게 말하다가 니콜을 잃었다. 그녀는 오랫동안 누군가의 소유물이 되는 것을 좋아하지 않았다.

그 후, 차를 타고 태국산 마리화나에 기분 좋게 취해 돌아다니면서, 배럿은 그녀의 집 앞을 지나가기도 했다. 게리의 차가 앞에 세워져 있으면 그는 차를 세우지 않았다. 상황이 괜찮아 보이면, 그는 잠시 들러 니콜과 대화를 나누며 그녀의 상태를 가늠했다.


2


한번은 로즈베스가 현관에서 그를 맞으며 게리는 일하러

나가고 니콜은 아이들과 함께 외출했다고 말했다. 배럿이 로즈베스를 본 건 그때가 처음이었지만, 그는 자기 집인 양 집 안으로 들어갔다. 결국 그의 소유라 할 만한 게 모두 거기에 있었으니까. 로즈베스는 게리와 니콜이 하루 종일 집을 비울 게 분명하다고 말했다. 방 안 공기가 기분 좋게 따뜻했다.

짐은 의자에 앉아 있었고, 소녀는 소파 역할을 하는 거실 침대에 누워 있었다. 그는 그녀가 보기 좋게 통통하고 정말 부드러운 젖살을 가지고 있지만, 너무 어리고 숫처녀라서 데리고 놀 수는 없겠다고 생각했다. 하지만 그녀가 몸을 일으켜 침대에서 담요를 들어 올리자, 그녀 옆에 가기로 결정했고, 두 사람은 키스하기 시작했다.

그녀가 "이제 우리 옷을 벗어요."라고 말하기까지는 일 분도 걸리지 않았다.

"좋아." 그가 말했다. "찬성이야."

그들이 옷을 벗고 침대에 누웠고, 그녀가 말했다. "제가 빨아 줄게요."

배럿이 말했다. "말리지 않을게."

모두 그녀가 주도한 것이었다. 배럿은 편안히 뒤로 기댔고 그녀가 몸을 돌려 그의 얼굴에 정통으로 엉덩이를 들이밀었다. 그에게는 선택의 여지가 없었다. 그녀는 무척 서툴렀고 사실 그녀의 치아가 그를 아프게 했다. 어쨌든 그녀는 꽤 달아올랐다. 하지만 그녀의 클리토리스는 민감하지 않았고, 그가 아무리 자극을 주어도 전혀 반응이 없었다.

그래도, 그녀는 꽤 달아올랐다. 그는 그녀의 몸을 다시 돌렸고 그녀는 기대에 찬 표정을 지었다. 다만 그는 진입하지 못했다. 그녀는 숫처녀였고, 그는 자신이 그녀를 아프게 한다는 걸 알았다.

"게리는 내가 자기하고만 이런 걸 하길 원해요." 그녀가 말했다. "게리는 우리가 이러는 걸 좋아하지 않을 거예요."

그러면서 그에게 자기들 셋이 어떻게 뒹구는지 말해 주었다. 배럿은 손가락으로 계속 그녀의 클리토리스를 털었다.

그녀의 몸이 열리는 것 같았다. 그가 뒤돌아 자기 것을 슬쩍 밀어 넣었고, 이번엔 제대로, 정말 잘 들어가서 기분이 좋고 따뜻했다. 움직이지는 않았다. 그에게 필요한 건 그게 다였다. 그걸로 끝이었다.

그가 옷을 입었고, 그녀도 일어나 옷을 입었다. 그녀의 몸 안에 있었던 시간은 십 초도 되지 않았다. 그녀는 정말 한 게 없었다. 하지만 그녀의 젖가슴은 정말 예뻤다. 그는 그녀에게서 전화번호를 받았다. 엄청난 거래였다. 전부 공짜였다. 길모어에 대한 아무런 방비 없이 그런 짓을 했다.

그다음에 그가 우연히 들렀을 때, 니콜은 드라이브를 하고 싶다고 말했다. 그는 그녀와 아이들을 데리고 협곡으로 올라갔고, 서니와 제러미는 나가서 놀았다. 바로 그 트럭에서 배럿은 유혹을 당했다. 그날 일은 그렇게 된 거였다.

그는 그녀가 자신을 다시 사랑해서, 특별한 감정이 있어서 그런 거라고 생각했다. 그녀는 관계 후 여전히 그를 사랑한다는 식의 말들을 했다. 그들은 협곡에서 돌아왔고, 그는 그녀를 집에 데려다주었다.

그 일로 확실히 그녀에 대한 사랑이 다시 불타올랐다. 그녀가 더욱 그리워졌다. 섹스는 그에게 성스러운 일이자, 감정을 표현하는 방식이었다.

다음 날, 그녀가 전화를 걸어왔다.

"너무 속상해." 그녀가 말했다. "기분이 바닥이야."

게리는 점점 더 그녀를 지배하려 들었다.

배럿이 그녀의 집으로 찾아갔을 때, 그녀는 슬프고 매우 우울했고 그는 그저 그녀를 사랑했다. 그는 숨김없이 솔직한 태도로 그녀가 필요로 하는 관심을 주었고 이 혼란에서 그녀를 구해 내겠다고 약속했다.

그의 작고 허름한 싸구려 모텔 방에 들어간 그녀가 더 넓은 공간이 필요하다는 것을 깨닫기까지는 하룻밤도 걸리지 않았다. 그는 스프링빌에 아파트 두어 채를 소유한 친구를 찾아가 부탁했다. 있잖아, 집세를 내는 대신 날 네 수영장에서 일하게 해 줘. 그 친구는 수락했고, 그들을 스프링빌의 웨스트 3번가에 있는 아파트에 입주하게 해 주었다. 같은 날, 길모어가 일터에 가 있는 동안, 그들은 스패니시 포크에서 이곳으로 가구를 옮겨다 놓았다.

많이 우려가 되는 일이었다. 니콜은 게리가 자신에게 준 위아래로 총신이 있는 22구경 매그넘 데린저를 그에게 쥐여 주었다. 조 밥 때보다 훨씬 상황이 심각했다. 배럿이 벽에 붙어 있는 종이 한 장을 발견했다. 거기엔 "여보, 어디 있는 거야?"라고 적혀 있었다.

그는 뒷주머니에 장전된 총을 가지고 있었다. 하지만 그는 길모어의 다른 총들에 대해 계속 생각했다. 그 남자가 집에 오면, 바로 그 자리에서 총격이 벌어질 거라고 생각했다. 그들이 그 아파트로 이사한 후에도, 불안감은 잦아들지 않았다. 니콜이 거듭 말했다. 당신은 게리를 몰라, 그는 위험해. 배럿은 그 총을 지니고 다녔다.

이 상황에서, 니콜은 마치 직업여성처럼 그에게 섹스를 해 주었다. 돈을 받지는 않았지만, 마치 그가 자신에게 호의를 베풀어 주었고, 그래서 그가 보답받을 자격이 있다고 생각하는 것 같았다. 확실히 그들에게 좋은 시기는 아니었다. 그녀는 그렇게 자주 오르가슴을 느끼지는 못했다. 그녀에 대해 이미 잘 알고 있었음에도, 여전히 며칠이 지나고서야 배럿은 니콜이 다른 누군가를 만나고 있다는 사실을 알게 되었다.


3


니콜과 헤어진 화요일 밤, 게리는 크레이그의 집으로 돌아가 조용한 저녁 시간을 보냈다. "그녀가 내 인생에서 사라졌어." 그가 말했다.

다음 날 잠에서 깨자마자, 그는 다시 그녀를 되찾아야겠다고 말했다. 그는 차에서 브라우닝 22구경 자동 권총을 꺼내, 크레이그에게 보관해 달라고 부탁했다. 크레이그는 그렇게 했다. 그를 달래고 싶었다. 그가 극단적인 행동을 하지 않도록 막고 싶었다.

출근길에 게리가 크레이그에게 그 자동 권총을 살 만한 사람을 아는지 물었다. 크레이그가 모른다고 하자 게리가 말했다. "당신이 가져도 돼."

크레이그는 게리가 그걸 자기한테 준다는 건지, 아니면 자기더러 갖고 있으라는 건지 확신할 수 없었다.

스펜서가 어쩌다 앞 유리가 깨졌는지 물었고, 게리가 발로 찼다고 대답했다.

그러자 스펜서가 물었다. "도대체 왜 그런 거야?"

니콜에게 화가 많이 나서 그랬다고 대답했다.

"그런데, 왜 그녀를 차지 않고?" 스펜서가 말했다. "안전 검사를 통과하려면 앞 유리가 있어야 하는 거 자네도 알잖아. 그 발차기에 50달러가 날아갔어."

게리는 딱히 신경 쓰지 않는다고 말했다.

그 말에 스펜스는 몹시 화가 났다. 어쨌든 게리는 자신에게 돈을 빚지고 있지 않은가. 그래서 스펜스는 게리에게 운전면허증이 있느냐고 다시 물었다. 게리가 없다고 대답하자, 스펜스가 말했다. 자넨 지금껏 내내 거짓말을 해 온 게 분명해. 아무래도 우리 계획을 조금 손봐야겠네. 하지만 게리는 딴생각을 하고 있는 것 같았다. 그는 스펜스에게 자기가 픽업트럭을 사는 것에 대해 어떻게 생각하는지 물었다. 스펜서는 게리가 지독하게 자기중심적인 인간이라고 결론 내렸다.

낮에 게리는 발 콘린으로부터 흰색 트럭의 열쇠를 받아 트럭을 작업장으로 몰고 갔고, 스펜서의 승인을 받으려 했다.

그것은 68년식 아니면 69년식 포드였다. 맥그래스는 가격이 지나치게 비싸게 매겨졌다고 생각했다. 게리는 자기는 정말 신경 쓰지 않으며 그것을 원한다고 말했다. 스펜서가 말했다.

"나는 신경 쓰여. 자넨 지금 나한테 1000달러밖에 안 되는 차에 1700달러나 내놓으라는 거잖나. 부당해. 자넨 운전면허증도 없지. 자네가 그걸 망가뜨리거나, 누군가가 그걸 훔쳐 가거나, 자네가 싸움에 휘말려 체포되어 구치소에 가거나, 어떤 이유로든 그 값을 지불하지 못하게 되면 내가 대신 갚아야 한다고. 자네가 지금 나한테 뭘 부탁하고 있는 건지 진지하게 생각해 봐야 해."

게리에게 그건 문제가 되지 않았다. 자신이 그 픽업트럭 비용을 지불하리란 걸 추호도 의심하지 않는다고 스펜스에게 말했다. 그는 스펜서가 한 푼이라도 손해 볼까 걱정할 필요는 전혀 없다고 생각했다.

그날 밤 게리는 술집으로 니콜을 찾으러 갔다가 집으로 돌아갔다. 잠이 오지 않자, 그는 자신의 차를 몰고 스털링 베이커가 새로 이사한 곳까지 갔다.

스털링은 프로보에서 솔트레이크시티 근처의 라크라는 마을로 이사했다. 게리가 차를 세운 건 늦은 시간이었다. 그는 니콜 없이 스패니시 포크에 머무는 게 겁이 났다고 설명했다. 오늘 캐서린의 집에서 그녀와 이야기를 나눴고, 니콜이 자기와 떨어져 지내길 원했다고 그들에게 말했다. 그는 그녀를 잃었다는 생각을 떨쳐 버릴 수가 없었다. 게리가 너무 슬퍼 보였기 때문에, 비록 늦은 시간이었음에도 스털링과 루스 앤 모두 안타까운 마음이 들 수밖에 없었다.

게리는 환생에 대해 이야기했다. 죽어서 처음부터 완전히 다시 시작할 거라고 말했다. 자신이 항상 소원하던 삶을 살겠다고. 그가 그것을 너무 확실한 현실인 것처럼 이야기해서 스털링은 혼란스러웠고, 모든 짐을 챙겨 캐나다의 위니펙으로 옮긴다든지 하는 것처럼 게리가 어떤 실제 장소에 대해 이야기하고 있는 게 아닐까 생각했다.

아침이 되자, 게리는 전화로 병가를 내고 루스 앤과 함께 차를 몰고 니콜을 찾아 돌아다녔다.

그들은 스프링빌의 많은 거리를 샅샅이 뒤졌다. 어쩐지 게리는 그녀가 거기에 있을 것 같은 느낌이 들었다. 그들은 수 베이커에게 들렀지만, 그녀는 니콜이 있을 만한 곳이 짐작되지 않는다고 답했다. 수의 집에서는 기저귀 냄새가 났고 그녀는 비참해 보였다. 리키가 어디 있는지도 모르고 니콜이 어디 있는지도 모르고 아무것도 모른다고 했다. 루스 앤은 게리가 불쌍해지기 시작했다. 여자 때문에 그렇게 고통받는 남자를 본 적이 없었기 때문이다. 그는 빨래방을 다섯 번쯤은 확인했을 것이다.

오후 중반이 다 되어 루스 앤은 라크로 돌아갔고, 게리는 일터에 나타났다. 그가 공구를 채 집어 들기도 전에 니콜에게서 전화가 왔다.

"취했어요?" 그녀가 물었다.

"완전히 말짱해." 그가 대답했다.

그녀는 스패니시 포크의 집에서 막 가구를 옮겼다는 말을 하려고 전화했다고 했다. 하지만 다음 며칠 동안의 남은 임대기한까지는 그가 그곳에 머물러도 된다고 했다. 하지만 그 후에는 집주인이 임대를 연장해 주지 않을 것 같다고 했다.

우리 다시 합칠 수 있을까? 그가 물었다. 그녀는 그렇게 생각하지 않는다고 말했다. 둘 중 하나가 다른 하나를 죽일 수도 있으니까.

4

놀랍게도 캐서린은 울고 싶었다. 게리가 너무 애처로운 모습으로 들어와, 그냥 앉아 있었다.

그는 담배 한 갑과 팸퍼스 기저귀 한 상자를 탁자 위에 올려놓으며 "니콜에겐 아마 이게 필요할 거요."라고 말했다.

잠시 침묵이 흐른 뒤 그가 말했다. "뭐 좀 부탁해도 돼요?"

캐서린이 말했다. "뭐, 그래요, 할 수 있는 거면."

"내 사진 좀 전해 줄래요? 내가 찾을 수 있는 것 중에 제일 잘 나온 사진이에요. 그렇게 잘 나온 건 아니지만, 그래도 이게 젤 괜찮은 사진이죠."

캐서린이 들여다보았다. 파란색 바람막이를 입은 게리가 눈 속에 서 있었다. 아마 교도소에서 찍은 사진일 거라고 그녀는 생각했다. 젊고 강인해 보였다. 사진 뒷면에는 "사랑해."라고 써 있었다. 그녀가 사진을 내려놓자 게리가 말했다. "이제 가 봐야겠군요."

그날 저녁 늦게 시시가 들렀을 때, 그녀는 그 사진을 흘끗 쳐다보더니 흥 소리를 내며 그것을 찬장 선반 위에 던져 놓았다. 나중에 캐서린은 그것을 아이들과 잼과 땅콩버터로부터 안전한 식기장 뒤쪽에 갈무리해 두었다.

저녁 무렵 게리는 브렌다와 조니의 집을 방문해서 함께 앉아 있었다. 그 집 안뜰은 정원이라기보다는 빛이 투과되는 연녹색 플라스틱 골 지붕을 얹은 헛간에 연철 의자와 낡고 더러운 캔버스 접의자 몇 개가 놓여 있는 곳이었다. 브렌다는 마당을 크게 보수해 보려고 한 적은 없지만, 날이 저문 후 그곳에서 술 한잔하는 기분은 꽤 좋았다.

게리만 감정적으로 고통스러운 게 아니었다. 조니도 곧 고통을 겪게 될 터였다. 탈장 수술을 위해 병원에 입원해야 했기 때문이다. 오래 걸리지는 않겠지만, 즐길 만한 일도 아니었다. 브렌다는 의사가 그 아래쪽을 너무 과하게 잘라 내지는 않을 거라 농담하고 싶었지만, 안타깝게도 게리는 그런 농담을 즐길 기분이 아니었다.

그가 신고 있는 흰색과 노란색 양말이 평소 그의 취향보다 나아 보였기 때문에 브렌다가 그것을 칭찬했다.

"양말 멋지네, 사촌."

그가 그녀를 쳐다보며 말했다. "니콜 거야."

그는 울 것처럼 보였다. 정말 끔찍했다. 스패니시 포크의 텅 빈 집이 브렌다에게도 느껴지는 듯했다.

"아직도 그녀의 향수 냄새가 나." 게리가 말했다.

어떤 생각도 머릿속에 붙잡아 두지 못할 정도로 그는 심각하게 괴로워하는 게 분명했다.

“그녀를 찾아야겠어.”

“이런 일은 시간이 걸려.” 브렌다가 말했다. “어쩌면 니콜에 겐 며칠의 시간이 필요할지도 몰라.”

“못 기다리겠어.” 그가 말했다. “그녀를 찾는 걸 도와줄래?”

“그런 식으로는 안 돼.” 브렌다가 말했다. “여자가 오빠랑 이 야기하고 싶지 않다면, 그녀는 먼저 오빨 죽일 거야.”

보통 게리는 자기 기분이 어떻든 간에 여유 있는 모습으로 보이고 싶어 했다. 오늘 그는 의자 끝에 불안하게 앉아 있었 다. 그가 느끼는 긴장감이 공기를 삼켜 버리는 것 같았다. 그 녀는 그의 속이 어떨지 생각하고 싶지 않았다. 산산조각이 났 겠지. 그녀는 염소수염이 그에게 지독히도 안 어울린다고 생각 했다.

“참을 수 없는 고통을 경험한 건 이번이 처음이야. 예전에는 아무리 나쁜 일이라도, 닥치면 어떻게든 처리할 수 있었는데 여기 나와서는 그게 더 힘들어. 모두가 자기 할 일을 하고 있 는데, 니콜은 어디 있을까?”

저녁이 되자 두려움이 공기 중에 스며들었다. 게리는 마치 다른 남자들과 함께 있는 니콜의 목소리가 들리는 것처럼 말 했다. 그들은 계속 술을 마셨다. 몇 시간 후, 그는 그들 앞에서 술에 취해 정신을 잃었다. 아침에 그는 일터로 나갔다.

“왜 다시 돌아오고 싶어 하지도 않는 여자를 그렇게 애써 찾으려는 건가?” 스펜서가 말했다. “그 여잘 그냥 내버려둬. 자 네가 어디 있는지 아니 돌아오고 싶으면 돌아오겠지.”

“차에 도색을 좀 해야겠어요.” 게리가 말했다.

그가 머스탱을 몰고 가게 안으로 들어오기 시작했다. 하지만 슬라이딩 도어를 충분히 높이 올리지 않은 바람에, 안으로 진입하다 문에 부딪혔고, 문이 움푹 구부러졌다. 스펜서는 신음 소리조차 내지 않았다. 게리가 차를 도색하는 데 50달러가 드는데, 이제 문을 다시 제대로 작동시키려면 300달러나 그 이상의 비용이 들 터였다. 스펜서는 임시방편으로 찌그러진 부분에 밧줄을 묶고 움푹 팬 곳을 권양기로 들어 올려 다시 사용할 수 있는 상태로 만들었다. 가게 문이 엉망이 되었다.

점심시간에, 게리는 차를 몰고 스패니시 포크로 가서 빈방들을 둘러보았다. 다음에, 그는 다시 스프링빌로 돌아가 빨래방을 뒤졌다. 수 베이커의 집에 들렀다. 그녀는 니콜에게서 아무런 연락도 받지 못했다고 전했다.

"시시는 술 마시는 걸 좋아하지 않아요." 캐서린이 말했다. "당신을 아무리 좋아해도 그건 참지 못할 거예요. 난 그 애가 당신을 정말 사랑할 수도 있고, 그럴지도 모른다고 생각하지만 당신이 결정을 해야 해요. 술과 니콜 중 어느 쪽이 더 중요한지."

"술을 끊을게요." 그가 말했다. "그녀가 돌아온다면 술은 그만 마실게요."

거기 그렇게 둘이 앉아 있으니, 캐서린이 친근하게 느껴졌다.

"그래요, 술 그만 마실게요." 그가 말했다.

그는 이어서 캐서린에게 니콜이 얼마나 똑똑한지, 얼마나 배짱이 두둑한지 이야기했다. 그는 그런 배짱을 가진 여자를 만나 본 적이 없었다. 니콜이 피트 갤로반을 찾아가서 게리가 자기에게 목숨보다 더 소중한 존재라고 경고했던 일을 캐서린에게 들려주었다.

"그녀가 그러기도 했었다니까요." 게리가 말했다.

"그래요." 캐서린이 말했다. "그 애라면 그랬을 거예요."

그들은 그곳에 앉아 있었고, 게리는 마치 그녀의 심장 한가운데를 곧장 어루만지듯이 캐서린을 바라보았다.

그가 말했다. "있잖아요, 내 나이 지금 서른다섯인데, 평생 만난 여자가 세 명밖에 없어요. 웃기지 않아요?"

캐서린은 그저 웃었다. 그녀가 말했다. "나보다 두 명 많네요, 게리. 난 이제 거의 마흔인데 평생 알았던 남자는 고작 한 명이에요."

두 사람은 그냥 잘 어울릴 수 있을 것 같았다. 그녀는 그가 안타까웠다.

그가 말했다. "나는 소외된 기분이었어요. 가끔은 사람들이 무슨 말을 하는지도 모르겠어요." 맥주 몇 잔을 마시고는 이어서 말했다. "니콜이 돌아오면 내가 사랑한다는 말 좀 전해 줘요. 그렇게 해 줄래요?"

"그럴게요, 게리." 캐서린이 말했다.

"약속해요. 술 끊을 거예요." 게리가 말했다. "술은 건드리지도 않을 거야. 술을 마셨다 하면 못돼 처먹은 개새끼가 되니까."

몇 시간 후 그가 전화해서 니콜이 들렀는지 확인했다.

"아뇨." 캐서린이 말했다. "못 봤어요."

실제로 그녀는 니콜을 보지 못했다.

그날 저녁, 게리는 총을 가지고 스펜서 맥그래스의 집에 들렀다.

"당신이 그 트럭 매매 계약에 보증 서명을 할 수 있도록 담보물 삼아 여기 맡겨 둘게요."

"첫째." 스펜서가 말했다. "난 총이 필요 없어. 둘째, 난 서명해 줄 생각이 없어. 도로 가져가게."

"그냥 두고 갈게요." 게리가 말했다. "내가 정말 진지하다는 걸 알아줬으면 좋겠어요."

스펜서는 총을 어떻게 구했는지 물어보기로 마음먹었다. 게리는 포틀랜드에 사는 친구 하나가 자신에게 갚을 돈이 있어서 총을 넘겨주었다고 말했다. 그러면서 그 친구의 이름을 언급했다. 게리가 떠나자마자 스펜서는 일련번호를 옮겨 적었고, 스포츠용품점에 누군가가 침입한 적이 있는지 확인하기 위해 몇 군데 전화를 걸었다. 그런 곳은 없었다. 하지만 스패니시 포크 같은 남쪽까지 전화하지는 않았다.

게리는 다시 스털링과 루스 앤의 집에 함께 머물면서, 토요일엔 하루 종일 라크와 스패니시 포크 사이를 차로 오가며 보냈다. 캐서린의 집에도 들렀지만, 마침 교회 장로들이 방문 중이었기 때문에 열린 문 사이로 그가 외쳤다.

"그녀는 어디 있죠?"

"그 애가 어디 있는지는 나도 몰라요." 캐서린이 뾰족한 어투로 답했다.

게리가 몹시 화가 난 채로 떠나는 모습을 보고, 캐서린은 그가 자신의 말을 믿지 않는다는 것을 알았다.

자정이 되자, 게리는 니콜이 가구 없는 집에 있을지도 모른다는 생각에 다시 한번 스패니시 포크로 차를 몰았다. 집에 도착해 빈방들을 돌아다니며 자기 옷을 조금 더 꺼내 머스탱의 트렁크 안에 넣었다. 이 무렵 그는 머스탱 안에서 생활하다시피 하고 있었다. 그런 다음 그는 '실버 달러'로 차를 몰고 가서 술을 몇 잔 마셨다.

바 뒤쪽 거울에 만화 몇 컷이 붙어 있었고 그중 하나에 이렇게 쓰여 있었다. "행복은 꽉 조인 보지이다." 그것은 젖가슴이 홀터넥 상의 바깥으로 비어져 나와 덜렁거리는 한 뚱뚱한 여성의 그림이었다. 크고 주름진 배꼽을 가진 그녀는 빈 맥주 캔으로 이루어진 산 정상에 앉아 있었다.

또 다른 컷은 얼굴에 순전한 비참함이 가득한 남자가 책상 앞에 앉아 있는 그림이었다. 그 아래에는 다음과 같은 글이 인쇄되어 있었다.


여기 오면 난 행복해.
아주 행복해 죽겠어.
맥주에 찐 독일 소시지 50센트
시원한 맥주 한 잔이 주는 행복
수표 현금화 안 됨.
외상 사절.


그는 잔을 다 비운 뒤 밖으로 나가 트럭에 올라탔고, 번의 집에 들렀다. 모두가 잠들어 있기에, 지하실로 내려가 간이침대를 찾았다.

일요일 아침 그는 탈장 수술에서 회복 중인 존을 병문안하기 위해 병원에 갔다. 모르몬교 감독인 존의 아버지가 그곳에 와 있었는데, 그는 약간 예의범절을 따지는 편이었다. 게리는 더러운 흰 티셔츠와 낡은 바지, 테니스화, 그리고 맙소사, 무릎까지 내려오는 우스꽝스러운 넥타이를 매고 있었다. 아주 넓은 적갈색, 금색, 흰색의 줄이 번갈아 있는 줄무늬 넥타이였다. 머리 위에는 작은 모자를 쓰고 있었다. 그는 한가하게 앉아 감독과 대화를 시도했다. 별로 오갈 말이 없었다.

5

스프링빌의 아파트는 스패니시 포크의 집만큼 좋지 않았다. 조금 낡은 골목길에 있는 이 층짜리 값싼 아파트 건물의 방 두 개짜리 콘크리트 블록 아파트였다. 주변에 아이들이 있었고, 계단과 주차장에는 개똥이 널려 있었다. 그녀가 이사하던 날, 썩은 매트리스 세 개가 건물 측면에 기대어 있었고, 뒤집힌 세발자전거가 진흙 웅덩이에 누워 있었다. 아파트 문은 합판이었고, 마지막 세입자가 욕조를 피처럼 붉게 칠해 놓은 상태였다. 그래도 그녀는 발코니에서 경치를 볼 수 있었다. 겨우 두 블록 떨어진 곳에서 마을은 끝났고, 땅은 산으로 이어져 올라갔다. 그녀는 게리로부터 자유로워졌다. 그러나 이제 두려움도 한껏 느낄 자유가 생겼다. 그녀의 숨이 무거웠다.

청소기가 없어 새 아파트를 깨끗하게 유지할 수 없었기 때문에, 니콜은 일요일에 스패니시 포크로 돌아가 청소기를 가져와야 했다. 그녀가 집에 도착했을 때, 그의 차는 보이지 않았다.

그럼에도 그녀는 게리가 안에 있다고 느꼈다. 머스탱은 모퉁이에 숨겨져 있었고, 실제로 그녀가 집에 다가가 보니 문이 열려 있었고 욕조에서 물 흐르는 소리도 들렸다. 게리의 옷이 거실 바닥의 진공청소기 바로 옆에 있었다. 진공청소기 또한 마치 그가 그녀를 위해 진열해 놓은 것처럼 방 한가운데에 있었다. 그래서 그녀는 진공청소기를 집어 들어 차 트렁크로 옮겼다. 그런 다음 부속품을 가지러 돌아왔다.

서두를 수도 있었지만, 그녀는 왠지 그가 욕조에 있는 사이에 마지막 부속품을 몰래 들고 나가고 싶지 않았다. 총이 없었다면 더 두려웠겠지만, 그녀는 기다렸다. 그녀는 그의 눈을 들여다보고 싶었다. 기다리는 게 좋기까지 했다. 오랜 긴장의 끝에 다다른 것 같았다.

욕조에서 나온 그는 앙심을 품은 얼굴이 아니었다. 그저 몹시 지쳐 보였다. 곧장 그녀에게 사랑한다고 말하며, 자기를 사랑하느냐고 물었다. 그녀는 아니라고 대답했다. 그가 그녀를 포옹하려고 하자, 그녀는 그를 밀어 내려고 애썼다. 니콜은 정말로 겁을 먹은 건 아니었지만, 바로 신선한 공기를 마시지 않으면 기절할 것처럼 욕지기가 났다.

그녀가 말했다. "나 좀 앉아야겠어요."

그들은 바깥 계단에서 쉬었다. 그녀는 더 이상 그와 함께 살 수 없다고 말했다. 그들은 앉아 있었다. 그녀는 가야 했다.

몇 분이 지난 후, 그녀가 아이들을 데리고 차에 탔다. 하지만 이제 그는 그녀를 놓아주지 않았다. 그가 열린 창문으로 손을 집어넣고 그녀를 붙잡았다. 그녀가 가방을 열고 총을 꺼내 그를 겨눴다.

그것은 22구경 매그넘 권총이었고, 과거에 그는 그녀에게 그것이 몸에 45구경처럼 구멍을 낼 수 있다고 말했었다. 게리는 그 자리에 일 분, 또 일 분을 서 있었다. 그저 그녀를 바라보았다. 그는 움직이지 않았다. 니콜은 만약 그가 총에 손을 뻗으면, 자신이 방아쇠를 당기리라는 것을 알았다.

이윽고 게리가 말했다. "그냥 쏴 버려."

그녀가 말했다. "차에서 비켜요."

자긴 비키지 않을 생각이라고 그가 말했다. 마침내 그녀가 총을 가방 안에 넣었다.

"당신, 일렉트로룩스62)의 부속품을 두고 갔어." 그가 말했다. "돌아와서 가져가."

일렉트로룩스 청소기, 그것은 유일하게 그가 훔치지 않은 물건이었다. 오래전 그는 그녀에게 일렉트로룩스 청소기를 사주기 위해 머스탱의 첫 지불 기한을 놓친 적이 있었다. 이제 그녀가 그 부속품을 두고 가면, 누군가가 그걸 훔칠 게 분명했다. 아깝지만 어쩔 수 없지. 그녀는 시동을 건 후 기어를 넣고 차를 몰아 출발했다.

---

62) 스웨덴의 유명한 가전제품 브랜드로, 특히 청소기로 잘 알려져 있다.

6

로저 이튼은 니콜에게 자신이 사람들에게 인기가 많다는 것, 그리고 고등학교 졸업 파티 때는 거의 영화배우 같았다는 이야기를 하는 데 주저함이 없었다. 그는 좋은 모르몬교 가정 출신의 똑똑하고 상냥한 고향 소녀였던 아내와 데이트하며 즐거운 시간을 보냈다. 로저는 아무래도 좋았다. 그는 예배를 보진 않았지만, 가족 중에 종교를 가진 사람이 있는 건 개의치 않았다. 그와 그의 아내가 버는 급여로 아내에게는 도지[63]를, 자신에게는 작고 멋진 말리부 하드톱[64]을 사 줄 수 있을 테니까. 그건 정말 멋졌을 거라고 그는 니콜에게 장담했다. 하지만 결혼한 지 겨우 육 개월, 아내가 대장염에 걸리고 말았다.

고등학교 농구 스타였던 로저는 대학교에 진학해서 농구를 하고 싶었지만, 실제로 돈을 벌 때까지 몇 년을 기다려야 하는 것이 싫었다. 당장 돈을 벌고 싶었다. 그래서 그는 유타 밸리 몰에 관리직으로 들어갔고, 그곳에서 슈퍼마켓 관리직으로 일하던 아내를 만났다. 그는 이제 몰에서 일한 지 몇 년 되었고, 경영자 교육에 관심을 두었다. 그는 연간 1만 1800달러를 번다고 니콜에게 말했다. 아내의 병을 제외하고는 인생이 제대로 가고 있다고 느꼈다. 아내는 확실히 병 때문에 바깥 활동이 힘들었다.

---

63) 미국 크라이슬러의 승용차.
64) 지붕이 금속으로 된 승용차.

로저에게는 스패니시 포크에 위치한 니콜 집의 길 아래쪽에 사는 친구가 있었는데, 그는 이 친구의 가족들과 꽤 잘 지냈고 자주 그 집을 방문했다. 그래서 니콜을 만나기 전부터 그녀 이야기를 많이 들었다. 그런 곳에서는 니콜이 눈에 띌 수밖에 없었다. 친구의 부모님은 모르몬교도였지만, 로저가 아는 사람 중 가장 심한 헛소리꾼이기도 했다. 그들이 니콜에 대해 들려준 이야기 중 하나는 작년 겨울 어느 날 한 남자가 큰 식료품 가방을 가지고 니콜의 집 앞까지 차를 몰고 온 뒤, 차에서 내려 그녀에게 그 가방을 건네주더니, 바로 그 길거리에서 니콜의 가슴을 만지기 시작했다는 것이었다. 로저는 그 이야기를 믿지 않았는데, 첫째는 그때가 겨울이었고, 둘째는 이 사람들이 성적인 장면을 똑바로 볼 수 없으리라 생각했기 때문이었다. 그러나 그는 여전히 그 여자 이야기에 매료되었고, 그녀를 처음 본 후 정말로 마음이 끌렸다. 그녀는 매력적이고 이혼했으며, 어떤 남자와 함께 살고 있었다. 어느새 로저는 혹시라도 그녀를 한 번 더 볼 수 있을까 하는 기대를 품고 스패니시 포크로 올라가고 있었다. 그런 사람들과 엮이는 것이 어리석은 일이라고 생각했지만, 그는 그녀와 알고 지내고 싶었다. 그녀와 함께 사는 남자에 대해서는 처음엔 아예 신경도 안 썼다.

로저는 편지를 썼다. 어떤 식으로든 도움이 필요하면 수요일 저녁에 현관 불을 켜 놓으라고 말했다. 편지에는 자신의 신원을 밝히지 않았지만, 수요일에 그 헛소리꾼들을 방문하러 지나는 길에 보니 불이 켜져 있지 않았다. 그는 그 일에 대해 잊으려고 애썼다.

편지를 쓰고 몇 주 후, 프로보에서 주유를 하다 그녀의 머스탱이 들어오는 걸 보았다. 로저는 두려웠다. 아내가 알면 큰일이 날 것 같았다. 자신을 이끌고 있는 것이 무엇인지 도저히 이해할 수 없었다. 이런 짓은 평생 해 본 적이 없었지만, 그가 그녀에게 말을 걸었다.

"당신이 니콜 배럿인가요?" 그녀가 그렇다고 대답하자 그가 말했다. "제가 바로 그 편지를 쓴 사람입니다." 그녀가 슬며시 웃었다. "콜라 한 잔 사 줘도 되겠소?" 그가 물었다.

그녀가 휘발윳값을 지불하기 위해 그를 지나쳐 사무실로 들어갔다.

그는 그녀가 나올 때까지 기다렸다가, 다시 제안했다. 마침내 그녀가 알겠다면서, 그의 차를 따라가겠다고 말했다. 그렇게 그들은 '하이 스폿'에서 만났고, 그는 그녀에게 자기가 일하는 곳 같은 것들을 말해 주었다. 알고 보니 그녀의 집에 있던 남자는 전과자였다. 그 지점에서 로저가 그냥 없던 일로 하자고 말했다. 전과자를 상대한다는 게 솔직히 두려웠다.

그녀가 말했다. "음, 있잖아요, 당신의 도움이 필요할지도 몰라요."

그렇다는 데에야 그녀에게 자신의 사무실을 찾는 방법을 알려 주는 것 외에는 달리 할 수 있는 게 없었다.

아니나 다를까, 바로 다음 날 그녀가 아이들 없이 왔다. 둘은 많은 이야기를 나눴다. 그녀가 떠나기 전에, 그는 요구하지도 않은 10달러를 그녀에게 주었지만, 그녀는 당황하지 않고

받았다. 그리고 그대로 주머니에 넣었다.

그 후로 그녀는 이틀에 한 번 정도 그를 찾아와 이야기를 나눴다. 그들은 서로에 대해 꽤 흥미를 느꼈다. 상대의 삶이 너무 달랐기 때문이다. 그는 그녀의 고민에 정말 공감할 수 있었다. 그 전과자는 확실히 무서운 사람이었다. 어느 날 아침 그녀가 그를 만나러 왔는데, 구타의 흔적이 보였다. 매혹적인 허벅지에 멍이 두어 군데 들어 있었다.

몇 주 후, 그녀는 거의 매일 그를 만나는 습관이 생겼다. 가끔 쇼핑몰에 오기도 했지만, 보통은 퇴근 후 스프링빌의 한 공원에서 만나 한 시간 정도 이야기를 나눴다. 몇 번은 말리부를 타고 나가서 사랑을 나누기도 했다. 그것은 흥미로웠고 어쩌면 조금은 아름다웠을지도 모른다. 하지만 솔직히 둘이 뭘 제대로 할 시간은 삼십 분도 되지 않았고, 누군가 그를 발견한다면 그의 결혼 생활을 망칠 수도 있는 상황이었기 때문에 얼마나 특별했는지 로저로선 알 수 없었다. 그래서 그들은 항상 이면도로로 다녔다. 조금의 과장 없이, 그건 위험했다. 거기다 물론 그녀의 아이들도 함께 있었는데, 아이들이 있으면 섹스할 생각도 못 하는 건 둘째치고, 아이들이 항상 그를 기분 좋게 만드는 것도 아니었다. 때때로 아이들은 별로 청결하지가 않았다. 로저는 '하이 스폿'에서 그녀를 처음 만났을 때를 기억했다. 어린 남자애는 팬티도 입지 않은 상태였고, 주차장으로 나가 아스팔트 위에 똥을 쌌다. 물론 겨우 두 살이었지만, 로저는 무척이나 당황했고, 이런, 니콜은 신경도 안 썼다. 니콜은 그저 제러미에게 네가 있던 차로 돌아오라고 말했을 뿐이었다. 그에게 팬티도 입히지 않았다. 제러미는 시끄럽게 울고 소리를 질러 대더니 오 분 만에 잠들었다.

어느 날 니콜이 찾아와 그에게 새로운 사실을 이야기해 주었다. 그녀는 더 이상 스패니시 포크에 살지 않았다. 게리라는 남자로부터 달아났다. 그리고 그녀의 전남편이 스프링빌에서 찾아낸 작은 아파트에서 살고 있었다. 그녀가 이야기하는 내내, 그는 그녀에게 새 옷이 얼마나 필요한지 깨달았다. 그래서 그는 옷을 사 주겠다면서 6시 이후에 들르라고 말했다. 그가 옷을 사 준 후, 그녀는 그와 함께 머물렀고, 두 사람은 정말 특별한 밤을 보냈다. 그녀는 지금 전남편과 함께 살고 있지만 그를 두려워하지는 않는다고 말했다. 그들이 계속 이렇게 시간을 보낼 수 있을 거라고 했다. 주말은 가망이 없었고 월요일도 불가능하다고 로저가 말했다. 아내의 가족이 방문할 예정이었기 때문이다. 결국 니콜이 7월 20일 화요일 아침에 전화하는 것으로 두 사람은 합의했다. 일요일 밤 내내, 로저는 월요일을 어떻게 견딜지 생각했다.


7


"아무도 여기 교도소 밖의 삶이 쉬울 거라고는 말하지 않았잖아." 브렌다가 말했다.

게리가 말했다. "이 상황이 감당이 안 돼."

"알아." 그녀가 말했다. "그런 때는 항상 그런 생각이 들지."

"아니." 그가 말했다. "넌 몰라. 너와 조니는 언제나 행복했으니까."

"존과 나는." 브렌다가 말했다. "거의 이혼할 뻔했어, 게리. 별거와 이혼의 위기를 겪었다고. 지독히도 무서웠지."

게리는 자신의 고통에 대해 곰곰이 숙고하는 것처럼 보였다.

"있잖아." 그가 말했다. "나도 그걸 알아 가는 중이야."

그녀가 말했다. "누구도 진정으로 자유롭진 않아, 게리. 다른 사람과 함께 사는 한, 자유롭지 않아."

게리는 마음속으로 뼈를 가는 것처럼 거기 앉아 있었다. 그러더니 입을 열고 한다는 소리가 "난 아무래도 니콜을 죽이게 될 것 같아."였다.

"맙소사, 게리, 오빠 그렇게 이기적인 애인이야?" 브렌다의 격려의 말들은 완전히 허사가 되고 있었다.

"견딜 수가 없어." 게리가 말했다. "내가 견딜 수 없다고 말했잖아."

"살다 보면 우리가 감당할 수 없는 일들이 있어. 좋아, 어쩌면 이건 오빠가 감당해야 할 몫일지도 몰라. 하지만 맙소사, 이건 결국 지나갈 거야! 오빠가 그녀를 죽이면, 그건 없던 일이 되지 않아. 그녀는 영원히 죽는 거야. 오빠 빌어먹을 바보야, 그거 알아, 게리?" 그는 바보라고 불리는 걸 좋아하지 않았다.

"오늘 그녀가 내게 총구를 겨눴을 때." 그가 말했다. "그걸 빼앗을까 생각도 했어. 하지만 니콜이 비명을 지르는 게 싫었어." 그가 고개를 저었다. "그녀는 나에게서 도망치려고 발악을 했어."

그가 떠났을 때 브렌다는 전혀 아쉽지 않았다. 조니가 병원에 입원한 상황에서, 이렇게 많은 감정을 안고 한여름 밤을 보내는 것이 너무 벅찼다.

크레이그가 게리에게 갈 곳을 찾지 못하면 돌아오라고 말했다. 브렌다를 방문한 후, 게리는 실제로 일요일 밤에 크레이그의 집으로 가서 크레이그의 소파 위에서 잤다. 그가 크레이그에게 자기는 이제 심적 고통과 맥주로 인해 위궤양에 걸리기 직전이라면서, 내일부로 술을 끊겠다고 선언했다.

# 4부

## 주유소와 모텔

# 12장

# 주유소

1

그녀는 한때 보티첼리의 비너스처럼 생겼다는 말을 들었다. 키가 크고 날씬했으며 연갈색 머리에 상앗빛 피부, 그리고 콧대에 작게 튀어나온 부분이 있는 길고 잘생긴 코를 가지고 있었다. 하지만 그녀는 보티첼리의 작품을 거의 알지 못했다. 그녀가 예술 교육을 전공했던 로건의 유타 주립 대학교에서는 르네상스에 대해 많이 가르치지 않았기 때문이다.

콜린이 장차 남편이 될 맥스 젠슨을 소개받은 곳이 바로 유타 주립 대학교였다. 나중에 그들은 그러기까지 얼마나 오래 걸렸는지 얘기하며 웃곤 했다. 맥스가 캠퍼스에서 콜린 홀링을 본 건 몇 번 안 되는데, 그때마다 그녀는 마침 사촌과 이야기를 나누고 있었다. 맥스는 그 남자가 그녀의 남자 친구라고 생각했고, 그래서 데이트 신청 같은 건 생각도 하지 못했다.

하지만 이듬해, 맥스는 우연히 그 남자와 같은 방을 쓰게 되었고, 어쩌다 그에게 예전에 함께 있었던 여자에게 아직도 관심이 있는지를 물어보게 되었다. 맥스의 새 룸메이트는 웃음을 터뜨리며 자기들은 애인 사이가 아니라 그냥 사촌이라고 해명했다. 이때쯤 콜린은 이미 대학을 졸업한 후였지만 교육 대학에서 일하고 있었기에, 여전히 캠퍼스에 있었다.

콜린은 새 학년이 시작될 무렵 맥스가 교회에서 연설할 때에야 그를 알게 되었다. 그날 정장을 입은 그는 매우 기품 있어 보였고, 그래서인지 다른 학생들보다 조금 더 나이가 들어 보였다. 그때 그는 이미 이 년간의 선교 사역을 마친 상태였다. 그 점이 특별히 인상적이었다. 그는 다른 사람들을 무너뜨리기보다는 세워 주는 것이 중요하다고 강변했다. 그는 자신이 꽤 유머 감각이 있다는 것을 보여 주는 데에도 성공했다.

그는 186센티미터의 장신에다 몸무게가 86킬로그램 정도 되는 체격이었다. 고른 이목구비에 깔끔하게 가르마를 탄 그는 연단 위에서 정말 잘생겨 보였다. 실제로 그는 여학생들 사이에서 잔잔한 파문을 일으켰다. 콜린이 속해 있던 대학의 분회(Ward)는 미혼자들로 구성되어 있었다. 즉 미혼 여성들과 미혼 남성들이 서로 만나기 위한 곳이었다.

맥스가 연설하러 일어나기 전에 그를 소개한 사람은 이렇게 말했다. 많은 커플들이 바로 이 교회에서 처음 만나 결혼합니다. 하지만 작년에 아무도 만나지 못한 사람이 한 명 있는데, 그가 바로 맥스 젠슨입니다.

"그는 정말 결혼하고 싶어 하죠." 연단 위의 그 친구가 말했다.

그 시점엔 맥스가 아직 자리에서 일어나지 않았기 때문에, 콜린의 모든 룸메이트들과 콜린 자신 또한 주위를 둘러보며, "맥스가 누구야?"라고 물으며 키득거렸다. 맥스는 바로 이런 분위기 속에서 일어서야 했다. 하지만 그는 과거의 일화를 끄집어내어 친구에게 아주 깔끔하게 복수했다. 럭비 선수인 저 친구가 어느 날 밤 벽력같은 고함을 내지르며 꿈에서 깨더니 결승선에 냅다 부딪혔는데, 그 결승선이 알고 보니 벽이었더라는 이야기였다. 맥스는 이제 그 일화를 자신의 연설 주제와 연결시켰다. 그는 성서에 따른 삶에 일생을 바치는 것만으로는 충분치 않고, 인생에서 자신이 어디에 위치해 있는지를 알아야 하는데, 그렇지 않으면 그 가르침들을 자신의 상황에 적절히 연관시킬 수 없음을 지적했다.

2

몇 주 후, 콜린은 사촌과 그의 룸메이트 다섯 명을 초대해 자신의 룸메이트 다섯 명과 함께 디너파티를 열었다. 테이블 위에 갖가지 음식이 차려져 있었고, 사람들은 지나가면서 포큐파인 미트볼,[65] 다시 말해 햄버거와 쌀 캐서롤을 가져다 먹었다. 모두들 엄격한 모르몬교도였기 때문에 냉차나 커피 없이, 우유와 물만 마셨다. 종이 접시가 아닌 보통의 접시에 담

---

65) 다진 소고기와 쌀 미트볼을 토마토소스로 조리한 미국식 캐서롤 요리.

긴 음식을 먹으며 학교와 농구와 교회 활동에 대해 이야기를 나눈 즐거운 식사였다. 콜린은 몇 미터 떨어진 곳에 큰 베개를 깔고 앉아 거기 모인 사람들과 함께 웃고 있던 맥스를 기억했다. 그는 약간 쇳소리가 나는 독특한 목소리를 가지고 있었다. 그녀는 나중에 그가 꽃가루 알레르기 때문에 감기에 걸렸을 때처럼 깊고 맹맹한 목소리를 낸다는 사실을 알게 되었다. 얼마 뒤에 콜린의 룸메이트 중 한 명은 그 목소리가 매우 섹시하다고 평가했다.

다음 날 그가 전화했다. 룸메이트 중 한 명이 콜린에게 누가 전화로 널 찾는다고 알려 주었다. 이것이 그들만의 작은 신호였다. 만약 여자가 전화하면 "전화!"라고 외치지만, 남자가 걸면 "전화받아!"라고 외치는 것. 콜린은 후자의 경우가 많았기 때문에, 상대가 맥스일 거라고는 딱히 생각하지 않았다. 전날 밤에는 분명 그가 특별히 그녀와 대화를 시도하고 있다는 느낌을 받지 못했는데, 이제 그는 그녀에게 오늘 밤 영화 보러 가겠느냐고 묻고 있었다. 그녀는 좋다고 대답했다.

나중에, 서로가 「무슨 일이오, 박사?」[66]를 이미 본 적이 있음을 인정했을 때는 조금 웃겼다. 하지만 두 사람 모두 상대방의 관람 기회를 망치고 싶지 않아서 그 얘길 하지 않았던 것이다. 그런 다음 그들은 피자헛에 가서 인생에 대해, 그리고 그들과 가족들이 예수 그리스도 후기 성도 교회 사업에 얼마나 적

---

66) 원제는 What's Up, Doc? 1972년에 개봉된 미국의 코미디 영화. 피터 보그다노비치 감독, 바브라 스트라이샌드와 라이언 오닐이 주연을 맡았다.

극적으로 참여하는지에 대해 이야기를 나눴다. 맥스는 4남매 중 장남인데, 아버지는 아이다호의 몽펠리에에서 농사짓는 농부이자 교구장이라고 했다. 콜린은 그 말에 깊은 인상을 받았다. 아이다호주 전체에 그렇게 많은 교구장이 있을 리는 없을 테니 말이다.

그는 또한 그녀에게 브라질에 선교하러 갔던 이야기도 들려주었다. 콜린은, 그가 그 일을 위해 필요한 모든 경비를 스스로 벌었다는 점이 존경스러웠다. 선교사들은 자신의 여비는 물론, 선교지에서의 생활비도 스스로 충당해야 했기 때문에, 대부분의 경우 가족들로부터 재정적인 도움을 받았다. 청소년이 열아홉 살의 나이에 외국 선교지에서 이 년 동안 생활할 수 있을 만큼 돈을 벌기란 쉽지 않았을 터였다. 하지만 맥스는 그것을 해냈다.

그는 브라질에서의 시간을 즐겼고, 개종률도 높았다. 평균적으로, 그 나라에서 이 년의 기간 동안 한 달에 한 명 정도 개종시키는 것을 기대할 수 있는데, 그는 훨씬 성과가 좋았다. 그는 그때를 큰 도전의 시간이자, 다양한 사람들과 함께 살아가는 법을 배울 수 있었던 시간으로 기억했다.

물론 그녀도 선교 활동에 대해 익히 많은 이야기를 들었지만, 그는 항상 그동안 언급되지 않았던 몇 가지 것들에 대해 설명해 주었다. 예를 들어, 그는 선교사가 자신의 동반과 어떤 마찰이 있을 수 있는지 이야기해 주었다. 전혀 모르는 사람과 생활하는 것은 어려운 일일 수 있다. 선교사와 동반은 낯선 도시에서 항상 함께해야 한다. 함께 일을 하고 짝을 이루어 생활해야 하므로, 때로는 배우자보다 더 가까운 관계였다. 잘 어울리는 법을 아는 사람들조차 각자의 개인적인 습관들로 인해 서로에게 약간은 거슬릴 수밖에 없었다. 양치질할 때 내는 소리만으로도. 물론 교회는 선교사들이 서로에게 짜증이 많이 쌓이지 않도록, 같은 동반과 너무 오래 지내기 전에 교체하는 관행이 있었다.

가장 가치 있는 부분은 거절을 받아들이는 능력을 발전시키는 점이라고 그는 말했다. 때로는 잠재적인 개종자와 정말로 유의미한 대화를 나누고, 심지어 우리는 충분히 가까운 사이라고 그 사람이 단언하기도 했다. 그런데 어느 날 그의 집에 가 보니, 자, 보라, 그 지역 가톨릭 사제가 거기 앉아 있는 것이 아닌가. 그 신부는 그를 별로 마음에 들어 하는 눈치가 아니었다. 그런 좌절이 많았다. 개종시키는 것은 너 자신이 아니라, 상대방이 성령을 받아들일 준비가 되었느냐에 달려 있다는 것을 배워야 했다.

콜린의 가족도 그의 가족과 크게 다르지 않았다. 그녀의 가족도 교회를 중심으로 많은 일을 했고, 그녀에게 여러 일을 맡기고 잘해 내기를 기대했다. 고등학교 시절에는 졸업 앨범 편집장, 봉사 동아리 회장, 학교 예술가 등을 맡았다고 콜린이 말했다. 또한 라군 리조트에서는 초상화를 그려 대학 등록금을 모았다. 그녀는 1학년 때부터 자신의 그림이 다른 누구보다 뛰어나기를 원했다.

그렇게 이야기를 나누는 내내, 그녀는 그가 얼마나 강한 사람인지를 계속 느꼈다. 맥스는 엄격했으며, 영적으로나 정신적

으로나 절대 타협하지 않았다. 현재 만나는 다른 여자가 있음
을 털어놓는 그의 태도에서도 그녀는 그것을 알아차렸다. 하
지만 그는 그 여자와는 잘되어 가고 있지 않다는 말을 덧붙임
으로써, 민감한 상황을 누그러뜨렸다. 그가 생각하기에, 그 여
자는 교회에 대해 충분히 확고하지 못했다. 그런 다음 그는
자신에게도 콜린이라는 이름의 여동생이 있는데, 그 이름이
정말 마음에 든다고 덧붙였다.

그 후에 그는 그가 늘 반짝거릴 정도로 깨끗하게 관리하는
선홍색 노바[67]로 그녀를 집에 데려다주었다. 그녀의 룸메이트
들은 두 사람이 정말 잘 어울리는 커플이라고 말했다.


3


두 번째 데이트에서 두 사람은 교회의 일요일 밤 집회인 '파
이어사이드'에 참석하여 설교를 들었다. 세 번째 데이트에서는
대학에서 상영한 영화 「남태평양」을 관람했다. 그 후 그녀는
그를 댄스파티에 데려갔다. 그는 평소 춤을 좋아하지 않았지
만, 이번 댄스파티는 폭스트롯과 왈츠 외에 느린 춤곡이 주를
이루어 화려하고 과시적인 춤을 출 일은 없었다. 그녀는 그가
춤추는 것을 좋아하지 않은 것을 두고 놀렸다. 춤이 유일한 오
락거리였던 시절 조상들이 춤을 추며 평원을 가로질렀다는 이

---

67) 미국의 제너럴 모터스 산하의 쉐보레 브랜드에서 생산된 소형 승용차.

야기를 그도 주일 학교에서 듣지 않았던가?

이제 두 사람은 꽤 꾸준히 만나기 시작했다. 하지만 콜린은 그것이 꼭 첫눈에 반한 사랑이었다고는 생각하지 않았다. 그보다는 맥스가 그녀에게 깊은 인상을 받았고, 그녀도 그에게 깊은 인상을 받았다고 해야 더 정확할 것이다.

그녀의 생일인 12월 3일에, 그는 로건에서 약 32킬로미터 떨어진 '셔우드 힐스'를 예약했다. 사람들이 외식할 때 가는 특별한 곳이었다. 그날 저녁 그는 그녀에게 빨간 장미 한 송이도 사 주었다. 콜린은 그의 세심한 마음 씀씀이에 정말 고마움을 느꼈다. 그녀는 벨벳 드레스를 입고 있었고 그는 정장 차림이었다. 그들은 '셔우드 힐스'에서 스테이크를 먹으며 약 두 시간을 보냈다.

두 사람은 1975년 2월 1일에 약혼했다. 바로 그날 아침 그는 BYU 로스쿨로부터 합격 통지서를 받았다. 두 사람은 저녁에 농구 경기를 보러 갔는데, 그가 계속 그녀를 향해 "내년에 우리가 와이(Y)에 가면"이라고 말했고, 그 말은 곧 BYU를 의미했다. 하지만 그는 아직 그녀에게 정식으로 청혼하지 않은 상태였다. 그래서 콜린은 계속 이렇게 정정해 주었다.

"당신이 와이에 가면……."

그는 그것이 신경 쓰이기 시작했다. 시간이 조금 지난 그날 밤, 다음 날 교회에서 있을 아버지의 설교를 듣기 위해 그녀와 함께 아이다호의 몽펠리에로 차를 몰고 가던 중, 맥스는 베어 호수 기슭의, 선착장으로 이어지는 작은 도로 위에 차를 세웠다. 살짝 웃으며, 그가 그녀에게 차에서 내리라고 말했다. 그녀가 얼어 죽을 것 같다고 대답했다.

"자, 나와서 저 아름다운 경관을 좀 봐."

그녀는 가장자리에 털이 달린 파란 파카 차림으로 떨고 있었지만 차에서 내렸고, 그들이 부두 위에 서서 달과 호수를 바라보는 동안 그가 에두름 없이 곧장 그녀에게 청혼했다.

그보다 한 달 조금 전인 크리스마스에, 설거지를 하던 그녀의 어머니가 맥스가 청혼하면 승낙할 거냐고 물은 적이 있었다. 콜린은 돌아서서 어머니를 바라보며 대답했다.

"승낙 안 하면 바보죠."

차로 돌아와서, 그는 반지를 끼기 전까진 아무에게도 알리지 말자고 말했다. 하지만 단 십오 분 만에 그의 집에 도착했을 때 그들은 너무 흥분한 나머지 문을 열고 들어서자마자 부모님에게 약혼 사실을 알렸다.

약혼 기간 동안, 그녀는 맥스의 몇 가지 사소한 점이 마음에 걸렸다. 그는 완벽주의자였다. 가끔씩 콜린이 문법적으로 맞지 않는 말을 할 때가 있었고, 맥스는 그녀의 감정이 상할까 봐 주저하는 일이 없었다. 콜린이 실수했을 때, "당신 실수했어."라고 직설적으로 말하며 그녀가 그것을 고치기를 요구하는 것이 그에겐 자연스러운 일이었다.

하지만 그는 그녀의 그림과 소묘를 매우 자랑스러워했다. 가끔 그는 사람들 앞에서 그녀를 가볍게 놀리곤 했다. 그녀에게 말을 시키고 싶으면, 그냥 '예술'이라는 말만 하면 돼. 그러면 그녀는 미친 듯이 말하기 시작할걸.

하지만 두 사람은 정말 잘 지냈다. 결혼하기 전에 콜린의 어머니가 "그에 대해 맘에 걸리는 게 있니?"라고 물은 적이 있는데 콜린은 "하나도 없어요."라고 대답했다. 그녀의 말은 물론 곧 해결되지 않을 문제는 하나도 없다는 뜻이었다.

결혼식은 1975년 5월 9일 아침 6시에 로건 성전에서 가까운 친구들 30명과 그들의 가족들 앞에서 열렸다. 결혼 예식을 위해 콜린과 맥스는 둘 다 흰색 옷을 입었다. 그들은 시간과 영원 속에서 결혼할 예정이었고, 살아 있을 때뿐 아니라, 그들이 각자 주일 학교 수업 시간에 자주 설명한 바 있듯이 사후에도 혼인 관계가 이어질 터였다. 죽어서도 남편과 아내의 영혼이 만나 영원히 함께할 것이기 때문이었다. 실제로 다른 기독교 교회에서의 결혼은 죽음으로 헤어질 때까지만 유지되기 때문에, 사실상 이혼과 같았다. 그것이 맥스와 콜린이 학생들에게 가르쳤던 내용이었다. 이제 그들은 결혼했다. 영원히.

저녁에는 두 사람이 다니는 교회에서 피로연이 열렸다. 가족들이 800장의 초대장을 보냈고, 간단한 다과가 제공되었다. 피로연을 주최하는 신랑 신부와 가족들이 길게 늘어서서 하객들을 맞았다. 수백 명의 친척과 친구들이 그들을 축하하며 지나갔다.


4


그들은 신혼여행으로 디즈니랜드에 다녀왔다. 계산해 본 결과, 조금만 절약하면 충분하다고 판단했다. 그것은 사실이었다. 멋진 한 주였다.

얼마 지나지 않아 콜린이 임신했고, 맥스는 콜린이 왜 항상 기분이 좋지 않은지 이해하기 어려웠다. 둘 다 직장에 다니고 있었지만, 콜린은 식욕이 없어서 점심에 먹을 음식으로 두 사람을 위해 작은 샌드위치 하나씩만을 준비했다. 그는 이렇게 말하곤 했다. "날 굶겨 죽이려는 거야?"

그녀는 웃으며 남자의 식습관에 대해서는 아직 배울 것이 많다고 말하곤 했다.

그는 언성을 높이는 법이 없었고, 그녀도 마찬가지였다. 가끔 날카롭게 쏘아붙이고 싶을 때도 있었지만 그러지 않았다. 그들은 처음부터 서로를 떠나기 전엔 반드시 키스로 인사하기로 결심했다. 개인적인 문제를 해결하지 않은 채로 잠자리에 들지도 않았다. 서로에게 화가 나면 밤새 대화로 풀었다. 단 하룻밤도 서로에게 화가 난 채로 잠든 적이 없었다.

물론 재미도 있었다. 장난으로 면도 크림을 묻힌다거나, 서로에게 물잔의 물을 들이붓는다거나.

입덧이 시작되었을 때 그는 줄곧 "뭘 도와줄까? 뭘 도와줄까?"라고 물었지만, 콜린은 불편한 기색을 감추려고 애썼다. 그녀는 "나 자꾸 살찌는 것 같아."라고 말하는 것에 남편이 질려 한다는 걸 알아차렸다.

로스쿨 개강이 임박한 8월에, 그들은 로건에서 프로보로 이사했다. 그때는 좋은 시기였고, 콜린은 입덧이 끝나서 일하는 데 아무런 문제가 없었다. 맥스는 순조롭게 학업에 전념했

다. 두 사람은 대학에서 열두 블록 떨어진 곳에 작은 거실과
더 작은 침실이 있는 멋진 지하 아파트를 월 100달러에 구했
고, 정말 잘 지냈다.

아기를 낳기 일주일 전, 콜린은 맥스를 위해 30쪽 분량의
논문을 타이핑했고, 맥스는 답례로 빨간 장미 한 다발을 보냈
다. 콜린은 그런 그를 사랑했다. 결혼한 지 9개월이 조금 넘은
밸런타인데이에 두 사람에게 딸이 생겼다. 아기는 숱 많은 검
은 머리에 몸무게가 3.2킬로그램이었는데, 맥스는 딸이 정말
자랑스러워서 태어난 지 하루도 안 돼 스냅 사진을 찍었다. 그
들은 아기에게 모니카라는 이름을 지어 주었다. 아기가 좀 더
자라자 맥스는 아기와 정말 잘 놀아 주었다.

물론 시간이 많지는 않았다. 로스쿨 일 년을 마칠 때까지,
맥스는 정말 열심히 일했다. 아내가 아침을 차려 주면 먹고 곧
장 나가서 5시에 집에 들어와 저녁을 먹고 다시 6시에 법학
도서관에 갔다가 10시에 집으로 돌아왔다. 아기를 돌보는 일
은 확실히 그녀가 주로 담당하게 되었다.

더 큰 주거지가 필요해져서 정말 마음에 드는 트레일러를
구입했다. 폭 3.7미터, 길이 15.8미터에 침실이 두 개 있었다.
콜린의 부모님이 계약금을 빌려주었다.

트레일러는 그녀의 부모님이 준 몇 가지 오래된 물건들로
꾸며졌다. 그들이 사용할 수 있는 작은 잔디밭도 있었다. 맥스
는 또한 옆에 작은 정원도 가꿨다. 매일 그는 토마토에 물을
주었다. 그 마당에는 100대 정도의 트레일러와 온갖 유형의
이웃이 있었다. 대부분 아이가 있는 그들 또래였고 충분히 친

절했다. 몇몇 부부는 그들과 함께 교회에 다니기도 했다.


5


여름에 약속된 건설 일자리가 있었지만, 수업이 끝났을 때 그것이 아직 준비되지 않아, 맥스는 몇 주 동안 아버지의 농장에 가서 도랑을 파고, 소에게 여물을 먹이고, 낙인을 찍고, 작물을 심고, 농장에 물 대는 일을 도왔다. 공부에 지친 모습 대신 그가 육체적으로 긴장을 푸는 모습이 보기 좋았다.

그들이 프로보로 돌아갔을 때, 맥스에게 건설 일자리를 약속했던 사람이 그 일자리가 그곳에서 이미 일하고 있던 남자의 아들에게 넘어갔다고 말했다. 시급 6.5달러를 주는 일이었다.

맥스는 성질이 나도 억제할 줄 알았지만, 이 일로 정말 화가 많이 났다. 콜린은 맥스가 그렇게 우울해하는 모습을 처음 보았다. 그녀는 그의 기분을 돌리기 위해 많은 말을 해야 했다. 마침내 그가 말했다.

"좋아, 다른 일자리를 생각해 볼게."

그 후 대학 취업 사무실에 갔지만 여름 일자리를 찾기에는 너무 늦었고 시급 2.75달러의 싱클레어 주유소 주유원 구인 공고만 찾을 수 있었다.

그것은 오렘의 뒷거리에 있는 셀프 주유소였다. 그의 업무는 오후 3시부터 밤 11시까지 거스름돈을 주고, 창문을 청소하고, 화장실을 관리하는 것이었다. 물론 급여는 기대했던 것보다 훨씬 적었지만, 6월 내내 그리고 7월 첫 주 동안 그는 불평 없이 일한 뒤 덥고 피곤한 몸을 이끌고 집에 돌아왔다. 그래도 그는 몇몇 고객들과 친해지기 시작했고, 매니저들도 그를 좋아했다. 그들은 같은 분회에서 예배를 드렸다.

7월 4일 독립 기념일 이 주 후, 맥스와 콜린은 교회에서 강연을 해 달라는 요청을 받았다. 맥스는 이 세상에는 진정으로 정직한 사람이 너무 적다고 말했다. 그는 정직함의 중요성에 대해 강력하게 연설했다. 정직은 진정한 기반을 다지는 것과 그렇지 못한 것의 차이를 만들어 낸다고 강조했다. 그 일요일에 콜린의 강연은 기쁨에 관한 것이었다. 맥스를 만났을 때, 결혼했을 때, 아기를 낳았을 때 경험한 기쁨에 대해 이야기했다. 그 후 집으로 돌아오는 길에 맥스가 그녀를 꼭 안아 주었고, 그녀는 행복한 감정이 담뿍 밀려드는 것을 느끼며 "우리는 정말 그 어느 때보다 서로를 사랑하며 살기 시작하고 있어."라고 말했다. 두 사람은 서로에 대한 진정한 이해로 가득 차 잠자리에 들었다.

월요일 아침, 맥스는 모니카를 위해 선반을 완성할 생각에 들떠서, 오전 내내 망치질하고 톱으로 썰고 드릴로 구멍을 뚫으면서 시간을 보냈다. 콜린은 빨래, 다림질, 저녁 식사 준비 등 할 일이 많았다. 보통 맥스는 출근 시간인 오후 3시 전에 충분한 시간을 두고 식사를 했지만, 오늘은 맥스가 선반을 먼저 완성하고 싶어 해서 조금 서둘렀다. 그는 진행 상황을 확인하기 위해 계속 그녀를 침실로 불렀고, 모니카도 지켜보았다. 맥스는 편안하고 기분 좋게 청바지 차림으로 라디오를 들으며 허리 굽혀 망치질했다. 마침내 그가 말했다. "이제 저걸 올려 놓을 준비가 됐으니 와서 도와줘."

그녀가 방에 들어갔고, 그들은 그것을 신속히 설치했다. 그런 다음 그가 약간 뒤로 물러나서 살펴보더니 한숨을 한 번 내쉬고는 말했다. "자, 이제 다 됐어."

그들은 식사를 했다. 조금 늦었기 때문에 맥스는 서둘러 식사를 마쳐야 했다. 그는 어떤 일에든 지각한 적이 없었고, 보통 그녀보다 일 분 먼저 준비를 마쳤다. 그래서 음식을 다 삼키자마자 복도를 걸어가 필요한 물건을 챙기고 아직 식탁 앞에 앉아 있는 아내를 두고 문밖으로 나갔다. 그제야 그는 아내에게 작별 키스를 하지 않았다는 것을 깨닫고 뒤돌아서는 활짝 웃으며 말했다. "그럼, 중간에서 만나자."

그녀가 식탁을 둘러 걸어가자 그가 키스한 후 꽉 껴안고는 그녀의 눈을 들여다보았다. 모든 것이 잘되어 가고 있었다. 콜린이 말했다. "오늘 밤에 봐."

그가 말했다. "좋아."

그가 나가서 차에 올라탄 후, 운전해서 떠났다.

그는 매우 양심적인 운전자였고, 제한 속도를 어긴 적이 단한 번도 없었다. 항상 시속 90킬로미터로 달렸다. 그녀는 그가 그렇게 운전하는 모습을 머릿속으로 그렸다. 그는 그런 속도로 주간 고속 도로를 따라 달려가다가, 완만하게 속도를 줄여 방향을 전환했고 이내 시야에서 사라졌다. 이제 그녀의 마음에 그날 해야 할 사소한 일들을 하나둘씩 떠올릴 여유가 생겼다.

# 13장

## 하얀색 트럭

1

맥스 젠슨이 싱클레어 주유소에서 근무를 시작했을 무렵, 게리는 1.5킬로미터 정도 떨어진 스테이트가의 VJ 모터스 전시관에서 발 콘린과 트럭에 관해 합의를 보고 있었다. 게리의 제안은 이랬다. 결국 보증인은 없을 것이다. 나는 (만약 당신이 내가 배터리값을 지불한 걸 인정해 주고 전면 유리를 파손시킨 걸 눈감아 준다면) 이미 400달러에 가까운 돈을 지불한 셈인 머스탱을 넘기고, 이틀 안으로 400달러를 더 내놓겠다. 그런 다음 8월 4일까지 600달러를 더 마련하겠다. 당신이 지금 차를 바꿔 주면, 오늘 밤 서류에 서명할 수 있다.

두 사람의 대화를 듣던 러스티 크리스천슨의 얼굴에서 웃음이 비어져 나왔다. 그녀는 시간제로 회계 장부를 기록하고, 발의 사업 계좌와 은행 명세서를 비교 조정하고, 번호판을 발급받고, 그 외에도 전반적으로 일을 보조했다. 그녀는 이제 몇 가지 영업 요령도 알고 있었다.

입 밖에 내지는 않았지만, 러스티는 저 트럭의 가격이 역겨울 정도로 비싸게 책정된 게 틀림없다고 생각했다. 그 트럭에는 이미 1700달러의 가격이 매겨져 있었고, 이자까지 더하면 2300달러에 달했다. 발은 아마 그 고철 덩어리에 1000달러도 지불하지 않았을 터였다. 이제 그는 재판매할 수 있는 머스탱에 더해, 8월 첫째 주까지 1000달러의 현금을 손에 넣을 것이다. 돈을 받지 못할 경우, 트럭을 회수하면 그만이었다. 그의 입장에선 위험 부담이 그리 크지 않았다. 게리는 분명 16만 킬로미터를 뛴 이 하얀색 천사보다 더 나은 차를 찾을 수 있었을 것이다. 그는 실상 트럭의 하얀색 페인트 색깔에 매료된 셈이었다.

이제 러스티는 콘린이 길모어에게 다시 한번 자기에겐 여분의 열쇠가 있으니 돈이 없으면 차를 두고 걸어가야 할 거라고 말하는 광경을 지켜보았다. 늘 하는 부추김의 말이었다. 발은 정신적으로 결함 있는 사람들에게 어울리는 코치였다.

"돈을 가져와요, 게리."

트럭이 출발할 때 발이 말했다.

게리는 스털링을 트럭에 태우고 달리면서 매우 자랑스럽게 이야기했다. 그의 새 엔진은 머스탱보다 훨씬 더 강력했다. 확실히 가속 성능이 더 뛰어났다. 하지만 게리는 차를 함부로 몰지 않았다. 캐딜락을 운전하듯 부드럽게 몰았다. 한동안 천천히 주행하다 고속 도로에 들어선 뒤 신나게 달렸다.

게리가 캐서린 앞에 나타났을 때, 사위는 어두워지고 있었다. 그날은 그녀의 가족 몇 명이 놀러와 있었다. 마당에 있는 체리나무의 열매가 익어서, 그녀의 엄마와 형제자매 몇 명이 아이들과 함께 과일을 따며 밖에 있었고, 그동안 캐서린의 친구 팻은 그녀와 함께 부엌에 있었다. 그 시점에 게리가 뒷문 쪽으로 오더니 밖에서 얘기 좀 하자며 불렀다. 캐서린이 그를 안으로 초대했지만 그는 계속 고집을 피웠다. "밖에서 해야 할 얘기예요. 중요한 일이에요."

그녀가 나가서 그의 트럭을 보고는 "와!" 하고 탄성을 내뱉었다. 캐서린의 눈에 그는 어딘가 이상해 보였다. 엄밀히 술에 취한 건 아니었다. 그는 자기가 얼마나 맨정신인지를 그녀에게 강조했다. 사실 그의 입에서 알코올 냄새가 나지는 않았다. 하지만 그는 정말 이상해 보였다. 그녀가 말했다. 아뇨, 니콜을 본 적 없어요.

그가 말했다. "이젠 그녀가 지옥으로 꺼지든 말든 상관하지 않겠어." 그러고는 마치 내부의 나사 몇 개가 튕겨 나간 사람처럼 캐서린을 쳐다보며 말했다. "인생 조지든 말든."

그 말에 캐서린은 큰 충격을 받았다. 게리가 니콜을 두고 그런 말을 사용했다는 걸 믿을 수 없었다. 그는 마음속 깊이 감춰 두고 싶은 작은 생각들까지 속속들이 꿰뚫어볼 것처럼 그녀를 쳐다보며 말했다.

"캐서린, 내 총 돌려줘요."

"게리." 그녀가 겨우 대답했다. "당신에게 그걸 주고 싶지 않아요. 지금 당신 행동을 보면, 주면 안 될 것 같아요."

그가 말했다. "문제가 생겼어요. 그걸 가져가야 해. 다른 총들은 다 회수했는데, 세 자루가 비거든. 저기, 경찰이 내가 강도 짓 한 걸 알아요."

그녀는 게리가 말을 지어내고 있다고 느꼈다.

"이 경찰 놈이 내가 총을 가게에 돌려놓으면 아무 일도 없을 거라고 했거든."

캐서린이 말했다. "게리, 내일 술 깬 다음에 다시 와서 가져가는 게 어때요?"

그가 말했다. "난 술 안 마셨고, 곤란해지기 싫소. 뿐만 아니라 내가 총을 사용하고 싶다면." 그가 재킷을 열어젖혔다. "이 작은 아기가 다 해결해 줄걸."

그것은 그녀도 알아볼 수 있는 권총이었다. 진짜 독일제 루거가 그의 바지춤에 꽂혀 있었다.

"게다가." 그가 말했다. "내겐 아예 한 부대가 있지." 그 말과 함께 그가 트럭 문을 열자 세워져 있던 마대가 쓰러졌다. 덜컥거리는 소리로 보아 총이 대여섯 자루는 더 들어 있는 것 같았다.

캐서린은 혼자 생각했다. 어떻게 되든 뭔 상관이야? 그녀가 매트리스 밑에서 스페셜 권총을 꺼내 게리에게 건네주었고, 어스름 속에서 그를 진정시키려고 노력했다. 그는 몹시 화가 나 있었다.

그때 에이프릴이 집 밖으로 뛰어나왔다. 그녀는 히스테리에 가까운 상태였다.

"팻 어디 있어요?" 에이프릴이 물었다.

“팻은 떠났어, 에이프릴.” 캐서린이 말했다.

“오.” 에이프릴이 울부짖었다. “팻이 케이마트에 데려다준다고 약속했단 말이야. 나 기타 줄 사야 된다고요.”

그때 게리가 말했다. “내가 데려다줄게.”

캐서린이 황급히 끼어들어 에이프릴에게 말했다. “네가 갈 필욘 없어.”

하지만 에이프릴은 재빨리 트럭에 올라탔다. 캐서린이 “게리, 그 애는 갈 필요가 없어요.”라고 다시 말할 틈도 없이, 그가 “괜찮아요, 내가 도로 데려다줄게요.”라고 대답했다. 그들은 떠났다.

자신이 게리의 성도 모른다는 사실을 캐서린이 깨달은 건 바로 그 순간이었다. 그녀는 그를 게리로만, 그저 게리로만 알고 있었다.

다른 가족들은 주방에서 수확한 체리가 담긴 상자들 사이에 앉아 있었다. 캐서린은 경찰을 부를 생각이 없었다. 경찰이 게리를 제지하면, 그가 그들을 공격할 수도 있었다. 대신, 그녀는 팻이 돌아오기를 기다렸다가 그녀와 함께 흰 트럭을 찾아 나섰다. 그들은 새벽 1~2시까지 도로 여기저기를 달렸다. 그를 찾는 건 불가능해 보였다.

2

에이프릴이 가까이 다가앉아 라디오를 켜고 말했다. “기다림이 길어지면 관계를 유지하기가 어려워요. 방은 좁아지고, 가끔은 개도 있죠.” 에이프릴은 개를 생각하고 몸을 떨기 시작했다. “매일이.” 그녀가 말했다. “똑같아요. 그냥 똑같은 하루죠.” 그리고는 고개를 까닥거렸다. “그걸 다 써 버려야 해요.”

“맞아.” 그가 말했다.

그가 도착하기 직전에, 그녀는 풀밭에 누워 다른 사람들이 체리 따는 모습을 지켜보고 있었다. 그녀는 줄이 끊어진 기타를 연주하고 있었다. 끊어진 줄을 고쳐 놓지 않으면 할머니가 죽을 거라는 생각이 들었다. 에이프릴은 연주를 하면서 자신의 영혼이 제멋대로 날뛰도록 내버려두었고, 지미 헨드릭스와 오티스 레딩[68]의 죽음을 떠올리며 그 질병에 대해 깊이 생각했다. 벌레, 거미, 파리가 죽음을 불러들이면, 사람들은 열에 들떠서 마구 헛소리를 지껄이고 급기야는 줄이 끊어지는 소리와 함께 죽음에 이른다. 그녀가 줄을 고치지 않으면 할머니에게 죽음이 닥칠 게 분명했다. 그녀가 고개를 들어 보니, 눈앞에 개 한 마리가 있었다.

개가 울부짖기 시작했다. 마치 한 남자가 가슴이 터지도록 우는 소리 같았다. 그 소리에 담긴 비극을 떠올리며 에이프릴은 게리의 트럭에서 온 힘을 다해 고개를 까닥거렸다. 그녀는 그런 감정을 좋아하지 않았다. 그렇게 고개를 까닥거릴 때의 그녀는 말을 타고 달리는 것이나 마찬가지였으므로 말발굽이

---

68) 기타리스트 지미 헨드릭스(Jimi Hendrix)는 1970년에 수면제 과다 복용으로 사망했고, 가수이자 작곡가 오티스 레딩(Otis Redding)은 1967년에 비행기 추락 사고로 사망했다.

땅에 닿을 때마다 에이프릴의 머리가 확실히 탁탁 꺾였다. 마치 마귀가 그녀의 몸을 조종하여 평소 화성의 인격과 금성의 인격으로 무심히 떠돌던 사람들을 모두 끌어당기는 것처럼, 그녀의 개인 동력이 재가동되기에 이르렀다. 흑인이 차갑고 검은 눈으로 그녀를 응시했고, 백인이 온 은하계를 통틀어 최악의 방식으로 황홀경에 빠진 것처럼 행동하기 시작했다. 기타로 더 조화로운 영혼들을 매혹하려면 새로운 줄이 필요했다. 에이프릴이 게리에게 말했다.

"난 그 줄 위에서 흔들리는 사람이에요." 그녀가 고개를 까닥거렸다. 질주하는 말이 자신의 목을 꺾을 정도로 너무 세게 까닥이지 않도록 조심하면서.

"있잖아요." 그녀가 말했다. "할머니의 세탁기는 하수구 옆에 있어요. 그래서 저 사람들이 떠다니는 거예요. 나는 불결한 게 싫어요." 그녀는 자신의 입이 콧구멍에서 입아귀까지 뒤틀리는 걸 느낄 수 있었다. "오, 게리, 입안이 바짝 말라요." 그녀가 말했다. "미돌[69]이 필요해요. 칫솔 좀 가져다줄 수 있어요?"

그녀는 자신을 쓰다듬는 그의 손길을 느꼈다. 그는 필요한 걸 가져다주겠다고 말했다.

가게에 가면 판매대의 물품을 그냥 집은 게 아니라, 사려는 물품을 잘 살펴보고 그것에 대해 문의하려는 거라고 사람들이 믿게 만드는 것이 중요했다. 다양한 반응이 있었다. 그 물품이 "저리 가."라고 말할 수 있었고, 혹은 "제발 날 훔쳐 주세

---

69) 생리통 진통제.

요.”라고 말할 수도 있었다. 심지어 자기를 사 달라고 요청할 수도 있었다. 물품도 다른 어느 것만큼이나 스스로를 걱정했다. 게리는 그저 톡, 톡, 퉁 소리를 냈고, 그녀에게 미돌을 구해 주고 칫솔을 구해 준 뒤 그곳에서 그녀를 데리고 나갔다. 그는 맥주를 마시지 않았다. 이런, 그는 아주 예민한 상태였다.

이제 그들은 다시 플레전트 그로브를 달리고 있었다.

“집에 가고 싶지 않아요. 밤새도록 밖에 있고 싶어요.”

“좋아, 그렇게 해.” 그가 말했다.


3


줄리가 병원에서 하룻밤 더 머물러야 했기 때문에, 크레이 그 테일러는 여전히 혼자였다. 그가 막 아이들을 재우려는데 게리가 문을 두드렸고 동행한 소녀를 니콜의 여동생 에이프릴 이라고 소개했다. 그들은 이상해 보였다. 술에 취한 건 아니었 지만, 소녀는 상태가 나빴다. 과도하게 불안해했다. 그녀는 좀 처럼 앉아 있질 못하고, 크레이그가 커다란 통이기라도 한 듯 그의 주위를 돌아다녔다.

게리가 화장실을 다녀와서는 크레이그에게 총을 아직 갖고 있느냐고 물었다. 크레이그는 그렇다고 대답했다. 게리가 그것 을 다시 빌려 달라고 부탁했다. 거기에 더해 총알 몇 개도 달 라고 했다.

“오, 그래.” 크레이그가 말했다. “뭐, 그건 자네 거야. 자네한테 줄게." 그리고 덧붙였다. "그게 왜 필요한데?"

게리는 아무런 대답도 하지 않았다.

마침내 그가 말했다. "그러고 싶어서."

총알을 건네주면서도 크레이그는 느낌이 그리 좋지 않았다. 게리는 지독하게 감정이 없어 보였다.

"게리, 난 거절할 수 없어." 크레이그가 말했다. "이건 자네 총이잖아."

하지만 그는 마지막으로 잘 살펴봤다. 검정색 금속 총신과 멋진 나무 손잡이, 그리고 방아쇠가 금색인 브라우닝 자동 권총이었다.

"집에 가기 싫어요." 그들이 다시 트럭에 올라탔을 때 에이프릴이 말했다.

"제기랄." 게리가 말했다. "밤새 밖에 있게 해 줄게."

그는 서류에 서명하기 위해 발 콘린의 매장으로 차를 몰았다. 가는 길에, 에이프릴은 결국 케이마트에 가지 않았다는 사실을 깨달았다. 그녀에겐 여전히 기타 줄이 없었다. 다시 청하기에는 상황이 너무 복잡했다. 그녀는 거미줄과 싸우는 기분이었다.

게리와 함께 VJ 모터스에 들어서면서 에이프릴이 큰 소리로 말했다.

"어, 공짜 전시다."

게리와 발이라는 두 남자는 늙은 마술사가 오래 말린 약초를 면밀히 살피듯이 계속 열쇠를 들여다보았다. 기이하기도 하군! 그녀가 여기저기를 배회하자 방이 일그러졌다. 주위가 뒤틀려 보였다. 그래서 그녀는 구석으로 가서 주저앉았다. 그렇게 해야 사물이 제대로 보였다. 두 사람이 다가와 종이를 들이대며 네가 증인이니 이걸 보라고 말하는데, 도무지 무슨 말인지 알 수가 없었다. 서류에 서명했다.

러스티 크리스천슨은 지루했다. 9시 30분이나 되어야 게리를 내보낼 수 있을 테니 9시 45분까진 집에 돌아가지 못할 터였다. 아직 이자도 계산해야 하고, 지불금도 산출해야 했다. 그들은 이어 차고지로 나가서 승용차와 트럭에서 번호판을 떼어 냈다. 가끔 구석에 있던 에이프릴이라는 어린 소녀가 큰 목소리로 뭐라고 떠들어 댔다.

그 문제라면, 발의 목소리도 상당히 컸다. "한번 믿어 볼 생각이오. 당신은 지금껏 나랑 잘해 왔으니까. 하지만 빌어먹을, 게리, 돈은 제때 내는 게 좋을 거요."

"알았어요." 게리가 말했다.

"좋아요." 발이 말했다. "한번 믿어 보죠."

게리는 옷을 머스탱에서 트럭으로 옮겨 놓으러 갔고, 그가 떠난 동안 발은 구석에 있는 작은 여자애를 보며 말했다. "이봐, 너 뭐 하고 있니?"

그녀가 마치 다음 세기에서 이제 막 들어온 것처럼 그를 쳐다보더니 괴성을 질렀다. "와 — 와아 — 와……."

발이 생각했다. 휴, 완전 맛이 갔구먼. 소녀가 그를 가만히 바라보며 말했다.

"가끔은 내가 여자라는 생각조차 안 들어." 그녀가 울기 시작했다.

게리가 돌아왔을 때 발이 말했다. "이틀 안에 첫 400달러를 안 가져오면, 눈 깜짝할 새에 트럭을 회수해서 당신이 차를 가졌던가 싶게 만들 거요, 파트너. 트럭도 못 갖고 머스탱도 못 갖는 거요. 게리, 그 돈이 없으면 차도 없어요. 그냥 걸어 다녀야 하는 거요. 알겠소?"

"알겠어요." 게리가 말했다. "문제없어요. 좋아요."

그가 마지막 서류에 서명했고 발이 트럭을 넘겼다.

차에 타서는 게리가 에이프릴에게 말했다. "가자."

그들은 니콜을 찾아 돌아다녔다.

"너의 레이더를 사용해 봐." 게리가 말했다.

그녀는 그에게 영적 간섭에 대해 말하고 싶지 않았다. 그녀가 핑계를 댄다고 생각할 테니까. 영적 간섭은 가장 강력한 정신의 힘이 몰입의 상태에 들어가는 것도 방해할 수 있었다. 그래서 그들은 계속 차로 돌아다녔다. 에이프릴은 자기가 뭔가 적절한 말을 할 수 있기를 계속 바랐다. 그러면 많은 힘을 되찾을 수 있을 테니까. 힘을 되찾기 위해 필요한 건 바로 그것이었다. 널리 퍼져 모두를 화합시킬 수 있는 말 한마디.

"어렸을 때요." 에이프릴이 말했다. "할아버지가 날 돼지우리 속 돼지 등에 태웠거든요. 겁나서 반쯤 죽는 줄 알았어요. 돼지 떼가 풀려나서 우릴 쫓아왔단 말이에요. 나는 욕조 안에 숨었어요. 그날 밤 할 일이 많지는 않았지만, 숨는 법은 배웠죠. 반쯤 안으로 들어가서 숨는 거예요." 그녀가 킥킥 웃었다. "있잖아요, 게리." 에이프릴이 말했다. "난 항상 돼지가 되고 싶었어요."

그녀는 돼지의 힘을 느끼고 있었다. 게리가 길 한쪽으로 빠지더니 주차했다.

"네 엄마한테 전화 한 통 할게." 그가 말했다. "니콜한테서 연락이 왔는지 알아봐야겠어."

게리가 트럭에서 내린 후, 그녀는 어떤 그룹이 부르는 「당신의 사랑이 흐르게 하소서」를 들었다. 남자 둘이었는데, 그렇게 형편없는 그룹은 아니었다. 햄프턴에 대해 생각하지 않아도 괜찮았다.

"당신의 사랑이 흐르게 하고 당신의 사랑이 커지게 하소서."

베이비시터로 일하던 옛날, 사람들의 약상자를 뒤지던 일을 떠올리려 애썼다.

"당신의 사랑이 흐르게 하고 당신의 사랑이 커지게 하소서."

약상자를 뒤져 제대로 취할 수 있는 알약을 꺼낼 때면, 손가락 사이로 사랑이 흐르는 것 같았다. 아, '검은 미인'[70]과 함께 다시 황홀경에 빠질 수 있다면. 그것을 복용하면 기분이 정말 좋았다. '검은 미인'은 봄날의 조화로운 선율처럼 달콤했다.

"그러니까." 에이프릴이 혼자 중얼거렸다. "난 아주 절박하면 늘 라디오에 대고도 말할 수 있어. 디스크자키는 사람들이 자기에게 말을 걸고 있다는 걸 알게 되지."

---

70) 각성제인 암페타민을 가리킨다.

게리는 트럭이 주차된 곳에서 모퉁이를 돌아 싱클레어 주유소로 들어갔다. 지금은 인적이 없었다. 안내원 한 사람만 남아 있었다. 그는 넓은 턱과 딱 벌어진 어깨를 가진 인상 좋고 진지해 보이는 청년이었다. 머리는 깔끔하게 가르마를 탔고, 턱뼈가 귀보다 살짝 더 멀리 떨어져 있었다. 작업복 가슴에 '맥스 젠슨'이라고 적힌 명찰이 꽂혀 있었다. 그가 물었다.

"무엇을 도와드릴까요?"

길모어가 22구경 브라우닝 자동 권총을 꺼내 젠슨에게 주머니에 있는 돈을 다 꺼내 놓으라고 말했다. 길모어는 현금을 주머니 속에 챙기는 즉시 노는 손으로 동전 교환기를 집어 들고 말했다.

"화장실로 가." 그들이 화장실 문을 통과하기 무섭게 길모어가 말했다. "엎드려."

바닥은 깨끗했다. 젠슨이 지난 십오 분 내에 청소한 게 분명했다. 그는 바닥에 누우면서도 미소를 지으려 애썼다. 길모어가 말했다.

"팔을 몸 밑에 넣어."

젠슨이 두 손을 배 밑에 넣고 자세를 취했다. 그는 여전히 미소를 지으려 애쓰고 있었다.

녹색 타일이 가슴 높이까지 붙어 있고 그 위의 벽은 황갈색으로 칠해진 욕실이었다. 바닥에는 약 1.8×2.4미터 크기의 칙칙한 회색 타일이 깔려 있었다. 벽에 걸린 종이 타월 선반에는

'Towl Saver'[71]라는 글자가 적혀 있었다. 변기 시트는 이중으로 되어 있었다. 머리 위 전등이 벽에 붙어 있었다.

길모어가 자동 권총을 젠슨의 머리로 가져갔다.

"이건 내 몫이야."라는 말과 함께 그가 총을 발사했다. "이건 니콜 몫이고." 그가 다시 쐈다. 총이 발사될 때마다 몸이 움찔했다.

그가 일어섰다. 엄청난 양의 피가 놀라운 속도로 바닥에 퍼졌다. 일부는 그의 바지 밑단에도 묻었다.

주머니 속엔 지폐를 넣고, 손에는 동전 교환기를 든 채 그는 화장실을 나와, 커다란 콜라 자판기와 벽에 걸린 전화기를 지나, 정말 깨끗하게 청소되어 있는 그 주유소를 빠져나왔다.

5

콜린은 그날 많은 일을 해냈다. 다림질하고 집 안을 청소했으며, 정원에서 콩을 땄다. 그녀는 자지 않고 맥스를 기다릴 계획이었지만, 11시도 되기 전에 침대로 올라갔다.

잠들기 직전에 누군가 문을 두드리는 것 같았는데, 정작 문을 열어 보니 아무도 없었다. 그녀는 고양이인가 보다고 생각했다. 맥스가 귀가하기에는 아직 이른 시간이었다. 그래서 그

---

71) Towel Saver의 오타일 가능성이 높아 보이는데, 종이 타올을 절약하도록 설계된 디스펜서를 지칭하는 듯하다.

녀는 다시 침대로 돌아가 바로 잠이 들었다.

에이프릴은 트럭에 앉아서 이런 한적한 골목에 있으니 아마도 주위가 조용할 거라고 생각했다. 라디오가 너무 시끄러워서, 나무들이 조용해 보인다는 것 외엔 주변이 조용한지 어떤지 알 수 없었다. 가만히 앉아만 있기엔 긴 밤이었다.

잠시 후 게리가 돌아왔다. 그녀는 담배를 피우며 기다리고 있었다. 그가 말했다.

"자, 가자."

자동차 극장에 차를 세우면서, 에이프릴은 제목에 '뻐꾸기'가 있는 것을 보고, 자기들이 라이자 미넬리 주연의 「불임의 뻐꾸기」[72]를 볼 거라고 생각했다. 에이프릴은 자신의 외모가 라이자 미넬리의 내면 감정과 꼭 닮았을 거라고 늘 생각해 왔기 때문에, 그 영화를 보는 게 무척 기대되었다. 하지만 매표소 불빛 아래에 멈추자, 곧 게리의 바지 밑단에 묻은 피가 눈에 들어왔다.

그들은 주차했다. 게리가 그의 좌석에서 이리저리 움직거리더니 소변을 봐야겠다고 했다. 이윽고 그가 트럭 뒤쪽을 뒤지는 모습이 보였다. 그녀의 눈에는 다른 바지처럼 보였다. 그가 화장실로 갔다. 에이프릴은 혼자 생각했다.

'사람들이 범죄를 저지르는지 확인하기 위해 연방 수사국

---

72) 1969년에 개봉된, 앨런 J. 파큘라(Alan J. Pakula) 감독의 미국 코미디 영화.

이 집을 들여다보지. 티브이를 통해서 말이야.'

그녀는 게리가 없는 동안 영화를 보려고 했지만, 강간당하던 날 밤이 떠올랐다. 하와이에서 흑인 친구들과 함께 길을 걷다가, 세 명의 흑인 친구 중 첫 번째 친구가 파티가 열리고 있는데 코카인 파티이며 그들 모두 기분 좋게 약에 취할 수 있다고 말한 이후에 벌어진 일이었다. 그녀는 이미 LSD를 한 상태여서, 그들이 사는 집의 고급스러운 외관에 매료되었다. 하지만 빨간 소파가 그녀의 냄새 문제를 더욱 악화시켰다. 그녀는 '눈 아가씨'[73]를 흡입할 때 땀을 흘렸고, 그 냄새는 무척 불쾌했다. 워런이라는 흑인 남자가 그녀에게서 냄새가 난다고 말했고, 그녀는 그 빨간색 소파와 이 모든 흑인들 때문에 발칵 성이 났다. 그녀가 돌아다니며 춤을 추기 시작했다. 그들이 그녀에게 샤워를 하고 싶느냐고 물었다. 그녀는 좋다고 했다. 그런 다음 그녀는 욕조에 들어갔고 흠뻑 젖은 채로 여기저기를 뛰어다녔다. 그녀는 알몸이었고 춤을 추고 있었다.

"아무래도 내가 색정광인 것 같아." 그녀가 말했다.

"네가 광인이라고?" 그들이 물었다.

그녀가 그 단어를 다시 천천히 말했고, 그들이 물었다. "색종이 광인이라고?"

그녀가 거만하게 대답했다. "너희들이 나와 내 얼굴을 검게 만들려고 하는구나."

그녀는 그들과 함께 바닥에서 춤을 췄는데, 그들이 춤을 추

---

73) 가루로 된 코카인을 가리킨다.

며 그녀를 바닥에 내리눌렀고 그 과정에서 그녀에게 심한 상처를 입혔다. 그녀는 엉망으로 피를 흘렸다. 창녀처럼. 워런은 코카인에 취해 강압적이었고, 아주 잔혹했다. 힘을 늦출 때도 그는 그녀에게 가혹했다. 지독한 환각에 빠진 그녀 앞에서 밥이라는 녀석의 코가 좌우로 짤짤 흔들렸고 얼굴의 위아래가 합쳐졌다. 한 번, 두 번, 세 번의 성행위가 있었다. 그러다 그들이 불을 켰고, 바닥에 앉아 있던 밥이 말했다.

"소파 위에 앉는 게 어때? 한껏 올라가 봐. 왜 자꾸 낮은 바닥에 있으려 해?[74]"

그런 다음 그가 그녀의 위에 올라탔고, 그녀는 노래에 맞춰 비명을 질렀다. 그들이 비틀어 대자 그녀는 어지럼증을 느꼈다. 그녀는 모터가 작동된 턴테이블이었고, 마귀는 그 테이블이 만들어 낸 소용돌이 속에서 춤을 추었다.

갑자기, 그녀의 눈에 자신이 내내 보고 있던 영화가 들어왔다. 그것은 「불임의 뻐꾸기」가 아니었다. 「뻐꾸기 둥지 위로 날아간 새」였다.

그녀와 병원에서 함께 생활했던 모든 괴짜들이 화면에 나타났다. 그녀는 잭 니컬슨이 무척이나 거슬렸다. 그도 그녀처럼 바로 눈앞의 일에 무감각한 면이 있었다. 잭 니컬슨의 뻣뻣한 걸음걸이에서, 게리의 바지에 묻은 피가 떠올랐다.

이제, 게리가 돌아왔다. 그녀가 말했다. "우리 여기서 떠나요. 저 영화 싫어요. 저 멍청한 것들 때문에 화가 나요."

---

74) 'High(약에 취한)'와 'Low(낮은)'를 이용한 말장난이다.

게리는 실망한 표정이었다.

"내가 다시 보고 싶은 영화가 하나 있다면 바로 이 영화거든."

"미친 바보 같으니." 그녀가 말했다. "취향이 그게 뭐예요?"

저녁 11시에, 한 남자가 오렘의 북위 800 동경 175 지점의 싱클레어 주유소에 차를 몰고 들어가서, 휘발유 45리터와 윤활유 1리터를 구매했다. 그는 직원을 찾을 수가 없어서 명함과 함께 구매 명세서를 남겼다. 얼마 후, 유타주 투엘에 사는 로비 해밀턴이 주유소에 들렀다. 차에 주유를 마친 그가 열린 주유소 사무실 문으로 가서 "누구 없어요?"라고 외쳤다. 대답이 없어서 그는 차로 돌아갔다. 그의 아내가 화장실 문을 두드려 보라고 말했다. 거기에서도 아무런 대답을 듣지 못하자, 그가 문을 살짝 열었고 그 틈새로 많은 피가 보였다. 그는 들어가지 않았다. 그저 오렘시 경찰서에 전화했다. 경찰이 도착하는 데 십오 분이나 걸렸다. 유타주 투엘 출신인 해밀턴 씨는 그가 어느 거리에 있는지 몰랐기 때문에, 상황실 요원에게 일반적인 용어로 위치를 설명해야 했다.

6

존(조니)은 병원에서 돌아와 다시 소파에서 자고 있었다. 브렌다도 잘 준비를 하고 있었다. 누군가가 문을 두드리는 소리가 났다. 이상한 여자애를 데리고 온 게리가 서 있었다.

"사촌, 어딜 다녀오는 거야?" 그녀가 말했다.

"음." 그가 옅게 웃었다. "「뻐꾸기 둥지 위로 날아간 새」를 보러 갔었어."

"그거 다시 보지 않았어?" 브렌다가 물었다.

"어." 게리가 대답했다. "그런데 얘가 아직 못 봐서."

게리가 말했다. "얘는 니콜 동생 '재뉴어리'야."

여자애는 화를 냈다. 처음으로 생기가 도는 모습이었다.

"에이프릴이라고요."

게리가 킬킬거렸다.

브렌다가 말했다. "글쎄, 에이프릴, 메이, 준 아니면 줄라이,75) 이름이 뭐든, 만나서 반갑다."

그러고는 게리에게 말했다. "저 친구는 왜 저래?"

여자애는 상태가 지독히 안 좋아 보였다.

"아." 게리가 말했다. "에이프릴이 LSD의 영향인지 자꾸 과거 일이 떠오른대. 오래전에 먹은 건데도, 계속 그러나 봐."

"몸이 안 좋아 보여, 게리." 브렌다가 말했다. "심하게 창백하잖아."

그 시점에 소녀가 화장실에 가고 싶다고 말했다. 그녀를 따라가며 브렌다가 물었다.

"얘, 괜찮니?"

소녀가 말했다. "그냥 속이 안 좋아요."

---

75) 각각 4월, 5월, 6월, 7월. 재뉴어리는 1월. 에이프릴의 이름으로 말장난을 하고 있다.

브렌다가 게리에게 와서 물었다. "무슨 일이야?"

그는 아무런 대답도 하지 않았다. 브렌다는 그가 불안해하면서도 조심스럽다는 인상을 받았다. 매우 불안하고 매우 조심스러웠다. 마치 고요함 속에서 모든 소리에 집중하듯 그는 엉덩이를 의자 끝에 아슬아슬하게 걸치고 앉아 있었다.

에이프릴이 돌아와서 말했다. "저기요, 당신이 그렇게 행동할 땐 정말 무서워요. 견딜 수가 없어요."

"뭐가 그렇게 무섭니?" 브렌다가 물었다.

에이프릴이 말했다. "게리는 정말 무서워요."

그러자 게리가 당당하게 가슴을 죽 폈다.

"에이프릴, 브렌다에게 내가 널 강간하거나 추행하려 한 적 없다고 말해 줘."

"오, 이런, 있잖아요, 그런 뜻이 아니었어요." 에이프릴이 말했다. "오늘 밤 내내 나한테 잘해 줬어요. 하지만 정말이지, 난 당신이 무서워요."

"뭐가 무서운데?" 브렌다가 물었다.

"말 못 해요." 에이프릴이 말했다.

그 말에서 뭔가 꺼림칙한 기운이 느껴졌고, 그것 때문에 브렌다도 속이 메스꺼워지는 느낌이었다.

"게리, 대체 무슨 짓을 한 거야?" 그녀가 물었다.

놀랍게도 그가 움찔했다.

"이봐." 그가 말했다. "그만하자, 알았지?" 게리가 말했다. "다른 방에서 얘기 좀 할 수 있을까?"

그가 그녀를 주방으로 데려가더니 말했다.

“있잖아, 존이 이제 막 퇴원한 거 알아. 병원 보험에서 바로 수표를 받지 못할 거라는 것도. 그러니까 브렌다, 50달러 쓸래?”

“게리, 아니야.” 그녀가 말했다. “우리는 장도 봐 놨어. 버틸 수 있어.”

게리가 말했다. “내가 정말 돕고 싶어서 그래.”

브렌다가 말했다. “정말 마음이 후하네.”

그녀는 그에게 무슨 꿍꿍이가 있으리라는 걸 알면서도 자신도 모르게 감동했다. 말도 안 되게 감동했다. 이렇게 가짜로라도 그가 자신을 조금이라도 생각해 준다는 사실에 그녀는 울고 싶었다. 대신, 그녀가 말했다.

“돈은 넣어 둬. 오빠가 돈을 관리하는 법을 알았으면 좋겠어.”

그렇게 말하고 나니 그녀는 갑자기 의심이 들었고, 물어야 했다.

“게리, 도대체 그 많은 현금이 어디서 난 거야?”

“친구 하나가.” 게리가 말했다. “트럭 사라고 400달러를 융통해 줬어.”

“훔쳤다는 말이겠지.”

“별로 듣기 좋은 말은 아닌데.” 그가 말했다.

“내가 틀렸다면.” 브렌다가 말했다. “그러면 그리 좋은 말은 아니지.”

그가 그녀의 얼굴을 잡고 이마에 입을 맞춘 다음 말했다.

“무슨 일인지 말할 수 없어. 엮이고 싶지 않을 거 아냐.”

“좋아, 게리.” 그녀가 말했다. “그렇게 안 좋은 일이라면 우린 엮이지 않았으면 해.”

“그래.” 그가 말했다. “알겠어.”

그는 화가 난 것 같진 않았다. 그가 에이프릴을 데리고 트럭으로 갔다. 말하자면, 에이프릴의 팔꿈치를 붙잡고 트럭 있는 곳으로 인도했다.

브렌다는 어느새 그 뒤를 따르고 있었다. 트럭 뒤에는 우유 1.9리터와 해진 천에 싸인 옷 뭉치가 있었다.

브렌다가 말했다. “게리, 우유 엎어질 것 같아. 내가 제대로 세워 놓을게.”

그가 말했다. “건드리지 마. 그냥 놔둬!”

“알았어.” 브렌다가 말했다. “우유가 엎질러지든 말든 신경 쓰나 봐라.”

그가 차를 몰고 떠난 후, 그녀는 자신이 그 옷 뭉치를 보면 안 되는 이유가 뭐였을지 계속 궁금했다.

게리가 에이프릴에게 모텔에 가고 싶은지 물었지만, 에이프릴은 집에 가고 싶지 않다는 말만 반복했다. 그래서 두 사람은 차를 몰고 돌아다니기 시작했고 곧 길을 잃었다.

오렘에서 프로보까지 줄곧 이면도로를 따라왔다는 사실을 깨달았을 때, 트럭에 기름이 떨어졌다.

트럭은 주간 고속 도로 출구와 마을 초입 사이 센터가의 인적이 드문 곳에 멈춰 섰다. 그가 차에서 내려 도로에서 떨어진 작은 계곡으로 뛰어들더니 총과 탄창, 동전 교환기를 덤불 속에 숨겼다. 그러고는 가장 가까운 가게로 향했다.

웨이드 앤더슨과 채드 리처드슨이 웨스트 센터가의 '세븐일레븐'에 있을 때, 한 남자가 다가와서 자기를 주유소에 데려다주면 5달러를 주겠다고 제안했다.

그는 다소 피곤해 보이고 서두르고 있다는 점을 제외하면 괜찮아 보였다. 그들이 트럭에 타자마자 그는 5달러를 내놓고, 창가에 앉아 밖을 내다보았다. 여자 친구가 트럭에 혼자 앉아 있다면서 아무도, 특히 경찰이 그녀를 귀찮게 하는 걸 원치 않는다는 말을 계속했다. 만약 그랬다간 그녀가 큰 소리로 욕을 해 댈 거라고 했다.

그래요, 알겠어요, 최대한 빨리 서두를게요. 그들이 말했다. 문제는 영업 중인 주유소에 도착했지만, 연료통이 없다는 점이었다. 그러자 웨이드가 자기 집에 가서 하나 가져오면 된다고 말했다. 그 남자가 말했다. 그럼 서두르자.

마을 동쪽으로 가서 아버지의 차고에서 연료통을 집어 들고 주유소로 돌아오는 데 몇 분이 걸렸다. 남자의 트럭으로 돌아온 웨이드가 주유를 하기 시작했다. 곧 고등학교 2학년이 될 예정이라 여자애들과의 대화에 좀 더 능숙해지려고 노력하던 웨이드는, 틈만 나면 트럭에 타고 있던 여자와 대화할 기회를 노렸다. 물론 그러면서도 아래 작은 계곡 주변을 돌아다니는 그 키 큰 남자를 계속 주시했다. 그 남자는 채드의 트럭에서 손전등을 빌려 그 주변의 아래쪽을 비추며 무언가를 찾고 있었다.

웨이드가 그 여자애에게 "안녕하세요?"라고 인사하자, 그녀가 그를 매우 심각하게 바라보다 큰 목소리로 물었다. "너 게리 길모어의 아들이야?"

그가 말했다. "오, 아니에요, 부인. 저는…… 오늘 그를 처음 봤어요."

그때쯤 남자가 풀밭에서 찾던 것을 찾았다. 그가 덤불에서 권총과 탄창과 동전 교환기를 꺼내더니 그들 쪽으로 다시 걸어오는 모습이 보였다. 그는 심지어 걸으면서 총 손잡이에 탄창을 철컥 끼웠다. 그리고 그것을 동전 교환기와 함께 좌석 아래에 놓았다. 채드는 웨이드가 연료를 부어 넣을 때 조금 뒤로 물러나 있었는데, 이제 그들은 말없이 서로를 쳐다보았다. 와.

마침내 통이 비워지자 남자가 고맙다고 말하고는 출발 준비를 했다. 트럭에 시동을 걸었다. 시동이 걸리지 않았다. 배터리가 나간 상태였다. 그래서 그들이 자신들의 트럭으로 그의 트럭을 밀어 주었다. 그걸로 끝이었다.

다시 도로를 달리며, 게리가 에이프릴에게 말했다. "이제는 더 돌아다니지 않을 거야. '홀리데이 인' 같은 멋진 곳에서 자고 싶어."

그는 주간 고속 도로에 진입하여 다음 출구까지 3킬로미터 정도를 달렸다.

"당신이랑 안 잘 거예요." 에이프릴이 말했다. "난 지금 극도로 불안한 상태예요."

"나는 아침에 일해야 해." 게리가 그녀에게 알려 주었다. "침대 두 개 있는 방을 얻을 거야.”


8


　홀리데이 인의 야간 회계 담당인 프랭크 테일러가 프런트 데스크를 맡고 있을 때, 1.9리터짜리 우유를 든 키 큰 남자가, 기다란 올림피아 맥주 캔을 자유의 여신상처럼 높이 쳐든 작은 여자와 함께 들어왔다. 프랭크 테일러는 진짜 사건이 발생했다고 생각했다. 야간 회계뿐만 아니라 접수까지 겸하고 있었기 때문에, 그가 다음에 한 생각은 오늘 밤 회계 일을 맨 먼저 끝내지 못하리라는 것이었다. 여자는 금방 조용해질 것 같지 않았다. 그래도 등록할 때 보니, 키 큰 남자는 맨정신인 것 같았다.

　여자가 프랭크에게 연달아 건방진 질문들을 던졌다. 모텔에서 일하는 걸로 먹고사는 거 좋아요? 여기 빈대 있어요? 그러더니 여자 화장실이 어디냐고 물었다. 프랭크가 로비 왼쪽 건너편에 있다고 말하자 여자는 복도 오른쪽으로 걸어가기 시작했다. 그녀가 사라질 때쯤 테일러가 소리 질러 다시 방향을 알려 주었다. 키 큰 남자는 그저 웃고만 있었다. 몇 분이 지나고 그녀는 로비를 가로질러 반대편으로 지나갔다. 키 큰 남자가 식사할 수 있는 곳이 어딘지 물었다. 그는 두 집 건너 ‘로드웨이 인’이 24시간 내내 영업한다는 대답을 주의 깊게 들었다. 그러고는 ‘게리 길모어’라는 이름을 대문자로 커다랗게 서명하고, 주소란에는 '스패니시 포크'라고 기입한 후, 주머니에 손을 뻗어 소액권을 잔뜩 꺼내서 방값을 지불했다.

테일러는 길모어와 여자애가 같이 잘 거라고 추정했지만, 그건 그가 상관할 일이 아니었다. 너무 꼬치꼬치 캐물으면 복잡한 법적인 문제에 휘말릴 수 있었다. 한 번이라도 실제로 결혼한 부부에게 불륜 관계를 의심하는 기색을 비춰 봐라. 어떻게 되나. 말썽 안 부리고 미리 돈을 지불한 사람은 누구든 받아들이는 것이 정해진 관행이었다. 테일러는 열쇠를 받아 함께 손을 잡고 떠나는 두 사람을 지켜보았다.

잠시 후, 교환대의 벨이 울렸다. 길모어가 212호에서 전화를 걸어, 복도로 나가서 치약과 면도날과 알카셀처[76]를 사려고 자판기에 돈을 넣었는데 기계가 작동하지 않는다고 말했다.

절대 작동하는 법이 없지. 프랭크 테일러가 생각했다. 그가 보급함에서 물품들을 꺼내어, 녹색 카펫이 깔리고 황갈색으로 벽이 칠해진 긴 복도를 걸어갔다. 짙은 갈색 합판 문을 지나, 아이스박스와 과자 자판기를 지나, 냉음료 자판기 옆을 지나 212호에 도착했다. 문을 연 길모어는 셔츠 없이 빨간 바지를 입고 있었다. 그가 주머니에 손을 넣어 거스름돈을 한 움큼 꺼낸 다음 면밀히 살펴보듯 들고 있다가 필요한 만큼을 골라 냈다. 테일러의 눈에는 소녀가 보이지 않았지만, 문이 닫힐 때 그녀가 키득거리는 소리가 들렸다.

---

76) 물에 타 마시는 소화제.

# 14장

# 모텔 방

1

　침실의 맨 끝, 먼 벽 한쪽에 유일한 창문이 있었고, 그 창문을 통해 수영장이 내려다보였다. 밀폐된 창문 아래로는 에어컨이 설치되어 있었다. 창문 양쪽에 녹청색 합성 천으로 만들어진 커튼이 걸려 있었는데, 우윳빛 플라스틱 도르래에 감겨 세로로 늘어진 흰색 끈이 커튼을 갈라놓고 있었다. 창문 앞에는 검정색 인조 가죽으로 된 통 모양의 안락의자 두 개와 팔각형 모양의 합성 호두나무 목재 탁자가 있었고, 탁자 옆 회전식 스탠드 위에 티브이가 놓여 있었다. 스탠드의 둥근 크롬 다리는 파란색의 텁수룩한 합성 섬유 깔개에 파묻히다시피 한 고무 바퀴에 고정되어 있었다.

　한쪽 벽에는 합성 호두나무 목재로 만들어진 기다란 책상과 서랍장이 붙어 있었다. 책상의 납작한 서랍 안쪽에는, 왁스를 입힌 납작한 종이봉투가 들어 있었다. "전국 어디서나 친절히 모십니다."라고 적힌 '홀리데이 인' 로고 봉투 안에는 문구류가 담겨 있었다. 수영장 규정 사본과 룸서비스 메뉴판이 "전기를 절약해 주세요."라는 문구가 적힌 길고 얇은 종이쪽 옆에 놓여 있었다.

반대편 벽 쪽에 있는 침대의 머리판 원료는 합성 호두나무 목재였고, 침대보는 녹청색 합성 섬유였다. 그것들에서도 방과 같은 냄새가 났다. 오래된 에어컨과 오래된 시가 냄새였다.

두 개의 침대 사이에 놓인 협탁 위에는 램프와 녹색의 '홀리데이 인' 로고가 새겨진 팔각형 유리 재떨이가 있었다. 전화기의 빨간 메시지 표시등이 계속 깜빡였다. 실수로 켜져 있었기 때문에 꺼지지 않았다. 에어컨도 마찬가지였다. 잠시 후, 에어컨 내부에서 윙윙거리는 소리가 울렸다.


2


욕실 문틀에는 어둠 속에서 네모난 형광 젖꼭지처럼 빛나는 스위치가 있었다. 스위치를 켜자, 천장 조명이 흰색 벽과 시멘트 색 타일 바닥을 비추었다. 세면기 위에는 판유리 거울이, 벽에 나사로 고정된 다섯 개의 플라스틱 유리 클램프로 부착되어 있었다. 여섯 번째 클램프는 떨어져 나가고 없었다. 노출된 나사 구멍이 마치 움직임 없는 검은 벌레처럼 보였다.

세면대는 합성 호두나무 상판에 설치되어 있었다. 그 상판

위에 '홀리데이 인' 로고가 적힌 유리잔 두 개가 셀로판으로
감싸여 가지런히 놓여 있었고, '홀리데이 인' 포장지에 담긴
작은 비누 두 개가 "홀리데이 인에 오신 것을 환영합니다."라
고 적힌 작은 텐트 모양의 노란색 판지 옆에 놓여 있었다. 주
류 판매점이 오전 10시부터 오후 10시까지 영업한다는 안내
문도 붙어 있었다. 이 종이 조각들은 축축했다. 세면대의 둥근
표면이 원심 분리기처럼 작용하여 수도꼭지를 틀자 세면대 밖
으로 물이 마구 튀어 바닥이 젖었다.

변기 시트에 흰 종이띠를 감아 두어서, 그 이후로 아무도
앉지 않았음을 보여 주었다. 변기 왼쪽 벽에 부착된 화장지 걸
이의 화장지는 부드럽고 흡수력이 뛰어나 항문에 달라붙었다.


3


"에이프릴." 게리가 말했다. "변기 띠 말이야, 네가 뜯어낼래,
아니면 내가 해야 할까?"

그녀가 그를 도끼눈을 뜨며, 종이띠를 휴지통에 던졌다.

"세상이 사람들을 일하게 만드는 건." 그녀가 말했다. "부자
들 때문이에요. 알다시피 모든 조직은 부유하거든요."

"이야, 말도 잘하지." 게리가 말했다.

그가 그녀에게 다가가 키스했다. 그녀가 말했다.

"시시는, 시시는 이러는 거 좋아하지 않을 거예요."

그가 그녀에게서 멀어지며 마리화나를 꺼내 들었다.

“나도 좀 피울래요.” 에이프릴이 말했다.

그가 웃으며 그것을 그녀의 손에 닿지 않게 들었다.

“키스해 줘.” 그가 말했다.

“시시 때문에 당신에게 키스할 수 없어요.” 그녀가 말했다. “시시는 뱀파이어처럼 육감이 뛰어나거든요.”

게리가 마리화나에 불을 붙이고 한 모금 빨아들였다.

“한 모금 할래?” 그가 물었다.

하지만 그녀가 가까이 다가오자, 그는 다시 그것을 그녀의 손이 닿지 않게 멀찍이 들었다.

그녀가 방을 돌아다니며 옷을 벗기 시작했다. 옷이 자신을 옥죈다고 느끼는 것 같았다. 처음에는 페전트 블라우스[77]를, 그다음에는 리바이스 청바지를 벗어 던졌다. 브래지어와 팬티만 입고 돌아다니자 기분이 조금 나아진 듯했다.

“게리, 새벽 4시에 일어나서 과자 만든 적 있어요?”

그는 침대 위에 누워서 마리화나를 느긋하게 피우고 있었다. 그는 그저 한 손을 흔들었다. 그러더니 일어나 앉아 트림을 했다. 얼굴에 고통스러운 표정을 떠올리더니, 그가 우유를 집어 들고 크게 한 모금 들이켰다.

“이봐, 꼬마야, 긴장 풀어.” 그가 말했다. “내가 너 안마해 줄 테니 너도 나 안마해 줘.”

“FBI는.” 그녀가 말했다. “사람들이 범죄를 저지르는지 확인하기 위해 집을 들여다본대요. 있잖아요, 티브이를 통해 그런

---

77) 핏이 넉넉하고 주름 장식이 많은 블라우스.

다더라고요.”

그녀가 침대 위에 등을 대고 눕자 방이 빙글빙글 돌았다. 마치 어느 부자 남자와 함께 갔던 모텔 방 같았다. 그날 밤 그녀는 자신이 정말 살아 있다는 느낌을 받았었다. 플라스틱이 너무 생명감이 없었기 때문이다.

“게리.” 그녀가 말했다. “한 모금만 빨게 해 줘요. 나 좀 맛이 간 것 같아.”

그가 마리화나를 건넸고 그녀가 빨아들였다. 게리가 그녀의 얼굴에 키스하며 깨우는 걸로 보아 그녀가 잠시 환각에 빠졌던 게 분명했다.

“날 내버려둬요.” 그녀가 외쳤다. 그가 그녀에게 또 한 번 키스하자 그녀가 말했다. “게리, 당신과 니콜은 천생연분이에요.”

“니콜은 인생 조지든 말든.”

그녀는 바비와 워런이 이리저리 걸어 다니며 자신의 몸을 주무르고 함께 춤을 추었던 하와이에서의 밤을 떠올리며 걸어 다니기 시작했고, 그때 게리가 그녀를 안마하면서, 그녀의 뒤에서, 그녀의 바로 뒤에서, 마치 교도소에서 재소자들이 발 맞춰 걷듯이 자기 다리를 그녀의 다리에 꼭 맞붙인 채 걸었고, 그렇게 방을 돌아다니는 동안 엄지로 그녀의 어깨와 목 뒤를 주물렀다. 잠시 후, 그의 몸이 자기 몸에 바짝 닿는 것이 느껴지자 그녀가 속삭였다.

“그렇게 해서 우리에게 좋을 거 없어요. 시시는 좋게 생각하지 않을 거예요.”

그녀는 주의를 돌려 폴 매카트니의 노래에 귀를 기울이기

로 결심했다. "문을 열고 그들을 들여요."[78] 그녀의 머릿속에
서 음악이 흘렀고, 그것은 점점 카니발이 되어 갔다. 게리는
뒤에서 그녀의 엉덩이를 때리거나 팬티를 만지작거리다 사자
처럼 그녀의 귀에 대고 으르렁거리곤 했다. 그녀는 모텔에 있
던 부유한 남자들을 생각하며 팔꿈치로 그의 손을 쳐 냈다.

"저리 꺼져요." 그녀가 말했다. "나 잘래요."

"우린 서서 잘 거야." 그가 대답했다.

그들은 왕과 왕비였고, 그녀는 그들이 각자 다른 침대에서
따로 잔다는 생각에 기분이 좋아지기 시작했다. 하지만 그녀
는 자신이 깊이 잠이 든다 해도 가위에 무겁게 짓눌릴 것임을
알았다. 마치 성경 속의 그림에서처럼, 어둠 속에서 나타난 악
령들이 이 세상의 사람들을 괴롭히고 우리의 사지를 찢어발
기는 모습을 보는 기분이 들 터였다. 독수리가 쥐를 덮치듯,
수천 마리의 악령들이 하늘에서 내려오는 광경이 머릿속에 또
렷이 그려졌다.

그러는 내내 그는 그녀의 위로 기어 다니며 등을 안마해 주
었다. 눈을 감자, 한 남자가 팔을 퍼덕이는 모습이 보였다. 그
는 양쪽에 각각 약 여덟 개의 팔다리를 가지고, 그것들을 퍼
덕이고 있었다. 그는 마치 가장 강력한 악마처럼 사악한 힘으
로 이 세상에 질병과 그 밖의 모든 것들을 가져오고 있었다.

이제 그녀는 등 안마에 뭔가 문제가 있음을 알아차렸다. 게

---

78) 폴 메카트니와 폴이 이끌던 그룹 윙스가 1976년에 발표한 곡인 「렛엄인
(Let'Em In)」의 가사.

리가 인격을 바꾼 것이다. 그녀 곁에선 언제나 그토록 남자다웠던, 심지어 아버지보다 더 남자다웠던 게리가 여성으로 변해서, 뒤에서 등을 안마하며 그녀의 몸 위로 기어오르고 있었다. 만약 뒤로 돌아 그의 얼굴을 보면, 그녀의 눈에는 여자가 보일 터였다. 그는 자신의 젖가슴과 배를 느끼기 위해 그녀를 더듬고 있었다. 에이프릴은 자기 뒤에 여자가 있음을 느꼈다. 기분이 차갑게 식었다.

"이제 자요." 그녀가 말했다.

그는 다투지 않았다. 그는 그의 침대에 들었고, 그녀는 그녀의 침대에 들었다. 그가 불을 껐고 그녀는 어둠 속에 누워서 천장을 올려다보았다. 얼룩덜룩한 벽토에 반짝이는 유리 조각이 박혀 있어서 천 개의 별처럼 보였다. 그녀는 방의 냄새를 견디지 못하고 불을 켰다. 그녀의 바로 뒤쪽 벽면에는 야자수와 부서진 돌 아치, 그리고 언덕 위의 오래된 이탈리아 저택 풍경이 벽지 전체에 펼쳐져 있었다. 망토를 두른 깡마른 사람들이 그 전원 지대를 거닐고 있었다. 게리가 말했다.

"불 꺼. 난 자야 해."

그녀가 거기 좀 더 누워 있자니, 그가 어둠 속에서 그녀의 침대로 건너와 관계를 가지려고 시도했다. 그녀는 그가 진심인지 아닌지 알 수가 없었다. 그들은 어둠 속에서 그저 실랑이를 벌였고 그가 그녀의 속옷을 찢었지만 그녀는 찢긴 부분들을 그러모아 잡고 안 된다고 말했다.

"게리, 나 이럴 기분 아니에요." 그녀가 말했다. "게리, 정신 차려요." 그녀가 말했다. "시시, 시시, 시시는 이러는 거 좋게 생각하지 않을 거예요.”

마침내 그가 포기했고 그녀는 거기 어둠 속에서 누워 있었다. 방이 다시 그녀의 의식 속으로 돌아오기 시작했다. 돋보기를 통해 들여다보는 것처럼 주변이 아주 선명하게 보였다.

“그저 감방에서 하룻밤을 더 보내는 것뿐이야.” 그녀가 혼자 중얼거렸다. “어차피 난 평생 감옥에 갇혀 살았는걸.”

그들이 나갔던 현관 밖 벽에는 작은 고무 패드가 붙어 있었다. 그것은 212호의 문손잡이가 석고 벽을 찍지 않도록 막아주는 역할을 했다. 이유는 모르겠지만, 그녀는 그것을 보고 고리 모양으로 감겨 하얀 플라스틱 케이블로 말끔히 묶인 티브이 코드를 떠올렸다. 그녀의 머릿속에서 그것은 어떤 뱀이 다른 뱀을 옥죄는 것처럼 보였다.

4

깊은 잠에 빠져 있던 콜린이 가장 먼저 깨달은 사실은 누군가가 집 문을 가볍게 두드리고 있다는 것이었다. 그녀는 깜짝 놀랐다. 일어나서 부엌 시계 옆을 지날 때까지는 몇 시인지도 몰랐다. 시계를 보니 새벽 2시였고 맥스는 아직 귀가 전이었다. 그런 다음 현관 등을 켜고 문에 달린 작은 창문을 내다보았다. 눈앞에 보이는 광경에 그녀는 매우 두려웠다.

창문 밖에는 남자 다섯 명이 서 있었는데, 그중 첫 번째 남자는 그녀가 속한 교구의 장인 카닌이었다.

그가 그녀의 어깨에 팔을 두르고 말했다. "콜린, 맥스는 오늘 밤 집에 못 들어와요."

그녀는 맥스가 다시는 집에 돌아오지 못하리라는 느낌을 받았다.

"그가 죽었나요?" 그녀가 물었다.

다섯 명 모두 고개를 끄덕였다.

그녀는 잠시 울었다. 현실 같지 않았다.

이 시점에서, 그녀가 모르는 두 남자 가운데 한 명이, 카닌 교구장에게 말했다.

"그녀와 같이 있어도 괜찮겠소?"

그가 그렇다고 대답하자, 낯선 두 사람이 떠났다. 그녀는 그들이 사복 경찰임을 알아챘다.

카닌이 그녀가 집에 전화할 수 있도록 도와주었다. 아무도 받지 않았다. 그녀는 부모님이 그날 아침 캠핑을 떠났던 걸 떠올렸고, 맥스의 부모님께 전화했다. 전화를 받은 여성이 젠슨 부부도 캠핑을 떠났지만, 자기가 그분들에게 연락해 보겠다고 말했다. 카닌 교구장이 전화할 만한 사람이 또 있는지 물었고, 콜린은 클리어필드의 부모님 집 건너편에 사는 사촌들을 떠올렸다. 그들은 집에 있었고 바로 차로 오겠다고 했다. 한 시간 반 정도 걸린다고 했다.

카닌 교구장은 이제 사촌들이 도착할 때까지 곁에 있어 줄 사람이 있는지 물었다. 그녀가 두 트레일러 건너에 같은 분회의 여자가 한 명 산다고 말했다. 그들이 전화했고 그녀가 이곳으로 왔다. 남자 셋은 떠났다.

여자는 거의 두 시간 가까이 머물렀다. 그들은 침대에 나란히 누워 이야기를 나눴다. 모니카는 잠들었고 콜린은 멍한 상태였다. 그녀는 그들이 맥스의 시체를 어디로 가져갔는지 알고 싶다는 욕망이 들지 않았다. "그에게 데려다줘요."라고 말할 기분도 아니었다. 그녀는 그냥 앉아서 이웃과 이야기를 나눴고 모든 게 비현실적으로 느껴졌다. 잠시 이야기를 나누다가도 다시 비현실적인 느낌이 들곤 했다. 친척들이 문을 두드렸을 때는 5시 십오 분 전이었다.


5


에이프릴이 귀고리를 빼냈고, 어둠 속에서 그것을 이용하여 자신을 찔렀다. 그녀에게는 언젠가 주사를 맞고 모든 것을 끝내리라는 꿈이 있었다. 그것이 어떤 느낌일지 알고 싶었다. 그래서 그녀는 귀고리 봉의 뾰족한 끝을 목에 대고 계속 눌러 보았다.

아직 어둑한 아침에 게리가 다시 그녀의 침대로 건너와, 한 번 더 시도했다. 그렇게 전력을 다한 건 아니었다. 그런 다음 그는 우유를 더 마셨다. 그에게 필요한 건 분명 섹스보다 사랑이었지만, 에이프릴은 자신이 시시를 실망시킬 수 없다는 걸 알고 있었다. 왜냐하면 시시는 여전히 그를 사랑하기 때문이었다.

새벽 6시 30분에 모니카가 잠에서 깼을 때, 콜린은 스스로에게 되뇌고 있었다. 자신은 아직 살아 있고, 아기도 여전히 살아 있고, 그리고 아기에겐 돌봐 줄 사람이 필요하다고. 아이를 화나게 하는 건 끔찍한 일이었다. 그래서 그녀는 방에 들어가 모니카에게 "안녕, 잘 잤니?"라고 인사를 건넸고, 모니카를 안아 올려 애정을 표현하고 목욕시키고 하루를 시작할 준비를 하게 해 주었다.

창문을 통해 빛이 들어오자, 에이프릴과 게리는 옷을 입었고, 그가 그녀를 집으로 데려다주었다. 에이프릴을 내려 줄 때 그가 말했다. "에이프릴, 어젯밤이 어땠든 간에 넌 항상 내 친구이고 난 항상 널 아낀다는 걸 기억했으면 해."

그녀가 집 안에 들어갔지만 아무도 없었다. 캐서린은 차로 마이크를 일터에 데려다주러 나간 모양이었다. 에이프릴은 바닥을 쓸기 시작했다. 한창 그러던 중에 그녀가 큰 소리로 선언했다. "난 절대 결혼 안 할 거야, 절대로."

캐서린은 게리와 에이프릴을 기다리느라 밤을 지새웠다. 새벽 5시쯤 그녀는 잠이 들었고, 얼마 지나지 않아 알람이 울렸다. 그녀는 매일 아침 아들 마이크를 차에 태워 그가 산림청을 위해 일하는 곳까지 32킬로미터나 되는 구불구불한 길을 따라 협곡으로 올라가야 했다. 하루 밤낮 담배를 피워 댔더니, 숨을 쉴 때마다 폐 속 두려움이 폭풍처럼 휘몰아치는 것 같았다. 그런 다음 협곡에서 내려왔고, 집으로 돌아와 문을 열고 들어갔더니 에이프릴이 부엌 의자에 좀비 왕처럼 앉아 있었다.

"대체 어디 있었던 거니?"

에이프릴은 대답하지 않았다. 앉아서 쳐다보기만 했다.

"너 설마 그 더러운 놈과 밤새 함께 있었던 거야?"

캐서린이 물었다. 두려움이 한결 가라앉았음에도 여전히 안심할 수가 없었다. 그녀는 그저 구역질이 났다. 맙소사, 에이프릴은 영 정신이 딴 데 팔려 있었다.

"빌어먹을." 캐서린이 소리쳤다. "밤새 게리와 함께 있었냐고 묻잖아!"

갑자기 에이프릴이 비명을 질렀다. "날 내버려둬! 좀 내버려둘 수 없어? 난 아무것도 몰라." 그녀가 침실로 달려 들어갔다. "참견 좀 그만해." 문 반대편에서 그녀가 외쳤다.

"내가 할 수 있는 게 아무것도 없어." 캐서린이 스스로에게 말했다. 그녀는 아이가 집에 있다는 사실에 그저 감사했다. 그것은 캐서린이 목숨 걸고 지탱하는 또 하나의 성벽이었다.

# 15장

## 데비와 벤

1

어느 날 데비는 몸이 조금 좋지 않았고, 벤은 데비를 줄기차게 병원에 데려가려 했다. 어쨌든 그녀는 임신 중이었으니까. 하지만 '비지 비(Busy Bee)' 어린이집에는 열한 명의 아이들이 있었고, 데비는 병원에 갈 시간이 없었다. 벤이 마침내 언성을 조금 높였다. 그러자 그녀는 그에게 그만 좀 성가시게 하라고 쏘아붙였다. 두 사람이 이제까지 한 최악의 싸움이었다.

그런 정도가 최악의 싸움이라는 것이 그들의 자부심이었다. 결혼의 지속적인 목표는 서로를 행복하게 하는 것이라고 그들은 생각했다. "난 결코 당신에게 장미 정원을 약속하지 않았어."[79]라는 노래와 완전히 반대였다. 그들은 서로에게 일

---

79) 미국의 컨트리 가수 린 앤더슨(Lynn Anderson)이 1970년에 발표한 노

종의 장미 정원을 약속한 셈이었으니까. 그들은 다른 결혼한 부부들처럼 되지는 않을 작정이었다.

데비는 153센티미터의 키에 몸무게가 45킬로그램이 넘지 않는 여성이었다. 벤은 결혼 당시 195센티미터가 넘는 키에, 몸무게는 86킬로그램이 조금 넘게 나갔다. 이 년 후 벤의 몸무게는 131킬로그램이 되었다. 크고 뚱뚱했지만 데비가 보기엔 괜찮았다. 그는 항상 다이어트를 하거나, 아니면 절제 없이 마구 먹어 댔다. 그는 몸매 관리를 위해 역기를 들곤 했다.

젊은 모르몬교 부부치고, 그들은 잘살았다. 냉동고에 스테이크를 쟁여 둔 채, 나가서 피자 사 먹는 것을 좋아했다. 그들은 집에서 더 맛있는 피자를 만드는 법을 배웠다. 벤은 피자의 모든 면을 고기와 치즈로 덮었다. 그들은 또한 옷을 잘 입었고, 매달 그들의 자동차 핀토[80]의 할부금 100달러를 기한에 맞춰 낼 수 있었다. 벤은 티브이 광고 속 작은 핀토에서 내리는 육중한 남자가 될지도 몰랐다.

하지만 그들은 열심히 일했다. 벤은 BYU에서 경영학 수업을 다시 듣기 위해 줄곧 애썼지만, 그들이 서로 행복하게 살아가는 데 필요한 지출을 감당하려면 하루에 두세 가지 일을 해야 했고, 거기에 더해 데비는 어린이집을 운영해야 했다. 그래서 두 사람은 친구가 거의 필요치 않았다. 그들에게는 인생의 최우선 순위인 아기 벤저민이 있었고, 서로가 있었기 때문이

---

래 「로즈 가든(Rose Garden)」의 가사.
80) 1971년부터 1980년까지 포드 자동차 회사에서 제조하고 판매한 소형 자동차.

다. 그게 전부였다. 그것으로 충분했다.

데비는 집 밖의 문제에 대해서는 아는 게 없었다. 그녀는 방수 바지와 일회용 기저귀, 그리고 어린이집 아이들에 대해서는 무엇이든 알고 있었다. 그녀는 아이들에게 무척 상냥했고 독서보다는 부엌 바닥 닦는 것을 더 좋아했다.

하지만 그녀는 운전면허가 없었기 때문에 밴 없이는 마트나 세탁소 등 어디에도 갈 수 없었다.

또한 그녀는 그들의 은행 계좌나 부채에 대해서도 알지 못했다. 그녀는 두 살짜리, 네 살짜리 어린아이들의 세계에서 살았고 벤과 벤저민과 그들의 집을 훌륭하게 관리했고, 그들은 일주일에 오 일 밤은 외식하러 나갔다. 벤이 식단에 신경 쓸 때를 제외하고는 외식이 그들의 유일한 여흥이었다. 그들은 8달러짜리 고급 피자를 나눠 먹곤 했다.

벤은 항상 두세 가지 일을 병행해야 했다. 벤저민이 태어나기 전에는 새벽 4시에 일어나 5시에 데비를 어린이집에 데려다주곤 했다. 데비는 7시에 등원하기 시작하는 아이들을 위해 놀이 도구를 준비했고, 그때쯤 벤은 솔트레이크에 있는 패스트푸드 음식점을 운영하기 위해 차를 몰았다. 그 일은 아침 6시에 시작되었고, 그는 밤 8시가 되어서야 집에 돌아오곤 했다. 그러다 그는 또 다른 일을 구했는데, 이젠 그녀를 어린이집에 오전 10시까지만 데려다주면 되었지만, 정오에 영업이 시작되는 솔트레이크의 '아틱 서클'이라는 체인점에서 일정 기간 일해야 했다.(후에 '댄디 버거스'로 이름이 바뀌었다.) 그는 새벽 2시에 귀가하곤 했다. 겨울에는 길이 얼어서 퇴근길이 힘들었다.

벤은 밤낮으로 양방향 70킬로미터를 넘게 운전하는 것이 불만스러워지기 시작했다.

물론 그에게는 다른 수입원도 있었다. 그는 BYU에서 유지 보수 직원으로 일하면서, 이따금 청소 일도 했다. 따라서 데비는 벤저민을 '비지 비'에 데리고 있었고 사무실에 유아용 침대까지 마련해 두었다. 일요일마다, 그리고 여유가 생길 때, 벤은 크리스텐슨 감독을 위해 가정 방문 교사로 일했다. 만약 어떤 과부가 전기 작업이나 배관 일을 해 줄 잡역부가 필요하면, 만약 그녀가 다니는 길에 삽질이 필요하거나 창문을 닦아야 한다면, 그야, 벤이 그 일을 할 터였다. 그는 분명 한 달에 대여섯 가정에 필요한 것이 무엇인지 확인했을 것이다.

'시티센터 모텔'의 매니저 자리가 생겼을 때, 벤은 얼른 덤벼들어 그 자리를 차지했다. 주당 최소 150달러의 급여와 살림 방이 제공되는 일이었지만, 벤이 구축할 만한 사업이 있을지도 몰랐다. 큰 신축 모텔도 아니고, 고속 도로에 있는 것도 아니었지만, 수용 능력으로 볼 때, 주당 600달러까지 끌어모을 수 있었다. 게다가 부부가 원하는 만큼 함께 있을 수 있었다.

그들의 고객은 대부분 관광객이거나 BYU에 재학 중인 자녀를 방문하러 온 부모들이었다. 모텔의 투숙객 대부분은 조용했다. 간혹 결혼한 부부로 보이지 않는 커플이 묵을 때가 있었는데, 데비는 이를 달가워하지 않아서 그들에게는 웬만하면 시끄럽고 지저분한 방을 배정하려 했다.

가장 바쁜 시간은 메이드들이 출근하는 오전 9시였다. 그들은 네 명의 객실 청소부에게 각각 주어진 시간 안에 일정한 수의 방을 청소하게 했다. 여섯 시간 동안 일해도 두 시간 걸릴 일이라면 두 시간에 대한 임금을 지불했다. 처음 일을 시작했을 때, 벤과 데비는 얼마나 오래 걸리는지 알아보기 위해 함께 그런 일을 조금씩 해 보았다. 다른 많은 모텔에서는 시간 단위로 돈을 지불했지만, 벤은 방 단위로 지불했다. 물론 유난히 지저분한 방이 있으면 벤이 조정했다. 그는 항상 공평했다.

얼마 후, 데비는 모텔 일을 기대 이상으로 즐기기 시작했다. 함께 보낼 수 있는 시간이 많았기 때문이다. 분주한 아침 시간 이후 대부분의 사람들이 체크인하는 저녁까지 별다른 일이 일어나지 않았다. 벤은 학교로 돌아가는 것에 대해 말하기 시작했다.

하지만 모텔 일은 다소 갑갑할 수밖에 없었다. 예를 들어, 미리 조정하지 않으면 함께 모텔을 떠날 수 없었다. 그러다 보니 식당에 가기 위해 외출을 하기도 힘들었다. 또한 저녁 식사도 서둘러 해결해야 했다. 가끔은 너무 일찍 식사를 해야 할 때도 있었다.

다른 사람들과 어울릴 필요를 전혀 느끼지 못했고, 시간도 잘 흘러갔다. 벤은 마을을 돌아다니면서 사업을 선전하는 데 필요한 사회생활을 할 수 있었다. 그는 '시티센터 모텔'의 이름을 널리 알리고 싶었기 때문에, 보다 큰 규모의 모텔 몇 군데와 특별 협약을 맺었다. 호텔 종업원이 초과 손님을 벤의 모텔로 보내면, 각 손님당 1달러를 지급한다는 합의였다. '시티센터 모텔'은 소규모 호텔로서는 처음으로 언제나 '공실 없음' 안내문을 게시하게 되었다.

강도를 당한다 해도 두렵지 않았다. 이따금 총을 맞닥뜨리면 어떻게 할 것인지에 대해 이야기할 때면, 벤은 어깨를 으쓱하곤 했다. 얼마 안 되는 돈 때문에 목숨을 내걸 이유는 없다고 말했다. 그는 강도가 시키는 대로 할 작정이었다.


2


크레이그 테일러는 다음 날 아침 출근길 라디오에서 주유소 살인 사건 소식을 들었다. 가장 먼저 떠오른 건, 게리의 짓일 거라는 생각이었다. 그러다 젠슨이 32구경 권총으로 살해당했다는 아나운서의 보도를 들었다. 그 말에 희망을 가졌다. 브라우닝 자동 권총은 22구경이었으니까.

일터에서 게리는 평소와 다르지 않아 보였다. 느긋한 건 아니었지만, 니콜과 헤어진 날부터 신경이 날카로웠던 것을 고려하면, 오늘 아침에도 보통 때와 마찬가지로 신경이 곤두서 있었다.

그날 아침, 스펜서 맥그래스는 프로보에 길모어에게 세줄 만한 아파트를 갖고 있다는 한 여성의 전화를 받았다. 만약 길모어가 그 집을 원한다면, 정오쯤 와서 보증금을 내야 한다는 것이었다. 스펜서는 저 남자에게 남은 기회는, 스패니시 포크에서 나와 혼자 사는 법을 익히는 것이라고 생각했다. 그래서 그는 게리에게 오후에 반차를 내라고 말했다. 스펜서는 게리가 주변에 없을 때 자신이 더 행복하다는 것이 슬프지만 진실이라는 결론을 내렸다.

크레이그는 점심시간 직전까지 어떤 것에 대해서도 이야기할 기회가 없었다. 하지만 12시 십오 분 전쯤 작업 속도가 느려지자 게리가 말을 걸었다.

"동전 던지기 하겠어?"

그 말과 함께 그가 잔돈을 한 움큼 꺼냈다. 손바닥에 동전이 산더미처럼 쌓여 있었다. 게리가 떠난 후, 크레이그는 그것이 주유소 살인 사건 현장에서 나온 돈이 아닌지 궁금해졌다.

게리는 발 콘린의 매장에 들러 러스티에게 감사 인사를 했다. 그녀는 게리를 위해 아파트를 빌려준 집주인 행세를 해 주었다. 발은 그 기회를 빌려 게리에게 트럭 살 돈을 구해야 한다는 사실을 상기시켰다.

게리는 번과 아이다의 집에 들러 샤워를 해도 되는지 물었다. 하지만 아이다와 번은 막 집을 나서는 중이었고, 아이다는 문을 잠그고 싶어 했다. 그로 인해 상황이 복잡해졌다. 게리는 이상할 정도로 눈을 매섭게 번뜩였고, 그래서 번은 아이다에게 문을 잠그고 게리는 별도의 출구가 있는 지하실에서 샤워하게 하자고 제안했다. 게리는 동의했지만, 그들이 자신에게 벽을 치는 것 같아 약간 상처받은 표정이었다.

점심 식사 후, 발 콘린은 전화 한 통을 받았다. 게리가 트럭 열쇠를 잃어버렸다는 것이다. 그는 '유니버시티 몰'에 있는데, 트럭 운전석을 잠글 수가 없기 때문에 누구든 와서 그의 물건을 챙겨 줘야 한다고 했다.

발은 러스티 크리스천슨을 보냈다. 러스티가 주차장에 차를 세웠을 때, 게리가 만면에 웃음을 띤 채 거기 앉아 있었다.

"사장님 차를 가져왔소?" 그가 물었다.

러스티는 길모어의 추측이 마음에 들지 않았다. 그녀는 자기 소유의 파란색 선더버드를 운전하고 있었고, 그것은 전혀 새 차도 아니었다. 그래도 길모어는 나쁜 출발을 만회하려고 노력했다. 그는 지나칠 정도로 정중하게 그녀를 위해 문을 열어 주었다.

엄청나게 큰 무지개색 슬랄롬 수상 스키 한 벌이 '그랜드 센트럴'의 가격표가 그대로 붙은 채 트럭 창문 밖으로 비죽 나와 있었다. 그는 그 스키를 그녀의 차 트렁크 안에 잠시 보관해 두고 싶다고 했다.

다음으로, 그들은 열쇠를 찾으러 갔다. 그는 여러 상점을 되짚어 돌아다니다가, 건강식품 가게에서 그의 커다란 열쇠 묶음을 발견했다.

쇼핑몰을 통과해 돌아가다, 러스티가 '아동 몰' 앞에서 멈췄다. 그녀의 어린 딸이 마담 알렉산더 인터내셔널 인형을 수집하고 있었는데, 스페인에서 새로 입고된 인형이 눈에 들어왔기 때문이다.

러스티가 물었다. "시간 좀 있어요?"

그가 대답했다. "아, 물론이죠."

두 명의 나이 든 판매원이 반대편 끝에 있었다. 러스티는 기다리고 또 기다렸다. 오 분은 족히 지났을 것이다. 아무도 그들이 그곳에 있는 걸 알아채지 못했고, 길모어는 점점 초조해졌다.

그녀는 기다리는 것이 길모어에게 얼마나 고통스러운지 느낄 수 있었다.

마침내 그가 말했다. "어떤 걸 원해요?"

그녀가 그에게 알려 주었다.

그가 말했다. "걱정 말아요."

그리고는 케이스를 열고 인형을 꺼낸 뒤 그녀의 팔꿈치를 잡고, 뭐라 항의하기도 전에 그녀를 가게 밖으로 데리고 나왔다.

새빨간 새틴 드레스를 입은 인형을 보고 게리는 이렇게 말했다. "뭐, 정말 귀엽네."

러스티는 그가 잘난 척을 하는 건지 확신할 수 없었지만, 지금의 그녀에게 더 이상 놀랄 만한 일은 없었다. 그녀는 그저 얼른 쇼핑몰에서 도망치고 싶었다.

주차장에서 먼 길로 돌아가면서 게리가 말했다. "있잖아요, 당신은 꽤 멋진 여자예요. 일처리도 정말 잘하고. 당신은 무너지지 않죠." 그녀가 고개를 끄덕이자, 그가 말했다. "나는 함께 일할 사람을 찾고 있었어요."

"오, 그거 좋네요." 러스티가 말했다.

그녀는 차로 가기 위해 서두르고 있었다. 이미 그가 정신적으로 문제가 있다고 판단했기 때문에 절대 그를 모욕하고 싶지 않았다.

"내가 일처리를 잘한다고 생각한다니 다행이네요." 그녀가 말했다.

"당신이 못생긴 건 아니지만 나한텐 너무 나이가 많아요." 그가 그녀를 평가하듯 쳐다보다가 물었다. "몇 살이에요?"

“스물일곱이요.” 러스티가 대답했다.

“여동생은 없겠죠?” 길모어가 물었다.

러스티는 생각했다. 맙소사, 여동생이 있었으면 지하실에 가둬 놨을 거다!

게리가 말했다. “당신이 나이가 좀 많은 게 정말 아쉬워요. 난 어린 여자가 좋거든요.”

“내 손해죠, 뭐.” 러스티가 말했다.

길모어는 여섯 개들이 맥주 두어 개를 집으러 가게에 들렀기 때문에, 그녀는 VJ 모터스에 그보다 앞서 돌아왔다.

“저기요.” 그녀가 들어오면서 말했다. “나한테 더는 이런 일 시키지 말아요, 콘린. 다음엔 당신이 가요.”

그리고 그 수상 스키에 대해 이야기했다.

게리가 장물을 들고 들어왔다.

“그런 널판 같은 거 난 필요 없소.” 발 콘린이 말했다.

“150달러는 나갈 텐데요.” 게리가 그에게 알려 주었다.

“이봐요, 게리. 난 빌어먹을 배도 없어요. 수상 스키를 어디다 쓰겠소?” 길모어가 그것을 구석에 내려놓자, 발이 말했다. “대체 언제쯤 머스탱에서 당신 개인 물건들을 꺼내 갈 거요? 나 그거 팔아야 한다니까.”

“이 수상 스키 좀 봐요.”

“훔친 거요?” 발이 물었다.

“무슨 상관인데요?”

“난 전당포가 아니오. 훔친 물건은 필요 없어. 새로운 골칫거리도 당연히 필요 없고.”

“음, 이건 싸게 잘 산 물건이에요.”

“보트 없이는 똥값도 안 돼.” 발이 말했다. “보트는 어디 있소? 내일부로 나한테 400달러를 빚진다는 사실만 잊지 마쇼.”

“마련할 거예요.”

“게리, 이 개자식아.” 발이 말했다. “당신은 이걸 잘, 아주 잘 이해하는 게 좋을 거야. 그 빌어먹을 돈을 나한테 갖고 오지 않으면, 당신은 그냥 걸어 다녀야 할 거야. 당신한테 자동차가 있었다는 사실조차 아예 잊게 될 거라고.”

“발, 당신은 나한테 잘해 줬어요. 그러니 걱정 말아요. 돈 마련할게요.”

“좋아.” 발이 말했다. “그래야지.”

말이 없는 가운데, 발이 신문을 집어 들고 읽기 시작했다. 잠시 후 그가 신문을 내려놓고 벌컥 화를 냈다.

“이런, 세상에, 이 살인 사건 믿어져?” 그가 물었다. “대체 어떤 바보가 그런 짓을 하지? 미치지 않고서야, 주유소에서 사람에게 총을 쏘다니. 아무 이유 없이 말이야.”

그는 정말로 화가 났다. 그가 책상을 신문으로 내려쳤다.

“있잖아, 돈을 못 얻어 내서 사람을 쏘는 개자식도 이해할 수는 있어. 하지만 현금을 빼앗고도 뒷방으로 데려가 바닥에 눕히고 머리에 두 번이나 총을 쏜 놈은 염병할 정신병자가 아니라면 말이 안 돼! 그런 개자식은 목매달아 죽여야 한다고.”

콘린은 그 말을 하는 와중에도 화가 치밀어서 고래고래 악을 썼다. 길모어가 그의 눈을 다시 쳐다보며 말했다.

“글쎄요, 어쩌면 죽어 마땅한 인간이었는지도 모르지.”

그의 얼굴에 아무런 표정이 없는 걸 보고, 러스터는 게리가 그 살인 사건에 대해 뭔가 알고 있다고 판단했다. 그가 훔친 총을 판 걸까?

발이 고함을 쳤다. "오, 게리, 이봐요, 빌어먹을, 머리에 총을 쏜다고? 제정신이 아니야. 미치광이라고!"

게리는 이렇게 말할 뿐이었다. "뭐⋯⋯."

그가 일어나 발에게 맥주를 더 마시고 싶은지 물었다.

발이 말했다. "아니, 우린 마셨소. 그건 가져가요, 게리."

너무 이른 시간에 맥주를 많이 마신 탓인지도 몰랐다. 하지만 그 오후에는 확실히 어두운 기운이 가득 차 있었다.


3


화요일 오후에 게리는 몽 코트와 주간 면담 시간을 가졌다. 게리가 '그랜드 센트럴'에서 카세트 플레이어를 훔친 이후 평균 면담 시간이 더 길어졌지만, 7월의 이 더운 화요일에는 무려 한 시간 넘게 면담이 계속되었다. 길모어가 드디어 속마음을 털어놓기 시작했고, 보호 관찰관은 그것을 그의 마음에 다가갈 기회로 여겼다. 며칠 뒤, 코트는 사전 조사 보고서에 대해 의견을 내야 했고, 그는 일주일의 구류형을 권고하기로 거의 마음을 굳힌 상태였다. 그 정도면 게리에게 본때를 보여 줄 수 있을 터였다.

하지만 코트는 그것이 달갑지 않았다. 길모어는 자신의 환경을 조작하기 위해 모든 기회를 이용했으며, 특히 오늘 같은 날에는 그를 동정하지 않을 수 없었다.

길모어는 음주에 대해 이야기하며 술을 끊고 싶다고 말했다. 그가 보기에, 그것만이 니콜을 다시 만날 수 있는 방법이었다. 그는 그녀와 다시 함께해야 했다.

둘은 이야기를 나눴고, 코트는 니콜이 겁이 나서 떠났다는 사실을 알게 되었다. 그것이 길모어의 마음을 어지럽혔다. 그는 그녀가 자신을 폭력적인 사람으로 생각하지 않기를 바란다고 했다. 정중하게 귀를 기울이면서도, 그는 게리가 비현실적인 이야기를 한다고 생각했다. 두려워하지 않기를 바라는 마음만으로, 두려움을 느끼는 상대의 생각을 돌이킬 수는 없었다. 하지만 코트는 길모어가 자기에게 니콜이 얼마나 필요한지를, 그리고 술을 끊으면 그녀를 되찾을 기회가 커질 수도 있다는 것을 이해한다는 점에서 그가 현실적이라고 생각했다.

물론 그는 지금도 술을 끊은 사람처럼 보이지 않았다. 염소 수염이 자라는 중이었고, 옷차림도 너절했다.

이번이 진짜 대화에 가장 근접해진 때였다. 길모어는 슬프고 기운 빠진 목소리로 자신이 연인으로서 문제가 있다고 생각한다고 말하며 자리에 쓸쓸히 앉아 있었다. 이 대화로 그들의 관계가 한 단계 더 진전되었다고 코트는 생각했다.

게리는 그 후 몇 시간 동안 오렘과 프로보, 그리고 스프링빌과 스패니시 포크를 돌며 니콜을 찾아다녔다. 그가 한쪽 도로에서 운전하는 동안, 니콜과 로저 이튼이 다른 도로를 따라 이동하고 있었다.

4

니콜은 매우 예민하고 불안한 상태였다. 얼마 지나지 않아, 로저 이튼도 같은 상태가 되었다. 그가 고대해 온 화요일 오후는 바라던 대로 되지 않았다.

먼저 니콜은 그에게 일요일에 스패니시 포크에서 게리를 마주친 이야기를 꺼냈다. 로저에게 작은 데린저 권총을 보여 주었다. 니콜이 가방에서 그것을 꺼내는 방식을 보고, 로저는 그녀가 그것을 사용할 줄 안다고 꽤 확신했다.

그가 말했다. "그거 저리 치워."

그는 니콜처럼 살아야 했던 사람을 한 번도 만나 본 적이 없었다.

로저는 운전하면서 지난밤 주유소에서 일어난 살인 사건에 대해 이야기했다. 그녀는 처음 듣는 이야기였다. 만약 알았다면 집에서 움직이지 않았을 거라고 그녀가 말했다.

"무서워요." 잠시 후, 그녀는 중얼거렸다. "아무래도 게리가 저지른 짓 같아요."

"농담이지?" 그가 물었다.

"아니요, 난 그렇게 생각해요." 그녀가 반복했다.

"하지만 확실한 건 아니잖아?" 로저가 물었다.

그녀는 대답하지 않았다.

그는 그녀를 '유타 밸리 몰'로 데려가 25달러쯤 하는 청바지 한 벌과 35달러짜리 셔츠를 사 주었다. 그런 다음 스프링빌에 있는 그녀의 아파트로 최대한 빨리 데려가 한 블록 떨어진 곳에 내려 주었다. 그녀는 차에서 내리기 전에, 예전에 그가 보낸 편지를 게리도 봤다고 경고했다.

로저는 게리가 니콜을 찾아내서, 자기 이름을 털어놓을 때까지 그녀를 때릴지도 모른다고 생각했다. 그런 다음 게리가 자기를 찾으러 몰에 들이닥치는 거다. 그런 생각이 머릿속을 스치자, 로저는 혼자 중얼거렸다. "난 망했네."

작별 인사를 나눌 때는 어쩔 수 없이 이렇게 말했다. "니콜, 게리가 날 찾아낼까 봐 두려워."

"찾아내면 당신을 죽일 거예요."

"그에게 무슨 짓을 한 거야?" 로저가 물었다.

"아무 짓도 안 했어요. 그냥 그가 날 원할 뿐이에요."

로저가 말했다. "보아하니, 그가 나보다 훨씬 더 간절하게 당신을 원하는 것 같군. 난 당신 때문에 죽고 싶진 않아."

"이해해요."

"나나 당신 목숨이 걸린 문제라면, 이 관계를 끝내고 싶어. 이 말도 안 되는 관계는 그냥 없던 일로 하자."

그가 그녀에게 작별 인사를 할 때 날이 어두워지고 있었다.


그날 저녁 조니는 신문 너머로 브렌다에게 말했다. "여보, 여기서 총격 사건이 있었다고 하네." 그는 그녀가 기사를 읽을 때까지 기다렸다가 이렇게 말했다. "게리 길모어의 전형적인 특징이 한가득이야."

브렌다가 말했다. "나도 그가 나쁜 놈인 건 알지만 살인자는 아니야, 조니."

조니가 말했다. "아마 살인자가 맞을걸."

5

하루 종일 모텔에서, 데비 부시넬은 불안한 상태였다. 오후 내내 그녀는 친구 크리스 캐피에게 전화를 계속했다. 매우 이례적인 일이었다. 데비와 크리스는 보통 이 주에 한 번 정도 연락을 주고받았고, 크리스가 가끔씩 모텔에 들르곤 했다. 크리스는 예전에 '비지 비'의 직원이었고, 둘은 잘 지냈지만 정확히 말해 가까운 사이는 아니었다. 하지만 이 화요일 오후 데비는 너무 불안해서 계속 전화를 걸었다.

크리스가 마침내 말했다. "데비, 나 할 일이 500가지나 돼. 더 이상 할 말이 없어."

데비 자신도 어쩔 수가 없었다. 두 시간 후에 다시 전화를 걸었다.

"지금은 뭐 해?" 그녀가 물었다.

크리스가 대답했다. "아무것도 안 해. 왜 전화했어?"

데비는 일요일부터 계속 이상한 느낌에 휩싸였다. 그 느낌은 월요일에도 계속되었고, 화요일 오후에는 더욱 심해졌다. 벤도 마찬가지였다. 드물게 모텔에서 쉬는 날이었던 일요일에, 그들은 와이오밍에 사는 가장 친한 친구 포터 더드슨을 방문했는데, 벤은 하루 종일 가만히 앉아 있지를 못했다. 포터와 그의 아내 팸에게는 미안한 일이었지만, 식사를 비롯해 모든 일에서 그는 서두르는 기색이 역력했다. 이제 그는 신경 쓰이던 것이 무엇이었든 그것을 극복한 듯 보였다. 그는 화요일 오후 내내 근력 운동을 한 후 낮잠을 잤다. 이 시점에서 뭘 해야 할지 갈피를 못 잡는 사람은 데비였다.

벤이 일어나자 데비는 스테이크와 샐러드를 준비했고, 두 사람은 함께 저녁 식사를 했다. 벤저민은 이미 목욕을 시켜 재웠고, 마침내 사위가 어두워졌다. 사람들이 방으로 돌아오기 시작했고, 벤은 사무실에 있는 티브이를 켜고 올림픽 경기를 시청했다. 잠시 후 데비는 들어오는 손님들을 혼자 처리하도록 벤을 두고 다시 집 안을 청소하기 시작했다. 하지만 이 바보 같은 두려움이 그녀의 뱃속에서 계속 기어다녔다.


게리는 번의 집에서 몇 블록 떨어진 유니버시티 대로와 사우스 3번가 교차로에 있는 주유소에 들렀다. 게리는 그곳에서 일하는 마틴 온티버로스라는 친구를 알고 있었고, 사실은 그 주에 얼마간의 시간을 들여 마틴의 차를 도색해 주었다. 게리는 400달러를 빌릴 수 있는지 온티버로스에게 묻기 위해 들렀지만, 그 주유소를 운영하는 마틴의 양아버지 노먼 풀머로부터, 그들이 그날 막 약 2만 2000리터의 기름을 구입하느라 한 푼도 남지 않았다는 말을 들었다. 주유소에는 신용 카드 전표 외에는 아무것도 없었다. 현금은 거의 없었다. 게리는 차를 몰고 오렘으로 향했다.

9시경 게리는 니콜을 찾기 위해 스패니시 포크로 차를 몰았다. 도중에 한 가게에 들렀는데, 시동이 걸리지 않아 트럭을 밀어야 했다. 그래서 그는 노먼 풀머의 주유소에 다시 차를 세우고 불만을 토로했다. 시동이 잘 걸리지 않을 뿐만 아니라 엔진이 과열되고 있다고 그들에게 말했다.

"음." 노먼이 말했다. "일단 저기 세워 둬요. 온도 조절 장치를 바꿔 보죠."

길모어는 얼마나 걸리느냐고 물었고, 풀머가 이십 분이라고 답하자, 길모어는 잠깐 어디 좀 다녀오겠다고 말했다.

길모어가 가자마자 마틴이 트럭에 올라타서 열쇠를 돌려 시동을 걸었다. 아무런 문제 없이 모터가 돌아갔다.


소파 쿠션을 닦던 데비 부시넬은 프런트 오피스로 나가 벤에게 가게에 가서 저지방 우유를 사다 달라고 부탁했다. 그녀는 벤이 아이스크림과 초코바도 사다 주었으면 했는데 속으로 다시 임신한 게 틀림없다 생각하며 킥킥 웃었다. 그녀는 분명히 숨길 수 없는 갈망을 느꼈다. 하지만 벤은 가고 싶지 않았다. 올림픽 경기를 놓치고 싶지 않았다.

소파 쿠션을 닦는 일도 보통 일이 아니었다. 젖은 헝겊으로는 도무지 만족스럽게 닦이지가 않았다. 그래서 그녀는 쿠션 커버의 지퍼를 열고, 커버를 세탁하고 말려서 다시 씌우기로 결정했다. 한편, 그녀는 소파 구석을 진공청소기로 청소할 계획이었지만, 막상 커비[81]를 켜려고 하니 스위치를 누를 엄

---

81) 커비(Kirby)는 진공청소기를 비롯해 가전 제품을 제조하는 미국의 브랜드. 여기서는 진공청소기를 가리킨다.

두가 나지 않았다. 세 번 연속으로 그녀는 진공청소기의 라벨 — 커비 — 를 보았지만 전원을 켜지는 않았다.

그러다 벤이 프런트 오피스에서 누군가와 말을 주고받는 소리를 들었다. 풍선 터지는 소리가 나서, 아이가 있나 보다고 생각했다. 그래서 그녀는 이야기를 나누러 나갔다. 이유는 없었다. 그저 아이와 이야기를 나누고 싶었다.

살림방에서 사무실로 향하는 문을 통과하는 순간, 막 떠나려던 염소수염의 키 큰 남자가 다시 돌아서서 그녀 쪽으로 다가왔다. 엉뚱하기 짝이 없는 단어가 그녀의 머릿속을 지나갔다. '저기 똥 덩어리가 있네.'[82] 그녀는 속으로 생각하고는, 재빨리 살림방으로 돌아섰다.

그녀는 실제로 아기 침실의 가장 먼 구석으로 도피했다. 그녀는 계산대 반대편에서 자신의 얼굴을 정면으로 쳐다보던 그 남자의 모습이 계속 떠올랐다. 가슴이 얼음장처럼 차가워졌다. 남자는 그녀를 쫓고 있었다.

그러다 그녀는 정신을 차리고 거실을 지나 주방으로 들어가 텔레비전과, 주방과 사무실을 나누는 벽에 난 네모난 구멍 사이의 좁은 공간을 통해 사무실을 엿보았다. 그 공간을 통해 사무실 안을 살짝 들여다볼 수 있었다. 마침 그 낯선 남자가 문밖으로 나가는 모습이 보였다. 그 후 그녀는 사무실로 들어

---

82) 원문은 "There's poopy-doo." 1970년대에 큰 인기를 끈 애니메이션 시리즈 중에, 미스터리를 해결하는 개와 친구들의 모험을 그린 「Scooby-Doo, Where Are You!」가 있었다. 데비는 아마도 이 '스쿠비-두'에서 '푸피-두'를 떠올린 것 같다. poop은 '똥'을 가리킨다.

갔다.

벤이 바닥에 쓰러져 있었다. 얼굴을 바닥으로 향한 채 엎드려 있었고, 다리가 경련하고 있었다. 그녀가 몸을 숙여 그를 살피는데 머리에서 피가 흘러나왔다. 그녀는 응급 처치 교육을 받은 적이 있는데, 상처에 손을 대고 압박을 가하라고 배웠지만, 이번에는 출혈이 끔찍이도 심했다. 그의 머리에서 핏물이 계속 솟구쳤다. 그녀가 그 위에 손을 얹었다.

그녀가 다른 손에 전화기를 들고 교환원에게 전화를 걸었다. 전화벨이 다섯 번, 그리고 열 번, 그리고 열다섯 번 울렸다. 한 남자가 사무실로 들어와 총을 든 남자를 봤다고 말했다. 전화벨이 열여덟 번, 스무 번, 스물두 번, 스물다섯 번째로 울렸다. 여전히 응답이 없었다. 그녀가 그 남자에게 구급차가 필요하다고 말했다. 그 낯선 남자는 영어를 잘하지 못했지만 손에 전화기를 들고 있었다. 교환원은 여전히 응답하지 않았다. 남자가 경찰을 부르러 밖으로 나갔다.

이제 그녀는 크리스 캐피에게 전화했다. 그날 오후에 이미 네 번이나 전화를 걸었기 때문에 그 번호는 쉽게 기억할 수 있었다. 그런 다음 데비는 벤의 머리에 손을 얹은 채 그 자리에 가만히 앉아 있었고, 시간이 한참이나 흘렀다. 데비는 지원이 올 때까지 얼마나 오래 걸렸는지 가늠하지 못했다.

# 16장

## 무장하여 위험한

1

그날 저녁 9시 30분경, 피터 아로요는 아내와 아들, 조카 둘과 함께 골든 스파이크 레스토랑에서 저녁 식사를 하고 시티센터 모텔로 돌아오고 있었다. 10시 30분이 가까운 시각, 그들은 방으로 돌아가고 있었다.

모텔 사무실의 앞쪽 창을 지나가던 아로요는 이상한 광경을 목격했다. 모텔에 등록하면서 덩치가 큰 모텔 직원이 작은 체구의 아내와 함께 있던 모습을 눈여겨보았는데 지금은 두 사람 모두 보이지 않았다. 대신, 아로요가 막 길을 따라 지나가고 있을 때, 염소수염을 기른 키 큰 남자가 계산대 주위를 서성이고 있었다. 그 남자의 한 손에 현금 보관함이 들려 있었다. 다른 손으로 긴 총신이 달린 권총을 쥐고 있는 것도 눈에 들어왔다.

아이들은 아무것도 보지 못했다. 심지어 아로요의 조카 하나는 도장을 받기 위해 사무실 안으로 들어가려고 했다.

아로요가 말했다. "그냥 계속 가."

그 남자가 돌아서서 계산대로 향하는 모습을 곁눈으로 보았다. 아로요는 더 이상 쳐다보지 않고 계속 차를 향해 걸어갔다. 그는 자신이 본 광경이 누군가가 총을 가지고 장난치는 모습이기를 계속 바랐다. 어쩌면 단순하고 이치에 맞게 설명할 수 있는 일일지도 몰랐다.

사무실에서 약 9미터 떨어진 곳에 주차된 그의 마타도어[83]에 도착하자, 그는 여자애들을 위층으로 올려 보냈다. 그런 다음 차 지붕 위의 적재함을 내리기 시작했다. 두 남자가 발코니에서 내려왔고, 그는 그들에게 혹시 사무실로 가는 것인지 물었지만, 그들은 그저 얼음을 찾으러 내려왔던 것뿐이었고, 바로 다시 위층으로 올라갔다.

이제 총을 든 남자가 문밖으로 나와 왼쪽으로 돌더니, 길을 걸어 올라갔다. 아로요는 바로 사무실로 향했다.

모텔 매니저가 바닥에 쓰러져 있었고 그 옆에 전화기를 손에 쥔 남자의 아내가 있었다. 바닥이 온통 피로 덮여 있었다. 바닥에 쓰러진 남자는 아무 말 없이 그저 이상한 소리를 냈다. 그의 다리가 약간 경련하듯 움직였다. 아로요는 여자가 남자를 뒤집는 것을 도우려 했지만, 디딘 바닥이 너무 미끄러웠다. 남자는 몹시도 무거웠고 너무 커다란 피 웅덩이 속에 누워

---

83) 아메리칸 모터스에서 제작하고 판매한 미국의 자동차.

있었다.

2

모텔에서 걸어 나오면서, 게리는 돈을 주머니에 넣고 현금 보관함을 덤불에 버렸다. 주유소에서 한 블록 정도 떨어진 곳에서 총을 없애기 위해 걸음을 멈췄다. 총구를 잡고 그것을 다른 덤불 속으로 밀어 넣었다. 나뭇가지가 방아쇠에 걸렸는지 총이 발사되었다. 총알이 엄지와 손바닥 사이의 부드러운 살을 관통했다.

노먼 풀머가 양동이 속의 물을 화장실 벽에 끼얹었다. 큰 스펀지를 들고 타일을 닦아 내고 바닥을 문질렀다. 그런 다음 길모어의 트럭 작업이 어떻게 진행되고 있는지 보러 나갔다. 풀머는 자신이 방금 청소를 마친 남자 화장실 안으로 게리가 황급히 걸어 들어가는 것을 보았다. 길모어의 뒤로 핏자국이 이어졌다. "아무래도 뭔가에 부딪힌 것 같은데." 노먼이 혼자 중얼거렸다. 그러고는 작업 구역 바닥에 떨어진 큰 핏방울들을 대걸레로 훔쳐 냈다.

풀머는 머리 위의 무선 통신 장치에서 경찰 상황실 요원이 시티센터 모텔에서 발생한 가중 폭행 및 강도에 대해 말하는 소리를 들었다. 노먼은 귀 기울여 듣기 시작했다. 어쨌든 그는 무선 통신 소리에 주의를 기울이는 습관이 있었다. 음악보다 그게 더 흥미로웠다. 경찰은 한 남자가 총에 맞았고 다른 남자가 걸어서 달아났다고 말하고 있었다.

풀머는 다시 작업 구역으로 들어갔고 마틴 온티버로스 또한 무선 통신을 들었다는 걸 한눈에 알아챘다. 마틴은 낡은 온도 조절기를 제거하지도 않았으면서 당장 볼트를 다시 끼우기 시작했고, 풀머도 다른 볼트를 조였다. 그 작업이 끝나고 그들이 후드를 쾅 닫는 순간에, 게리가 남자 화장실 문을 통해 다시 돌아와서 물었다. "다 했어요?"

풀머가 대답했다. "그럼요, 다 했소."

길모어가 조수석 쪽에서 트럭에 올라, 운전석으로 미끄러져 들어갔다. 풀머는 그가 부상을 입은 걸 알아챘다. 그는 오른손으로 열쇠를 꽂기 위해 몸을 핸들 왼쪽으로 완전히 기울여야 했다. 마침내 그가 시동을 걸자, 풀머가 조심하라고 말했고, 게리가 알았다고 답하며 뒤로 후진하다, 아니나 다를까 음수대를 들이받지 못하도록 설치된 콘크리트 기둥에 부딪혔다.

"오, 맙소사." 풀머가 혼잣말했다.

길모어는 이제 트럭을 움직이지 않고 가만히 있었다. 풀머는 길모어가 여전히 총을 갖고 있을 거라고 생각하면서도, 다시 나가서 문 옆을 두드리며 말했다. "이봐요, 좀 취한 것 같네요. 가서 눈 좀 붙여요."

길모어가 말했다. "네, 가서 좀 자야겠어요."

"좋아요." 노먼이 말했다. "내일 봅시다."

그가 차를 몰고 갈 때, 풀머는 차량 번호를 눈여겨본 뒤 바로 적어 두었다. 3번가에서 서쪽으로 방향을 틀었으니 길모어는 시티센터 모텔을 바로 지나쳐 갈 게 분명했다. 풀머는 전화기에 동전을 넣고 경찰에 전화를 걸어, 길모어가 어떤 종류의 트럭을 운전하고 있는지 알려 주었다.

상황실 요원이 물었다. "그가 바로 그 남자인지 어떻게 알죠?"

그는 길모어가 남긴 핏자국에 대해 말했다. 그러자 그녀가 길모어가 머리 가르마를 어떻게 탔는지 물었다.

풀머가 말했다. "가운데 가르마를 탔소. 염소수염을 조금 기르고 있고요."

여자가 말했다. "바로 그 사람이에요."

다른 누군가가 이미 그의 인상착의를 묘사해 준 게 틀림없었다. 그때 풀머는 그 상황실 요원이 경찰들에게 용의자가 유니버시티 대로에서 서쪽으로 향하고 있다고 말하는 것을 들었다. 그 순간에 순찰차 중 한 대가 동쪽으로 향하는 교차로를 통해 사이렌을 울리며 달려갔다. 풀머는 상황실 요원에게 다시 전화를 걸어 말했다.

"이봐요, 아가씨, 방금 당신 친구 중 하나가 사이렌을 켜고 엉뚱한 길로 갔소."

그리고는 그녀가 다음과 같이 고함치는 소리를 기쁘게 들었다.

"차 돌려서 반대 방향으로 가요."

3

그날 밤 번과 아이다는 모텔에 인접한 거실에 앉아 있었고, 아무 소리도 듣지 못했다. 텔레비전에서 「페리 메이슨」이 방영되고 있었고, 그 뒤로 「아이언사이드」가 이어졌다. 그 후, 사이렌 소리가 바로 그들 집 앞에서 들리기 시작했다. 당연히 그들은 무슨 일이 일어나고 있는지 확인하기 위해 길가로 나갔다. 번은 슬리퍼를 신고 있었고, 아이다는 주황색 가운을 입고 있었다. 그녀는 사실상 맨발이었다. 경찰은 그렇게 갑작스럽게 들이닥쳤다.

아이다는 이제까지 이것과 비교할 만한 장면을 본 적이 없었다. 순찰차가 파란 불을 켜고 끔찍한 사이렌 소리를 울리며 시시각각 들어오고 있었다. 확성기를 통해 온갖 종류의 소음이 줄기차게 들려왔다. 일부는 경찰에게 지시를 내리는 소리였고, 일부는 행인들에게 지루하게 반복하는 말이었다. "길을 좀 비워 주세요. 길을 좀 비워 주세요."

아이다의 시야에 섬광 같은 불빛과 빛 웅덩이가 들어오더니 구급차가 다가섰고, 구급대원들이 뛰어나오기 시작했다. 커다란 흰색 불빛 하나가 범인을 찾으려는 듯 빙글빙글 돌고 있었다. 불빛이 얼굴을 지나갈 때마다 조사받는 느낌을 받지 않을 수 없었다. 사이렌 소리가 요란했다. 삼십 초마다 새로운 경찰차가 모텔 구내로 들어왔다. 심지어 세 블록 떨어진 센터가에서도 사람들이 달려왔다. 프로보 마을에서 화재가 나도 이보다 소음이 크지는 않았을 것이다.

특수기동대(SWAT)가 도착했다. 특수 무기 및 전술 팀이었다. 다섯 명씩 이루어진 두 팀이 차례로 도착했다. 짙은 파란색 상하의 작업복에 검정색의 목이 긴 강하용 전투화를 신고 움직이는 그들은 마치 낙하산 부대원들처럼 보였다. 다만 셔츠에 '경찰'이라는 단어가 노란색 글씨로 크게 적혀 있었다. 그들은 산탄총, 357구경 매그넘 권총, 반자동 소총, 최루탄 등 확실히 무거운 물건들을 들고 있었다. 더운 낮이 지나 선선한 밤이었지만, 모두들 땀을 엄청 흘리고 있었다. 작업복 안에 방탄조끼를 입는 건 확실히 더웠다.

모텔 안뜰에서 한 투숙객이 소리를 질렀다. "누군가가 저기로 뛰어 들어가는 걸 봤어요."

그는 아래층 115호실을 가리키고 있었다.

무장한 살인범을 덮치는 일은 쉽지 않았다. 도끼로 문을 부수며 경찰은 땀을 많이 흘렸다. 그런 다음 그들은 내부에 최루 가스를 살포했다. 방독면을 쓰고 엉망으로 부서진 합판 사이로 뛰어들었다. 방 안에는 아무도 없었다. 토사물 냄새에 가까운 최루 가스 냄새가 모텔 마당으로 퍼져 나갔다. 이후 저녁 내내 모든 것에서 토사물 냄새가 났다.

밖에서는 사람들이 사무실 창문으로 계속 몰려들었다. 아이들은 눈물을 흘리며 다가와서 안을 들여다보고는 떠났다. 어느 시점에 이르자 사람들이 사무실 전망 창 앞에 모여 서서, 구급대원들이 베니 부시넬의 가슴을 여러 차례 두드리는 모습을 구경했다. 그는 이제 계산대 앞의 들것에 실려 있었다. 아이다는 악몽 같은 살해 현장을 일별했다. 사무실은 도살장처럼 보였다.

구급대원들이 사무실과 구급차 사이를 계속 오갔다. 그들은 크리스 캐피와 데이비드 캐피를 안으로 들여보내지 않았다. 크리스는 여전히 반쯤은 정신이 나간 상태였다. 전화벨이 울렸을 때, 그녀와 데이비드는 이미 잠들어 있었고, 깨어나서 데비가 비명처럼 울부짖는 소리를 들었다. "벤이 총에 맞았어."

크리스는 잠결에 말했다. "있잖아, 그건 늦은 밤에 듣기에 좋은 농담은 아니야. 재미없어."

완전히 잠이 들었다 깨서 비몽사몽의 상태라 무슨 말인지 도무지 이해가 되지 않았다. 그들은 집 안을 뒤져 옷을 찾아 입고는 황급히 모텔로 향했다. 몇 시간 후, 그녀는 그들이 너무 서둘러 옷을 입는 바람에, 데이비드의 지퍼가 내려가 있는 것을 발견했다.

크리스가 모텔 정문으로 가서 외쳤다. "데비, 나 여기 있어."

그녀는 계산대 위로 머리가 겨우 보일 정도인 데비가 자신의 목소리를 들었음을 알 수 있었다. 왜냐하면 그녀는 사무실을 떠나 그녀의 살림방으로 돌아갔다가, 전용 출입문에서 나타났기 때문이다. 데비는 담요로 감싸인 어린 벤저민을 안은 채 커다란 기저귀 가방을 들고 있었다. 데비는 이제 아기를 그녀에게 던지다시피 했다. 아이를 그냥 떠넘겼다. 마치 진짜 아이가 아닌 것처럼. 데비는 비명을 지르거나 하지는 않았지만, 이상해 보였다.

데비가 말했다. "벤이 머리에 총을 맞았대. 아무래도 죽을 것 같아."

크리스가 말했다. "오, 아냐, 데비. 우리 엄마가 워싱턴에서 계단에서 떨어져 머리가 깨졌던 거 기억나? 머리에서 피를 많이 흘렸지만 지금은 괜찮으시잖아. 벤도 괜찮을 거야."

그녀는 무슨 말을 해야 할지 알 수가 없었다. 살면서 누군가가 머리에 총을 맞는 일이 몇 번이나 일어나겠는가? 그녀는 그게 무슨 뜻인지 정말로 몰랐다.

데비가 집으로 돌아갔고, 데이비드가 크리스를 보며 말했다. "머리에 총을 맞았다면, 그는 이미 죽은 거나 다름없어."

이 무렵, 크리스는 아기가 매우 이상하게 행동한다는 걸 알아차렸다. 벤저민은 원래 그녀를 알아보았다. 어린이집에서 크리스와 데비는 자주 함께 일했기 때문에, 어린 벤저민은 인생 초반에 크리스를 거의 매일 보다시피 했다. 벤저민은 그녀와 함께 있을 때 보통 매우 활기차고 생기 넘쳤다. 그런데 지금은 죽은 사람처럼 누워 있었다. 눈동자에 움직임이 전혀 없었다. 그저 데비의 품에 맥없이 안겨서 움직이지 않았다.


4


번은 부시넬을 조금 알고 있었다. 번이 잔디에 물을 뿌릴 때, 그리고 부시넬이 모텔 꽃에 물을 주는 동안, 두 사람은 담소를 나누곤 했다. 어느 날 저녁, 번 다미코는 자기 집 진입로에 방치된 폐목재 더미에 관해 부시넬에게 알렸다. 그는 바로 사과하며 목수들에게 주의를 주겠다고 말했다. 다음 날 아침에 보니 진입로를 어지럽히던 자투리 목재가 다 치워져 있었다. 번은 그가 양심적인 사람이라는 인상을 받았다.

이때, 마틴 온티버로스가 번에게 다가와 말했다. "게리 짓이에요."

번이 말했다. "게리 누구?"

그 젊은 녀석이 말했다. "길모어요."

"게리가 그랬다는 걸 자네가 어떻게 아나? 그가 그러는 걸 봤나?"

"아뇨." 마틴 온티버로스가 말했다.

"그럼 내가 안 그랬다는 건 어떻게 아나?" 번이 물었다. "자네가 사건이 벌어지는 걸 직접 본 게 아니잖나." 번이 말했다. "가서 경관에게 말해. 자네가 그의 짓이라고 생각한다면, 가서 알리라고."

온티버로스는 그제야 게리가 주유소에 나타났었는데 바지가 온통 피투성이였다고 말했다.

번이 생각했다. '그렇다면 조사할 필요가 있겠군.'

그가 아이다의 조카와 결혼한 경찰 필 존슨을 붙잡고 이건을 확인해 달라고 요청했다. 경찰 무전기를 통해 얼마간 대화가 오갔다. 그런 다음 필이 돌아와서 말했다.

"그의 짓이 분명한 것 같아요, 번."

"그가 그랬다고 생각해요?" 아이다가 물었다.

"그래, 그놈 짓이야. 그 형편없는 바보 놈의 짓이라고." 번이 말했다.

데비의 전화를 받았을 때, 시티센터 모텔의 소유주인 글렌 오버튼은 막 티브이 뉴스 시청을 끝낸 참이었다. 프로보의 반대편 끝에 위치한 인디언 힐스에 사는 그는, 녹색 BMW를 타고 빨간불을 무시하며 빠르게 달려왔다.

그가 도착했을 때 거리는 아수라장이었다. 경찰과 구경꾼들이 인도와 도로 곳곳을 가로막고 있었다. 마치 모두가 비명을 기다리기라도 하는 것처럼 공기 중에 들리지 않는 소리가 가득했다. 겉으로 보기엔, 재난 상황인지 축제인지 구분이 가지 않았다.

사무실에 들어가기 전에, 글렌은 데비가 살림방 밖에 홀로 서 있는 것을 보았다. 그녀는 완전히 충격에 빠져 있는 것 같았다. 그가 그녀를 팔로 감싸 안았다. 그녀는 계속 벤이 죽는 거냐고 물었다. 사람들이 그녀를 사무실 안으로 들여보내는 걸 반대했기 때문에, 글렌은 결국 그녀에게 잠시 밖에서 기다려 달라고 부탁했다.

글렌은 자신이 누구인지를 밝히고 들어가 구급대원들이 벤 위에서 응급 처치를 하는 모습을 지켜보았다. 경찰은 카펫 위에 분필 표시를 하고 바닥 위의 빈 탄약통 사진을 찍고 있었다. 글렌은 바로 그곳에서 한 구급대원이 벤에게 심장 마사지를 시행하는 모습을 보았다. 그 남자의 손바닥 아랫부분이 벤의 가슴을 일정한 박자로 인정사정없이 힘껏 쿵쿵 내리누르는 것을 보고, 벤이 죽었거나 죽음에 가까워졌음을 알았다. 심장 마사지는 최후의 수단이었다.

이제 형사가 글렌에게 영수증을 세어 보고 손실액을 추산해 달라고 요청했다. 글렌은 곧장 현금 보관함에는 100달러 이상 보관하지 않으며, 그보다 큰 금액은 살림방에 숨겨져 있을 거라고 알려 주었다.

이 시점에서, 의료진은 벤을 구급차로 옮길 준비를 마쳤다. 구급차가 출발하자마자, 글렌 오버튼은 데비를 찾아 그녀를 자신의 BMW에 태우고 따라갔다.

이동하는 동안, 글렌은 운전석에 앉아 벤이 이 일을 원했던 이유가 생명을 지키기 위해서였다는 아이러니를 이해하려고 애썼다.

글렌이 처음 그를 면접한 날, 벤이 말하기를 자기는 솔트레이크에서 일하고 있는데 운전이 싫다고 했다. 운전하다가 죽을 것 같은 느낌이 든다고 했다. 어쩐지 글렌은 부시넬의 확신에 공감했다. 벤과 비슷한 수준의 훌륭한 지원자가 여럿 있었지만, 도로에서 벗어나고 싶다는 그의 절박한 열정 때문에 글렌은 그를 채용했다. 글렌은 그것을 후회하지 않았다. 사실, 그는 이렇게 일을 많이 하고 싶어 안달하는 매니저를 본 적이 없었다. 벤은 자신의 삶을 제대로 영위하는 것에 대해 그에게 여러 차례 이야기했었다. 자기가 언제 이 세상을 떠날 것인지는 알지 못한 채. 벤은 아직 대학을 마치지 못했다는 것과 곧 아기가 새로 태어날지도 모른다는 사실에 대해 다소 강박감을 느끼는 것 같았다.

아이다가 브렌다와 통화했다.

"얘, 누가 옆집 부시넬 씨를 쐈어."

아이다가 울기 시작했다. 흐느끼는 사이사이 그녀가 말했다. "게리가 달아나는 걸 누가 봤다는구나. 그들이 신원을 확인했대."

"아, 엄마."

그렇지 않아도 그날 저녁 내내 브렌다는 뭔가 재앙이 불어닥칠 것 같은 느낌이 들었었다.

아이다가 말했다. "그 애가 널 찾아갈 거야. 항상 그러잖니."

브렌다는 오렘 경찰서의 상황실 요원을 알고 있었기 때문에 전화해서 말했다.

"이건 그냥 의심일 뿐이지만, 제 사촌 문제로 제가 도움이 필요하게 될 것 같아요. 퇴근하기 전에 토비 배스를 좀 잡아 두세요."

토비는 그녀의 이웃이었다. 마치 그녀만의 사설 경찰을 가진 것 같았다.

그런 다음 그들은 문을 잠갔고, 조니가 22구경 소총을 찾아 꺼내 들었다. 그러기가 무섭게 전화벨이 울렸다. 게리였다.

"브렌다." 그가 말했다. "조니 집에 있어? 조니 좀 바꿔 줄래?"

브렌다가 생각했다. '이상하네, 보통 나와 먼저 얘기하고 싶어 하는데.'

"조니." 그가 말했다. "도움이 필요해."

"무슨 일이야?"

"총에 맞았어." 게리가 말했다. "있잖아, 내가 심하게 다쳤어. 크레이그 테일러의 집에 있는데, 자네 도움이 필요해."

병원에서 글렌 오버튼은 데비가 다른 일에 집중할 수 있도록 패서디나에 있는 그녀의 삼촌에게 전화를 걸게 했다. 그 말을 듣고 그제야 그녀는 다른 사람들에게 알리고 싶은 마음이 생긴 것 같았다. 왜냐하면 크리스 캐피와 데이비드 캐피가 벤저민을 데리고 들어왔을 때, 데비는 곧장 크리스에게 벤의 감독인 딘 크리스천슨[84]에게 연락해 달라고 부탁했기 때문이다. 그것은 꽤 손이 많이 가는 일이었다.

프로보-오렘 전화번호부에는 수많은 '크리스천슨'이 있었고 철자도 모두 달랐다. 그것은 모르몬교도들이 무척 선호하는 이름이었다. 게다가 크리스는 딘(Dean)[85]이 이름인지 직함인지 알 수 없었다.

마침내 그들이 데비를 작은 사무실로 안내했다. 데비는 무언가를 믿어야 한다고 생각하며 그곳에 앉았다. 그녀는 벤이 괜찮을 거라고 계속 생각했다. 그러는 동안 의사가 크리스천슨 감독과 함께 그 방에 들어왔고, 그녀는 그들 두 사람이 그곳에 앉아 있었다는 사실을 뒤늦게 깨달았다. 어째서 의사가 벤과 함께 있지 않은 거지? 그런데 또 다른 의사가 들어왔다. 그들 모두가 그곳에 앉아 있었다. 그녀는 서서히 이해했다. 그들은 용기가 나기를 기다리고 있었던 것이다.

크리스천슨 감독이 그녀를 바라보며 부드럽게 속삭였다. 그녀는 그 말이 들리지 않았다. 그녀는 그의 은빛 머리카락만 계속 쳐다보았다. 설사 벤이 살았다 해도 그는 식물인간이 되

---

84) 앞서 15장에는 '크리스텐슨(Christensen)'으로 표기되었다.
85) '주임 사제'라는 뜻이다.

었을 거라고 의사가 말했다. 그 생각이 머릿속에 다 들어왔다. 그 생각이 그녀의 머릿속을 깨끗이 비웠다. 데비가 말했다. "만약 벤이 살았다면, 그는 따뜻했을 거고, 그러면 저는 그를 먹이고 돌볼 수 있었을 거예요." 그녀는 자신이 아는 사실에 대해 그 어느 때보다 확신했다. "적어도." 그녀가 말했다. "제 곁에 벤이 있었을 거예요."


5


데비는 스물한 살 때 패서디나 시티 칼리지의 모르몬교 연구소에서 벤을 만났다. 그녀는 그와 사귀는 것을 꿈꿔 본 적이 없었다. 그는 체구가 크고, 검은 머리를 멋지게 뒤로 빗어 넘긴 매우 잘생긴 남자였다. 그에 비해 한때 말괄량이였던 그녀는 크고 넓은 들창코와 약간 들어간 턱을 가진 자그마한 체구의 여자였다. 그럼에도 그녀는 늘 그의 뒤에 앉았다. 그를 계속 지켜보고 싶었다.

벤이 그녀에게 데이트를 신청하기까지는 시간이 좀 걸렸지만, 1972년 크리스마스이브에 드디어 그가 데이트를 신청했고, 두 사람은 함께 교회에 갔다. 데비는 자신이 벤의 옆에 앉았다는 것만 기억할 뿐, 감독이 무슨 말을 했는지는 전혀 기억하지 못했다. 그 후 두 사람은 매일 밤 만났고, 서로를 바라보며 행복을 느꼈다. 사귄 지 일주일도 안 돼 두 사람은 결혼을 결심했다.

글렌 오버튼은 데비가 벤을 보러 들어갈 때 마침 그녀와 함께 있었다. 글렌에게는 그때가 그날 저녁 중 가장 힘든 순간이었다. 세 시간 전에 이야기를 나눴던 사람을 다른 형태로 마주하고 있었으니까. 이제 그 사람은 파랗게 질린 얼굴로 입을 벌린 채 누워 있었다. 글렌은 예전에 눈사태로 사망한 소년을 본 적이 있었다. 이번이 더 끔찍했다.

시트가 벤의 목까지 덮여 있었지만, 데비는 앞으로 걸어가서 팔로 벤을 감싸안았다. 그녀는 정말로 두 팔로 그를 감쌌다. 사람들이 그녀를 잡아당기다시피 해야 했다. 그녀는 꼼짝하지 않았다. 그들은 삼십 초 더 머물게 해 주고는, 이내 그녀에게 나가 달라고 요청했다. 그들은 결국 그녀를 억지로 떼어 놓아야 했다.

의사가 크리스 캐피를 한쪽으로 데려갔다.

"데비가 당신과 함께 집에 가도 괜찮을까요? 그녀는 프로보에 아는 사람이 아무도 없어요."

크리스가 말했다. "네, 뭐, 경찰이 일 분도 쉬지 않고 밤새 우리 집을 살펴준다면요."

확실히 경찰은 아직 살인범을 검거하지 못한 상태였다.

병원에서 나오는 길에, 한 간호사가 차까지 그들을 따라와 벤의 피 묻은 옷과 귀중품과 시계가 담긴 종이봉투를 건네주었다. 간호사가 벤의 결혼반지를 원하느냐고 물었다. 데비는 그것들을 쳐다보고는 물었다. "내가 그걸 원하느냐고요?"

데이비드가 말했다. "음, 가져가는 게 어때?"

크리스가 말했다. "만약 자기가 원하지 않으면, 그에게 다시 끼우면 돼.”

그들이 거기 서서 기다리는 동안, 그 간호사가 들어갔다가 다시 돌아와서 말했다. “그가 너무 살이 쪄서 반지를 뺄 수가 없어요. 손가락을 잘라 낼까요?”

정말이지 끔찍한 여자였다.

“반지는 그냥 놔둬요.”

테비는 이제 점점 기력이 약해지고 있었다. 발작적으로 울거나 하지는 않았지만, 그녀는 맥없이 주저앉았다.


6


그날 병원에서 집으로 돌아온 줄리 테일러는 더블 침대에서 크레이그와 같이 자고 있었다. 그때 노크 소리가 들려, 크레이그가 창문 쪽으로 다가가 내다보았다. 게리가 현관에 서 있었다. 그가 대뜸 이렇게 말했다. “총에 맞았어.”

그가 굳이 피 흐르는 손을 크레이그에게 보여 주며 고통을 호소했다.

게리는 집에 들어가도 되는지 묻지 않았고, 크레이그도 그를 딱히 집에 들이고 싶지 않았다. 이유는 몰랐다. 그저 들어오라고 권하고 싶지 않았다. 줄리가 방금 병원에서 퇴근했으니, 집안 곳곳에 피가 묻는 것도 싫었고, 그것을 깨끗이 닦아 내야 하는 상황도 싫었다.

하지만 게리는 그다지 신경 쓰는 것 같지 않았다. 그냥 도움이 필요하다고만 했다. 그는 옷이 필요하다고 했다. 크레이그에게 자기를 공항에 데려다 달라고 했다.

"자네가 원하면 병원에 데려다줄게." 크레이그가 제안했다.

"안 돼." 게리가 스크린 도어 반대편에서 말했다. "그럴 수 없어." 그는 조금도 소리를 내지 않았다. 그저 입만 움직여 말했다. "그럼 브렌다에게 전화해 줘."

그녀의 목소리가 들리자, 크레이그는 창을 통해 전화기를 현관에 있는 게리에게 건넸다. 줄리는 정말 피곤해 보였다. 크레이그가 곁눈으로 보니, 그녀는 이미 다시 잠이 든 것 같았다.

조니가 게리와 통화하는 동안, 토비 배스와 그의 파트너인 제이 바커가 차를 몰고 다가와 브렌다에게 밖으로 나오라고 손짓했다. 그녀가 순찰차에 막 다가갔을 때, 그녀는 그들의 무전기를 통해 전국에 지명 수배령이 내려지는 것을 들었다. 길모어는 무장한 상태이며 극도로 위험한 인물이니 발견 즉시 사격할 준비를 하라고 말하는 목소리가 들렸다.

그녀가 울기 시작했다.

"들어와요." 그녀가 겨우 말했다. "게리와 통화 중이에요."

조니는 게리가 알려 주는 주소를 적을 연필이 필요해서 전화기를 브렌다에게 넘겼다. 그녀는 마음을 추스르고 말했다.

"게리, 지금 어때?"

게리는 어떤 남자가 가게를 털려고 하기에 그걸 막으려다가 총에 맞았다고 했다. 형편없는 이야기였고 형편없는 거짓말이었다. 그는 정말이지 형편없는 거짓말쟁이였다.

"나한테 와 줄래?" 게리가 물었다.

“그래.” 그녀가 말했다. “내가 그리로 갈게. 나한테 진통제도 있고 붕대도 있어. 어디야?”

그가 주소를 알려 주었다. 조니가 받아 적을 수 있도록 그녀가 주소를 큰 소리로 말해 주었다. 토비 배스와 제이 바커도 제복 차림으로 거기 서서 주소를 적었다.

게리가 크레이그 테일러의 집에 있다고 상황이 나아진 건 아니었다. 크레이그에게는 아내와 두 자녀가 있었다. 브렌다의 머릿속에 총격전이 그려졌다. 그러나 그녀가 전화를 끊자마자, 경찰들은 조니더러 그의 트럭을 타고 같이 가 달라고 제안했다. 그들이 뒤에 숨어 있겠다고 했다.

조니가 경찰을 달고 왔다는 사실이 발각되면 모두 위험에 빠질 터였다. 조니는 방금 전까지 피우던 담배를 재떨이에 눌러 끄고는 바로 새 담배에 불을 붙이며 말했다. “난 가고 싶지 않아요.”

조니는 전에 없이 두려움을 느꼈다. 경찰이 재고해 보더니 너무 위험한 일이라는 데 동의했다.

브렌다가 말했다. “내가 갈게요. 게리가 날 해칠 것 같지는 않아요. 그냥 그의 손에 난 상처만 살필게요.”

조니가 말했다. “당신도 가선 안 돼.”

경찰들도 안 된다고 딱 잘라 말했다.

브렌다는 자신이 안도하는 건지 비참해하는 건지 알 수 없었다.

조니는 토비 배스, 제이 바커와 함께 경찰 측의 계획이 무엇인지 알아보기 위해 오렘 경찰 본부로 갔다. 그사이 오렘 경찰서장이 브렌다에게 전화를 걸어서 말했다. "길모어를 가능한 한 오래 그곳에 붙잡아 둬요. 우린 시간이 필요합니다."

브렌다가 게리와 전화로 통화할 수 있도록, 경찰과는 시민 밴드 무전기를 통해 연락하기로 그들은 동의했다.

얼마 지나지 않아 크레이그가 다시 전화를 걸어왔다. "있잖아요, 게리가 좀 긴장하고 있어요. 조니가 나간 지 얼마나 됐소?"

"게리에게 말해 줘요." 브렌다가 말했다. "평소와 마찬가지로 조니 차에 또 기름이 떨어졌다고."

이걸로 몇 분 정도는 진정될 것이다. 가족 내에서 조니는 늘 주유를 하느라 모두를 기다리게 만드는 골칫덩이로 유명했다. 그녀의 집 밖 거리에서, 경찰차들이 비명을 지르며 모퉁이를 돌고 있었다.

크레이그가 다시 전화했다. 브렌다는 조니에게서 연락을 받지는 못했지만 아마 길을 잃었을 거라고 말했다. 찾기 쉬운 바둑판 모양으로 길이 나 있는 오렘에 사는 사람들은 그런 직선 도로가 익숙하다고 그녀가 설명했다. 그래서 버릇이 나빠진 오렘 사람들은 노스 4번가의 꼬리 부분이 사우스 3번가를 둘러 휘우듬하게 나 있는 플레전트 그로브의 이상하게 구부러진 도로에서 종종 어찌할 바를 몰랐다.

그녀는 경찰에 전화를 걸어 게리가 인내심을 잃어 가고 있다고 알렸다. 브렌다는 배신자가 된 기분이었다. 그녀에 대한 신뢰가 그를 검거하는 무기로 이용되고 있었다. 게리를 잡고 싶은 건 사실이지만, 그러기 위해 게리를 배신하고 싶지는 않았다고, 정말 그러고 싶지는 않았다고 그녀는 생각했다.

크레이그는 게리와 함께 있으려고 밖으로 나갔다. 둘은 방갈로 현관의 어둠 속에 앉아 있었다. 크레이그는 잠을 자느라 이날 밤에 있었던 살인 사건을 알지 못했다. 그는 여전히 어젯밤 일을 걱정하고 있었지만, 게리에게 대놓고 물어볼 준비는 되어 있지 않았다. 그럼에도 말했다. "게리, 만약 자네가 젠슨이라는 친구의 살인 사건과 조금이라도 관계가 있다면 난 당장 자넬 고발할 거야."

"하늘에 맹세코 난 그 남자를 쏘지 않았어."

게리는 그렇게 말하면서 크레이그의 눈을 똑바로 처다보았다. 그는 사람의 눈을 똑바로 응시하는 강력한 재주를 갖고 있었다.

다시, 게리는 그에게 전화를 걸어 달라고 부탁했다. 크레이그가 안으로 들어갔고, 전화기를 들었고, 브렌다와 다시 한번 통화했다. 그녀는 불안해하고 있었다. 크레이그는 그녀가 경찰에 신고했다는 것을 어느 정도 감지할 수 있었다. 그녀는 크레이그에게 그런 말은 전혀 하지 않았다. 그저 그와 그의 가족이 괜찮은지, 그리고 게리가 예의 있게 행동하는지를 물었다.

그리고 크레이그가 대답했다. "우리는 괜찮아요. 그도 괜찮고요."

그가 현관으로 돌아갔다.

게리가 워싱턴주에 친구들이 있다고 말했다. 그는 자신이 지하로 숨을 수 있을 거라고 믿었다. 그는 패티 허스트[86]를 언

---

86) Patty Heast. 미국의 출판 거물 윌리엄 랜돌프 허스트(William Randolph

급했다. 그녀의 예전 네트워크와 연락할 수 있다고 말했다. 크레이그는 게리가 정말로 그녀를 아는 건지 아니면 허풍을 치는 건지 알지 못했다. 크레이그는 다시 한번 게리에게 병원에 가고 싶은지 물었다. 게리가 자신은 전과자이기 때문에 병원에서는 이해하지 못할 거라고 말했다.

그들은 삼십 분 동안 밖에 앉아 있었다. 게리가 에이프릴에 대해 이야기했다. 멋진 여자애라며, 그녀가 "정말 착하다."라고 말했다. 두 사람이 앉아 있는 시간이 길어질수록 게리는 더욱 차분해졌다. 그는 거의 실의에 빠진 듯 보였다. 그러다 크레이그에게, 자신이 정착하면 그림을 보내 주겠다고 했다.

"내 새 주소도 써서 보낼 테니, 내 옷이랑 물건들을 우편으로 보내 줘." 게리는 자신의 그림과 시, 그리고 스냅 사진으로 가득 찬 마닐라 봉투와 기타 소지품들을 스패니시 포크에서 가져왔다고 말했다. "내가 자리 잡으면 모든 것들을 보내줘."

크레이그는 속으로 계속 생각했다. '조니, 이 개자식아, 빨리 여기로 오라고.'

---

Hearst)의 손녀로, 1974년에 극좌 테러 단체인 심비오니즈 해방군(SLA)에 납치되었다가 이후 그들의 활동에 가담한 것으로 알려져 논란이 된 인물이다. 1975년 9월에 체포되어 삼십오 년 형을 선고받았고, 이후 클린턴에 의해 사면되었다.

캐피 부부는 집에 도착해 온통 피투성이가 된 데비를 발견했다. 크리스는 데비를 다른 방으로 데려가 옷을 갈아입혀야 했다. 그런 후 데비는 전화 통화를 하고 싶어 했다. 그녀는 자기 엄마와 벤의 여동생, 그리고 자기의 모든 형제 자매들, 그리고 와이오밍에 사는 벤의 친구 피터 더드슨에게 전화했다. 그녀는 전화를 걸고 또 걸었다. 그리고 울면서 벤이 총에 맞아 죽었다고 말했다. 마치 녹음기를 틀어 놓은 것 같았다.

크리스가 거실에 있는 소파 겸용 침대를 폈고, 데비가 흔들 의자에 앉아 벤저민을 어르는 동안, 그녀와 데이비드는 거기 누워 있었다.


지금 통화 중인 사람은 게리였다.

"존은 어디 있어?" 그가 물었다.

"지금쯤 거기 갔을 텐데." 브렌다가 말했다.

"이런, 젠장." 게리가 말했다. "안 왔어."

"음, 있잖아, 진정해." 그녀가 말했다.

"사촌, 조니가 정말 오긴 하는 거야?"

브렌다가 말했다. "갈 거야, 게리." 문득 좋은 생각이 떠올랐다. "게리, 집 번지수가 몇 번이었지? 67번진가, 69번진가?"

게리가 말했다. "아니, 76번지야."

"오, 이런." 브렌다가 말했다. "잘못 가르쳐 줬나 봐."

"이번에는 제대로 알려 줄 수 있겠어?" 그가 날선 어조로 물었다.

"그래, 게리," 그녀가 온순하게 대답했다. "조니가 트럭에 시민 대역 무전기를 갖고 있고, 나도 여기 갖고 있으니까 그에게 연락해서 주소를 제대로 알려 줄게. 거기서 조금만 기다려." 그녀가 숨을 깊이 쉬고는 말했다. "상처 때문에 어지럽거나 몸이 불편하면 공기가 시원한 현관으로 나가서 심호흡을 하는 건 어때? 조니가 오빨 찾을 수 있게 불을 켜 놔."

"넌 날 얼마나 멍청이로 아는 거야?" 게리가 말했다.

브렌다가 말했다. "미안해, 안에 있어."

"알았어." 그가 말했다. 그는 여전히 그녀를 믿어야 했다.

전화를 끊자마자, 그녀는 다시 크게 울부짖기 시작했다. 이런 식으로 속이는 건 너무 잘못하는 것 같았다. 하지만 그녀는 경찰서에 전화해서 그들에게 말했다.

"그가 점점 더 조바심을 내고 있어요."

곧 다시 전화를 걸어온 게리에게, 그녀가 말했다. "있잖아, 오빠가 지금 고통스러운 거 알아. 좀 여유를 갖고 거기 그대로 있어."

브렌다는 이제 프로보, 오렘, 그리고 플레전트 그로브의 경찰서장들과 연결되었고, 상황실 요원들의 말을 통해 크레이그 테일러의 집 주변 주민들이 조용히 대피하고 있음을 알 수 있었다. 경찰들은 각자 위치로 이동하는 중이었다. 서장 중 한명이 게리가 어느 방에 있는지 물었고, 그녀는 그가 거실에 있는 것 같다고 말했다. 불이 켜져 있나요? 그가 물었고, 그녀는 그렇지 않은 것 같다고 대답했다.

바로 그때 게리가 다시 전화했다.

"오 분 안에 존이 도착하지 않으면 난 떠날 거야."

"맙소사, 게리." 그녀가 말했다. "도망 중이거나 뭐 그런 거야?"

게리가 말했다. "오 분 안에 난 떠나."

그녀가 말했다. "조심해, 게리. 사랑해."

"그래."

전화가 끊겼다.

경찰에게 그녀가 말했다. "그가 나가고 있어요. 그가 총을 가지고 있는 건 알지만, 제발 죽이지는 마세요." 브렌다가 덧붙였다. "진심이에요. 쏘지 말아요. 그는 당신들이 거기 있는 걸 몰라요. 그를 포위할 수 있는지 알아보세요."

자신의 말이 과연 누구에게 닿기나 할지 그녀는 알 수 없었다.

그 마지막 통화 후에, 크레이그는 창문의 방충망 너머로 게리와 대화를 나눴다. 그러다 마침내 게리가 말했다. "방충망 밖으로 머리를 내밀어 봐. 얼굴 좀 보게."

이제, 게리는 크레이그와 악수하며 말했다. "뭐, 아무래도 그들은 안 올 것 같아. 그러니 떠나야겠어."

두 사람은 엄지손가락을 세운 채로 악수를 나눴다. 진심이 담긴 악수였다. 게리는 여전히 크레이그의 눈을 들여다보고 있었다. 그런 다음 그는 자신의 트럭으로 갔다. 크레이그는 현관의 불을 껐고, 그가 길을 따라 내려가는 모습을 지켜보았다.

잠시 동안, 브렌다는 실황 중계를 들었다. 시민 밴드 무전기의 특별 채널을 통해 "길모어가 떠나고 있다. 트럭이 보인다. 지금 갓길로 빠져나가고 있다. 불을 켰다."라고 말하는 목소리가 들렸다. 그런 다음 그녀는 그가 첫 번째 방어벽으로 향하고 있다는 말을 들었다. 그녀는 다음에 벌어진 일을 알지 못했다. 그는 그 첫 방어벽을 우회하여 나간 것 같았다. 그는 빠져나갔다. 그는 플레전트 그로브를 자유롭게 돌아다니고 있었다.

경찰 중 한 사람이 말했다. "이제 당신을 차단해야 해요."

그들이 그녀를 차단했다. 한 시간 반 동안이었다. 그때 무슨 일이 벌어졌는지는 나중에야 알았다.

크레이그가 스펜스 맥그래스에게 전화해서 게리가 곤경에 처해 그의 집으로 가려고 할지도 모른다고 말했다. 크레이그는 경찰이 그를 쫓고 있다고 생각했다. 스펜서가 말했다.

"와, 상황 험악하네."

그는 자신의 사냥 소총을 꺼냈다. 그리고 그것을 문 바로 옆에 놓아두었다.

창문으로 불빛이 들어왔고, 경찰이 크레이그 테일러에게 소리쳤다.

"손 들고 나와요."

그들이 집을 수색했다. 줄리는 목욕 가운을 입고 나타났지만, 경찰들은 그다지 예의를 차리지 않았다. 그들이 게리의 옷을 발견했고, 크레이그에게 프로보 경찰서로 가서 진술하라고 말했다. 그는 그날 밤을 새웠다.

프로보의 특수 기동대, 오렘의 경찰관 다섯 명, 플레전트 그로브의 경찰관 세 명, 카운티 보안관 두 명, 그리고 고속 도로 순찰대 몇 명이 모두 플레전트 그로브 고등학교에 모여 즉석에서 지휘 본부를 설치했다. 총격전이 벌어질 가능성이 농후했기 때문에, 그들은 크레이그 테일러의 집 주변 지역 주민들을 대피시키기 시작했다. 집집마다 까치발로 다니며 사람들을 깨워 동네 밖으로 유도한 것이다. 시간이 걸리는 작업이었다. 그사이에 그들은 도로에 차단막을 설치했다.

누군가가 흰색 트럭을 타고 크레이그의 집을 출발했다는 소식이 전해지자, 사람들은 모두 차량이 돌진해 올 것이라고 예상했다. 하지만 그 흰색 트럭은 적당한 속도로 운전하다가 속도를 줄이더니 곧바로 우회해서 지나갔다. 그렇게 큰 차단막은 아니었던 것이다. 2차선 중 절반을 가로지르는 장벽에 더해 경찰차가 한쪽에 주차되어 있을 뿐이었다. 흰색 트럭을 탄 남자가 지나간 후, 그 남자가 염소수염을 기르고 있었다는 보고가 들어왔다. 인상착의에 들어맞았다. 그 남자였다. 즉시 경찰차 두 대가 출동했다.

경찰 몇 명은 그 자리에 그대로 남았다. 그들은 차단막을 지나친 그 남자가 모든 경찰력의 추격을 유도하기 위한 미끼일지도 모른다고 생각했다. 길모어는 별안간 걸어서 나올 수도 있었다.

도로 차단의 한 가지 문제점은 총격전이 시작될 수도 있다는 점이었다. 그래서 플레전트 그로브 고등학교의 지휘 본부에서 작전을 지휘하던 피콕 경위는 부하들에게 조금이라도 의심스러운 점이 있으면 흰색 차량을 그대로 통과시키라고 지시했다. 다음으로 그는 흰색 트럭의 운전자가 길모어의 인상착의와 일치한다는 소식을 들었다. 실제로 피콕의 시야에 그 트럭이 들어왔다. 트럭은 고등학교에서 겨우 몇백 미터 떨어진 배틀 크릭 드라이브라는 도로를 달려 동쪽 산을 향하고 있었다. 사실 그리 빠른 속도는 아니었다. 제한 속도인 시속 40킬로미터보다 10에서 15킬로미터 더 빨리 달리는 수준이었다. 피콕은 트럭을 뒤따를 차량을 요청하는 무전을 보냈지만, 주변의 모든 차량이 묶여 있다는 소식을 듣고, 표식이 없는 자신의 순찰차, 즉 평범한 1976년산 4도어형 셰빌에 올라타 길모어를 뒤쫓았다. 몇 블록 만에, 트럭이 다시 보일 만큼 가까이 다가갔다. 그가 자신의 위치에서 무전을 하고 있을 때, 론 앨런이 운전하는 다른 차가 뒤에서 따라왔다.

흰색 트럭은 우회전하여 플레전트 그로브 언저리의 텅 빈 시골길을 따라 서쪽으로 이동하기 시작했다. 당장은 양쪽에 집이 몇 채 없었지만, 그는 다시 주민 수가 많은 곳으로 향하고 있었다. 이 시점에서, 또 다른 순찰차가 줄에 들어섰고, 피콕은 이제 트럭을 멈추는 데 필요한 지원 인력이 충분하다고 판단했다. 그들이 지나던 도로는 폭이 그리 넓지 않았지만, 차량 세 대가 나란히 지나갈 만큼은 되었다. 그래서 그는 무전을 통해 다른 두 대가 자신의 왼쪽으로 오도록 지시했고, 그들이 지시를 따르자마자 세 대 모두 한꺼번에 스포트라이트를 켜고 머리 위로 경광등을 켰다.

확성 장치에 대고 피콕이 소리쳤다. "흰색 트럭 운전자, 차 세웁니다, 차 세워요."

트럭이 흔들리더니 속도가 늦춰지다가 멈췄다. 피콕이 차 문을 열었다. 그는 앞좌석에 레밍턴 12구경 산탄총을 가지고 있었지만, 본능적으로 지급용 권총을 꺼내 들었다.

흰색 트럭이 도로 중앙에 멈춰 섰다. 피콕이 열린 문을 엄폐물 삼아 뒤에 섰다. 길모어에게 손을 들라고 명령하는 론 앨런의 목소리가 들렸다. 운전석 앉은 자리에서 손을 들어 올려야 하며, 후면 유리창을 통해 그의 모습이 보이도록 하라고 명령하는 소리였다. 남자는 망설였다. 앨런이 세 번이나 명령을 내리고 나서야 남자가 마침내 손을 들었다. 다음으로 앨런은 그 손을 운전석 창문 밖으로 내밀라고 지시했다. 운전자는 다시 주저했다. 그러다 마침내 지시에 따랐다. 이제 그는 바깥쪽 걸쇠로 문을 열라는 지시를 받았다. 문이 열리자 트럭에서 내리라는 지시가 이어졌다.

이때쯤 피콕은 자신의 세빌 뒤를 걸어 다니다, 어두운 도로 오른쪽 측면의 전조등 뒤에 섰다. 무기는 준비되어 있었다. 그는 용의자가 자신을 볼 수 없다는 걸 알고 있었다. 용의자는 차의 불빛에 눈이 부실 터였다. 다른 경찰관들도 차례로 순찰차의 열린 문 뒤에 섰다.

명령에 따라 남자가 그의 차에서 두 걸음 물러났다. 그는 망설였다. 그에게 도로에 엎드리라고 지시했다. 그가 다시 망설였다. 그 순간 그의 픽업트럭이 저절로 굴러가기 시작했다.

그가 계속 망설였다. 트럭을 쫓아가 비상 브레이크를 밟아야 할지 아니면 그냥 엎드려야 할지 몰랐다. 이때 피콕이 고함쳤다. "트럭은 굴러가게 두고 즉시 엎드립니다. 트럭은 가게 놔둡니다."

남자는 마침내 시키는 대로 했고, 흰색 트럭은 점점 더 멀리 굴러가더니 경사진 도로를 따라 점점 속도를 붙여 마을까지 내려갔다.

천천히, 부드럽게, 거의 사려 깊다 싶을 정도로, 트럭은 갓길에서 벗어나 울타리를 뚫고 목초지를 지나 들판에서 멈춰 섰다.

이제 세 명의 경관 모두 무기를 꺼내 들고 포장도로를 따라 전진했다. 피콕과 다음 경관이 지급용 권총을 들고 있었고, 세 번째 경관은 산탄총을 들고 있었다.

남자에게 다다르자, 피콕이 총을 집어넣고 바닥에 엎드린 남자의 몸을 그 자리에서 수색했다. 동시에 앨런 경관이 미란다 원칙을 낭독하기 시작했다.

"귀하는 묵비권을 행사하고 질문에 답변하지 않을 권리가 있습니다. 이해했습니까?" 앨런이 물었다.

남자가 말없이 고개만 끄덕였다.

"당신이 말한 모든 내용은 법정에서 불리하게 사용될 수 있습니다. 이해했습니까?" 앨런이 물었다.

끄덕임.

"귀하는 경찰과 대화하기 전에 변호사와 상담할 권리가 있으며, 현재 혹은 향후 심문 중에 변호사를 동석시킬 권리가 있습니다. 이해했습니까?" 앨런이 물었다.

끄덕임.

"변호사를 선임할 형편이 되지 않는 경우 무료로 변호사가 제공됩니다. 이해했습니까?" 앨런이 물었다.

남자가 고개를 끄덕였다.

"변호사를 구할 수 없는 경우, 변호사와 상담할 기회가 있을 때까지 묵비권을 행사할 권리가 있습니다. 이해했습니까?" 앨런이 물었다.

남자가 고개를 끄덕였다.

"이제 귀하의 권리에 대해 알려 드렸으니, 변호사의 배석 없이 질문에 답변하겠습니까?" 앨런이 물었다.

그러는 내내, 피콕 경위는 그에게 수갑을 채우고 있었다.

"그 손 조심해 주세요. 다쳤어요." 남자가 말했다.

피콕이 구속 장치를 고정하고, 그의 몸을 앞쪽으로 돌려놓은 다음 주머니를 뒤지기 시작했다. 200달러가 넘는 동전과 소액 지폐가 셔츠 주머니와 바지 주머니에서 발견되었다. 그는 확실히 눈빛이 불안정해 보였다.

'이제 어떻게 하지?' 그의 표정은 이렇게 말했다. '다음엔 뭘 해야 하지?'

피콕은 이 형사 피의자가 도주를 염두에 두고 신중히 움직인다는 느낌을 받았다. 수갑을 채웠지만, 피콕은 경계를 늦추지 않았다. 체포 작전이 아직 진행 중인 것만 같았다. 명령이 떨어질 때마다 망설이는 이 남자의 모습에서 저항이 느껴졌다. 마치 자루 속 야생 고양이 같았다. 일시적으로 얌전해진 것뿐이었다.

근처의 많은 사람들이 집에서 나오기 시작했고, 둥글게 원을 그리고 서서 체포된 인물을 빤히 쳐다보았다. 그때 닐슨 경위가 다른 경찰차를 타고 도착했고, 그 순간 피의자가 갑자기 입을 열었다.

"저기요." 그가 제럴드 닐슨을 가리키며 말했다. "저 사람 아니면 아무하고도 얘기하지 않을 거요."

경찰이 그를 피콕의 차 뒷좌석에 태웠고 닐슨이 차에 올라타서 말했다. "무슨 일이오, 게리?"

길모어가 말했다. "나 아파요. 저 약 좀 줄 수 있습니까?"

그가 경찰들이 자기 주머니에서 꺼낸 모든 것들이 들어 있는 비닐봉지를 가리켰다. 닐슨이 말했다. "음, 우리가 데려가서 치료받게 해 주겠소."

그들은 차를 몰고 떠났다.


9


체포 작전이 벌어지는 몇 시간 동안, 캐서린은 두려움 속에서 저녁을 보내고 있었다. 에이프릴이 다시 집을 나갔고, 날씨는 하루 종일 믿을 수 없을 정도로 더웠다. 그들은 문과 창문을 열어 둔 채 에이프릴이 돌아오기를 계속 기다렸다. 텔레비전을 시청했다. 집 안의 긴장감이 너무 커서 잠을 잘 수도 없었다. 니콜이 아이들을 데리고 와서는, 바닥이 더 시원하다면서 아이들과 함께 방바닥에서 잠을 잤지만, 겁에 질린 캐시와 캐서린은 몹시 긴장한 상태로 앉아서 이야기를 나누었다.

그런데 난데없이 창문을 넘어 투광등 빛이 밀려 들어왔다. 맙소사, 대체 무슨 일인지 그들은 알 수 없었다. 거대한 확성기 소리가 울려 퍼졌다. "하얀 픽업트럭에 탄 분." 그것이 소리쳤다.

곧 '미친 게리'라는 두 단어가 캐서린의 머릿속에 떠올랐다.

"오, 세상에, 그 미친 게리인가 봐."

확성기가 말했다. "둘을 셀 때 양손 올려요, 양손 올려요."

좀 더 조용한 목소리가 말했다. "저자가 말을 듣지 않으면 공격 준비 해."

그 말이 떨어지자마자 캐시와 캐서린은 바닥에 엎드렸다. 마치 자기들이 군인이기라도 한 듯 본능적으로 나온 행동이었다. 침실이 빛으로 번쩍였다 경찰의 경광등이 원을 그리며 돌고 있었다. 뱃심 좋게 고개를 들었을 때, 경찰관 세 명이 총을 들고 길을 걸어가는 것이 보였다. 그때 누군가가 외쳤다.

"잡았대요."

니콜이 기이한 꿈에서 깨어나 비명을 질렀다. 캐서린이 그녀를 붙잡고 소리쳤다.

"시시, 밖에 나가지 마라. 나가면 안 돼."

니콜은 그 한마디에 엄마를 뿌리치고 밖으로 나갔고, 길에 서 있던 군중 속에서 바닥에 엎드린 게리를 보았다. 자신에게 쏟아지는 많은 조명 때문에 그는 무슨 일이 벌어지고 있는지 알지 못하는 것 같았다.

경찰은 니콜이 가까이 다가오는 것을 저지했다. 그녀는 멀리 서서 게리를 바라보았다. 경찰 중 한 명이 방금 밖으로 나온 캐서린에게 질문을 던지기 시작했다.

"그를 압니까?"

캐서린이 "네."라고 대답하자, 경찰이 말했다. "음, 우리가 그를 체포했을 때, 그가 당신의 집 진입로 바로 근처까지 와 있었어요. 운이 좋으셨어요."

그러자 또 다른 경찰이 말했다. "우리는 그가 어젯밤에도 살인을 저질렀다고 생각합니다."

캐서린이 공황 상태에 빠진 건 바로 그때였다. 그들은 아직 에이프릴을 찾지 못한 상태였다.

니콜은 자신이 그에게 가까이 다가가고 싶은지 아닌지 알 수가 없었다. 그녀는 그저 거기 서서, 그들이 소총을 겨누는 모습을 지켜보았다. 그녀는 무언가를 인식하거나 느끼는 게 불가능한 상태였다.

하지만 집 안으로 돌아온 그녀는 몸을 떨고 비명을 지르며 울었다. 그녀는 게리의 사진을 꺼내어 쓰레기통에 버렸다.

"그 미친 개자식." 그녀가 소리쳤다. "기회가 있을 때 죽였어야 했어!"

그날 밤 늦게, 그녀는 모든 종류의 변화를 겪었다. 그녀는 거기 누워 있었고 고장 난 레코드처럼 말들이 그녀의 마음을 통과했다. 그들이 했던 말들이 반복해서 떠올랐다.

토비 배스가 브렌다에게 전화했다.

"그를 잡았어요." 그가 그녀에게 알렸다.

"그는 괜찮은가요?" 브렌다가 물었다.

"네, 멀쩡해요." 토비가 말했다.

"누구 다친 사람은 또 없고요?" 브렌다가 물었다.

“네, 아무도 안 다쳤어요. 아주 깨끗이 처리했죠.”

“다행이네요.” 브렌다가 말했다.

그녀는 마음이 그 어느 때보다 너덜너덜해진 상태였다. 울지도 못했다. 그녀는 혼자 중얼거렸다. “오, 게리가 날 미워할 거야. 어차피 전부터 나한테 불만이 있었겠지만, 이젠 날 증오하겠지.” 그녀는 무엇보다도 그 점이 걱정스러웠다.


10


크리스 캐피는 도무지 잠을 이룰 수가 없었다. 데비가 계속 되뇌었다. “벤이 죽었다니 믿을 수 없어. 믿기지가 않아.”

그들은 몹시 불안해하고 있었다. 한번은 크리스가 샤워를 하러 일어났다가 욕실에 창문이 있는 걸 깨닫고 그 창문을 통해 살인범이 들어올지도 모른다는 생각에 몸을 떨기 시작했다. 물이 흐르는 동안, 그녀는 아무 소리도 들을 수 없었다. 마치 영화 「사이코」처럼.

그 후 거실로 돌아왔을 땐 ‘꺅’ 하고 비명을 지를 뻔했다. 손전등을 든 덩치 큰 사람이 앞마당을 걸어가고 있었다. 알고 보니 경찰이었다. 그 경찰은 그들의 차 문이 열려 있고 고양이 한 마리가 뒷좌석에 앉아 있는 것을 발견했다. 그들은 그 남자를 안으로 초대했고, 그렇게 해서 용의자가 잡혔다는 사실을 알게 되었다. 그가 정말 범인인지는 알 수 없지만, 적어도 경찰이 누군가를 잡은 건 확실했다.

데비는 무언가를 계속 이야기했다. 티브이에 대고 응답할
수 없는 것처럼, 그녀의 쉼 없는 말에는 뭐라고 답을 할 수 없
었다.

"어릴 적에는." 그녀가 말했다. "남자애들이랑 터치 풋볼[87]
을 하고 놀았어. 지붕에서 밧줄을 타고 뛰어내리는 것도 좋아
했지." 그녀가 벤저민을 품에 안고 흔들의자에 앉아서 그렇게
말했다.

"그래, 멋지네." 크리스가 소파 겸용 침대에서 말했다.

"벤은 부기와 경영학 수업을 많이 들었지만, 그의 주된 관심
사는 사람들과 함께 일하고 그들에게 조언하는 거였어." 데비
가 말했다.

"그랬지." 크리스가 말했다.

"우린 테니스나 수상 스키 같은 건 즐길 시간이 없었어. 그
럴 겨를이 없었어. 항상 일만 했거든."

벤저민을 안고 의자에서 흔들리면서, 그녀는 정면을 바라보
았다. 짙은 녹색이었던 눈이 지금은 단조롭고 까맣게 보였다.

"자연 분만으로 아기를 낳고 싶어 했던 건 벤이었어." 그녀
가 말했다. "나도 동의했지. 우린 항상 생각이 같았으니까."

"그래."

데비가 말했다. "벤저민은 태어났을 때 몸무게가 3.17킬로
그램이었어. 순조로운 출산이었지. 병원에서 벤이 나와 함께
있었거든. 그는 의사 가운을 걸치고 있었는데, 나는 줄곧 그

---

87) 간단한 신체 접촉으로 플레이하는 풋볼 경기.

의 존재를 느낄 수 있었어." 그녀가 말했다. "좋은 시간이었지."
그녀가 잠시 말을 멈췄다. "내가 지금 임신했는지 궁금해. 어
제 벤한테 임신한 것 같다고 얘기했거든. 그가 그 말에 기뻐했
다고 생각해."

데비는 밤새 흔들의자에 앉아 있었고, 벤저민은 그녀의 품
에 안겨 있었다. 그녀는 새로운 상황을 일관되게 이해하려고
계속 애썼지만, 단절이 너무 많았다. 모텔 사무실에서 낯선 남
자를 본 순간 그녀의 인지적 흐름에 단절이 일어났다. 그리고
벤의 머리에서 피가 흘러나오는 광경을 목격한 순간, 엄청나게
큰 단절이 일어났다. 벤은 죽었다. 그녀는 다시는 모텔로 돌아
가지 않았다.

다음 날 오후, 데비의 엄마가 왔고, 분회 사람들, 그리고 감
독이 찾아왔다. 상황이 쉴 새 없이 돌아갔다. 데비는 사흘 동
안 크리스와 데이비드의 집에 머물다가 패서디나로 돌아갔다.
비행기를 타고 이동한 것은 그때가 처음이었다.

# 17장

## 체포

1

체포된 후 병원으로 가는 길에, 게리가 제럴드 닐슨에게 말했다. "그 얘긴 둘만 있을 때 하고 싶어요."

닐슨이 괜찮다고 말했다.

자백을 기대할 수 있겠다는 생각이 들었다. 그들은 대부분의 시간 동안 말이 없었지만, 길모어가 다시 말했다. "있잖아요, 당신과 그 얘길 하고 싶어요."

병원에서, 의사가 게리를 치료하는 동안 제럴드 닐슨이 곁에 있었다. 프로보 경찰이 이미 전화해서 그의 손에 금속 탐지 검사[88]를 하고 싶다고 말했지만 길모어가 거부했다. 그는

---

[88] 사람이 총을 쐈는지 확인하기 위해 손에 남아 있을 수 있는 화약 잔여물(GSR)을 탐지하는 검사.

먼저 변호사와 이야기하고 싶다고 말했다.

제럴드가 말했다. "글쎄요, 우리가 당신에게 변호사를 구해 주긴 할 테지만, 그 부분에 대해선 변호사도 당신을 도울 수 없소. 법적 증거라서."

길모어가 말했다. "나한테 그걸 거부할 법적인 권리가 있나요?"

"그렇소. 거부할 수 있지. 그런데 우리에겐 언제나 그걸 강제로 행사할 법적인 권리가 있소."

"그렇다면 강제로 해야 할 거요."

그는 욕설을 몇 번 하고 고함을 지르며 절대 하지 않겠다고 말했다. 몇 번은 싸움으로 번질 수도 있겠다고 닐슨은 생각했지만, 결국 길모어가 동의했다. 검사 결과 손에 금속 제품을 쥐었던 것이 밝혀졌다. 길모어가 대답했다.

"네, 오늘 직장에서 서류철 작업을 해야 했거든요."

그들은 새벽 4시가 지나서야 프로보시 구치소에 도착했다.

의사들이 길모어의 손에 소석고를 바르는 동안 닐슨은 모험을 해 보기로 마음먹고 이렇게 말했다. "위에 수갑을 채울 수 있게 둥글게 공간을 좀 만들어 줄래요?"

게리가 말했다. "이런, 유머 감각이 썩었군."

닐슨은 그 말로 물꼬가 트였다고 생각했다.


2


유타 카운티의 검사 노얼 우튼은 체구가 작고, 담색 머리에 높은 이마, 납작 눌린 듯 보이는 커다란 코를 가진 남자였다. 그는 평소 활력이 넘쳤다. 신이 나면 자신에게 맡겨진 어떤 큰 일이라도 예인선처럼 힘차게 척척 끌고 갔다.

노얼 우튼이 생각하기에, 이제껏 그가 만난 최고의 변호사는 자기 아버지였다. 아마도 그래서인지 법정에 들어설 때마다 긴장으로 위장이 꼬이는 것 같았다. 그는 소송에서 이겼음에도 소송 결과가 기대에 미치지 못했다는 사실에 아쉬움을 느끼는 인물이었다. 그 때문에 길모어를 프로보시 경찰서로 데려온 그날 밤, 그는 모든 법적 절차를 철저히 지키는 데 더욱 주의를 기울였다.

화요일 밤, 아니, 더 정확히 말하자면 수요일 새벽 1시, 경찰서로부터 프로보에서 모텔 살인 사건의 용의자를 체포했다는 전화를 받았을 때, 노얼은 검사보를 병원으로 보내고 자신은 시티센터 모텔 살인 현장으로 가서 한 시간 반 동안 총기 수색을 지휘했다. 마틴 온티버로스와 대화를 나눈 결과 길모어가 주유소에 돌아왔을 때 피를 흘리고 있었다는 사실을 알게 된 그는 주유소에서 피의 흔적을 따라 길거리의 덤불 근처까지 되짚어 갔다. 그들은 나무의 잔가지들 사이를 주의 깊게 살폈고 마침내 브라우닝 22구경 자동 권총을 발견했다.

길모어가 연행되어 왔을 때, 우튼은 프로보 경찰서 수사관실 책상 위에 부츠와 청바지 차림으로 앉아 있었다. 공무원과는 거리가 멀어 보이는 모습이었다. 형사 피의자는 꼴이 꽤 엉망이었다. 왼팔에 깁스를 한 채 머리는 마구 헝클어져 있었다. 반다이크풍의 염소수염은 너저분해 보였다. 그는 사납게 노려

보고 있었다. 이 모든 상황에 잔뜩 화가 난 것 같았다.

길모어는 특히 발에 쇠사슬이 채워져 있다는 사실에 분노를 표출했다. 우튼은 주변에 경찰이 많아서 다행이라고 생각했다. 길모어가 사슬에 묶여 있더라도, 그 방에서 길모어와 단둘이 있는 건 사절이었다.

우튼은 길모어가 제럴드 닐슨에게만 입을 연다는 사실을 알아내고는, 경위를 한쪽으로 불러 어떤 전략을 써야 할지 알려주었다. 길모어를 진정시켜요. 친구처럼 느끼게 만들어요. 그에게 자기가 가진 모든 권리에 대해 조언하는 걸 잊지 말아요. 또한 그가 술에 취하지는 않았는지, 자신이 지금 어디에 있으며 무엇을 하고 있는지를 인지하는지 여부를 반드시 확인해요. 가장 중요한 것은, 그에게 지나친 압박을 가하지 않는 겁니다.

우튼은 길모어와의 대화에 끼어들지 않도록 주의했다. 그런 대화는 쉽게 증거가 될 수 있고, 그러면 자신이 증언대에 서야 할 수도 있기 때문이었다. 그는 이 사건을 기소할 예정이었기 때문에, 법정에서 기소가 아닌 다른 역할은 하고 싶지 않았다. 그래서 그는 스피커를 통해 닐슨이 다른 방에서 수행하는 면담 내용을 청취했다.


3


1976년 7월 21일, 오전 5시

**길모어:** 날 왜 붙잡아 두는 거죠?

닐슨: 무장 강도가 의심된다는 것 말곤 몰라요. 그것 때문이라는 게 거의 확실해요.

길모어: 무슨 강도 말입니까?

닐슨: 오늘 밤 프로보의 모텔과 어젯밤 오렘의 주유소에서 일어난 강도 사건이요.

길모어: 있잖아요, 어젯밤 내 행적에 대해선 정말 잘 설명할 수 있어요. 오늘 밤 일도 설명할 수 있고…….

닐슨: 글쎄요, 설명이 잘 안 될 텐데요, 게리.

길모어: 아니 할 수 있다니까……. '페니'네에 가서 트럭 수리를 좀 맡겼어요. 글러브 박스에 영수증이 있을 거요. 그리고 술을 좀 마셨지. 트럭이 계속 멈추는 바람에 여기로 가져왔고……. 그리고 직원들에게 말했죠, "트럭을 여기 두고 갈게요. 내일 아침에 찾아서 타고 일터로 갔다가 다시 와서 방을 하나 빌리겠소." 그러고는 들어갔는데, 아, 이놈이 그 남자한테 총을 겨누고 있는 거야. 내가 그걸 움켜잡았더니 그놈이 내 머리를 쏘려고 하지 않겠어요? 그래서 내가 그걸 밀어 올렸는데, 그러다 총알이 발사되는 바람에 내 손에 맞았지 뭐예요. 그때쯤 우린 바깥에 있었고, 그래서 난 그냥 다시 내려가서 트럭을 타고 플레전트 그로브로 간 거죠…….

닐슨: 그게 당신 주장인가요?

길모어: 그게 사실이에요.

닐슨: 못 믿어요, 게리. 난 정말 그 얘길 못 믿겠어요. 그리고 내가 안 믿는다는 걸 당신도 알잖아요…….

길모어: 난 그저 무슨 일이 있었는지를 말하는 거예요.

닐슨: 내가 그 이야기에 납득 못 하는 거 당신도 알아요, 그렇죠? 그 사람들이 왜 총에 맞았는지 이해할 수가 없어요. 그들을 왜 쏜 거죠, 게리? 내가 궁금한 건 그거예요.

길모어: 난 아무도 안 쐈어요.

닐슨: 난 당신이 쐈다고 생각해요. 그 점이 유일하게 이해가 안 돼요.

길모어: 아니 들어 봐요, 지난밤 난 그 여자랑 밤새 같이 있었다고요.

닐슨: 어떤 여자요?

길모어: 에이프릴 베이커.

닐슨: 에이프릴 베이커? 어디 사는 여잔데요? 어떻게 연락하죠?

길모어: 플레전트 그로브에 살아요. 그녀는 매 순간 나와 함께 있었소. 내가 그곳에서 꽤 일찍 그녀를 트럭에 태워서 나갔다고 그 애 엄마가 당신에게 말해 줄 거요. 있잖아요, 내가 알다시피 스패니시 포크에 살던 그 애 언니랑 사귀다가 사이가 틀어졌단 말이에요. 그래서 내가 그 사람들에게 내 트럭을 보여 주러 갔더니 에이프릴이 제 남동생한테 뭘 사다 줘야 한다면서 태워 달라는 거야. 그래서 내가 말했죠, "드라이브하면서 맥주나 좀 마실래?" 그랬더니 그 애가 그러자 그러더라고. 그 애는 제 엄마랑 사이가 안 좋거든. 아무튼 그 애가 좋다고 그래서 우리는 여기저기 드라이브하면서 맥주도 마시고 마리화나도 좀 피우고 그랬어요. 그러다 내가 말했죠. "모텔 방 하나 잡자. 아침에 일하러 가야 돼." 그녀가 말했죠, "여기서 벗어나 아메리칸 포크로 가요." 그런데 모텔을 찾을 수가 없었고, 결국 프로보로

다시 돌아왔죠.

닐슨: 어느 곳이요?

길모어: '홀리데이'요.

닐슨: '홀리데이'에서요? 본인 이름으로 서명했나요?

길모어: 네, 거기서 7시 정도까지 거기 있다가, 그 애를 집에 데려다줬죠.

닐슨: 오늘 아침 7시?

길모어: 네, 그런 다음 일하러 갔어요.

닐슨: 그녀를 트럭에 태운 건 몇 신가요?

길모어: 7시요. 5시던가? 아니 7시던가? 모르겠어요. 시계를 안 차서. 시계 차는 걸 좋아하지 않아요.

닐슨: 당신이 주유소에 들렀을 때 그녀도 함께 있었나요?

길모어: 난 주유소에 들르지 않았소.

닐슨: 게리, 난 정말로 당신이 주유소에 들렀다고 생각해요.

길모어: 안 들렀어요.

닐슨: 들어오는 길에 22구경 자동 권총 봤죠?

길모어: 저기 바깥에 총이 놓여 있는 걸 보긴 했죠.

닐슨: 그걸 전에 본 적 있어요?

길모어: 아뇨.

닐슨: 자, 만약 그게 당신 명의로 등록되어 있다면, 당신은 끝장이에요.

길모어: 그럴 일 없어요.

닐슨: 좋아요, 난 모르겠어요, 게리, 정말이지…….

길모어: 이봐요, 일이 그렇게 된 거예요. 당신이 안 믿는다는 거

나도 알아요.

**닐슨:** 난 정말 못 믿어요, 게리. 정말로, 정말로, 못 믿어요. 난 당신이 음, 저질렀다고 생각해요. 내가 이해할 수 없는 건, 도대체 어쩌다 당신이 그 사람들을 쏘게 되었는가 하는 거예요. 내가 이해할 수 없는 건 바로 그거예요.

**길모어:** 들어 봐요…….

**닐슨:** 게리, 난 정말 그렇게 생각해요.

**길모어:** 내가 여자를 데리고 다니며 사람을 쏠 것 같아요?

**닐슨:** 글쎄요, 당신이 그녀를 모퉁이에 세워 둔 차에 두고 왔을 수도 있죠. 그녀가 몰랐다면 그건 또 다른 문제예요.

**길모어:** 그녀와 얘기를 해 보든가…….

**닐슨:** 어떻게 연락하죠?

**길모어:** 걘 제 엄마랑 같이 살아요…….

**닐슨:** 거기 어떻게 가는지 말해 줄래요?

**길모어:** 전화번호를 알려 줄게요. 내가 밤새 딸을 데리고 돌아다녔다고 엄청 열받았을 테지.

**닐슨:** 에이프릴 베이커 말이죠.

**길모어:** 그 애가 내내 나랑 함께 있었다니까.

**닐슨:** 그녀는 몇 살인가요?

**길모어:** 열여덟이요.

**닐슨:** 그럼 성인이네요. 모르겠어요, 그냥 상황이 나빠 보여요, 게리……. 그 강도의 인상착의를 설명해 줄 수 있어요?

**길모어:** 머리가 길고, 음, 청바지랑, 더 밝은 색 재킷, 음, 청재킷을 입고 있었어요.

**닐슨:** 그건 확인해 보죠, 확인해 볼게요, 하지만 난 그 말 못 믿어요. 현 상황에서는, 특히 당신의 전과를 고려할 때, 당신이 강도죄를 저질렀다고 볼 사유는 충분하다고 생각해요. 아직도 이해가 안 되는 건, 그들이 왜 살해되었느냐는 거예요. 그게 이해가 안 돼요.

**길모어:** 뭐가 이해가 안 된다는 거요?

**닐슨:** 그들이 살해당한 이유요. 그걸 이해할 수 없어요, 게리. 그들이 왜 살해당했죠?

**길모어:** 누구 말하는 거예요?

**닐슨:** 모텔의 그 남자랑 저기 그 남자요……

**길모어:** 난 아무도 죽이지 않았어요.

**닐슨:** 글쎄요, 난 당신이 죽인 것 같은데.

**길모어:** 아까 말했듯이, 난 매 순간 내가 어디에 있었는지 알아요.

**닐슨:** 내가 이 사람들한테 가서 확인했는데, 그 사람들이 "그 자가 당신에게 헛소리를 지껄이는 겁니다."라고 말하면 어떡할래요?

**길모어:** 그러지 않을걸요.

**닐슨:** 확실해요? 모두가 그렇게 말할 거라고?

**길모어:** 뭐, 시간이나 그런 걸 조금 다르게 말할 수는 있겠죠.

**닐슨:** 에이프릴에게 지난 밤 10시 30분경에 대해 물어보면 뭐라고 말할까요?

**길모어:** 글쎄요, 걘 좀 불안정한 애라. 걔가 어렸을 때 어떤 놈들이 데리고 나가서 몰래 약을 먹이고 강간했거든요. 걔가 형사님께 뭐라고 말할지는 모르겠어요. 어쨌든 에이프릴은 어젯

밤 매 순간 나와 함께 있었어요……. 니콜 때문에 외로워져서, 그냥 들러서 니콜의 여동생을 데리고 다닌 거예요. 에이프릴이 차를 좀 태워 달라고 했어요. 우리는 서로의 목을 껴안고 어루만지고 웃고 낄낄댔어요. 밤새도록 그녀를 그렇게 안고 있었죠. 자, 봐요, 그게 다예요.

닐슨: 확인해 보죠. 그녀에게 확인해 볼게요.

길모어: 변호사 없이는 다른 얘긴 더 안 할래요. 이게 다예요. 뭐 좀 먹어도 돼요?

닐슨: 아침 식사 시간이 다 돼가네. 배고파요? 사람들한테 말해 둘게요.

길모어: 손도 여전히 아파요…….

닐슨: 변호사 없이, 비공개를 전제로 하는 말인데, 내가 아까 물어본 것에 대한 답변은 안 할 생각인가요?

길모어: 그게 뭔데요?

닐슨: 당신이 떠났을 때 왜 그들이 죽었는지에 대해서요.

길모어: 그들이 왜 죽었는지 난 몰라요. 내가 죽인 게 아니니까.

닐슨: 그 말이 사실이길 바라요. 난 그냥 그 부분이 신경 쓰여요. 이해가 안 돼요. 다른 것도 이해할 수 없어요. 그 총기 강도도 이해가 안 돼.

길모어: 난 누굴 총으로 위협해 강도질한 적도 없고, 누굴 죽이지도 않았어요.

닐슨: 몇 가지 확인 후 오늘 오후에 다시 와서 당신과 얘기해도 괜찮겠어요?

길모어: 난 누굴 죽이지도, 누구 걸 털지도 않았어.

**닐슨:** 게리, 나도 아니길 바라지만, 달리 믿긴 힘들어요. 이 시점에 와서는 정말 달리 믿기 힘들다고요…….

**길모어:** 난 배도 고프고 손도 아파요.

수요일 아침 우튼이 귀가했을 때, 그는 모텔 사건에 대해 길모어를 1급 살인죄로 기소하기로 결정한 상태였다. 총에 남은 유일한 지문은 너무 번져서 확인이 불가능했지만, 화약 잔여물 검사와 목격자 피터 아로요가 있었다. 그는 길모어가 모텔에서 총과 현금 상자를 들고 있는 장면을 목격했다. 우튼이 보기에 이 사건은 승산이 있었다.

4

그날 새벽 3시 30분경, 발은 전화 한 통을 받았다.

"경찰입니다."라는 목소리가 들렸다. "우리가 당신의 차를 압수했습니다."

발은 너무 졸려서 그저 이렇게 말했다. "뭐, 알았어요, 괜찮아요."

"우리에게 그 차량이 있다는 걸 알려 드리고자 합니다. 살인 사건이 발생했거든요."

"알겠어요."라고 발이 말했고 전화를 끊었다.

그의 아내가 말했다. "이게 다 무슨 일이래요?"

그가 말했다. "차를 압수했대. 살인 사건이 있었대. 왠지는 나도 몰라, 왠지는 나도 모르지, 이런." 그는 다시 잠이 들었다.

아침이 되었을 땐 그 일은 이미 기억 저편으로 사라진 상태였다.

다음 날 아침 그가 사무실에 들어가자 그를 기다리던 마리 맥그래스가 그에게 간밤의 일을 알려 주었다.

"농담이죠?" 발이 말했다. "그가 요전 날 밤에 그 남자를 죽였다고요?"

마리가 말했다. "요전 날 밤이라니, 무슨 말이에요? 어젯밤이에요."

"어젯밤이요?" 발이 말했다. 그는 무슨 큰일이 있을 때마다 늘 뒷북을 치는 편이었다.

"그래요." 마리가 말했다. "어젯밤에 살인 용의자로 잡혔대요."

발이 모텔 살인에 대해 알게 된 건 바로 그때였다. 새벽 3시 30분의 전화 통화가 생각났다.

얼마 후, 경찰이 와 머스탱을 조사했다. 그는 옷을 꺼내 핏자국을 찾기 시작했다.

그가 발에게 물었다. "그가 당신하고 총을 거래한 적이 있나요?"

"나하고는 아니오." 발이 말했다. "난 총을 좋아하지 않소. 나는 총을 좋아하지 않아요."

"음." 그 경찰이 말했다. "그가 총을 무더기로 훔쳤어요. 우린 그걸 찾고 있죠."

"이봐요." 발이 말했다. "난 아니라니까."

경찰이 한 시간쯤 그곳에 머물다 갔다. 경찰이 떠난 후, 러스티가 쓰레기 같은 것을 뒤쪽으로 가지고 나왔다.

그녀가 들어와서 말했다. "내가 뭘 찾았는지 봐요."

바람이 주변에 있는 것을 모두 날려 버렸다. 그녀가 낡은 청량음료 상자 밑에 숨겨진 자루를 발견했다. 자루를 열어 보니 권총 여러 자루가 신문지에 싸여 있었다.

발이 권총을 보자마자 소리쳤다. "잠깐, 잠깐 기다려. 그거 만지지 마! 전화기 들고 형사 불러!"

경찰이 출동하여 길모어가 총을 제공했는지 재차 물었다.

발이 말했다. "아니. 만약 그랬다면 경찰에 밀고했을 거요. 난 총을 좋아하지 않거든."


5


오전 9시에 게리는 통화 중이었다.

"어디야?" 브렌다가 물었다.

그가 비웃음에 가까운 웃음소리를 냈다.

"괜찮아." 그가 말했다. "나는 구금 중이야. 너한테 갈 수 없어."

그녀가 말했다. "오, 세상에, 다행이야."

자신의 목소리가 끔찍하게 들렸다. 그녀는 수면 부족으로 인해 그 어느 때보다 신경이 곤두서 있었다.

"있잖아, 오빠 정말 괜찮아?" 그녀가 말했다.

"왜 안 왔어?" 게리가 물었다.

"무서웠어." 브렌다가 말했다.

“존은?” 게리가 물었다.

“사람들이 못 가게 했어, 게리.”

“넌 날 배신했어.” 그가 말했다.

“난 오빠가 89번 고속 도로에서 피 흘리며 쓰러지는 모습은 보고 싶지 않았어. 내가 아는 경찰들이 출동했다가 그의 아내들이 과부가 되는 꼴도 보고 싶지 않았어. 그들은 내 이웃이야.” 그녀가 덧붙였다. “오빠 지금 살아 있잖아, 안 그래? 난 정말 오빠가 평범한 범죄자들처럼 총에 맞아 죽는 걸 바라지 않았어.” 그녀가 말했다. “나한테 오빠는 아주 비범한 사람이니까. 비뚤어지긴 했지만 평범하진 않아.”

“넌 날 주 경계까지 데려다줄 수 있었어.” 그가 말했다.

“게리, 꿈은 꿀 수 있지만 그건 현실적이지 않아.”

“나라면 널 위해 그렇게 해 줬을 거야.” 그가 말했다.

“그래, 믿어.” 그녀가 말했다. 그리고 덧붙였다. “게리, 오빨 정말 사랑하지만, 난 오빨 위해 그렇게 해 주지 못했을 거야.”

“넌 날 배신했어.”

“달리 오빠를 잡을 방법이 없었어.” 브렌다가 말했다. “사랑해.”

한참 동안 말이 없던 그가 말했다. “저기, 옷이 좀 필요해.”

“그들이 왜 오빠 옷을 가져간 거야?” 그녀가 물었다.

“증거래.”

“몇 벌 가져다줄게.”

“10시까지 가져다줘.”

“금방 갈게.” 그녀가 말했다.

“좋아.” 그가 말했다. 그러고는 전화를 끊었다.

그녀는 짙은 갈색 돌로 새로 지은 현대식 구치소가 있는 곳, 프로보의 도심부로 갔다. 그곳은 짙은 갈색 돌로 지은 현대적인 오렘의 도심부와 매우 흡사해 보였다. 이곳에도 또한 구치소가 있었다. 그녀는 존의 낡은 작업복을 가져갔다. 다시 돌려받을 일이 없으니, 존의 가장 좋은 옷들을 줄 이유가 없었다.

그녀가 도착했을 때, 그는 이미 구치소의 아래층 감방에 갇힌 상태였다. 그가 아직 기소 인정 여부 절차를 밟지 않은 상황이라 면회가 불가능하다고 했다.

“젠장.” 브렌다가 말했다. “벌거벗고 법정에 들어갈 순 없잖아요.”

“우리가 그에게 전달할게요.” 그들이 말했다.

이제, 브렌다가 아직 로비에 있는 동안, 티브이 취재진이 도착했고, 복도는 케이블과 소형 카메라, 그리고 지금껏 평생 본 적 없는 사람들로 북새통을 이루었다. 브렌다는 화장을 전혀 하지 않은 얼굴, 대충 하나로 올려 묶은 머리에다 반바지 차림이었고, 분명히 자신이 느끼는 것만큼 과체중으로 보일 터였다. 그녀는 정말이지 카메라에 찍힐 생각이 없었다.

하지만 게리가 계단으로 끌려 올라가고 있었기 때문에, 그녀는 티브이 장비와 대형 카메라맨 뒤로 물러나 그가 복도를 지나가는 모습을 뒤에서 지켜보았다. 그녀는 그가 자신을 찾고 있다는 걸 알 수 있었다. 그녀는 속으로 생각했다. ‘아무래도 난 그를 마주하기가 정말 싫은가 봐.’ 부끄러움을 느낄 필요는 없다고 생각했지만, 그래도 그녀는 부끄러웠다.

## 6

　법원에서 선임한 변호인 마이크 에스플린은 어딘가 목장 주인 같은 생김새였는데, 실제로 가족이 목장을 운영했다. 키는 적당했고 체격도 보기 좋았으며, 작은 솔 모양의 콧수염을 기르고 있었다. 눈은 강렬한 햇빛을 너무 오래 응시한 듯 물빛 청회색이었다. 하지만 옷차림은 말쑥했다. 정말 말쑥했다. 회색 셔츠에 빨간색 넥타이, 빨간색 격자무늬가 있는 회색 양복을 입고 있었다.

　그가 게리 길모어에 대해 처음 들은 것은, 그날 아침 프로보시 법원의 서기가 전화를 걸어와, 기소 인부 절차를 위해 올 수 있으면 와 주기를 요청한다는 판사의 말을 전했을 때였다.

　에스플린은 문제없다고 답변했다. 대부분의 변호사들은 프로보 법원에서 한두 블록 이내에 사무실이 있었다. 하지만 일이 너무 빨리 진행되다 보니 마이크는 새로운 의뢰인과 논의할 기회가 없었다. 사실 그는 법정에 들어가서 처음으로 자기 의뢰인을 만났다.

　물론 드문 상황은 아니었다. 법원에서 선임한 변호사의 경우 기소 인부 절차를 위해 거기에 있을 필요조차 없었다. 단지 이번 건이 1급 살인이었기 때문에 그렇게 일찍 불렀을 뿐이다. 자신을 소개한 지 일 분 만에, 에스플린은 어느새 길모어와 함께 법정 앞에 서 있었다.

　혐의 사실이 낭독된 후 두 사람은 대기실로 이동했고, 그 기회를 틈타 잠시 대화를 나누었다. 하지만 현장은 혼란스러웠다. 네다섯 명의 경찰관과 여러 명의 취재진이 있어서 그들은 좀처럼 단둘이 있을 기회가 없었고, 길모어는 불편해 보였다. 그는 즉시 마이크에게 말했다. "나는 이 지역이 처음이라 아는 변호사가 아무도 없소." 그런 다음 자기는 변호사비를 낼 돈도 없다고 말했다.

에스플린은 이보다는 좀 더 편안하게 면담하고 싶었기 때문에, 두 사람은 침상 두 개가 놓인 작은 감방, 즉 시 구치소의 유치실로 이동했다. 누군가가 도청을 하고 있을지 모른다고 생각하는 길모어의 피해망상 때문에 두 사람은 낮게 속삭였고, 길모어는 '시티센터 모텔'에 갔다가 우연히 강도 현장 속으로 걸어 들어가게 되었다고 말했다.

에스플린이 총에 맞은 후 왜 경찰에 신고하지 않았느냐고 묻자, 길모어는 자기가 전과자이기 때문에 경찰이 자신을 믿지 않을까 봐 두려웠다고 대답했다. 변호사가 듣기에는 죄다 헛소리였다.

1급 살인 사건의 경우, 피고 측은 두 명의 변호인을 선임할 수 있었기 때문에, 면담이 끝난 후 에스플린은 사무실로 돌아가 몇 명에게 전화를 걸었다. 다른 두 변호사가 변호를 잘한다고 평가한 크레이그 스나이더는, 그도 조금 아는 인물이었다. 그는 스나이더에게 전화했고, 이 사건을 함께 다뤄 보고 싶은지 물어보았다. 에스플린은 자신의 정규 급여의 일부로 연간 1만 7500달러에 이 일을 하지만, 스나이더처럼 법원에서 선임한 변호사는 법률 업무에 대해 시간당 17.5달러, 법정에서 보내는 시간에 대해 시간당 22달러를 받는다고 마이크가 설명했다.

스나이더는 그 정도면 받아들일 만한 수준이라고 답했다.

에스플린은 정오 무렵 구치소로 돌아와 길모어에게 새 변호인의 이름을 알려 주었다. 그는 또한 게리가 젠슨의 살해 혐의로 기소될 것이라고도 말했다.

길모어가 그의 눈을 쳐다보며 말했다. "이런, 말도 안 돼."


7


경찰이 차를 타고 떠난 후에도, 니콜은 계속 게리는 미쳤고 오래전에 그를 떠났어야 했다고 되뇌고 있었다. "미친 새끼, 정신 나간 새끼."

그녀는 아침에도 계속해서 중얼거렸다. 하지만 정오가 되기 조금 전에 오렘 경찰서에서 전화를 걸어와 캐서린과 니콜에게 경찰서로 와 달라고 말했을 때는 꽤 신중하고 침착하게 대처했다. 심지어 다소 무덤덤하기까지 했다.

그녀는 닐슨 경위에게 길모어와 싸웠고, 그가 두려워서 떠났다고 말했다. 한번은 그가 목을 조르기에 차에서 뛰쳐나가 고속 도로를 내달린 적도 있다고 말했다. 그런 다음 그녀는 닐슨에게 게리가 스패니시 포크 소재 '스완스 마켓'에서 총을 훔쳤다고 말했다. 그리고 덧붙였다. "그 이상은 말할 수 없어요."

"이봐요." 닐슨이 말했다. "난 당신을 기소할 생각이 없어요."

그래서 그녀는 게리가 호신용으로 데린저를 줬지만, 얼마 후 자신은 게리로부터 자신을 보호하고 싶어졌다고 말했다.

면담이 끝나고 니콜이 말했다. "제발 그에게 내가 이런 얘기를 했다고는 말하지 말아 줘요. 왜냐하면……."

그녀가 잠시 멈칫했고 이 모든 것에서 그녀의 마음이 멀어지는 것처럼 보였다. 멀리서 무언가를 찾고 있는 듯하던 그녀가 중얼거렸다. "왜냐하면 난 여전히 그를 사랑하거든요."

잠시 후 닐슨 경위가 그녀를 차로 스프링빌의 아파트에 데려다주었고, 니콜이 갖고 있던 총과 총알 상자를 그에게 넘겨주었다. 그 모든 일에 대해 지극히 우울해하던 그녀의 모습이 닐슨의 머릿속에서 떠나지 않았다. 그는 정말로 낙담한 사람들의 진술을 청취하는 데 익숙했지만, 니콜은 그들 중 누구와 견줘도 뒤지지 않을 정도였다.

경위는 경찰서로 돌아온 후 어떤 증거가 축적되어 있는지 조사하기 시작했다. 젠슨의 시신 아래서 탄피 두 개가 발견되었고, 부시넬의 머리 옆 피 웅덩이 속에서 탄피 한 개가 회수되었다. 자동 표식은 쉽게 식별되기 때문에 탄피는 유용했다. 부시넬 건은 프로보의 탄피가, 젠슨 건은 오렘의 탄피가 인증해 줄 터였다. 이제 총을 길모어와 연관시킬 수 있다면, 이 사건은 증거가 탄탄했다.

닐슨은 저녁 5시쯤 게리를 만나러 갔다. 게리는 이미 프로보 도심에서 카운티로 이송되었는데, 그곳은 오래된 구치소였다. 더럽고 시끄러웠다. 진짜 교도소였다. 닐슨은 제대로 된 면담을 진행했다.

그는 손잡이를 젖힐 수 있는 서류 가방을 가져왔고, 그 안에 녹음기를 보이지 않게 설치했다. 하지만 그것을 감방 안까지 가져갈 엄두는 내지 못했다. 길모어에게는 그 서류 가방 안에 무엇이 들어 있는지, 녹음되고 있는 건 아닌지 질문할 권리가 있기 때문이었다. 그러면 닐슨은 가방을 열어 보여 주어야 했다. 그 경우 길모어가 그에 대해 가진 모든 신뢰가 무너질 수 있었다. 그래서 닐슨은 녹음기를 켜 둔 채로 그 가방을 창살 반대편 복도에 놓아두었다. 가능한 한도 내에서 무엇이든 녹음이 될 터였다.

카운티 교도소는 유타 카운티에서 가장 오래된 건물 가운데 하나였다. 7월이 되면 지옥행 공짜표를 약속할 만큼 내부가 찜통 같았다. 그렇다고 창문을 열어 두었다간 고속 도로의 배기가스를 그대로 흡입해야 했다. 교도소는 고속 도로에서 빠져나가는 경사로와 고속 도로로 진입하는 경사로 중간에 있는 평지의 사막 가장자리에 자리 잡고 있었다. 따라서 교통 소음이 극심했다. 철도의 지선도 인접해 있어서, 면담이 이루어지는 동안에도 유개차가 덜컹거리며 지나갔다. 닐슨이 나중에 사무실에서 녹음기에 귀를 기울였을 때도 더운 여름 저녁의 교통 소음이 그가 들을 수 있는 가장 선명한 진술이었다.

형사는 그 면담에 기대감을 갖고 있었다. 그는 게리가 플레전트 그로브에서 체포된 직후 자신을 지목했을 때부터 길모어가 입을 열 것이라고 생각했다. 그때 닐슨은 길모어의 자백을 받아 낼 기회가 있으리라는 느낌을 강하게 받았다. 그래서 그는 오랜 친구이자 좋은 경찰의 역할로 무리 없이 빠르게 전환했다.

경찰 업무에서는 때때로 어떤 역할을 맡아야 했다. 닐슨은 그게 좋았다. 문제는 이 역할을 위해 그가 그에게 연민을 보여 주어야 한다는 것이었다. 과거의 경험을 통해 그는 그것이 역할에 한정되지만은 않는다는 것을 알았다. 조만간 그는 정말로 연민을 느낄 테니까. 괜찮았다. 그것이 경찰 업무보다 흥미로운 측면이기도 했다.

그에겐 그만의 경험이 있었다. 수년 전 순찰대원이었을 때, 닐슨은 마약 단속반에서 잠복근무를 한 적이 있었다. 당시엔 솔트레이크시티 경찰과 업무 협약을 맺은 상태였다. 그때만 해도 오렘은 작은 도시였기 때문에 지역 주민들은 경찰을 잘 알았다. 효과적인 첩보 활동을 위해서는 솔트레이크시티에서 경찰관을 데려와야 했다. 그에 대해 오렘은 자체 경찰 몇 명을 파견하여 빚을 갚았다. 그렇게 닐슨은 처음 이 일에 뛰어들었다.

하지만 그의 외모가 문제였다. 그는 칠팔 년 동안 스카우트 대장을 지냈고, 그것이 인상에서 드러났다. 건장한 체격에 일찌감치 대머리가 된 데다 안경과 적금발인 머리색 덕분에 그는 마약을 거래하는 사람보다는 사업가처럼 보였다. 따라서 그는 위장을 위해 ‘세이프웨이’ 정육업자인 척했는데, BYU를 다니면서 정육 일을 조금 해 봤기 때문에 그에게 어느 정도 익숙한 직업이었다. 심지어 그는 노조 카드도 가지고 있었다.

솔트레이크시티에서 그는 한동안 주말이면 마약을 찾는 정육업자로 알려졌다. 그게 통했다. 정육업자들 가운데 상당수가 마약과 연관되어 있다고 알려져 있었기 때문이다. 심지어 닐슨이 입던 흰색 작업복에서 앞치마로 가려지지 않은 가슴과 무릎 아래 부분에 핏자국이 보이기도 했다.


8


더웠던 7월의 그날 저녁, 닐슨은 안타깝게도 길모어의 이야기에 구멍이 많다는 말로 면담을 시작했다. 확인해 보았지만 앞뒤가 맞지 않았다. 그래서 함께 이야기를 나눠 보는 게 어떨지 물었다.

길모어가 말했다. "나는 사형당할 수도 있는 범죄로 기소되었소. 그런데 난 결백해요. 당신들이 내 인생을 죄다 망치고 있어."

"게리, 상황이 심각한 건 알지만 난 누구의 인생도 망치고 있지 않아요. 원하지 않으면 말하지 않아도 돼요. 당신도 알잖소."

게리가 자리를 떴다가 조금 후에 돌아와서 말했다. "얘기해도 상관없어요."

닐슨은 길모어와 한 시간 삼십 분 정도 함께 있었다. 그곳, 경비가 가장 엄중한 감방에서 두 사람은 함께 갇혀서 이야기를 나눴다. 닐슨은 처음엔 매우 가볍게 시작했다.

"변호인은 만났나요?" 그가 물었다.

길모어가 만났다고 대답했다. 그러자 닐슨이 기분이 어떠냐고 물었다. "팔은 어때요?"

길모어가 대답했다. "저기요, 나 정말 아파요. 의사는 나더러 진통제 두 알을 먹으라고 했는데 한 알만 주더라고."

"그럼." 닐슨이 말했다. "의사가 두 알을 주라고 말하는 걸 내가 들었다고 일러 두겠소."

닐슨은 최대한 느긋한 태도를 취하려고 애썼다. 그는 게리가 낚시를 좋아하는지 물었고, 길모어는 교도소에서 보낸 시간이 길어서 낚시할 기회가 별로 없었다고 대답했다. 닐슨이 제물 낚시질에 대해 이야기를 조금 꺼내자 길모어는 상황에 따라 송어가 날벌레로 받아들일 만한 것을 추측할 수 있을 정도의 실력은 갖추어야 한다는 발상에 흥미를 보였다. 형사는 가족과 함께 협곡으로 하룻밤 캠핑 여행을 떠난 이야기를 들려주었다.

그에 대해 길모어는 교도소에서 겪은 몇 가지 경험들을 이야기했다. 죽은 뚱뚱한 여자에 대해, 그리고 프롤릭신을 너무 많이 투여해 움직일 수 없을 정도로 몸뚱이가 부어올랐던 때에 대해 이야기했다. 교도소에서는 매 순간 남자답게 행동할 것을 요구받는다는 이야기도 했다. 그런 다음 그는 닐슨의 배경에 대해 조금 더 물었다. 닐슨에게 아내와 다섯 명의 자녀가 있다는 사실에 관심을 보였다.

아내가 독실한 모르몬교 신자예요? 길모어가 물었다. 오, 그럼요. 아내는 아이다호에서 벗어나기 위해 BYU에 진학했고, 거기서 그를 만났다. 전공이 뭐였는데요? 길모어가 정말 흥미롭다는 듯이 물었다. 닐슨이 어깨를 으쓱했다.

"그녀는 가정경제학을 전공했소." 그가 말했다. 그러고는 길모어를 보며 씩 웃었다. "아내의 관심사는, 알잖아요, 아마도 뭐, 남편을 찾는 일 아니었을까요?"

이제 두 사람이 함께 웃었다. 그래요, 닐슨이 말했다. 우린 신입생 때 만나 이듬해 여름에 결혼했죠. 음, 그것 참 흥미롭네요, 길모어가 말했다. 경찰은 어떻게 된 거예요? 당신은 딱히 경찰처럼 보이지 않는데. 음, 사실, 제럴드가 설명했다. 애리조나의 세인트존스에 있는 가족 목장에서 BYU에 진학할 때만 해도 과학 교사나 수학 교사가 될 계획이었죠. 하지만 그는 적극적인 모르몬교 신자였고 교회 활동을 하던 중에 마음에 드는 형사를 알게 되어 경찰 일에 관심을 갖게 되었고, 마침내 순찰 경찰관으로 일하게 되었다고 설명했다.

이제는 경위가 됐네요. 길모어가 말했다. 그렇죠, 십 년이 조금 넘는 기간 동안 수사관에서 경사가 되었다가, 이제는 경위죠. 그는 버지니아주 콴티코 소재 FBI 아카데미에서 교육을 이수했다는 사실은 말하지 않았다.

음, 거참 흥미롭네요. 길모어가 말했다. 그의 어머니도 모르몬교도였다. 그러더니 멈칫하며 고개를 저었다.

"어머니가 이 사실을 알면 돌아가실지도 몰라요." 다시 그가 고개를 저었다. "있잖아요, 어머닌 다리를 못 써요." 길모어가 말했다. "아주 오랫동안 못 뵀어요."

"게리." 닐슨이 말했다. "그 남자들을 왜 죽인 거예요?"

길모어가 그의 눈을 똑바로 쳐다보았다. 닐슨은 용의자의 눈에서 증오나 후회 혹은 가슴을 서늘하게 만드는 무관심 같은 것을 보는 데 익숙했지만, 길모어가 상대의 눈을 들여다보자 닐슨은 내적으로 동요되었다. 마치 자신이 가진 가치의 밑바닥까지 응시당하는 기분이었다. 그런 시선을 감당하는 건

쉽지 않았다.

"이봐요." 길모어가 말했다. "나도 몰라요. 이유 같은 건 없어요."

그 말을 할 때 그는 차분했고 슬퍼 보였다. 금방이라도 울 것 같은 모습이었다. 닐슨은 그 남자의 슬픔을 느꼈고, 순간 그가 슬픔으로 가득 차는 것을 느꼈다.

"게리." 닐슨이 말했다. "난 많은 것을 이해할 수 있어요. 당신을 배신한 남자를 죽이는 것도, 아니면 당신을 귀찮게 하는 남자를 죽이는 것도 이해할 수 있어요. 그런 것들은 이해할 수 있어요." 그가 잠시 말을 멈췄다. 그는 자신의 목소리를 통제하려고 애썼다. 두 사람은 가까웠고, 그는 두 사람 사이를 그렇게 유지하고 싶었다. "하지만 딱히 아무런 이유 없이 이 남자들을 죽인 건 아무래도 이해할 수가 없어요."

닐슨은 자신이 여러 가지로 큰 모험을 하고 있음을 알고 있었다. 사실상 그는 모든 것들이 항소에서 뒤집힐 수도 있을 만큼 미란다 원칙에 대해 편법을 사용하는 중이었고, 또한 계속에서 "그 남자들" 혹은 "당신은 왜 그 남자들을 죽였죠?"라는 식으로 말하는 실수를 저지르고 있었다. 만약 이중 어느 것이라도 법정에서 눈곱만큼의 가치라도 가지려면 그는 "프로보의 부시넬 씨." 그리고 "당신은 왜 오렘의 맥스 젠슨을 죽였나요?"라고 말해야 한다. 두 사건을 하나의 문구로 묶어 버리면, 서로 다른 마을에서 다른 밤에 발생한 두 건의 살인을 이유로 한 남자를 재판에 회부할 수 없었다. 법적으로 말해, 그 살인 사건들은 별개의 사건으로 분리되어야 했다.

그러나 닐슨은 더 올바른 방식으로 그를 심문하는 것은 비생산적이라고 확신했다. 그렇게 하면 대화가 끊길 테니까. 그래서 그가 물었다. "그들이 당신에게 불리한 증언을 할까 봐서인가요?"

길모어가 말했다. "아니, 왜 그랬는지 나도 정말 모르겠다니까."

"게리." 닐슨이 말했다. "난 좋은 일을 하는 좋은 경찰관처럼 생각해야 해요. 이런 일들이 벌어지지 않도록 예방할 수 있다면, 그게 내 일에서 성공하는 거니까요. 그리고 나는 이해하고 싶어요. 왜 그 장소들을 습격한 건가요? 왜 프로보의 모텔이나 그 주유소를 목표물로 삼은 건가요? 왜 그 장소들을 골랐나요?"

"글쎄요." 길모어가 말했다. "그 모텔이 마침 번 이모부 집 옆에 있었어요. 그냥 우연히 발견한 거예요."

"그럼 그 주유소는요?" 닐슨이 말했다. "왜 한적한 변두리 주유소죠?"

"모르겠어요. 그냥 거기 있었으니까." 잠시 그는 닐슨을 돕고 싶어 하는 것처럼 보였다. "이제 내가 그걸 숨겨 놓은 장소에 가 봐요." 그가 말했다. "모텔 일 후에."

닐슨은 그가 베니 부시넬의 계산대에서 들고 온 현금 보관함에 대해 말하고 있다는 것을 깨달았다.

"음, 내가 그걸 특정 덤불 안에 숨겨 놨거든." 그가 말했다. "왜냐하면 어렸을 때 어떤 노부인을 위해 바로 거기서 잔디 깎는 일을 했거든요."

닐슨은 이런 상황에 적용할 만한 법원 판결 몇 가지를 생각해 보았다. 변호인의 명시적 허가 없이 진행된 면담에서 얻은 자백은 법적 효력이 없었다. 반면에 용의자 본인이 주도적으로 자백을 시작하는 건 가능했다. 닐슨은 바로 오늘 길모어가 그렇게 했다고 주장할 준비가 되어 있었다. 어쨌든 그는 오늘 아침 5시에 진행된 첫 번째 면담에서 그의 이야기를 확인한 후 다시 와서 그와 이야기할 수 있는지 물어봤다. 길모어는 안 된다고 말하지 않았다. 현재의 대법원이라면 이런 자백이 받아들여질 거라고 닐슨은 생각했다.


9


그럼에도 닐슨은 윌리엄스 사건에 대한 대법원의 판결을 잊지 않았다. 아이오와의 10세 소녀가 윌리엄스라는 정신병 환자에게 강간 및 살해를 당했고, 그는 디모인에서 체포되어 기소될 장소로 이송되었다. 디모인에서 윌리엄스의 변호인은 그를 이송하는 형사들에게 "내가 없는 곳에서 그를 심문하지 말라."라고 말했고, 자신의 의뢰인에게는 "경찰관에게 어떤 진술도 하지 말라."라고 일렀다. 그런데 돌아오는 길에, 용의자와 동행하던 형사 중 한 명이 윌리엄스의 독실한 기독교적 신앙심을 이용하여 설득하기 시작했다.

그 형사가 말했다. "우린 이제 크리스마스를 불과 며칠 앞두고 있는데, 그 소녀의 가족은 시신이 어디 있는지도 몰라요. 크리스마스 전에 우리가 시신을 찾아서 훌륭한 기독교식 장례를 치러 줄 수 있다면 얼마나 좋겠어요. 그 가족은 적어도 그 정도의 평안은 얻을 수 있을 거예요.”

그는 그렇듯 절제된 방식으로 이야기를 이어 갔고, 마침내 그 노인은 시신이 어디에 있는지 알려 주고 유죄 판결을 받았다. 하지만 대법원이 앞의 주문을 무효화시켰다. 그가 변호사를 선임한 이상, 경찰은 허가 없이 그를 심문할 수 없다는 이유였다.

하지만 닐슨은 변호인 모르게 길모어와 대화를 나누고 있었다. 그래도 몇 가지 기술적인 문제들에 다툼의 여지가 있었다. 길모어는 이미 길거리에서, 닐슨이 있는 자리에서 미란다 원칙을 고지받았다. 또한 변호인이 선임된 건 오렘 사건이 아닌 프로보 사건을 위해서였다. 따라서 그는 여전히 법적인 근거를 가지고 있다고 할 수 있었다. 게다가 핵심은 자백을 얻어 내는 것이 아니라 유죄 판결을 이끌어 내는 것이었다.

자백이 좋은 것은, 설사 그들이 그것을 사용할 수 없다 하더라도, 그 자백이 이 남자에게 불리한 추가적인 증거를 파헤치는 데 쓸 수 있는 정보를 제공하여, 확실히 기소할 수 있는 사건으로 만들어 준다는 점이었다. 그 자백을 법정에서 사용하지 않는 한, 미란다 원칙 때문에 문제 될 일은 없었다.

게다가 그것은 사기 진작에도 도움이 될 터였다. 자기들이 체포한 용의자가 유죄라는 사실을 알게 되면, 경찰은 더 열심히 세부적인 수사에 매진할 동기를 얻을 수 있었다. 또한 다른 단서를 찾고자 하는 경찰관들과의 권력 충돌도 피할 수 있었다. 자백은 사건을 통합하여 심리적인 성공을 거두게 할 터였다.

그들은 이 과정을 재차 반복했다. 닐슨은 예수 그리스도 후기 성도 교회에 대해 이야기하고 매주 가족의 밤에 자신의 아이들이 어떤 기여를 했는지 이야기했다. 길모어는 자세히 이야기해 달라며 관심을 보였고 어머니뿐 아니라 가족 모두가 모르몬교도였다는 사실을 다시 언급했다. 그리고 가톨릭 신자였지만 죽어라 술을 마셨던 자기 아버지에 대해서도 이야기했다. 하지만 마치 휴식을 취하듯, 두 사람은 진짜 주제에서는 거리를 두었다.

그러다 다시 진짜 주제로 돌아오기도 했다. 닐슨이 한 가지 질문을 하고 나서 몇 가지 질문을 더 했다. 길모어의 얼굴에 더 이상 질문을 받기 싫다는 표정이 떠오르면, 그 즉시 닐슨은 다른 이야기를 꺼냈다.

젠슨의 동전 교환기가 주유소에서 사라졌고, 경찰이 어제 하루 종일 '홀리데이 인'의 쓰레기를 뒤졌지만 아무런 성과도 없었다. 이제 닐슨은 무심히 그것에 대해 물었다. 길모어가 오랫동안 그를 응시했다. 마치 이렇게 말하는 것 같았다. '내가 당신한테 대답을 해야 할지 말아야 할지 모르겠군. 내가 당신을 믿어야 할지 모르겠어.'

마침내 그가 불퉁하게 중얼거렸다. "정말 기억이 안 나요. 트럭 창문 밖으로 던진 것 같은데, 자동차 극장에서였는지 도로에서였는지는 도통 생각나지가 않아." 그가 영화에 대한 기억을 더듬는 것처럼 잠시 말을 멈췄다가 말했다. "진짜로 기억 나지 않아요. 자동차 극장에 있을 수도 있고."

“에이프릴이 알까요?” 닐슨이 물었다.

“에이프릴은 신경 쓰지 말아요. 그 애는 아무것도 못 봤으니까.” 그가 고개를 저었다. “실질적으로는 그 자리에 없었던 거나 마찬가지예요.”

에이프릴이 살인 사건에 대해 알고 있는지 닐슨이 궁금해하자, 게리가 거듭 말했다. “신경 쓰지 말아요. 그 애는 아무것도 못 봤어요. 그 애의 머릿속에서, 그 소녀는[89] 거기에 있었던 적이 없어요.”

그가 입 끝을 끌어 올려 미소에 가까운 표정을 지었다.

“있죠.” 그가 말했다. “내가 지난 며칠 밤에 오늘처럼 똑바로 생각했다면, 당신들은 날 잡지 못했을걸. 어렸을 때 난 강도 짓을 아주 성공적으로 해내곤 했단 말이지…….” 그는 수년 간 자신을 위해 일한 여자들의 수를 과시하는 포주 같은 표정으로 말했다. “아마 50건, 아니 70건, 어쩌면 100건 정도는 성공한 것 같아요. 난 일을 계획하고 제대로 실행하는 방법을 알거든요.”

닐슨은 그에게 만약 잡히지 않았다면 계속 살인을 저질렀을지 물었다. 길모어가 고개를 끄덕였다. 닐슨도 그가 그랬을 거라고 생각했다. 길모어는 잠시 자리에 앉아 놀란 표정을 지었다. 놀랐다기보다는, 확실히 뜻밖이라는 기색으로 말했다. “맙소사, 내가 지금 뭘 하고 있는지 모르겠군. 경찰한테 자백해 본 건 처음이네.”

---

89) 에이프릴 본인을 가리킨다.

닐슨은 그가 방금 한 말이 맞을 거라고 생각했다. 그의 전과 기록을 보면 확실히 그는 시종 개전(改悛)의 여지가 없는 범죄자였다. 개인적인 자존심만 두고 말하자면, 닐슨은 사기가 오르는 기분이었다. 악질 범죄자로부터 자백을 받아 냈으니까.

"총은 몇 자루 훔쳤어요?" 닐슨이 물었다.

"아홉 자루." 길모어가 대답했다.

"어디서 났죠?"

"스패니시 포크."

"그럼 세 자루 빼고 모두 회수했군요."

세 자루의 행방은 아직 설명되지 않았다. 어디에 있을까?

"없어졌소." 길모어가 말했다.

닐슨은 굳이 더 알아보려 하지 않았다. 길모어의 말투를 보면 어딘가에 팔아치운 게 분명했고, 누구에게 팔았는지는 절대 말하지 않을 테니까.

"내가 책임져요. 다른 사람들은 탓하지 마쇼." 그러고는 그가 물었다. "니콜이 당신에게 총에 대해 말했소?"

"아뇨." 닐슨이 말했다. "내가 물어봤죠."

게리가 말했다. "난 니콜이 총 때문에 곤경에 빠지는 건 원하지 않아요."

닐슨이 그를 안심시켰다. 닐슨은 살인 자체에 대해 몇 가지 사실을 더 알아내고자 했다. 길모어는 주유소에 들어가기까지, 그리고 주유소를 떠나고 난 후의 행적은 모두 상세히 말해 주었지만, 범죄 자체를 설명하는 것은 꺼렸다.

닐슨은 그 행위 중에 무슨 일이 벌어졌는지 알아내려고 했다. 길모어는 젠슨에게 바닥에 엎드리라고 요구했다. 그런 다음 분명 젠슨에게 팔을 자신의 몸 아래에 두라고 지시했을 것이다. 그 누구도 자신의 선택으로 얼굴을 바닥으로 향한 채 그런 불편한 자세로 엎드려 있지는 않을 테니까. 그다음 길모어는 젠슨의 머리에 곧장 총을 발사했다. 처음에는 권총을 5센티미터 정도 떨어진 상태에서, 그다음에는 머리에 대고. 그것이 사람을 고통 없이 죽이는 가장 확실한 방법이었다. 반면에 팔을 몸 아래 두라고 명령하는 것은, 총구를 머리에 대고 있을 때 피해자가 가해자의 다리를 잡지 못하게 하는 가장 확실한 방법이었다. 하지만 길모어의 입을 통해서는 이런 이야기를 들을 수가 없었다.

“왜 그랬나요, 게리?” 닐슨이 다시 조용히 물었다.

“모르겠소.” 게리가 말했다.

“확실해요?”

“그 얘긴 할 생각 없어요.” 길모어가 말했다. 그가 조심스럽게 고개를 저었고, 닐슨을 쳐다보며 말했다. “삶을 감당하기가 힘들어요.” 그런 다음 그가 물었다. “날 어떻게 할 것 같아요?”

닐슨이 말했다. “모르겠어요. 매우 심각한 상황이에요.”

“니콜과 얘기하고 싶어요.” 길모어가 말했다. “그녀를 찾고 있었어요. 난 정말 그녀와 이야길 나누고 싶어요.”

“있죠.” 닐슨이 말했다. “그녀를 이곳으로 데려오기 위해 뭐든 하겠소.”

그들은 악수했다.

10

그날 오후 5시경, 닐슨이 게리와 이야기하는 동안 에이프릴이 집으로 돌아왔다. 그녀는 라디오에서 살인 사건에 대해 들었고, 그것은 사실이 아니라고 말했다. 게리가 한 짓이 아니야. 또한 그녀는 경찰서에 가지는 않을 거라고 말했다.

캐서린이 전화로 에이프릴이 실종되었다고 하자 찰리 베이커가 투엘에서 왔다. 에이프릴은 두 사람이 함께 있는 것을 보자 곧 강한 거부감을 보이면서 그들이 자기를 강제로 경찰서로 데려가려고 할 경우, 보호를 요청해 막겠다고 소리쳤다. 그러다 갑자기 받아들인 듯, 경찰서에 가겠다고 했다.

캐서린은 에이프릴을 혼자 데려가고 싶지 않았다. 아이가 차 문을 열고 뛰어내릴지도 모르는 일이었다. 그래서 그녀는 찰리에게 같이 가자고 간청했지만, 그는 주저했고, 이렇게 말했다. "중간에 맘이 바뀌면 그러라지. 뛰어내리면 돌아가서 애를 다시 태워 데려가면 되잖아." 그는 절대 가고 싶은 마음이 없었다.

1976년 7월 21일

**닐슨:** 그가 몇 시에 기름을 넣었나요?

**에이프릴:** 우리가 플레전트 그로브의 주유소에 있을 때요.

**닐슨:** 어두워진 후였나요?

**에이프릴:** 어두웠어요, 해가 지고 난 다음이었어요.

**닐슨:** 그 후에 잠시 차를 타고 돌아다녔나요?

**에이프릴:** 저를 집에 데려다주겠다고 했어요. 제가 자기한테 이리 가라 저리 가라 건방지게 헛소리하는 걸 더는 참아 주지 않겠다나요. 그리고 자기는 '홀리데이 인' 같은 고급스러운 곳을 원한다고 말했어요. 그래서 우리는 거기로 갔고 전 너무 피곤해서 잠을 자려고 했어요. 왜인지는 정말 모르겠지만, 전 누군가로부터 도망치는 것 같았어요. 누가 우리 집 화장실 창문을 깨뜨린 이후로는 정말이지 제대로 잠을 잘 수가 없었어요.

**닐슨:** 그럼 그날 밤 거기서 묵고 다음 날 아침 몇 시까지 있었나요?

**에이프릴:** 8시 30분이나 9시 정도까지요.

**닐슨:** 뭘 암시하려거나 사생활을 캐물으려는 건 아니지만, 그날 밤 그와 잤나요?

**에이프릴:** 거의 그럴 뻔했지만, 마음을 바꿨어요.

**닐슨:** 그때 그가 당신에게 화를 냈나요?

**에이프릴:** 어린애처럼 군다고 자주 화를 냈지만, 전 그저 그에 대한 애정이 식었을 뿐이에요. 다만 저는 절대 그와 잠을 자거나 하지 않았어요.

**닐슨:** 당신 엄마한테도 그 얘길 했어요?

**에이프릴:** 제게도 사생활이 있다는 걸 엄마도 아니까 그런 건 묻지 않았어요. 제가 다 망치고 싶다면, 그것도 제 맘인 거고요…….

**닐슨:** 에이프릴, 게리는 매우 심각한 범죄를 저질렀어요. 나는 그걸 알고, 그것에 관해 그와 얘기해 보니 의심의 여지가 없어요. 그가 이미 나한테 당신이 당시 자기와 함께 있었다고 말했

기 때문에, 당신이 그 일에 대해 알고 있다는 걸 알아요. 당신이 그렇게 말해도 난 당신을 고발하고 어쩌고 하는 덴 관심 없어요. 난 그 일로 당신을 고발할 의도는 없어요. 하지만 반드시 당신 입에서 진실을 듣고 말 겁니다.

**에이프릴:** 전 다중 인격이에요. 오늘은 꽤 잘 통제하고 있어요. 많은 경우 저는 그냥 포기하고 다른 인격이 기어 나오도록 내버려두는 걸 좋아하죠…….

**닐슨:** 어젯밤 집을 나섰을 때 어디로 갔죠?

**에이프릴:** 친구 둘과 여기저기 차를 타고 돌아다녔어요.

**닐슨:** 그들이 그를 아나요?

**에이프릴:** 아뇨.

**닐슨:** 그들이 누군지 말해 줄 수 있어요?

**에이프릴:** 하나는 그랜트이고 또 하나는 조예요.

**닐슨:** 어젯밤 당신들은 어디서 묵었나요?

**에이프릴:** 전 밤새 자지 않았고, 차로 와이오밍까지 가서 산에 들어갔다가 다시 길을 따라 내려와서 집에 돌아왔어요.

**닐슨:** 집에 몇 시에 도착했나요?

**에이프릴:** 4시 30분 아니면 5시일 거예요.

**닐슨:** 엄마가 걱정할까 봐 걱정되지 않았어요?

**에이프릴:** 엄마는 제 걱정 안 할걸요. 총은 두렵지 않아요. 칼 든 남자도 안 무서워요. 그런 사람들은 겁나지 않아요. 호신술을 배웠거든요.

**닐슨:** 주유소에 대해 한 번 더 물어보고 싶어요. 에이프릴, 당신이 아는 걸 말해 주는 게 최선일 거예요.

**에이프릴:** 오렘의 주유소는 기억나지 않아요.

**닐슨:** 그가 주유소에서 총을 뽑는 걸 본 기억이 있나요?

**에이프릴:** '홀리데이 인'으로 가기 직전에 주유소에 들어갔는데 거기에서 총을 보지 못한 건 확실해요. 어쩌면 그들이 총을 소지하고 있었을지는 모르지만, 그게 다예요.

**닐슨:** '그들'이 누구죠?

**에이프릴:** 주변에 있던 남자들이요.

**닐슨:** 그들 가운데 아는 사람 있나요?

**에이프릴:** 얼굴은 다 알아보지만, 몇 명의 이름은 몰라요. 그들 중 한 명은 단열 회사에서 그와 함께 일하죠.

**닐슨:** 단열?

**에이프릴:** 그가 일하는 '아이디얼 단열'이라는 곳이요. 우리가 방문했던 게 그 친구라고 확신해요.

**닐슨:** 카페에서?

**에이프릴:** 아닐 수도 있고요.

**닐슨:** 집에 돌아갈 준비가 됐나요?

**에이프릴:** 네. 제가 여기 왜 있는지 모르겠어요.

**닐슨:** 도울 수 있으면 기꺼이 도울게요.


에이프릴이 면담을 마치고 나오면서 말했다. "엄마, 경찰이 그러는데 게리가 남자 둘을 죽였대. 믿어져요?"

캐서린이 말했다. "글쎄다, 에이프릴, 그치만 분명 그가 그랬을 거야."

"게리가 누구를 죽였을 리 없어요, 엄마."

“글쎄다, 에이프릴.” 캐서린이 말했다. “이미 게리 본인이 자기가 죽였다고 경찰에게 말했을걸.”

# 18장

## 참회의 행위

1

다음 날 아침, 길모어는 프로보에서 오렘으로 이송되었고, 사무실에서 그를 만난 닐슨은 바깥에 많은 인파가 있는 것에 대해 사과했다. 복도에는 티브이 조명과 다수의 기자들과 시 공무원들이 있었지만, 닐슨을 정말 당황하게 만든 건 비번 경찰관들을 포함해 경찰의 절반이 모두 몰려왔다는 사실이었다. 심지어 의자 위에 올라서서 구경하는 사람들도 있었다.

닐슨이 비서를 시켜 커피 한 잔을 가져왔다. 그런 다음 말했다. "스키너 경위가 당신을 맥스 젠슨의 살해 혐의로 고발하는 고소장에 서명할 거요."

잠시 조용히 있다가 게리가 말했다. "이봐요, 난 그 두 남자에 대해 정말로 마음이 안 좋아요. 어젯밤 신문에서 그들의 부고 기사 하나를 읽었어요. 그는 젊고 아이도 있는 데다 선교사였더군. 정말 미안했소.”

“게리, 나 역시 안타까워요. 그 정도 금액의 돈 때문에 목숨을 빼앗았다는 게 이해가 안 돼요.”

게리가 대답했다. “내가 얼마를 가져갔는지도 모르겠어요. 거기 얼마 있습디까?”

닐슨이 말했다. “125달러였소. 프로보에서도 대략 비슷한 금액이었죠.”

게리가 울기 시작했다. 소리 내어 울지는 않았지만 눈에 눈물이 고였다. 그가 말했다. “날 사형시켰으면 좋겠어요. 그런 짓을 저질렀으니 죽어 마땅해요.”

“게리, 당신은 죽을 각오가 되어 있나요?” 닐슨이 물었다. “두렵지 않아요?”

“당신이라면 죽고 싶겠소?”

“세상에.” 닐슨이 말했다. “아니죠.”

“나도 마찬가지요.” 길모어가 말했다. “하지만 난 사형당해야 해요.”

“모르겠어요.” 닐슨이 말했다. “언젠가는 용서가 이루어지겠죠.”

2

얼마 후, 게리가 브렌다에게 사적인 전화를 걸었다.

“내가 크레이그 테일러의 집에 있는 걸 경찰이 어떻게 알았어?” 그가 그녀에게 물었다.

“게리, 오빠가 이걸 다른 사람한테 듣는 걸 원하지 않으니까 말할게. 내가 경찰에 신고했어.”

“그렇군.”

브렌다가 말했다. “아마 나한테 무척 화가 나겠지. 하지만 게리, 난 오빨 막아야 했어. 오빠는 월요일에 살인을 저지르고, 화요일에도 살인을 저질렀지. 난 수요일이 오는 걸 기다릴 수 없었어.”

“이봐, 사촌.” 게리가 말했다. “걱정하지 마.”

브렌다가 말했다. “게리, 이번에는 정말 대가를 크게 치를 거야. 이번 일은 바닥끝까지 오빠가 책임져야 할 거야.”

그가 말했다. “야, 내가 결백하지 않다는 걸 네가 어떻게 알아?”

“게리, 머리가 어떻게 된 거 아니야?”

“모르겠어.” 게리가 말했다. “내가 미쳤었나 봐.”

브렌다가 물었다. “오빠 엄마는 어떻게 할까? 내가 뭐라고 말씀드렸으면 좋겠어?”

그가 잠시 조용히 있더니 말했다. “사실이라고 말씀드려.”

브렌다가 말했다. “알겠어. 다른 건?”

“그냥 내가 사랑한다고 했다고 전해 줘.”

게리의 다른 변호사 크레이그 스나이더는 키가 약 170센티미터로, 어깨가 넓고 금발에 눈이 옅은 색이었다. 그리고 밝은 테의 안경을 쓰고 있었다. 오늘 그는 노랑, 초록, 오렌지색이 섞인 타이를 하고 노란 셔츠와 옅은 베이지색 정장을 입고 있었다.

이날 아침 오렘에서, 스나이더와 에스플린은 게리가 기소 인부 절차에 소환되기까지 제럴드 닐슨과 면담하고 있었다는 사실조차 알지 못했다. 그 후 그들이 게리와 함께 앉았고, 게리는 자신이 두 건의 살인을 저질렀으며 닐슨에게 그렇게 이야기했다고 말했다.

그들은 확실히 기분이 상했다. 길모어는 체포될 당시 미란다 원칙을 고지받았지만, 구치소에서는 미란다 원칙을 제대로 고지받지 못했다. 길모어의 자백은 실효성이 없다고 변호인들은 판단했다. 분노가 치밀었다. 경위가 길모어를 마음껏 심문하는 동안 그들은 사십오 분 동안이나 기다리기만 했던 것이다.

이에 대해, 게리는 구치소에서 니콜을 만나게 해 주겠다는 닐슨의 약속에 더 관심을 보이는 것 같았다. 그는 닐슨이 약속을 지키도록 변호인들이 확인해 주기를 원했다.


3


경찰이 왔을 때 니콜은 배럿과 함께 스프링빌에 있었다. 그들은 전화도 미리 하지 않았다. 그저 한 경찰이 와서 그녀에게 준비하라는 말만 했다. 조금 후, 닐슨 경위가 차를 타고 그곳에 도착해서 그녀를 게리가 있는 곳에 데려다주겠다고 했다.

그녀는 자신이 어떤 기분인지 몰랐고, 과연 자기가 스스로의 기분을 신경 쓰는지조차도 알지 못했다. 배럿의 말을 듣고 있는 건 정말 고역이었다. 지난 며칠간 그는 마치 현자라도 된

양, 그녀의 판단이 너무 어이없다며 잔소리를 줄곧 늘어놓았고, 마치 그녀가 직접 애인으로 중년의 살인범을 골랐다는 식으로 이죽거렸다.

가는 길에, 닐슨 경위는 친절하고 정중했고, 상황을 자세히 설명해 주었다. 니콜에게 게리와 이야기를 나누게 해 주는 대신, 게리에게 살인을 저질렀는지 물어봐 달라고 했다. 니콜은 그 제안에 화를 낼 뻔했지만, 그녀를 게리에게 데려가려면 이를 정당화할 이유가 필요하다는 닐슨의 입장도 납득했다. 니콜은 경찰들이 다 듣고 있는 상황에서 게리가 자신의 질문에 대답할 거라고 생각할 만큼 닐슨이 멍청하지는 않을 거라고 확신했다.

그게 결국 그렇게 됐다. 니콜은 케케묵은 단층짜리 구치소 안으로 걸어 들어가, 짧은 복도 몇 개를 거쳐서 주정뱅이 부랑자처럼 보이는 재소자 몇 명을 지나쳤고, 그녀를 보고 휘파람을 불고 콧수염을 비비 꼬고 팔 근육을 과시하는 등 대체로 자신이 멋진 사람인 양 행동하는 남자 두 명을 더 지나쳤다. 경찰 두 명과 닐슨 형사가 바로 뒤를 따르는 가운데, 이윽고 중앙에 탁자가 있고 침상 네 개가 보이는 큰 감방에 도착했다. 그녀 앞에는 두꺼운 창살이 있었다.

그때 그녀는 게리가 감방 뒤쪽에서 자신에게 다가오는 모습을 보았다. 그는 왼손에 깁스를 하고 있었다. 체포되어 바닥에 쓰러져 있는 모습을 본 지 겨우 사흘밖에 지나지 않았지만, 그녀는 그가 얼마나 달라졌는지 느낄 수 있었다.

그가 말했다. "안녕, 자기야."

그녀는 처음엔 그를 처다보기도 싫었다.

고개를 숙인 채 그녀가 중얼거렸다. "당신이 그랬어요?"

그녀는 정말 속삭이듯 말했는데, 설사 게리가 그렇다고 대답한들, 아마도 경찰이 그녀의 질문은 듣지 못할 거라고 생각하는 듯했다.

그가 말했다. "니콜, 그런 질문은 하지 마."

이제, 그녀가 고개를 들었다. 그의 눈이 잊기 어려울 정도로 맑았다. 잠시 동안 두 사람은 아무 말도 하지 않았다. 그러다 그가 한쪽 팔을 창살 사이로 뻗었다. 그녀는 그를 만지고 싶었지만, 그러지 않았다. 하지만 그녀는 계속 충동을 느꼈다. 그를 만지고 싶은 욕망이 점점 더 커졌다.

그것은 으스스한 경험에 가까웠다. 니콜은 자신이 어떤 감정인지 알지 못했다. 그가 안쓰러운 건 확실히 아니었다. 자신이 안됐다는 생각도 들지 않았다. 그보다 그녀는 숨을 쉴 수가 없었다. 믿기 힘들지만, 그녀는 금방이라도 기절할 것 같았다. 그 순간 그녀는 지난 몇 주 동안 자기가 그에 대해 한 말이 전혀 중요하지 않다는 것을 깨달았다. 그녀는 그를 만난 순간부터 사랑했고, 영원히 사랑할 터였다.

그것은 감정이라기보다는 육체적인 감각이었다. 자석이 그녀를 철창으로 끌어당기는 것 같았다. 그녀가 손을 뻗어 그가 창살 사이로 내민 팔 위에 얹으려 하자, 경관 중 한 명이 앞으로 나서더니 말했다. "신체 접촉은 안 됩니다."

그녀가 뒤로 물러났고, 게리는 괜찮아 보였다. 그는 놀랍도록 좋아 보였다. 눈은 그 어느 때보다 선명한 파란색이었다.

'피오리날'로 인한 뿌연 더께가 모두 사라진 눈이었다. 마치 먼 길을 돌아오는 동안 추악한 무언가가 완전히 지나가 사라진 것처럼, 그 눈이 그녀를 유심히 바라보았다. 불행했던 지난 몇 주 내내, 그는 매일 한 살씩 나이를 먹은 것처럼 보였다. 이제 그는 괜찮아 보였다.

"사랑해." 작별 인사를 나눌 때 그가 말했다.

"사랑해요." 그녀가 말했다.

니콜이 구치소를 방문하고 돌아오는 그 시각에, 에이프릴이 미쳐 날뛰었다. 누가 자기 머리를 날려 버리려고 한다면서 비명을 질러 댔다. 캐서린은 아무것도 할 수 없었다. 먼저 경찰을 불러야 했고 그다음엔 에이프릴을 입원시키기로 결정했다. 끔찍한 일이었다. 에이프릴은 완전히 이성을 잃었다. 그 일이 결정되는 동안 캐서린은 아이들을 집 밖으로 내보내야만 했다.


4


구치소장[90] 켄 커훈은 머리가 희고 키가 크며 소탈한 태도를 지닌 남자였다. 큰 코 위에 금속 테 안경을 걸쳤고, 입과 턱이 작으며 배가 약간 나온 편이었다. 그는 자신이 꽤 괜찮은 구치소를 운영한다고 믿고 싶었다. 그의 주 수용실(Main

---

90) Sheriff는 '보안관'을 의미하지만, 문맥상 '구치소장'으로 번역했다. 보안관은 카운티의 치안을 담당하는 법 집행관이다.

tank)[91]에는 30명을 위한 침상이 있었지만, 그는 가능하면 20명 이상은 수용하지 않았다. 덕분에 싸움이 줄었다. 주방에서 일하는 직무수(職務囚)[92]들은 독방을 배정받았고, 그 외에 여섯 명이 들어갈 수 있는 최고 보안 감방도 있었다. 게리가 지금 혼자 앉아 있는 곳이 바로 그 감방이었다. 그리고 같은 복도에 여섯 명이 들어갈 수 있는 또 다른 감방이 있어, 노동 석방[93]이 허용된 죄수들을 수용했다. 커훈의 구치소는 모두 합쳐 40명을 수용할 수 있었으며, 그 정도면 누구의 인내심도 한계에 이르지 않을 만큼 여유가 있었다.

니콜이 떠난 지 얼마 후, 커훈은 길모어를 다시 들여다보기로 마음먹었다.

"발에 물집이 생겼어요." 길모어가 그에게 말했다.

"뭘 하다가?" 커훈이 물었다.

"그야, 제자리 뛰기를 했거든요."

"이런 바보 같으니. 제자리 뛰기를 그만하면 되잖아."

---

91) '한 명 혹은 소수의 장기 수감자들을 위한 공간인 Cell과 달리, Tank는 보통 여러 수감자가 함께 있으며 대기 시간이나 일시적인 수용 등 특별 상황에서 사용된다. 구분을 위해 각각 '감방'과 '수용실'로 구분해서 번역하기로 한다.

92) Trustee. 일반적으로 다른 수감자보다 신뢰를 받는 수감자를 의미하며, 교도소에서 주방, 청소 등 특정한 직무를 맡아 수행한다. 주로, 폭력성과 도주 가능성이 낮은 모범수나 경범죄자로 구성되며, 비교적 자유로운 이동이 허용되기도 한다. '직무수'로 번역하기로 한다.

93) 충분히 신뢰할 수 있거나 감시할 수 있는 수감자가 교도소 밖으로 나가 직장에서 일하고 근무가 끝나면 교도소로 복귀하는 것을 허용하는 제도.

“아뇨.” 길모어가 말했다. “반창고를 좀 줘요. 붙이고 좀 더 뛰게.”

다음 날, 그가 같은 부탁을 또 했다. 발이 쓰려서 반창고가 필요하다고 했다.

“그럼, 감염된 건 아닌지 내가 한번 보지.” 커훈이 말했다.

길모어가 말했다. “그냥 반창고나 좀 줘요. 그렇게 심각하지는 않으니까.”

“안 돼.” 커훈이 말했다. “물집이 생겼다면 나한테 보여 봐.”

“아, 젠장.” 길모어가 말했다. “됐어요.”

커훈은 그가 속임수를 쓴다고 판단했다. 침대 스프링 바닥에 금지 물품을 붙여 놓는 게 아니고서야 반창고를 어디에 사용할지 알 수가 없었기 때문이었다.

다음 날 아침, 길모어가 교도관에게 말했다.

“오늘 여기를 나가고 싶소. 인신 보호 영장을 받았어요. 구치소장을 만나게 해 줘요.”

커훈은 길모어가 자기들을 이 작고 낡고 허름한 구치소의 촌놈들이라고 생각하는 게 틀림없다고 판단했다. 이제 게리가 커훈에게 공손하고 은밀한 목소리로 말했다.

“저기요, 저는 오 일 동안 여기 있어야 해요. 교통 법규 위반 외에는 여기 있을 이유가 없어요. 그러니 지금 당장 여기서 나가고 싶어요. 의사의 치료를 받아야 하거든요. 아시다시피, 저는 손에 깁스를 하고 들어왔고, 이런 건 관리해 줘야 한다고요. 병원에 보내 주세요. 손에 약도 발라야 해요. 날 내보내 주지 않으면 문제가 복잡해질 수도 있어요.”

커훈은 확률을 고려할 때 길모어가 꽤 실력 있는 사기꾼이라고 생각했다. 따라서 길모어가 단순하지만 기상천외한 방식으로 달아날 수도 있다는 생각을 가볍게 넘길 수 없었다. 얼마 전에 데니스 하월이라는 이름의 남자가 수감되어 있었는데, 우연히도 이름이 똑같은 데니스 하월이라는 다른 죄수가 또 들어왔다. 같은 날, 첫 번째 데니스를 석방하라는 지시가 내려왔다. 이에 신참이었던 당직 교도관이 명단을 일일이 확인한 후, 돌아가서 새로 들어온 죄수에게 말했다.

"하월, 네 아내가 밖에 있다. 지금 가도 좋아."

이에 엉뚱한 데니스가 문밖으로 걸어 나갔고, 그 여자를 빠른 걸음으로 지나쳐 깨끗이 사라졌다.

아니나 다를까 길모어는 시도를 멈추지 않았다. 얼마 후, 그는 변호인과 연락하고 싶다고 했다. 자신의 손을 제대로 치료해 주지 않는 구치소를 고소하겠다고 했다. 그는 손에 부상을 입은 자신의 처지를 정말로 동정하고 있었다.

모든 시도가 실패로 돌아가자 게리가 말했다. "유타 카운티가 영혼이 가난하고 저에 대한 적의로 가득 차 있다는 거 알아요. 하지만 소장님, 이젠 절 집에 보내 줘도 돼요. 더는 화 안 내요."

꽤 괜찮은 유머 감각이라고 커훈은 판단했다.

덕분에 길모어가 벽을 장식하는 것도 쉽게 참아 줄 수 있었다. 커훈은 그려진 벽에 외설적인 그림들을 지우는 편이었지만, 게리의 것은 지우지 않았다. 그가 그린 것들은 좋은 그림이었다. 또한 지울 수 있는 것이기도 했다. 게리는 하루는 그림

을 그렸다가, 다음 날엔 그것을 지우고 다른 그림을 그렸기 때
문에, 커훈은 굳이 문제 삼지 않았다.

구치소 측에서 니콜의 면회를 허용하지 않는다는 사실을
길모어가 알기 전까지 두 사람은 정말 잘 지냈다. 니콜을 가족
으로 쳐 주지 않는 것 같았다. 그 후 게리는 누구와도 말을 나
누지 않았다.


5


브렌다는 게리가 체포된 지 일주일하고도 반이 지난 일요
일에 두 번째로 구치소에 갔다. 니콜도 방문했다. 그녀가 밖에
있다는 얘기를 들었을 때, 게리의 얼굴에 떠오른 표정이 아름
다웠음을 브렌다는 인정해야 했다.

"오, 세상에." 그가 말했다. "다시 오겠다고 약속하더니 그
말을 지켰네."

하지만 그렇다고 해서 그녀를 만나 시간을 보낼 수 있는 건
아니라고 그가 설명했다. 지금 당장은 그녀가 면회 가능한 사
람들 명단에 없었기 때문이었다.

브렌다가 말했다. "내가 할 수 있는 일이 있는지 알아볼게."

그녀가 문 앞에 있는 건장하고 자신감 넘쳐 보이는 인디언
교도관에게 다가가 말했다. "알렉스, 내 면회 시간의 마지막
오 분 동안 니콜이 대신 면회하게 해 줄 수 있나요?"

"글쎄요, 규칙을 어길 순 없어서요."

“헛소리.” 브렌다가 말했다. “나나 니콜이나 뭐가 다르겠어요? 그는 아무 데도 못 간다고요! 이런, 알렉스 헌트, 지금 나한테 당신은 손이 망가진 이 불쌍한 남자 하나를 감당 못 한다고 말하는 거예요? 한 손으로 뭘 하겠어요? 당신을 갈기갈기 찢을까?”

“뭐, 우리가 길모어 정도는 감당할 수 있을 것 같네요.” 알렉스가 말했다.

니콜이 게리를 만나는 동안, 브렌다는 니콜과 함께 온 그녀의 올케에게 다가갔다. 그날은 날씨가 너무 더웠고, 수 베이커는 갓난아기를 안고 땀을 뻘뻘 흘리고 있었다.

“니콜은 어떻게 지내요?” 브렌다가 물었다.

구치소 뒤쪽의 까맣게 탄 자갈 위를 내리쬐는 태양은 미동도 하지 않았다.

“무척 상심했죠.” 수가 대답했다.

브렌다가 말했다. “게리는 여기서 나가지 못할 거예요. 니콜이 이 일에 연연하면, 망가질 거예요.”

“그녀는 포기하지 않을걸요.” 수가 말했다. “우리도 이미 시도해 봤어요.”

“뭐,” 브렌다가 말했다. “상처 많이 받을 거예요.”

니콜이 나왔을 때, 그녀는 울고 있었다. 브렌다가 니콜을 안아 주며 말했다.

“니콜, 우린 둘 다 그를 사랑해요.” 그러고는 이어서 말했다. “니콜, 포기하는 게 어때요? 게리는 절대 나오지 못할 거예요. 당신은 남은 평생 이 남자를 면회하러 다니는 삶을 살게 될

거예요. 그게 당신에게 예정된 유일한 미래예요." 이제 브렌다
가 울기 시작했다. "그 아름다운 추억들은 가슴 깊이 간직하
고, 이제 묻어 둬요."

니콜이 불퉁하게 중얼거렸다. "난 계속 그의 곁에 있을 거예요."

그녀는 브렌다에 대해서 스스로조차 이해할 수 없는 적대감
을 느꼈다. 니콜은 마음의 소리를 들었다. '자기 면회 시간 중 오
분을 양보했다고 나한테 100만 달러라도 꿔 준 것처럼 구네.'


6


8월 3일에 프로보에서 예비 심문[94]이 열렸다. 노얼 우튼은
이를 최대한 빠르고 강하게 밀어붙이기로 결심한 상태였다.
증인은 많았다. 문제는 사건을 온전하게 유지하는 것이었다.
피고 측에서 연기 요청을 했을 때, 우튼은 반대했다.

그는 유죄 판결이 당연하다고 확신했다. 더 정확히 표현하
자면, 유죄 판결을 얻어 내지 못하면 그건 자신의 잘못이라고
확신했다. 그러나 사형 판결을 받을 거라고는 전혀 확신하지
못했다. 그래서 그는 평소에 사건이 시작되기 전이면 늘 그랬
듯이 긴장하고 있었다. 그날 아침 그의 위장은 멀쩡했다.

---

94) 피의자가 범인이라고 의심받을 만한 상당한 이유가 있는가를 공소 제기
에 앞서 심사하는 절차. 원문인 Preliminary Hearing은 '예비 심리(審理)'라
고 번역해야 맞으나, 현재 통용되는 용어가 '예비 심문'이므로 이 용어를 사
용하기로 한다.

예비 심문에서 길모어는 증인석에 서지 않았지만, 우튼은 휴회 시간에 그와 얼굴을 맞대고 이야기를 나눴다. 두 사람은 잘 맞았다. 심지어 농담도 주고받았다. 우튼은 그의 지성에 깊은 인상을 받았다. 길모어는 우튼에게 교도소 시스템이 원래의 목적을, 다시 말해 갱생시켜 사회에 복귀시키는 일을 성취하지 못하고 있다고 말했다. 자기 생각엔 완전한 실패라는 것이었다.

물론, 그들은 범죄 자체에 대한 이야기는 피했지만, 노얼은 길모어가 자신을 누그러뜨리기 위해 최선을 다하고 있음을 감지했다. 게리는 분명 그가 얼마나 공정하고 효율적인 검사인지, 얼마나 기본적인 공정성을 지니고 있는지 말하며 그의 비위를 맞추려 했다. 그렇게 공정한 태도를 가진 검사는 본 적이 없다고 했다.

모든 범죄자가 그런 수법을 쓸 만큼 머리가 좋지는 않았다. 우튼은 길모어가 거래를 준비하고 있을 거라고 생각했다. 그는 검사 측에서 사형을 구형할 거라는 소문을 들었을 것이고, 자기가 충분히 착하게 굴면 우튼이 그렇게 극단적인 입장에서, 적어도 피고인의 견지에서 볼 때 극단적인 입장에서, 조금은 물러설 용의를 갖게 되리라 판단했을 것이다.

아니나 다를까, 길모어는 우튼에게 어떻게 될 거라고 생각하는지 묻기까지 했다. 노얼은 그의 눈을 똑바로 쳐다보며 검사 측이 아마 사형을 구형할 거라고 답했다.

길모어가 말했다. "알아요, 그런데 그들이 정말로 어떻게 할까요?"

우튼이 다시 말했다. "당신을 사형시키겠죠."

길모어는 그 말에 당황한 듯했다.

스나이더 또한 노얼에게 접근하여, 일급 살인에 대해 유죄를 인정하고 종신형을 받아들이겠다고 제안했다. 우튼이 이를 일축했다. "어림없소."

그는 길모어의 전과 기록을 본 후 사형을 구형하기로 마음먹었다. 기록을 통해 길모어가 교도소 내에서도 폭력을 저지르고, 탈옥한 전적이 있으며, 갱생에 수차례 실패했다는 사실을 알 수 있었다. 우튼은 다음과 같은 결론을 내릴 수밖에 없었다. 하나, 길모어는 탈출을 모색할 것이다. 둘, 그는 다른 재소자들과 교도관들에게 위험 인자가 될 수 있다. 셋, 갱생은 가망 없다. 그가 저지른 빌어먹을 냉혹한 범죄와 이것을 결부시켜 보라.


7


니콜은 8월 3일 프로보에서 열린 예비 심문에 참석하기 위해 차를 몰고 갔지만, 게리를 면회할 수 있는 시간은 아주 잠깐이었다. 다리에 족쇄가 채워진 그의 모습을 보니 현기증이 났다. 게리가 끌려가기 전에 단 한 번만 포옹과 뜨거운 키스를 할 시간이 주어졌다. 그녀는 세상이 자신의 주변에서 치솟아 오르는 가운데 법원 복도에 남겨졌다. 밖에는 여름 햇살 속에서, 말파리들이 광기를 부리며 심술궂게 굴었다.

스프링빌로 돌아오는 길에, 멍하니 딴생각을 하다 사고를 당했다. 차량 외엔 아무도 다치지 않았다. 그 후 집으로 돌아오는 내내 그녀의 머스탱은 고통으로 삐걱거렸다. 그녀는 2단 기어에서 벗어날 수가 없었다.

정신없는 여행이었다. 계속 중앙 분리대를 넘어가 마주 오는 차량과 부딪치고 싶은 충동을 느꼈다. 다음 날 받은 우편물 가운데, 심문을 마치고 구치소로 돌아가자마자 쓴 게리의 긴 편지가 들어 있었다. 그래서 그녀는 자신이 반대 방향에서 오는 모든 차들을 들이받고 싶은 충동을 느끼며 운전을 하고 있을 때, 게리가 자기에게 이런 말들을 하고 있었다는 것을 깨달았다.

그녀는 이제 게리의 편지를 반복해서 읽고 또 읽었다. 아마 다섯 번은 읽었을 것이다. 그 낱말들이 세상 꼭대기에서 불어오는 바람처럼 그녀의 머릿속을 들락거렸다.

8월 3일

많은 경험을 했지만 나는 당신이 준 솔직하고 열린 사랑만큼은 받을 준비가 되어 있지 않았어. 차라리 헛소리와 적대감, 기만과 옹졸함, 악과 증오에 너무 익숙했지. 그런 것들이 내가 줄곧 살아온 자연스러운 토양이야. 나를 형성해 온 건 바로 그런 것들이야. 나는 의심하고, 불신하고, 두려워하고, 미워하고, 속이고, 조롱하고, 이기적이고 헛된 눈으로 세상을 바라보지. 용납할 수 없는 것들을 자연스러운 것으로 여기고 심지어 그렇게 받아들이게 되었어. 추악하고 더러운 감방을 둘러보며, 나는 이렇게 축축하고 더러운 장소에 진정으로 속해 있음을 알

아. 이런 곳이 아니면 내가 어디에 있을 수 있겠어? 빌어먹을 변기에서 물이 제대로 내려가지 않아 바닥 전체에 물이 고여 있어. 샤워실은 지독히 더럽고 그들이 준 얇은 매트리스는 너무 오래되어 거의 까맣게 변색됐어. 베개조차 없어. 귀퉁이에는 바퀴벌레가 죽어 있어. 밤에는 모기가 설치고 조명은 어둑해. 나는 여기서 혼자 나만의 생각에 잠겨 있어. 그리고 나는 '노후(老朽)함'[95]을 느낄 수 있어. 내가 당신에게 '노후'에 대해 이야기했던 거 기억나? 그때 당신이 내게 말했잖아, 그것이 얼마나 추한지 — 노후, 노후. 사형수 호송차의 바퀴가 굴러가는 소리가 들려. 지독히 불쾌한 그 소리가 가까이 다가오고 있어. 어릴 때…… 나는 참수당하는 악몽을 꿨어. 하지만 단순히 꿈이라고만은 할 수 없었어. 그건 기억에 가까웠지. 그 꿈 때문에 바로 침대에서 벌떡 일어났어. 그리고 그것은 내 인생에서 일종의 전환점이 되었어……. 최근에야 조금씩 이해가 되기 시작했어. 나는 오래전부터 빚을 진 거야. 니콜, 이것이 분명 당신을 우울하게 만들겠지. 그 악몽을 꾼 날 밤 어머니가 날 위로하러 오셨지만, 그 후로는 한 번도 그 이야기를 한 적이 없어. 그러다 어느 날 밤 나는 당신에게 그 이야기를 했고, 꽤 여러 번 이야기했을 거야. 당신이 듣고 싶어 하지 않는 게 분명해지기 전까진 말이야. 몇 년 동안은 그 생각을 전혀 하지 않다가 어떤 계기로 인해(단두대 그림이나 범죄자를 참수하는 데 사용하는 나무 조각

---

95) 원문은 Oldness인데, 단지 '늙음' 혹은 '나이 듦'만이 아니라 '오래됨,' '낡음,' '쓸모없어짐'의 의미 또한 포함한다고 판단하여, '노후'로 번역했다.

이나 혹은 날 넓은 도끼나 심지어 밧줄만 봐도) 모든 것이 떠올랐고, 며칠 동안 나는 아주 개인적인 무언가를, 나 자신에 대한 무언가를 알기 직전에 있는 것 같았어. 어떤 식으로든 완성되지 않았고 나를 다르게 만드는 무엇 말이야. 내가 빚을 진 무엇이겠지, 아마도. 정말 알고 싶어.

언젠가 당신이 나한테 악마냐고 물었던 것 기억해? 난 악마가 아니야. 악마는 나보다 훨씬 더 영리하고, 훨씬 더 큰 규모로 활동하며, 당연히 양심의 가책도 느끼지 않을 거야. 그러니 나는 바알세불[96]이 아니야. 그리고 나는 악마가 사랑을 느낄 수 없다는 걸 알아. 하지만 나는 역시 악마보다 하나님에게서 더 멀리 떨어져 있을지도 몰라. 그건 좋은 일이 아니야. 나는 선함보다 악에 대해 더 잘 아는 것 같아. 그것 역시 좋은 게 아니지. 나는 갚을 것을 갚고 받을 것을 받고 (무슨 수를 써서라도!) 온전하게 빚을 갚고 싶고, 어떤 흠도, 죄책감이나 두려움을 느낄 이유도 없어지길 원해. 진부하게 들리지 않길 바라지만, 나는 신 앞에 서고 싶어. 내가 정의롭고 올바르며 깨끗하다는 것을 알고 싶어. 어떤 사람이 이렇게 되면 그 사람은 그걸 알아. 그리고 그렇지 않을 때도 마찬가지로 알아. 그것은 모두 우리 내면에 있어. 우리 각자에게. 하지만 아마 내가 그것을 회피했었고, 그것에 다가가려 시도했을 때는 잘못된 방식으로 접근해서 결국 낙담하고, 지루해지고, 나태해지다가 마침내 받아들일 수 없는 상태가 되었던 것 같아. 하지만 이제 난 뭘 해야 하지? 모

---

96) 악마, 타락 천사 중 하나.

르겠어. 스스로 목을 매야 하나?

몇 년 동안 생각해 봤는데, 그렇게 할 수도 있을 것 같아. 국가가 날 처형해 주기를 바랄까? 그게 자살보다는 더 용인할 만하고 쉬울 것 같아. 하지만 (어디에서든 법적 사형 집행이 이루어진 대략 마지막 해인) 1963년 이후로는 이곳에서 아무도 처형되지 않았어. 그럼 난 어떻게 하지? 교도소에서 썩어야 하나? 나이 들고 비통해하다 결국 억울하게 당한 건 나 자신이고 그저 이 썩어 빠진 사회의 무고한 희생자라는 생각만 머릿속에 맴돌겠지? 난 어떻게 해야 하지? 그렇듯 오랫동안 내가 알고자 했던 신을 찾으며 교도소에서 평생을 보낼까? 그림을 다시 시작할까? 시를 쓸까? 핸드볼을 할까? 내가 너무도 응석받이가 되어, 원하던 흰색 픽업트럭을 바로 가질 수가 없다는 이유로 월요일 밤에 내팽개쳐 버린, 당신이 내게 주었던 그 놀라운 사랑을 그리며 비탄에 잠길까? 난 뭘 하지? 우리에겐 언제나 선택권이 있어, 안 그래?

당신에게 이 질문들에 대답해 달라고 부탁하는 게 아니야, 천사, 부디 그렇게 생각하지는 마. 나는 스스로 선택해야 해. 하지만 당신이 의견을 내거나 제안하거나, 혹은 말하고 싶은 게 있다면 무엇이든 언제나 환영해.

아, 정말이지, 난 당신을 사랑해, 니콜.

# 5부

## 꿈의 그늘

# 19장

# 마술사의 피를 지닌 자

## 1

매리언 교도소에서 출소하여 이모 내외와 함께 프로보에서 살게 된 지 얼마 안 되었을 때, 게리는 '어머니의 날'을 맞아 베시에게 5킬로그램 분량의 초콜릿 한 상자를 보냈다. 그리고 베시에게 편지 한 통이 도착했다. "제가 이렇게 행복할 수 있을 줄 몰랐어요. 유타에서 가장 예쁜 여자와 사귀고 있거든요. 엄마, 제가 도둑질로 벌 수 있는 것보다 더 많은 돈을 벌고 있어요."

베시가 답장을 보냈다. "내가 항상 네게 원하던 게 바로 그거란다. 네가 그 여자랑 사귄다니 기쁘구나. 언젠가 너의 아름다운 니콜을 만나 볼 수 있기를 바란다."

그 뒤로 더는 소식이 없기에, 베시가 아이다에게 전화를 걸었고, 아이다는 그녀에게 게리가 가게에서 물건 몇 개를 훔치는 바람에 문제가 조금 생겼다고 알려 주었다. 베시는 아이다에게 엄마가 연락 바라더라는 말을 게리에게 전해 달라고 부탁했고, 걱정하기 시작했다. 게리는 문제가 생기면 연락을 끊곤 했기 때문이었다.

그 살인 사건에 대해 알게 된 날, 베시는 트레일러의 현관에 나와 햇볕을 쬐고 있었다. 전화가 울렸고 상대는 여자였다. 목소리를 듣자마자 베스가 말했다. "너구나, 브렌다. 게리에게 무슨 일이 생긴 거니?"

그녀는 게리가 은행을 털었나 보다고 생각했다.

브렌다는 그녀에게 게리가 일급 살인 혐의로 구금되어 있다고 알려 주었다.

"믿을 수가 없구나, 브렌다. 게리가 누굴 죽일 리 없잖니."

"오, 아니요." 브렌다가 말했다. "두 사람을 죽이고 자기 엄지손가락 하나도 날렸는걸요."

베시는 그렇게 그 일을 알게 되었다.

그녀가 말했다. "글쎄, 뭔가 실수가 있었던 게 분명해. 게리가 한 짓이 아니야. 다른 건 몰라도, 게리는 살인을 할 애가 아니다."

그녀가 전화를 끊었다. 그리고 전화벨이 다시 울렸다. 아이다였다. 그녀는 부시넬 씨에게서 피가 계속 뿜어져 나왔고, 자신과 번이 직접 봤다고 말했다. 베스는 아이다가 묘사한 장면을 죽을 때까지 잊지 못할 것 같았다. 이번엔 번이 전화로 말했다. "여기엔 사형 제도가 있어요. 그들이 게리를 죽일 거라더군요."

베스(베시)가 감당할 수 있는 건 거기까지였다. 사형은 그녀에게 항상 공포의 대상이었다. 그런 생각엔 다가갈 엄두조차나지 않았다. 어릴 때 유타에서 자라면서, 그녀는 사형 집행이있다는 소식만 들으면 숨어 버리곤 했다.

번이 그 소식을 전해 준 이후, 그녀는 그 일을 혼자만 알고있었다. 프랭크 주니어가 마을에 왔을 때 그에게는 알려 주었지만, 막내아들인 미칼에게는 말하지 않았다. 어느 날 아침 미칼이 전화해서 말했다. 엄마 목소리가 운 것처럼 들려요. 그러자 베스가 말했다. 감기에 걸려서 그래. 그가 말했다. 나가서 엄마와 함께 하루를 보낼 생각이에요. 그녀가 말했다. 게리에 관한 기사를 읽었구나. 그러자 그가 말했다. 네, 소식 들었어요.

1972년 가을, 베시는 당국이 미술 학교에서 공부할 수 있도록 오하이오 주립 교도소(OSP)에서 게리를 내보내 주었을때를 계속 생각했다. 그는 유진에 있는 사회 복귀 훈련 시설에 살면서, 일시 출소의 기회를 부여받을 예정이었다. 출소 첫날 오후에 게리는 곧장 베시에게 들러 저녁을 함께 보냈다. 다음 날 아침, 그는 아침 식사용 달걀을 사러 가게에 갔고, 그녀에게 맥주 한 묶음을 사 와도 괜찮은지 물었다. 물론 괜찮다고 대답했다. 그렇게 그는 거기 앉아서 맥주를 마시면서 아침내내 이야기를 나누었다. 두 사람은 매우 가까워진 기분이 들었다. 그녀는 그에게 아침 식사를 차려 준 뒤, 말했다. “우리가한 지붕 아래서 밤을 보내는 게 정말 오랜만이구나, 게리.”

그가 말했다. “정말 그러네요.” 사실 거의 십 년 만이었다.

그는 맥주를 마시고는 떠나야 한다고 말했다. 유진의 미술

학교로 돌아가야 했다.

그가 떠난 후, 그녀는 그로부터 십 년 전인 1962년에 마지막으로 단둘이 함께 보냈던 시간을 떠올렸다. 그녀와 게리는 조니 캐시의 팬이었기 때문에, 그가 소장하고 있던 음반을 위층에서 모두 갖고 내려와 하루 종일 들었다. 이제 그 음반들을 떠올리면 너무 슬퍼져서, 그녀는 조니 캐시의 노래가 나오면 라디오를 꺼 버리곤 했다.

1972년 그 가을날 후 며칠 밤이 지났을 때, 게리가 차를 몰고 와 밖에서 함께 저녁을 먹고 싶다고 했다. 그녀는 옷을 차려입지도 않은 데다가 나가서 먹기에는 꽤 늦은 시간이라고 말했다. 그래서 그는 오랫동안 집에 머물면서 이야기를 나누었다. 며칠 후, 그녀는 트레일러 밖에 경찰이 앉아 있는 것을 발견했지만, 그들은 그녀에게 아무 말도 하려 하지 않았다. 그때 그녀는 많은 것이 잘못되었다는 것을 알았다.

다음 날 아침, 이웃 주민 하나가 전화를 걸어 물었다. "무장 강도로 체포된 사람이 당신 아들이에요?"

"아뇨." 베시가 대답했다. "그런데 그게 어느 신문에 실렸나요?"

이웃 여자가 알려 주었고 베시는 찾아보겠다고 말했다. 그 기사를 찾아본 뒤, 그녀는 내내 울다 결국 앓아누웠다. 그녀가 게리 때문에 흘린 수백만 개의 눈물방울에 강이 하나 더해졌다.

이제, 1976년 여름은 악몽이었다. 자신이 프로보에 갈 수만 있었더라도 게리가 그 남자들을 죽이지 않았을 거라고 그녀는 계속 생각했다. 그 4월의 첫 밤, 아이다의 집에서 전화가 걸려왔을 때 그가 말했다. "엄마, 내가 차를 구해 포틀랜드로 가서 엄마를 데려올게요."

베스가 웃으며 대답했다. "오, 게리, 이제 난 너무 늙어서 내가 길거리에 나서면 사람들이 장송곡을 연주할 정도란다."

몇 달 전 게리가 아직 매리언 교도소에 수감되어 있을 때, 그녀는 어느 날 밤 아들 프랭크 주니어와 함께 앉아 있다가 피를 토하기 시작했다. 구급차가 와서 그녀를 수술실로 옮겼다. 위장 절반이 절제되었다. 관절염을 완화하기 위해 복용한 아스피린이 궤양 부위에 천공을 일으켰던 것이다. 그녀가 친구에게 말했다. "한쪽 끝을 빨리 고치려 하니 다른 쪽이 더 긁힌 셈이지."

이제 그녀는 우편물을 수거하러 집주인의 트레일러까지 몇 걸음 걸어가는 정도 외에는 집 문을 나서지도 않았다. 그래도 그녀는 게리가 프로보에 집을 갖는 것이 얼마나 좋은지 이야기하도록 내버려두었고, 그가 니콜과 함께 살고 있다는 내용의 편지를 쓰기 전까진 그것을 꿈꾸기도 했다.

이 모든 것은 생각으로 하는 유희의 일부일 뿐 그 이상은 아니라고 그녀는 판단했다. 그녀는 심지어 트레일러조차 정돈된 상태로 유지할 수 없었다. 그것은 그녀 자신만큼이나 낡고 슬어 보였다.

살인 사건이 일어나기 일주일 전, 그녀는 게리에게 편지를 썼다. 그는 모르몬교 젊은이들이 살해되기 하루나 이틀 전에 그 편지를 받았을 것이다. 그녀는 크리스털 스프링스 대로에 있던 집에 대해 언급했다. 게리는 아홉 살 때 그 집에 사는 걸 좋아했다. 그해에 게리는 사제가 되고 싶다고 줄곧 이야기했다. 편지에서 그녀는 그 집이 허물어졌고 대신 아파트 건물이 들어섰다고 말했다. 그가 찾지 않을 또 하나의 기억이었다.

하지만 게리가 목이 잘릴지도 모른다는 두려움을 키우게 된 곳이 바로 그 크리스털 스프링스 대로의 집이었다. 그는 대담한 아이였지만, 이런 두려움을 갖고 있었다. 그 집에는 그가 프랭크 주니어와 함께 사용하던 침실이 있었는데, 이전 거주자가 벽에 발광 도료를 칠해 놓았던지 밤이면 무언가가 연녹색으로 빛났다. 게리는 소리치곤 했다. "엄마, 저게 또 보여요."

그녀는 그건 그냥 페인트 자국일 뿐이니 괜찮다며 달래려고 애썼지만, 결국 그들은 벽을 다시 칠해야 했다. 그때부터 아이는 처형당하는 꿈을 꾸기 시작했다. 그런 꿈들은 지독한 두려움을 불러일으켰다.

"그 아인 평생 겁에 질린 채로 살았지." 베시가 중얼거렸다.

그렇다. 게리는 슬프고 외로운 남자였다. 가장 슬픈 사람 중 하나였고 가장 외로운 사람 중 하나였다.

'오, 세상에.' 베시가 생각했다. '교도소 생활을 너무 오래해서 그 애는 생계를 위해 일하거나 청구서에 적힌 대금을 치르는 법을 몰랐어. 한창 배워야 할 나이에 교도소에 갇혀 있었으니까.'

트레일러 안은 더웠다. 7월 말에 자신에게 전해진 소식들과 함께, 그녀는 한증탕에서 숨 쉬는 느낌으로 살았다. 포틀랜드에서는 가만히 앉아만 있어도 체중이 줄었다.

"내 트레일러 안에서 정말 더울 때는." 그녀가 소리 내어 말했다. "한 시간에 2킬로그램이나 빠지기도 한다니까."

물론 그녀의 체중은 고작해야 50킬로그램 정도였다. 이건 포틀랜드가 아니라 아프리카의 날씨가 분명해. 그녀가 벽에 대고 말했다. 포틀랜드가 곧 스스로 웃자라서 모든 걸 쓸어버릴 것 같은 느낌이었다. 열기가 강렬하고 끔찍하고 정글 같았다.

"처음 여기 왔을 때부터 녹지가 너무 많다고 항상 생각했지." 그녀가 벽을 향해 말했다.

트레일러 내부가 모든 것을 빨아들이는 것 같은 느낌이었다. 누구라도 잘못 움직이면 모든 것이 해체될 것 같았다.


2


게리가 스물두 살이던 어느 날, 아버지가 사망한 이듬해, 그가 오리건 주립 교정 시설에서 출소했다가 무장 강도죄로 십이 년 육 개월을 선고받아 오리건 주립 교도소에 구속되기 전, 속박 없이 자유를 누린 그 짧은 반년의 시간, 엄마와 함께 조니 캐시의 음반을 들으며 하루를 보낸 그 동일한 반년의 기간 중 어느 날 오후에, 그들의 살림살이가 피어 안정되었던 때 프랭크가 구매한 작은 원형 진입로가 있는 오크힐 길의 집으로 베시가 돌아와 보니, 게리가 그녀의 책상 앞에 뿌리박힌 듯 앉아 있었다. "엄마한테 보여 줄 게 있어요."

그는 자신의 출생증명서를 찾아내 손에 쥐고 있었다. 엄마의 이름이 그 위에 적혀 있었고, 그 자신의 생년월일이 적혀 있었다. 하지만 그와 아버지의 성명란에는 명확하게 각각 페이 로버트 코프먼과 월트 코프먼이라고 적혀 있었다.

그것은 프랭크가 지어 준 이름이었기 때문에 상징적이었다. 페이는 프랭크의 모친 이름이었고, 로버트는 프랭크가 이전 결혼에서 얻은 아들의 이름이었다. 코프먼은 게리가 프랭크 길모어의 영토가 아니라, 월트 코프먼의 땅 — 여기서는 텍사스, 정확히는 텍사스의 맥캐미 — 에서 태어났기 때문에 내려받은 이름이었다. 특정 주 경계를 넘을 때, 프랭크는 종종 자신의 이름을 바꾸곤 했다. 베시는 그것이 과거의 흔적을 지우기 위한 목적인지, 아니면 새로운 삶을 시작하기 위한 목적인지 알 수 없었다.

물론, 베시는 페이 로버트라는 이름을 오래도록 허락하지 않았다. 호텔 사람들이 그를 도일로 개명시키라고 제안했다. 베시는 그 이름도 좋아했지만 '게리'라는 이름이 더 좋았다. 그녀는 영화배우 게리 쿠퍼를 사랑했다. 그녀와 프랭크는 그 일로 말다툼을 한 적도 있었다. 게리라는 이름은 '그래디'를 떠올리게 했고, 그래디는 그를 속인 적이 있는 전 처남의 이름이었기 때문이다.

이제 베시와 게리는 언성조차 높이지 않았음에도, 그가 불쾌해하려고 하자 그녀가 말했다. "감히! 내 허락도 없이 내 책상 앞에 앉아 있구나!"

게리가 말했다. "제가 허락을 구했다면 이 새로운 사실을

알게 됐을 리 없잖아요, 안 그래요?” 뒤이어 그가 “아버지가
날 좋아하지 않은 이유가 있었네요.”라고 말하자, 베시가 대답
했다. “네가 혼외자일 거라는 생각은 절대, 절대 하지 마.”

　베시가 자신의 책상 앞 녹색 가죽 의자에 앉아 있는 그를
발견하기 전에, 게리가 이미 일 년 반 전부터 자신의 출생증
명서에 대해 알고 있었다는 사실을, 그녀는 수년이 흐른 뒤에
야 알게 되었다. 오리건의 (소년원에 들어가기엔 나이가 많고 교
도소에 들어가기엔 어린 남자들을 위한) 주립 교정 시설의 기관
상담사가 왜 텍사스의 출생 기록에 그의 아버지 이름이 ‘길모
어’가 아니라 ‘코프먼’으로 기입되어 있는지 물었다. 그는 상당
히 기분이 상했다. 이 주 후, 그는 심각한 두통 때문에 뇌전도
검사를 받았다. 그는 작업을 거부하고 싸움을 일으켰다는 이
유로 계속 징계를 받았다. 그는 정신과 의사에게 자꾸 이상한
꿈을 꾼다고 불평했다. 그는 자신의 성미를 자제하는 데 극도
의 어려움을 느꼈다. 사람들이 등 뒤에서 자기를 비하하는 말
을 한다고 생각했다. 그러던 중 아버지가 죽었다. 당시 그는
독방에 격리 중이었고, 장례식 참석을 위한 외출을 허가받지
못했다.

　이 모든 일이 게리가 그녀의 책상 앞에 앉아서 자신의 출생
증명서를 넘겨주던 날 이전에 일어난 일이었다.

　그녀는 그 말도 안 되는 오해가 그의 내면을 어떻게 갉아
먹었는지는 생각하고 싶지 않았다. 게리는 이미 오랜 세월 동
안 충분히 문제를 일으켰고, 특히 자신의 아버지가 수많은
이름으로 여행했음을 알았기 때문에, 그동안 일으킨 말썽들

을 출생증명서 탓으로 돌릴 수 없었다. 하지만 그 종이 한 장이 그가 다음에 저지른 무장 강도 사건과 스물두 살의 나이에 징역 십오 년이라는 끔찍한 형을 선고받은 것과 아무런 관련이 없다고는 확신할 수 없다. 얼마 지나지 않아, 담낭이 너무 나빠진 베스는 절제 수술을 받아야 했다. 회복 과정에서의 합병증으로 인해, 몇 달이 지나도록 게리를 면회하러 갈 수조차 없었다. 가장 오랫동안 그를 만나지 못하고 지낸 시간이었다. 그때쯤 그녀는 충격에 단련되어 있었는데, 그렇지 않았다면 그가 면회실 안으로 들어왔을 때 비명을 질렀을 것이다. 그곳에서 스물두 살의 게리는 송곳니로 보이는 아랫니 두 개 외엔 치아가 전무한 채로 서 있었다. "지금 의치 작업을 하고 있대요." 그가 말했다.

그녀가 다음 방문을 했을 때, 그는 새 치아가 마음에 든다고 말했다. "정말로 치통 없이 사과를 집어서 씹어 먹을 수 있게 됐다니까요." 그가 확언했다. 두통도 나아진 것 같아요.

'그래.' 그때 그녀는 혼자 생각했다. '나는 프로보에 처음 정착한 사람들의 딸이야. 친가와 외가 모두 개척자들이고, 나는 그들의 손녀이자 증손녀지. 그분들이 겪어 냈다면, 나도 겪어 낼 수 있어.' 그녀는 브렌다와 아이다와 번으로부터 차례로 전화를 받은 후에 다시 한번 그 말을 마음속으로 되뇌어야 했다.

3

베시는 자신이 자란 개울가에 있던 오래된 대장간이 눈에 선했다. 냄새도 맡을 수 있었다. 말들이 겁에 질려 똥오줌을 지릴 때 뿜어내는 냄새를 맡을 수 있었고, 말발굽을 다듬을 때 깎아 낸 조각에서 올라오는 밑바닥 껍질의 악취도 생생했다. 그것은 노인의 발냄새보다 더 고약했고, 뜨거운 편자 위에서 그을린 말굽의 지독한 악취가 뒤따랐다. 그녀는 그 냄새들을 통해 지옥이 인간을 위해 무엇을 준비해 놓았는지 알았다. 냄새가 너무 지독해서 차라리 석탄 타는 냄새와 섞인 빨갛게 달군 철의 강렬한 냄새가 더 낫게 느껴질 정도였다. 그녀는 강한 남자가 묻힌 무덤에서는 그런 냄새가 날 수밖에 없다고 생각했다.

대장간 밖으로 나가면 풀과 과일나무가 있었고 마치 낙원에 들어선 듯 신선한 바람도 불었다. 물론 아무런 냄새도 안 나지만 콧속이 건조해지고 흙먼지를 뒤집어쓰게 하는 사막도 있었다. 배경으로, 담 옆에 서서 올려다보면 성벽처럼 높은 산이 우뚝 서 있었다.

그녀는 두 대가족에서 비롯된 일곱 명의 딸과 두 명의 아들이 있는 대가족 안에서 살았다. 어머니는 열세 명의 자녀 중 맏이였고, 아버지는 아홉 명의 자녀 중 맏이였다. 어머니의 성은 진공청소기 브랜드 커비(Kirby)와 같은 '커비(Kerby)'였지만 가운데 모음이 i가 아니라 e였다. 한때 커비 가문은 웨일스섬을 소유했었다고 하는데, 그녀의 증조부는 1850년에 모르몬교에 입교했다가 가족에게 절연당한 후, 돈 한 푼 없이 미국으로 건너와 '고더드[97] 손수레 일행'과 함께 유타로 이주했다. 그는 자신의 전 재산이 담긴 손수레를 밀며 평원을 가로질렀는데, 그해 교회에 대형 포장마차를 살 돈이 충분치 않아서 각자 작은 수레를 밀어 로키 협곡을 오른 모르몬교 무리 중 한 명이었다. 그때 브리검 영이 그들에게 말했었다. 어찌 되었든 오십시오. 새로운 시온, 데저렛 왕국으로 손수레를 끌고 오십시오. 그들은 강인하고 건강한 사람들이었고, 자기들이 무엇을 하는지 아는 사람들이었다고 베시는 늘 말하곤 했다.

그녀의 증조할머니는 커비 가문에서 유일하게 아일랜드인인 메리 엘런 머피였다. 나머지는 영국인이었고 프랑스인의 피가 한 방울 정도 섞여 있었다. 베시 자신은 98퍼센트가 영국인이었다. 그녀는 어째서 게리가 사람들에게 자기는 아일랜드 사람이라고 말하고 다녔는지 이해할 수 없었다. 텍사스에서 태어나 그곳에서 고작 육 주를 살았던 그를 텍사스 사람으로 칠 수 있다면, 그는 대략 그 정도의 아일랜드 사람에 불과했다.

베시에게는 78명의 사촌이 있었다. 그들은 움직일 수 없었다. 그들은 프로보의 거물들이자 하찮은 존재들이었으며, 모두 같은 틀에서 찍어 낸 듯 비슷했다. 나중에, 그녀는 사람들에게 말하곤 했다. "우리가 어떻게 자랐는지 알아요? 믿을 수 없을걸요. 만약 우리 교회의 우두머리가 길 오른쪽에서 걸으

---

97) 조지 고더드(George Goddard, 1815~1899). 영국 태생의 예수 그리스도 후기 성도 교회 지도자이자, 손수레를 이용해 대륙을 횡단하여 유타로 이주한 모르몬교 개척자 중 한 명이다.

라고 하면 우린 절대 왼쪽으로 건너가지 않아요, 설사 비가 억수같이 쏟아져도요……. 거의 우스꽝스러울 정도죠."

그 어린 시절 세상은 더 이상 존재하지 않을지 모르지만, 그녀는 지금 그 속에서 살고자 애썼다. 혈육인 아들이 다른 어머니들의 아들들을 죽였다는 비탄의 홍수에 쓸려 가느니, 차라리 그게 나았다. 그것은 그녀의 무릎 관절염으로 인한 타오르는 통증처럼 그녀의 가슴을 태웠다. 고통은 마치 결코 멈추는 일 없이 계속 새로운 주제를 찾아내는 지루한 대화 상대 같았다.

베시는 1차 세계 대전 당시 프로보에서 보낸 어린 시절을 기억했다. 그녀는 다섯 살이었고, 집에는 전화나 전기도 없었으며 전보도 드물었다. 도로는 흙먼지 더께가 촘촘히 쌓인 흙길이었다. 신문도 일주일이나 지난 것을 겨우 볼 수 있었다. 그들의 집에는 방이 두 개 있었고 뒤쪽에 달개가 잇대어 있었다. 그들은 언덕을 넘어 샘으로 가서 한 번에 두 양동이씩 물을 길어 오곤 했다. 여름에는 작은 수레로 운반했고, 겨울에는 썰매를 이용했다. 어느 11월에는 펑펑 쏟아지는 눈에 하늘이 보이지 않을 정도였고, 3킬로미터 정도 떨어진 마을에서 끔찍한 휘파람 소리가 들렸던 것도 기억했다. 그녀의 어머니는 어둡고 무시무시한 목소리로 조그맣게 계속 말했다. "아, 독일군이 오나 보다. 독일군이 오고 있어."

하지만 대신 그녀의 아빠가 말을 타고 언덕을 넘어 나타났고, 그렇게 해서 그들은 전쟁이 끝났다는 소식을 들었다.

그녀는 '베시'가 가장 추한 이름이라고 생각했다. 사람들은 소와 말에게 베시라는 이름을 붙여 주었다. 그녀는 주변 사람들에게 자기를 베티라고 부르라고 요구했다. 감자를 캐고, 오이를 따고, 강낭콩을 수확하고, 수동 세탁기 손잡이를 번갈아 앞뒤로 밀고 당기면서, 그들에게 다시 주지시켰다. 밤이면 식탁에 둘러앉은 그들에게 어머니가 석유램프 불빛을 조명 삼아 책을 읽어 주었다. 베시는 자기 이름이 불릴 때마다 '베티'라고 정정하곤 했다. 오십 년 후에도 그 생각은 변하지 않았다. 프랭크는 항상 그녀를 베티라고 불렀고, 그녀가 베티라는 이름을 가졌을 때는 그들에게 돈이 있었다. 왜 그런지는 모르겠지만, 그가 죽은 후 그녀의 이름은 다시 베시가 되었다. 그리고 그녀는 자신이 교회에 사는 쥐처럼 가난하다고 느꼈다.

그녀는 과열된 트레일러 안의 의자에 앉아, 대장간처럼 뜨겁게 달궈진 공기를 호흡했다. 그녀의 심장과 폐에는 그 옛날 겁에 질린 말의 익숙한 냄새가 영원히 남아 있었다. 베시는 전화로 자기가 목격한 부시넬 씨의 얼굴과 머리에 묻은 피를 묘사하던 아이다의 목소리를 떠올리며, 아이다와 그녀의 쌍둥이 에이다가 함께 태어난 후 흘러간 그 모든 세월이 공간을 가로질러 떨어지는 것에 현기증을 느꼈다.

쌍둥이들은 베시보다 열 살이 어렸고, 아이다는 베시가 가장 귀여워하던 동생이었다. 베스는 그녀를 부티라고 불렀다. 꼬마 부티. 작은 부츠처럼. 이제 아이다는 말발굽만큼 커다란 주먹을 가진 남자와 결혼했고, 그는 평생을 구두와 부츠 만드는 일을 했다. 베스는 항상 번을 좋아했기에, 그가 전화로 하필 "그들이 게리를 사형시킨다는군요."라고 말했을 때, 배신감으로 가슴이 찢어지는 것 같았다. 그녀는 대신 쌍둥이가 태어났을 때 아버지가 집에 방을 하나 더 만들었던 것과 토요일 밤의 양철 욕조에 대해 떠올리려고 애썼다.

느낌이 너무 생생해서, 기분 좋은 기억들이 기분 좋음을 넘어서서 작은 상처에 바르는 연고처럼 느껴질 정도였다. 그래서 그녀는 금요일마다 솔트레이크에서 내려와 발레를 가르치던 무용 선생님을 떠올렸다. 고등학교 체육관에서 베시는 농구도 행진도 하지 않고, 심지어 뻔뻔하게 거기 앉아 아무런 해명도 없이 E학점을 달라고 요구했다. 다들 벌써 그녀에 대해 말이 많았다. 그녀는 햇볕 아래서 일하려 하지 않고 챙 넓은 모자와 긴 장갑을 끼고 다니는 농촌 소녀였다.

무용 선생님이 모든 걸 바꿔 놓았다. 베시는 무용에서 A+를 받기 시작했고, 선생님은 그녀를 맨 앞줄로 옮기며 그녀가 타고난 발레리나라고 말했다. 네 살 때부터 널 붙들어 놓고 가르치기 시작했다면 얼마나 좋았을까. 선생님이 말했다.

베시는 또한 라디오를 들으며 노래도 불러 보려 했지만, 가족 중 누구도 흥얼거리는 것조차 제대로 해내지 못했다. 가족 모두가 모든 노래를 똑같은 음으로 불렀다. 나중에, 프랭크와 그녀와 아이들이 노래 부르기를 시도하려 할 때는 더욱 나빴다. 매년 크리스마스이브에, 프랭크는 "이랴, 나폴레옹, 비가 오는 것 같구나."라는 노래에 맛을 들였고 매년 크리스마스이브마다 가족들은 그 노래에 시달렸다. 게리는 큰 소리로 말하곤 했다. "이 노래 때문에 크리스마스를 포기하고 싶을 지경이야."

하지만 이윽고 차례가 된 게리의 목소리는 더 끔찍했다. 그저 툴툴거리는 소리와 여자 같은 소프라노 소리만 나왔다. 마치 벽돌을 삼킨 컨트리 가수의 노래 같았다.

이제 게리가 남은 평생을 교도소에서 보내게 될 거라는 생각이 그녀를 엄습했다. 사형당하지 않는다면 말이다.


4


노래는 못했을지 몰라도, 그녀는 교회에서 주최하는 '골든 그린 무도회'의 여왕이었다. 프로보 북부와 오렘 남부의 그랜드뷰 분회에 속한 열 혹은 열두 가구에 자격이 되는 소녀 열다섯 명이 있었지만, 베시가 선택되었다. BYU에서 학생들이 나와 그들에게 사교댄스를 가르쳐 주었다. 마치 영화 같았다.

하지만 베스는 영화관을 좋아하지 않았다. 그녀가 부모님과 함께 들어서면, 영상이 벽장 안에서 날아다니는 나방처럼 눈앞에서 깜빡였다. 그것은 길고 음침한 복도 끝 벽 위에 높이 걸려 있었고, 오르간 소리가 어둠 속에서 빠르게 질주했다. 빠른 속도로 읽어 나가지 않으면[98] 배우들이 하는 말을 놓치기 일쑤였다. 재촉당하는 기분에 그녀는 몸서리를 쳤다.

영화관의 어둠은, 말이 날뛰며 달아나는 바람에 썰매가 나무에 부딪쳐 여동생 알타가 죽었던 오래전 크리스마스를 생각나게 했다. 그들은 알타를 땅속 깊은 곳에 눈과 함께 묻었고,

---

98) 무성 영화에서 배우들의 대사는 화면에 삽입된 글자로 보여 주었다.

눈 덮인 묘지에 그녀를 두고 와야 했다. 그 후로 그녀의 가족은 한 번도 행복한 크리스마스를 보내지 못했다. 크리스마스를 기념하는 와중에도 땅속에서 올라오는 기억들이 우울감이 되어 계속 끼어들었다.

최악의 크리스마스였지만, 그것도 그녀가 1955년의 크리스마스를 떠올리기 전까지만이었다. 그때 게리는 '매클래런 청소년 교정 시설'에 수감되어 있었고, 가족들은 게리를 며칠만 집으로 보내 달라고 당국자들에게 탄원했다. 처음엔 그렇게 해주겠다고 하더니, 종국엔 게리가 법규를 위반해서 안 된다고 했다. 베스와 프랭크는 다른 아이들 때문에 크리스마스 당일 매클래런에 갈 수가 없었기 때문에, 게리는 아무것도 받지 못했다. 12월 26일이 되어서야 그들은 게리에게 선물을 가져다줄 수 있었다.

지금 햇볕이 작열하는 낮과 트레일러 속 숨 막힐 듯 갑갑한 밤의 이런 시간들에 대해 말할 수 있는 것 한 가지는, 그런 열기조차 겨울의 습기만큼 그녀를 외롭게 하지는 못한다는 것이었다. 겨울은 그녀가 이제껏 살아온 삶 전체가 필요할 만큼 추위를 느끼는 때였다.[99] 하지만 게리가 젊은 남자 둘을 살해했다는 말에, 63세의 베시는 7월 중순임에도 모든 감정들이 눈 덮인 차가운 묘지 속에 꽁꽁 얼어붙어, 83세만큼이나 나이를 먹은 느낌이었다. 부시넬 씨의 얼굴이 계속 눈앞에 아른거

---

99) 베시는 불행할 때마다 과거를 곱씹는 사람이므로, 평생이 필요하다는 건 그만큼 불행을 느낀다는 의미이다.

렸다. 얼굴은 모르지만 어차피 머리가 온통 피로 뒤덮였을 테니 상관없었다.

"오, 게리." 수술 흔적과 뒤틀린 관절 속에서도 결코 살아가는 걸 멈추지 않았던 아이가 속삭였다. "오, 게리, 어떻게 그런 짓을 할 수 있니?"

그렇다. 삶의 기억은 유일하고도 가장 좋은 친구일 수 있다. 그것은 분명 살에서 자유로워져 해골이 될 때까지 살 아래서 애태우는 분노한 뼈들을 달래 줄 유일한 손길이다.

그래서 그녀는 과거의 달콤하고 기분 좋은 저녁과 따뜻한 여름 황혼 녘 언덕에 부는 바람을 자주 생각했고, 한때 프로보를 얼마나 사랑했는지를 생각했으며, 첫 정착민들이 브리검 영 노인을 위해 산 중턱에 하얀 납작 돌들을 커다란 Y자 모양으로 박아 놓아서 그녀가 Y산이라고 부르는 아름다운 봉우리를 바라보며 몇 시간이고 앉아 있을 수 있었다. 어린 시절 베스가 Y산을 바라보고 있을 때 그녀의 아버지가 다가왔다. 베스가 "아빠, 저 산 내 거 할래요."라고 말하자 그가 말했다. "글쎄다, 애야. 내 생각엔 다른 사람들도 너만큼 권리가 있을 것 같은데." 그러고는 가 버렸다.

그런데 그녀는 이렇게 생각했다. '아빠도 동의했어. 저 산은 내 거야.' 트레일러 안에 앉아서, 그녀는 자신의 오랜 친구인 기억에게 말했다. "그 산은 지금도 내 거야."

5

베시는 신문이나 잡지 화보 속 드레스들을 유심히 살펴본 후 직접 옷을 지어 입었고, 프로보의 우타마 댄스홀에 오케스트라가 들어오면 사교춤을 추러 갔다. 그녀에게는 루비 힐스라는 친구가 있었는데, 루비의 오빠가 그들을 포드 모델 A 승용차에[100] 태워 데리고 다녔다. 그는 운전을 조심해서 했다. 도로에 바위의 갈라진 틈만큼이나 깊이 팬 바큇자국들이 있었기 때문이다.

그녀에게는 결혼 후 이름이 애프턴 데이비스 앳킨스와 에바 다볼 브리키가 될 친구들이 있었다. 베스는 모든 면에서 전도가 유망한 BYU 학생과 사귀었지만, 그를 견디지 못했다. 베스는 그게 무엇이든 다른 것에 관심이 있었다.

다들 그녀를 불안정한 사람으로 보았다. 베스는 자기 길을 가기 시작했다. 친구들과 함께 히치하이킹을 하여 솔트레이크 시티와 그 너머로 갔고, 마침내 캘리포니아까지 갔다. 그녀는 가서 잠시 일하다가 다시 돌아오기도 했다. 부모님에겐 딸이 너무 많았기 때문에 그녀에게 많은 질문을 하지 않았다. 아이들은 자라면서 무엇이 옳은지를 배우고, 동시에 아이들에겐 잘못을 저지를 자유가 있다는 입장이었다. 모르몬교도인 그녀는 어떻게 행동해야 하는지를 정확히 배웠지만, 그리스도께서

---

100) 포드 자동차 회사가 1927년과 1931년 사이에 생산한 승용차. 당시 미국에서 엄청난 인기를 끌었던 모델로, 단순한 교통수단이 아니라 젊은이들의 사회적 경험(데이트나 나들이 등)에 중요한 배경이 되었다.

는 그녀에게 자신의 운명을 개척할 자유 의지를 주셨다. 베스는 자신이 하고 싶은 일을 하려 했고, 집을 떠나는 빈도가 갈수록 잦아졌다.

그 몇 년간의 시간은 그녀만의 것이었고, 그녀는 누구에게도 그 시간에 대해 말하지 않았다. 긴 여행 끝에 고급 드레스와 보석을 두르고 돌아왔다는 소문이 돌면서 그랜드뷰 분회에서 뒷담화의 대상이 되자 그녀는 짜증이 났다. 대부분의 고급 드레스는 이 베시 브라운 본인이 직접 재단해 바느질한 것이고, 가지고 있는 얼마간의 보석도 반지 모델을 할 정도로 고운 손가락 덕이라, 전혀 기쁘지가 않네요. 그녀는 사람들에게 그렇게 말했다.

그녀는 한 남자와 사랑에 빠졌고, 그가 사는 솔트레이크에 함께 살았다. 커다란 집을 지키는 한 노부인을 위해 집안일을 하면서 작은 호텔 방에서 혼자 살았다. 그 남자와 헤어진 후 그녀는 누구와도 사귀지 않고 일 년 동안 혼자 살았다. 혼자라고 괴로워하기에는 아직 젊은 나이였기에 오히려 혼자 지내는 것이 좋았다.

근처에 에이바 로저스라는 이름의 술꾼 친구가 살았는데, 그녀는 자기가 '대디'[101]라고 부르는 어떤 남자와 함께 지내고 있었다. 대디는 유타의 잡지에 광고를 면당 100달러에 판매하고 25퍼센트의 수수료를 받았다. 에이바는 그를 정말 많이 사랑한다고 말했다. 그에겐 확실히 여자를 사로잡는 무언가가

---

101) 그녀와 나이 차이가 많이 나는 남자임을 암시한다.

있었다.

"오늘 대디가 나한테 새 타자기를 사 줬어." 에이바가 베시에게 말했고 그녀를 자기들의 방으로 초대했다. 베시는 술을 마시지 않았다. 그녀는 늘 자기는 "그런 사람이야."라고 말하곤 했다. 하지만 에이바는 대디를 기다리며 맥주 두어 잔을 마셨다. 그러다 그 타자기를 집어 들려고 했는데, 그것이 손에서 미끄러지는 바람에 바닥에 부딪혀 튕겨 올랐고, 당연히 부서졌다. 새 타자기였다. 대디가 막 들어왔을 때 벌어진 일이었다. 그는 키가 큰 편은 아니었지만 다부져 보였고 각반을 차고 있었다. 확실히 자신감이 넘쳤고, 확실히 성미가 급했다. 불쌍한 에이바. 그것이 그녀의 타자기가 아니라는 것을 베스는 곧 알게 되었다. 또 하나의 거짓말일 뿐이었고, 또 한 번의 흐느낌으로 이어졌을 뿐이다. 대디는 에이바의 미납 청구서에 아흔다섯 가지 항목이 올라와 있는 것 같은 표정을 지었다. 그리고 이번이 아흔여섯 번째였다. "당장 짐 싸서 나가." 그가 통보했다.

다음에 베스가 대디를 만난 곳은 길거리였고, 그녀가 알게 된 그의 이름은 프랭크 길모어였다.

"나 내일 결혼해요." 그가 말했다.

"축하해요." 그녀가 말했다.

다음에 거리에서 그를 만났을 때 그녀가 물었다. "결혼 생활은 어때요?"

"끝났소." 그가 말했다.

그녀는 그가 마음에 들었다. 그는 세상 물정에 밝았고, 그녀는 그저 농장 출신이었으니까. 그는 언제나 자기가 어디로 가는지를 알았다. 그들은 싸구려 잡화점이나 비싼 곳에서 쇼핑할 수도 있었고, 당시는 1937년이었기에 심지어 공짜 수프를 받으려고 줄을 설 수도 있었지만, 그녀는 편안함을 느꼈다. 심지어 그녀가 그에게 소리를 지를 때마저도 그랬다.

그는 매우 사실적이고 강인한 남자였다. 그는 베시에게 자신이 사자 조련사였다고 말했는데, 실제로 얼굴에 흉터가 있었다. 곡예와 줄타기를 했었다고도 했고, 다리를 절었다. 한번은 보드빌[102]에서 몹시 취한 상태로 연기를 하다가 높은 곳에서 관현악단석으로 떨어진 적도 있다고 했다. 발목이 부러졌다. 이제 그는 머리가 희끗희끗한 사십 대 후반이었지만 여전히 만나는 여자들을 모두 자기 침대에 눕힐 수 있다는 자신감이 얼굴에 드러났다. 베티는 그가 여자들이 따르는 남자라는 점에 매료되었다. 처음으로 그녀가 쫓아다니고 싶은 남자였다.

그녀는 그가 실제로 자신에게 청혼했다는 사실을 전혀 몰랐다. 어느 날 영화를 보고 나오는데 그가 말했다. "우리 결혼하자."

차라리 그 자리에서 죽어 버릴지언정, 무릎을 꿇는다는 건 그에게 있을 수 없는 일이었다. 그래서 그는 「굿바이 마이 라이프」[103]를 보고 나오는 길에 대뜸 그녀에게 자기와 결혼하겠

---

102) 음악이 있는 가벼운 희가극.
103) 원제는 「용감한 선장들(Captains Courageous)」로, 1937년에 개봉된 빅터 플레밍 감독의 모험 영화이다. 러디어드 키플링의 동명 소설을 바탕으로 제작되었다.

느냐고 물었다.

그는 술도 마시지 않았다. 술을 마시기로 결심하기 전까지
는 그런 방식을 유지하는 남자였다. 그러다 술을 마시기로 결
심한 뒤엔 취해서 정신을 잃을 때까지 마셨다. 몇 년이 지나
함께 여행하던 중, 그는 호텔에서 한두 번 쫓겨나기도 했다.

결혼을 위해, 그들은 새크라멘토에 가기로 했다. 알고 보니
평생을 연예계에 몸담았던 그의 어머니가 그곳에 살고 있었다.

아버지는 무얼 하시느냐고 베티가 묻자, 프랭크는 이번에도
연예 일이라고 답했다.

솔트레이크를 떠나기 전에, 그들은 그녀의 가족을 만나기
위해 프로보에 들렀다. 딸이 일곱이나 되는 그녀의 어머니와
아버지는 이 소식을 듣고도 주저앉아 울지는 않았다. 두 사람
은 새크라멘토로 향했다.


6


프랭크는 자기 어머니의 아름다운 외모에 대해 말한 적이
없었다. 베티는 깜짝 놀랐다. 페이는 반짝이는 미소를 지닌 사
람이었다. 몸집이 아주 작았고, 머리는 하얗고, 눈은 믿기 힘
들 정도로 파랬다. 피부에는 잡티 하나 없었다. 치아도 완벽했
다. 주름도 없었다. 70세에 가까운 고령임에도, 그녀는 당당한
여왕처럼 행동했다.

그녀의 예명은 '베이비 페이'였다. 이제는 영매(靈媒)였으며

침대에서 벗어나는 일이 거의 없었다. 새크라멘토에 위치한 커다란 집의 커다란 침실 안에서만 살면서 사람들에게 이것저것 명령을 내렸다. 마치 마법사가 지팡이를 휘두르듯 그들에게 명령하곤 했다. 하지만 베티에게는 그러지 않았다.

그럼에도 페이는 상황을 멋지게 처리할 줄 알았다. 그녀는 자신이 프랑스의 거대 왕족 가문과 혈연으로 연결되어 있음을 넌지시 흘렸다. 부르봉 왕가라고 했다. 페이가 말했다.

"너희가 아이를 가지면, 프랑스 왕가의 피가 그 혈관에 흐르게 될 거다."

페이의 결혼 전 이름은 또 다른 문제였다. 베티는 그 이름을 끝내 알지 못했다. 페이는 세기 전환기 무렵부터 '베이비 페이'라는 이름으로 보드빌 무대에 섰는데, 원래 이름은 페이라 포였다. 그게 다였다. 미스 라 포는 말하기 싫은 건 말하지 않았다.

일주일에 한 번씩, 페이는 교령회[104]를 여는 듯했다. 때때로 40명 정도가 인당 5달러씩 지불하고 그녀의 침대 주변 의자에 둘러앉았다. 베티는 가지 않았다. 그녀는 그런 것들과 지나치게 가까워지고 싶지 않았다. 사실, 페이와 이야기를 나누고 있을 때도, 벽에서 똑똑 소리가 나거나 천장에서 쿵쿵대는 소리가 들렸다. 밤이 되면 베티는 페이의 침대 위를 걷는 존재들을 느낄 수 있었다. 두 사람이 (성직자 면허가 있고 영매술사라고 불리는) 페이의 주례로 결혼하고도, 베티는 페이의 침대 안팎

---

104) 산 사람들이 죽은 이의 혼령과 교류를 시도하는 모임.

에 어떤 영혼이 있는지 늘 궁금했다.

그녀와 프랭크는 여행을 다니기 시작했다. 그녀가 그를 만났을 당시, 프랭크는 솔트레이크에서 일 년 넘게 거주하고 있었지만, 그것은 흔치 않은 일이었다. 그는 주에서 주로 돌아다니며 특별한 잡지의 지면을 파는 것을 좋아했다. 보통은 아직 출간되지 않은 잡지들로, 결국엔 출간되지 않는 일이 다반사였다.[105]

그는 다양한 이름들을 사용했다. 세비야, 설리번, 카우프먼, 코프먼, 길모어, 라 포 등. 언젠가 그는 자기 아버지의 이름이 '와이스'이고, 그래서 친가 쪽으로 치자면 자기는 유대인인데, 페이가 자기를 가톨릭 학교에 보냈고 또 그렇게 자신을 키웠기 때문에, 자기는 스스로를 가톨릭이라고 생각한다는 말도 했다. 그럼에도 그는 앨라배마에 유대인 아내가 있었고, 다른 곳에도 아내들이 있었다. 돌리와 낸과 뱁스와 밀리와 바버라와 재클린과 유명한 오페라 가수였던 여자도 한 명 있었다. 베티가 아는 한, 그는 그들 모두와 이혼한 상태였다.[106]

하지만 그가 연예계에 몸담았던 건 확실했다. 극장 사람들이 어디에서나 그를 알아봤다. 그들이 여행하는 곳마다 무료 극장표가 있었다. 어느 날은 차를 타고 솔트레이크시티를 가로질러 가기도 했다. 중간에 멈추지도 않았다. 아주 짧은 시간 동안 넓고, 넓고, 끝없이 넓게 펼쳐진 거리만 가로질렀다. 수

---

105) 결국 사기를 치고 다녔다는 의미이다.
106) 가톨릭은 일부일처제를 강력하게 지지하며, 원칙적으로 이혼도 허용하지 않는다.

년 동안 메인과 뉴욕을 제외한 모든 주를 여행했다. '카릴로'
나 '세모' 같은 이름을 가진 호텔에 머물렀다. 세모(Semoh)는
홈스(Homes)의 철자를 거꾸로 쓴 이름이었다. 그는 출생증명
서도 여러 개 가지고 있었다. 하지만 그녀는 자기들이 왜 그런
방식으로 사는지 한 번도 묻지 않았다. 물었다면 그는 이렇게
말했을 것이다.

"당신이 상관할 일이라면 진작 말했겠지."

하지만 그녀가 그를 이상하게 여긴 만큼, 그도 그녀를 이상
하게 여겼을 것이다. 그녀는 깊이 뿌리내리며 자란 사람이라
두 사람은 서로를 절대 이해하지 못했다. 상관없었다. 그녀는
시도도 하지 않았다. 그녀는 사람을 사랑할 때는 있는 그대로
사랑해야 한다고 믿었다. 설사 상대를 변화시킬 수 있다 해도
어차피 그를 떠날 테니까.

프랭크는 큰 차를 운전했다. 작고 건장한 몸에 언제나 크고
헐렁하고 편안한 옷을 걸쳤다. 멜빵을 착용하지 않으면 바짓
단이 바닥에 닿을 정도였다. 그녀는 그가 영화배우 글렌 포드
처럼 생겼다고 생각했다. 몇 년 후, 사자가 물어뜯어 놓은 얼
굴을 고려하면 찰스 브론슨을 더 닮은 것 같기도 하다고 생각
했다. 악마에는 미치지 못하지만, 그는 확실히 아무도 두려워
하지 않았다.

그는 또한 유대어를 구사했다. 유대인들과 친구로 사귀는
재주가 있었고, 그들의 언어로 말할 줄 알았다. 그는 그들과
흥정해서 값을 깎을 수 있었고 그들은 그것을 좋아했다. 한번
은 베티가 이곳에 와서 비싼 물건을 샀다. 그녀가 얼마를 주고

샀는지 알고는 프랭크가 이렇게 말했다. "그가 당신한테 제값을 다 받았단 말이야?"

"음, 당연하죠."

그가 베티를 상점 주인에게 데려갔고 그 유대인 남자는 베티가 프랭크의 아내인 줄 몰랐다면서 사과했다.


7


페이가 두 사람의 결혼을 주례한 이번 만남은 프랭크가 자기 어머니를 이십 년 만에 본 자리였다. 이제 그와 베티는 가끔씩 새크라멘토로 돌아갔다. 그런 여행에서, 베티는 프랭크와 페이가 얼마나 자주 후디니[107]에 대해 이야기하는지 의식하지 않을 수 없었다. 그들은 그 남자를 정말 싫어했고, 분기탱천해서 심한 욕설을 퍼붓기도 했다. 후디니가 죽은 지 십 년도 넘었지만, 두 사람은 그에게 벼락 출세자이자 싸구려 부랑자라는 딱지를 붙였다. 베티가 속상해할 일은 아니었다. 어차피 베티는 신문에서 후디니에 관한 기사를 읽는 걸 즐기지 않았다. 사실 후디니가 본인의 특기인 수갑과 쇠사슬을 차고 수중에서 밀폐된 관을 탈출하는 묘기를 펼쳤을 때, 베티는 오히려 마음이 불편했고, 심지어 무서운 느낌마저 들었다.

---

107) 해리 후디니(Harry Houdini, 1874~1926). 헝가리계 미국인 마술사, 스턴트맨, 배우. 그는 사기꾼 심령 능력자나 가짜 영매들을 적발하는 활동도 했다.

하지만 페이와 프랭크는 후디니를 아주 잘 아는 사람처럼 이야기했다. 두 사람의 대화를 유심히 들은 베티는 후디니가 프랭크의 사립 학교 학비를 대 주었다는 결론을 내릴 수밖에 없었다. 그러던 중 베티는 후디니가 어떤 청년에게 야구 방망이로 배를 맞아 사망했다는 사실, 그리고 프랭크가 자기한테 이름이 와이스이고 복부를 가격당해 사망한 유대인 아버지에 대해 이야기해 줬던 일이 생각났다. 그 후 그녀는 후디니의 원래 이름이 와이스였고, 그 역시 유대인이었다는 사실을 알게 되었다.

그때쯤엔 페이도 이 사실을 굳이 숨기려 하지 않았다. 물론 프랭크는 혼외자였다. 죽기 전 페이는 베티에게 수많은 서류들을 자신의 책상 어디에 넣고 잠가 두었는지 보여 주며, 그것이 프랭크의 혈통을 증명해 줄 거라고 말했다. 물론 그녀가 그 서류들을 꺼내어 보여 준 것은 아니다. 하지만 자신이 임종할 때 꼭 곁에 있으라고 당부했다.

"그 서류가 다른 사람 손에 들어가지 않았으면 좋겠다." 페이가 모호하게 말했다.

페이가 새크라멘토에서 세상을 떠났을 때, 두 사람은 샌디에이고에 있었다. 동쪽에 살던 누군가에게 연락이 갔고, 그 서류들도 동쪽으로 갔다. 프랭크와 베티가 그 소식을 듣기도 전에 장례식이 끝났다.

하지만 두 사람의 자녀들은 그 주제에 대해 무언가를 알고 자랐다. 딱히 후디니를 좋아하지는 않았던 셋째 아들 게일런이 10월 31일 할로윈에 그를 기념하곤 한 것을 보면 뭔가 마음이 끌렸던 것은 분명했다. 그는 촛불을 켜고 작은 의식을 치렀다. 프랭크 주니어의 생일인 10월 30일의 다음 날이었다. 프랭크 주니어는 아마추어 마술사가 됐고 열다섯 살에 포틀랜드 마술사 협회의 회원이 되었다. 게리는 그것을 그리 대단한 일로 여기지 않았다.

트레일러에 앉아 7월과 8월의 더위를 견디는 베시의 귀에, 브렌다가 게리를 놀리는 소리가 들리는 것 같았다.

"이런, 사촌, 교도소에 갇혔네. 후디니한테 탈출하는 법을 배웠어야지!"

# 20장

## 조용한 나날들

1

제네바 스틸에서 근무하는 클리프 보너스는 어느 날 밤 퇴근 후 '실버 달러'에 들렀다. 얼마 후 니콜과 수 베이커가 문을 열고 들어왔고, 덕분에 클리프는 정말 기분 좋은 밤을 보냈다. 그는 니콜과 이야기를 나누기 시작했다.

니콜과 꽤 잘 맞을 것 같다는 생각이 들자, 클리프는 니콜에게 자기가 좀 씻고 싶은데 자기 집에 함께 가지 않겠느냐고 물었다. 무척 깔끔한 니콜의 모습과 비교했을 때 자기가 특별히 더 지저분하게 느껴졌기 때문이었다. 니콜은 딱히 비싸고 화려한 옷이 많거나 한 건 아니었지만, 늘 산뜻하고 멋지게 입고 다녔다. 그녀가 같이 가기 싫다고 하자, 그는 자신의 몸에 묻은 기름때가 더 많이 의식되었다. 그는 교도소까지 태워다 주겠다는 말로 그녀를 설득했다. 그녀는 게리에게 전달할 편지를 가지고 있었다.

클리프는 조금 신경이 쓰였다. 그는 뉴스에서 길모어에 대해 들은 적이 있지만, 그놈이 이 여자와 관련이 있다는 사실은 알지 못했다. 그러다 클리프는 혼자 생각했다. '아무려면 어때. 그놈은 아무것도 못 해. 갇혀 있는데, 뭐.' 그렇게 그들은 트럭을 타고 클리프의 집으로 갔고, 그는 샤워를 했다. 그러고는 구치소로 이동하여 철로 옆의 더럽고 낡은 석탄재 보도에 멈춰 섰다. 그녀는 문을 두드렸고 교도관에게 게리에게 전달할 편지 한 통을 건넸다. 그런 다음 그들은 한동안 차를 타고 산기슭을 돌아다니다가 주차했다.

클리프는 처음에 그녀가 그걸 즐기는 법을 정말 잘 안다고 생각했다. 짧게 빨리 해치우는 게 아니라 꽤나 자유롭고 개방적이었다. 그들은 한동안 거기 있었다. 그런 다음 그가 그녀를 '실버 달러'로 데려다주었고, 그녀의 주소를 알아냈다.

그 후, 클리프는 며칠 밤에 한 번씩 스프링빌에 있는 그녀의 집에 가서 하룻밤을 묵었다. 아내와의 이혼이 그의 결혼 생활을 완전히 끝낸 것은 아니었다. 뿌리의 일부는 잘렸지만 전부는 아니었다. 몇몇 여자들을 만나도 마음 한구석이 많이 찔렸다. 그와 니콜은 서로에게 너무 많은 것을 요구하지 않았기 때문에 더 좋은 관계를 유지할 수 있었다. 그는 만나고 싶은 사람은 누구든 만날 수 있었고, 니콜에게도 그녀의 친구들이 있었다. 사실 한두 번은, 그가 문을 두드렸을 때 니콜에게서 다른 누군가와 같이 있다는 말을 들어야 한 적도 있었다.

그는 항상 말했다. "나는 당신 일에 참견하지 않을 거야."

그녀의 일을 문제 삼은 적은 단 한 번도 없었다. 단, 그녀
의 집에서 사랑을 나누는 대신 그녀가 신경 쓰는 일에 대해
터놓고 이야기한 적은 있었다. 니콜은 누군가와 함께 있는 게
좋다고 했다. 누구든 그녀가 혼자 있기 싫어한다는 걸 알 수
있었다.

좋은 우정이었다. 니콜에게 담배가 떨어지면 그가 한 갑씩
사다 주곤 했다. 니콜이 생리를 하면 그가 가게에 가서 탐팩
스[108]를 사 가지고 왔다. 부자는 아니었지만, 그녀를 도우려고
애썼다. 게다가 그는 오토바이를 타는 남자에게 별다른 호기
심을 보이지 않았다. 클리프가 왔는데 니콜에게 먼저 온 누군
가가 있을 때마다, 항상 똑같은 오토바이가 주차장에 세워져
있었다.

2

클리프와 같은 경우다. 니콜은 수와 함께 외출했다가 톰을
만났다. 어느 날 밤, 니콜은 너무 우울해서 차 안에서 잠들었
고, 수가 그녀를 트럭 정류장으로 데려갔다. 사실상 끌고 들어
간 셈이었는데, 바로 옆 칸에서 톰이 식사를 하고 있었다. 주
유소에서 일하는 톰 다이너마이트였다. 그는 LSD에서 깨는
중이었고, 그들은 잠시 이야기를 나눴다. 서로 할 말이 많지는

---

108) 탐폰 브랜드 이름.

않았지만, 그가 오토바이로 그녀를 집에 데려다주었고 둘은 아주 좋은 친구가 되었다. 말을 많이 나누지는 않았지만 가까운 사이였다. 꽤 친밀했다.

어쩌다 클리프가 찾아왔을 때, 그녀는 어둠 속에서 앉아 있었다. 명상하는 중이라고 했다. 그녀 앞에 놓인 탁자 위에 편지가 있었다. 불을 끄기 전에 읽고 있었던 것 같았다. 게리는 하루에 두 통씩 장문의 편지를 쓴다고 그녀가 설명했다. 길고 노란 종이에 쓰인 편지가 다섯 장이나 열 장 정도는 되어 보였다.

그걸 다 읽었소? 클리프가 물었다.

글쎄, 거의 다 읽었죠. 그는 정말 길게도 썼다. 사실 따져 보면, 그녀가 모든 단어를 경전 읽듯 꼼꼼히 읽진 않았을 수도 있었다. 그저 눈에 띄는 몇 개를 대충 훑어봤겠지.

그러자 그녀가 고개를 저었다. 아뇨. 그녀가 말했다. 정말 다 읽었어요.

8월 4일

당신 사진 한 장 보내 주겠어? 정말 간절히 원해. 당신은 아름다운 색채로 이루어진 사람이니, 컬러 사진으로 부탁해. 당신을 다시 볼 수 있으면 좋겠어. 당신을 볼 땐 가끔 숨이 막혀. 예전에 당신을 볼 때도 그런 일이 몇 번 있었어. 시간과 공간에 대한 감각을 어느 정도 잃어버리고 말거든. 마치 다른 의식으로 전환되는 것처럼. 머릿속이 거의 텅 비어서 말로는 충분히 표현할 수 없는 사랑만을 의식하게 되는 거지. 당신의 눈을 들

여다보는 거, 난 그걸 적어도 천년 동안은 할 수 있어. 당신에게
선 악의나 위협이 보이지 않아. 아름다움과 강인함과 사랑만이
보이지. 거기에 허튼수작이 끼어들 자리는 없어. 당신은 그저
당신이고 당신은 진짜이며 당신은 두려워하지 않아, 그렇지?
난 당신이 두려워하는 걸 본 적이 없어. 정말 놀랍지. 두려움은
추악한 거야. 당신에게선 그런 걸 볼 수가 없어. 마치 당신은 인
생의 시험을 통과했고 그걸 아는 것 같아. 벼랑 끝까지 가서 아
래를 내려다본 것처럼 말이야. 당신은 소중해, 니콜. 나는 내가
여기에 쓴 것들이 진실임을 알고, 내가 당신을 그토록 절대적
으로 사랑하는 이유 중엔 바로 이런 것들도 있어. 당신 이마의
핏줄이 너무 좋아. 그리고 당신 오른쪽 젖가슴의 혈관도 사랑
해. 내가 그거 좋아하는지 몰랐지?

8월 7일, 토요일

배경으로 라디오 소리가 들리는데, 「오후의 즐거움」[109]이 흘
러나오고 있어. 우리도 오후의 즐거움을 몇 번 누렸지, 안 그
래? 언젠가 내가 당신을 오후에 오게 해서 우리 둘 다 땀에 흠
뻑 젖었잖아. 그땐 당신을 영원히 안아 줄 수도 있었는데.

당신을 잃었다고 생각했을 때 니콜, 그 월요일 밤, 그다음 날,
그리고 그 뒤로 이어지는 나날 동안, 나는 살가죽이 벗겨진 것
같은 기분이었어. 그런 고통은 처음이었어. 그리고 그 고통은

---

109) Afternoon Delight. 미국의 팝 밴드인 스타랜드 보컬 밴드의 1976년
히트곡.

계속 커졌지. 잊어버릴 수도 떨쳐 낼 수도 없었어. 내 모든 시간을 암울하게 만들었어. 한때 나는 내가 정말 힘든 일을 겪어 낸 사람이라고, 그러니 고통에 면역이 되어 있을 거라고 생각했어. 한번은 이 주 동안 팔다리를 쫙 편 상태로 눕혀져 쇠사슬에 묶인 적이 있었어. 사람들이 들어와 소리 내 웃으며 내 안부를 물었고, 나는 그들에게 침을 뱉었다가 주먹으로 얻어맞았지. 그리고 그들은 내게 고약한 약물인 프롤릭신을 주사해서 사 개월 동안 좀비로 만들었어. 나는 사실상 무력한 상태였지. 도움 없이는 일어설 수도 없었고, 부축을 받아 일어서고 나서는 왜 일어섰는지 도통 알 수가 없어 다시 주저앉곤 했어. 가장 최악으로 몰렸을 땐, 삼 주나 잠을 못 잤지. 그냥 침대 구석에 앉아만 있었어. 미친 게 아닐까 싶을 정도로 정신이 혼미했어. 다시 예전과 같아질 수 있을까, 다시 그림을 그리고 채색할 수 있을까 하는 생각이 들었어. 몸무게가 23킬로그램 정도가 빠졌어. 음식을 입에 넣는 것 자체가 고역이었어. 일어나서 소변을 보는 데만도 십오 분에서 이십 분을 잡아먹는 엄청난 노력이 필요해 종국엔 소변보기가 두려울 정도였어. 바지 단추조차 제대로 채울 수가 없었어. 얼마 후엔 앞이 거의 보이지 않더군. 속눈썹에 하얗고 두텁게 말라붙은 분비물이 눈에 가득 차 있는데 손을 뻗어 닦아 낼 수도 없으니 앞이 보여야 말이지. 사흘에 한 번 정도씩 나를 감방 밖으로 데리고 나가 샤워와 면도를 시켰는데, 그건 너무 품이 많이 드는 일이라 정말 싫었어! 그들은 내게 전기면도기를 건네주고 거울 앞에 서게 했어. 난 가만히 서 있었지. 도저히 면도기를 얼굴에 들이댈 수가 없었어. 때때로

그들은 내게 못된 말을 내뱉기도 했어,

"너도 그 터프가이 중 하나라며, 응? 그런데 바지 단추도 못 잠그는군……." 그런 엿 같은 소리들 말이야. 나는 그냥 그들을 쳐다보며 받아들여야 했어. 가끔 대거리도 했지. "꺼져, 이 돼지 새끼야." 그러면 그들은 꽤 열받아했지만 내겐 별 위로가 되지 않았어……. 난 그들에게 한 번도 애원하지 않았고, 울지도 않았어. 심지어 혼자 있을 때, 완벽히 혼자 있을 때도 말이야. 언젠가는 결국 지나갈 거라는 걸 알았고, 실제로 그랬지. 떨쳐 낼 수 있었어.

그것은 나쁜 경험이었고, 그것 말고도 오랫동안 불쾌한 경험을 했어. 난 언제나 그런 경험을 떨쳐 냈고, 그렇게 할 수 있는 내가 강하다고 느꼈지.

하지만 당신을 잃었다고 생각했을 때와 같은 고통은 느껴 본 적이 없어. 도저히 떨쳐 낼 수가 없었어. 그저 당신이 돌아오기만을 바랐고, 그게 내가 아는 전부였어. 당신 집에서 몇 밤을 묵었는데 너무 외로웠어, 니콜. 우울했어. 방을 돌아다니면서 당신이 어디 있는지 궁금해했어. 목요일에 당신이 직장으로 전화해서 이사한다고 말했을 때는 가슴이 무너지는 것 같았어. 정말이야. 그냥 마음이 아픈 게 아니라 실제로 몸이 아팠어. 몸으로 체감되는 그런 고통이었어. 그리고 기분이 좋지 않았어. 금요일에 당신을 찾아다녔지만 어디를 찾아야 할지 몰랐어. 당신 엄마는 말해 주려 하지 않았지.

나는 너무 외롭고 우울했어. 마음이 뻥 뚫린 것 같았어. 그리고 그 공허함은 조금도 줄어들지 않았어. 내가 가져 봤거나 알았던 것 중 유일하게 가치 있는 것을 잃어버린 거야. 내 삶은 의미를 잃었고, 아주 오랫동안 변함없이 날 따라다닌 그림자와 유령들을 제외하고는 텅 비고 공허한 심연이 되었지.

다시는 그런 고통을 느끼고 싶지 않아. 난 당신에게 완전히 빠져 있어, 니콜. 당신이 너무 그리워, 자기. 당신의 편지 두 통을 읽으며 당신의 예쁜 얼굴을 떠올리면 어둠이 다시 물러가고 내가 사랑받고 있음을 알 수 있어. 그리고 그건 아름다운 일이야. 아픔이 멈추지. 우리가 함께한 시간은 겨우 두 달이지만 내 인생에서 가장 충만한 두 달이었어. 그 무엇과도 바꾸지 않을 거야. 그저 두 달에 불과하지만 나는 당신을, 우리는 서로를 훨씬 더 오랫동안 — 1000년, 2000년 — 알아 왔다고 믿어. 우리가 전에 서로에게 어떤 존재였는지는 모르겠고, 언젠가 궁극적으로 밝혀지면 나도 그리고 당신도 알게 되겠지만, 우리는 항상 연인이었던 것 같아. 스털링의 집에서 당신을 처음 본 5월 13일 목요일 밤, 나는 그걸 알았어. 그냥 알 수 있는 것들이 있는 법이거든. 그리고 우리의 관계는 아주 빠르게 깊어졌지. 그것은 재인식이고 재개이고 재회였어. 나와 니콜 당신. 아주 오래전부터. 난 항상 당신을 사랑했어, 천사. 우리 이제 다시는 서로에게 상처 주지 말자.


3


클리프 보너스는 항상 자기 기분을 니콜의 기분에 맞춰 주어서 좋았다. 두 사람은 말 한마디 없이 똑같은 슬픈 생각 속을 유영할 수 있었다. 톰은 정반대의 이유로 좋았다. 톰은 항상 행복하거나 슬픔에 차 있었고, 그 감정이 너무도 강렬해서 그녀가 자기만의 감정 속에 침잠하지 못하게 만들었다. 그는 다이너마이트[110]가 아니라 기름내 가득한 곰 같았다. 항상 햄버거와 감자튀김 냄새를 풍겼다. 그와 클리프는 아름다웠다. 그녀는 그들을 좋아하면서도 사랑하는 일에 대해서는 조금도 고민하지 않았다. 사실 그녀는 그들과의 관계를 초콜릿 바처럼 즐겼다. 그들과 사랑을 나눌 때 게리를 생각한 적은 거의 없었다.

게리와 함께했던 섹스는 분명 달랐다. 그에게 좋은 일이 생기면, 마치 그녀가 둥지를 짓는 멍청한 새라도 된 듯, 그것이 그녀의 가슴으로 다가와 집을 지었다. 그래서 그녀는 게리를 만나러 갈 때, 톰이나 클리프 혹은 배럿 혹은 우연히 알게 된 사람들을 생각하지 않았다. 하나의 인생은 지구에서, 또 다른 인생은 화성에서 사는 것 같았다.

그 지긋지긋한 우울증만 아니었다면 최악의 삶은 아니었을 것이다. 때때로 자신이 게리에게 한 짓과 그가 저지른 짓이 현실로 다가오곤 했다. 사형에 대해 생각할 때마다 모든 것이 비현실적으로 느껴졌다.

그녀의 생각 속에 죽음이 자리 잡았다. 마치 커다란 안락의자 같은 죽음 안에 앉아 있는 기분이었다. 그녀는 편히 기대

---

110) 톰의 이름이기도 하다.

어 앉을 수 있었다. 그 의자가 거꾸로, 하지만 천천히 뒤집히기 시작했고, 결국 멀미가 났다. 구불구불한 놀이기구를 탔을 때 신나는 건지 토할 것 같은지 구분이 안 되는 그런 느낌이었다. 생각이 멈춘 후에도 여전히 빙글빙글 도는 느낌이었다.

물론 햇빛과 신선한 공기가 그립긴 해! 햇볕에 탔던 피부가 벌써 색을 잃어 가고 있어. 오래지 않아 나는 유령보다 더 창백해질 거야. 사실, 머지않아, 유령이 될지도 모르지.

4

몇 주 후, 게리는 구치소와 정신 병원을 오가기 시작했다. 3.2킬로미터 정도 되는 거리였다. 게리는 마을의 서쪽 끝에서 센터가를 따라 철물점과 옷 가게와 아이스크림 가게를 지나 동쪽 끝으로 이송되었고, 산에 가까워지면 니콜이 알몸으로 풀밭을 뛰어다녔던 산기슭에서 길이 끝났다. 이제 그는 옛날 그녀가 입원했던 정신 병원인 유타 주립 병원에 수감되었다. 물론 병동은 달랐다.

그곳엔 한 가지 나은 점이 있었다. 접촉 면회가 가능했다. 그는 작은 방으로 끌려가고 그녀는 반대편에 서서 밍크나 너구리도 뚫고 나가지 못할 만큼 질기고 두꺼운 그물망을 통해 그를 보려고 애쓰던 구치소에서의 면회 방식과는 달랐다. 구치소에서는 인색할 정도로 작은 구멍을 통해 서로의 손가락

끝도 제대로 대 보지 못했다. 그들이 대화를 나누는 동안에도 구치소의 모든 소음이 뒤에서 계속되었다. 그녀는 더럽고 낡은 구치소 입구에 서서, 라디오나 티브이가 시끄럽게 떠드는 위로 교도관, 직무수, 배달원 등등이 서로에게 고함을 지르는 가운데, 게리의 목소리를 듣기 위해 안간힘을 썼다. 보통 한 명 이상의 죄수가 주 수용소에서 소리를 질러대고 있었다. 마치 귀에 들리는 모든 것과 싸우는 느낌이었다.

병원은 달랐다. 그들은 작은 방에 함께 있었다. 그녀는 그의 무릎에 앉았고, 그는 그녀를 꽉 끌어안았다. 그리고 두 사람은 오 분 동안이나 입을 맞추었는데, 그것은 육체의 욕망을 넘어서서, 마치 영혼이 여행을 떠나는 듯한 키스였다. 단순히 몸의 작용이 아니라 두 사람의 마음이 맞닿는 경험이었다. 성이 아니라 사랑이었다. 날개 위에 서 있는 듯한 순간이었다.

그러다 그들은 다시 지상으로 내려왔다. 그들은 시멘트 벽 돌 벽이 노랗게 칠해진 휑뎅그렁한 방에 있었고, 재소자 네 명이 그들을 안 보는 척 쳐다보고 있었다. 저게 그 '치안대'[111]라고 게리가 설명했다. 그는 그들 귀에도 들릴 만큼 분명하고 또렷한 목소리로, 대단히 경멸하는 어조로, 자기가 서로를 열심히 감시하는 양의 무리 속에 들어가 있다고 불평했다. '무리 본능'이라고 그는 말했다. "치안대는 둘이 함께 있지 않으면 말

---

111) 원어인 Posse는 교도소나 정신 병원에서 특정 맥락에서 사용되는 은어다. 기본적으로 무리, 패거리를 가리키는데, 여기서는 문맥상 정신 병원에서 같은 재소자 신분이지만 다른 재소자들을 감시하고 질서를 유지하는 무리들이라는 의미로 '치안대'라고 번역하기로 한다.

한마디 건네지 못해. 한 사람은 다른 사람이 방금 한 말을 밀고해야 하거든.”

그 치안대에 속한 네 녀석들이 받아들이는 방식은 다 달랐다. 한 녀석은 재수 없게 히죽 웃었고, 다른 녀석은 게리에게 한 대 먹일 기회를 노리는 것 같은 표정이었고, 세 번째 녀석은 우울한 표정이었고, 네 번째 녀석은 니콜에게 이 병원의 환자 프로그램이 어떻게 운영되는지 설명해 주고 싶은 듯 열의를 보였다.

니콜은 조금씩 알게 되었다. 말도 안 되는 시스템이었다. 그녀가 여기 있을 때와는 달랐다. 그들은 그것을 ‘프로그램’이라고 불렀다. 꽤 많은 녀석들이 징역형을 앞두고 있었는데, 진짜 심각한 정신 이상자들, 마약 중독자들과 뒤섞여 있었다. 막 교도소나 소년원에서 나온 녀석들이 진짜 미치광이들과 함께 모여, 헌법을 작성하고 선거를 치러서 환자가 운영하는 정부를 만들었다.

바로 그 노란 방에서, 게리는 의사들이 환자의 모든 것을 통제하는 병원 시스템에 대해 설명했고, 어째서 환자들 스스로 그들만의 대통령을 선출할 수 있는지도 밝혔다. 정말이지 말이 안 되는 헛소리 중의 헛소리였다. 게리가 이야기를 들려주며 그녀의 젖가슴을 손으로 건드릴 때마다 그 치안대의 네 남자가 감시했고, 그런 게 바로 환자들이 통제하는 시스템이었다. 헛소리가 아닐 수 없었다.

게리는 항상 그녀에게 교도소 이야기를 들려주었는데, 이제는 진짜 속사정을 말하기 시작했다. 교도소의 작동 방식에 대한 이야기였다. 그것은 전쟁이었고, 애초에 전쟁이 될 수밖에 없었다. 죄수가 다른 죄수에게 심한 상해를 입힐 수도 있고, 심지어 죽일 수도 있지만, 그들은 같은 편이었다. 그들은 교도관들과 맞섰다. 그런 전쟁에서 가장 나쁜 건 밀고자였다.

교도관들과 교도소장은 정보 시스템을 구축하기 위해서 할 수 있는 모든 일을 했다. 그래서 그들은 밀고자에 의존하여 정보를 수집했다. 게리가 말하기를, 어떤 밀고자는 심지어 특정 죄수의 물건을 빨아 주고는 교도소장에게 쪼르르 달려가 그 죄수가 한 발언을 일러바치기도 했다. 그래서 죄수들은 그런 재소자들을 쓸어 내기 위해 할 수 있는 일은 뭐든 했다. 죄수들이 상황 파악을 잘하는 분위기 좋은 교도소에는 밀고자가 별로 없었다. 교도소는 결국 죄수들이 거주하고 그들이 실질적인 통제권을 갖고 있는 도시였다. 교도관들은 하루에 여덟 시간만 근무하면 그만이었다. 그것이 교도소가 작동하는 방식이었다.

여기는 모든 게 뒤집혀 있었다. 교도관은 없고, 몇 명의 보조 직원만 있었다. 추정컨대, 재소자들이 권력을 가진 것으로 보였다. 하지만 '치안대'로 선출된 재소자들은 새로운 교도관들로 변했다. 그들은 의사들을 위해 일했다. "그들은 극심한 세뇌에 시달리고 있어." 치안대를 가리키며 게리가 말했다. 그녀는 그가 면전에서 그들을 대놓고 꾸짖는 방식이 너무 웃겨서 웃음을 참을 수가 없었다. "저만 살려는 고자질꾼들"이라고 그가 말했다. "그들에겐 생기가 전혀 없어. 아무도 서로를 보지 않고, 그냥 의제 회의만 하지."

그는 그녀를 자기 무릎에 앉힌 채로, 그녀를 만지며 이런 말을 했고, 그 네 녀석은 그가 하는 말에 격분하고 상처를 받으면서도 보고만 있었다. 그러다가 그와 그녀는 서로를 안고 속삭이면서 다른 이야기를 했다. 그는 서니와 피버디가 어떻게 지내는지 물었고, 그들에게 소리 지르고 못마땅한 듯이 대했던 것을 후회했다. 사실 그 애들은 비범한 아이들이라고 말하기도 했다. 치안대를 바로 앞에 두고 두 사람은 이야기를 나눴다.

그러다 그는 다시 화를 냈다. 이 병원이 일하는 방식이 학생회보다 더 나쁘다는 것이었다. 사람들은 항상 모임에서 모든 이야기를 꺼내 놓았다. 모든 것을 위해 위원회가 있었다. 복도를 청소하는 위원회가 있었고, 복도를 개판으로 청소한 위원회의 빗자루에서 빨대를 줍는 위원회도 있었다. 각 위원회는 다른 위원회가 제대로 일하지 않은 것에 대해 고자질하느라 분주했다. '호모 새끼'[112]가 진짜 교도소에 들어가도 배짱만 있으면 죄수로 출소하지만, 이 병원에서는 남자들이 죄수 신분으로 들어왔다가 '호모 새끼'가 되어 나간다고 게리는 단언했다. "이곳은 형편없어. 이런 건 처음 봐." 치안대가 귀를 기울였다.

몇 번의 방문 후, 게리는 그들을 곯리는 걸 그만두었다. 그런 얘기로 낭비하기엔 시간이 너무 아깝다는 것이었다. 두 사람은 서로의 손을 마주 잡고 말없이 앉아 있었다. 예전에 자

---

112) 1권 각주 31번 참조.

주 가던 장소들을 떠올리며, 서로가 주고받는 숨 안에서 살았다. 슬픔이 한 사람에게서 다른 사람에게로 옮곤 했다. 홍수 같은 눈물을 쏟아 내며 우는 게 아니었다. 그녀가 톰 다이너마이트의 벌거벗은 어깨에 기대어 자신이 게리에게 한 짓을 생각하며 울거나, 고등학교 시절 결혼했던 연인의 방해로 이제는 자기 아들과 말도 못 나누게 된 클리프와 함께 울던 방식이 아니었다. 슬픔이 그녀의 가슴에서 빠져나가 그의 가슴 속으로 옮겨 갔다가, 그의 슬픔이 호흡에 실려 다시 그녀에게 돌아오는 식이었다. 그들은 마치 벼랑 끝 바위 위에 서 있는 것 같았고 슬픔은 낭떠러지 아래 모든 공기처럼 가벼웠다.

그러다 그들은 다시 사랑을 느꼈고, 그가 그녀의 몸을 더듬었으며, 종국에 그녀는 옷 한두 벌 벗는 것쯤은 신경도 쓰지 않게 되었다. 치안대가 수집할 새로운 정보였다! 그러다 면회 시간이 끝나고, 게리 때문에 정말 흥분해 버린 그녀는 거리로 나갈 준비를 했고 차를 얻어 탈 수 있는 곳까지 먼 길을 걷곤 했다.

때때로 그 병동의 우두머리로 보이는 의사, 우즈 박사라는 남자가 그녀를 진료실로 불러들이기도 했다. 그는 게리의 행위에 대해, 스스로를 탓하는 그녀의 감정에 대해 이야기했다. 니콜은 자기가 게리에게 한 말을 치안대가 보고했는지 궁금했다. 어쨌든 우즈는 니콜에게 그런 생각을 머릿속에 담아 둘 필요가 없다고 말했다. 게리는 복잡한 인물이었고, 이를테면 자신이 니콜을 좋아하니까 누군가를 죽일 거라는 식으로 생각하는 유형이 아니라고 했다.

니콜은 귀 기울여 들었다. 우즈 박사에겐 게리가 미쳤다고 말할 권한이 있었고, 그러면 그들이 그에게 사형을 선고하지 않을 수도 있었다. 사실, 게리가 정신 병원에 수감된다면 탈출이 가능할지도 몰랐다. 그래서 그녀는 그 의사를 모욕하지 않기로 마음먹었다. 그렇다 해도, 그는 정신과 의사치고는 무척 기이한 부류였다. 키가 크고 체격이 아주 좋았으며, 「다운 힐 레이서」[113]의 로버트 레드포드 같았는데, 어쩌면 그보다 더 잘생기고 심지어 키도 더 클지 몰랐다. 그는 니콜이 본 남자 중 가장 잘생긴 축이었다. 그러나 그녀는 그의 태도에 좀 유약한 면이 있다고 생각했고, 확실히 어느 한쪽 편만을 강하게 들지는 않을 것 같다는 느낌이 들었다. 그 치안대 무리 옆에서 게리와 함께한 뒤로 지독하게 욕정이 오른 상태에서 잘생긴 우즈 박사와 대화한다는 게 정말 기묘하게 느껴졌다.

그녀는 존 우즈의 사무실을 나와 차를 얻어 탔다. 그러자 게리와 그녀 자신의 외부에 존재하던 세상이 천천히 그녀에게 돌아왔다. 현실과 동떨어져 우주를 부유하는 기분이 덜해지면서 아이들 저녁밥을 생각하기 시작했고, 그녀의 차가 제대로 작동하지 않는데도 배럿이 아직까지 차를 고쳐 놓지 않은 것에 짜증이 났다. 눈앞의 문제들이 다시 살아나기 시작했다. 그러니 집에 도착해서, 방금 떠나온 바로 그 정신 병원을 묘사한 게리의 편지를 발견하면 얼마나 기분이 이상했겠는가. 마치 문 두드리는 소리에 대답하기 위해 꿈에서 깼는데 그 문

---

113) 1969년에 개봉된 미국 영화.

을 두드리는 사람이 방금 꿈에서 키스를 나눈 사람인 것 같
은 상황이었다.


5


8월 10일

치안대 놈 하나가 내가 연필을 쥐고 있다는 이유로 날 감독
하고 있어. 그놈들이 그걸 반으로 부러뜨리고 지우개를 잡아 뜯
었어. 무엇 때문에 지랄이냐고 물었더니 내가 그걸로 누굴 찌를
까 봐 그랬다네. 믿을 수가 없더군!

니콜, 난 대체 어떤 빌어먹을 여정을 걷고 있는 걸까?

미친놈 셋이 내 방문 밖에서 언쟁을 하고 있어. 그놈들 중 하
나가 한 시간 전에 내 소변기를 버리고 차트에 기록하는 걸 깜
빡했기 때문이지. 첫 번째 얼간이가 소변기를 비운 시간을 문
밖에 걸려 있는 일지에 제대로 기록하지 않았다며 중과실과 직
무 태만이라고 두 번째 얼간이를 비난하고 있어. 세 번째 얼간
이는 발을 동동 구르며 어떻게든 말 한마디라도 참견하려 애쓰
고 있어. 두 번째 얼간이는 상당히 흥분하여 이 국가적 재난을
해결해 달라고 나한테 호소 중이야. 무슨 말을 해야 할지 모르
겠지만, 이 불쌍한 얼뜨기가 티브이 시청권 같은 걸 잃어버리는
게 보기 싫어. 일전에 내가 편지를 쓰는 동안 밖에서 참을성 있
게 앉아 있던 바로 그 친구거든. 그래서 내가 그들에게 말했지.
"이봐, 괜찮아. 아무 문제도 없어. 이 친구는 아주 잘하고 있어.

한 방울도 흘리지 않고 소변기를 아주 깨끗하게 다시 가져왔다니까!" 이제 그들은 무슨 말을 해야 할지 모르는 것처럼 보였지만 논란은 다 해결된 것 같아. 필요한 내용을 일지에 기록하기 위해 그들이 펜을 가져왔어.

오, 니콜, 난 너무 외로워. 우리가 함께했던 삶이 그리워. 당신과 같은 침대에 누워 당신의 예쁜 얼굴을 내 손안에 담고 당신의 매력적이고 염려가 담긴 눈을 들여다보던 때가 그리워. 밤에 집에 있는 당신에게로 돌아가서 말이야. 밖에서 일할 땐 얼마나 시간이 천천히 지나가던지!

정말이지, 니콜! 당신은 세상에서 가장 중요한 사람이야.

언젠가 우리가 몸을 섞으면서 서로의 몸을 마구 부딪히다시피 했던 게 기억나. 세게, 거칠게 말이야. 당신을 얼마나 그렇게 안고 싶은지.

8월 14일

내 병실 맞은편에 식수대가 있는데, 이 친구들 물 마시는 방식이 정말 웃겨. 한 번에 이삼 분 동안 물을 빨아들이는 녀석도 있어! 어젠 그것 때문에 싸움이 날 뻔했지 뭐야. 인내심이 다한 다른 녀석이 그를 밀치면서 말했어. "그렇게 오랫동안 마실 필욘 없잖아." 또 다른 녀석은 정말로 후루룩 소리를 내면서 마시는데, 그런 소리는 정말이지 처음 들어 봐. 마치 배수펌프 같은 소리가 나더라니까. 정말로 특이한 소음이었어.

인생 참 거지 같아.

일인 밴드 하나가 복도를 왔다 갔다 행진하며 이상한 입방귀 소리를 내고 있어. 듣기 거슬려.

8월 17일

하, 정말 바보가 된 기분으로 여기 앉아 있어. 지금은 아침 7시 30분경이야. 난 어제 좋은 기회를 놓쳤어, 그렇지? 그걸 이제야 명백히 깨달았다는 게 믿어져? 당신의 감미로운 작은 보지를 만질 수 있는 절호의 기회를 놓치다니. 당신이 "다신 기회가 없을 거야."라는 식의 말을 했던 것 같은데, 가끔 그랬던 것처럼 당신 말을 제대로 듣지 않았어. 그런데 오늘 아침에야 그 말이 제대로 이해가 됐지 뭐야. 저 망할 놈의 치안대가 순간적으로 고개를 획 돌렸는데 난 그냥 거기 멍청하게 앉아만 있었단 말이지. 맙소사, 자기야, 내가 잠깐 딴생각을 했나 봐…… 정말이지 당장 내 엉덩이를 걷어차고 싶은 기분이야. 난 너무 멍청해.

8월 18일

식수대에서 세수하는 남자가 있어. 아무도 못 봤으면 좋겠군. 분명히 위반 행위일 테니까. 여성 병동의 여자 두 명이 여기 사무실로 와서 '뚫어뺑'을 요청했어. 한 녀석이 그들에게 말하더군. "나한테 '뚫어뺑'이 있으니까 입술을 동그랗게 오므려 봐." 꽤 귀엽더군.

8월 19일

요 며칠은 내가 겪어 본 중 가장 조용한 날들이야.

8월 20일

왜 이렇게 호모 새끼들이 많은지. 장담컨대, 난 저런 치안대 호모 새끼들 중 누구라도 한 놈을 데려가 뒤를 따먹은 뒤 내 물건을 깨끗이 핥게 만들 수 있어.

오늘 정신과 의사 두어 명과 면담했어. 나더러 소름 끼치도록 상세하게 풀어놓으라더군…….

# 21장

# 은빛 검

1

8월 초의 그 사고 후, 니콜의 차는 엉망이 되었다. 처음에는 기어가 하나밖에 들어가지 않았는데, 뭔가가 다시 제자리에 맞물리더니, 이제 전진 기어 세 개는 모두 작동하지만, 후진 기어가 작동하지 않았다. 가끔은 기어가 전혀 바뀌지 않을 때도 있었다. 클러치도 정상이 아니었다.

사고 당시 그녀는 배럿과 더 이상 관계를 갖지 않는 상태였다. 배럿은 아무 말 없이 와이오밍으로 이사했고, 자기가 스프링빌에 보유하고 있는 방으로 일주일에 한 번 정도 돌아왔다. 가끔씩 그녀에게 들러서 도움이 필요한지 묻기도 했다. 수중에 돈이 있어도 드러내지 않던 그가 어느 날 차를 고쳐 주겠다고 했다. 그녀가 여전히 그와 잠자리를 하려 하지 않는 것을 고려하면, 이보다 더 친절할 수는 없었다. 그래서 그날 밤, 그

너는 결국 그에게 조금 허락했다.

다음 날 그녀가 게리를 방문하고 돌아왔을 때, 차가 사라지고 없었다. 배럿이 견인해 간 것이었다. 그가 거주하는 아파트는 스프링빌에 있는 그녀의 집에서 그리 멀지 않았다. 그녀가 걸어서 갔더니, 그가 친구들과 함께 뒷마당에서 차를 수리하고 있었다. 그녀는 받침돌 위에 차를 올리는 것을 도와주면서 꽤 즐거운 시간을 보냈다. 그러다 더 이상 일이 진전되지 않았다. 벨 하우징[114]인지 뭔지가 장시간 운전으로 너무 뜨거워져서 눌어붙은 것이었다. 배럿이 변속기를 떼어 내 바닥에 앉아 살펴보더니 새 클러치판이 필요하다고 했다. 하지만 그녀에겐 그걸 마련할 돈이 없었다. 해결할 수 있는 문제였지만, 그녀는 그 방법에 대해서는 생각하고 싶지 않았다.

니콜은 그 지역 식품점 매니저인 앨버트 존슨을 찾아갔다. 그는 니콜보다 나이가 두 배 정도 많고, 보기 좋은 외모의 가정적인 남자였다. 그녀는 몇 년 전에 그의 가게에서 물건을 사면서 다른 한 편으로는 물건을 훔치곤 했다.

어느 날 가게 사람들이 입구 쪽에서 그녀를 멈춰 세웠다. 그녀는 가방에 마가린 500그램과 이유식 몇 병을 숨기고 있다가 적발되었다. 사람들이 그녀를 사무실로 데려갔을 때, 그녀는 아이들이 배를 곯아서 훔쳤다고 변명했지만, 그는 어찌 됐든 경찰에 신고할 것 같은 분위기였다. 그녀는 앉아서 땀을 뻘뻘 흘리며 겁에 질려 울기 시작했다. 일 년 전에도 다른 가

---

114) 자동차 변속기의 특정 부품을 덮는 덮개.

게에서 그런 일로 걸린 적이 있었다. 이번에는 확실히 교도소에 가겠구나 싶었다.

하지만 십오 분 동안 그녀의 이야기를 듣고 난 존슨은 그녀가 온갖 나쁜 일을 겪은 착한 여자이며, 좀 더 나은 인생을 살 기회가 지금껏 한 번도 없었던 것 같다고 말해 주었다. 그는 그녀를 그냥 보내 줄 생각이었다. 두 사람은 친해졌고, 존슨은 자신의 가게가 길고 좁고 통로가 짧아 도둑들의 천국처럼 보이지만, 그러다 보니 손실이 너무 커져서 다락에다 아래를 내려다볼 수 있는 한 방향 거울 유리를 설치해 두었다고 설명했다. 그러니 그녀의 친구들에게도 주의하라는 말을 전하라고 일렀다.

그는 꽤 많은 말을 했다. 그의 생각은 이러했다. 보아하니 식품 교환권을 받아 생활하는 것 같은데, 난 원래 그런 사람들을 그다지 좋아하지 않아. 식품 교환권을 받아 사는 사람들은 낭비벽이 있어서 할인하는 물건은 사지 않지. 직접 돈을 벌어야 하는 남자는 할인 중인 스테이크를 찾는데, 너 같은 젊은 애들은 그냥 2.79달러짜리 고기를 집어 든단 말이야. 그리고 즉석식품과 감자튀김, 탄산음료 같은 것을 너무 많이 먹어. 그러다 한 주라도 복지 수당이 제때 안 들어오면 화를 내며 정부를 욕하곤 해, 운운. 하지만 그는 그녀가 마음에 든다고 했고, 자기에겐 그녀 또래의 딸이 있어서 그녀의 문제를 이해할 수 있다고 굳이 설명했다. 그리고 필요한 것이 있으면 자기에게 말하라고 당부했다.

다음에 가게에 오면 그녀와 거래를 하고 싶다고 말했다. 친절한 말투로 그녀가 얼마나 예쁜지 말해 주었고, 그녀가 정말 마음에 든다고 말했다. 그녀가 농담으로 받아쳤다. "이번 주에는 거래할 물건이 없어요."라고. 그런 일이 있은 지 얼마 후, 그녀는 프로보를 벗어나 스패니시 포크로 이사했고, 그곳으로 물건을 사러 갈 일은 거의 없었다.

그로부터 일 년쯤 지난 지금, 그녀는 다시 앨버트 존슨을 만나고 있었다. 그는 그녀가 아는 점장 중 유일하게 식품 교환권을 현금으로 지급해 주는 사람이었기 때문이다. 그의 동의를 얻기 위해, 그녀는 그에게 게리와 자신의 새로운 곤경에 대해 이야기해야 했다. 그래도 그는 80달러 가치의 교환권을 받고 그만한 금액을 내어줄 만큼의 동정심을 보였다. 하지만 이번에는 아무것도 없어서, 그에게 그냥 50달러가 필요하다고 말했다. 그는 아무 조건 없이 돈을 내주었다. 그녀는 빚을 갚지 않은 채로 있는 건 싫다고 말하는 자신의 목소리를 들었다.

그 후, 존슨은 정말로 자신이 그녀에게 이런 짓을 하지 않았더라면 좋았을 거라고 말했다. 그녀에게 이런 일을 직업적으로 하지는 말라고 간청했다. 넌 그런 사람이 아니라고 강조했다. 그는 가정이 있는 남자였고, 정말로 죄책감을 느꼈다.

그녀는 걱정하지 말라며 그를 안심시켰다. 지금은 차가 없고 자동차가 절실히 필요하기 때문이라고 설명했다. 변속기가 고장 났다거나 히치하이킹을 해서 게리를 만나러 간다는 얘기는 자기가 들어도 거짓말 같았기 때문이다

앨버트 존슨이 그녀를 나쁘게 대하지는 않았지만, 그것은 추잡한 경험이었다. 게리에게 자신의 인생에 대해 말하면서

도, 그녀는 그 점장과의 일은 절대 털어놓을 수 없었다.

어쨌든 그녀에겐 현금 50달러가 생겼고, 그것을 배럿에게 주었다. 그가 자기 차에 올라타 클러치판을 사러 떠났다. 그녀는 집으로 갔다. 그다음에 그녀가 알게 된 건 배럿이 와이오밍으로 급히 떠났다는 사실이었다. 그는 일주일쯤 지나 돌아왔다. 그녀가 자신의 차를 보러 갔을 때, 빌어먹게도 그는 여전히 해 놓은 게 아무것도 없었다. 머스탱은 속이 훤히 드러난 채로 방치되어 있었다. 바닥 위에 널브러진 부품들은 녹이 슬기 시작했고, 받침돌 위에 얹힌 차체는 시체처럼 보였다. 그녀는 배럿이 얼마나 화가 났는지 느낄 수 있었다. 그래서 그녀는 자기가 거기 갔었다는 말만 남겼을 뿐이다. 아니나 다를까, 새벽 3시에 그가 술에 정신없이 취한 채로 그녀의 아파트에 나타났다.

2

그날은 니콜이 배럿의 감상적인 면을 자극하던 그런 날 중 하루였다. 그는 그녀를 처음 부모님 집으로 데려갔을 때를 계속 떠올렸다. 어머니가 그들이 결혼할 때까지는 밖에 세워 둔 폴크스바겐에서 자야 한다고 말했을 때, 니콜은 이렇게 대답했다. "어디에서 자든 상관없어요. 우린 행복할 테니까."

그는 그녀의 그 말을 머릿속에서 지워 낼 수가 없었다. 니콜에게서 자유로워졌다고 확신할 때마다, 더 이상 사랑이 남아 있지 않다고 생각할 때마다 그 말이 떠올랐고, 그때마다 그는 도로 상처 입은 남자가 되었다.

그는 지난주 와이오밍에서 약을 너무 많이 해서 누구와 어떤 약을 했는지도 기억나지 않았고, 심지어 니콜이 게리를 다시 만난다는 말을 누가 처음 꺼냈는지도 떠오르지 않았다. 아무튼 그 뒤로 모두가 와르르 달려들어 그에게 말했고, 알고 보니 배럿을 제외한 모두가 그 사실을 알고 있었다. 그는 자기연민에 빠졌다. 니콜을 구제하려다가 고생도 했고, 깊이 연루되었다면 목숨이 위험할 수도 있었는데, 그녀가 그걸 잠자리로 보답했던 일을 떠올리지 않을 수 없었다. 사랑이 없는 그냥 잠자리일 뿐이었다. 가장 가까운 사람을 배신함으로써 자신이 망가지는 불행한 상황이었다.

자기 연민으로 가득 찬 그는 그래도 아직은 괜찮다고 판단했다. 적어도, 자기 연민은 좋은 기억을 되살릴 수 있었다. 처음 니콜을 빼앗은 후 햄프턴에게 발각되어 일방적으로 얻어맞았지만, 오랜 시간이 지난 후에도 그 일이 여전히 좋은 기억으로 남아 있는 것처럼.

그는 마약을 파는 친구 집에 가서 코카인과 암페타민을 조금 흡입한 뒤 마리화나 두어 대를 피우고 완전히 취해 버렸다. 그는 고등학교에 다니는 니콜을 데리러 리하이에서 플레전트 그로브까지 테크니컬러 길을 따라 운전했다. 당시 니콜은 부모님과 함께 지내고 있었다.

그런데 니콜이 학교 문을 나서는 순간, 햄프턴이 58년형 드소토를 타고 달려와 차에서 뛰쳐나왔다. 배럿도 자신이 니콜을 잘 안다고 생각하며 거리로 나섰다. 내가 여기 앉아서 문을 잠그고 있으면 니콜은 나더러 겁쟁이라고 비웃겠지. 그래서 배럿은 햄프턴이 자신에게 주먹을 휘두르지 않고 그저 욕이나 거하게 퍼붓기를 바라며 다가갔지만, 햄프턴은 그보다 머리통 세 개는 더 커 보이는 몸짓으로 곧장 다가왔고, 그가 웃으며 "안녕?"이라고 인사하자 그를 때려눕혔다.

마리화나 두 대를 피운 배럿은 꽤나 느즈러진 상태였다. 눈앞이 캄캄해지면서 앞이 보이지 않았다. 이윽고 그는 진정이되었고 몸을 일으키려 안간힘을 쓰다 가까스로 일어났다. 그시점에 니콜이 합류해 햄프턴을 개자식이라고 욕했다. 누가봐도 배럿은 스스로를 방어할 수 없는 상태였다. 사람들이 햄프턴을 떼어 놓자, 니콜과 배럿은 차를 타고 강가로 향했다. 두 사람은 물가에 앉았고, 그는 니콜에게 전면 유리가 노랗게변해서 녹아내리고 있다고 말했다. 온갖 헛소리를 지껄여 댔다. 대마초를 피우고 한 대 제대로 얻어맞는 시점 사이에 그는아마 환각 여행을 떠났던 모양이다. 하지만 이제 끝났고 그는괜찮아졌다. 색색의 물줄기로 가득 찼다. 니콜이 그의 곁에 앉아 있었다. 설사 몇 대 더 맞는다 해도 대수겠는가. 니콜이 자신을 사랑하고 자기 편을 들어 준다고 생각하니 천국에 온 기분이었다.

하루는 이런 적도 있었다. 서니, 제러미, 니콜과 함께 넷이차에 타고 있는데 조 밥 시어스, 그 짐승 같은 놈이 — 배럿의귀에는 아직도 끼익하는 그 날카로운 소리가 생생했다 — 길바로 건너편에서 갑자기 빠르게 질주해 오더니, 그들이 나아갈 수 없도록 제 차로 차 앞을 가로막아 버렸다. 검정색 매버릭을 탄 조 밥 시어스였다. 배럿은 순간 심장이 가슴에서 튀어나오는 것 같은 느낌이 들었다. 조 밥이 차 문을 열고 니콜을 끌어내더니, 서니를 붙잡아 끌어냈고, 제러미를 붙잡아 끌어내다 아이의 머리가 차에 부딪쳤다. 그러고는 그들을 모두 들어 올려 자신의 매버릭 안에 던져 넣었다. 그동안 니콜은 조 밥에게 온갖 더러운 욕을 퍼부어 댔다. 배럿이 뭐라도 해 보려고 차에서 내리자 조 밥이 손에 칼을 쥐더니 배럿을 향해 겨누고 말했다. "네놈 배를 갈라 버릴 줄 알아."

그 말에 짐이 자기 차 안으로 뛰어 들어가서, 후진했다가 조 밥을 치어 버리려고 전진했으나, 그는 뛰어서 짐의 차를 피한 뒤 자기 차에 올라탔다. 그러고는 니콜과 두 아이를 태운 채 도로를 달리기 시작했다. 마침 그때 경찰이 나타났고, 배럿이 소리를 질러 신고했다. "저 남자가 방금 내 아내, 그러니까 내 애인을 납치했어요."

경찰이 추격전을 벌이다 조 밥에게 빨간불로 신호를 주어 그를 세웠다.

니콜과 아이들은 잔디 위에 서 있었고, 조 밥이 말했다. "저 여잔 내 여자요. 그러니까 나와 함께 갈 거요."

그러자 경찰이 말했다. "그녀가 원하지 않으면 소용없어요."

니콜이 말했다. "난 너랑 함께 가지 않을 거야, 개자식아."

마침내 그 경찰이 말했다. "자자, 아가씨, 말조심하지 않으면 당신도 가둬 버릴 거요."

마침내 서니와 제러미와 니콜은 함께 배럿의 차에 탔고 조 밥은 떠났다. 그들이 조 밥을 본 건 그게 마지막이었다. 그들은 다시 텐트에서 생활하기 시작했다.


3


이 모든 일들이 머릿속을 맴도는 가운데, 그는 이날 새벽 3시에 니콜을 만나러 갔다. 그녀는 앉아서 게리에게 편지를 쓰고 있었고 방해받고 싶지 않았다. 하지만 배럿이 들어와서 지금 당장 그녀와 자야겠다고 선언했다. 니콜은 내키지 않는다고 말했다.

그녀가 멀어지려 하자 그가 그녀를 잡아 앉혔다. 그녀를 내던지지는 않았지만, 붙잡아 앉히는 팔에 몹시 힘이 들어가 있었기 때문에, 그녀는 당장 일어나기는 글렀다는 걸 알았다.

"아, 사람 죽이고 다니는 애인한테 편지를 쓰고 있군." 그가 말을 이었다. 뭐, 네가 지금 내 머릿속에서 무슨 일이 벌어지고 있는지 안다면, 당장 겁을 먹을걸.

"난 이젠 아무것도 두렵지 않아." 니콜이 말했다.

배럿은 그녀가 벽에 붙여 놓은 게리의 사진을 떼어 찢어 버리기 시작했다. 하지만 잘 찢기지 않는 질긴 폴라로이드 사진이라, 용쓰는 그의 모습이 우스꽝스러워 보였다. 배럿은 너무 취한 상태라 힘이 들었다.

그녀가 화가 나서 소리쳤다. "그 빌어먹을 사진 내놔."

그러나 배럿이 사진을 그녀에게서 멀리 들더니 라이터를 꺼내어 태우기 시작했다. 그녀가 재떨이를 집어 들어 그의 머리를 후려쳤다.

배럿이 그녀를 곳곳에 패대기치기 시작했다. 심하게 구타하는 게 아니라 뺨을 때리고 들어 올리고 밀치는 정도였다는 점만 빼면 조 밥 시어스와 다를 게 없었다. 그녀는 자신이 곤경에 처한 걸 알았지만 두려움은 느끼지 않았고, 그 점이 흥미로웠다. 그녀는 항상 필요한 상황이라면 배럿 정도는 상대할 수 있을 거라고 생각했지만, 오늘 밤 그는 분노가 이만저만이 아니었다. 그녀는 반격할 생각조차 하지 못했다.

그때 수 베이커가 문 앞까지 왔다. 자기 아이를 니콜에게 맡기고 밤에 쉬고 있었는데, 우연히 지나가다 니콜의 집에 불이 켜진 것을 보고 확인하러 왔던 것이다. 짐이 그녀와 그녀의 애인에게 꺼지라고 말했다. 수가 아무 말도 하지 않고 자리를 떠났지만, 니콜은 그녀가 경찰에 신고하리라는 것을 알았다.

경찰은 꽤 빨리 도착했다. 경찰관들이 문 앞에 나타났을 때 배럿은 복도에 몸을 숨겼다. 마치 영화 같았다. 그는 니콜에게 자신이 거기 있다는 걸 알리지 말라고 계속 손짓했다. 알리지 않는 게 좋을 거라는 식으로 위협적인 몸짓을 했다. 하지만 니콜은 문을 열고 말했다. "그를 여기서 쫓아내 줄 수 있나요?"

경찰이 들어와서 무슨 일이냐고 물었고, 배럿은 아무 일도 아니라고 대답했다.

니콜이 말했다. "아무 일도 아니긴, 무슨! 저 개자식이 한 시간 동안 절 두들겨 팼어요. 말투가 거칠어서 죄송하지만, 경찰관님, 저 자식은 아주 끔찍했다고요.”

경찰이 그에게 수갑을 채우고 권리를 읊어 준 후 데려갔다. 그때쯤 그녀는 그들이 다른 일로 그를 찾고 있었고 영장을 갖고 있음을 깨달았다. 배럿은 그날 구치소에서 밤을 보냈다.

경찰이 떠난 후에야 그녀는 배럿 때문에 자신이 얼마나 미친 상태였는지 깨달았다. 경찰이 그에게 수갑을 채운 후, 한 사람은 순찰 무전기를 받으러 차에 내려갔고, 다른 사람은 우연히 등을 돌렸을 때였다. 그녀의 눈에 부엌 싱크대의 칼이 들어왔다. 한순간, 배럿의 목을 긋고 싶은 욕구가 일었다. 그에게 수갑이 채워져 있는 동안 바로 실행에 옮기면 될 일이었다. 순식간에 끝날 터였다. 게리가 수감된 방의 옆 감방에 자기를 넣어 줄지도 모르는 일 아닌가.


4


구치소에서 나온 후, 배럿은 그녀의 차를 팔았다. 논리적인 수순이었다. 그는 법적인 문제를 해결하기 위해 돈이 필요했고, 니콜은 그보다 훨씬 많은 것들을 그에게서 뜯어냈으니까. 그래서 그는 변속기는 이웃에게 팔고 나머지는 메이플턴에 있는 폐차장으로 견인해 매매 계약서에 서명했다. 그것으로 모든 게 끝났다. 니콜은 다시는 그 머스탱을 가질 수 없을 터였다.

이 사실을 알게 된 니콜은 배럿이 소유한 픽업트럭의 전면 유리를 부수기로 결심했다.

8월의 선선한 밤, 그녀는 소매가 헐렁한 재킷 차림으로 누군가에게서 빌려 온 망치를 들고 그의 모텔 방 밖에 서 있었다. 바륨[115] 두 알로 기분을 가라앉혔지만, 배럿이 자신의 차를 팔아 버린 걸 생각할 때마다 미칠 것 같았다. 바륨의 약효가 나타나기를 계속 기다렸지만 그럴 기미가 안 보였다. 게다가 문제가 있었다. 그녀가 전면 유리를 손보는 순간, 그에게 그 소리가 들릴 터였다. 그의 트럭이 바로 문밖에 주차되어 있었기 때문이다. 어쩌면 그의 가스탱크에 흙을 집어넣어야 할지도 몰랐다.

하지만 그녀는 다른 접근을 시도해 봐야겠다고 생각하며 걸어 올라갔다. 잠긴 스크린도어 너머로 그녀가 말했다. "당신과 얘기하고 싶어, 배럿."

하지만 그는 문을 열려 하지 않았다. 그는 스테이크를 굽고 있었고, 그녀는 그 냄새를 맡을 수 있었다.

그녀가 말했다. "밖으로 나와 봐. 당신이랑 얘기하고 싶어."

그러자 그가 작게 웃는가 싶더니, 말했다. "아니, 그냥 여기서 이야기할래."

"난 당신이 밖으로 나왔으면 좋겠는데." 니콜이 말했다.

그가 다시 웃었다. "음, 글쎄, 니콜, 난 당신 못 믿어." 그가 말했다. "당신 표정이 좀 이상하거든."

그때 그의 친구 하나가 다가와서 문을 열고 니콜에게 들어

---

115) 신경 안정제.

오라고 말했고, 그러자 배럿은 좀 더 안전하다고 느꼈다. 그 시점에서 니콜은 돈 문제에만 국한하여 결판을 내기로 결정했다.

"내 차 값 물어내." 그녀가 말했다.

그들은 대화를 나누기 시작했고, 배럿은 자신이 한 짓을 믿을 수가 없다고 말했다. 자기에겐 그럴 권리가 없었다고도 말했다.

그녀는 그 말을 곧이곧대로 믿지는 않았다. 니콜은 언성을 높이지는 않았지만, 조용하고 상냥한 어조로 그를 협박했다. "배럿, 이번엔 당신이 나를 꽤나 엿 먹였어. 이런 어리석은 짓들도 이젠 질려. 나한테 125달러를 갚아."

"그렇게 많은 돈을 어떻게 마련해." 배럿이 말했다. 하지만 잠시 머뭇거리더니 덧붙였다. "일단 내일 60달러를 주고, 며칠 뒤에 40달러 갖다줄게."

그녀는 그의 말을 믿었다. 실제로, 그는 그다음 날 40달러를 들고 찾아와서 그게 자기가 가진 전부라고 말했다. 니콜은 정말 까칠하게 굴면서 나머지도 달라고 했다. 마침내 그는 60달러를 더 가지고 왔다. 그걸로 끝이었다. 다른 모든 것들이 그렇듯, 그는 그냥 그렇게 사라졌다. 그녀는 자동차가 없었고 결국 100달러를 식비나 집세 등, 다른 곳에 써야 했다.


5


게리는 네바다에 사는 한 여성으로부터 편지 한 통을 받았다. 그녀는 스물일곱 살이고, 이혼했으며, 165센티미터의 키에 약간 통통한 편이라고 했다.

"저는 꽤 마음이 넓고 무엇에도 놀라거나 충격을 받지 않는 성격이니, 생각나는 게 있으면 아무거나 마음껏 물어봐요. 저는 혈기왕성한 미국 여성이고, 분명히 그걸 즐겨요. 그리고 물론 섹스와 관심과 애정 표현을 좋아하고, 확실히 이성(異性)과 관련된 일이라면 뭐든 하고 싶답니다!"

게리는 그 편지를 니콜에게 보냈고, 니콜은 곧바로 뺨을 맞은 기분이라고 답장을 보냈다.

그녀는 이 여성에게 믿을 수 없을 정도로 화가 났다. 게리를 너무도 사랑한다는 모든 말 이면에는 게리에 대한 미친 열정이 자리하는 게 틀림없었다. 다른 남자에 대해서는 이런 질투를 느껴 본 적이 없었다. 지독하게 질투가 나서, 그녀는 당장 그를 보기로 결심했다.

다만 실망스럽게도, 차를 얻어 타고 그 정신 병원까지 갔지만 결과는 하루를 몽땅 허비한 셈이 되었다. 먼저, 아이들을 돌봐 줄 보모를 찾을 수 없었다. 그리고 마침내 차를 얻어 타고 병원까지 갔을 때, 병원 측으로부터 바로 그날 아침 그가 구치소로 돌아갔다는 소식을 들었다. 그리고 그곳 구치소에서는 그날이 면회 날이 아니었다. 하지만 니콜은 게리의 목소리가 너무 듣고 싶어서 정신 병원에서 마을 건너편까지 내내 걸어갔고, 구치소 후면 밖 철조망 옆에 서서 소리쳤다.

"게리 길모어, 내 말 들리죠!" 그녀가 있는 힘을 다해 큰 소리로 외쳤다. 그때, 그녀는 그녀의 말에 대답하는 목소리를 들었다.

"그래, 자기."

"그래요!" 그녀가 외쳤다.

그리고 온 세상이 들을 수 있도록 악을 썼다. "게리 길모어, 사랑해요!"

경찰관 한 사람이 건물을 돌아 그녀에게 다가오더니 떠나라고 말했다. 그런 짓을 하면 체포될 수 있다고 경고했다. 그녀는 깜짝 놀랐다. 그런 식으로 자기 생각을 표현하는 걸 경찰이 막을 수 있다니. 그녀는 게리에게 큰 소리로 자기는 가야 한다고 소리치고는 떠났다. 하지만 그녀의 기분은 훨씬 나아졌다.

8월 20일

자기야, 방금 나한테 최고로 멋진 일이 일어났어. 방금 나한테 "게리 길모어, 내 말 들리죠! 당신을 사랑해요!"라고 소리치는 요정의 목소리가 들렸지 뭐야. 아, 나도 당신을 사랑해! 이런, 오 이런, 당신을 사랑한다고! 니콜, 당신은 날 놀라게 해. 당신은 정말 굉장해. 당신 덕에 얼마나 기분 좋은지 말로 다 표현할 수가 없어. 너무 행복해서 눈물이 날 지경이야.


6


8월 21일, 토요일

오늘 오후에 잠시 잠이 들었는데, 내가 그토록 싫어하는 생생하게 차가운 기운을 느끼며 깨어났어. 그건 느낌 그 이상이었어. 일종의 인식이었지. 상자 안에 갇혀 있는데 밖은 환한 대낮이고 나 없이도 세상이 돌아가고 있다는 것에 대한 전면적인 자각이었어.

8월 24일

죽으면 무엇을 만나게 될까? 노후함? 복수심에 가득 찬 유령? 어두운 심연? 내 영혼은 생각보다 빠르게 우주 곳곳에 내던져질까? 그토록 많은 교회들이 우리에게 믿게 하는 것처럼, 나는 심판받고 형을 선고받게 될까? 방황하는 영혼들에게 불려가 붙잡히게 될까? 아무것도 없을까? ……그냥 끝일까? ……나는 '아무것도 없음'이라는 개념을 상상조차 할 수 없어. '무(無)'라는 것이 존재한다고 생각하지 않아. '무' 같은 건 없어. 언제나 무언가가 존재해. 어떤 에너지 말이야. 그런데 죽음은 얼마나 긴 여정일까? 순식간에 끝날까? 몇 분, 몇 시간, 아니, 몇 주가 걸릴까? 무엇이 먼저 죽을까? 물론 몸이 먼저 죽겠지. 그런 다음 성격이 천천히 녹아 없어지는 건가? 서로 다른 수준의 죽음이 존재할까? 어떤 죽음은 다른 죽음보다 더 어둡고 무거운 반면, 어떤 죽음은 다른 죽음보다 더 밝고 가벼우며, 또어떤 죽음은 더욱 물질적이고 다른 죽음은 덜 물질적이라는 식으로 말이야.

니콜, 우리에겐 언제나 선택의 여지가 있다고 믿어. 그리고 나는 선택해. 내가 죽거나 내 형태가 바뀌거나, 혹은 이 죽음이라고 불리는 것을 가장 잘 설명하는 것이 무엇이든 내가 그렇게 된다면, 내 선택은 당신을 기다리는 걸 거야. 당신을 만나고 당신을 찾아내는 걸 선택할 거야. 내가 그토록 오랫동안 강구해 온 내 심장과 영혼의 일부이자, 내가 지금껏 알았던 유일하고 진정한 사랑인 당신을 말이야. 그러면 우리는 알게 되겠지. 지금 우리가 알고는 있지만 우리의 의식으로 불러낼 수 없는 모든 것들을 기억하게 될 거야.

그 여자의 편지가 당신의 뺨을 때리는 것 같다고 했지? 자기야, 자기야, 난 그런 뜻으로 당신에게 그걸 준 게 아니야! 그냥 당신도 읽게 해 줘야겠다고 생각했어. 내가 생각이 없었나 봐, 그렇지? 그 여자한테 답장 쓸 생각은 전혀 없어. 당신이 내 인생에서 유일한 여자라고, 천사. 당신이 아니면, 1000명의 여자를 데려와도 난 싫어.

8월 25일

다음에 당신이 보조금을 받으면 사 줬으면 하는 물건이 몇 개 있어. 내가 갖고 싶은 건 '플레어' 펠트펜 두 자루, 그러니까 가는 펜촉을 가진 갈색과 파란색 펠트펜하고 괜찮은 수채화 붓한 자루야. 그룸바허 담비 털 둥근 붓 5호 말이야. 그리고 괜찮은 종이도 있으면 좋겠어. 형편이 안 된다면, 굳이 안 사다 줘도 돼. 그 빌어먹을 생활 보조금이 많지 않다는 거 나도 알고 있고, 자기가 이번 달처럼 또 파산하는 건 나도 원치 않으니까.

한때 나는 진리를 찾는 탐구에 깊이 몰두했었어. 매우 엄격하고 확고부동하며, 다른 모든 것을 배제한 체 오직 그것만을 포함하는 단일한 직선 같은 진리를 찾았지. 소박하고 꾸밈없는 단순한 진리 말이야. 그런데 도무지 만족이 안 됐어. 하지만 여러 진리들을 발견했지. 용기는 진리야. 두려움을 극복하는 것도 진리야. 신이 곧 진리라고 말하는 것은 너무 단순해. 신은 진리이기도 하지만, 그 이상의, 훨씬 더 이상의 존재니까. 나는 이러한 진리들과 다른 진리들을 발견했어…….

나는 많은 진리들을 발견했어. 하지만 허기는 가시지 않았지. 그리고 배고픔이 많은 것을 가르쳐 주는 건 사실이야. 그래서 나는 계속 궁구했어. 그러던 어느 날 운 좋게도, 단순하고 조용한 진리, 아름다움과 사랑이라는, 심오하고 깊으면서도 개인적인 진리를 보았지.


니콜은 불현듯 '무시무시한 상실감'이라는 표현이 실제로 어떤 의미인지를 절감했다. 그것은 인생에서 가장 소중한 것을 내던지는 것이었다. 자신의 삶보다 더 거대한 무언가의 곁에서 살아가야 한다는 것을 아는 것이었다. 이 경우에는 게리가 죽으리라는 것을 아는 것이었다.

그녀는 자신이 그를 사랑하지 않은 때가 단 한순간도 없었다고 생각했다. 그 남자는 하루 중 단 일 분도 그녀의 마음에서 떠나는 일이 없었다. 그녀는 그것이 좋았다. 그녀 안에 그가 있다는 것이 마음에 들었다. 그러나 그것은 으스스했다. 그녀는 숨을 들이마시며 자신이 곧 죽을 남자에게 점점 빠져들고 있음을 인식했다.

어느 날 밤 톰 다이너마이트가 집에 왔지만, 그녀는 도저히 그와 침대에서 뒹굴 마음이 나지 않았다. 그녀는 내심 놀랐다. 누군가와 성관계를 갖는 것은 게리와는 아무 상관 없는 일이었기 때문이다. 단지 그날 밤 그녀는 게리에 대해 너무 열심히 생각하고 있었던 터라 게리에 대한 생각을 지속하는 즐거움에서 자신을 분리하고 싶지 않았다. 니콜은 톰을 어찌어찌 그녀가 항상 누워 있는 소파 옆 바닥에서 재웠고, 고마운 마음에 톰의 어깨에 손을 얹고 잠을 청했다. 아침이 되자 톰은 그녀를 깨우지 않고 떠났다.

눈을 뜨자마자, 그녀는 잠에 빠져드는 와중에 아침에 자살하기로 결심했던 사실을 기억해 냈다. 그녀는 같은 생각으로 잠에서 깨어났다. 그녀는 둥지 안에서 움직이지 않는 새처럼 고요히 앉아 있었다.

그녀가 먼저 죽으면, 게리도 곧 그녀와 함께할 거라고 생각했다. 그가 그녀에게 그렇게 말했었다. 그때 자신이 어디에 있을지, 무슨 일이 일어날지 그녀는 알 수 없지만, 어쨌든 자신은 저승에서 게리와 함께 있을 터였다. 그의 사랑이 너무도 강해서 그녀는 그에게 자석처럼 끌릴 것이다. 그녀가 구치소에서 그를 처음 본 날 그녀를 끌어당긴 자석처럼 말이다.

변변한 면도날 하나가 없어서 옆집에 가서 빌릴까도 생각했지만, 너무 수상해 보일 것 같았다. 그래서 그녀는 일종의 일회용 플라스틱 장치인 '데이지 셰이버'116)를 깨뜨려 연 뒤, 스테이크 나이프로 분해하여 면도날을 빼냈다. 그런 다음 면도날을 노트에 싸서 브래지어 안쪽에 넣었다. 그 주변을 지나치게 움직이지 않으면 칼에 베일 일 없이 안전할 거라고 생각했다. 아이들을 친구의 집에 두고 나설 때 기분이 이상했지만, 차를 얻어 타고 구치소로 향했다. 두 남자가 그녀를 태워 주었다.

한 사람은 전과자로 입이 정말 더러웠다. 좀 귀엽기도 했다. 그는 정말 말을 거칠게 했고, 자기와 친구가 그녀를 산으로 데려가 강간하고 목을 잘라 버릴까 봐 걱정되지 않느냐고 계속 물었다. 니콜은 그들을 비웃었다. 그녀는 브래지어에 칼날을 숨겨 두었고, 직접 그 일을 처리할 준비가 완벽하게 되어 있었다.

어쨌든, 그들은 더 이상의 수작은 부리지 않고 그녀를 구치소에 데려다주었다. 물론 니콜이 그들에게 남자 친구를 면회하러 간다고 말하자, 그 전과자가 게리의 이름을 알아보고는 굳이 건방진 말 한마디를 던졌다. "이야, 그 사람 곧 총알 맛을 보겠군."

그 말에 니콜은 웃음을 터뜨렸다. 그녀는 게리를 비웃는 농담에도 전혀 기분이 나쁘지 않았다. 그라도 그 말에 웃었으리라는 걸 알았으니까.

그녀가 구치소 뒤쪽으로 가서 몇 번이나 게리의 이름을 불러 대자, 마침내 다른 누군가가 게리는 다른 감방에 있다고 대답했다. 그때 그녀에게 소리 질러 답하는 그의 목소리가 아

---

116) 질레트 브랜드의 여성용 면도기.

주 희미하게 들렸다. 경찰들이 와서 그녀를 체포하겠다고 위협했다. 물론 그녀는 눈곱만큼도 신경 쓰지 않았다.

이번에는, 그들이 그녀를 앞쪽으로 데려가 삼십 분 동안 건물 안에 붙들어 놓았지만, 그녀는 눈 하나 깜짝하지 않았고, 바닥을 재떨이로 사용하며 그들의 위협에 비웃음을 날렸다. 그들은 그녀를 그냥 보내 주거나 가둬 둘 수 있었다. 여자 경찰관이 없는 상황에서 그들은 그녀를 철저히 수색할 수 없었고, 그녀는 여전히 면도날을 지지고 있었다.

잠시 후 그들은 그녀를 보내 주었다. 나가는 길에 그녀는 고속 도로 밑을 지나는 작은 시멘트 터널을 발견했다. 폭이 1미터 정도에 불과하고 꽤 어두워서 먼 곳까지는 보이지 않았다. 그녀는 그 안으로 기어 들어갔는데 확실히 어두웠다. 그녀는 소매를 팔뚝 위로 걷어 올리고서도, 더 위로 끌어 올린 다음, 정맥과 동맥을 가로질러 있는 힘껏 칼로 그었다. 기분이 좋았다. 정말 따뜻했고, 정말 피가 흐르면서 시멘트 바닥 위에 튀었다. 피가 팔을 타고 흘러내리는 게 느껴졌다. 뜨거웠고, 기분이 좋았다. 그 느낌이 마음에 들었다. 뭔가 진정이 되는 것 같았다. 많은 일이 일어나고 있었다. 마치 바닷물이 터널 안으로 밀려 들어오는 것 같았다. 들어온 입구가 보였고 니콜이 볼 수 있는 세상의 모든 빛이 그 구멍의 원 안에 있었다.

니콜은 그곳에 앉았다. 그러자 따뜻하고 좋았던 기분이 변했다. 속이 울렁거리기 시작하더니 욕지기가 났다. 온몸이 떨리기 시작했다. 딱히 추운 것도 아닌데 몸이 떨렸다. 시멘트 바닥이 온통 피투성이였다. 길고 느리고 기분 좋은 생각이 모두 사라지면서 이제는 뭔가 따뜻한 것 속으로 미끄러져 들어가는 게 아니라 모든 것이 차가워지는 느낌이 들었다. 그녀는 그 느낌이 싫었다. 하지만 어찌어찌 앉는 데 성공했고, 심지어 드러누워 잠을 자려고 시도했다. 그런 다음 그녀는 움직이지 말라고 스스로를 설득했다. 끝날 때까지 거기 그냥 있으라고.

결국 그녀는 의사에게 가야겠다고 생각했다. 적어도, 시도라도 해 봐야겠어. 그게 내가 할 수 있는 최선이야. 제대로 시도라도 해 보는 게. 그럼 죽는 것도 감당할 수 있겠지.

일어나긴 했지만 똑바로 걸을 수가 없었다. 계속 기절할 것 같은 느낌이 들었다. 몇 걸음만 걸어도 눈앞이 캄캄해져서 쭈그려 앉기도 했다. 하지만 구치소에서 얼마 떨어지지 않은 곳이어서 그녀는 다시 그쪽으로 길을 되짚어 갔다. 곧 제복도 입지 않은 채 트럭을 세차하는 경찰이 보였다. 그녀는 철조망을 오르려다 미끄러졌다고 말하며 경찰에게 피로 얼룩진 자신의 셔츠를 보여 주었다. 그가 그녀를 유타 밸리 병원으로 데려갔다.

의사는 철조망을 타고 올라갔다는 그녀의 거짓말을 믿지 않았다. 그가 말했다. 꽤 날카로운 물건으로 그은 것 같군요. 그녀에게 얼마나 피를 흘렸냐고 물었다. 1파인트(0.57리터)인지 1쿼트(1.14리터)인지. 그녀가 대답했다. 글쎄요, 저는 파인트나 쿼트가 뭔지 잘 모르겠는데요. 몸에서 피가 흘러나오는 와중에 그런 건 알 수가 없죠. 혈압을 잰 뒤부터 기분이 나아지기 시작했고, 그녀는 차를 얻어 타고 집으로 돌아갔다. 집에 돌아왔을 때쯤, 그녀는 다시 속이 메스껍고 어지러워서 일어서 있지도 못했다. 잠을 많이 잤다. 아침에, 그녀는 구치소 측

에서 엄청 화를 내며 그녀의 재소자 면회 권리를 취소했다는
사실을 알게 되었다.

8월 29일

오늘 당신을 못 봐서 미치도록 속상했어. 이 멍청한 새가슴들
같으니. 이 좆같은 개새끼들한테 약간의 권한이라도 줘 보라지. 그
러면 이 새끼들은 사람들한테서 특권을 빼앗아야겠다고 생각한
다니까. 입을 헤벌리고 남 정액이나 좋다고 삼켜 댈 호모 새끼들.


8


니콜은 병원에서 돌아온 다음 날 밤 클리프 보너스와 잤다.
팔을 꿰맸는데 미친 듯이 아팠다. 사랑을 나누는 내내, 조심
하지 않으면 다시 피가 날 것 같은 생각이 들었다. 다음 날 밤,
그녀는 톰 다이너마이트와 한 침대에 있었다. 똑같이 빌어먹
을 일이 벌어졌다. 팔이 지독하게 아팠고, 그것 때문에 괴로웠
다. 남자랑 자는 걸 그만둬야 했다.

때때로 그녀는 게리가 자신의 생각을 들을 수 있다고 확신
했다. 게리가 구치소에 있는 동안 이런 짓을 하는 것이 옳다,
그르다 생각했다는 게 아니라, 한 남자와 사랑에 빠져 있으면
서 밖에서 다른 남자들과 관계를 갖는 게 이상해 보일 수도
있겠다는 생각이 든 것이다. 전에는 느껴 본 적 없는 기분이었
다. 바람을 피우지 않는 게 중요했다. 그녀가 깊이 숙고해 봐야

할 문제였다.

마침내 그녀는 편지에서 뭔가 이야기해 보고 게리의 생각은 어떤지 살펴보기로 결심했다. 킵을 예로 들 생각이었다. 다른 모든 사람들 중에서, 킵이 거의 한 달 전에 그녀를 찾아온 적이 있었다. 믿을 수 없을 정도로 너무 많이 변한 모습이었고 그녀는 편지에서 게리에게 말했다. 킵은 모르몬교도가 되었다. 이제 그는 벌거벗고 그녀와 유희를 즐기면서도 끝까지 가려고 하지는 않았다. 마치 그녀가 아니라 그가 실컷 유혹해 놓고 몸을 허락하지 않는 사람이 된 것 같았다. 정말 기묘했다.

이를테면 어느 날 아침 킵은 길 바로 아래쪽의 후기 성도 교회에 갔다가, 나들이옷을 잘 차려입고 종교적인 흥분에 차서 돌아왔다. 그는 저녁 예배에 참석할 계획이었지만 그녀가 그에게 장난을 걸기 시작했다. 그러고는 그녀가 끝나기도 전에 킵의 바지가 정액으로 더럽혀졌다. 그는 엉망이 되었다. 바지가 너무 구겨지고 젖어서 교회에 갈 수가 없었다.

글쎄, 그녀는 편지에서 게리에게 이 이야기를 살짝 언급했다. 어떤 반응을 보일지 궁금했다. 어차피 몇 주 전에 일어난 데다 중요한 일도 아니었으니까. 하지만 게리는 그냥 무시해 버렸다.


9


게리가 나가서 얘기를 좀 나눠도 되겠느냐고 물었을 때, 커훈 구치소장은 놀라지 않았다. 커훈은 심지어 그를 휴게실로 데려갔고, 두 사람은 책상 옆에 앉아 다정하게 대화를 나눴다. 게리는 커훈 소장이 이곳을 운영하는 방식에 동의하며, 자신과 니콜에게 기대하는 바가 무엇인지에 대해 합의하고 싶다고 말했다. 글쎄, 커훈이 말했다. 난 자네의 여자가 여기 와서 문제를 일으키지 않고 숙녀답게 행동하길 바라네. 옷도 좀 단정히 입고 오고 말이야. 게리의 눈에서 불꽃이 튀는 것을 본 커훈은 이렇게 논평했다. 물론 그녀의 옷이 그렇게 튄다는 말은 아냐. 문제가 되는 건 그녀의 태도야. 게리는 그들이 합의에 이를 수 있다는 데 동의했다. 커훈은 그들이 서로를 잘 이해했으며, 브렌다에게 전화하여 니콜에게 그녀의 방문권이 회복되었음을 알리는 걸 허락하겠다고 말했다.

다음 방문에서, 그녀는 게리에게 지하도에서 면도날을 사용한 것에 대해 이야기해 주었다. 시도는 했지만 끝까지 가질 못했어. 죽는 게 무섭더라고. 게리는 피를 흘려 죽음에 이르는 것은 매우 힘들다고 말했다. 그걸 시도한 사람들 대부분은 속이 뒤집어져. 죽기 힘든 방법 중 하나야.

그녀는 붕대를 감고 있었지만, 그는 마지막으로 그녀에게 꿰맨 곳을 보여 달라고 부탁했다. 그러고는 "빌어먹을, 정말 깊이도 베였네."라고 말했는데, 그 말투가 마치 '자기야, 날 위해 그렇게 한 거구나.'라고 말하는 것 같아, 그녀에게는 칭찬으로 들렸다.

그는 킵에 대해서는 전혀 언급하지 않았다.

이러한 방문을 동의했지만 커훈은 다시 걱정이 되기 시작했다. 길모어와 그의 여자 친구는 지독히도 터무니없는 서신들을 주고받았다. 한 편지에서는 실제로 그녀가 팔을 베였을 때 따뜻한 피가 떨어지는 게 느껴졌다는 얘기를 했다. 그것이 바닥에서 웅덩이를 만드는 소리를 들었다고도 했다. 그것을 커훈 소장에게 가져온 교도관이 말했다. "일급 살인죄를 저지른 남자에게 이런 내용을 쓴다는 건 대체 어떤 메시지를 전하고자 하는 걸까요?"

커훈은 편지를 꼼꼼히 읽었다. 니콜은 은빛 칼과 사후의 삶에 대해 계속 이야기했다. 그들이 은빛 칼로 어떻게 더 나은 종류의 삶을 가질 수 있는지 이야기했다. 그녀는 자신이 피를 흘렸던 지점에 가 보았는데 대부분의 피가 비에 씻겨 내려갔다고 썼다. 그녀는 언제나 그에게 책을 가져다주고 있었기에, 커훈이 그중 한 권을 살펴봤는데, 내용이 모두 내세에 관한 것이었고, 어떻게 지극한 환희를 느낄 수 있는가에 관한 것이었다.

그런 내용들은 교도관들을 매우 긴장하게 만들었다. 다음 방문에서 니콜이 게리와 이야기를 나누다 돌아서서 담배를 꺼내느라 가방에 손을 뻗는 순간, 경비를 서던 교도관이 너무 과민한 나머지 실제로 그녀의 손목을 와락 잡아채기까지 했다. 그것은 그녀가 계속해서 이야기하던 은빛 칼이었다.

커훈이 다시 그녀의 면회를 중단시킬지 고민하던 중, 갑자기 그녀가 구치소에 오는 걸 그만두었다. 그녀의 편지 또한 중단되었다.

니콜은 과감히 실행하기로 결심했다. 게리에게 사랑이 가득 담긴 장문의 편지를 보내면서 마지막에 몇 문장을 덧붙여 그토록 많은 시간을 — 그녀는 솔직하게 썼다 — "남자랑 자는 데" 소비한 것이 얼마나 무의미한 일이었는지를 이야기했다. 그가 어떻게 생각하는지 알아야 했다.

9월 5일

방금 당신 편지를 읽었어. 길고 아름다운 편지였어. 사랑이 가득하더군. 그런데 당신은 다섯 번째 장에서 이렇게 말했지. "그건 정말 추한 짓이에요. 난 너무 많은 시간을 술에 취하거나 남자랑 자는 데 소비했어요." 누군가에게 두들겨 맞는 느낌이었어. 온몸이 차갑게 마비되어 몇 분 동안은 편지를 더 읽을 수 없었어. 니콜, 나한테 상처 주고 싶은 게 아니라면 다시는 그런 말 하지 마. 당신이 다른 어떤 놈과도 자는 걸 원하지 않아. 그런 생각은 안 하려고 해. 당신이 편지로 나한테 그런 걸 알려 주기 전까진 나 꽤 잘 지냈단 말이야.

그녀는 누가 옆머리를 세게 강타한 것 같은 느낌이 들었다. 머릿속에서 그의 목소리가 울려 퍼졌다. 말로도 이를 바드득 갈 수 있다는 듯, 그가 끔찍한 분노의 목소리로 말했다. 그는 그녀가 다시는 남자와 사귀지 않기를 바랐다. 자기 머릿속에 그런 생각을 담고 싶어 하지 않았다. "모두가 니콜과 잔다." 그녀의 머릿속에서 그의 목소리가 말했다. "그 개자식들과 자지 마. 다시 살인을 하고 싶은 생각이 드니까. 내가 누군가를 죽이고 싶다면 누가 죽게 되는지가 딱히 중요할까? 나에 대해 몰라?" 마음 저편에서 그녀는 특별한 사랑을 느꼈다. 그녀가 다른 남자들과 자지 않는 게 그에게 그만큼이나 중요하다는 뜻이었으니까.

어쨌든 이제까지는 그녀에게 그것이 중요했던 적이 없었다. 접근하는 남자에게 날 내버려두라는 말로 거절하는 것보다는 그냥 일이 벌어지는 대로 두는 편이 쉬웠다. 이제는 싫다고 말할 이유가 생겨서 조금 안심이 되었다. 물론 클리프나 톰 다이너마이트를 거부하는 건 쉬운 일이 아니었다. 그녀는 "난 이제 당신과 함께 있지 않아. 다른 사람이랑 있어."라고 설명하곤 했다. 그들은 이해했다. 클리프는 특히 그랬다. 그렇다고 해서 그들과 여전히 관계를 이어 가는 걸 그만두지는 못했다. 그녀는 함께 있을 사람이 필요했다.

한두 번은 그들에게 그냥 집에 가라고 말하기가 정말 힘들었다. 게다가 사람들이 계속 그녀의 집에 들렀다. 과거의 남자들이었다. 그녀가 거절하지 못해서가 아니라, 결국 지난번처럼 될 거라는 걸 그들이 예상했기 때문이었다. 그녀는 그들 앞에서 내 인생에서 사라지라고 소리치고 싶지 않았다. 그들은 그녀에게 아무런 해도 끼친 적이 없으니까.

그녀는 이 문제를 해결해야 했다. 그래서 그녀는 구치소를 방문하거나 편지를 쓰지 않았다. 그녀는 그가 원하는 것을 들어줄 만큼 자신이 그를 사랑한다고 말할 수 있을 때까지 기다리고 싶었다.

# 22장

# 서약

1

그 후 며칠 동안 게리는 지나치게 조용했다. 불길할 정도였다. 커훈은 게리가 무서울 정도로 음울하니 친구가 필요하다고 판단했고, 그래서 주 수용실에 있던 깁스라는 이름의 수감자를 옮겼다. 둘 다 굉장히 오랜 세월 복역한 만큼 잘 어울려 지낼 수 있을 거라고 판단했다.

커훈은 창살문을 닫자마자 두 사람이 교도소 은어로 대화하기 시작하는 것을 알아챘다. 도통 이해할 수 없는 전문 용어처럼 들렸다. '니거(Niggar)'[117]를 말하고자 할 때 '피거(Figgar)' 같은 단어를 사용하는 식이었다. 대화를 계속 이어 나가면서 그들은 자기가 감방에서 얼마나 많은 세월을 보냈

---

117) '흑인'을 가리키는 모욕적인 호칭.

는지를 상대방에게 보여 주었다. 커훈은 모든 말을 이해하려고 애쓰지 않았다. 그들이 '브리스톨에서 온 여자'를 언급하면, 그 말은 권총(피스톨)을 의미하므로 신경을 써야겠지만, 길모어는 '하나씩 둘씩'에 대해 말하고 있었고, 그것은 신발을 의미했다.

"맞아." 길모어가 깁스에게 말했다. "내 벼룩[118]과 개미에게 어울릴 만한 멋진 신발이야."

"네 토끼와 보트[119]도 생각해야지."

"염소는 집어치워." 길모어가 말했다. "좆같은 좆 가지고 설렁설렁 들어나 갈게."

"맞아, 그래야 계집의 즙을 짜내지."[120]

커훈은 자리를 떴다. 그들은 그저 형기를 채우는 중이었다. 그는 두 사람을 귀여운 한 쌍이라고 생각했다. 둘 다 푸 만추[121] 스타일의 염소수염을 기르고 있었다. 다만 길모어가 깁스보다 훨씬 덩치가 컸다. 고양이와 생쥐 같았다. 제기랄, 차라리 고양이와 시궁쥐[122] 같네.

---

118) 다른 수감자들과 교도관들 양측과 모두 잘 지내려고 하는 수감자를 가리키는 교도소 은어.

119) 둘 다 '탈옥'과 관련된 교도소 은어.

120) 교도소 은어로 성적인 농담을 주고받고 있다.

121) 영국의 작가 색스 로머(Sax Rohmer)가 만들어 낸 소설 속 중국인 악당.

122) 교도소 은어로 고양이는 탈옥할 경우 대중과 경찰, 국가 안보에 큰 위협이 될 것으로 간주되는 수감자를 지칭하고, 쥐(쥐새끼)는 '밀고자'나 '배신자'를 지칭한다.

2

길스가 애정을 느낀다고 솔직하게 말할 수 있는 건 세상에서 다음 세 가지뿐이었다. 아이들, 새끼 고양이, 그리고 돈. 길스는 열네 살 때부터 자력으로 생활했다. 열일곱 살 때는 한 달 만에 1만 7000달러 상당의 수표를 현금화했고, 새 차를 샀다. 항상 새 차를 탔다.

길모어는 열네 살 때쯤 이미 집 50채를 털었다. 어쩌면 더 많이 털었을 수도 있다.

길스가 이곳에서 처음 교도소에 간 것은 250만 달러 상당의 위조지폐 때문이었다. 길스의 말에 따르면, 그에겐 21건의 혐의가 걸려 있었다. 다음에 다시 수감된 건, 솔트레이크에서 경찰차를 폭파했을 때였다. 헤이우드 경감의 차였다.

스물두 살 때 십오 년 형을 받았다고 길모어가 말했다. 오리건 주립 교도소와 매리언 연방 교도소에서 복역했다. 길스가 고개를 끄덕였다. 매리언에서 복역했다는 건 범죄자들에게 일종의 훈장 같은 것이었다. 길모어가 그에게 말했다. 연속으로 십일 년을 교도소에 처박혀 있었지. 아마 그중 사 년은 독방에서 보냈을 거야. 길모어는 진성 전과자였다.

자기는 고무보트 때문에 수감되었다고 길스가 말했다. 유타 계곡과 솔트레이크 계곡의 'J.C. 페니'에서 이 주 동안 개당 139달러에 판매되는 고무보트 40개를 훔쳤다. 전기톱도 같은 방식으로 훔쳤다. 하루에 200에서 300달러 정도를 벌었다. 그런데 돈 관리를 제대로 못 했다. 그뿐이었다.

내 문제도 마찬가지였어, 길모어가 인정했다. 나도 'J. C. 페니'에서 조금 해 먹었지.

"그래." 깁스가 말했다. "너와 나의 유일한 차이는, 내가 그걸 할 때 귀찮은 일을 대신 처리해 줄 덩치가 두 명이 있었다는 거야." 사람들이 날 쫓아오면, 내 커다란 덩치들이 이렇게 말했지. "뭣 때문에 이 친구 뒤를 쫓는 거지?"

깁스는 길모어가 솔트레이크 출신의 거물들을 전혀 모른다는 걸 알아챘다. 바바로 형제나 렌 레일스, 론 클라우트, 마르두, 혹은 거스 라타가폴로스를 전혀 알지 못했다.

"그런데도 넌 거물들 이야기를 하는군." 깁스가 말했다.

길모어는 아리안 형제단과, 그곳과 자신의 관계에 대해 이야기했다. 깁스는 오리건과 애틀랜타, 리븐워스와 매리언 출신의 거물급 이름 몇몇을 알아보았다. 전설이라고 일컬을 순 없으나 그래도 꽤 거물들이었다. 길모어는 마치 자신이 그들 사이에서 꽤 인정받는 사람인 것처럼 행동했다. 물론 일급 살인이란 죄목은 범죄자의 위상을 높여 준다. 살인을 해서 무엇을 얻느냐는 질문에 대한 답은 '자기만족'이다. 잡생각을 없애 준다나.

깁스는 길모어에게 자기 패거리가 보트 바깥쪽 모터와 안쪽 모터, 그리고 이동식 주택과 간이 주택을 모두 해 먹었다고 말했다. 물건을 옮기는 모습을 들켜도 긴장하지 않으면 돼. 그들은 이 얘기를 하며 웃음을 터뜨렸다.

"50만 달러 가치의 물건들이 곧장 주간 고속 도로를 타고 이동하는 거지."라고 깁스가 말했다.

3

“네가 나보다 먼저 나가게 되면,” 길모어가 말했다. “쇠톱 날을 좀 가져다줄 수 있어?”

“누구라도 가져다줄 거야. 나도 아마 그럴 거고.” 깁스가 말했다.

실제로 자기는 그럴 수도 있다고 깁스는 생각했다. 그는 한 방향으로 충실한 만큼 다른 방향으로도 충실하니까.[123] 그는 옛 속담에 나오는 사람이었다.

“넌 파란 눈을 가졌는데, 하나는 북쪽을 하나는 남쪽을 향하고 있지.”

다만 파란 눈을 가진 사람이 길모어라는 점만 달랐다. 그는 길모어를 좋아했다. 길모어는 품격이 있었다.

“있잖아.” 길모어가 말했다. “만약 네가 날 여기서 꺼낼 방법을 알아내면 네가 원하는 건 무슨 짓이든 다 할게. 나와 내 여자가 이 나라를 떠날 수 있을 만큼의 돈만 갖고 나머지는 다 너에게 줄 거야.”

“내가 이 구치소에서 나가고 싶었다면 사람들을 불러서 날 데리고 나가게 했을 거야.” 깁스가 말했다.

“글쎄, 이 주변엔 아는 사람이 없어.” 길모어가 말했다.

“누군가 데리고 나가겠다면 내가 데리고 나갔을 거야.” 깁스

---

123) 앞서 ‘벼룩’이나 ‘시궁쥐’에서 암시되었듯이, 깁스가 ‘이중 첩자’나 ‘언더커버’임을 암시한다.

가 반복했다.

그들이 수감된 감방은 두 부분으로 나뉘어 있었는데, 탁자와 긴 의자가 놓인 작은 식사 공간이 있었고, 철창에서 떨어진 뒤쪽에는 화장실, 세면대, 샤워기, 그리고 침상 여섯 개가 있었다. 철창 반대편에는 다음 수용실로 이어지는 복도가 있었다. 그곳은 여성 감방으로 사용되었다. 여성 수감자가 없을 때는, 취객을 구류하는 유치장으로 쓰였다. 두 사람이 함께 보낸 첫날 밤에, 옆방에 구류된 주정뱅이 하나가 계속 뭐라고 외쳐 댔다.

길모어가 교도관인 것처럼 대답했다. "원하는 게 뭐야?"

주정뱅이가 전화를 해야 한다고 말했다. 보석금을 구해야 한다고. 길모어가 판사는 보석을 허가하지 않을 거라고 말했다. 그야, 이동식 주택 차량의 주차 공간에서 당신이 차로 친 꼬마가 죽었으니까. 어떤 꼬마 말입니까? 주정뱅이가 물었다. 음주 운전, 자동차 살인, 뺑소니, 이게 당신 혐의야. 깁스는 길모어의 장난이 맘에 쏙 들었다. 주정뱅이는 길모어의 말을 믿었다. 시끄럽게 교도관을 불러 대는 대신 밤새도록 혼자 울었다.

길모어는 운동하기 시작했다. 자기가 매일 밤 하는 일이 그거라고 깁스에게 말했다. 조금이라도 잠을 자려면 그렇게 몸을 피곤하게 해야 했다.

그는 윗몸일으키기를 100번 하고 잠시 휴식을 취한 다음, 머리 위로 손뼉을 치며 점핑 잭을 했다. 깁스는 침상에 누워 담배를 피우다 세던 숫자를 잊어버렸다. 길모어는 200에서 300개는 했을 것이다. 그런 다음 다시 휴식을 취하고 팔굽혀

펴기를 시도했지만 스물다섯 개밖에 못 했다. 왼손이 여전히 약하다고 그가 설명했다.

그런 다음 그는 십 분 동안 물구나무서기를 했다. 깁스가 그 것의 목적이 뭐냐고 물었다. 길모어가 말했다. 아, 머리에 피를 순환시켜 주거든. 탈모 예방에 좋아. 난 가능한 한 젊은 외모를 유지하려 애쓰고 있어, 라고 길모어가 덧붙였다. 깁스가 고개 를 끄덕였다. 자신을 포함해 그가 아는 사기꾼들은 모두 나이 콤플렉스가 있었다. 젠장, 젊은 시절은 모두 사라졌으니까.

깁스가 말했다. "개인적으로 생각하기에 너는 서른다섯 살 치고는 젊어 보여. 내가 너보다 다섯 살 덜 먹었는데 다섯 살 더 많아 보이지."

"그건 네가 골초라서 그래." 길모어가 담배 연기를 들이마시 며 말했다.

그는 건너편 아래층 침상에서 자는 깁스와 최대한 멀리 떨 어진 위층 침대를 골랐다.

"넌 담배 안 피워?" 깁스가 물었다.

"돈 드는 습관을 유지하는 건 별로 좋아하지 않아서." 게리 가 말했다. "더구나 갇혀서 시간을 보내야 한다면 더 그렇지. 내 이름을 딴 독방도 있었다고."

옆 감방의 주정뱅이가 애처롭게 훌쩍이고 있었다. 길모어가 말했다. "그래, '게리 엠(M) 길모어 룸'이라고 불렸다니까."

그리고 두 사람 모두 웃었다. 취객의 울음소리를 듣는 것은 여름밤 침대에 누워 나무가 바스락거리는 소리를 듣는 것만 큼이나 편안했다. 길모어가 말했다. 그래, 그는 독방에서 너무 많은 시간을 보냈기 때문에 교도소 일을 해서 돈을 번 적이 없었다. 그리고 당연히 외부에서 들어오는 돈도 없었다. 그는 교도소에서 허용되는 사치품 없이 지내는 법을 배웠다.

"게다가." 그가 말했다. "흡연은 건강에 안 좋잖아. 물론, 건강에 대해 말하자면……." 그가 깁스를 쳐다보았다.

건강에 대해 말하기엔, 그는 사형 선고를 앞둔 상태였다.

"좋은 변호사라면 2급 살인은 받게 해 주겠지. 유타주에서 2급이면 육 년 안에 가석방시켜 주거든. 육 년 뒤엔 거리로 나갈 수 있어."

"난 좋은 변호사를 고용할 형편이 안 돼." 길모어가 말했다. "변호사 비용을 주 정부에서 대 줘." 그가 자신의 침상에서 깁스를 내려다보며 말했다. "내 변호사는 나에게 형을 선고할 사람들을 위해 일하는 셈이야."


4


"그들이 계속 나를 정신과 의사에게 데려가 면담을 시키더군." 길모어가 말했다. "젠장, 정말 말도 안 되는 질문을 던지는 거야. 내 차를 왜 주유소 옆에다가 세워 뒀냐고 묻더라고. 그래서 내가 말했지. '내가 주유소 앞에 주차했다면, 당신들은 왜 옆에 주차하지 않았느냐고 물었겠지.'" 그 일을 떠올리며 그는 코웃음을 쳤다. "그 사람들 입에서 '그래, 저놈은 미쳤어.'라는 말이 나오게끔 연기를 할 수도 있겠지. 하지만 난 그러지 않을 거야.”

깁스는 이해했다. 그것은 진정한 남자의 자존심을 건드리는 일이었다.

“나는 그들에게 그 살인 사건들이 비현실적으로 느껴졌다고 말하고 있어. 내가 본 모든 것이 물의 장막 너머에서 일어난 일 같았다고.” 이제 취객이 다시 넋두리하는 소리가 들렸다. “‘마치 내가 영화 속에 있는 느낌이었어요.’ 내가 그들에게 말해. ‘그리고 나는 그 영화를 멈출 수가 없었어요.’”

“일이 그렇게 된 거였어?” 깁스가 물었다.

“제기랄, 아니.” 길모어가 말했다. “나는 베니 부시넬이 있는 곳에 불쑥 들어가서, 그 뚱뚱한 개자식에게 말했어, ‘이봐, 돈 내놔, 그리고 네 목숨도.’”

두 사람이 같이 낄낄대며 웃었다. 정말 너무 웃겼다. 이 덥고 별 볼 일 없는 빌어먹을 교도소에서 한밤중에 만취한 주정뱅이가 침을 흘리며 자신이 지은 죄를 하나씩 헤아리는데도 그들은 웃음을 멈출 수가 없었다.

“거기 조용히 좀 해.” 길모어가 취객에게 소리쳤다. “눈물은 아껴 뒀다가 판사 앞에서나 뿌려.”

취객은 슬픔에 젖어 있었다. 새집에서 첫 밤을 보내는 강아지 같았다.

“젠장.” 길모어가 말했다. “젠슨을 죽인 다음 날 아침에, 난 그 주유소에 전화해서 혹시 일할 사람이 필요하지 않느냐고 물었지.”

두 사람은 또다시 웃음을 터뜨렸다.

길모어는 오늘 밤, 기발한 농담을 할 수만 있다면 자기 팔이라도 부러뜨릴 것 같은 분위기였다. 입으로 독침을 쏴 댈 수 있다면 자기 머리를 잘라 내밀었을 것이다.

"교수형당할 사람의 마지막 요청은 뭘까?" 그가 물었다. 그리고 답했다. "고무 밧줄을 사용해 주시오." 끝자락에서 통통 튕기는 시늉을 하며, 그가 얼굴을 찡그린 채 말했다. "아무래도 한동안 여기 매달려 있어야 할 것 같은데요."

깁스는 웃다가 바지에 실례할 것 같다는 생각이 들었다. 길모어가 물었다. "가스실에 들어갈 사람의 마지막 요청은?"

그가 기다렸다. 깁스는 웃느라 숨을 헐떡였다.

"그야 웃음 가스를 넣어 주시면 안 될까요? 이거지." 길모어가 말했다.

"그 정도면." 깁스가 말했다. "충분히 질식할 것 같아."

그 문제라면, 깁스는 자신의 가래에 거의 질식할 뻔했다. 흡연으로 인해, 그는 식사 때마다 가래를 열두 번은 뱉어 내는 것 같았다. 타구(唾具)를 갖고 다니는 젊은 놈이었다. 길모어가 물었다. "총살대에겐 뭐라고 말할래?"

"나는." 깁스가 말했다. "그들에게 방탄조끼를 달라고 부탁할 거야."

그들은 빙글빙글 원을 그리다 기운이 빠진 짐승처럼 온몸을 앞뒤로 흔들며 웃었다.

"그래." 깁스가 말했다. "그거 어디선가 들은 적 있어."

길모어에게는 깁스가 알아볼 수 있는 특성이 있었다. 그는 상대에게 잘 맞춰 주었다. 깁스는 자신이 언제든 누구와도 가까워질 수 있다고 믿었다. 그저 그 사람과 비슷한 면을 활용하면 됐다. 길모어도 똑같았다. 오늘 밤 함께 있는 두 사람은 마치 보일러에서 나오는 지독한 방귀 같았다. 추잡한 악마들이었다.

깁스가 이런 생각을 하는 순간, 길모어가 진지해졌다.

"이봐." 그가 깁스에게 말했다. "그들은 내게 사형을 선고할 요량인 것 같은데, 나도 그들에게 줄 답을 준비해 놨어. 유타주가 지닌 비장의 카드를 확인해 볼 생각이야. 내가 그걸 꺼내게 만들 거야. 그들이 나만큼 배짱이 있는지 두고 보자고."

깁스는 이 남자가 헛소리꾼인지 아닌지 판단이 안 섰다. 그는 그런 일을 상상할 수가 없었다.

"그래." 길모어가 말했다. "나는 머리에 자루를 씌우지 말고 처형하라고 할 거야. 만약 야외에서 할 거면 밤에 하고, 아니면 어두운 방에서 예광탄[124]으로 집행하라고. 고 작은 녀석들이 날아드는 걸 내가 볼 수 있게 말이야!"

취객이 비명을 지르고 있었다. "그 남자앨 죽일 의도는 없었어요, 오, 판사님, 다시는 운전하지 않을게요."

"조용히 해." 길모어가 소리쳤다.

그래. 그가 깁스에게 말했다. 총살대 앞에 선 내 처지에서 가질 수 있는 유일하게 정당한 두려움은, 사수들 가운데 희생자의 친구나 친척이 있을지도 모른다는 거야. "그러면." 길모어

---

124) 탄자 뒷부분에 불빛을 내는 예광제가 들어 있어 날아가는 궤적이 보이는 총알 또는 포탄.

가 말했다. "그들이 내 머리를 쏠 수도 있거든. 그건 싫어. 나는 시력이 무지 좋단 말이야. 나는 내 눈을 기증하고 싶어."

이자는 룰렛 돌림판이라고 깁스는 판단했다. 그냥 어떤 숫자가 나오느냐에 달려 있었다.

"나는 살면서 많은 실수를 저질렀고." 길모어가 위층 침상에서 말했다. "지난 몇 달 동안 중대한 판단 오류를 많이 저질렀어. 하지만 이건 말할게, 깁스. 나는 지금 가장 익숙한 환경에 있어. 내가 교도소에서 복역한 사람을 잘못 판단한 적은 한 번도 없어."

"내 인상이 좋았길 바랄게."

"자넨 좋은 죄수라고 생각해." 길모어가 말했다.

그 이상 좋을 수 없는 칭찬을 하며, 그들은 잠이 들었다. 새벽 3시였다. 그들은 매일 새벽 3시까지 실없는 말들을 주고받았다.


5


9월 9일

나는 나약한 인간이 아니야. 약해서 뒤를 대 주는 호모 새끼였던 적도 없고, 고자질하는 쥐새끼였던 적도 없어. 언제나 싸워 왔지. 가장 강하고 거친 새끼는 아니었어도 항상 맞서서 저항했고 그곳 남자들 사이에서 인정받았어. 여러 개자식들을 벌벌 떨게 만드는 일도 몇 번 해 봤고, 누구도 겪지 않아야 할 고

초도 견뎠어. 하지만 당신이 이해해 줬으면 하는 건, 자기야, 당신은 내 마음을 쥐고 있다는 거야. 그리고 내 마음과 함께, 당신은 아마도 나를 짓밟거나 파괴할 힘도 가지고 있는 것 같아. 제발 그러지 마. 당신을 향한 내 마음에 대해선 아무런 방어 수단이 없거든.

당신을 하나든 여럿이든 다른 남자와 나눌 순 없어. 당신이 다른 남자와 함께 있는 꼴을 보느니 차라리 죽어서 지옥 불에 타 버리고 싶어.

나는 당신을 나눌 수 없어. 당신의 전부를 원해.

나는 섹스 없이 살아가야 할 테고, 당신도 그럴 수 있어. 거칠게 말해서 미안하지만, 그게 사실이야. 우리는 서로를 사랑하고 서로에게 속해 있으니 서로에게 상처 주지 말자[125] 니콜 서로에게 절대로 상처 주지 말자.

이 고통이 나를 마비시켜. 당신이 누군가와 함께 있는 모습이 자꾸 생각나. 나도 어쩔 수가 없어. 마음속의 그 추한 광경을 몰아내야 해. 당신이 다른 누구와 키스하거나 껴안거나 자는 걸 원하지 않아. 당신은 내 것이고 난 당신을 사랑해.

당신은 편지 마지막 장에서 내가 다시는 그런 식으로 아플 이유가 없을 거라고 했지. 나는 빌어먹을 서른다섯 살이고 생의 반 이상을 갇혀 지냈어. 그동안 나에게 벌어진 그 모든 일들을 생각하면, 내가 아주 거칠고 강인한 남자가 된 게 당연해.

---

125) 원문에 구두점이 없다. 길모어는 편지에서 구두점을 생략하거나 문법 혹은 문장 구조를 무시하거나 띄어쓰기를 하지 않을 때가 더러 있는데, 그것을 최대한 반영했음을 밝혀 둔다.

하지만 당신과 떨어져 있는 건 견딜 수 없어. 매 순간 당신이 그리워.

그리고 어떤 남자가 당신의 벌거벗은 몸을 껴안고 당신의 눈동자가 환희로 뒤집히는 것을 지켜보고는 당신 품에서 잠이 든다고 생각하면 참을 수가 없어.

난 당신을 나눌 수 없어. 그러지 않을 거야. 당신은 온전히 내 것이어야만 해. 당신 말대로 당신이 다른 사람을 행복하게 해 달라는 부탁을 거절할 수 없는 미친 심장을 가졌다 해도 난 상관없어. 나도 미친 심장을 가졌거든. 그리고 내 미친 심장은 당신의 미친 심장에게 요구해. 당신의 몸과 마음과 영혼이 모두 오직 내 것이 되기를 바라는 나의 부탁을 거절하지 말아 달라고. 나만이 당신을 가질 수 있는 남자가 되게 해 줘.

맙소사 난 정말 당신을 원해 자기야 자기야 자기야

나하고만 자

다른 누구와도 자지 마 그러지 마 그럼 난 죽어 그럼 난 죽어 정말

내가 너무 많은 걸 요구하는 거야??

편지로 말해줘 ——

말해 줘                    말해 줘

빌어먹을

                                              말해 줘

씨발 좆같은 맙소사 니콜

말해 줘

수요일과 일요일은 너무 멀리 떨어져 있어 ——————— 왜 더는

편지를 쓰지 않는 거야!?

니콜 다른 사람이랑 사귀지 마 그러지 마 그러지 마 그러지 마 그러지 마

그러지 마

내가 진짜 이 편지를 망치고 있네

결론을 내려야겠어. 바로 이거야. 난 당신의 전부를 가져야 한다는 거! 누구와도 당신을 나눌 수 없어. 당신을 사랑해.

당신을 사랑해　　　　　당신을 사랑해　　　　　당신을 사랑해

<u>당 신 을 사 랑 해</u>


아니, 난 술에 취하지도 약에 취하지도 않았고 아무것도 아닌데 그냥 아름다움이 결여된 이 편지를 쓰고 있는 것뿐이야. 그냥 나 게리 길모어 도둑이자 살인자 말이야. 미치광이 게리. 언젠가 누가 이런 꿈을 꾸게 될까? 자기가 20세기 미국의 게리라는 이름의 남자인데 무언가 일이 대단히 잘못되어 가는 꿈 말이야……. 그런데 그게 뭐지? 왜 상황이, 20세기 스패니시 포크의 사람들 말처럼, 그렇듯 극도로 엉망이었지? 그가 묻겠지. 그리고 오래전 모르몬 산악 제국에도 아주 아름다운 것이 있었다는 것을 기억하고 눈을 뒤집으며 그의 자지를 다 삼킬 수 있고 그와 함께 웃고 울고 치아를 영원히 못 쓰게 되었어도 개의치 않고《플레이보이》에 실린 사진을 보며 손으로 자위를 하는 대신 다시금 여자랑 자는 방법을 가르쳐 준 진홍빛 머리의 녹색 눈을 가진 요정처럼 매력적인 여자에 대한 꿈을 꾸기 시작할 거야.

다음 날 밤, 술 취한 남자가 있던 수용실에 어떤 여자가 수감되었다. 그녀 역시 울고 있었고 게리가 소리를 질렀다. 어이, 아가씨, 그렇게 나쁘진 않을 거야. 그녀는 곧바로 조용해졌다.

게리는 그녀의 이름이 코니라는 걸 알게 되었다. 그녀가 담배 가진 거 있냐고 묻자 깁스가 담배 한 갑을 복도 바닥에 내려놓은 뒤 그녀의 감방으로 밀어 보냈다. 코니는 그들에게 고맙다고 인사했다.

그들은 계속 대화를 시도했지만 큰 소리로 외쳐야 했기 때문에, 게리는 쪽지를 써서 그곳으로 밀어 보냈다. 그녀에게 자기는 잘생겼고, 젊은 여자와 서양 음악, 그리고 요들송을 좋아한다고 말했다. 그는 특히 요들송을 좋아했다. 그녀는 신문에서 그의 사진을 본 적이 있고 잘생겼다는 데 동의한다는 답장을 보냈다. 친절히 대해 줘서 고맙다는 말과 함께 요들송을 불러 줄 수 있느냐고 물었다.

"자, 카우보이." 깁스가 말했다. "한번 불러 봐."

깁스가 뜨개질을 못 하는 것 이상으로 게리는 요들송을 부를 줄 몰랐다. 그래서 게리는 이런 젠장, 자기가 거짓말을 하고 있다고, 체면을 지키려고 요를레이 요를레이오를 부를 수는 없다고 소리를 질렀다. 세 사람 모두 웃기 시작했다. 그들은 쪽지를 주고받으며 즐거운 밤을 보냈다. 아침이 되자 그녀는 유치장에서 나갔다. 게리는 다시금 우울감에 빠졌다.

6



사흘 연속 잠을 자지 못했어. 나에게 무슨 일이 벌어지고 있는 것 같아. 어젯밤 잠깐 졸았는데 한창 목이 잘리는 꿈을 꾸다가 깼어. 다시 사형수 호송 수레의 바퀴가 삐걱거리는 소리와 칼날이 빠르게 미끄러지듯 움직이는 소리가 들렸어. 꿈속에서 나는 여성 몽 코트 가석방 담당관인지 뭔지와 면담을 하고 있었는데, 꿈이 제멋대로 흘러가더니 곧 의사인지 남성 몽 코트인지, 아니면 다른 누구인지가 돌아왔어.

최근에 내가 잠을 잘 못 잔다고 했었지. 유령들이 내려와 그들이 갖고 있으리라고는 믿기 힘든 힘으로 나를 습격했어. 내가 때려눕혔는데도 그들은 뒤로 몰래 접근해서 내 귀에 기어들어 과연 악마답게 더러운 농담을 지껄이고, 내 의지를 약화시키고, 내 힘을 흡수하고, 내 희망을 고갈시켜 내가 희망을 잃게 하고 좌표를 잃은 외톨이이자 낙오자로 만들어 지저분한 털북숭이 몸을 가진 더러운 악마 새끼들이 밤에 사악한 말들을 속삭이고 갇혀 있는 내가 밤새 뒤척뒤척 잠 못 이루는 것을 보고 소름 끼치도록 기뻐하며 깔깔거리고 크게 웃어 대니 정말이지 사악하기 짝이 없어 내가 떠날 때 그들은 노란색의 길고 흉측한 손가락과 발가락과 손발톱과 이빨로 냄새 고약한 침과 걸쭉한 황록색 점액을 뚝뚝 떨어뜨리며 미친 분노에 찬 날카로운 소리와 함께 나를 덮칠 요량이야. 더럽고 잔혹한 짐승들 자칼 하이에나 소문을 퍼뜨리는 역병에 시달리는 불행한 파멸한 유령 같은 더러운 불경스러운 용납할 수 없는 것들 살금살금 걷고 느릿느릿 기는 붉은 눈 박쥐 귀의 영혼 없는 짐승들.

그들은 내가 밤에 잠을 자도록 두질 않아. 빌어먹을 타락한 개자식들.

저들에 대항할 우리의 은빛 칼이 필요해. 그놈들은 뺀질뺀질한 개자식들이거든.

그 사악한 마귀들은

속이고 놀리고 감질나게 하다가

물어뜯고 움켜잡고 할퀴고 악을 쓰지

노후함의 그물을 짜고 마구가 채워진 노인을

소처럼 끌어당기지 나무로 된 삐걱거리는 사형수 호송 수레

내 오래된 마음의 자갈길을 따라 구르는

나무로 된 잿빛 사형수 호송 수레.

그들이 나를 공격했는데 이전에 우리는 이미 여러 차례 승부를 겨룬 바 있지만 내가 사 개월간 프롤릭신을 복용하여 분노에 찬 악마의 끊임없는 맹공을 견딜 때 그들이 악령처럼 나를 덮쳤지 — 오오오오오오오오오오오오오오오오오오!

체력은 고갈되고 몸무게는 23킬로그램이나 빠졌지만 그 어느 때보다 강해졌어.

그들은 내가 아파할 때 좋아해

그리고 나는 최근에 타는 듯 열이 오르고 있어

이런 말 하긴 싫지만 지난주엔 그들이 그 어느 때보다 가까이 접근해서 나를 거의 압도했고 앞으로도 그러겠지.

깁스는 한밤중에 잠에서 깨어 담배를 피우는 버릇이 있었다. 끝없이 이어지는 야심한 시각에 그는 담배에 불을 붙이고 누워서 조용히 자신의 개인적인 상황에 대해 생각했다. 느닷없이 게리가 말했다. "실제로 네가 그랬지, 안 그래, 깁스?"

그가 조심스럽게 대답했다. "뭘?"

"네가 실제로 그 빌어먹을 것에 불을 붙였어, 안 그래?"

아침에 게리가 말했다. "너 잠꼬대하더라, 깁스. 몇 마디 중얼거리더니 이를 가지고 덜걱거리며 놀던데.[126] 거기 밑에서 주사위 굴리는 소리가 나더라고."

깁스는 다소 편집증적 상태가 되었다. 자신이 잠꼬대를 한다는 게 달갑지가 않았다. 말이 잘못 나오면, 길모어가 자신의 심장과 폐를 분리해 버릴지도 몰랐다.

그날 하루 종일 게리의 우울증은 더욱 심각해졌고, 다음 날 새벽 3시쯤 깁스가 다시 잠에서 깼을 때, 게리가 말했다. "괜찮아?"

깁스가 대답했다. "잘 모르겠지만, 그런 것 같아."

담배 때문에 숨을 헐떡이고 기침을 하면서도 웃으려고 애썼다.

"이봐, 괜찮겠어?" 길모어가 물었다. "철제 폐가 필요할 것 같은데?"

깁스는 침묵했다. 그는 쌕쌕거리지 않으려 애쓰고 있었다. 침묵 속에서 길모어가 말했다. "아침에, 교도관에게 우리는 잘

---

126) 뒤에, 깁스가 의치를 하고 있다는 내용이 나온다.

지낼 수 없겠다고 말하는 거야. 그러면 교도관이 널 옮겨 주 겠지."

"아, 그래?" 깁스가 말했다.

"응." 길모어가 말했다. "이제 다 그만둘 생각이야. 내가 그러 면, 넌 여기서 나가 있는 게 좋아. 그들이 너에게 살인 누명을 씌우려 할지도 모르니까." 그가 고개를 끄덕였다. "큰 건(件) 두 개로 날 심판하는 자기만족감을 느끼지 못한다면 좀 실망할 테지."

깁스가 고개를 끄덕였다. "그게 네가 원하는 거라면 교도 관한테 침을 뱉거나 뭐라도 던져서 빠져나갈 구멍을 마련해 볼게."

"그래." 게리가 말했다. "고마워. 내일은 정말 여기서 나가 달 라고 부탁해야 할지도 몰라"

"그래." 깁스가 말했다. "그렇게 할게."

하지만 아침이 되자 길모어는 보류하라고 말했다. 그날 니 콜에게서 연락이 올지 일단 확인하고 싶다고 했다. 오후에 과 연 편지 한 통이 도착했다. 그가 그것을 읽더니 말했다. "신경 쓰지 마. 기다리기로 마음먹었어."

길모어의 의기양양한 얼굴에 깁스는 몹시 놀랐다.

게리는 오후 내내 그녀가 이전에 보낸 편지들을 이것저것 뒤적거리더니 마침내 말했다. "원한다면 이거나 한번 읽어 보 든지."

편지지에 피 얼룩이 약간 묻어 있는 것이 깁스의 눈에 들어 왔다. 그는 쑥스러워서 대충 훑어보았지만 니콜이 "얼마나 따뜻하고 좋은지, 내 몸에서 생기가 빠져나가는 느낌"이라고 쓴 부분을 눈여겨보지 않을 수 없었다.

깁스는 말을 하거나 감정을 드러내지 않으려고 조심했지만, '그녀는 내가 들어 본 중 가장 진실한 사람이거나 세상에서 가장 멍청하고 얼간이 같은 여자 중 하나'라고 생각했다.

길모어가 말했다. "어떻게 생각해?"

깁스가 대답했다. "내가 네 입장이 되어 본 적이 없어서 잘 모르겠지만, 어쨌든 그녀가 너에게 헌신적인 것은 분명해."

길모어가 우울증에서 벗어났으니, 깁스는 이제 길모어가 다시는 우울증에 빠지지 않도록 만들어야겠다고 결심하고 탈출이 얼마나 쉬운지 이야기하기 시작했다. 쇠톱 날만 어떻게든 구해 봐. 이 구치소는 오래돼서 쇠창살 심이 스테인리스로 되어 있지 않거든. 실제로 누군가 이미 두어 개를 잘라 내어 다시 제자리에 용접해 놓은 흔적이 보였다.

게리는 이 말을 니콜을 통해 스털링에게 전하기로 마음먹었다. 스털링이 제화점에서 일을 처리할 수 있을 터였다. 깁스는 구두창을 바닥 부분에서 분리하고 칼날 두 개를 삽입한 다음 같은 구멍을 사용하여 손으로 조심스럽게 신발을 다시 꿰매야 한다고 말했다. 제화공이라면 누구나 할 수 있는 일이었다.

게리는 이 발상에 완전히 동의했다. 그리고 니콜에게 어떻게 해야 하는지 설명하는 편지를 쓰기 시작했다. 교도관이 편지를 훔쳐보는 걸 원하지 않았기 때문에, 사건을 논의하러 들른 변호인 마이크 에스플린에게 그것을 우편으로 보내 달라고 부탁했다.

가장 아름답고 소중한 당신에게

당신이 해 줬으면 하는 일이 있어. 당신이 일을 제대로 해 준다면 내가 곧 당신을, 어쩌면 캐나다나 태평양 북서부나, 어딘가로 데려갈 수 있을 거라고 믿어. 어디든 멀리. 나와 당신과 당신의 아이들이 함께 말이야. 내가 원하는 건 이거야. 고품질의 탄소강 쇠톱 날. 철물점에 가면 살 수 있어. 11사이즈(290밀리미터) 구두 한 켤레도 필요해. 스털링이 그 쇠톱 날을 신발 밑창 안에 넣을 수 있어. 전혀 의심받을 일 없는 아이다가 면회일에 옷 몇 가지와 함께 그 신발을 나한테 가져다주면 좋을 것 같아. 아니면 변호사 크레이그나 마이크가 가져다주든지. 여긴 작은 시골 마을의 시시한 구치소라, 신발을 엑스레이로 검사하지는 않을 거야. 금속 탐지기도 없을 텐데, 뭐. 그러면 바로 그날 밤에 난 여기서 나갈 수 있어.

날 위해 해 줘, 천사. 내가 나가서 당신을 데리고 우리 같이 가는 거야.

그리고 내가 거기 도착했을 땐 당신 곁에 그 어떤 남자도 없으면 좋겠어.

칼날을 가져다줘. 그날 밤에 당신에게 가서 당신을 데리고 떠날 거야. 그럴 만한 가치가 얼마나 되건, 내가 잡히거나 혹은 죽임을 당하기 전까지 그 삶이 지속되는 한, 우리는 웃고 사랑하고 노래하며 함께 살아갈 거야.

우리가 마땅히 그래야 하는 것처럼.

맥주와 피오리날 때문에 내가 너무 엉망이 돼서, 아무래도 다시는 당신을 제대로 만족시켜 줄 수 없을 것 같아. 그렇게 생각하니 기분이 안 좋아. 내 몸이 술과 피오리날로 오염되지 않은 자연스럽고 깨끗한 상태일 때 당신이랑 하고 싶어. 당신을 눕히고 엉덩이 사이에 바셀린을 처덕처덕 바른 뒤 우리 둘 다 절정에 오를 때까지 질펀하게 몸을 섞는 거지. 그런 다음 당신을 데리고 욕조에 들어가 한참 동안 같이 물속에서 서로의 등과 엉덩이, 팔과 다리, 불알과 자지와 분홍색 보지를 어루만지며 손장난을 즐기는 거야. 그러고는 우리 둘 다 물속에 몸을 담그고 당신이 담배를 피우는 동안 당신에게 이야기를 하나 들려주고 싶어.

자기야, 우리에겐 서로가 있어. 그것만이 중요해, 내 예쁜 주근깨 천사. 내게 은빛 칼을 가져다준 사람. 자기야 오늘 밤 당신의 벌거벗은 몸에 나를 밀착시켜 팔 한가득 껴안고 당신의 마음과 생각과 꿈속에서 내 자지를 품어 줘 당신의 고운 몸을 잠속에 고이 남겨 둔 채 내게로 와서 내 심장과 영혼과 마음과 몸속에 들어와 나를 당신의 부드럽고 따뜻하고 축축한 사랑 속으로 당신의 아름다운 입속으로 당신의 심장과 영혼과 진정한 본질 속으로 들여보내 줘 내 손을 당신의 엉덩이 사이로 인도한 뒤 나와 미친 듯이 뒹굴어 줘 잠 속에서 그리고 말하자면 모든 것에서 우리가 하나가 될 수 있도록 상상할 수조차 없는 무언가가 될 수 있도록 당신을 내게 줘.

다시 한번 그녀는 그 어느 때보다 지금 더 그를 사랑한다고 판단했다. 그의 섹시한 편지가 그녀를 몹시 흥분시켰고, 진실해야 한다는 그녀의 결심을 엉망으로 만들었다.

"당신 머릿속은 온통 헛소리로 채워져 있나 봐요." 그녀가 다음 면회 때 말했다. "틀림없이 물건을 세우지도 못할 텐데 이런 글이나 쓰고 있잖아요."

그는 그저 활짝 웃는 것으로 대답했다. 그녀는 그를 사랑하고 있었다.

니콜은 쇠톱 날에 대해 이야기했다. 그녀는 작은 철물점에 가서 탄소강을 요청했다. 그녀가 쌓인 물건 중 두 종류를 사는 걸 보고, 판매대 뒤의 나이 든 남자는 그녀가 정확한 크기를 모르는 데다 그걸 딱히 신경 쓰지도 않는 것 같다고 판단했다. 그가 그녀에게 우스꽝스러운 표정을 지으며 말했다. "누굴 탈옥시키려 하는 거요?"

그녀는 웃음을 참느라 꽤 애를 먹었다.

이제 그녀는 그 쇠톱 날을 스털링에게 넘겼다. 그녀는 스털링이 딱히 열의를 보이지 않았다고 게리에게 말했다. 그는 처음엔 그러겠다고 했다가, 다음엔 다시 생각을 좀 해 보기로 결심했다고 말했다. 며칠이 지났다. 그는 여전히 생각하는 중이었다.


7


길모어는 깁스가 지금껏 만난 사람 중 가장 청각이 뛰어났다. 초인적인 귀를 가진 남자의 사례가 있다면 바로 게리 길모

어였다. 그들이 수감된 감방에서 행정실까지는 적어도 27미터
로, 세 개의 다른 복도와 통로를 돌아가야 하는 거리였지만,
길모어는 누군가를 유치장에 구금하면서 이름과 혐의를 말
하는 목소리를 들을 수 있었다. 덕분에 길모어는 잠을 이루지
못했다. 깁스는 길모어가 하루 스물네 시간 중 평균 두세 시간
정도만 잔다는 사실을 알아챘다. 그에게 그 이상의 수면은 필
요 없어 보였다.

커훈은 6시 30분에 아침을 먹었고, 깁스는 졸았지만, 게리
는 그 시간에 일어나서 식사를 했다. 그런 다음 그는 니콜에
게 편지를 쓰거나 가지고 있는 책을 읽었다. 그는 구치소 전체
가 평화로운 아침에 이 일을 했다.

때때로 길모어는 깁스만큼 오랜 시간 복역했으면서도 독서
를 좋아하지 않는 사람을 발견하는 게 얼마나 특이한 일인지
에 대해 이야기했다. 깁스가 자신은 평생 책을 세 권 정도 읽
었을 거라고 했다. 『대부』,『그린 펠트 정글』,『벤데타』.<sup>127)</sup> 이
제, 게리가 그에게 『피터 프라우드의 환생』을 건넸다. 그 책이
내세에 대한 아주 기본적인 정보를 줄 거라면서. 깁스는 길모
어를 기분 좋게 해 주려고 책을 읽었지만, 그렇다고 해서 환생
을 믿게 된 것은 아니었다.

그들은 찰리 맨슨에 대해 토론했다. 길모어는 맨슨에게 심
령 능력이 있었다고 설명했다.

---

127) '대부'는 마피아 범죄 조직과 관련이 있고, '그린 펠트 정글'은 포커 테
이블을 가리키는 은어이며, '벤데타'는 복수를 의미한다.

"나는 그가 '스퀴키' 프롬[128]으로 하여금 포드 대통령을 저 격하게 만들었다는 걸 알아."

"정말 그런 걸 믿어?" 깁스가 물었다.

"그래." 길모어가 말했다. "마음으로 사람을 조종할 수 있지."

깁스가 변명하듯 말했다. "난 눈에 보이지 않는 건 믿지 않 아서."

"글쎄." 게리가 말했다. "맨슨이 그녀를 부추겼다니까."

"어떻게?" 깁스가 물었다. "교도소 측에서 그 여자가 맨슨을 면회하는 걸 허용하지 않았을 텐데."

"맞아." 길모어가 말했다. "맨슨은 심령 능력을 사용했어."

깁스로선 눈으로 보지 못한 일이었다.

그날 저녁 늦게, 길모어는 커피를 마시기 위해 물을 끓였다. 화장지를 도넛 모양으로 말아서 가운데에 불을 붙였다. 불꽃 이 만들어져 물이 끓을 정도로 오래 지속되었다. 구운 감자를 쌌던 알루미늄 포일로 일회용 종이컵[129]을 감싸서 가열 냄비 를 만들었다. 손잡이로는, 끈 조각의 끝을 테두리에 뚫어놓은 두 구멍에 끼워 묶고는, 컵을 불 위에 올려놓았다.

깁스는 침상에 누워서 게리가 작업하는 모습을 지켜보다가 이런 생각을 떠올렸다.

---

128) 미국의 38대 대통령인 제럴드 포드를 암살하려다 실패한 리넷 프 롬(Lynette Fromme)을 가리킨다. 목소리가 작고 날카로워서 '스퀴키 (Squeaky)'라는 별명을 얻었다.
129) 원문은 Dixie cup. 주로 일회용 종이컵을 의미한다. 원래는 브랜드 이 름인데, 점차 일반 명사처럼 사용되었다.

'끈이 끊어지면 틀림없이 웃음이 터질 것 같은데.'

바로 그때 끈에 불이 붙었고, 컵이 떨어지면서 물이 쏟아졌다. 깁스가 웃음을 터뜨렸다. 그는 자신의 침상에서 감자벌레처럼 몸을 말고 심하게 웃다가, 급기야 방귀를 연달아 뀌어 댔다. 길모어는 역겨운 표정으로 그를 쳐다보더니 컵과 끈 모두 변기에 던져 버렸다.

"너는 내가 본 중 가장 방귀를 많이 뀌는 개자식이야."

"나는 내 의지대로 방귀를 뀔 수 있어." 깁스가 그 말을 하면서 배꼽 빠지게 웃었고 또 한 번 방귀를 뀌었다. 방귀를 뀐 후에는 언제나 미친놈처럼 웃었다.

"뭐, 다행히 냄새가 구리진 않네."

"난 언제나 뽕뽕대는 새끼였어."

"일주일간 아꼈다가 음반이나 하나 내지 그래?"

깁스가 헐떡이며 웃음을 가라앉힌 후 길모어에게 말했다.

"이봐, 게리. 난 너의 불운에 대해 무신경하게 군 건 아니었어. 다만 그 일이 일어나기 직전에 이미 그렇게 될 거라고 생각했을 뿐이야."

게리의 얼굴이 밝아졌다. "그게 바로 심령 능력이야."

깁스는 자기에게 종교를 갖게 하려면 끊어진 끈보다 더한 게 필요할 거라고 말하고 싶었지만, 그냥 입을 다물었다.

그런데 깁스에게는 프로보에 사는 여동생이 있었고, 그녀는 길모어라는 이름을 가진 남자와 결혼했다. 깁스가 길모어, 즉 게리의 체포 소식을 처음 들었을 때, 그는 자신이 한 번도 만난 적 없는 매제가 체포된 게 아닌지 궁금했다.

그 말을 들은 게리가 말했다. "우리에게 얼마나 많은 공통점이 있는지 생각해 본 적 있어? 우리는 만날 운명이었을지도 몰라."

깁스가 생각했다. '또 환생 타령이군.'

게리가 몇 가지 예를 나열했다. 그들은 둘 다 교도소에서 많은 시간을 보냈다. 깁스는 유타와 와이오밍에서, 그는 오리건과 일리노이에서 복역했다. 교도소를 들락거리기 전에는 각각 소년원에 수감되었다. 둘 다 만성적 범죄자로 간주되었다. 둘 다 가장 경비가 삼엄한 교도소에서 장기 복역했다. 두 사람 모두 범죄를 저지르던 와중에 왼손에 총상을 입었다. 둘 다 아버지를 좋아하지 않았다. 양쪽 아버지 모두 술을 많이 마셨고 지금은 세상을 떴다. 길모어와 깁스 모두 어머니를 사랑한다. 두 어머니 모두 모르몬교 신자이고 작은 트레일러에 산다. 길모어와 깁스 모두 나머지 직계 가족과는 전혀 연락하지 않는다. 게다가 두 사람 모두 군대를 다녀온 적은 없지만 성(姓)의 첫 두 글자(GI)가 '군인'을 의미한다. 두 사람이 마약을 처음 접한 건 1960년대 초반이고, 두 사람 모두 흔히 사용하지 않는 종류의 각성제인 '리탈린'이라는 약물을 사용했다.

"충분해?" 길모어가 물었다.

"더 하고 싶으면 더 해 봐." 깁스가 말했다.

자, 게리가 지적했다. 체포되기 전에 두 사람은 모두 스무 살 된 이혼녀와 함께 살았다. 그들 각자는 여자의 사촌을 통해 그녀를 만났다. 여자들은 각각 아이가 둘이었다. 첫째는 다섯 살 된 딸로, 갈색 머리였고, 이름이 S로 시작했다. 두 여자 모두 다른 결혼으로 얻은 세 살짜리 아들이 있었는데, 모두 금발이고 이름이 J로 시작했다. 니콜과 깁스 애인의 어머니 모두 이름이 캐서린이었다. 그리고 두 사람은 모두 각자의 여자를 만난 직후 여자의 집에 들어가 살았다.

이러한 우연의 일치들을 비교한 후, 깁스는 잠시 멈춰 생각했다. 심지어 궁금해지기 시작했다. 게리의 말에 일리가 있을지도 모른다는 생각이 들었다.

물론 게리는 차이점을 짚어 주지는 않았다. 깁스의 여자는 볼품없었고 니콜은 아름다웠다. 깁스는 니콜이 게리를 위해 애쓰는 모습을 보고 그녀의 내면 또한 분명 아름다울 거라고 판단했다. 그야, 우표를 살 돈이 없을 땐 차를 얻어 타고 교도소까지 직접 와서 게리에게 편지를 전하기도 했으니까. 커피, 탕(Tang),[130] 종이, 펜 등 필요한 게 있을 때, 깁스가 교도관에게 그의 계좌에서 돈을 꺼내 달라고 하기만 하면 니콜이 바로 나가서 물건을 사서 가져다주곤 했다.

한번은 목록을 작성하면서, 깁스가 지금껏 언급되지 않은 것이 있느냐고 물었다. 그러자 게리가 말했다. "인스턴트 핫 초콜릿 좋아해?"

"그래." 깁스가 대답했다. "그거 괜찮지." 사실 그는 '탕' 같은 차가운 음료를 더 좋아했지만 이렇게 말했다. "니콜더러 핫 초콜릿 한 통 사 오라고 해."

그는 게리가 무언가를 원하거나 필요로 할 때 몹시 쑥스러

---

130) 미국의 제너럴 푸즈가 개발한 분말 형태의 과일 맛 음료.

위한다는 걸 알 수 있었다. 완전히 목이 메었다.

"깁스." 게리가 이제 말했다. "넌 내가 이십 년 동안 수감 생활하면서 만났던 놈들 중 가장 괜찮은 놈이야. 내 말 명심해, 언젠가는, 어떤 식으로든 다른 사람들한테 잘해 준 보답을 받게 될 거야."

깁스는 길모어가 정말로 이런 호의에 보답할 방법을 찾고 있음을 알았다. 그가 자는 중에도 덜걱거리는 깁스의 의치를 고쳐 주겠다는 말을 꺼내기 시작했다.

"글쎄." 좀 거북한 기분으로 깁스가 말했다. "이거 갖고 노는 것도 나름 재밌는데 뭐."

그는 위쪽 치아 전체를 의치로 해 넣었는데, 그것이 완전히 둘로 부러진 상태였다. 이 구치소에 들어오기 직전에, 그는 술에 떡이 되도록 취해 엘도라도를 타고 운전하다가, 속이 울렁거려서 구토를 해야 했다. 차를 멈추기가 너무 귀찮았다. 에이, 알 게 뭐야. 주간 고속 도로를 거의 시속 130킬로미터로 달리고 있었던 그는 그냥 창문을 열고 속을 게워 냈고 90미터 정도를 더 가서야 토사물과 함께 자기 의치도 사라진 것을 깨달았다. 그는 갓길에 급하게 차를 세우고는 줄줄이 이어진 그의 토사물을 발견할 때까지 어둠 속에서 왔던 길을 도로 달려갔다. 토사물 한가운데에 가짜 치아가 두 동강이 난 채 떨어져 있었다.

이제 그는 그것을 혀로 건드리며 놀았다. 캐스터네츠처럼 짤깍짤깍 소리를 냈다. 가끔 깁스는 그의 앞니가 쪼개지는 걸 목격한 사람들의 표정을 보기 위해 느닷없이 윗니 전체를 쑥

내밀어 드러내기도 했다.

하지만 게리 앞에서는 이런 식으로 장난치지 않았다. 길모어는 자신의 치아에 대한 자의식이 무척 강했다. 심지어 자기가 오리건주의 치기공실에서 일했다는 얘기를 털어놓는 데만도 며칠이 걸렸다. 니콜이 약국에서 키트를 사 오기만 하면, 길모어가 그의 틀니를 수리할 수 있을 터였다. 깁스는 즉각 돈을 내놓았다.

방문 후 니콜은 용액 한 병, 분말 베이스 튜브, 스포이트, 플라스틱 컵, 이 모든 걸 저을 수 있는 막대기, 사포, 그리고 설명서가 포함된 의치 수선 키트를 보내 주었다. 길모어는 설명서는 제쳐 두고 작업을 시작했다. 십오 분 만에 치아는 다시 붙었고, 새것처럼 잘 맞았다. 깁스는 걱정이 되었다. 의치가 고쳐지면 자기가 자면서 하는 얘기를 길모어가 들을 수 있을지도 몰랐기 때문이다. 깁스는 그 말들이 그를 당혹스럽게 만들지 않기를 바랄 뿐이었다.

그날 밤 늦게, 길모어는 자지 않고 의치를 조금씩 조정하기 시작했다. 게리는 정말로 의치와 함께 혼자만의 시간을 갖고 싶어 했다. 밤의 고요 속에서 깁스는 자는 척하며 게리가 혼자서 작업에 몰두하는 모습을 지켜보았다. 그는 입술이 잇몸 위로 쪼그라들어, 나이보다 늙어 보였다.

네 명의 직무수들은 카운티에서 단기 징역형을 받은 경미한 범죄자들이었다. 그래서 그들은 식사를 배급할 때가 되면 길모어를 죽도록 두려워했다. 그들은 쟁반을 투입구에 밀어 넣을 때 최대한 멀리 떨어져 서 있었다. 길모어가 그 좁은 공간으로 손을 뻗어 자기들을 붙잡을 리도 없건만, 직무수들은 경계심이 많았다. 그들은 교도관들이 길모어가 희생자들을 바닥에 엎드리게 한 뒤 탕 하고 총을 쏘았던 것에 대해 이야기하는 걸 들었다. 다른 수용실에서 어떤 녀석이 거칠게 행동할라치면 교도관들은 이제 당장 그만두지 않으면 길모어와 같은 감방에 넣어 주겠다고 협박했다. 그들은 그가 사람 하나를 더 죽여도 잃을 게 별로 없다는 점을 지적했다.

어느 날 교도관이 깁스를 감방에서 빼내 주방으로 데려가 커피를 마시게 해 주었다. 게리가 정신과 의사와 단둘이 면담하도록 하기 위해서였다. 직무수들은 세상없이 친절했다. 깁스에게 샌드위치를 만들어 주고는, 자기들 일을 했다. 마침내 그들 중 한 사람이 깁스에게 왜 감방에서 나왔는지 물었다. 깁스가 교도관에게 한쪽 눈을 찡긋하더니 말했다.

"아, 수색을 위해 한 번에 한 사람씩 끌어내는 중이야. 내가 돌아간 뒤, 바로 게리가 여기로 올걸."

깁스는 네 사람이 그렇게 빨리 쟁반을 씻는 걸 본 적이 없었다. 그들은 확실히 위대한 길모어가 도착하기 전에 일을 마칠 요량이었다.

바로 그때 그 교도관이 전화를 받으러 행정실로 갔다. 교도관이 사라지자마자, 깁스가 탁자 위에 보이는 펀치[131] 팩을 모조리 집어서 자기 바지에 쑤셔 넣고는, 그 직무수들에게 말했다.

---

131) 술, 설탕, 우유, 레몬, 향료를 넣어 만드는 음료.

"너희 호모 새끼들 중 한 놈이라도 이 일에 대해 입을 뻥긋
하면, 후회하게 될 거야."

교도관이 그를 데리고 돌아오자마자, 깁스는 훔친 물건들
을 꺼내 놓기 시작했다. 게리가 그 정신과 의사는 자신의 정신
이 멀쩡하며 재판받을 능력이 있다고 권고할 거라고 말했다.

"뭘 기대하겠어?" 길모어가 말했다. "그는 내 변호사들에게
돈을 지불하는 바로 그 사람들한테서 돈을 받는데 뭐. 유타
주에선, 그래, 결국 내가 질 수밖에 없는 게임이야." 그런 다음
그가 말했다. "뭘 기다리는 거야? 교도관이 와서 보기 전에 펀
치나 만들어 놓자고."

그래서 그들은 바쁘게 움직여 약 3.8리터의 펀치를 만들었다.

# 6부

## 게리 M. 길모어의 재판

# 23장

# 온전한 정신 상태

1

에스플린과 스나이더는 두 사람이 지금껏 맡아 본 적 없는 사건, 사실상 가장 세간의 주목을 받는 대형 사건에서 두각을 나타낼 수 있는 기회를 얻었다. 그들은 확실히 열심히 일하고 있다고 자평했다. 매일 아침과 오후에 대리석 계단 맞은편 지하 홀에 있는 프로보 법원 커피숍에서 비공식적으로 모이는 법조계 인사들은 곧 있을 재판에 상당한 관심을 보였다. 프로보에서 꽤 오랜만에 발생한 일급 살인 사건이었고, 동료들 사이에서 젊은 변호사의 평판이 올라갈 수도 깎일 수도 있는 상황이었기 때문이었다.

그래서 그들은 자신의 능력을 발휘하고 싶었다. 걱정이나 부담감도 없지 않았다. 그들이 어떻게 대변하느냐에 따라 한 남자의 목숨이 좌지우지되는 상황이었다. 따라서 의뢰인이 비협조적으로 나오자 실망하지 않을 수 없었다.

그는 살고 싶어 했다. 적어도 그들은 그가 살고 싶어 한다고 추정했다. 그는 이급 살인으로 처벌을 모면하거나, 심지어 무죄 판결을 받는 것에 대해 이야기했다. 그러나 그는 취약한 방어 전략을 개선하는 데 필요한 새로운 자료는 제공하려 들지 않았다.

검찰이 가진 정황 증거는 촘촘했다. A부터 Z까지 한 글자도 빠지지 않은 게 완벽한 증거라면, 여기에선 아마도 한두 글자가 뭉개지고, 오직 한 글자만 부재한 정도의 증거 수준이었다. 자동 권총의 지문은 게리의 지문으로 단정할 만큼 선명하지는 않았다. 하지만 그 밖의 모든 것들이, 특히 베니 부시넬의 시신 옆에서 발견된 탄피가, 사건을 하나로 엮어 주었다. 그 탄피는 덤불에서 발견된 브라우닝 소총에서만 나올 수 있는 것이었다. 핏자국이 그 덤불에서부터 마틴 온티버로스가 게리의 피투성이 손을 목격한 주유소까지 이어졌다.

직접적인 증거도 있었다. 8월 3일에 열렸던 예비 심문에서, 피터 아로요는 게리가 한 손에는 총을 들고 다른 한 손에는 현금 상자를 들고 있는 모습을 목격했다고 증언했다. 아로요는 완벽하게 등장했다. 그는 분명하고 또렷한 목소리로 말하는 한 가정의 가장이었다. 영화를 촬영할 때 피고 측에 타격을 줄 수 있는 검찰 측 증인이 필요하다면, 피터가 적임자였다. 실제로 예비 심문이 끝난 후, 스나이더와 에스플린이 커피숍에서 우튼을 마주쳤을 때, 그들은 경쟁하는 코치들이 한 팀에서 뛰었던 스타에 대해 이야기하듯 증인의 재능에 대해 농담을 건넸다.

게리가 제럴드 닐슨에게 한 자백 또한 큰 타격이었다. 스나이더와 에스플린은 우튼이 그러한 자백을 재판에 끌어들일까 봐 걱정하지는 않았다. 설사 그런 일이 일어난다 해도, 제럴드 닐슨이 피고인의 권리를 침해했음을 보여 주면 그만이었다. 실제로 에스플린은 예비 심문에서 매우 강력하게 항변했다.

"재판장님." 그가 말했다. "경찰은 용의자 앞에서 사건을 설명하고 이것이 우리가 가진 증거라고 말하면서 용의자가 진술하기를 기다려 놓고, 실제로는 아무것도 묻지 않았다고 발뺌할 수 없습니다. 목소리의 억양만으로도 상대방이 질문을 받고 있다고 생각하게 만들 수 있으니까요."

판사도 거의 동의할 뻔했다. "내가 예심 판사로 앉아 있다면 배제할 테지만…… 예비 심문을 위해서라면, 그걸 인정하겠소."

우튼은 아마 이제 그 자백을 법정으로 가져오지 않을 터였다. 그것이 항소심에서 유죄 판결을 뒤집기 충분할 정도로 사건을 오염시킬 수 있기 때문이었다.

그럼에도, 자백은 해를 끼쳤다. 피고 측에서 시도해 볼 수 있는 변론 중 많은 부분이 효력을 잃었다. 정직함이나 도덕과 담을 쌓은 변호사가 아닌 바에야 프로보의 법조계 절반이 예비 심문 이후 길모어가 자백했다는 사실을 알았고 나머지 절반도 커피숍을 오가며 곧 알게 되리라는 사실을 무시할 수 없었다. 이는 상상력을 발휘하여 내놓을 수 있는 모든 방어 논리를 방해할 수밖에 없었다. 그러한 자백 앞에서 부시넬의 죽음이 강도의 과정에서 일어난 우발적 사고였을 가능성을 제기하는 것이 편안하지는 않을 터였다.

게리에게 불리한 가장 결정적인 증거는, 그가 부시넬의 머리에 총을 겨눴음을 증명하는 탄흔이었다. 그게 없었다면, 게리가 금고를 털고 있을 때 마침 불운하게도 베니 부시넬이 사무실에 들어와서 살인이 벌어졌다고 주장할 수 있었다. 이것은 강도 행위의 와중에 우발적으로 저지른 살인으로, 이급 살인의 죄가 성립했다. 남자를 바닥에 엎드려 누우라고 명령한 다음 방아쇠를 당긴 것만큼 죄질이 나쁘지는 않았다. 그건 냉정하고 계획적인 살인이었다.

그럼에도, 이러한 사실들을 가지고 방어 논리를 구축하는 것이 여전히 가능했다. 자동 권총의 방아쇠는 그 어떤 권총의 방아쇠보다 외부 충격에 민감하다. 몇 분 후 그렇게 민감한 방아쇠를 건드려 자기 스스로에게도 우발적으로 총을 쐈기 때문에, 여전히 그가 부시넬의 갑작스러운 등장에 놀라 총을 꺼냈다고 주장할 수 있었다. 다음에 어떻게 해야 할지 고민하던 그가 부시넬에게 엎드려 누우라고 명령했고, 부시넬이 뭔가 말을 시작하자 총을 그의 머리에 대고 위협했다. 바로 그때 끔찍하게도 총이 발사되었다. 우발적으로. 방어를 하다 벌어진 일이었을 수도 있다. 어느 정도는 합리적인 의심을 불러일으킬 수 있었다. 적어도 검찰의 주장에서 감정적으로 가장 강력한 세부 사항을 누그러뜨릴 수 있었다. 하지만 이제 그 주장은 배심원단에게 최종 변론을 할 때 여러 가능성 중 하나로서만 채택될 수 있었다. 자백의 존재를 고려하여 프로보의 많은 변호사들이 그러한 전술을 추잡하다고 간주할 텐데, 그런 상황에서 그것에 근거하여 피고 측 변론을 구성할 수는 없었다.


2


유타주에서 살인 사건에 대한 재판은 두 부분으로 수행되었다. 피고가 일급 살인으로 유죄 판결을 받으면, 곧바로 감경 심리가 열리게 되어 있었다. 그러면 피고인의 성품에 대해 좋은 점이든 나쁜 점이든 증언할 증인들을 소개할 수 있었다. 그런 증언이 끝나면 배심원단은 두 번째로 나가서 종신형과 사형 중 한 가지를 결정했다.

게리가 유죄 판결을 받는다면, 그의 목숨은 이 감경 심리에 달릴 터였다. 하지만 그는 여기서 비협조적이었다. 그는 니콜을 증인으로 부르는 데 동의하지 않았다. 그들은 그것을 논의하려고 했다. 카운티 구치소의 작은 면회실에서, 그는 배심원들이 그를 인간으로 볼 수 있도록 해야 한다는 스나이더와 에스플린의 주장에 귀를 기울이지 않았다. 그가 좋은 면을 가진 사람이라는 것은 여자 친구가 가장 잘 보여 줄 수 있지 않을까? 하지만 길모어는 그녀를 사건에 끌어들이는 것을 허락하지 않았다. 그는 이렇게 말하는 것 같았다.

"니콜과 함께하는 내 삶은 신성불가침의 영역이야."

그는 적극적으로 나서지 않았다. 증인들을 제안하지도 않았다. 프로보에서 어떻게 살았는지에 대해 몇 가지 소소한 이야기들을 입에 올렸을 때도, 내용이 건조하기 짝이 없었다. 그는 친구들의 이름을 밝히지 않았다. 그저 이런 식으로만 말했다.

"함께 일하던 녀석이 있었는데, 그놈이랑 같이 맥주를 마셨어요."

그는 면회실 한쪽에 멀찍이 떨어져 앉아 있었다. 말투가 부드럽고 태도도 적대적이진 않았으나 가망이 보이지 않을 정도로 냉담했다.

반면에, 그는 변호인들의 배경에 대해서는 확실히 어느 정도 호기심을 보였다. 마치 질문을 받기보다는 하는 쪽을 선호하는 것 같았다. 따라서 스나이더와 에스플린은 그가 준비되기를 바라는 마음에 자신들에 대해서도 이야기할 준비를 했다. 예를 들어 크레이그의 아버지는 솔트레이크에서 양로원을 운영했고, 크레이그는 유타 대학교를 다녔다. 그곳을 다니는 동안 응원단장을 지냈다고, 그가 겸손히 미소 지으며 게리에게 말했다. 그의 아내는 여학생 클럽의 회장이었다. 그는 여전히 미식축구와 농구의 열렬한 팬이었다. 골프, 패들볼, 테니스, 럭비, 브리지 게임을 즐겼다. 로스쿨 졸업 후 텍사스로 이주하여 엑손의 법인세 부서에서 일했지만, 유타로 돌아왔다. 법정 변호사 노릇이 더 좋았기 때문이다.

"자녀가 있나요?" 길모어가 물었다.

"트레비스는 여섯 살, 브랜디는 두 살이죠." 크레이그의 표정은 솔직하고 진지했으며, 친절하고 조심스러웠다.

"그렇군요." 길모어가 말했다.

에스플린은 스포츠 영웅이 되고 싶었지만, 어린 시절 꽃가루 알레르기로 고생했다. 그는 목장에서 자랐고 영국에 가서 선교 활동을 했다. 스물한 살에 돌아와서 결혼했다. 그보다 오래전인 열세 살 때쯤, 그는 이미 페리 메이슨[132]의 책이란 책은 모조리 찾아내 독파한 상태였다. 얼 스탠리 가드너가 마이크 에스플린을 변호사로 만들었지만, 개업하고 보니 주로 파산과 이혼 소송을 맡게 되었다. 그래서 작년 한 해 동안 그는 프로보에서 국선 변호사로서 풀타임으로 일했다.

길모어가 고개를 끄덕였다. 귀 기울여 열심히 들었다. 반면에 정작 그가 변호인들에게 들려준 내용은 얼마 되지 않았다. 자신의 수감 생활에서 변호인들이 활용할 만한 게 딱히 없다고 판단했기 때문이다. 수감 기록만 남아 있을 뿐이었고, 그것도 그를 위해서가 아니라 기관을 위해 작성된 것이었다. 그는 어머니라면 좋은 증인이 될 수 있겠지만, 관절염이 심해서 여행이 힘들 거라고 말했다.

스나이더와 에스플린이 베시 길모어에게 연락을 취했다. 게리 말이 맞았다. 그녀는 여행이 불가능했다. 브렌다 니콜이라는 사촌이 있었지만, 게리는 그녀에게 화가 나 있었다. 8월 3일 예비 심문에서, 그는 법정 건너편의 그녀에게 손을 흔들었다. 그녀가 자기를 보러 왔다고 생각했다. 곧 노얼 우튼이 그녀를 불렀다는 사실을 알게 되었다. 증인석에서 브렌다는 게리가 오렘 경찰서에서 걸어온 전화 통화에 대해 이야기했다.

"제가 그의 어머니한테 뭐라고 말했으면 좋겠느냐고 물었어

---

132) 미국의 소설가 얼 스탠리 가드너(Erle Stanley Gardner, 1889~1970)가 쓴 형사 사건 전문 변호사 페리 메이슨을 주인공으로 하는 연작 탐정 소설.

요." 브렌다가 증인석에서 말했다. "그가 말했죠. '그게 사실이라고 말해도 되지 않을까.'"

마이크 에스플린은 게리가 살인 혐의로 기소된 것이 사실이라는 뜻으로 말했다는 것에 브렌다가 동의하게 하려고 애썼다. 브렌다는 자신의 증언을 반복하며 어느 편도 들지 않았다. 게리는 그것을 용서하기가 어려웠다.

그래도 변호인들은 노력했다. 그들은 전화로 브렌다와 이야기를 나눴다. 스나이더는 그녀가 경박하며 길모어를 상당히 두려워한다고 생각했다. 그녀는 게리가 자기를 신고한 것에 대해 앙갚음을 예고했다고 말했다. 최근에 그녀의 차를 따라다니는 주황색 밴 한 대가 있었다. 그녀는 그것이 게리의 친구일지도 모른다고 생각했다.

그녀는 자기가 게리를 교도소에서 석방시키기 위해 위험을 무릅썼건만, 게리가 자신의 등 뒤를 찌른 느낌이라고 말했다. 그녀는 그를 매우 사랑하지만, 저지른 일에 대해서는 대가를 치러야 한다고 생각했다.

나중에 변호사들이 다시 전화를 걸었다. 게리가 에이프릴과 함께 그녀의 집에 온 월요일 밤에, 그가 마약이나 술에 취한 것 같았나요? 그랬다면 경감 사유가 될 수도 있었다. 브렌다는 그때 에이프릴이 했던 말을 들려주었다. "당신이 그럴 때면 난 정말 무서워요, 게리."

자기는 게리를 좋아하지만, 그는 그가 받게 될 벌을 받아 마땅하다고 반복했다. 잘해 봐야 브렌다는 위험한 증인이 될 거라고 스나이더와 에스플린은 판단했다.

그들은 스펜서 맥그래스에게 전화했다. 그는 게리를 좋아하지만 일이 돌아가는 상황을 보고 매우 실망했다고 말했다. 그의 젊은 직원 두 명의 어머니들이 그가 범죄자를 고용한 것에 대해 분개했다. 그는 지금 겪어야 할 거의 모든 곤란을 다 겪고 있었다. 사람들이 거리에서 그를 멈춰 세우고는 "살인자를 고용한 기분이 어때요, 스펜서?"라고 묻곤 했다. 그건 그가 기획한 일들에 전혀 도움이 되지 않았다.

그들은 번 다미코와는 한 번도 이야기를 나눈 적이 없었다. 게리는 줄곧 친척들과의 관계가 그리 좋지 않다고 말했다. 게다가, 변호인들은 유타 주립 병원으로부터 번과의 대화 기록을 받았다.


다미코 씨는 게리 길모어에 관해서 제게 다음의 정보를 주었습니다.

그는 지는 것을 좋아하지 않고, 혹시라도 지게 되면 그것을 잊지도 용서하지도 않으려 합니다. 또한 당한 것은 반드시 갚아주는 성미이므로, 그를 고발한 다미코 씨의 가족은 매우 두려워하고 있습니다. 그는 사촌에게 편지를 써서 그녀가 자신을 신고한 일로 악몽을 꾸기를 바란다고 말했습니다. 그는 과거에 탈옥한 전력이 있기 때문에, 그 가족은 또한 그가 구치소나 병원에서 탈출할까 봐 다소 걱정하고 있습니다.

3

    그들은 결국 길모어를 정신 이상자로 진단해 줄 정신과 의사를 찾기에 이르렀다. 그마저도 실패하자, 스나이더와 에스플린은 정신과 보고서 중 한 문단이라도, 심지어 쓸 만한 한 문장이라고 찾으려고 했다.

심리 평가

평가 날짜　　　1976년 8월 10, 11, 13, 14일

평가 방법　　　환자와의 면담

　　　　　　　미네소타 다면적 인성 검사(MMPI)[133]

　　　　　　　양극성 심리 검사

　　　　　　　문장 완성

　　　　　　　벤더-게슈탈트 검사[134]

　　　　　　　그레이엄 켄달 검사[135]

　　　　　　　로르샤흐 검사[136]

---

133) 개인의 성격 특성과 정신 건강 상태를 평가하기 위한 표준화된 심리 검사로, 다양한 심리적 장애 및 성격 패턴을 진단하는 데 사용된다.

134) 시각-운동 능력과 신경 심리학적 기능을 평가하는 검사로, 도형을 따라 그리는 방식으로 진행된다.

135) 주로 리더십 스타일과 조직 내 행동을 분석하기 위해 사용되는 심리 검사다.

136) 잉크 반점을 보고 연상되는 것을 말하게 하여 개인의 무의식적 사고와 정서를 분석하는 투사적 검사다.

길모어 씨는 어떤 지점에서 다음과 같은 말을 한 바 있습니다. "일주일 내내 나는 이런 비현실적인 느낌이었습니다. 마치 내가 물을 투과해 사물을 보고 있는 것 같은, 혹은 내가 나 자신의 행동을 지켜보고 있는 것 같은 그런 느낌이요. 특히 그날 밤에는 모든 것이 비현실적으로 느껴졌어요. 마치 내가 나 자신의 행동을 멀리서 지켜보는 것 같은 그런 느낌…… 머릿속이 몽롱한 느낌이었어요. 나는 들어가서 그 남자에게 돈을 달라고 말하고, 그에게 바닥 위에 엎드리라고 말하고, 그런 다음 그를 쐈어요……. 나는 그것이 모두 현실이라는 걸 알아요. 그리고 나는 내가 그걸 했다는 것을 알아요. 하지만 왠지 모르게 책임감이 느껴지지 않아요. 마치 내가 그것을 해야만 했던 것 같아요. 어렸을 때 비비 총 입구에 내 손가락을 대고 방아쇠를 당겨서 진짜 비비 탄이 들어 있는지 확인하거나, 손가락을 물에 담근 후 그 안에 전구 소켓을 넣어서 정말 감전되는지를 확인했던 기억이 납니다. 마치 내가 그냥 그걸 해야 하는 것 같았어요. 이런 것들을 해야만 한다는 강박관념이 나한테 있었던 것 같아요."

지적 기능

게리는 평균 수준보다 우수한 지능을 보여 줍니다. 그의 어휘 지능 지수는 140, 추상 개념 지능 지수는 120, 전체 지능 지수는 129였습니다. 그는 자신이 살면서 상당량의 독서를 했다고 말했고, 실제로 어휘력 테스트에서 못 맞힌 단어는 단 두 개였습니다.

성격 통합

종이-연필 성격 테스트에서, 게리는 자신이 매우 적대적이고 사회적 상식에서 벗어났으며, 현재 자신의 삶에 만족하지 못하고 다른 사람들의 감정에 둔감한 개인임을 보여 주었습니다. 사회 기득권층에 대한 적개심도 높았습니다.

요약 및 결론

요약하자면, 게리는 35세의 백인 독신 남성으로…… 우수한 지능의 소유자입니다. 기질적 뇌 손상의 증거는 없습니다. 게리는 기본적으로 사이코패스 혹은 반사회적 유형의 인격 장애를 가지고 있습니다. 하지만 니콜과 헤어진 일주일 동안, 그리고 두 사람을 총격하는 동안 그가 경험 한 비인격화 증상에 대해 그가 말한 것에는 어느 정도 실체가 있을 수 있다고 생각합니다. 그러나 그가 자신이 무엇을 하는지 알고 있었던 것은 분명합니다……. 저는 법적 절차를 계속 진행시키기 위해 그를 법정으로 돌려보내는 것 외엔 다른 대안이 없다고 생각합니다.

로버트 J. 하월 박사

1976년 8월 18일

신경학적 상담

그는 이따금 시야에, 특히 오른쪽 시야에, 들쭉날쭉한 선이 나타나고, 약 십 분 정도 앞을 볼 수가 없다가 극심한 두통이 이어지진다고 말했다. 가끔은 어지럼증이 동반된다고도 했다. 두통은 한 시간 정도 지속되다가 잦아든다. 두통은 항상 시각

적 증상 뒤에 찾아오지만, 이런 시각적 증상 없이 언제든 발생하기도 하는 '정말 심한' 두통이 또 있다. 이 두통은 상당히 가변적으로 발생하며, 아스피린이나 타이레놀 및 여타 다른 약들은 도움이 되지 않는 것 같지만 피오리날을 복용하면 대개 멈추기 때문에, 그것을 거의 매일 복용할 때도 있었다. 그는 몇 번의 싸움에서 머리를 맞았지만 의식을 잃은 적은 없다. 몇 달 전에는 왼쪽 눈썹 부위에 열상을 입었는데, 지금은 잘 나은 상태이다. 어렸을 때 자기 형이 자신의 목 뒤쪽을 자주 때려서 척추가 어긋났을지도 모른다고 생각하며, 반복적인 목 통증에 시달리고 있다.

그는 어렸을 때부터 강박적인 행동을 하는 경향이 있었다고 말했다. 마음속에 어떤 생각이 떠오르면 자신이 그걸 하는 걸 막을 수 없었다고 한다. 그는 철교 한가운데로 나가서 기다리다가, 기차가 철교 끝에 도달하는 즉시 반대 방향으로 냅다 달리다 기차가 자신을 따라잡기 직전에 철교에서 빠져나왔던 일을 예로 들었다. 교도소에서 5층에 수감되어 있는 동안 난간 위에서서 위쪽 천장에 닿고 싶다는 충동에 시달리기도 했다. 15미터 아래로 떨어질 가능성이 있었음에도……

강박감에 따른 그의 특이한 행동과 그가 주장하는 불규칙한 기억 상실증은 정신과적 관점에서 추가적인 감정이 필요하겠지만, 현재로서는 그것들이 어떤 종류의 발작 증상일 가능성은 매우 낮아 보인다.

의학 박사, 매디슨 H. 토머스

1976년 8월 31일

의료진 면담 기록

**하월 박사:** 전기 충격 요법(ECT)을 몇 차례나 받았나요?

**답변:** 글쎄요, 6회 연속 실행했다는 얘기를 들었는데…… 거기 그 교도소에서 일하던 의사에게서요, 정신과 의사요. 그 의사한텐 그게 만병통치약이었어요. 죄수가 폭력을 휘두르거나 방침에 어긋나는 행동을 하거나, 죄수를 좀 더 고분고분하게 만들어야겠다 싶으면, 그 의사는 그를 본빌 댐[137]에 연결해 버렸거든요.

**우즈 박사:** 그래서 많은 사람들이 본빌 댐에 연결되었군요.

**답변:** 네, 그가 거기서 일하는 동안은요. 아주 많은 녀석들이 그렇게 됐죠.

**르베그 박사:** 프롤릭신 주사는 왜 맞았죠? 거기서 무슨 일이 있었나요?

**답변:** 음, 또다시 폭동이 일어났어요. 독방에서 벌어진 일이었고, 진압하는 데 십일 일 정도 걸렸어요. 난 이 주 동안 사슬에 묶여 있었고, 그동안 그들이 들어와서 내게 프롤릭신을 주사했어요. 일주일에 두 번 2밀리리터씩 맞았는데, 마침내 그 악몽에서 벗어났을 때쯤엔 체중이 22킬로그램, 아니 그 이상이 줄어 있었죠.

**하월 박사:** 프롤릭신을 맞은 횟수가 얼마나 되는 것 같나요?

---

137) 미국 오리건주와 워싱턴주 경계에 있는 수력 발전용 댐. 여기서는 댐이 전력을 생산하는 특징에 빗대어, 전기 충격을 가한다는 비유적인 의미로 쓰였다.

**답변:** 사 개월 동안 일주일에 두 번씩 주사를 맞았어요.

**카이거 박사:** 당신의 경우 열두 번 중 열한 번은 정신 감정 보고서가 깨끗해요. 한 번을 제외하고는 교도소에 수감되어 있던 내내요. 한 보고서에는…… 당신이 편집증적 정신병 상태였다고 기록되어 있네요. 그게 언제였는지 기억하나요?

**답변:** 이런, 교도소에서는 편집증 환자라는 비난을 받기가 정말 쉬워요. 그러니까 내가 누군가에게 동의하지 않는데, 상대방이 내가 편집증 환자라고 단정하고 그렇게 함으로써 내 의견이 무엇이건 간에 묵살할 수 있는 위치에 있다면 말이에요. 모르겠어요.

**하월 박사:** 그 기간 동안 자신이 정신 질환을 앓고 있었다고 생각하지 않았나요?

**답변:** 교도관들 가운데 상당수가 정신적으로 병들어 있죠.

**데니스 컬리모어(의료 직원):** 살인이 있었던 양일 저녁 당신의 정신 상태에 평소와 다른 점이 있었나요?

**답변:** 글쎄요, 없었던 것 같은데, 줄이 모두 끊어진 것처럼 나 자신을 통제할 수 없었어요. 그러니까 그냥 기계적으로 행동했던 거죠. 내가 뭔가를 계획하고 있었던 게 아니에요. 그런 일들이 그냥 벌어지고 있었던 거지…….

**데니스 컬리모어(의료 직원):** 어느 시점에서 당신이 그에게 총을 쏘리라는 걸 알았나요?

**답변:** 내가 그를 쐈을 때요. 그 전엔 몰랐어요……. 있잖아요, 그냥 그게 연속되는 일련의 동작에서 다음 단계인 것 같았어요.

**카이거 박사:** 너무 감정이 격해진 나머지 어떤 일이 일어날 당시

의 상황이 전부 기억나지 않았던 때가 또 있나요?

**답변:** 난 별로 흥분하거나 감정적이 되는 편은 아니에요. 날 꽤 무겁게 짓누르는 것들이 있긴 한데, 점점 정도를 더해 가거나 쌓이는 그런 종류의 것은 아니죠. 충동적인 감정 같은 것이 아니에요.

**르베그 박사:** 사물이 물의 장막을 통해 보는 것처럼 왠지 비현실적이 되는 느낌에 대해 우리 중 여러 사람에게 설명한 적이 있는데, 이번 여름 이전에도 그런 일이 있었나요?

**답변:** 아뇨, 딱히……. 다만 삶의 속도가 느려지고 움직임을 더 강렬하게 볼 수 있는 것처럼 느껴질 때가 있긴 했어요. 긴박한 상황이나 싸움이 벌어지는 상황이나 그와 비슷한 상황에서 이런 느낌이 드는 것과 비슷해요.

**카이거 박사:** 마리화나에 취했을 때와 비슷한 점이 있나요?

**답변:** 마리화나에 취했을 때는, 그저 어느 정도 환각에 빠져 있다가 모든 게 괜찮아지지만, 긴장된 상황에 있을 때에는 잘 모르겠네요. 아뇨. 이전에 그런 느낌을 정말로 경험한 적이 있다고는 말할 수 없겠네요.

**르베그 박사:** 그렇다면, 그것은 당신에게 뭔가 새로운 경험이었겠군요.

**답변:** 네, 그런 것 같아요.

**데니스 컬리모어(의료 직원):** 다른 질문할 분 더 계신가요? 좋아요.

**우즈 박사:** 와 줘서 고마워요, 게리.

**답변:** 네.

종합적인 치료 계획

환자가 재판에 설 수 있고 책임을 다할 수 있음을 명시하는 보고서가 법원에 제출될 예정입니다.

의학 박사, 브렉 르베그<br>정신과 레지던트


평가 요약

35세 백인 남성으로 정신과 감정을 받으러 이곳에 왔습니다. 그가 변호사와 상의하고 혐의에 대한 재판을 받는 데 방해가 될 만한 사고 장애나 정신병, 기억 상실, 기질적 뇌 손상, 발작 또는 기타 병리적 행동의 증거는 없습니다. 그는 상황과 자신의 행동에 대해 인지하고 있습니다. 그는 범행 중 약간의 비인격화 증상을 보였지만, 살인을 저지른 사람들이 일시적으로 비인간화 과정을 거치는 것은 드문 일이 아닙니다. 저는 그가 사건 당시 자신의 행동에 책임이 있다고 생각합니다.


의료진 진단

반사회적 유형의 인격 장애.

의학 박사, 브렉 르베그<br>정신과 레지던트

4

　길모어는 정신병자 분위기를 전혀 풍기지 않았다. 스나이더와 에스플린이 의료진의 보고서와 의사록을 꼼꼼히 검색했지만, 그에게선 광기의 흔적을 찾아보기 힘들었다. 오히려 냉혹하고 냉소적이며 실용적인 사람으로 보였다. 손으로 붙잡거나 발로 디뎌 몸을 끌어 올릴 수 있는 작은 법적 디딤판만 찾아내도 법에서 넘지 못할 벽은 거의 없었다. 벽을 이루는 법의 수많은 벽돌에는 깨진 틈들이 존재하지만, 길모어 사건의 경우 이러한 정신과적 벽에서 디딤판이 될 만한 틈을 전혀 찾을 수 없었다.

　길모어의 변호인들은 정신과 병동에서 게리를 많이 봐 온 우즈 박사에게 그 문제를 가져갔고, 존 우즈는 그들과 함께 그것을 검토했다. 그런데 변호인들이 사무실에 너무 자주 찾아오자, 그는 걱정하기 시작했다. 우즈는 법의학 프로그램의 책임자가 되기에는 젊었고, 자신의 일을 좋아했으며, 그가 대단한 혁신가라고 평가하는 상사 카이거 박사의 치료 방안들에 지적으로 자극을 받았다. 그래서 병원에 어떠한 문제도 일으키고 싶지 않았고, 이 모든 방문이 적절한지에 대해 다소 우려하는 마음이 있었다. 반면에, 그는 피고 측 변호인들을 돕는 것에 거리낌이 없었고, 문제를 숙고하는 것을 즐겼다. 마침내 그는 스스로에게 말했다. 지방 검사 측이 이런 것들에 관해 이야기를 나누기 원한다면 그 역시 도우면 되지, 뭐. 내가 할 수 있는 모든 정보를 제공할 거야.

우즈는 게리의 정신 상태를 근거로 변호하려면, 스나이더와 에스플린이 정신병자와 사이코패스를 연결시킬 수 있는 논거를 제시해야 한다고 생각했다. 쉽지 않은 일이었다. 법은 정신 이상을 인정했다. 정신 이상자의 목숨은 항상 보전할 수 있었다. 그러나 사이코패스는, (법정에서는 사용할 수 없지만) 굳이 그런 용어를 사용한다고 치면, 도덕적 반사 신경의 광란 상태에 가까웠다. 우즈는 게리가 스스로를 쏜 순간에 대해 이야기한 면담 기록을 지목했다. 그때 게리는 "난 내 엄지손가락을 보고 '이 멍청한 새끼!'라고 생각했죠."라고 말했었다. 그건 정신병적인 반응이라고 볼 수 없었다. 도덕적으로 자기중심적인 건 맞다. 타인에게 가한 치명적인 피해에 대해 범죄에 준할 정도로 무관심했던 것도 맞다. 하지만 자신의 실제적 상황을 파악하지 못하는 심리적 불능 상태는 아니었다. 사리 분별이 가능했다면, 법적인 책임이 있었다.

물론 게리는 정신 의학 범주에 딱 들어맞긴 했다. 도덕적 정신 이상, 범죄성, 통제되지 않는 동물성 — 그걸 뭐라고 부르든 — 에 해당하는 의학 용어가 있었다. 정신과 의사들은 그것을 '사이코패스적 인격' 또는 똑같은 것으로 '소시오패스적 인격'이라고 불렀다. 반사회적이라는 의미였다. 법 앞에서 책임의 측면에서 볼 때, 그것은 온전한 정신 상태와 동일했다. 법은 정신병 환자와 사이코패스적 인격 사이에 큰 차이가 있다고 보았다.

우즈는 정신병의 경우 사건과 개인적 반응 사이에 거의 연관성이 없다고 말했다. 게리가 자기 엄지손가락을 쏜 후, "시카고에서 핫도그에 독을 넣었어."라고 말했다면, 그를 정신병자로 추정할 수 있다. 하지만 게리는 다른 사람들과 마찬가지로 "이 멍청한 새끼야."라고 말했다.

법적으로 인정할 수 있는 정신병은 대개 사고(思考) 장애를 동반한다. 길모어는 그런 증상을 보이지 않았다. 물론, 항상 간단한 문제는 아니었다. 어떤 남자가 다가와서 우리 엄마가 방금 죽었다고 말하면서 킥킥 웃으면, 사람들은 그에게 정신병이 있다고 생각할 것이다. 그러나 그 남자가 파렴치한 범죄자라면, 그 어떤 인간적인 감정이라도 경멸하는 것이 그의 자부심일 수 있다. 따라서 그것은 정신병자라기보다는 소시오패스의 태도일 터였다. 물론 그 사례는 변호인들에게는 별 소용이 없었다. 그들은 사이코패스처럼 보이지만 정신병자임을 증명할 수 있는 무언가가 필요했다.

우즈는 전에 이 문제를 숙고한 적이 있었다. 사이코패스는 분명 정신병자가 될 수도 있다. 보통 사이코패스는 결국 위험한 세상에서 살고 있으니까. 적절한 정도의 편집증은 오히려 필요하다. 주변 환경에서 불거지는 문제들에 민감하게 반응해야 한다. 하지만 스트레스를 받으면 지금껏 도움이 되었던 편집증이 지나치게 확대될 수 있다. 어떤 사람이 잠을 자는데 경보가 울렸다고 하자. 그런데 그가 심각한 긴장 상태였던 탓에 그걸 화재 경보로 착각한 나머지 눈에 보이는 상상의 불길을 피해 높은 창문 밖으로 뛰어내려 영면에 든다면, 글쎄, 그렇다면 그 사람에게 평소 사이코패스건 조증이건 우울증이건 혹은 강박증이건 어떤 진단명이 붙었든 상관없이, 창문 밖으로 사라진 순간 그는 분명 정신병자라고 불릴 수 있다. 사이코패스는 환상을 가진다. 정신병자는 환각을 본다.

어쩌면 이 지점에서 이 문제를 공격할 수도 있다. 환상과 환각의 경계는 확실히 정확하게 딱 떨어지지 않을 테니 말이다. 그러나 문제는 요 몇 주 동안 게리를 관찰한 결과 과도할 정도의 편집증적 행동은 없었다는 것이다. 우즈는 변호인들에게 법이 정신병과 사이코패스를 구분하기를 원한다는 사실을 인식해야 한다고 경고했다. 만약 사이코패스가 법적 정신 이상자로 인정된다면 범죄, 판결, 형벌은 각각 반사회적 행동, 치료, 회복으로 대체될 테니까.

# 24장

## 기일모어와 기입스

1

게리는 니콜의 사진을 받쳐서 세워 놓고, 볼펜으로 스케치한 다음 오래된 리필용 심을 가져다 반으로 부러뜨렸다. 이쑤시개를 사용하여, 응고된 잉크를 조금 파냈다. 수채화 붓과 물몇 방울로, 그림에 음영을 넣었다. 깁스는 그런 그를 지켜보는게 항상 즐거웠다.

9월 20일

당신 알몸 사진을 좀 더 찍어 둘걸 그랬어. 농담 아니야. 니콜, 내 생각에 당신은 아예 옷을 입지 말아야 할 것 같아. 당신은 뭔가 알몸인 게 딱 어울려. 상스러운 의미로 한 말이 절대아니야. 자기, 당신도 알잖아, 물론 당신은 엄청나게 섹시하지만말이야. 당신은 그냥 벌거벗은 모습이 너무 자연스러워. 순수하고, 장난스럽고, 행복해 보이고, 예뻐. 마치 숲속 요정 같아. 딱 거기에 속해 있는 존재 같아.

이 사진을 나에게 돌려줘서 놀랐어. 오렘의 경찰들이 꽤나 자세히 들여다봤겠지? 개자식들, 어떤 빌어먹을 개자식이, 아니 누구라도 내 애인의 그런 사적인 사진을 봤다고 생각하니 화가 치밀어.

9월 21일

당신이 「성 테레사의 황홀경」[138]이라는 조각상 사진을 꼭 봤으면 해. 조각한 사람은 베르니니일 거야. 나는 위대한 예술 작품을 직접 본 적은 없지만, 책으로 배워서 유럽 미술 대부분에 대해 잘 안다고 생각해. 한 러시아 화가가 그린 그리스도 그림[139]을 본 적이 있는데, 그 그림이 정말 오랫동안 뇌리에서 떠나지를 않았어. 우리가 익히 알고 있는 대중적이고 서구 기독교식의 주변이 밝게 빛나는 친절한 목자와는 전혀 다른 모습의 그리스도였어. 그는 움푹 팬 크고 검은 눈에 수척하고 여윈 유령 같은 얼굴의 남자처럼 보였어. 키가 꽤 크고 뼈가 앙상하며 팔다리가 가늘고 긴 외롭고 고독한 남자였지. 그 점이 그 그림에서 가장 인상적이었던 것 같아. 후광도 없고 하늘에서 내려오는 눈부신 빛줄기도 없었어. 그저 이 비범한 남자는, 비범하

---

138) 이탈리아의 조각가이자 화가이자 건축가인 잔 로렌초 베르니니(Gian Lorenzo Bernini, 1598~1680)의 조각 작품.
139) 이반 니콜라예비치 크람스코이(Ivan Nikolaevich Kramskoi, 1837~1887)가 그린 「광야의 그리스도」(1872)로 추정된다.

게 굴면서 우리 모두에게는 그것이 우리 중 누구라도 할 수 있는 일에 지나지 않는다고 말하려 한 평범한 인간이었어. 외로움과 의심의 기미가 그 그림을 가득 채우는 것 같았지. 그 그림 속의 남자를 알았으면 좋았을 텐데.

깁스가 프로보로 이감되기 직전 솔트레이크 교도소에서, 한 교도관이 깁스에게 젠슨과 로스쿨을 함께 다녔던 어떤 학생에 대해 말해 주었다. 그 남자는 실제로 게리를 죽이기 위해 교도소에 들어가려고 했었다. 그는 교도관들에게 자신이 현역 변호사라고 속이고 칼을 몰래 들여올 계획이었다.

길모어는 공감할 수 있다고 말했다. 복수해 줄 친구도 없다면, 죽은 사람이 무슨 가치가 있겠어? 그러고는 깁스를 바라보며 말했다. "있잖아, 내가 죽인 두 사람 중 누군가에게 어떤 감정이라는 걸 느낀 건 이번이 처음이야."

9월 22일

우리 가족 중 에메랄드섬[140]의 매력을 느끼는 사람은 나뿐이야. 마법의 땅이지.

당신에게 주고 싶은 게 있는데, 바보 같다고 생각하지 않았으면 좋겠어. 그건 내가 하는 어떤 일이고 일종의 마술이야. 그건 내가 개발한 어떤 물리력이자 당기는 힘인데, 실제로 작동해. 일종의 주문 같은 거야.

---

140) 아일랜드의 별칭.

좋은 일들이

지금 내게로 온다.

최근에 그걸 이렇게 수정했어. 좋은 일들이 지금 우리에게로 온다. 그냥 마음속으로 조용히, 살며시, 그리고 혼자 있을 때는 소리 내어 말하는 개인적인 기도야. 바보 같다고 생각하지 않았으면 좋겠어. 나는 이런 것들, 그 리듬, 그 부드럽고 조화롭게 반복되는 기도문이 공중에 마법을 걸고, 끌어당기고, 잡아당기고, 믿는 자에게 유인하는 힘과 수용하는 힘을 준다는 걸 알아.


2


길모어가 '악취 나는 지하 감옥'이라고 이름 붙인 감방에는, 금이 간 도기 변기가 있었는데, 지금은 니코틴 같은 황갈색으로 변색된 상태였다. 벽에 있는 버튼을 눌러 물을 내렸다. 하지만 물을 내릴 만한 힘을 얻으려면 샤워기 측면을 꼭 잡고 이 분을 꽉 채워 버튼을 누르고 있어야 했다. 그래야만 충분한 압력을 만들어 낼 수 있었다.

그런 다음 물이 나오기 시작하면, 변기에 물이 충분히 채워져서 수위가 변기 가장자리까지 올라올 때까지 뚫어뻥을 변기 바닥에 대고 있어야 했다. 그래야만 배설물을 내려보낼 수 있을 만큼 물을 충분히 확보할 수 있었다. 그러는 내내 바닥에 변기를 고정해 막아 놓은 틈 사이로 누수가 있었다. 그들은 그것을 노천 유황 광산이라고 불렀다.

어느 날 오후, 커피 물을 끓일 연료가 필요했던 그들은 변기 물 내리는 방법을 알려 주는 마분지 표지판을 뜯어냈고, 게리가 매직 마커로 벽에다 그것을 대신하는 글을 직접 써놓았다.

중요 공지!!!
이 똥통의 물을 내리려면
엉덩이를 변기에 딱 붙인 채
혀로 버튼을 단단히 눌러라
행운을 빈다 후레자식아

그런 뒤로 그는 매직 마커에 푹 빠졌다. 그는 "내가 떠나고 나면, 사람들은 정말로 여기에 미치광이 하나가 있었다고 생각할 거야."라는 말과 함께 벽 위에는 '벽', 천장 위에는 '천장', 탁자 위에는 '탁자', 장의자 위에는 '장의자', 샤워기에는 '챠워'(Chower)라고 써 놓았다. 그러고는 각 침상에 '침상 1', '침상 2' 이렇게 번호를 붙였다. 마지막으로 그는 깁스의 얼굴과 자신의 얼굴 위에 '이마', '코', '뺨', '턱'이라고 써 놓았다.

교도관이 저녁 식사를 제공하러 와서는 왜 이런 짓을 하느냐고 물었다. 루이스라는 이름의 멕시코 놈이었다. 강한 억양으로 그가 말했다. "왜에 이이런 짓을 하지?"

"아." 길모어가 말했다. "나더러 법정 갈 준비를 하라잖아."

그들은 그 멕시코 놈을 골탕 먹일 기회를 엿봤다. 한번은 게리가 전화로 자기 변호인에게 전화를 걸어 달라고 요청했다.

죄수를 위해서 몸을 움직이는 걸 결코 원하지 않는 루이스가 말했다. "기일모어, 이이게 중요한 이일이야?"

"그래." 게리가 말했다. "생사가 달린 문제야."

그들이 시끄럽게 법석을 떨었다. 루이스는 발을 쿵쾅거리며 사라졌다.

한편 이발을 해 주는 직무수는 감방 안에 게리와 함께 있는 걸 두려워했다. 그래서 게리가 깁스에게 이발을 해 달라고 부탁했다. 깁스가 자기는 남의 머리를 잘라 준 적이 한 번도 없다며 주저했지만, 게리가 자신이 이발의 달인이라면서 차근차근 가르쳐 주겠다고 말했다.

루이스가 그들에게 큰 가위를 가져다주었다. 광택 나는 알루미늄 시트로 거울을 만들어 받쳐 세워 둔 뒤, 게리가 손으로 머리를 빗어 넘기다가 꽉 모은 손가락 위로 잘라 내고 싶은 길이의 머리카락만 남기고 멈췄다. 한 시간 정도 걸렸다. 깁스는 대단히 조심했다. 하지만 작업이 끝나자 게리는 루이스에게 전기이발기를 사용해도 되는지 물었다.

"안 돼." 그 교도관이 말했다. "콘센트가 없어."

그는 굳이 연장 코드를 연결하는 수고를 할 생각이 없었다. 게리가 루이스가 서 있는 배식구에 있는 힘껏 가위를 던졌다. 가위가 철제문에 부딪혀 산산조각이 났다. 루이스가 말했다. "기일모어, 이 개애자식."

게리가 창살 쪽으로 걸어갔다.

"뭐라고?" 그가 위협적으로 물었다.

그 멕시코인은 행정실 쪽으로 서둘러 가 버렸다.

약 한 시간 후, 그가 부소장과 함께 지퍼백 하나를 들고 돌아왔다. 루이스가 창문 너머로 지퍼백을 건네며 게리에게 말했다. "깨에진 조각들을 비이닐 안에 넣어."

게리가 시키는 대로 했다. 그는 어지간히 진정한 상태였다.

"어쩌면 내가 니콜의 방문 기회를 날려 버렸을지도 몰라," 그가 말했다. "나한테 정말 의미 있는 건 그게 전부인데 말이야."

깁스가 말했다. "빅 제이크가 오는 6시까지 기다려 봐."

"날 독방에 처넣어도 상관없어." 게리가 말했다. "니콜만 못 만나게 하지 않으면 돼."

빅 제이크가 왔을 때, 그는 웃고 있었다.

"네가 던진 그 빌어먹을 가위에 루이스가 제대로 식겁해서, 프런트 데스크에다 타코[141]를 죄다 싸질러 놨어."

빅 제이크와 게리는 잘 지냈다. 게리가 존경하는 교도관은 그와 알렉스 헌트뿐이었다. 그들은 두려움이 없었다. 게리가 구치소에 온 지 얼마 안 됐을 때, 주 수용실에 있던 덩치 큰 남자 둘이 제이크를 덮치고 탈옥을 시도했다. 제이크는 그들을 초주검이 되도록 두들겨 팼다. 몬태나에서 온 스웨덴 혈통의 잘생기고 건장한 남자였다. 자신감 넘치는 괜찮은 놈이었다. 니콜이 게리를 방문하러 오면 순찰차를 불러들이라는 커훈 경감의 명령이 있었다. 그렇게 하면 구치소 주변에 경찰 두 명을 더 배치할 수 있기 때문이었다. 제이크와 알렉스를 제외

---

141) 루이스가 멕시코 출신임을 빗대어 하는 말이다.

한 모든 교도관들이 그렇게 했다. 그 두 사람에겐 추가적인 도움이 필요치 않았다.

이제 게리는 한껏 진심을 담은 목소리로 무슨 일이 있었는지 설명했다. 그는 빅 제이크에게 자신이 이성을 잃은 것은 잘못이라고 말했다. 그리고 이어서 벌은 달게 받겠지만 면회 특권은 빼앗지 않기를 바란다고 말했다. 빅 제이크가 그것은 커훈 경감이 결정할 일이지만 그에게 개인적으로 이야기해 보겠다고 말했다. 어쩌면 부서진 가위 대신 새 가위를 사 놓는 걸로 충분할지도 모르지. 깁스가 나서서 말했다.

"그렇게 해서 상황을 수습할 수 있다면 내 계좌에서 돈을 좀 쓰든지."

"깁스." 길모어가 물었다. "랠프 왈도 에머슨에 대해 들어 본 적 있어?"

"아니."

"그는 작가였고, 자네와 내가 삶의 신조로 삼을 만한 말을 남겼어. 에머슨이 말했지, '인생은 예의를 차릴 시간이 없을 정도로 짧지는 않다.'"

3

두 사람이 수감된 감방에 덩치 큰 친구가 들어왔다. 키가 약 190센티미터, 몸무게가 약 95킬로그램 정도 되는, 바트 파워스라는 이름의 전직 낙하산 부대원이었다. 그날 아침 주 수용실에서 애송이 하나를 흠씬 두들겨 팬 자였다.

파워스가 감방에 들어서자마자 처음 한 말은 "너희 중 누가 길모어야?"였다. 말씨가 하도 우렁차고 거칠어서, 깁스는 파워스가 시비를 건다고 생각했다. 그는 즉시 침상에서 일어나 화장실 쪽으로 가서 길모어의 뒤에 섰다.

편지를 쓰던 게리가 시선을 들어 올리고는 아주 차분하게 말했다. "내가 길모어야. 넌 그걸 왜 알고 싶은 건데?"

최면이었을 수도 있다. 게리가 그에게 심령 능력 한 방울을 발휘한 게 틀림없었다. 깁스는 바트 파워스가 평정심을 잃는 것을 볼 수 있었다. 유순한 어조로 바트가 말했다. "주 수용실 애들이 너한테 안부 전해 달래서."

애써 웃음을 참는 게 깁스가 할 수 있는 전부였다. 파워스는 학교에 온 아이처럼 인사했다.

새로 온 녀석은 잘 지냈다. 혼자 지내고, 책을 읽고, 말썽을 피우지 않았다. 하지만 깁스는 게리가 점점 불안해하는 것을 알아챘다. 하룻밤 동안 니콜을 데리고 들어오기 위해 빅 제이크와 이야기 중인 거래가 있었다. 제이크는 사고 싶은 안장을 봐 둔 상태였다. 아마 100달러가 들겠지만, 깁스는 그 돈을 마련할 수 있을 거라고 생각했다. 거래가 아직 완전히 성사된 건 아니지만, 그들은 줄곧 그 생각을 하고 있었다. 그런데 파워스의 존재가 그걸 다 무산시켜 버릴 참이었다.

루이스가 잠깐 들렀다가 창살 너머로 말했다. "파우애스, 왜에 미성년자를 때에린 거야? 걔엔 그냥 어린애에잖아."

그러고는 가 버렸다.

길모어와 깁스가 폭소를 터뜨렸다. 그들은 파워스를 쳐다보며 마구 웃기 시작했다.

"걔엔 그냥 어린애에잖아, 파우애스." 그들은 말하곤 했다. "그냥 어린애에." 그러고는 다시 웃어 댔다.

바트 파워스는 질색하는 표정이었다. 다만 그가 입 밖에 내어 말하지는 않으리라는 걸 깁스는 알아챘다.

파워스는 담배를 갖고 있지 않았다. 깁스가 그에게 한 갑을 툭 던져 주었다.

"넌 나한테 아무것도 빚진 거 없어." 깁스가 말했다. "절대 갚을 수 없으니까. 그래서 주는 거야."

"넌 인심 후한 남잘 만난 거야." 길모어가 파워스를 건너다보며 말했다. 그리고 덧붙였다. "지금 입고 있는 셔츠 멋지네."

"고마워." 파워스가 말했다.

"내가 그걸 사고 싶은데." 게리가 말했다.

"내가 가진 셔츠는 이것뿐이야."

"있잖아." 게리가 말했다. "알다시피 곧 재판이 있어. 근데 제대로 된 복장으로 법정에 출석하고 싶단 말이야."

"이 셔츠는 못 팔아. 여자 친구가 준 선물이거든."

"그 대신 담배를 아주 많이 줄게." 게리가 말했다. 깁스가 고개를 끄덕였다. 어차피 깁스의 담배를 줄 거였다.

"내가 가진 건 이 셔츠밖에 없어." 파워스가 말했다.

"내가 방금 던져 준 담뱃갑 내놔." 깁스가 말했다. 파워스가 재빨리 그렇게 했다.

"걔엔 그냥 어린애에잖아." 길모어가 말했다.

그들이 파워스 면전에 대고 왁자하게 웃었다.

그날 저녁, 게리가 말했다. "개인적인 감정은 없지만, 이 감방은 셋이 지내기엔 너무 비좁아. 내 생각에는 말이야, 파워스, 네가 여기서 잘 지낼 수 없을 것 같다고 말하는 게 네 신상에 좋을 것 같아." 게리의 표정은 심장마비가 온 것처럼 심각해 보였다. "교도관한테 널 오늘 밤 다른 곳으로 옮겨 주지 않으면, 내가 널 죽인다고 했다고 말해."

파워스가 큰 소리로 빅 제이크의 이름을 불러 댔다.

"개인적인 감정은 없어." 게리가 속삭였다.

"오, 나가고 싶어?" 빅제이크가 말했다. "독방으로 가려는 거야? 무슨 문제야, 파워스? 이 둘은 때려눕힐 수가 없지, 응? '네 얼굴 보는 거 지겨우니까 네 침상으로 돌아가.'라고 말 못하겠지? 쟤들은 함부로 못 대하겠지, 안 그래?" 그가 길모어와 깁스에게 고갯짓했다. "좋아, 독방으로 옮겨 주지, 파워스. 여기 있는 게리에겐 살인 혐의만 이미 두 건이야. 더 이상은 필요 없다고."

"그냥 날 꺼내 줘." 파워스가 말했다. "독방에 넣어 달라고."

이동 조치 후, 빅 제이크가 말했다. "어느 날 밤에 다시 데려다 놓을 테니 너희들이 그를 잘 교육했으면 좋겠어. 우린 할 수 없고, 그에겐 분명히 필요한 일이야."

깁스는 게리가 거절하고 싶어 하지 않는다는 걸 알았다. 니콜을 이곳 감방 안으로 들이는 일과 관련한 향후 협상에 불리하게 작용할 테니까. 그럼에도 게리는 이렇게 말했다. "난 안해, 제이크. 파워스는 나와 마찬가지로 죄수야. 너희들을 위해 일할 순 없어.”

“뭐, 그거 멋지네.” 빅 제이크가 말했다.

다음 날 아침, 그들은 게리를 정신 병원으로 데려가 정신과 상담을 받게 했다. 그는 점심시간에 늦게 돌아왔다. 빅 제이크가 주방에서 샌드위치 두 개와 피클 두 개, 신선한 과일 한 조각으로 구성된 점심에 딩동 초콜릿 케이크를 추가로 주었다.

게리가 말했다. “이봐, 정말 고마워.”

빅 제이크가 말했다. “됐어, 게리, 내가 너한테 진짜로 도움을 주는 것도 아닌데, 뭐.”

그날 오후 그들은 장난기가 발동했다. 밑져야 본전이라는 식의 분위기였다. 깁스의 점심 식사에서 남은 버터 조각이 조금 있었고, 그들은 그 버터를 창살을 통해 던지기로 했다. 누가 복도 벽에 가장 큰 얼룩을 만들 수 있는지 보자는 발상이었다.

루이스가 그들이 왜 웃어 대는지 조사하러 돌아왔다.

“기일모어와 기입스.” 그가 말했다. “음식 갖고 자앙난을 치다니!”

그가 직무수 두 명에게 청소를 맡겼고, 기일모어와 기입스는 위에 경련이 날 정도로 격렬하게 웃었다.

게리가 말했다. “루이스는 좀 모자란 것 같아.”

그날 저녁에는 식사가 제공되지 않았다. 8시 30분쯤 루이스가 약간 미안한 표정으로 커피 한 주전자를 들고 돌아왔다.

게리가 물었다. “루이스, 결혼했어?”

그 교도관이 고개를 끄덕였다.

"아내의 나체 사진 갖고 있는 거 있어?"

루이스가 충격을 받았다. "아니." 그가 대답했다.

"그럼." 게리가 말했다. "몇 장 구매할래?"

몇 초의 시간이 지나갔고, 루이스가 소리를 질렀다. "기일모어, 기입스, 너희들 개에소리에 지일렸어!" 그가 복도 문을 쾅 닫았다.

젠장, 깁스가 생각했다. 우리가 가진 장난감이 저 멕시코 놈뿐이라니.

# 25장

# 정신 이상

1

적어도 게리를 위해 형량 감경 심리에서 증언해 주실 수 있습니까? 스나이더와 에스플린이 물었다.

네. 우즈가 말했다. 분명히 방법을 찾을 수 있을 겁니다. 하지만 그는 이 말도 덧붙였다. 아무리 최선을 다해도, 제가 직업적 양심에 따라 제안하는 것들 중에 검사가 반박할 수 없는 것이 과연 있을까요?

그들은 그에게 게리를 좋아하느냐고 묻지 않았다. 설사 그들이 그런 질문을 했어도 그는 대답하지 않았을 것이다. 하지만 이렇게 답변했을 수는 있다. 그래요, 아무래도 전 게리가 마음에 드는 것 같아요. 심지어 제가 원하는 것보다 그를 좀 더 좋아하는지도 모르겠어요.

우즈는 자신이 길모어의 강박들 가운데 몇 가지를 이해한다고 느꼈다. 철교 한가운데에 올라가 기차와 경주를 하거나 교도소 꼭대기 층 난간 위에 서 있는 것은 우즈에게도 익숙한 충동이었다. 그는 때때로 자신이 정신 의학에 발을 들인 이유가 스스로를 통제하거나 균형을 유지하기 위해서라고 믿었다.

제기랄, 만약 길모어가 자유인이라면 우즈는 그를 암벽 등반에 데리고 갔을 수도 있다. 그러니까, 만약 그가 여전히 암벽 등반을 하고 있다면 말이다. 우즈는 지난번 높은 곳에서 빙판 위로 추락했을 때의 아찔함을 다시금 느꼈다. 그것으로 등반은 더 이상 하지 않았다. 그와 함께 있던 남자는 크레바스 속에서 거의 죽을 뻔했다. 그래서 우즈는 위험천만한 모험을 그만뒀을 때 엄습하는 우울함을 알고 있었다. 그는 또한 애초에 그런 모험을 하는 논리를 알았다. 자신과의 도전에서 승리하는 것만큼 강력한 정신적 보상은 없을 터였다.

정말 무섭지만, 그것을 통과하여 무사히 반대편으로 나오면, 잠시 동안은 자신이 신들의 편에 서 있다는 사실을 믿지 않기가 어렵다. 마치 나는 아무런 잘못도 할 수 없는 것 같은 느낌이 든다. 시간이 느려진다. 더 이상 내가 그 일을 하고 있는 게 아니다. 좋든 나쁘든, 그것이 저절로 진행되고 있다. 나는 이미 죽음과 삶이 음과 양처럼 수많은 관계를 맺고 있는 다른 체계의 논리 속으로 들어선 셈이다.

그것이 바로 우즈가 느낀 동질감이었다. 길모어 역시 자신의 인생을 걸고 한번 도전해야겠다는 충동을 느꼈다. 길모어는 반드시 연결되어 있어야만 하는 무언가와 계속 접하고 있었다. 우즈는 그 모든 것에 대해 알았다. 그리고 그것이 그를 우울하게 했다. 병원에서 길모어를 보았던 시간을 되돌아볼 때, 그는 자신이 길모어와 거리를 유지했던 것에 불편한 마음이 들었고, 그 남자와 진짜 대화다운 대화를 나눈 적이 없었다는 사실에 부끄러움마저 느꼈다.

얼마 후, 그는 길모어의 입에서 그 살인 사건들에 대한 이야기를 조금 끌어낼 수 있었지만, 아무런 도움이 되지 않았다. 길모어는 자신의 행동에 진정으로 당혹한 것처럼 보였다. 그는 예의 그 물속에 있는 느낌에 대한 이야기로 다시 돌아가서 이렇게 말하곤 했다.

"이상한 일들이 많았어요. 있잖아요, 그건 어쩔 수가 없었어요."

이런 모호함에서 우즈는 자못 솔직하다는 인상을 받았다. 상대방에게 자신을 정신 이상자로 납득시키려는 죄수는 영화의 한 장면을 그려 주듯 상황을 묘사하려고 한다. 대신 길모어는 조용하고, 사려 깊고, 궁지에 몰리고, 동시에 여러 장소에서 살고 있는 남자라는 인상을 주었다.

그런데 길모어는 시종일관 격리된 상태였다. 그것은 우즈의 치료 방식에 완전히 반하는 것이었다. 왜냐하면 그것은 다른 환자들과의 상호 작용을 차단시키기 때문이다. 이 병원에서는 새로운 유형의 치료법을 시도 중이었고, 그는 길모어에게 그 일부를 적용하는 일에 적극적이었다. 그러나 교도소 당국은 이틀이나 사흘간 병원을 방문할 수 있도록 카운티 구치소에서 이송하는 데 동의했고, 그것도 길모어를 내내 감금시키는 조건이었다. 그래서 결국 그렇게 된 거다. 지난 십이 년 동안 거의 모든 시간을 화장실 크기만 한 감방에서 매일 밤 갇혀 지낸 한 남자가, 지금도 여전히 갇혀 있었다.

게다가, 그 자신을 포함해 그들 모두가 이 남자와 관련해 한 치의 실수라도 있을까 봐 전전긍긍했기 때문에, 그들은 줄곧 둘씩 짝을 지어 그를 만나고 있었다. 그는 나중에 길모어가 이렇게 말했다는 것을 들었다.

"내가 우즈에 대해 불만스러운 점 한 가지는, 그가 나랑 단둘이 얘기하려 들지 않는다는 거야."

그래, 우즈는 생각했다. 나는 정말 거리를 유지했어.

물론, 그는 이유를 알고 있었다. 정신과 의사가 된 것은, 철학적으로 말하자면, 우즈를 묘한 입장에 놓이게 했다. 그는 자신의 의구심을 들쑤시고 싶어 하지 않았다. 그의 모순들은 한 번 움직이기 시작하면 큰 탄력을 받았다. 어쨌든, 우즈는 사람들을 보통 정신 의학계로 이끄는 유형의 성장 배경을 갖고 있지 않았다.

2

우즈의 아버지는 대학에서 굉장한 미식축구 선수였고, 자기 아들 역시 그렇게 키우고 싶었다. 우즈는 목장에서 자랐지만, 그의 아버지는 반드시 주변에 미식축구 공을 두었고, 그는 패스를 받기 위해 뛰어다니며 소년 시절을 보냈다. 손이 충분히 커지자마자, 그는 어깨 너머로 공을 잡아 냈다. 고등학교를 졸업할 때는 와이오밍 대학교에서 체육 장학금을 받았다.

와이오밍 대학교에 진학하고 보니, 진짜 인재는 동부에서 들여오는 것 같았다. 최고의 감자가 아이다호산 토종 감자인 것처럼, 미식축구 선수도 펜실베이니아와 오하이오에서 자연스럽게 배출되는 듯했다. 동부의 공업 도시에서 선수들이 유입되기 전까지, 우즈는 항상 자신이 꽤 잘하고 꽤 크고 꽤 미쳤다고 생각했다. 폴락[142], 보헝크[143], 이탈리아인 등 여섯 명이 1학년 내내 같은 여학생을 공유했다. 다른 여자를 사귈 수 없어서가 아니라, 그렇게 한 가족으로 유지하는 것을 좋아했기 때문이다. 그 괴물 중 하나는 수비 라인 중앙에서 경기한 직후 새로운 데이트 상대에게 거절당한 날 밤, 너무 피곤한 나머지 그녀에게 오줌을 누기까지 했다.

지면에 눈이 많이 쌓였던 또 다른 밤에는, 한 무리의 사람들이 두 대의 차에 나눠 타고 산속으로 드라이브를 떠났다. 각 차량에 술이 한 병씩 배당되었다. 돌아오는 길에, 눈보라 속에서, 선두 차량이 굽은 도로를 돌다가 미끄러지면서, 눈에 발이 묶여 길가에 세워져 있던 쉐보레 차량을 들이받았다. 첫 번째 충돌 당시 미식축구 선수는 두 명뿐이었고, 그들은 고속도로 한가운데로 뛰어나왔다. 두 번째 차를 운전하던 우즈는 빠른 속도로 따라가다 동일한 굽은 길에 다다랐을 때 그들을 치지 않기 위해 도랑에 처박혔다. 첫 번째 차에 타고 있던 두

---

142) 폴란드인을 모욕적으로 부르는 말.
143) 중부, 동부 유럽 출신 이민 노동자를 낮춰 부르는 말.

명과 두 번째 차에 타고 있던 세 명이 힘을 합쳐 우즈의 차를 들어서 다시 도로 위에 올려놓았다. 그것이 너무 기분 좋아서, 첫 번째 차에 타고 있던 녀석들이 이제 자기들 차량의 번호판을 뜯어낸 뒤, 그 차를 산 위에서 계곡으로 밀어 떨어뜨렸다. 자동차가 바위에 부딪치며 천둥 같은 큰 소리를 냈고, 깊은 눈 더미를 가르며 떨어질 때는 바람처럼 부드럽고 깊은 소리를 냈다. 그들은 거대한 사건을 마주할 때처럼 경외감을 느끼며 그 광경을 지켜보았다.

물론 그들이 박은 차는 엉망진창이었다. 그래서 그들은 그것을 고속 도로 위에서 굴리기로 결정했다. 우즈는 그들을 말리려고 애썼다. 한창 그러는 와중에, 그는 스스로도 평판 관리를 해야 하는 자신이 거기서 중재자 노릇을 하고 있다는 사실을 도저히 믿을 수가 없었다.

그는 실패했다. 그들은 그 망가진 차체를 굴렸다. 마침 비탈길을 오르던 경찰차와 정면으로 충돌하는 걸 가까스로 피했다. 어떤 부유한 동문이 비용을 해결해 주었다. 재능 있는 2학년 다섯 명을 이렇듯 사소한 일로 잃을 순 없었다.

우즈는 한 번도 주전 선수로 활약하지 못했다. 얼마 후 그는 너무 무서워졌다. 경기에 나가면 불구가 될 수도 있었다. 우즈가 좋아하던 코치는 자리를 옮겼고, 새 코치는 우즈가 의예과 실습에 시간을 투자해야 하는 것에 대해 불만을 품었다. 그는 우즈에게 체육교육학과로 전과하라고 말했다. 우즈는 그러지 않았다. 그는 한 번도 주전 선수로 활약하지 못했다.

그럼에도 그는 그 문제가 영향을 미치는 범위에 대해 어떤 환상도 갖고 있지 않았다. 지구상에는 두 종류의 인간이 존재하며, 어쩌면 그는 두 종류 모두를 알 수 있는 위치에 있는지도 몰랐다. 문명인들은 각자 소소한 자기 파괴적 습관과 통제된 편집증을 갖고 있었지만, 그들은 문명화된 세상에서 살 수 있었다. 상담실 소파에 누운 그들의 문제는 어떻게든 다룰 수 있을 터였다. 정신 의학계에 불편을 초래한 것은 미개인들이었다.

사이코패스를 이해하는 사람은 아무도 없고 정신병자가 무엇인지 아는 사람도 거의 없다는 것이 정신 의학계에서 가장 잘 지켜진 비밀이라고, 우즈는 오랫동안 의심해 왔다. 그는 때때로 동료에게 이렇게 말하고 싶은 유혹을 느꼈다.

"있잖아, 정신병자는 자신이 다른 세계의 영혼과 접촉한다고 생각해. 그는 자신이 죽은 자의 영혼에게 시달린다고 믿어. 그는 공포에 떨고 있어. 자신이 사악한 힘들의 영역에서 살고 있다고 이해하지."

우즈는 그들에게 말하고 싶었다.

"사이코패스도 동일한 공간에 존재해. 다만, 그는 자신이 더 강하다고 느끼지. 사이코패스는 자신을 그 힘의 장[力場]에서 강력한 존재로 여겨. 때로는 자신이 그들을 상대로 전쟁을 해서 이길 수 있다고 믿기도 해. 그러나 만약 패배할 경우, 그는 무너지기 직전까지 몰리게 되고, 정신병자처럼 망령에 시달릴 수도 있어."

우즈는 잠시 그것이 사이코패스에서 정신 이상자로 넘어가는 다리가 놓이는 방식인지가 궁금해졌다.

하지만 그는 항상 난제로 돌아왔다. 이런 말들은 스나이더와 에스플린에게 법적으로 아무런 도움이 되지 않았다. 다른 세계의 영혼들과 함께 법정에 설 수는 없는 노릇이었다.


3


한 가지 합법적인 가능성은 남아 있었다. 오리건 주립 교도소의 기록에, 웨슬리 와이사트 박사의 1974년 11월의 정신과 기록이 있었다.

현재 길모어는 편집증적 상태에 빠져서 자신에게 무엇이 가장 유리한지 판단하지 못하는 듯 보인다. 그가 적대적이고 공격적인 충동을 억제하는 것은 전적으로 불가능하다……. 길모어는 환자들과 병원 전체에 심각한 문제를 일으키기 때문에, 본인은 그의 의사(意思)에 반해 약물을 투여하는 것이 완전히 정당하다고 생각한다.

의료진이 길모어를 면담할 때 카이거 박사가 언급했던 부정한 보고서가 바로 그것이었다. 우즈가 스나이더와 에스플린에게 물었다.

"어째서 그 의사를 불러서 증언하게 하지 않는 거죠?"

게리가 그자를 원치 않기 때문이죠. 그게 이유예요. 게리가 그 모든 더럽고 비열하고 썩어 빠진 개자식들에 대해 말한 적이 있죠. 자기는 그 남자에게 평가받고 싶지 않다더군요.

우즈는 오리건으로 가서 밧줄로 묶어서라도 그를 재판정으로 데려와야 한다고 말했다.

다른 주에 거주하는 사람을 소환장에 응하도록 만드는 것은 매우 어려운 일이라고 그들은 대답했다. 우즈가 말했다.

"제가 보기엔 그를 증인석에 세우는 게 매우 중요한 일인 것 같네요."

스나이더와 에스플린이 와이사트에게 전화했지만, 그는 관여하고 싶지 않다고 말했다. 그들은 만약 그가 증인석에 서게 되면 길모어는 네 가지 이상의 편집증을 앓고 있지만 법적인 의미에서 정신병자는 아니라고 증언할 것이라는 인상을 받았다. 또다시 막다른 길이었다.

우즈는 경험 많은 법정 변호사와 젊은 사무 변호사의 차이를 알고 있었다. 그것은 엄청난 차이였다. 그는 가능한 한 에둘러서 그들에게 조언했다. 이 문제를 좀 더 노련하게 처리할 수 있는 다른 사람을 참여시키는 게 어때요? 그러나 그의 의도는 전달되지 않았다. 그들은 계속해서 게리가 정신 질환의 피해자라는 판정을 얻어 내려고 애썼다.

우즈는 실제로 프롤릭신을 싫어했다. 그는 그것을 감금 속의 감금으로 여겼다. 어느 날 아침에는, 반대 신문을 수행하는 꿈에 시달리다 지쳐서 깬 적도 있다.


**질문**: 투여량은 어느 정도였나요?

**답변**: 일주일에 50밀리그램이요. 거의 평균적인, 표준 복용량입

니다.

**질문:** 하지만 그는 그 주사 때문에 몸이 퉁퉁 부었죠, 안 그래요?

**답변:** 음, 항정신병 약은 다 부작용이 있어요. 약이 강력할수록 더 부작용을 일으키는 경향이 있죠. 프롤릭신은 토라진[144]보다 훨씬 많은 종류의 부작용을 초래합니다.

**질문:** 프롤릭신을 사용하면 어떤 이점이 있나요?

**답변:** 매일 약을 투여하는 대신 일주일에 한 번만 투여하면 됩니다.

**질문:** 정말 약물 투여의 문제군요.

**답변:** 맞습니다.

**질문:** 못된 말에 안장을 얹어야 한다면, 하루에 두 번이 아니라 일주일에 한 번만 하고 싶어 할 테죠.

**답변:** 맞습니다. 프롤릭신은 시판되는 약들 가운데 자주 투여하지 않아도 되는 유일한 약물입니다. 다른 약은 모두 시간마다, 또는 하루에 두세 번, 또는 매일 투여해야 하거든요.

**질문:** 길모어의 부작용은 무엇이었나요?

**답변:** 정말 심각한 부작용이 있었어요. 아, 돌이켜 보니, 발에 부종이 생겨서 신발을 신는 것도 어려웠고, 걷는 데도 문제가 있었고, 손도 부었군요. 정말이지 약물에 대한 반발이 아주 심했죠.

---

144) 클로르프로마진(Chlorpromazine)이라는 약물의 상품명으로, 주로 정신 분열증(조현병), 양극성 장애의 조증, 그리고 심한 불안 등을 치료하기 위해 사용되는 항정신병 약물이다.

**질문:** 얼마나 오래 지속되었나요?

**답변:** 글쎄요, 이렇게 말씀드리죠, 프롤릭신은 지속 효과가 긴 약물이에요. 오늘 주사하면, 아마 육 주나 팔 주까지도 오늘 주사한 약물의 일부가 몸에 남아 있을 겁니다. 그래서 만약 부작용을 겪게 되면, 그걸 극복하기까지 두세 달 정도가 걸리는 거죠.

**질문:** 프롤릭신으로 효과를 못 본 뒤로는 어떤 약을 사용했나요?

**답변:** 그 후에는 전혀 약을 사용하지 않은 것 같습니다.

**질문:** 그래서 그땐 그가 그저 골칫거리였겠군요…….

**답변:** 그냥 이야기만 했어요. 우리는 이야기만 나눴죠.

**질문:** 길모어 자신은 프롤릭신에 대해 어떻게 반응했나요? 제 말은, 부작용이 그를 덮쳤을 때, 당신과의 관계에서 어떤 반응을 보였나요?

**답변:** 글쎄요, 당연히 저에게 불만이 컸죠.

**질문:** 그가 당신에 대해 편집증적인 반응을 보였겠군요, 그렇지 않나요?

**답변:** 아, 그래요, 맞아요.

**질문:** 그는 당신이 자기를 해치려 한다고 생각했죠.

**답변:** 으음, 네.

**질문:** 당신은 프롤릭신을 투여한 걸 후회했나요? 오, 주여, 내가 무슨 짓을 한 거죠, 같은?

**답변:** 글쎄요, 난 누구에게서도 그런 부작용이 나타나는 걸 보고 싶지 않았고, 확실히 게리에게서도 보고 싶지 않았소. 하지만 일은 그렇게 진행됐고, 그 후 우린 적당히 잘 지냈다고 생각

해요.

**질문:** 당신이 프롤릭신에 대해 잘 모른다는 점이 걱정되지 않습니까? 여기 기계가 하나 있어요. 그 기계에는 두 개의 레버가 튀어나와 있죠. 누군가가 다가가서 한쪽 레버를 밀어 넣으면, 기계 반대편에서 다른 레버가 튀어나오게 돼요. 그런데 그 기계 내부에서 무슨 일이 벌어지는지는 알 수 없어요. 이게 그 기계의 효과를 정확히 설명한 건가요? 내부에서 일어나는 과정을 명확히 알지 못하는데도요?

**답변:** 음…… 글쎄요, 어쩌면 당신 말이 맞을지도 모르겠네요. 우리는 정말로 이 항정신병 약물들이 뇌세포에 직접적으로 어떤 영향을 미치는지는 모릅니다…….

우즈는 프롤릭신이 게리의 정신에 실질적인 손상을 입히지 않았다고 확신하지 못했다. 영혼의 장 전체가 고사되고도 흔적조차 남지 않을 수 있었다. 하지만 어떻게 배심원들을 납득시킨단 말인가? 이 약물은 여러 세대에 걸쳐 정신과 의사들의 인정을 받은 것이었다. 다시 한번 우즈는 배심원단을 농구공처럼 다루며 그들을 법정[145]에서 자유자재로 이끌 수 있는 압도적으로 뛰어난 변호사를 간절히 바랐다.

---

145) 법정(Court)과 농구 코트(Court)가 같은 단어임에서 착안한 말장난.

# 26장

## 완전히 사랑에 빠진

1

니콜은 게리에게 정말 좋은 변호인을 구할 가능성이 없는지 물었다. 게리는 퍼시 포어먼이나 F. 리 베일리 같은 일류 변호사들이 가끔 홍보를 위해 일을 맡기도 하지만, 자신의 경우에는 특별한 요소가 없다고 말했다. 거물이라면 돈을 원할 터였다.

물론, 정말 실력 있는 변호사라면 그가 무죄를 선고받게 해줄지도 모른다고 그가 말했다. 아니면 단기형을 선고받을 수도 있겠지. 그러나 돈이 없다면, 그들로선 어림없는 일이었다.

거물급 변호사의 수임료가 얼마나 되는지 그녀는 알지 못했다. 하지만 그때 그녀는 눈을 팔겠다는 생각을 했다. 게리에게는 말하지 않았다. 그리고 사실 그것에 대해 조금 바보 같다는 생각도 하긴 했다. 어쩌다 그런 생각이 들었는지 알 수 없었다. 시력이 얼마나 가치가 있는지 알려 주는 광고들과 관련이 클지도 모른다. 그녀는 5000달러를 번다면 좋은 변호사를 선임할 수 있을 거라고 생각했다.

깁스는 이 발상에 다소 들떴다. 솔트레이크에 유타주에서 가장 유명한 형사 사건 전문 변호사인 필 핸슨이라는 사람이 있었다. 필은 과거에 법무 장관이었고, 그 밖에 여러 직을 수행했다. 유타주에서 누구보다 많은 사건을 담당했다. 그는 기적을 행할 수 있었다. 한번은 다른 보안관이 보는 앞에서 보안관을 쏜 범인을 무죄로 만든 적도 있었다. 깁스가 핸슨은 간혹 무료로 사건을 수임하기도 한다고 말했다. 게리의 얼굴이 환해졌다.

이제 깁스는 게리가 얼마나 질투심이 많은지 알기 때문에 에두르지 않고 솔직하게 말하겠다면서, 필 핸슨이 매력적인 여성들에게 약하다는 평판이 있다는 점도 알려 주었다.

게리는 자리에 앉자마자 니콜에게 깁스가 한 말을 적어 준 다음, 차를 얻어 타고 핸슨을 만나러 갈지는 그녀가 결정하라고 말했다. 하지만 이렇게 덧붙였다.

"만약 그자가 조금이라도 추근거리는 기색이 있으면 일어나서 나와."

같은 날 밤, 교도관 한 명이 그에게 니콜의 쪽지를 건넸다.

"그는 내 몸을 요구하지 않았어요. 토요일 2시에 구치소에서 나를 만나 당신과 이야기를 나누겠대요."

그녀는 커다란 사무실에서 핸슨을 만났는데, 그는 그녀를 정말 매력적인 사람 대하듯 대했지만, 전혀 부담을 주지는 않았다. 중년의 그는 시가를 연달아 피웠고 자주 웃었다. 잠시 후 그는 그녀에게 이야기를 들려주었다. 유타주에서 마지막으로 사형당한 사람은 로저스라는 남자인데, 필은 그에게서 자기를 변호해 달라는 부탁을 받았었다. 그는 로저스에게 돈을 좀 마련해 두라고 말했고, 문제가 없을 거라는 답변을 들었다. 로저스에게는 시카고에 사는 부유한 누이가 있었다.

음, 그 누이에 대해서는 알 수 없지만, 로저스는 다시 전화하지 않았다. 핸슨은 그 일을 그냥 넘겼다. 그리고 그 남자는 처형당했다.

우연인지 아닌지는 알 수 없으나, 로저스가 죽은 날 아침, 핸슨은 침대에서 벌떡 일어났다. 심지어 그날이 바로 집행일인 줄도 몰랐다. 그저 식은땀을 흘리며 잠에서 깼을 뿐이다.

라디오를 통해 사형 집행 소식을 들은 그는, 다시 그런 의뢰가 들어왔는데 그것이 목숨이 걸린 일이라면, 돈이 부족하다는 이유로 수임을 거절하지 않겠다고 맹세했다.

이봐요. 핸슨이 말했다. 설사 돈이 없더라도 내가 길모어를 대리하겠소. 그런 다음 그는 토요일 오후에 구치소에서 만날 약속을 잡았다.

그녀가 떠나기 전에 그는 그녀를 두 팔로 감싸 한 번 꽉 껴안아 준 뒤 말했다.

"걱정 말아요. 그렇게 슬퍼하지 말아요. 그는 사형당하지 않을 거요."

그는 니콜에게 아직은 사건을 보지 못했다면서, 어떤 사건이든 처음 맡았을 땐 지독하게 나빠 보여도, 이야기에 깊이 관심을 가지면 배심원들에게 잘 설명할 수 있을 거라고 말했다.

예를 들어, 사형의 효능을 확신하는 사람이라 하더라도 만약 자신의 어머니가 재판을 받는다면 마음을 바꿀 수 있다는 것이다.

"우리 어머니가 그럴 리 없어요."라고 그들은 말할 터였다. "뭔가 잘못된 거예요."

사람들은 낯선 사람에게 형을 선고할 때만 사형에 찬동할 준비가 된다. 이 접근 방식은 배심원들에게 자기가 범죄자를 이해하고 있다고 느끼게 만든다.

토요일이 왔다. 핸슨은 2시라고 말했지만, 그녀는 1시 30분에 도착했다.

그녀는 3시까지 기다렸지만 핸슨 씨는 나타나지 않았다. 맙소사, 바보같이 기다리고 있었다니. 그날 오후 얼마간 시간이 흐른 뒤에 전화를 걸었지만, 토요일이었고 그의 사무실에서는 전화를 받지 않았다. 게리를 면회하던 중에 니콜은 울기 시작했다. 어쩔 수 없었다. 그녀는 정말로 좋은 변호사를 구했다고 믿었으니까.

그녀는 게리의 다음 편지를 받고 한층 더 우울해졌다.

9월 26일

스나이더와 에스플린이 원하는 것은 항소할 명분을 남기는 게 전부야. 국가의 돈을 받고 일하는 그들이 생각하는 방식이란 게 그렇지 뭐. 그들이 돈을 받고 날 팔아넘긴다는 말이 아니야. 그걸 의심하진 않아. 다만 그들은 법원에서 선임한 변호인들이고, 제대로 일할 수 있는 자원이 없어. 그들로부터는 형식적인 변호만을 받게 될 거야.


2


9월 27일

낮에는 잠을 잘 수가 없어. 가끔 시도는 해 보지만 항상 식은땀을 흘리며 깨어나. 자동차들이 고속 도로 위를 지나가는 소리를 듣고 창살을 통해 들어오는 밝은 빛을 보면서, 내가 그 모든 것으로부터 얼마나 멀리 떨어져 있는지를 새삼 실감하게 돼.

죽는다는 것은 그저 형태가 바뀌는 것뿐임을 알아. 내가 진 빚 중 어떤 것도 면제받을 거라고 기대하지 않아. 나는 다 갚을 거야. 다 지불할 거야. 하지만 그런 무거운 빚은 그만 쌓고 싶어!

밤새도록 머릿속에서 니콜, 당신을 안았어. 스프링빌까지의 온 거리 너머로 사랑을 보냈어. 전혀 힘든 거리가 아니라서, 그런 보잘것없는 거리쯤이야 멈추지 않고 달릴 수 있어! 지난밤 당신을 너무도 열심히 오래 사랑해서 난 축축이 젖어 버렸어, 천사. 내가 당신을 꽉 꽉꽉 끌어안으니까 당신은 기분이 좋았지. 난 당신의 이마와 당신의 코와 당신의 눈과 당신의 뺨에 키스했고 당신의 입술과 당신의 목에 침이 흥건할 정도로 오래 입술을 비볐고 내 혀로 당신의 귓속을 범했고 당신이 아 아 아 아아아아 여보, 라고 탄성을 내지르는 소리를 들었고 당신의 온몸에 키스했고, 당신의 젖퉁을 담뿍 물어 내 입안에 넣을 수 있을 만큼 욱여넣고 내 얼굴을 당신의 젖가슴 사이에 밀착시키고 당신의 젖꼭지를 빨고 당신의 배꼽을 탐하고 내 혀를 당신의 입안에 당신의 음부에 당신의 엉덩이에 당신의 죽이게 예쁜 엉덩이 사이에 밀어 넣었어. 맙소사 나는 당신의 예쁘고 예쁜 엉덩이가 너무 좋아. 휴! 당신은 정말 어마어마하게 멋진 엉덩이를 가졌어! 최고의 일등 엉덩이를 가졌어. 요정의 엉덩이를 가졌어.

당신은 요정이야. 그리고 난 당신을 완전히 사랑해.

당신의 솔직함에 놀라곤 해. 작은 요정, 난 당신에 대해, 당신의 경험에 대해 — 당신을 알고, 당신을 사랑하고, 당신에게 사랑받고, 당신을 이용하고, 학대하고, 그리고 상처 주고, 당신을 사랑에 빠지게 만든 남자들에 대해 — 오랫동안 열심히 생각했어. 리 삼촌에 대해 생각했어. 나는 최대한 이해해, 니콜.

당신이 친구 하나 없이 은둔자처럼 살기를 바라지는 않아. 나는 당신에게 명령을 하거나 내가 정한 구속을 강요하지 않아.

하지만 그 남자들이 전부 당신을 보러 오는 건 싫어.

당신에게 공짜로 차 좀 태워 줬다고 당신과 친구가 된다고? 며칠에 한 번씩 찾아오고 또 찾아온다고? 빌어먹을!

어제 뭔가 계속 마음에 걸리는 게 있었어. 확실하진 않은데, 뇌리에서 떠나질 않더라고. 당신한테서 맥주 냄새가 났거든.

당신을 만나러 오는 남자들은 분명 함께 어울리는 것 이상을 원할 거라는 거 알아. 당신을 의심하진 않지만, 인간이 육체적 욕구에 약하다는 건 알아.

당신은 항상 그렇듯 매우 솔직하고 숨김없었어. 당신은 그저 니콜이고, 가식 없이 있는 그대로의 당신 자신을 보여 줬지.

어제 무언가가 내 신경을 건드렸고 내가 느끼고 싶지 않은 무언가를 느끼게 만들었어. 눈물을 흘린 당신의 얼굴을 보니 얼마 전의 일이 떠올랐거든.

자기야, 난 그냥 미친 듯이 질투하는 개자식이고 이기적인 인간말짜인 것 같아.

난 당신 친구들이 당신과 함께 있으려고 몇 번이고 찾아오는 게 싫어. 맙소사, 나는 그런 남자들에 대해선 한 번도 들어 본 적이 없어. 자기야, 나는 남자야, 남자들이 뭘 원하는지 알아.

나는 당신이 그 모든 남자들과 친구로 어울리는 게 싫어.


니콜은 진실한 의도를 가지고 살았지만, 9월이라는 긴 한 달 동안 클리프, 톰과 두어 번 잠자리를 가졌고, 그 후 게리를 만나러 가서 그 주제를 피하는 게 지옥 같았다. 마침내 그녀는 게리에게 한 번 더 고백하는 것만이 이 빌어먹을 너절한 습관을 끊을 수 있을 만큼 자신이 게리를 사랑하는지 확인하는 방법이라고 판단했다. 그래서 "당신한테서 맥주 냄새가 났거든."이라는 부분을 읽었을 때, 니콜은 정신을 수습하고, '월그린'에서 편지지 몇 장을 사서, 자신이 넣을 수 있는 온갖 강렬하고 달콤한 사랑의 표현을 담아 그에게 긴 편지를 썼다. 그러고는 마지막에, 좋은 편지지를 망치고 싶지 않다는 듯, 탄산음료 판매대에서 냅킨 한 장을 집어 몇 마디를 덧붙여 썼다. 내가 누구랑 엮이는 상황이 와도 그건 아무것도 아니에요. 아무 일도 일어나지 않아요, 라고 말하려 했다. 마침내, 그녀는 이렇게 썼다. "그냥 내가 하고 싶은 말을 할게요. 게리, 당신 말고는 아무도 나랑 자지 않을 거예요."

9월 28일

교도관이 방금 당신 편지를 가져다주었어. 나한테 말을 할 때건 편지를 쓸 때건 당신은 매번 떡 치고, 떡 치고, 떡 치고, 떡 치는 얘기를 하더라. 세상 모두가 니콜이랑 떡을 치나 봐. 모두가 말이야. 죄다 당신을 차에 태워 주고 일주일에 서너 번을 만나지. 그저 기분 좋은 분위기를 즐기려고 멋진 분위기에서 미인과 함께 있는 기분을 느끼려고 그저 친구가 되기 위해 그저 말벗이 되어 주려고 당신이 어떤 사람인지 알 필요도 없이 그저 앉아서 당신이 게리라는 남자를 얼마나 사랑하는지에 관한 이야기를 들은 후 당신과 떡을 치는 거야. 빌어먹을 개좆같은 새끼가!

당신은 깨끗한 냅킨에다 이렇게 썼더군. "하지만 자기, 내가 말하는 '친구'가 무슨 뜻인지 이해해야 해요. 이 친구들은 몇 번이나 나를 만나러 와서 말벗이 되어 주면서도 단 한 번도 신체적으로나 정신적으로나 나한테 육체적인 관심을 요구한 적이 없다고요."

당신이 편지에다 그런 빌어먹을 좆같은 거짓말을 써 놨어……. 그저 앉아서 편지에 좆같은 거짓말을 써 놓고 사랑한다고 서명했지. 누군가에 대한 빌어먹을 동정심이 너무 커서 그놈이랑 떡을 친다니 대체 왜 빌어먹을 개 씨발 좆같은 씨발

이런 젠장 내가 이해하도록 자기가 도와줘. 난 인생을 그런

식으로 보지 않거든. 평생 좆같이 갇혀 사느라 한 번도 사랑에 빠져 본 적이 없어서 그런지 감정적인 불구 같은 게 됐나 봐. 왜냐하면 난 내 여자를 다른 사람과 절대 공유할 수가 없는 사람이거든. 다른 사람들은 그렇게 할 수도 있고 누가 자기 여자랑 떡을 쳐도 좆도 신경 안 쓸 수 있지만 난 게리잖아. 어떤 놈이 당신이랑 떡을 쳤어. 어떤 놈이 당신에게 키스했어. 어떤 놈이 당신에게 키스하고 흥분한 당신의 눈이 뒤집히는 걸 봤다면, 그래, 뭐, 당신 몸이고 당신 인생이니까. 원한다면 유타에 사는 놈들 전부와 뒹굴어 봐. 내가 무슨 상관이냐고? 내가 무슨 상관이냐고? 난 전부 신경 쓰여. 모든 게 신경 쓰여.

니콜 — 그 짧은 인생에 내 사랑으로는 충분치 않아? — 당신에 대한 내 사랑으론 충분할 수 없는 거야? 꼭 당신 몸을 줘야 해? 당신 자신을 줘야 해? 다른 남자들에게 사랑을 줘야만 해? 나로는 충분치가 않아? 난 누구랑 떡 칠 수가 없어. 갇혀 있으니까. 당신은 왜 떡 치지 않고는 살 수가 없는 거야?

당신한테 껄떡대는 그 '멋진' 좆같은 새끼들하고 <u>자지 마</u>. 그 새끼들 때문에 또 살의가 느껴지는데 그런 식의 감정이 드는 거 아주 싫어. 그 망할 놈들을 우리 인생에서 치워 버리자. 그 빌어먹을 개새끼들을 없애 버려. 내가 누군가를 죽이고 싶어지면 누가 살해되든 딱히 상관없어. 당신 나 몰라? 살인은 그저 그 자체로 가능해. 그저 격렬한 분노인 거고 분노는 이성적인 게 아니거든. 그렇담 누가 분노를 표출하느냐가 왜 중요하겠어? 그 미친 진실을 내가 의식적으로 인정한 건 그때가 처음이었어. 어쩌면 내가 성장하기 시작하는지도 모르지……. 나와 함께 성장해. 날 사랑해 줘. 내게 가르쳐 줘. 나한테 배워. 나랑 같이 부드럽게 강해지자. 오 아름다운 니콜.

맙소사, 편지 한번 끝장나네. 오늘 밤 유령들이 날 공격할 것 같아. 어떤 개자식들이 당신이랑 떡 치는 걸 생각하면 못 견디겠어. 뭐가 그렇게 아픈지 알아? 당신이 어떤 개새끼의 좆을 목구멍 깊숙이까지 넣어 빨고 그 새끼들도 당신에게 키스한다는 생각이 들어서 그래. 그러면 당신도 그 새끼들의 키스에 화답해야겠지. 당신이 그 새끼들을 양팔로 감싸안고는 그 빌어먹을 시발 개좆같은 새끼들과 떡 친다고 생각하면 이 세상을 깡그리 다 지워 버리고 싶어진다고. 피조물이란 피조물들을 죄다 존재하지 않도록 말이야. 나의 니콜? 내 니콜이라고? 니콜이 누구야? 당신의 목숨을 빼앗아? 당신은 한 남자와 두 번이나 잤다고 말했어. 그게 당신이 편지에 쓴 내용이야. 난 당신이 말한 게 그런 뜻이라고 생각하고 그걸 다신 읽지 않을 거야. 아주 그냥 내내 모두랑 뒹굴지 그래. 그거나 이거나 나한텐 다 똑같아. 당신 그거 알아? 여기 로너라는 빨간 머리의 교도관이 있어. 어느 날 당신을 차에 태워 줬잖아. 당신이랑 떡 친 놈이 그놈이야? 그놈이 날 보며 '내가 길모어의 여자랑 자는 건가?'라고 생각할까? 아 빌어먹을. 참을 수 없어. 용납할 수 없어. 씨발 개좆같아. 씨발. 빌어먹을 씨발 당신 그 망할 놈의 습관 못 끊겠어? 니콜, 니콜, 니콜. 그놈들은 추잡한 유령들이야 안 그래? 맙소사. 추잡하고 추잡해. 아아아아 빌어먹을! 망할. 난 그걸 통제할 수 있다고 생각했는데, 다시 내 손을 벗어나. 니콜, 난 뭘 하려고 애쓰는 게 아니야. 어쩌면 당신이 이걸 읽지 못하게 해야 할지도 모르지.

빌어먹을. 오늘 받은 당신 편지 두 개 모두 너무 좋은 냄새가 나. 당신 냄새가 나. 자기야, 이건 추잡한 편지야. 분별 있게 시작해서 격렬한 분노로 변하거든.

여보, 당신이 이 편지를 읽을 때 내가 당신을 사랑한다는 걸 알아줘. 내가 생각했던 것만큼 이 일을 잘 이해하지 못한다는 걸, 내가 굉장히 상처받았다는 걸 알아줘. 당신에게 상처 준 부분들로 돌아가서 지워 버려. 당신한테 상처 주고 싶지 않아. 천사 천사 천사 아름다운 천사. 이 편지를 당신에게 줄지 말지 판단이 안 서 난 그저 여기 앉아서 읽히지도 않을 말들을 쓰고 있는 걸까? 오오오 자기야. 당신은 이걸 읽게 될 거야. 이 편지를 받기도 전에 당신은 이미 지금 당신이 이 글을 읽고 있으리라는 걸 알았을 거야. 반복해서 읽어도 좋아. 하지만 당신이 내게서 이런 편지를 받는 일은 다시는 없을 거야. 나는 이 감정이 어떤지 알아. 설사 이걸 다시 느끼고 싶다 해도 당신은 그저 이 편지를 다시 읽는 수밖에 없을 거야. 다시는 당신에게 내 상처에 대해 말하지 않을 테니까.

이 세상의 어떤 것도, 눈이 머는 것도, 눈을 잃거나 팔다리를 잃는 것도, 전신이 마비되는 것도, 프롤릭신을 맞는 것도, 그 어느 것도 당신이 나 아닌 다른 사람에게 당신의 육체와 사랑을 주는 것보다 날 더 아프게 할 순 없어.


그의 편지에는 그녀가 누구도 느낄 수 있을 거라고 생각하지 못했던 만큼의 고통이 담겨 있었다. 마치 하늘에 있는 조용한 누군가가 그녀와 함께 울고 있는 것처럼, 그녀는 자신의 슬픔 한가운데서 겸손해지는 느낌이 들었다. 그래서 그녀는 다시는 그의 가슴을 찢는 짓은 하지 않겠다고 편지를 썼다. 다시 그런 고통을 주느니 차라리 죽겠노라고 선언했다. 그녀의 눈이 다시 그에게 거짓을 말하면 목숨을 내놓겠다고 했다. 그녀는 그 편지를 구치소에 남겼다.

　오늘 아침 새벽이 가까워질 무렵 나는 사랑이 다시 돌아오는 걸 느꼈어. 사랑이 따뜻하고 부드럽게 흘렀지……. 물론 사랑은 한 번도 떠난 적이 없었고, 그저 내가 다시 사랑할 수 있게 되기를 기다리고 있었을 뿐이야. 내가 당신에게 다시, 하지만 다른 방식으로 상처를 주었고, 나는 그것이 당신을 오랫동안 아프게 할 거라고 생각해.
　오, 니콜.
　내가 당신에게 쓸데없이 못난 편지를 썼어. 당신은 좋은 여자야.
　적은 돈으로 최선을 다해 아이들을 키우고 사랑하지. 나는 그런 것들 중 어느 한 가지도 모르지 않아. 당신은 아름다운 여자야. 나는 당신을 전적으로 사랑해.
　난 지금 또 아파. 다시는 느끼고 싶지 않은 고통이야. 하지만 내 사랑, 그 고통이 다시금 여기 있고, 분노와 결합되어 내 이성을 멀게 하고 있어. 내가 느끼는 감정을 알려고 노력해 줘. 내 안의 목소리는 내게 너그러워지라고 말해, 좀 더 차분히, 네 천사를, 네 요정을 이해하고 사랑하고 알아 가라고 말해. 그녀의 많은 상처를 알아줘, 어린 시절 내내 그녀에게 벌어진 일들을 말이야. 하지만 그보다도, 너를 향한 그녀의 사랑을 알아줘. 그녀가 널 신뢰한다는 것은 그녀가 너에게 거짓말하지 않고 자신의 마음을 털어놓고 널 믿는다는 사실로 알 수 있잖아. 게리 너도 쉽게 고칠 수 없는 습관들을 가지고 있다는 걸, 게리 너도 완벽하지 않다는 걸, 그리고 널 사랑하는 이 여자를 지금 이해하지 못한다면 게리 너는 바보라는 걸 알아 둬. 하지만 대신 나는 어제 당신에게 준 그 못난 편지를 썼지. 오, 천사. 제발 나약하고 맹목적인 분노의 순간에 내가 가졌던 것보다 더 큰 믿음과 힘을 가져 줘.

하루 종일 침대에 누워 혼몽하고 불쾌하고 무감각한 마비 상태에 빠져 있었어. 미안해 미안해 제기랄 정말 너무너무 미안해. 온몸이 무기력하고 무거워. 깁스가 뭐라고 말을 걸어도 거의 대답도 하지 않고 있어. 그도 뭔가 잘못됐다는 걸 감지한 거 같아. 내가 라디오 소리를 견딜 수 없어 하는 걸 아는지 라디오를 꺼 두더군.


3


9월의 마지막 날 동트기 직전, 경찰 네 명이 수염을 깔끔하게 다듬은 건장한 체격의 남자를 최고 보안 수용실에 데려왔다. 그에게서 술 냄새가 났다. 길모어와 깁스가 지켜보는 것을 본 그가 큰 소리로 말했다.

“너희들 캐머런 쿠퍼 알아?” 두 사람 모두 대답하지 않았다. 그러자 그 남자가 말했다. “내 이름은 제럴드 스타키인데, 내가 방금 그 개자식을 죽였어.”

깁스가 말했다. “의심의 여지를 방금 네가 없애 버렸네. 이봐, 경찰 네 명이 네 진술을 듣고 있잖아.”

게리도 웃었다. 하지만 스타키는 너무 취해서 신경 쓸 겨를이 없었다. 그는 매트리스와 담요를 아래층 침상에 깔고 변기에서 1미터도 안 되는 곳에 머리를 대고 누웠다. 그러고는 순식간에 기절하듯 잠들었다.

잠시 후 아침 식사가 배달되었다. 두 사람이 그 주취자의 몫까지 나누어 먹었다. 그는 앞으로 몇 시간은 더 정신을 못 차릴 터였다.

그날 아침 9시 30분경, 빅 제이크가 스타키를 깨우며 법정에 출두하라고 말했다. 빅 제이크의 설명에 따르면, 캐머런 쿠퍼는 실제로 유타주를 창시한 가문 출신으로, 모르는 사람이 없는 인물이었다. 당장에도 그의 친구 네다섯 명이 주 수용실에 수감되어 있었기 때문에, 스타키는 길모어, 깁스와 함께 있어야 했다.

법정에서 돌아왔을 즈음, 그는 술이 깨어 있었고, 탁자 위에 놓인 문고판 책을 읽어도 되냐고 물었다. 그는 오후 내내 침상에 누워 책을 읽었는데, 책장에 대고 재채기를 하는 버릇이 있었다. 게리가 불퉁하게 중얼거리곤 했다. “그 살찐 머리를 옆으로 돌릴 만큼의 분별력도 없나?”

나중에 그가 들려준 이야기에 의하면, 그는 리하이의 ‘비비

스테이크하우스'의 요리사인데, 친구인 캐머런 쿠퍼와 언쟁을 하게 되었다. 그러다 캐머런이 허리띠를 풀어서 손에 감은 다음 스타키를 향해 버클을 휘두르기 시작했고, 스타키는 몸을 휙 수그렸다가 바짝 다가가 캐머런의 심장에 식칼을 정통으로 찔러 넣었다.

"뭐, 네가 핵심을 찌른 것 같네!" 게리가 스타키에게 말했다.

그 말에 다들 웃었다.

그런데 그 싸움이 막 시작되었을 때 브렌다와 존이 카페 안으로 들어왔다는 사실이 밝혀졌다. 스타키가 캐머런을 찌르자마자 그놈이 브렌다를 덮치듯 쓰러져 그녀의 옷이 온통 피로 물들었다.

"믿어져?" 게리가 깁스에게 말했다. "브렌다는 스타키의 재판에서도 주요 증인이 될 모양이야. 그년이 법정에서 바쁜 한 해를 보내겠네."

그가 브렌다의 편지를 꺼내어 큰 소리로 읽었다.

"게리, 내 마음이 얼마나 안 좋은지 오빠 모를 거야. 예비 심문에서 오빠에게 불리한 증언을 할 때 정말 가슴이 아팠어." 그가 고개를 저었다. "개랑 내가 혈연관계라는 게 믿어져? 이제야 알겠어." 그가 말했다. "개가 어떻게 그렇게 여러 번 결혼하고 이혼했는지 말이야. 아이큐가 60으로 바보 수준인 사람도 개가 배신자라는 걸 알아볼 수 있을걸. 내 말 명심해, 기입스, 그년은 결국 대가를 치를 거야."

$$4$$

10월 2일, 토요일

지난 몇 주 동안 당신을 생각하며, 그리고 우리가 함께 했던 짓들을 생각하며 아주 많이 딸을 쳤어. 글쎄, 내가 딸을 너무 많이 친다는 생각이 들었어. 하루에 두 번, 세 번, 네 번, 때론 다섯 번을 친 적도 있으니까. 지금은 밤마다 그들이 주는 피오리날 소량이랑 수면제인 달마인[146]에다 진정제까지 먹으니 몸이 까라져서, 더 이상 그렇게 많이 치진 않아.

아, 자기야, 내가 항상 맘에 걸리는 게 있어. 내가 당신한테 정말로 끝내주게 격정적이고 땀을 쏙 뺄 만큼 아무런 제약 없이 사실적이고 진실한 섹스를 선사했다고 느낀 적이 없다는 거야. 하아! 난 그저 술과 피오리날에 푹 절어 살았어. 그게 내 성기능을 저하시키고 내게서 훨씬 더 다정하고 깔끔한 면을 빼앗아 간다는 건 늘 알고 있었어. 내가 이미 여러 번 충분히 언급했으니 당신도 내가 그걸 신경 쓴다는 걸 알 거야. 게다가, 니콜 자기야, 나는 그저 여자들 앞에서, 당신 앞에서 좀 부끄러웠을 뿐이야. 무슨 말인가 하면 정말로, 내가 여자랑 만난 게 빌어먹을 만큼 오랜만이었거든. 그렇다고 내가 교도소에서 남자들이랑 놀아났다는 말로 들어서는 곤란해. 한두 번 예쁜 남자애들과 키스하고 심지어 한번은 한 어린 예쁜 남자애의 엉덩이 사

---

146) 원문은 Dalmine인데, 진정 및 수면 효과가 있는 플루라제팜 제제인 '달메인(Dalmane)'의 잘못된 표기이거나, 게리의 실수일 가능성이 높아 보인다.

이에 박은 적도 있지만 말이야. 하지만 그건 아무것도 아니었고 별로 좋지도 않았어. 난 항상 여자들을 좋아했지만 지독히도 오랫동안 여자를 못 봐서 당신과 함께 벌거벗고 있는 것조차 부끄러워 미칠 지경이었다니까. 그럼에도 당신은 늘 너무 아름답고 상냥하고 참을성 있고 이해심이 많았어. 첫 주가 지났을 즈음에는 당신 덕에 긴장이 풀리고 다시 꽤 자연스러워진 것 같아. 난 십이 년하고도 육 개월 동안 갇혀 있었어. 변명이나 핑계를 대려는 건 아니지만, 그만큼의 시간이 내가 인식조차 못 했던 변화를 가져왔던 거야.

내가 십 대였을 때는 여자랑 자는 길이 막혀 있었어. 잘 여자를 구하기가 힘들었다는 뜻이야. 여자들에게는 지금 같은 성적인 자유가 없었거든. 심지어 말투도 달랐어. 나는 여자가 떡친다고 말하는 걸 들어 본 적이 없어. 그냥 안 했어. 티브이에서 「해피 데이즈」[147] 본 적 있지? 상황이 그렇게까지 바보 같진 않았지만, 사실 별반 다르지도 않았어.

있잖아, 내가 어렸을 땐 여자를 꼬셔서 관계를 갖는 게 대단한 일이었어. 나도 경험이 있긴 하지만, 정말 공을 들여야 했지. 그땐 도덕적 기준이 지금과 달랐거든. 여자들은 결혼할 때까진 처녀여야 한다고 여겨졌어. 그거 알아? 마치 게임 같았어. 수많은 추파와 희롱이 있었지. 여자가 마침내 몸을 허락하기로 결정했을 때, 그녀는 항상 자신이 부당하게 몸을 빼앗기는 것처럼

---

147) 1974년 1월에 처음 방송된 미국의 티브이 시트콤. 1950년대 위스콘신의 밀워키를 배경으로 한다.

연기했고 열에 아홉은 이렇게 말했어. "저기, 당신은 날 계속 존중할 건가요?" 그런 멍청이 같은 헛소리를 말이야. 뭐 그때쯤엔 남자도 후끈 달아올라 힘을 쏟을 채비를 갖춘지라 무엇이든, 심지어 존중도 약속할 준비가 되어 있었지. 늘 우스꽝스럽게 보였지만, 그게 바로 그 게임의 방식이었어. 한번은 나도 어떤 여자애한테 그 말을 들은 적이 있어. 모두가 자고 싶어 하는 정말 예쁘고 조그마한 금발 여자애였는데, 어느 날 밤 그 애 집에서 단둘이 있게 됐어. 우리 둘 다 열다섯 살 정도였고, 서로를 껴안고 꽤 진하게 애무해서 한껏 달아올랐어. 난 이미 진입했고 그걸 알고 있는데, 그때 그녀가 갑자기 그 촌스러운 대사를 꺼내는 거야. "게리, 내가 너에게 허락해도 계속 날 존중해 줄래?" 글쎄, 난 그 기회를 날려 버렸어. 나는 웃기 시작했고 그녀에게 말했어. "널 존중하라고? 무엇 때문에? 난 그저 너랑 자고 싶고 너도 마찬가지인데, 대체 뭘 위해 널 존중해야 하는 거지? 네가 방금 '인디애나폴리스 500'[148]에서 1등 트로피라도 딴 거야?" 뭐, 아까 말했듯이 그렇게 기회를 날려 먹었지.

아 맞다. 아직 이삼 주가 남았어. 깁스가 보석금을 마련하면 ─ 바로 <u>바로</u> 지금이 그때야. 지금이 가장 좋은 때야. 루이스라는 멍청한 멕시코 놈이 밤 근무를 서는데, 그놈은 절대 날 살피러 여기 오지 않아. 창살에 잘린 곳이 있는지도 확인하지 않아. 그냥 밖에서 티브이로 경찰 프로그램이나 볼걸. 또한 이

---

148) 흔히 '인디 500'이라고 불리는 연례 자동차 경주 대회로, 미국 인디애나주 스피드웨이에 있는 인디애나폴리스 모터 스피드웨이(IMS)에서 개최된다.

번이 내가 그 구두를 손에 넣을 완벽한 시기야 — 법정에 출두
하기 직전에 스나이더나 에스플린이 내게 구두 한 켤레를 가져
다주는 건 자연스러운 일이니까.

스털링은 결국 쇠톱을 신발에 꿰매 넣지 않겠다고 말했다.
소중한 시간이 많이 흘러 버린 뒤였다. 니콜은 직접 해 보기
로 결심했다. 그녀는 중고품 가게에서 투박한 단화 한 켤레를
사서 면도칼로 밑창에 가늘고 긴 구멍을 냈다. 많은 노력을 기
울인 끝에 그녀는 쇠톱 날을 안에 밀어 넣을 수 있었다. 하지
만 너무 길었기 때문에 그녀는 위험을 감수하고 날을 반으로
부러뜨렸다. 그 정도는 집어넣을 수 있었다. 하지만 갈라진 틈
을 꿰매려고 하니 엉망진창이 되어 버렸다. 그 신발은 결코 통
과하지 못할 터였다.

# 27장

# 기소

1

이번 재판의 관할권은 유타 카운티 지방 법원에 있었다. 재판은 불럭 판사의 법정인 310호에서 열릴 예정이었다. 유타 카운티 청사는 프로보 도심에서 가장 큰 건물로, 회색빛의 거대하고 장엄한 법의 신전 같았다. 노얼 우튼은 그 건물을 보면서, 넓은 계단 위에 돌기둥으로 받쳐진 그리스식 삼각 지붕 장식을 가진 수많은 다른 관공서 건물들을 떠올렸다.

프로보에서 태어나 프로보에서 자란 까닭에, 우튼은 그곳 법원에 가는 것을 좋아하는 편이었다. 그리고 이 사건은 그가 이제껏 참여한 재판 중 가장 큰 살인 사건이 될 전망이었다.

이 지역의 다른 많은 변호사들과 마찬가지로, 우튼도 BYU에 갔다가 로스쿨에 진학하기 위해 유타 대학교에 편입했다. 어쨌든 처음에는 큰 욕심이 없었고, 그저 아버지가 개업하여 성공적인 변호사로 일하고 있으니, 까짓 로스쿨 과정을 이수하고 나중에 사업이나 하지 뭐, 라고 노얼은 생각했다. 졸업 후 그는 FBI와 '유나이티드 항공'에서 일자리 제안을 받았지만, 아버지가 그를 받아 주겠다고 했기 때문에 두 제안을 거절했다. 일은 잘 풀렸다. 아버지 우튼은 그에게 많은 것을 가르쳐 주었다.

하지만 노얼은 곧 하루 종일 사무실에 앉아만 있는 건 자신의 취향이 아니라고 판단했다. 그는 재판을 즐겼다. 심지어 솔트레이크나 덴버, LA로 일하러 가는 동기들에게 경멸감을 느끼기도 했다. 그들은 결국 대도시 법정 변호사들을 위해 무대 뒤에서 소송을 준비하는 일만 하게 될 테니까. 반면 노얼은 자신이 원하는 곳에 있었다. 바로 그 거물급 변호사들과 맞서는 법정에서.

그는 피고 측 변호인으로 시작했지만, 대부분의 의뢰인이 범법자라는 결론에 도달했다. 그는 의뢰인이 무죄일 경우 유죄 판결을 받지 않도록, 유죄일 경우 죄를 과하게 뒤집어쓰지 않도록 하는 것이 자신의 의무라고 생각했다. 범법자들은 죄가 있든 없든 무슨 수를 써서라도 풀려나기를 희망했다. 노얼은 그걸 받아들일 수가 없었다. 그는 검사가 되는 것이 옳은 길이라고 생각하기 시작했다.

한 사건이 이것을 더 확실히 깨닫게 해 주었다. 길모어와 비슷한 배경을 가진 한 남자의 변호를 맡은 적이 있었다. 할로 커스티스라는 이름의 그 남자는 십팔 년 동안 교도소에서 복역했고, 이제 단순 신용 카드 위조 혐의로 기소된 상태였다.

검찰은 그 죄를 물어 그를 다시 교도소로 보내려고 했다. 우튼은 커스티스가 부당한 대우를 받고 있다고 생각했다. 커스티스를 교도소에서 꺼내기 위해 구 개월 동안 법정에서 싸웠고, 마침내 성공했다.

커스티스가 보호 관찰 처분을 받던 날, 그가 노얼의 집으로 찾아와 자기가 수임료 대신 넘겨준 타이어를 돌려달라고 요구했다. 현금을 지불하지 않으면 돌려주지 않겠다고 우튼이 말하자, 커스티스는 그에게 온갖 욕을 퍼부었다.

삼 주 후, 커스티스는 술에 취해 차체가 망가질 정도의 사고를 냈고, 그 사고로 한 남자가 죽었다. 무면허 운전이었다. 우튼은 자신이 실수를 저질렀으며 법정에서 커스티스를 위해 그렇게 열심히 싸우지 말았어야 했다고 판단했다. 그가 검사 측으로 넘어가기로 결심한 것이 바로 그 순간이었다.

길모어 사건을 준비하면서, 우튼은 프랜시스 클라이드 마틴을 기소한 또 다른 대형 사건을 자주 떠올렸다. 여자 친구가 임신한 탓에 마음에도 없는 결혼을 한 마틴은 갓 결혼한 아내를 숲으로 데려가 칼로 스무 번이나 찌르고 목을 잘랐으며, 그녀의 몸에서 태아를 빼내어 아기를 찔러 죽인 뒤 집으로 돌아갔다.

그 건에서 우튼은 사형을 선택하지 않기로 결정했다. 마틴은 범죄 전력이 없는 열여덟 살의 잘생긴 고등학생이었다. 그저 끔찍한 덫에 걸려 난동을 부린 아이였을 뿐이다. 우튼은 종신형을 구형했고, 그 소년은 현재 교도소에서 복역 중이며, 언젠가는 다시 사회에 나올 수 있었다.

사실, 우튼 자신은 사형을 그다지 강력하게 옹호하지 않았다. 사형이 과연 다른 범죄자들을 억제하는 효과가 있는지 확신할 수 없었다. 그가 길모어에게 최고형을 구형한 이유는 오직 하나, 위험하기 때문이었다. 길모어가 살아 있는 것은 사회에 위협이 되었다.


2


재판이 시작되기 전날인 10월 4일 월요일에, 크레이그 스나이더와 마이크 에스플린은 게리와 긴 면담을 진행했다. 잠시 후 그가 물었다. "승산이 어느 정도일 것 같아요?"

크레이그 스나이더가 답변했다. "크지 않을 것 같아요. 전혀 크지 않을 것 같아요."

게리가 대답했다. "뭐, 사실 크게 놀랄 일은 아니네요."

그들은 자신들이 정신과 의사들에게 특별한 노력을 기울였지만, 게리를 정신 이상으로 진단한 사람은 아무도 없었다고 말했다.

게리도 그 의견에 동의했다. "내가 말했듯이." 그가 말했다. "나는 배심원들에게 내가 제정신이 아니란 걸 납득시킬 수 있어요. 하지만 그러고 싶지 않아요. 내 지능이 모욕당하는 게 너무 싫거든."

그리고 핸슨과 관련된 일이 있었다. 스나이더와 에스플린은 핸슨이 합류하는 게 좋은 일이라는 데 동의했다. 어떤 변호사도, 이용 가능한 최고의 전문적 도움을 원하지 않거나 필요치 않다는 입장을 취할 만큼 오만하지는 않을 거라면서. 하지만 핸슨은 연락이 없었다.

그들은 자기들이 직접 핸슨에게 전화할 마음이 없다는 말은 하지 않았다. 결국 니콜의 말 외에는 판단할 근거가 아무것도 없었다. 만약 그녀가 핸슨의 약속을 잘못 이해한 거라면 민망한 상황이 될 수도 있었다.

그들은 다시 한번 니콜을 증인석에 앉히는 문제에 대해 게리의 의사를 물었다.

"니콜을 끌어들이고 싶지 않아요." 게리가 말했다.

그들은 그의 반감을 감지할 수 있었다. 그녀는 자신이 그를 참을 수 없을 정도로 자극했다고 말해야 할 것이다. 또 몇 가지 불쾌한 세부적 사실들을 구체적으로 언급해야 할 것이다. 그는 그녀를 그런 일에 관여시키고 싶은 마음이 전혀 없었다. 사실 그는 우튼이 니콜을 증인으로 부르려 한다는 말을 듣고 몹시 화를 냈다. 그는 스나이더와 에스플린에게 검찰 측 증인들의 법정 출입을 막지 말라고 말했다. 검찰 측 증인들의 법정 출입을 막으면, 우튼의 증인 명단에 오른 니콜 또한 법정에 들어올 수 없기 때문이었다. 게리의 변호인들은 이것이 우튼에게 유리하게 작용할 수밖에 없다고 말했다. 우튼의 증인들은 자기들보다 앞에 나온 증인들이 무슨 말을 했는지 들을 수 있을 것이다. 그러면 우튼의 논리 전개가 전반적으로 더 매끄럽게 진행될 것이다. 게리는 상관없다고 말했다.

스나이더와 에스플린은 그의 마음을 돌리려고 애썼다. 서로의 증언을 들을 수 없을 때 증인석의 증인들은 더욱 긴장할 수밖에 없다고 그들은 입을 모았다. 자신이 어떤 상황에 있는지 모르기 때문이다. 변호인 측 입장에서는 니콜의 법정 출입을 위해 많은 것을 양보하는 셈이었다. 게리가 고개를 저었다. 니콜은 거기 있어야 해요.


3


첫날은 배심원단을 선정하는 데 쓰였다. 재판이 본격적으로 시작된 둘째 날, 에스플린은 법적 문제를 논의해야 한다는 이유로 판사에게 배심원단을 퇴장시켜 달라고 요청해야 했다. 껄끄러운 임무였다. 그런 다음 그는 불럭 판사에게 피고가 변호인들의 조언에 반하여 검사 측 증인들의 법정 출입 차단을 바라지 않았다고 말했다. 형편없는 출발이었다. 많은 경우 판사들은 의뢰인에게 최선의 이익을 보여 주지 못하는 변호사를 존중하지 않는다.

**에스플린 씨:** 존경하는 재판장님, 길모어 씨는 제게 그 결정의 이유를 밝혔는데, 그 이유는 피고의 여자 친구인 니콜 배럿이 검사 측 증인으로 채택되었고, 그는 그녀가 법정 출입에서 배제되는 것을 원하지 않기 때문입니다. 저는 그것이 그 결정의 유일한 근거라고 생각합니다.

**판사:** 그런가요, 길모어 씨?

**길모어 씨:** 음, 네, 제가 알기로는 바로 어젠가까지도 그녀는 증인 명단이 없었거든요. 그런데 그녀를 명단에 올린 이유는 법정에 들어오지 못하게 하기 위해서인 것 같습니다. 하지만 저는 그녀가 하루 종일 법정 밖의 불편한 홀에서 대기하는 걸 원하지 않습니다.

**판사:** 글쎄요, 그녀는 홀에 있어야 할 수도 있지만, 확실히 거기에도 의자가 있고 편히 쉴 곳이 있을 텐데요.

**길모어 씨:** 음, 그녀의 출입이 제한되어서는 안 된다는 것이 저의 결정입니다. 재판장님.

**판사:** 그게 다인가요?

**에스플린 씨:** 그게 전부입니다. 재판장님.

**판사:** 그게 법적인 문제라는 건가요? 알겠습니다. 배심원들을 다시 불러도 좋습니다.


게리는 자신이 내준 것을 만회라도 하려는 듯 법정에 앉아 있는 내내 우튼을 노려보았다.

자신이 아는 한 이 모든 일의 아이러니는 니콜이 법정에 나오지도 않았다는 점이라고 에스플린은 판단했다. 게리는 오전 내내 니콜을 찾느라 계속 뒤를 돌아보았다. 그녀는 나타나지 않았다. 사실 점심시간이 되어서야 니콜이 법정에 도착했고, 그녀를 본 게리는 더할 나위 없이 기뻐했다.

4

　우튼은 배심원단에게 자신의 증인들을 설명하는 것으로 시작했다.

　"증인들 각자는 여러분에게 전체 이야기를 구성하는 작은 조각들을 제공할 겁니다. 그들은 여러분에게 피고인 게리 길모어가…… 한 손에는 모텔의 현금 상자를, 다른 손에는 권총을 들고 길을 걸어가다가…… 블록 끝에서 현금 상자를 버리고…… 그리고 총을 버린 경위를 밝혀 줄 겁니다. 그리고 얼마 지나지 않아 그가 사우스 3번가와 대학가 모퉁이에 위치한 주유소에 세워 둔 트럭을 찾으러 왔을 때, 왼손에 부상을 입어 피를 많이 흘리는 모습이 목격되었다는 사실을 알려 줄 겁니다. 목격자들은 주유소에서 인도를 거슬러 올라가 인도 가장자리를 따라 심긴 향나무 덤불까지 이어지는 핏자국을 추적한 일에 대해 말해 줄 겁니다. 여러분은 거기서 22구경 자동 권총이 발견된 경위를 듣게 될 텐데, 그 총의 자동 장치 부분에 잡초와 나뭇잎이 묻어 있는 것으로 보아 그것이 향나무 덤불에서 발사된 것으로 보인다는 것을 알게 될 겁니다. 거기서 탄피를 발견했다는 사실도 알게 될 겁니다. 또한 여러분은 수사관들이 부시넬 씨가 살해된 모텔 사무실에서 또 하나의 22구경 탄피를 발견했다는 증언도 듣게 될 겁니다. 여러분은 그의 머리에서 발견된 총알이 실제로 향나무 덤불에서 발견된 22구경 권총과 총신 내부 강선(腔線)의 유형이 동일한 총에서 발사된 22구경 탄환이라는 전문가의 증언도 듣게 될 겁니다."

그날 장시간에 걸쳐 증거물들과 증인들이 제시된 가운데, 우튼의 논변은 그가 공언한 대로 견고한 일관성을 보여 주었다. 스나이더와 에스플린은 사소한 부분에 의문을 제기하거나 증언의 신빙성을 떨어뜨리려고 시도하는 것 외에는 할 수 있는 게 없었다. 그래서 에스플린은 첫 번째 증인인 도안가 래리 존슨으로 하여금 재판이 열리기 전 마지막 주에 주문을 받아 그린 그의 모텔 도면으로는 7월 20일의 모텔 창문 주변에 '어떤 식물이나 채소가 자라는지에 대해서는 알 수 없다'는 사실을 인정하게 만들었다. 사소했지만, 첫 번째 증거물의 권위를 떨어뜨려 배심원단이 증거물의 양에 섣불리 감명받지 않도록 했다. 우튼은 어쨌든 18개의 증거물을 제시할 예정이었다.

다음 증인인 프레이저 형사는 모텔 사무실의 사진을 여러 장 찍어 두었다. 에스플린은 사진이 찍히기 전에 커튼이 이동되었을 수도 있다는 점에 그가 동의하게 만들었다.

그런 식으로 진행되었다. 우튼이 입증해 가는 사건에 약간의 수정과 조정이 가해졌다. 글렌 오버튼이 증인석에 나와 베니 부시넬이 피를 흘리며 죽어 가는 모습과 본인이 차로 데비 부시넬을 병원으로 데려갈 당시 그녀의 태도를 묘사할 때, 피고 측은 침묵을 지켰다. 에스플린은 굳이 반대 신문을 해서 그 장면들을 더욱 생생하게 부각시킬 생각이 없었다.

네 번째 증인인 모리슨 박사는 유타주의 부수석 검시관으로, 베니 부시넬의 부검을 담당했다. 모리슨 박사는 부시넬의 피부 표면에 화약에 의한 화상 흔적이 없는 것으로 보아 살해 흉기가 그의 머리에 직접 닿았음을 알 수 있다고 증언했다.

에스플린은 그 증언의 신빙성을 떨어뜨리기 위해 얼마간 시도를 해야 했다.

**에스플린 씨:** 고인을 부검할 때, 이 범행에 사용된 것으로 추정되는 무기를 검사했습니까?

**모리슨 박사:** 아닙니다…….

**에스플린 씨:** 제가 이해하기로는, 고인을 검시할 당시, 박사님은 사용된 탄약의 종류를 알지 못하셨죠?

**모리슨 박사:** 맞습니다.

**에스플린 씨:** 그런데도 박사님은 이러한 것들이 모두 박사님이 판단을 내리는 데 영향을 미치는 것들이라고 말하시는군요.

**모리슨 박사:** 영향을 미칠 수는 있습니다……. 그러나 이 특정한 사건에서는, 제 의견으로는, 영향을 미치지 않았습니다. 저는 탄약의 종류나 무기의 특정 유형이 판단에 고려할 요소가 되거나 문제가 될 거라고 느끼지 않았습니다. 하지만 제가 부검했을 당시, 범행에 사용된 무기가 권총이라는 통보를 받았습니다.

**에스플린 씨:** 하지만 그걸 검사하지는 않았고요?

**모리슨 박사:** 제가 그 무기를 검사하지 않았냐고요? 네, 그렇습니다.


피고 측은 도박을 해야 했다. 에스플린의 열성적인 반대 신문이 최소한 배심원들을 혼란스럽게 만들 수 있기 때문이었다. 따라서 모리슨 박사가 이번 사건에서 총이나 탄약은 결과에 영향을 미치지 않으므로 알 필요가 없다고 말했음에도, 에스플린은 모리슨 박사가 무기를 검사하지 않았다는 사실을 인정하게 만들었다. 배심원 중 일부는 그게 마음에 걸릴 수도 있었다.

다음으로 마틴 온티버로스가 나와, 게리가 모텔에서 두 블록 떨어진 주유소에 트럭을 세워 두고 삼십 분 동안 자리를 비웠다는 사실을 확언했다. 게리가 돌아왔을 때, 그의 왼손에서 피가 흐르고 있었다고 했다.

순찰 경관인 네드 리는 길모어가 주유소에서 덤불에 이르기까지 남긴 핏자국을 추적해서 총을 발견했다.

"모든 액체는 이동하는 방향으로 흐르는 경향이 있습니다." 그가 말했다.

그래서 그는 길모어의 이동 경로가 총이 숨겨져 있던 덤불 속 장소에서 동쪽 방향으로 풀머의 주유소까지라는 것을 특정할 수 있었다. 이번에도, 피고 측이 그의 증언에 대해 할 수 있는 일은 거의 없었다.

윌리엄 브라운 형사는 리 순경으로부터 탄약통과 총을 받아 발견한 위치에 놓고 사진을 찍게 했다. 우튼은 그 사진을 3번 증거물로 제출했다.


에스플린 씨: 브라운 형사님, 당신이 그 사진을 찍으셨나요?

브라운 경관: 아닙니다.

에스플린 씨: 누가 그 사진을 찍었는지 아십니까?

브라운 경관: 아뇨, 모릅니다.

**에스플린 씨:** 이의 있습니다. 재판장님. 증거의 기초가 미흡합니다.

**우튼 씨:** 저는 이미 기초를 마련했습니다……. 재판장님, 그것이 언제 어떤 상황에서 촬영되었는지를 제가 입증할 필요는 없습니다. 제가 입증해야 할 것은 그가 그 덤불을 보고 그 사진을 보았으며, 그것이 동일하다는 사실뿐입니다.

그럼에도 그것은 작은 소득이었다. 또 하나의 증거물이 약간 오염되었다. 몇 가지 작은 소득이 언제 최종 효과에 기여할지는 모르는 일이었다.

**에스플린 씨:** 증인은 지문 감식을 위해 무기에 분말을 뿌렸죠, 맞습니까?

**브라운 경관:** 네.

**에스플린 씨:** 지문을 발견했나요?

**브라운 경관:** 한 개를 발견했습니다.

**에스플린 씨:** 그걸 FBI 실험실에 전송했나요?

**브라운 경관:** 전송했습니다만…….

**에스플린 씨:** 결과는 어땠나요?

**브라운 경관:** 더 나은 비교 대상이 필요하다더군요.

**에스플린 씨:** 다시 말해 결론을 내리지 못했다는 뜻인가요?

**브라운 경관:** 맞습니다.

**에스플린 씨:** 더 이상의 질문은 없습니다.

제럴드 닐슨이 증인석에 앉았을 때, 우튼은 자백에 대해 묻지 않았다. 닐슨은 체포될 당시 길모어의 왼손에 갓 생긴 총상이 있었다고만 증언했다.

FBI 특수 요원인 제럴드 F. 윌크스는 탄도학 전문가였다.

**우튼 씨:** 배심원들에게 어떤 결론을 내렸는지 말씀해 주시겠습니까?

**윌크스 씨:** 이 두 개의 탄피들을 검사한 결과, 두 개 모두 이 무기로 발사되었고 다른 무기로는 발사되지 않았다는 것을 확인할 수 있었습니다.

에스플린은 답변을 훼손하는 질문을 할 수밖에 없었다.

**에스플린 씨:** 그 탄피가 동일한 총에서 발사되었다고 합리적 의심의 여지 없이 말하기에 앞서…… 특정 증거품에 반드시 있어야 하는 일정 수의 흔적이 있습니까?

**윌크스 씨:** 아닙니다. 저는 동일성을 식별하는 데 필요한 미세 흔적[149]의 최소 개수를 정하지 않습니다.

**에스플린 씨:** 증인은 12번 증거물과 증인이 실험실에서 발사한 시험용 탄피에서 얼마나 많은 흔적, 유사성 혹은 유사점을 발견했는지 알고 있습니까?

**윌크스 씨:** 탄피 둘레 전체에 유사한 흔적이 있었습니다. 사실

---

149) 미세 흔적(Microscopic marks)은 총기나 탄약이 사용될 때 남는 눈에 보이지 않을 정도로 작은 물리적 흔적으로, 이를 통해 특정 총기가 특정 탄약을 발사했는지 확인할 수 있다.

미세 흔적이 너무 많아서 제가 도달한 결론에는 의심의 여지가 없었습니다.

피터 아로요는 모텔 사무실에 있던 게리를 목격했다고 증언했다.

**우튼 씨:** 당시 그가 얼마나 멀리 떨어져 있었나요?

**아로요 씨:** 음, 3미터 정도였습니다.

**우튼 씨:** 그가 사무실 안에 있었나요?

**아로요 씨:** 네.

**우튼 씨:** 증인은 밖의 진입로에 있었고요?

**아로요 씨:** 네.

**우튼 씨:** 당시 그가 소지하고 있던 무언가를 관찰했나요?

**아로요 씨:** 네.

**우튼 씨:** 증인이 본 것을 알려 주세요.

**아로요 씨:** 그는 오른손에 총신이 긴 권총을 들고 있었습니다. 왼손에는 금전 등록기의 현금 상자를 들고 있었습니다.

**우튼 씨:** 그 권총에 대해 설명해 줄 수 있습니까?

**아로요 씨:** 네.

**우튼 씨:** 목격한 바를 말씀해 주세요.

**아로요 씨:** 그는 실제로 우리를 보고 멈췄습니다. 저는 그를 똑바로 바라보았고, 그 총을 봤습니다. 그리고 그 총으로 무엇을 하려는지 보려고 그의 얼굴을 쳐다보았습니다. 저는 그가 사무실에서 일하면서 총을 가지고 장난을 치는 거라고 생각했습니다.

걱정이 됐죠. 그래서 그의 눈을 똑바로 쳐다보았습니다. 그러자 그가 그저 멈춰 서서 저를 쳐다보았습니다. 그러더니 몇 초 후 돌아서서 카운터 근처로 도로 걸어갔습니다.

**우튼 씨:** 증인은 무엇을 했습니까?

**아로요 씨:** 계속 차까지 걸어갔습니다…….

**우튼 씨:** 아로요 씨, 당시 증인이 목격한 총과 현금 상자를 들고 있던 사람이 지금 법정 안에 있나요?

**아로요 씨:** 네.

**우튼 씨:** 본 법정과 배심원단을 위해 그 사람을 지목해 주시겠습니까?

**아로요 씨:** 빨간 재킷과 녹색 셔츠를 입은 남자입니다. (가리킨다.)

**우튼 씨:** 제 맞은편 변호인석에 앉아 있나요?

**아로요 씨:** 네.

**우튼 씨:** 재판장님, 기록에 증인이 피고인을 지목하고 있다는 점을 반영해 주시겠습니까?

**판사:** 그렇게 기록하도록 하겠습니다.

**우튼 씨:** 증인 심문하시죠.

**에스플린 씨:** 그날 밤 모텔 사무실에서 증인이 목격한 사람에 대해 묘사해 줄 수 있습니까?

**아로요 씨:** 네. 그는 저보다 키가 좀 더 큰 것 같았습니다…….

**에스플린 씨:** 다른 특징은 또 없습니까?

**아로요 씨:** 그는 반다이크 수염[150]에 머리가 길었어요.

---

150) 17세기 플랑드르 화가의 이름을 딴 수염으로, 턱의 염소수염 및 그것

에스플린: 그 외에 특별히 더 기억나는 특징이 있습니까?

아로요 씨: 그의 눈이요.

에스플린 씨: 그의 눈의 어떤 점을 기억하나요?

아로요 씨: 그의 눈을 봤을 때, 뭐라 설명하기가 어렵네요. 절대 잊지 못할 눈이었습니다.

에스플린 씨: 눈 색깔을 보셨나요?

아로요 씨: 아뇨, 그냥 그 눈빛만요.


아로요의 말이 무슨 뜻인지 이해하기는 어렵지 않았다. 길모어는 증언 내내 우튼을 노려보고 있었다.

아로요가 증인석에서 내려온 후, 검사 측이 증인 신문을 마쳤다. 에스플린이 일어서서 피고 측도 더는 할 말이 없다고 말했다.


판사: 피고 측은 증거를 제출하지 않을 생각인가요?

에스플린 씨: 그렇습니다. 재판장님.

판사: 좋습니다. 양측이 모두 변론을 마쳤다면, 이제는 재판부가 배심원단에게 지침을 주는 것이 의무입니다……. 저는 준비가 되어 있습니다만, 그렇게 하려면 삼십 분이 걸릴 것이고, 또 다시 저녁 늦게까지 이어질 겁니다. 그런데 오늘 밤에 중요한 토론[151]이 있는 걸로 알고 있습니다.

---

과 연결되지 않은 콧수염으로 이루어진 수염 형태를 가리킨다.
151) 1976년 미국의 대선 토론을 가리킨다.

판사는 제리 포드와 지미 카터 사이에 있을 두 번째 토론
을 언급하고 있었다.

**판사:** 모두를 위해, 오늘 밤이 아닌 아침에 평결 지침을 주고 내
일 사건을 마무리하겠습니다.


5


10월 6일

방금 법정에서 돌아왔어.

와!

스나이더와 에스플린에게 큰 기대를 걸지 않는다고 말은 했
지만, 그들이 전혀 변호할 의지가 없는 줄은 몰랐어.

에스플린이 더 할 말이 없다고 했을 땐 정말 놀랐어. 물론 이
건 굉장히 절제된 표현이지.

그들은 내게 그렇게 할 거라고, 전혀 방어하지 않을 거라고
는 말한 적이 없어.

믿을 수가 없더군!

어느 정도는 변호를 하리라 예상했지. 아무리 빈약하더라도
말이야.

그들이 최소한 이급 살인이라도 받아 내려고 시도는 할 줄
알았어.

지금 당장으로선 내가 일급 살인으로 유죄 판결을 받을 게

절대적으로 확실하다고 봐. 그리고 에스플린과 스나이더는 오늘 변론을 마칠 때 이미 그걸 알고 있었어.

그놈들이 나를 그렇게 골탕 먹일 줄은 몰랐어.

재판 끝나고 내가 그 문제로 따졌더니 그 새끼들도 찔리는지 방어적으로 나오더라고, 좆나 비겁하게.

그들은 시도조차 하지 않았어.

그들은 항소를 위한 명분만 남기려고 하는데, 그것조차 제대로 하지 않았어.

국선 변호사라는 것들은 다 그렇다니까.


휴정이 선언되자마자 회의가 열렸고, 게리는 변호인들에게 불만을 토로했다. "정신과 의사 같은 거라도 부를 줄 알았는데요."

그들이 다시 설명했다. 그들은 내일 열리는 감형 심리에서 정신과 의사를 부를 예정이라고 했다. 본 재판에서는 정신과 의사를 불러 봐야 아무런 의미가 없었다. 어떤 의사도 그가 법적으로 정신 이상이라고 말하지는 않을 것이므로, 배심원단이 유죄 판결을 내리기가 더 쉬워질 뿐이었다. 배심원 중 몇 명이라도 그의 정신 상태에 대해 의문을 갖게 하려면, 감형 심리 때 부르는 편이 나았다.

"보여 주기 식으로라도, 누구든 부를 순 없었소?" 그가 물었다.

그들은 자신들의 전략을 명확하게 설명했다. 그의 상황이 보이는 것만큼 나쁘지 않을 수도 있다고 그들은 말했다. 첫째,

검찰은 길에 떨어진 핏자국에서 발견된 혈액과 게리의 혈액을 대조하지 않았다. 만약 게리의 혈액형인 O형이 나왔다면 또 하나의 결정적 단서가 될 수도 있었을 것이다. 둘째, 그들은 총에서 지문을 채취해 내지 못했다고 크레이그 스나이더가 말했다. 따라서 그 총이 그의 손에 닿았다는 확실한 증거는 없었다. 셋째, 검찰은 강도 사건에서 훔친 돈을 증거물로 제출하는 것을 간과했다. 돈을 가지고 있었지만, 그것을 증거물로 제출하지 않은 것이다. 넷째, 우튼은 게리가 제럴드 닐슨에게 자백한 내용을 감히 증거로 사용할 수 없다. 크레이그가 안경 너머로 눈빛이 진지해지며 말했다. 배심원들이 당신을 유죄로 판단하려면 아직 건너야 할 다리가 있습니다.

입 밖에 내어 말하지는 않았지만, 누군가에게 사형을 선고하는 일은 쉽지 않다는 것이 그들의 생각이었다. 누가 자신의 꿈자리를 뒤숭숭하게 할 무언가에 대해 말할 수 있겠는가? 배심원이 그 다리를 건너려면 정말로 마음을 다잡아야 한다. 따라서 재판이 격식을 갖춰 진행되고 변론이 차분하게 이루어진다면, 배심원들이 주저할 만한 분위기가 조성될 수 있었다. 강한 감정이 흐르지 않는다면 사형을 선고하기 어려울 터였다.

이 시점에서 게리가 자기도 판사에게 자신의 입장을 말하고 싶다고 했다. 그는 증언하기를 원했다.

그건 변호인들의 조언을 거스르는 일이었다. 지금 이 방식으로도, 그는 99퍼센트의 확률로 유죄 판결을 받을 거라고 크레이그 스나이더가 말했다. 그런데 만약 그가 증언을 하면

100퍼센트 유죄였다.

게리의 표정이 잠시 우울해졌다.

"내가 한 일이야." 그가 말했다. "그게 다야." 그가 다시 증언대에 서겠다고 고집했다.

변호인들은 재판을 다시 시작하게 된다면 어떨지 생각해 보았다. 혼란스러울 게 분명했다. 그들은 니콜을 부르는 것에 대해 다시 한번 고민했지만, 그녀를 부르지 않기로 한 결정을 너무 오래 유지해 온 탓에 그녀를 증인석에 앉힌다는 것 자체가 불안하게 느껴졌다. 오히려 해로운 결과를 낳을 수도 있었다. 게리가 차에 총을 지닌 채로 아이들을 태우고 운전했다는 사실이 밝혀진다면 말이다. 안 될 말이었다. 니콜 역시 위험 요소가 큰 패였다.

모든 결정들이 아직 미정인 채로 남아 있었다. 세 사람은 각자의 방법으로 나름 최선을 다해 잠을 청했다.

# 28장

## 변호

1

니콜이 그날 아침 법정에 나타나지 않은 데에는 그만한 이유가 있었다. 그녀는 전날 게리가 보인 행동 때문에 무척 속이 상했다.

그녀는 재판 첫날이 재판의 전부인 줄 알았는데, 첫날은 배심원을 선택하는 일로 소모되었다. 증인은 한 명도 불리지 않았다. 길고 지루한 시간이 이어졌고, 두 번째 쉬는 시간에 분리대를 사이에 두고 게리의 건너편에 앉을 수 있게 되기 전까지는 그와 대화할 기회조차 얻지 못했다. 갑자기 그가 일주일 전에 그녀가 썼던 편지, 즉 다른 남자와 함께 어울림으로써 그에게 고통을 야기하느니 차라리 죽겠다고 선언한 내용이 담긴 편지 이야기를 꺼냈다. 그러고는 느닷없이 그것에 대해 고약하게 굴었다.

"당신은 죽겠다고 말하지만 그건 그저 말뿐이야, 자기야."
그가 말했다.

그리고 그녀에게 마치, 넌 거기 울타리 너머에서 안전하지
않느냐고 말하는 것 같은 표정을 지었다.

그러자 그녀는, 원한다면 내가 서 있는 법정의 바로 그 자
리에서 날 죽여도 좋다고 말했다. 그녀는 울지 않으려고 애쓰
면서, 당신이 그런 생각을 할 수 있다는 게 죽을 만큼 괴롭다
고 했다. 그가 진심으로 비아냥거리듯 말했다. "지금 당장 내
가 어떻게 당신을 죽일 수 있겠어? 팔에는 수갑을, 다리엔 족
쇄를 찼는데."

그녀는 자신이 바보처럼 느껴졌다. 나중에 그가 그녀에게
윙크를 보냈다. 그저 아무 뜻 없이 한 말이었다는 듯. 발작적
인 악랄함이 그를 덮쳤다가 사라진 것 같았다.

그러나 그녀는 밤새 잠을 이루지 못했다. 아침에, 아이들을
이웃집에 맡긴 후 얼마간 졸다가 잠에서 깨어난 그녀는 기분
이 몽롱하고 몸이 찌뿌둥했다.

아니나 다를까, 그녀가 법정에 도착하자 그는 그녀를 보고
더할 나위 없이 기뻐했다. 전날의 일은 완전히 잊은 것 같았
다. 니콜은 그 자리에 멍하니 앉아 있었다. 무슨 일이 벌어지
고 있는지도 몰랐다. 그날 하루가 끝날 무렵, 그녀는 스패니시
포크에서 가장 힘들었던 나날들 이후로 그 어느 때보다 게리
가 멀게 느껴졌다.

그날 밤 수가 찾아와, 니콜을 데리고 나가 취하게 만들어
주겠다고 선언했다. 그녀의 기분을 띄워 주겠다고 했다.

니콜은 자신이 정말로 즐기면서 긴장을 풀고 싶어 하고, 정말 춤추고 싶어 한다는 것을 깨달았다. 그다지 좋은 발상은 아니었지만, 곁에 수가 있었다. 니콜은 못 이기는 척 따라나섰다.

그들은 '실버 달러'를 지나 '프레드 라운지'로 향했다. 니콜은 그곳의 긴장감이 마음에 들었다. '선다우너스' 모터사이클 클럽 멤버들이 많이 있었고, 그녀는 그들 중 몇 명과 기분 좋게 춤을 추었다. 그들은 당구를 치듯 멋지고 우아한 동작으로 춤을 추었다.

실제로 함께 춤을 췄던 한 남자는 자신이 솔트레이크 선다우너스의 전 회장이었다고 말했다. 달콤한 말을 잘하는 남자였다. 잘생겼고, 같이 춤추는 게 즐거웠다. 그러나 그녀는 계속 자기 테이블로 돌아가 보드카와 자몽 주스를 홀짝였다.

어느덧 수가 사라지고, 니콜은 홀로 남겨져 모든 일을 혼자 해결해야 했다. 그때 전직 회장이 솔트레이크에 가자고 그녀를 조르기 시작했다. 니콜은 그 클럽이 어떤 곳인지 보고 싶었다. 수년 동안 솔트레이크에 있는 선다우너스 클럽 하우스에 대해 들어 왔기 때문이다. 어쩌면 조금은 긴장을 풀고 사람들을 만나고 싶었는지도 몰랐다.

그녀는 이 일이 어떤 식으로 마무리될지 명확하게 생각하려고 노력했다. 이미 새벽 2시였다. 솔트레이크까지 가는 데 거의 한 시간이 걸리고, 거기에서도 파티가 더 이어질 터였다. 그녀는 문제가 생기기 전에 날이 밝을 거라고 계산했다.

예상했던 대로, 솔트레이크에 도착한 후 그녀는 사람들과 둘러앉아 대화를 조금 나누고 담배를 피우고 맥주를 마시고,

조용히 기분 좋게 취해 버렸다. 닳아빠져 누더기가 된 낡은 소파에 앉아 있자니 졸음이 밀려왔다. 클럽 하우스는 괜찮은 곳이었다. 분위기를 즐기기에 딱 좋은 곳으로, 바로 거실에 바같은 것이 설치되어 있었고, 거실 안에 오토바이들도 여러 대있었다. 낡고 오래된 카펫에는 약간의 휘발유와 기름이 묻어있었다. 그녀는 몇 번 눈을 감았고 아마 잠깐씩 졸았던 것 같다. 그녀가 잠을 좀 자고 싶다고 말했을 때는 분명 오전 5시경이었을 것이다.

전 회장이 그녀를 설득해 아래층으로 가게 했고, 어느 정도 안전한 느낌이 들었다. 그곳은 그저 매트리스가 여러 개가 놓여 있는 커다란 방이었고, 사람들이 여기저기 널브러져 있었다. 어쩌면 그들 중 일부는 성행위를 하고 있었는지도 몰랐다. 어두컴컴해서 잘 보이지는 않았다. 그녀는 조금씩 잠에서 깨기 시작했고, 혼자서 어떻게 솔트레이크를 탈출할 수 있을지 고민하고 있었다. 그때 그 남자가 같은 매트리스에 누웠고, 그녀는 자신이 원하지 않는다는 것을 그에게 이해시킬 방법이 없었다. 그녀가 무슨 말을 하려 하든 모두 튕겨져 나갔다. 그는 자신은 벗고 있는데 왜 그녀만 옷을 입고 있는지 재차 물었다. 그녀는 말로 설득해서 그 상황을 빠져나오려 애썼지만, 그는 마리화나에 완전히 취한 상태였다. 그 방법으로는 벗어날 수 없었다. 결국 그녀는 그를 받아들일 수밖에 없었다. 그녀는 살아서도 죽어서도 게리에게 충실하겠다는 자신의 다짐을 완전히 저버리고 말았다.

잠에서 깼을 때, 그녀는 그 어느 때보다 무방비한 느낌이

들었다. 게리가 알까 봐 두려운 것이 아니라, 그냥 무서웠다.
그녀는 모든 것이 엉망진창인 자기 안의 끔찍한 곳에서 살고
있었다. 울고 싶었지만, 그러면 가장 끔찍하고 형편없고 비참
하게 울부짖는 소리가 흘러나올 것 같았다.

긴 아침이었다. 그녀는 선다우너스의 전 회장을 깨워서 법
원으로 데려다 달라고 했고, 결국 재판이 시작된 후에야 들
어갈 수 있었다. 그의 오토바이 뒤에 타고 솔트레이크에서 프
로보까지 가면서, 그녀는 만약 게리가 묻는다면 이 일에 대
해 결코 거짓말하지 않겠지만, 사실은 말하고 싶지 않다는
것을 알았다. 그가 물어볼지 모른다는 생각에 그녀는 몸서리
를 쳤다.

낯선 남자의 등 뒤에 타고 가면서, 그녀는 앞으로는 사는
동안 절대 다른 남자와 자지 않겠다고 결심했다.

그녀는 다시는 스스로를 이렇듯 불편하게 만드는 일에 관
여하지 않겠다고 마음먹었다. 머지않아 그녀가 게리를 면회하
러 갔을 때, 그가 그녀의 눈을 들여다보면서 누군가와 잤는지
물어볼 수도 있었다. 그녀는 자기가 과연 그에게 진실을 말할
수 있을지 확신할 수 없었다. 실제로 그의 얼굴을 똑바로 바
라보면서 딱 잘라 거짓말을 하면, 그것이 그와 자신에게 내적
으로 얼마나 큰 상처를 줄지도 생각하고 싶지 않았다. 마음속
고녀는 지금 가진 것만으로도 충분했다.

2

**에스플린 씨:** 재판장님, 이 문제를 위해 법정을 비워 달라는 요청을 드립니다. 미묘한 문제입니다.

**판사:** 길모어 씨, 법정을 비워 달라고 요청하겠습니까?

**길모어 씨:** 네.

**판사:** 그렇게 하죠. 법원 직원과 보안 요원을 제외한 모든 분들께 퇴정을 요청하겠습니다.

(그리하여, 오전 9시에 법정이 비워졌다.)

**에스플린 씨:** 재판장님, 피고 측은 어제 변론을 마쳤습니다……. 당시 길모어 씨가 이 소송에서 증언하지 말고 재판 내내 묵비권을 행사해야 한다는 것이 저희의 의견이자 조언이었습니다……. 어젯밤에 이 문제를 논의하고 증언대에 서고 싶다는 피고의 바람을 인지한 후, 저희는 다시…… 저희 둘 모두 깊이 숙고한 끝에 그가 증인석에 앉지 않고…… 국가가 범죄를 입증하게 하는 것이 좋겠다는…… 의견을 제시했습니다. 그러나 저희는 다시 한번 결정은 그의 몫이며…… 그는 저희의 조언에 반하여 증언대에 설 권리가 있음을 확실히 알렸습니다. 저희는 그에게 하룻밤 동안 심사숙고해서 결정하라고 조언했습니다. 저희는 오늘 아침 그를 다시 만났습니다…….

**판사:** 길모어 씨, 지금 이 시점에서 증인석에 앉기를 바랍니까?

**길모어 씨:** 지금 제게 뭐 증인석에 앉고 싶다는 불타는 욕망이 있는 것은 아닙니다만, 전 그저 어제 변호인들이 그랬듯, 그 시점에서 변론을 마치는 것에 대비가 되어 있지 않았습니다. 제

말은, 저는 지금 제 목숨이 걸린 재판을 받고 있고, 어떤 식으로든 변론할 수 있을 거라고 줄곧 기대했습니다. 그런데 어제 그들이 변론을 마친다고 했을 때, 솔직히 말해서 그건 사실상 일급 살인 혐의에 대한 유죄를 인정하는 것과 다름없다고 생각했습니다. 왜냐하면 그 단계에서 배심원단이 다른 평결을 내릴 여지는 없어 보였거든요. 그렇다면 뭐 하러 재판을 하나요? 제 말은 제가…….

**판사:** 어떤 증거를 제출하고 싶은가요?

**길모어 씨:** 제 변호인들의 말에 따르면 아무것도 없는 것 같습니다.

**판사:** 제출할 증거가 있습니까, 없습니까?

**길모어 씨:** 이런, 저도 모릅니다……. 저는 이런저런 감정과 신념을 가지고 있는데 의사들은 그것들에 동의하지 않는 것 같습니다.

**판사:** 자자, 길모어 씨…….

**길모어 씨:** 제가 말을 마무리하게 해 주세요.

**판사:** 알겠습니다. 계속하세요.

**길모어 씨:** 저는 제가 정신 착란으로 방어하거나 적어도 그렇게 시도할 수 있다고 생각합니다. 하지만 들어 보니 의사들은 동의하지 않는 것 같습니다. 그러나 제가 의사들과 이야기한 상황은 불리했습니다. 주변에 재소자들이 있었으니까요. 전체적으로 상황이 바르지 않았어요. 정말 저한테는 공평하지 않았다고요. 그리고 이것이 제 방어 논리 전체를 무너뜨렸어요. 저는 그냥 이렇게 앉은 자리에서 일급 살인을 인정하고 일급 살인이

라는 유죄 판결을 받아들이고 싶지 않아요. 그들이 제가 지금 보는 방식대로 유죄라고 평결하는 데 삼십 분도 안 걸릴 겁니다. 제가 지금 말하는 건 바로 그거예요. 제가 느끼는 게 바로 그거고요. 저는 비록 빈약하더라도 뭔가 제게 씌워진 혐의를 방어할 수 있는 근거를 제시해 주기를 내내 기대했어요. 그리고 아마도 제가 할 수 있는 최선은 그들에게 직접 이야기하는 것일지도 모릅니다. 형량 감경 심리에서도 할 수 있겠죠. 하지만 그것은 그들이 저를 유죄라고 평결한 후의 일입니다. 적어도 그들이 퇴정하기 전에 제가 할 말을 한 번쯤 고려해 주면 좋겠습니다.

**판사:** 원한다면 증인석에 앉아도 됩니다. 하지만 그렇게 할 경우 어떤 결과가 초래될지를 충분히 이해해야 할 겁니다.

**길모어 씨:** 저기요, 전, 있잖아요, 증언대에 서기를 막 갈망한다는 말씀을 드리는 게 아니에요. 그저 변론하고 싶을 뿐입니다. 그게 줄곧 제가 바라던 거예요.

**판사:** 증인석에 앉아서 증언하고 싶나요?

**길모어:** 저는 변론을 제시하고 싶습니다. 벙어리처럼 앉아만 있고 싶지 않습니다. 그리고…….

**판사:** 피고에게 하는 질문은 이겁니다. 법원이 심리를 재개하기를 원합니까?

**길모어:** 맞습니다.

**판사:** 증인으로서 선서하고 증언하고 싶은가요?

**길모어:** 네, 네. 맞아요. 그런 방식으로 물어야 한다면, 알겠습니다.

**판사:** 자, 그러면 그렇게 할 경우 주 지방 검사의 반대 신문을 받을 수 있다는 점을 충분히 인지하기 바랍니다. 이해했습니까?

**길모어 씨:** 네.

**판사:** 그리고 피고는 그가 묻는 질문에 답변해야 할 겁니다.

**길모어 씨:** 네.

**판사:** 그리고 그 질문들과 피고의 답변들이 피고에게 불리하게 작용할 수도 있습니다. 이해했습니까?

**길모어 씨:** 이해했습니다. 음, 재판장님께서 하시려는 말씀 다 이해합니다. 지금까지 하신 말씀 다 이해합니다.

**스나이더 씨:** 재판장님, 한 가지 더 말씀드려도 될까요?

**판사:** 네, 그러세요.

**스나이더 씨:** 저는 에스플린 씨와 제가 하월 박사, 크리스트 박사, 르베그 박사, 우즈 박사와 접촉했고, 그들의 검사와 연구 결과들에 대해서 그들과 상세히 논의했으며, 약 7.5센티미터 두께의 유타 주립 병원 파일 전체를 검토했다는 사실을 길모어 씨가 완벽하게 이해하길 바랍니다. 그분들이 정말로 할 수 있는 최선은 그가 사이코패스 혹은 반사회적 행동으로 알려진 일종의 정신 장애가 있다고 증언하는 것뿐입니다. 저희는 피고와 이에 대해 논의했습니다. 저희는 그에게 저희의 의견으로는, 그리고 법에 따르면 정신 이상에 관한 한 그것은 방어 논리가 될 수 없다고 말해 주었습니다. 그리고 저희들은 피고에게 조언했습니다. 그 점에서 피고를 도울 만한 전문가 증인, 의사, 정신과 의사, 심리학자 같은 부류의 사람들 가운데 우리가 부를 수 있는 증인은 없으며, 그런 유형의 전문가 증언이 없으면 법원은

배심원들에게 심신 미약 주장을 고려하라는 평결 지침조차 하지 않을 거라고요. 그리고 저는 그 점을 분명히 기록하고 싶고, 그리고 길모어 씨에게 그 사항들에 대해 알려 주고 싶습니다.

**길모어 씨:** 제 요청을 철회하겠습니다. 그냥 원래대로 진행하세요.

**판사:** 뭐라고요?

**길모어 씨:** 심리를 재개해 달라는 제 요청을 철회한다고요.

**판사:** 정말입니까?

**길모어 씨:** 네.

**판사:** 알겠습니다. 배심원단을 다시 불러 주겠습니까? 네. 그리고 다른 사람들도 들어와도 좋습니다.


그들은 어리둥절했다. 변호인, 검사, 판사, 어쩌면 피고인 자신도. 마치 그가 주장하는 동안 체념이 그를 덮쳐 우울감에 빠진 것 같았고, 그는 이제 몇 주 전 스나이더와 에스플린이 바라봤던 시각 그대로 이 사건을 보고 있었다.


3


이날 아침 게리가 자신의 입장을 밝히는 동안, 노얼 우튼은 그것을 어떻게 이해해야 할지 몰라 당황했다.

그는 자신이 피고 측 변호인인 것처럼 소송에 임하는 것을 좋아했다. 그렇게 해서 때때로 다른 사람들이 무엇을 할지 몇 가지 영감을 얻기도 했다. 이런 상황에서, 그는 피고 측 변호인들이 시티센터 모텔에 간 길모어에게 강도질보다는 나은 동기가 있었음을 밝혀 주길 기대했다. 예를 들어 방을 구하러 갔거나 언쟁을 다시 이어 가기 위해 들른 것일 수도 있었다. 어쩌면 부시넬이 예전에 길모어에게 술이 취했다는 이유로 방을 빌려주지 않은 적이 있었을지도 몰랐다. 그런 경우, 강도질 할 의도로 간 것이 아니기 때문에, 그는 사전 계획 없이 부시넬을 쐈을 수도 있다. 강도질은 나중에 떠올린 것일 수 있었다. 그렇게 되면 이급 살인이 될 터였다. 우튼은 당연히 그런 변호를 예상했다. 그는 정말 알 수 없었다. 게리가 증인석에 앉아서 설득력 있는 이야기를 하면 논박하기 위해 무얼 할 수 있을지 정말 알지 못했다.

나중에야 우튼은 게리가 변호인들에게 협조하지 않는다는 사실을 알게 되었다. 왜 그들이 이 시점에서 변론을 마무리했는지는 이해할 수 없었지만, 그들이 길모어를 증인석에 앉히지 않는 이유는 그의 성격 때문일 거라고 판단했다. 그는 쉽게 흥분하는 성격임에 틀림없었다. 그래서 오늘 아침, 게리가 증언하고 싶다고 말하자마자, 우튼은 그래, 그를 증인석에 앉히는 게 좋겠어, 라고 판단했다. 길모어가 희생자에게 엎드리라고 명령한 뒤 그를 쐈다는 사실을 드러내는 방법이 될 테니까.

어쩌면 게리는 그의 눈에 떠오른 표정을 보고 자신감을 감지했는지도 모른다, 우튼은 게리가 다시 마음을 바꾸자 또 한 번 깜짝 놀랐다. 그것은 마치 바람이 불 때마다 전속력으로 질주하다가 돌연 움직이려 하지 않는 미친 조랑말을 상대하는 것 같았다.

우튼은 마무리 발언을 짧게 끝냈다. 전날 증인들이 입증한 내용을 검토하고, 증거들이 어떤 식으로 연결되는지 설명한 후, 모리슨 박사의 증언을 강조했다.

"그의 견해에 따르면." 우튼이 말했다. "베니 부시넬은 머리에 한 발의 총상을 입고 사망했습니다. 하지만 그는 그보다 훨씬 더 중요한 사실을 말해 주었습니다. 방아쇠가 당겨질 때 총이 베니의 두개골에 바로 맞닿아 있었다고 말입니다……. 이것은 그 총이 방에서 아무렇게나 발사된 것이 아니고, 위협하거나 겁을 주기 위해 발사된 것도 아니며, 즉시 죽일 의도로 발사되었다는 것을 말해 줍니다. 자." 그가 숨을 한 번 내쉬었다. "이 사건을 깊이 숙고해 보십시오." 그가 마무리 발언을 했다. "그리고 공정하게 판단하세요. 하지만 이 말은 게리 길모어의 관점에서만 공정하게 판단하라는 말이 아닙니다. 그것도 중요하지만요. 베니 부시넬의 남겨진 아내와 그의 아이, 그리고 아직 태어나지 않은 아이의 관점에서 공정하게 판단해야 합니다." 검사의 의견 진술이 끝났다.

마이크 에스플린은 배심원단을 칭찬하는 것으로 시작했다. 그런 다음 그는 노얼 우튼이 수집한 증거에서 약한 부분들을 공략했다.

**에스플린 씨:** 늦은 시간이었다는 점을 고려해 주십시오. 모텔 관리인이 영업을 시작하느라 사무실을 비웠다고 추론하는 것도 가능해 보입니다. 그럴 수도 있죠……. 그는 거실에 있었고 사무실에 있던 누군가가 현금 상자에서 돈을 챙기고 있는데 관리

인이 그에게 달려들다가 총에 맞았을 수도 있습니다. 그것은 강도가 아니라 절도입니다. 그래서 저는 그 문제에 관해 합리적인 의심이 존재한다고 제안합니다. 검사 측은 그것을 증명하지 못했습니다. 그들은 증인을 불러 그것을 입증할 수도 있었습니다…….

그는 데비 부시넬을 언급하고 있었다.

……하지만 그들은 그렇게 하지 않았습니다. 다시 말씀드리지만, 그들은 125달러가 사라졌다고 했고, 그 뒤 같은 날 밤에 이 범죄로 피고를 체포했다고도 했습니다. 그런데 그들은 그 돈을 조금도, 단 1센트도 제시하지 못했습니다. 그들이 그를 수색했다는 말도 들은 바 없습니다. 피고는 돈을 갈취했다는 혐의를 받고 있습니다. 돈은 어디 있습니까? 또 다른 문제가 있습니다. 이 총은 누가 덤불 속에 두었든 간에, 그 누군가가 그것을 그 덤불 속에 놓을 때 그것이 사고로 격발된 겁니다. 발사되었죠. 그렇다면 총이 사고로 격발되었을 수도 있다고 추론하는 것이 가능하지 않을까요? 검찰 측은 그것이 의도적인 살인임을 보여 주어야 합니다. 이런 것들이 아직 밝혀지지 않았습니다. 실제로 이 사건을 목격한 사람은 아무도 없습니다. 아로요 씨가 증언할 수 있는 것은 피고로 지목된 사람이 모텔 사무실에서 이 총과 비슷한 총을 들고 있는 것을 봤다는 것뿐입니다. 아로요 씨는 그것이 동일한 총이라고 증언할 수 없다고 말했습니다……. 아로요 씨가 말할 수 있는 것은 그의 얼굴을 기억하고

그가 손에 쥔 총을 보았던 걸 기억한다는 것뿐이었습니다.

마틴 온티버로스의 증언은 별로 주목할 내용이 없습니다. 그는 게리 길모어가 트럭을 수리하기 위해 주유소에 왔다고 말했습니다만, 말이 안 되는 소리라고 생각합니다. 길모어 씨의 의도가 시티센터 모텔까지 걸어가 강도 짓을 하는 것이었다면, 범죄 현장이나 그 근처의, 쉽게 특정될 수 있는 주유소에다 트럭을 세워 두지는 않았을 겁니다.

에스플린은 감정이 벅차오르는 것을 느꼈다. 이 최종 변론은 뜻밖에도 그가 지금껏 한 변론 중 가장 감정적이었다. 그의 목소리가 여러 번 갈라졌다. 그 후 휴정 시간에 사람들이 그에게 어떻게 그런 연기를 할 수 있었느냐고 물었다.

"지어낸 게 아니었어." 에스플린이 한 마디 덧붙였다.

그는 몇몇 배심원들이 눈물을 글썽이는 것을 보고 약간의 희망을 느꼈다.

배심원단 여러분은 각자 가진 의문을 가지고 협의실에 가서, 그것들을 심사숙고한 후, 그러고도 그것에 대해 정말로 의심이 든다면, 그 어떤 합리적인 의심이 든다면, 그렇다면 저는 여러분이 (1) 피고를 덜 심각한 이급의 살인 범죄인 제이급 모살 혐의에 대해 죄가 있다고 평결하거나, (2) 피고에게 죄가 없다고 평결하는 것이 여러분의 책무라고 제안합니다.

우튼 씨: 검찰 측은 논박하지 않겠습니다.

(이에 따라, 배심원들은 1976년 10월 7일 오전 10시 13분에 심의

를 위해 퇴정했다.)

배심원들이 퇴정한 후, 에스플린이 다시 일어섰다.

**에스플린 씨:** 재판장님, 한 가지 짚고 넘어가야 할 부분이 있습니다. 검사가 최종 의견 진술에서 베니 부시넬과 그의 남겨진 아내 등등을 위해 정의를 실현하는 것에 대해 언급했는데, 이 발언은 배심원들에게 편견을 유발할 수 있으므로 이의를 제기합니다. 그리고 이 시점에서 그 논리를 근거로 미결정 심리를 요청합니다.

**판사:** 미결정 심리 발의는 거부합니다. 더 할 말 있나요? 좋습니다. 그러면 배심원단이 평결에 도달했다는 집행관의 통지가 있을 때까지 휴정하도록 하겠습니다.

배심원단은 오전 10시 13분에 휴회했다. 한 시간 이십 분 후, 그들은 일급 살인에서 유죄 평결을 가지고 돌아왔다. 점심시간에 가까운 시간이었기 때문에, 불럭 판사는 게리에게 종신형을 선고할지, 아니면 사형을 선고할지를 결정하기 위한 감정 심리가 시작되는 오후 1시 30분까지 휴정했다.

# 29장

## 선고

1

이제까지는 법정이 절반쯤 비어 있었지만, 감경 심리 때는 사람들이 가득 들어찼다. 점심 휴회 시간 동안 커피숍에 소식이 전해진 게 틀림없었다. 법적 절차가 한 사람의 생사를 결정지을 테니, 틀림없이 굉장한 오후가 될 터였다.

불럭 판사가 설명했듯이, 이번 감경 심리의 목적은 일급 살인으로 유죄 판결을 받은 피고에게 사형을 선고할지 아니면 종신형을 선고할지를 가리는 것이었다. 그런 이유로, 법원의 재량에 따라, 소문 증거가 인정될 수 있었다.

소문은 게리에게 해가 될 수 있었기 때문에, (마이크 에스플린이 재판을 담당할 당시에도 감경 심리를 맡고 있던) 크레이그 스나이더는 항소 근거를 마련하기 위해 최선을 다했다. 스나이더는 자주 이의를 제기했고, 불럭 판사는 거의 매번 기각했다.

판사의 판결이 상급 법원에서 오류로 판명되면 게리는 처형될수 없었다. 따라서 크레이그 스나이더는 지금 사형 선고를 피할 수 있는 가능성만큼이나 향후 항소 가능성에 기대를 걸고있었다.

그러므로 그는 점심 휴회 시간에 오리건 주립 교도소 부소장과 장거리 통화를 한 듀에인 프레이저의 증언에 대해 계속해서 이의를 제기했다. 듀에인 프레이저는 이 전화 통화에서길모어가 "망치로 누군가를 폭행했고." 그리고 "다른 경우에는치과 의사를 폭행했고." 그리하여 "오리건 주립 교도소에서 일리노이의 매리언 교도소로 이송되었다."는 이야기를 들었다고증언했다. 스나이더는 이 모든 것이 비전문적이고 부정확하다고 지속적으로 이의를 제기했다.

BYU의 화학과 교수인 앨버트 스웬슨은 체포 후 채취한 게리의 혈액 샘플은 혈중 알코올 농도가 0.07퍼센트 미만이었음을 보여 준다고 증언했다. 높은 수치가 아니었다. 그는 자신이무슨 짓을 하고 있는지 잘 알았을 터였다. 그러나 샘플 채취시점이 범행 다섯 시간 후였기 때문에, 스웬슨 교수는 우튼에게 총격 당시 혈중 알코올 농도는 0.13퍼센트였을 거라고 말했다. 그것은 피고가 여전히 자신이 무엇을 하고 있는지 알지만조심성이 떨어지는 수준이라고 그는 증언했다.

스나이더는 반대 신문에서 그 수치는 필시 혈중 알코올 농도 0.17퍼센트에 달할 수 있음을 스웬슨 교수가 인정하게 하는 데 성공했다. 이는 주에서 음주 운전으로 유죄 판결을 내리는 기준의 두 배가 넘는 수준이었다. 이 상태에서 피오리날을 함께 복용했다면, 그 남자의 취기는 더욱 심해졌을 것이다.

모든 것을 고려할 때, 스웬슨의 증언은 게리에게 유리하게 작용할 수 있었다.

다음 증인은 이 지역의 성인 보호 관찰 및 가석방 담당관인 딘 블랜처드였다. 그는 외지에서 휴가 중인 몽 코트를 대신해 출석했다. 블랜처드 씨가 말했다. "그가 지금 어디에 있는지 모르겠습니다." 블랜처드는 이어서 자신은 "길모어 씨와 직접 대면한 적이 거의 없습니다."라고 말했다. 이 시점에서 스나이더는 그의 증언에 대해 계속 이의를 제기했다.

렉스 스키너 형사가 증인석에 앉았다. 그런 다음 스나이더와 재판부 사이에 긴 논쟁이 벌어졌다. 스나이더는 스키너의 증언이 "피고에게 전적으로 불리하게 작용할 것"이라고 말했다.


**우튼 씨:** 스키너 씨……. 증인은 맥스 젠슨이라는 사람의 총격 사망 사건…… 수사에 참여했나요?

**스키너 씨:** 네. 그렇습니다.

**우튼 씨:** 그 사건은 어디서 일어났나요?

**스키너 씨:** 오렘의 노스 800번지에 있는 싱클레어 주유소입니다.

**우튼 씨:** 증인은 그곳에 도착했을 때 맥스 젠슨의 시신을 관찰했나요?

**스키너 씨:** 네, 그렇습니다.

**우튼 씨:** 시신이 어디에 있었고 어떻게 누워 있었는지 관찰 당시의 상황을 설명해 주시겠습니까?

**스나이더 씨:** 재판장님, 이의를 제기하겠습니다.

판사: 인정합니다.

우튼 씨: 시신에서 상처를 관찰했습니까?

스나이더 씨: 이의 있습니다.

판사: 인정합니다.

우튼 씨: 그것이 살인인지 아닌지 알고 있습니까?

스나이더 씨: 동일한 이의를 제기합니다. 재판장님.

판사: 증인은 대답해도 좋습니다.

스키너 씨: 네.

우튼 씨: 어떻게 압니까?

스나이더 씨: 재판장님, 그 지점 이상의 증언에 대해서는 이의를 제기합니다.

판사: 나도 그렇다고 생각합니다. 그것이 살인 사건임을 아는가 라는 질문에 증인은 그렇다고 대답했습니다. 계속하세요.

우튼 씨: 스키너 씨, 이 사건과 관련해서 체포된 사람이 있습니까?

스키너 씨: 네.

스나이더 씨: 재판장님, 저는 그것에 대해 이의를 제기합니다.

판사: 증인은 답변해도 좋습니다.

우튼 씨: 누구를 체포했나요?

스키너 씨: 게리 길모어요.

스나이더 씨: 질문 없습니다.

판사: 질문 없어요? 좋습니다. 증인은 내려가도 좋습니다.

우튼 씨: 브렌다 니콜을 요청합니다.


브렌다는 비참했다. 그녀는 노얼 우튼에게 자신을 증인으로 부르지 말아 달라고 부탁했다. 그는 그녀에게 소환장이 나왔으니 법정에 출석하는 게 좋을 거라고 말했다. 그래서 그녀는 왔고, 증언하는 내내 게리는 그녀를 죽일 듯이 노려보았다. 당장 온몸의 피가 차갑게 얼어붙는 느낌이 들 만큼 무시무시한 표정이었다. 누군가의 눈빛이 사람을 죽일 수 있다면, 방금 죽임을 당한 것이나 마찬가지였다. 마치 전기 충격을 당한 것처럼 브렌다는 전혀 몸을 가눌 수 없는 상태가 되었다.

'오, 게리.' 브렌다가 마음속으로 말했다. '나한테 너무 화내지 마. 내 증언은 아무런 의미가 없어.' 그리고 그녀는 자기 어머니한테 전화해 달라던 게리의 부탁을 다시 한번 이야기했다.

"게리, 이모가 상심하실 거야." 그녀는 자기가 그렇게 말했다고 증언했다. "오빠의 엄마가 나한테 묻겠지. 이 혐의들이 사실이냐고." 그녀는 게리가 그녀에게 사실이라고 전하라고 말했다고 증언했고, 다시 한번 에스플린은 그녀가 예비 심문 때 동의했던 것처럼, 게리가 자신이 살인을 저질렀다는 것이 사실이라고 말했는지, 살인 혐의로 기소되었다는 것이 사실이라고 말했는지 확신할 수 없다는 것에 동의하게 만들었다. 그러는 내내 그녀는 게리의 노려보는 시선을 느꼈다. 마치 어느 쪽으로든 상황을 바꾸지 못할 이 가벼운 증언이야말로 그녀가 저지를 수 있는 가장 극악한 범죄라고 비난하는 듯한 시선이었다.

그녀는 또한 게리가 화가 나서 니콜을 부추기기라도 하면 니콜이 무슨 일을 저지를지 걱정이 됐다. 게리를 기쁘게 하기 위해서라면 니콜은 어떤 짓도 주저하지 않을 거라고 브렌다는 믿었다.

2

우튼이 검찰 측 심문을 마쳤다. 이제 존 우즈가 게리를 위해 증언했다.


스나이더 씨: 사이코패스의 성격을 가진 사람이 있다면, 그 사람도…… 말하자면 '정상적인 사람'이 가질 만한, 어떤 행위가 범죄임을 인식할 수 있는 능력을 갖고 있을까요?

우즈 박사: 그럴 능력은 있지만 그렇게 하지 않을 가능성이 높습니다.

스나이더 씨: 그 상태에서 술과 피오리날 같은 약물이 더해지면, 이 사람이 자신의 행위가 범죄임을 인식하고 이해하는 능력이 증가하거나 감소할까요?

우즈 박사: 가설에 근거해 말하자면, 그로 인해 그의 판단력이 손상되어, 이미 스스로를 잘 통제하지 못하는 사람의 통제력이 더욱 느슨해질 겁니다…….

스나이더 씨: 피고가 증인에게 들려준 이야기들 가운데, 평가 과정에서 특별히 고려한 어린 시절 경험이 있나요?

우즈 박사: 네. 그가 몇 가지 어린 시절 경험들을 이야기했는데, 일부 사람들은 그것을 특이하게 생각할 수도 있다고 생각합니다.

스나이더 씨: 예를 들자면요? 그중 한 가지 사례를 말씀해 주시겠습니까?

우즈 박사: 떠오르는 한 가지는, 그가 기차 철교 위로 걸어 나가

기차가 오기를 기다리다가 기차와 철교 끝까지 달리기 경주를 하던 경험입니다. 잘못하면 간발의 차로 기차에 치여 철교 밖 협곡 아래로 떨어질 수도 있었죠.

우튼이 신문을 이어 갔다.

**우튼 씨**: 증인은 1976년 9월 2일에 보고서 요약본을 작성하여 법원에 제출했습니다.

**우즈 박사**: 그렇습니다.

**우튼 씨**: 실제로 이 남성에 대한 분석이 정확하게 요약된 보고서인가요?

**우즈 박사**: 그렇습니다.

**우튼 씨**: 그 보고서의 일부에 이렇게 적혀 있습니다. 제가 그 부분을 읽어 보겠습니다. "우리는 그가 정신병자이거나 '미쳤다고' 판단하지 않습니다. 기질적 신경 질환, 사고 작용의 장애, 현실 인식의 변화, 부적절한 감정이나 기분, 통찰력 결여의 어떤 증거도 찾지 못했습니다……. 우리는 그가 혐의 행위 당시 정신 질환을 앓고 있었다고 생각하지 않습니다. 혐의 행위 당시 그는 그 행위가 잘못되었음을 인식하고 법의 요구 사항에 따라 행동할 능력이 있었다고 판단합니다. 우리는 그가 행위 당시 자발적으로 알코올과 약물(피오리날)을 사용한 것을 신중히 고려했지만 이로 인해 그의 책임이 달라진다고 생각하지 않습니다." 여전히 이렇게 생각하십니까?

**우즈 박사**: 네, 그렇습니다.

**우튼 씨:** 증인은 계속해서 이렇게 말했습니다. "우리는 1976년 7월 26일의 혐의 사건에 대한 그의 부분 기억 상실 주장에 대해서도 마찬가지로 고려했지만, 이는 너무 용의주도하고 편의적이어서 타당하지 않다고 생각합니다." 증인은 여전히 이런 의견을 갖고 있습니까?

**우즈 박사:** 네, 그렇습니다.

**우튼 씨:** 감사합니다. 이상입니다.


피고 측에게는 한 가지 특별한 선택지가 있었다. 제럴드 닐슨을 증인석에 부르는 것이었다. 예비 심문 때 닐슨이 읽은 쪽지에는 게리가 이렇게 말했다는 증언이 있었다.

"정말 마음이 안 좋아요." 그때 그의 눈엔 눈물이 고여 있었다. "그들이 저를 처형했으면 좋겠어요." 그가 닐슨에게 말했다. "저는 죽어 마땅해요."

그렇게 깊이 뉘우치는 모습이 배심원들에게 영향을 줄 수도 있지 않을까.

하지만 변호인들은 닐슨을 부르는 것에 대해 오래 고민하지 않았다. 닐슨은 너무 많은 것을 알고 있었다. 닐슨은 게리가 경찰관, 보호 관찰관, 그리고 판사들의 관용을 어떻게 악용했는지 증언할 수도 있었다. 그런 데다 우튼은 길모어가 체포된 뒤에야 후회했다는 점을 지적할 수 있었다. 양쪽 모두를 고려할 때, 닐슨을 증언대에 세우는 것은 위험 부담이 너무 컸다. 그래서 변호인들은 게리를 증인석에 앉혔다. 오늘 그는 자신의 증언으로 가장 큰 기회를 얻게 될 것이었다.

3

**스나이더 씨:** 길모어 씨, 당신은 베니 부시넬을 죽였나요?

**길모어 씨:** 네, 그런 것 같습니다.

**스나이더 씨:** 시티센터 모텔에 갔을 당시 부시넬 씨를 죽일 작정이었나요?

**길모어 씨:** 아닙니다.

**스나이더 씨:** 왜 베니 부시넬을 죽였나요?

**길모어 씨:** 모르겠습니다.

**스나이더 씨:** 이 사건이 발생하던 당시 어떤 기분이었는지 배심원들에게 알려 주시겠어요?

**길모어 씨:** 모르겠어요. 제가 어떤 기분이었는지 확실하지가 않아요.

**스나이더 씨:** 계속하세요.

**길모어 씨:** 음, 벌어진 일을 피할 수 있는 방법이 없고, 부시넬 씨에게 다른 선택의 여지나 가능성이 없다는 느낌이 들었어요. 그건 그냥, 어, 막을 수 없는 일이었죠.

**스나이더 씨:** 당신이 당신 자신이나 자신의 행동을 통제할 수 있었다고 생각하나요?

**길모어 씨:** 아니요.

**스나이더 씨:** 당신이 느끼기에…… 음, 이렇게 묻죠. 당신이 왜 베니 부시넬을 죽였는지 알고 있나요?

**길모어 씨:** 아니요.

**스나이더 씨:** 돈이 필요했나요?

**길모어 씨:** 아니요.

**스나이더 씨:** 당시 어떤 기분이었나요?

**길모어 씨:** 마치 영화를 보는 기분이었어요. 혹은, 음, 아마도 다른 누군가가 그 일을 하고 있는데, 제가 그들의 행위를 지켜보는 느낌이랄까요……

**스나이더 씨:** 다른 누군가가 그 일을 저지르는 모습을 당신이 보는 것 같았나요?

**길모어 씨:** 조금은 그랬던 것 같아요. 잘 모르겠어요. 명확하게 기억이 안 나요. 그날 밤에는 전혀 기억나지 않는 부분들이 몇 군데 있어요. 일부는 선명하게 기억나는데, 일부는 기억이 텅 비어 있어요.

**스나이더 씨:** 길모어 씨, 우즈 박사가 묘사한 것처럼, 어린 시절에 기차가 다가오는 철로 한가운데 서 있었던 일 기억해요? 기차와 경주해 이기기 위해 철교를 달렸던 일이요.

**길모어 씨:** 네. 전 그에게 정신적 외상 같은 거라는 의미로 그 일을 이야기한 게 아니에요. 7월 20일 밤에 제가 느꼈던 욕구 혹은 충동과 유사한 경험을 알려 주려 한 거예요. 저는 때때로 무언가를 해야만 하고 다른 선택이나 가능성이 없는 것처럼 느껴질 때가 있어요.

**스나이더 씨:** 그렇군요. 그것이 1976년 7월 20일 밤에 당신이 느꼈던 감정과 비슷한가요?

**길모어 씨:** 비슷하죠. 아주 비슷해요. 네, 그럴 거예요. 가끔 무언가를 하고 싶은 충동이 들어서 그걸 미루려고 하면, 그 충동이 저항할 수 없을 때까지 더 강력해지곤 했어요. 7월 20일 밤

에 제가 느꼈던 감정이 바로 그랬어요.

**스나이더 씨:** 자신의 행동을 통제할 수 없다고 느꼈나요?

**길모어 씨:** 네.


그의 증언이 도움이 되었을 수도 있다. 변호인들은 그가 미안하다고 말하며 후회하는 모습을 보이거나, 최소한 배심원들이 그가 비정한 짐승이라는 인식을 버리게 만들기를 바라는 마음으로 그를 증인석에 앉힌 것이었다. 그는 그 임무를 거의 수행하지 못했지만, 어쩌면 스스로에게는 도움이 되었을지도 모른다. 어쩌면. 그는 증인석에서 침착했고, 아마도 지나치게 침착했고, 지나치게 엄숙했으며, 심지어 약간 냉담해 보였다. 분명히 지나치게 신중했다. 그는 차라리 이 재판에 나온 여러 전문가 중 한 명처럼 보였다. 스나이더는 그를 우튼에게 넘겼다.

변화는 갑작스러웠다. 길모어는 마치 니콜을 재판정에 못 들어오게 하려 했던 일로 우튼을 절대 용서하지 않을 기세인 듯 보였다. 매번 답변할 때마다 적대감이 살아났다.

"그를 어떻게 죽였나요?" 우튼이 시작했다.

"총으로 쐈소." 길모어가 말했다.

"그 일에 대해 이야기해 봐요." 우튼이 말했다. "당신이 한 일에 대해 말해 봐요."

"내가 그를 총으로 쐈소." 길모어가 그 질문과 그런 질문을 하는 사람에 대한 경멸을 담아 말했다.

우튼 씨: 그를 바닥에 눕혔나요?

길모어 씨: 내 손으론 아니오.

우튼 씨: 바닥에 엎드리라고 지시했나요?

길모어 씨: 그래요, 그런 것 같네.

우튼 씨: 얼굴이 바닥을 향하게요?

길모어 씨: 아니, 내가 그렇게 자세히 말했는지는 모르겠소, 우튼.

우튼 씨: 그가 얼굴이 바닥을 향하게 엎드렸나요?

길모어 씨: 그가 바닥에 엎드렸소.

우튼 씨: 당신은 총을 그의 머리에 대고 있었나요?

길모어 씨: 그런 것 같군.

우튼 씨: 당신이 방아쇠를 당겼나요?

길모어 씨: 그렇소.

우튼 씨: 당신이 현금 상자를 가지고 갔나요?

길모어 씨: 현금 상자를 가지고 간 기억이 없소.

우튼 씨: 하지만 당신은 그것을 법정에서 보았죠, 안 그래요?

길모어 씨: 그래요, 당신이 말하는 게 저기 놓인 현금 상자라는
건 알겠네요.

우튼 씨: 그걸 이전에 본 기억이 전혀 없다는 건가요?

길모어 씨: 그렇소.

우튼 씨: 그의 돈을 가져갔나요?

길모어 씨: 그것도 기억이 안 나는데.

우튼 씨: 돈을 가져간 걸 기억하나요?

길모어 씨: 그것도 기억이 안 난다고 말했잖소.

우튼 씨: 당신이 그날 밤 늦게 체포될 때 돈을 좀 가지고 있었던

것 기억하나요?

길모어 씨: 난 항상 돈을 가지고 다니죠.

우튼 씨: 얼마나 가지고 있었나요?

길모어 씨: 모르겠소.

우튼 씨: 전혀 모른다고요?

길모어 씨: 난 은행 계좌가 없소. 항상 주머니에 돈을 넣고 다니죠.

우튼 씨: 그것이 어디서 난 돈인지 모릅니까?

길모어 씨: 음, 금요일에 급료를 받았소. 그 일이 있기 별로 오래 전은 아니죠.

우튼 씨: 그날 밤 개인적인 문제로 화가 난 상태였다고 했죠? 그 이야기를 좀 해 주겠어요?

길모어 씨: 그러고 싶지 않소.

우튼 씨: 거부하는 건가요?

길모어 씨: 그렇소.

우튼 씨: 법원이 해야 한다고 해도 안 할 건가요?

길모어 씨: 그렇소.


자리를 떠나며 우튼은 길모어가 분명히 자신의 전망을 스스로 망치고 있다고 생각했다. 그는 매우 차가운 인상을 남겼다. 우튼은 객관적으로 보고 싶었지만, 기분이 꽤 좋은 건 사실이었다. 그는 자신의 반대 신문이 대단히 효과적이었다고 생각했다. 특히 첫 번째 질문, "그를 어떻게 죽였나요?"와 그에 대한 답변, "총으로 쐈소."가 그랬다. 전혀 후회하는 모습이 아니었다. 자신의 목숨이 걸린 상황에서 가장 영리한 싸움 방법이라고 하기는 어려웠다.

우튼은 이제 다시 한번 배심원단을 살펴보았고, 길모어에게 사형이 선고되지 않는 게 오히려 놀라운 일임을 알았다. 우튼은 재판이 진행되는 동안 줄곧 배심원들을 지켜보았다. 길모어가 증언하기 전에는 배심원들이 좀처럼 그를 쳐다보지 않았는데, 우튼이 보기에 그것은 자신들이 그의 유무죄를 판가름하는 위치에 있다는 것에 불편함을 느낀다는 의미였다. 이제 그들은 길모어를 맹렬히, 거의 어이가 없다는 듯이 빤히 쳐다보았고, 특히 우튼이 소송 내내 집중적으로 설득하기 위해 배심원으로 선택한 두 여성 중 한 명이 그랬다.

배심원단에게 말할 때, 우튼의 전략은 강하고 똑똑한 배심원 한 명과, 그의 의견으로는 그렇지 않은 배심원 한 명을 고르는 것이었다. 똑똑하지 않은 배심원에게는 자신의 주장을 이야기 형식으로 제시하려 했고, 반면 똑똑한 배심원 앞에서는 모순을 논증했다. 이 후자의 여성이 이제 정말 길모어를 주시하고 있었다. 그녀의 얼굴에 떠오른 표정은 우튼이 전적으로 바랐던 것이었다. 그 표정은 이렇게 말하고 있었다. "당신은 검사가 말한 대로 나쁜 사람이야."


4


반대 신문이 끝난 후, 우튼은 자신의 최종 변론이 너무 길어지지 않도록 조심했다.

"베니 부시넬은 죽어야 할 이유가 없는 사람이었습니다." 우튼이 배심원들에게 말했다. "그리고 게리 길모어의 이런 행동이 베니의 아내와 아이들에게 얼마나 큰 슬픔을 초래했는지를 제가 여러분께 충분히 전달하기는 어렵습니다."

스나이더 씨: 재판장님, 저는 검사가 논고에서 그런 편향적인 진술을 하는 것에 이의를 제기합니다.

판사: 알겠습니다. 변호인의 신청에 대한 판단은 보류하겠습니다. 우튼 씨에게는 그 문제를 더 이상 언급하지 않도록 요청하겠습니다.

우튼 씨: 피고가 어떤 사람인지 살펴봅시다. 지난 십이 년 동안 그는 교도소에 수감되어 있었습니다. 모든 갱생 시도는 분명 참담할 정도로 완벽한 실패였던 것으로 보입니다. 자, 십이 년 동안 갱생하지 못한 사람에게 갱생을 기대할 수 있을까요? 그는 여러분께 베니를 죽였다고 말합니다. 그는 여러분께 그 이유를 모르겠다고 말합니다. 그는 여러분께 살해 방법을 말합니다. 그는 베니에게 바닥에 엎드리라고 지시했고, 그의 머리에 총구를 들이댔고, 방아쇠를 당겼습니다. 아주 냉혹하게요. 그는 이전에 강도죄로 두 번이나 유죄 판결을 받은 바 있습니다. 그것 때문에 복역했죠. 그리고 그 시간 때문에 무언가를 배웠습니다. 그게 뭔지 아십니까? 그는 피해자들을 죽여야겠다고 생각해요. 영리하죠. 강도 짓을 해서 생계를 유지하려면, 그것은 말이 됩니다. 죽은 피해자는 범인을 식별할 수 없으니까요. 어이없는 불운이 아니었다면 그는 무사히 빠져나갔을 겁니다. 그는

실수로 자기 자신을 쐈습니다. 술을 좀 마시고 총을 가지고 장난치다 보면 그런 일이 있을 수 있겠죠. 자, 그는 또한 소년원에서 세 번, 그리고 오리건 주립 교도소에서 한 번 탈옥한 전력이 있습니다. 이제 그것이 여러분께 무엇을 알려 줍니까? 만약 여러분이 게리 길모어를 평생 동안 가둬 두자고 해도, 그게 무슨 뜻이든 우리는 그것을 장담할 수 없습니다. 우리는 그가 다시 탈옥하지 않으리라고 장담할 수 없습니다. 그는 전력이 있거든요. 보아하니 탈옥에 능숙한 것 같고요. 만약 그가 다시 자유의 몸이 된다면, 그와 마주친 누군가가 우연히 그가 마침 원하던 것을 가지고 있다면, 그 누구도 안전하지 않을 것입니다. 자, 그는 교도소에서 폭력을 행사한 전력이 있습니다. 만약 여러분이 그를 교도소로 보내라고 말한다면, 그 다른 수감자들조차 그의 행동으로부터 안전을 보장받을 수 없습니다. 그렇다면 지금 이 시점에서 그가 계속 살아가도록 용인하는 것이 무슨 의미가 있을까요? 갱생은 가망이 없습니다. 그는 탈옥해도 위험하고 탈옥하지 않아도 위험합니다. 현재로서는 이 남자를 구하기 위해 할 수 있는 일이 확실히 아무것도 없습니다. 그는 탈출 위험이 극히 높습니다. 그는 누구에게나 극도로 위험한 사람입니다. 하지만 이 모든 요소를 고려하지 않고도, 저는 다음의 사실을 여러분께 제기합니다. 그가 베니에게 한 일과 그로 인해 베니의 아내가 처한 곤경으로 인해 그는 삶을 지속할 권리를 상실했으며, 사형에 처해져야 합니다. 저는 그렇게 할 것을 여러분께 권고합니다.

우튼이 자리에 앉았다. 그리고 스나이더가 배심원단 앞으로 다가가 최종 변론을 했다. 그는 상당한 감정을 담아 말했다.

**스나이더 씨:** 벤 부시넬과 그의 가족에게 일어난 일에 대해 저보다 더 안타까워하는 사람은 없을 겁니다. 개인적으로 이 사건은 시도하는 것조차 너무 어려운 건이었어요. 그것 때문에 배심원 여러분은 저라면 처하고 싶지 않은 입장에 처하게 되었죠. 왜냐하면 이 특정한 사건에서 이런 유형의 범죄가 저질러졌다는 사실에도 불구하고, 여기서 우리가 다루는 것은 인간의 목숨이니까요. 길모어 씨도 사람입니다. 그리고 길모어 씨의 과거 행적에서 우리 모두가 교훈을 얻기를 바라며, 우리 모두가 다시는 그런 일과 마주하지 않기를 바랍니다. 하지만 그는 한 인간이며, 그 역시 자신의 생명을 지킬 권리를 갖고 있다는 게 제 생각입니다. 저는 어떤 개인에게든 살아갈 권리보다 더 개인적인 것은 없다고 생각합니다. 그리고 이 시점에서 여러분은 게리 길모어에게서 생명을 빼앗을 것인지, 아니면 그가 살도록 허용할 것인지를 결정해야 하는 입장에 있습니다. 길모어 씨가 저지른 짓에는 변명의 여지가 없습니다. 저는 그것을 설명하려는 시늉조차 하지 않겠습니다. 하지만 저는 그에게도 살 권리가 있다고 생각하며 그에게 그 기회를 주실 것을 여러분께 부탁드리려 합니다. 우튼 씨가 말한 요지는 충분히 일리가 있다고 생각합니다. 길모어 씨의 인생사는 분명 자랑스러워할 만한 것이 아닙니다. 우리 중 누구도 그렇게 생각하지 않겠죠……. 어쩌면 길모어 씨에게는 그가 감당하지 못하는 무언가가 있을

지도 모르지만, 그것이 우리가 그의 목숨을 빼앗을 이유는 되지 않는다고 생각합니다……. 길모어 씨는 죽임을 당하는 것보다 치료가 더 필요한 유형의 사람입니다. 제가 생각하기에, 그는 자신의 행동에 대해 처벌받을 필요가 있고, 법은 종신형으로 그것을 가능하게 합니다. 그리고 저는 갱생이 불가능할 거라는 우튼 씨의 우려나 그가 다시 석방될 가능성에 대한 두려움 같은 것은 근거가 없다고 생각합니다. 길모어 씨는 서른여섯 살입니다.

**길모어 씨:** 서른다섯 살인데요.

**스나이더 씨:** 서른다섯 살입니다. 그는, 말하자면, 평생 교도소에 감금될 것입니다. 긴 시간이죠. 수년이 흐른 뒤 미래의 어느 시점에서 그에게 가석방 자격이 주어질 수도 있겠지만, 그건 아주 먼 미래의 일입니다. 베니 부시넬이 누렸어야 할 기회를 그도 똑같이 누릴 자격이 있다고 생각합니다. 그리고 저는 배심원 여러분께 강력히 권고합니다. 길모어 씨에게 그의 생명을 허락해 주십시오. 저는 여러분께, 사형을 선고하려면 배심원 열두 명 전원의 만장일치가 필요하다는 점을 평결 지침에 명시된 대로 지적하겠습니다. 여러분 중 한 명이라도 사형 선고에 찬성하지 않는다면, 형은 종신형이 될 것이고 법원이 그렇게 형을 집행할 것입니다. 여러분 각자가 자신의 양심을 살펴보고 이 사건에서 종신형으로 결론 내려 주실 것을 요청합니다.

**판사:** 에스플린 씨, 뭔가 덧붙일 말이 있습니까?

**에스플린 씨:** 스나이더 씨가 제 감정을 정확하게 표현한 것 같습니다.

이제, 불럭 판사는 피고에게 하고 싶은 말이 있는지 물었다. 그에게는 참회를 이야기할 수 있는 마지막 기회가 될 터였다.

길모어가 대답했다. "음, 마침내 배심원들이 저를 바라보는 걸 보니 기쁘네요." 이 말에 아무런 반응이 없자, 그가 덧붙였다. "아니요, 할 말 없습니다."

"그게 다인가요?" 판사가 물었다.

"그게 답니다."


5


이제 감경 심리가 끝나고 배심원단이 배심원실로 갔다. 번과 아이다는 법정 밖으로 나가 다른 사람들과 법원 주변을 서성거리며 평결을 기다렸다. 그들은 법정에 올 계획이 전혀 없었지만, 게리가 며칠 전에 아이다에게 전화를 걸어서 그곳에 와 달라고 부탁했고, 그 후로는 아무것도 그들을 막을 수 없었다.

법정 안에서는, 마이크 에스플린이 교도관들과 이야기해서 니콜이 게리 근처에 앉을 수 있도록 주선했다. 그런 식으로, 그는 분리대 너머로 그녀와 이야기를 나눌 수 있었다. 기다리는 동안 그들은 농담을 주고받았다. 심지어 손을 잡기도 했다. 마이크 에스플린은 깊은 인상을 받았다. 이 남자는 자기가 처형되느냐 마느냐에 대한 결과를 기다리는 와중에도, 아무렇지도 않은 듯이 행동하고 있었기 때문이다.

크레이그 스나이더는 게리와 니콜이 무슨 이야기를 하고 있는지 궁금해져서, 니콜에게 가까이 다가갔다. 니콜이 "우리 엄만 당신이 그림을 그려 줬으면 좋겠대요."라고 말하는 소리가 들렸다.

"그래?" 게리가 말했다. "당신 엄마가 날 그렇게 좋아하는 줄 몰랐네."

"음." 니콜이 대답했다. "당신 안 좋아해요. 엄마는 그저 이런 말을 하고 싶은 거예요. '저 그림, 게리 길모어가 그린 거야.'"

게리가 웃었다. 크레이그는 그 장면을 잊을 수가 없었다. 게리에게는 니콜이 곁에 있다는 것이 재판의 그 어느 것보다 중요한 일 같았다. 그는 무척 행복해 보였다.

잠시 후, 게리가 화장실에 가고 싶다고 하자 두 명의 교도관이 그와 함께 일어났고, 그들은 천천히 열을 지어 이동했다. 발맞추어 걸을 때, 게리는 발에 채워진 족쇄 때문에 빨리 움직일 수가 없었다. 브렌다가 다가왔다.

"게리, 그렇게 화내지 마. 내가 오빨 고발하고 불리한 증언을 했다고 해서 분개할 이유는 없잖아, 안 그래?"

그가 목을 젖히고 그녀를 내려다보았다. 쇠사슬에 묶인 그의 모습을 보는 건 끔찍했다. 그녀가 손을 뻗어 그의 수갑을 부드럽게 만졌지만, 그가 손을 뒤로 빼고는 그녀를 쳐다보았다. 그 표정은 그녀의 마음을 오래도록 괴롭혔고 끝내 머릿속에서 지워지지 않았다.

앞으로 몇 주 동안, 그녀는 싱크대 앞에 서서 설거지를 하다가 울음을 터뜨릴 것이다. 조니가 다가와 팔로 그녀를 감싸

며 말할 것이다. 여보, 그 일은 너무 깊게 생각하지 마. 그녀에
게 보이는 것은 다시 철창 속에 그 어느 때보다 더 깊숙이 갇
힌 게리의 모습뿐이었다.


6


평결이 준비되었다는 소식이 전해지자 모두 법정으로 돌아
갔다. 배심원단이 들어왔다. 집행관이 평결문을 읽었다. 사형
이었다. 배심원들은 투표를 했고, 열두 명이 돌아가며 한 명
씩 "예."라고 답했다. 게리가 번과 아이다를 건너다보았고 어깨
를 으쓱했다. 불럭 판사가 그에게 물었다. "원하는 죽음의 방식
이 있나요?"

게리가 대답했다. "총살을 선호합니다."

그러자 불럭 판사가 답했다. "좋아요, 그렇게 정하죠."

형 집행은 올해 11월 15일 월요일 오전 8시로 정해졌고, 게
리 길모어는 유타 카운티의 보안관에게 다시 보내졌다가 유타
주립 교도소 소장에게 인도될 예정이었다.

그 소식이 법정의 공기 속에 떠돌았다. 마치 그 방 안에 하
나의 존재 방식이 있다가 이제는 전혀 다른 것이 자리 잡은
듯했다. 한 남자가 사형당할 예정이었다. 그것은 현실이었지만
이해할 수 없는 일이었다. 그 남자는 그곳에 서 있었다.

길모어는 이 순간을 택해 노얼 우튼에게 말을 걸었다. 몇
주 동안 그가 우튼에게 말을 건 것은 이번이 처음이었다. 게리

가 침착하게 그를 바라보며 말했다.

"우튼, 여기 있는 모두가 미친 사람들처럼 보이는군. 날 제외한 모두가 말이야."

우튼이 시선을 되돌리며 생각했다.

'그래, 이 순간에는 게리 말고는 모두가 미쳤을 수 있지.'

노얼은 이제 짜증스러운 기분이 들었다. 길모어가 자기보다 더 똑똑하다는 인상을 줄곧 받아 왔기 때문이다. 우튼은 길모어가 더 많이 공부한 사람이라는 것을 아주 잘 알고 있었다. 독학이지만, 그래도 교육을 잘 받은 사람이었다.

'맙소사.' 우튼은 혼자 생각했다. '이 남자에 관해선 시스템이 정말 실패했어. 아주 처참하게 실패했다고.'

그 후 사람들이 법정에서 빠져나갔고, 그동안 니콜은 복도에서 울고 있었다. 니콜과 아이다가 만났다. 그들은 서로 끌어안고 무너져 내렸다. 니콜이 말했다. "걱정 말아요. 다 잘될 거예요."

번은 충격에 휩싸여 서성이고 있었다. 모든 걸 예상했음에도 충격이 컸다.

젊은 여기자 하나가 게리에게 다가와서 물었다. "할 말이 있나요?"

"아니, 딱히 없소."

"모든 것이 공정했다고 생각하나요? 뭐든 하고 싶은 말이 있나요?"

"음, 뭐 하나만 물어봅시다."

"뭐죠?"

그가 말했다. "월드 시리즈[152]에서 누가 우승했죠?"

7

게리를 구치소까지 호위했다가 그를 다시 교도소로 데려갈 주 순찰대원의 이름은 제리 스콧이었다. 덩치가 크고 잘생긴 남자였다. 그는 처음부터 게리와 성격이 맞지 않았다.

스콧이 길모어를 데리러 법정 안으로 들어갔을 때, 길모어는 족쇄나 수갑을 차고 있지 않았다. 그래서 스콧은 한쪽 무릎을 꿇고 그에게 족쇄와 수갑을 채운 다음, 구속 벨트를 잠가야 하니 일어서 달라고 요청했다. 스콧은 팔을 등 뒤로 묶는 것보다 구속 벨트를 착용하고 앞쪽 구멍을 통해 수갑을 걸어 잠그면 수감자에게 더 쉽고 편할 거라고 생각했다. 하지만 게리는 자리에서 일어서며 말했다.

"족쇄가 너무 꽉 조이는군. 난 아무 데도 안 가는데 말이야."

제리가 아래로 손을 뻗어 만져 보았다. 족쇄가 앞뒤로 조금씩 움직였고, 그렇게 꽉 조이는 것도 아니었다.

"게리." 그가 말했다. "이만하면 괜찮잖아."

그러자 길모어가 대답했다. "족쇄를 벗겨 주든가, 아니면 날 들어서 옮기든가."

스콧이 말했다. "난 널 어디로도 들어 나르진 않을 거야. 끌

---

152) 1903년 10월 1일에 시작된 세계 최고, 최대 규모의 프로 야구 결승전.

고 나가면 나갔지.”

스콧은 역겨웠다. 길모어의 주변 사람들 모두가 마치 그가 살인을 저지름으로써 특별한 사람이라도 된 것처럼, 이렇습니다, 저렇습니다, 하며 예의를 차렸다. 죄수들은 단호하게 대해야 한다는 것이 스콧이 오래전에 내린 결론이었다. 그런데 여기 있는 모두가 이자에게 유난히 친절하게 굴려고 애쓰고 있었다. 아마도 그가 자신은 결백하다는 듯이 항상 상대의 눈을 똑바로 응시하기 때문일 것이다.

길모어는 이제 정말 행동이 거칠어져 법정에서 비속어를 사용하기 시작했다. 모든 사람이 지켜보는 가운데 계단을 내려가 승강기 안으로 들어가면서 그와 실랑이를 하고 싶지 않았기 때문에 스콧은 결국 수갑과 족쇄를 느슨하게 해 주었다. 길모어가 다시 불평했다. 그리고 스콧은 이제 그것들을 정말로 느슨하게 풀어 주었지만, 길모어는 계속해서 불평했다. 특히 길모어가 “날 여기서 들고 나가야 할 거야.”라는 말을 반복해서 했을 때, 스콧은 의심이 들기 시작했다.

“더는 풀어 주지 않을 거야.” 스콧이 말했다. “빨리 움직여. 네가 좋든 싫든 우린 내려갈 거고, 네가 원하지 않아도 널 끌고 가면 갔지 업고 가진 않을 테니까. 선택은 네 몫이야.” 스콧이 말했다.

그러자 길모어가 그와 함께 걸어가기 시작했다. 다리에 족쇄를 찬 탓에 25센티미터 정도씩밖에 움직일 수 없었기 때문에 이동이 정말 느렸다. 길모어는 차까지 내려가는 내내, 그리고 센터가를 건너 구치소까지 가는 내내 몹시 화가 나 있었

다. 스콧은 게리를 자기 옆 조수석에 앉히고, 뒷좌석에는 보안
관보 두 명을 앉혔다. 도착 후 그들은 족쇄와 수갑을 벗긴 뒤
길모어를 감방으로 데려갔고, 유타 주립 교도소로의 이송을
위해 개인 물품을 챙기며 그가 감방 동료와 대화하는 소리를
들었다.

그래, 사형 선고를 받았어, 길모어가 감방 동료에게 말했다.
그가 고개를 절레절레 저으며 먼저 밥부터 먹어야겠다고 덧
붙였다. 그의 감방 동료가 자기에게 아직 현금화하지 않은 우
편환이 있다고 말했고, 그것과 맞바꾸는 대가로 교도관 중 한
명에게서 5달러를 받아 게리에게 주었다. 그러자 게리가 말했
다. "너무 과해. 나 이거 절대 못 갚을걸."

"별거 아니야." 그 감방 동료가 말했다.

"있잖아, 부탁 하나만 하자." 길모어가 말했다. "니콜이 곤란
해지지 않도록 이 책들을 프로보 도서관에 반납해 줘. 니콜
이름으로 대출한 책들이거든."

"걱정 마." 감방 동료가 말했다.

그런 다음, 스콧이 지켜보는 가운데 길모어가 그에게 파란
색 웨스턴 셔츠를 건네며 말했다. "니콜이 나를 위해 만들어
준 거야." 그러고는 시크 면도기를 넘겨주며 말했다. "네가 이
걸 기념으로 가졌으면 해."

그들은 악수했고 서로의 행운을 빌어 주었다. 그리고 교도
관이 문에 달린 자물쇠와 체인을 풀자 게리가 밖으로 걸어 나
와 뒤돌아서 엄지손가락을 코에 대고 손가락을 꿈틀꿈틀 움
직였다. 감방 동료도 똑같은 동작을 했다. 커훈 보안관이 잠깐

들러서 게리와 악수를 나누었다.

스콧이 게리를 복도로 데리고 가서 옷을 벗기고 몸수색을 했다. 그것이 다시 길모어를 화나게 했다. 그는 자신의 신체와 개인 물품에 대해 대단히 방어적이었다. 개인 물품이라고 해봐야 편지 묶음 하나랑 책 몇 권이 전부였지만, 그는 그것들에서 눈을 떼지 않았고, 알몸 수색을 마치 개인적인 공격처럼 받아들였다. 스콧은 전혀 그렇게 느끼지 않았다. 이 남자는 방금 사형 선고를 받은 참이었다. 안전 점검을 철저히 해야 했다.

길모어의 옷을 벗긴 후, 그들은 머리카락 사이에 아무것도 붙어 있지 않은지 확인하기 위해 손가락으로 머리카락을 훑었다. 그의 머리칼은 충분히 길어서 손톱 다듬는 줄 같은 걸 숨길 수도 있었다. 그들은 그의 귓불 뒤쪽을 확인했고, 팔을 높이 들게 한 뒤 겨드랑이 밑과 배꼽 안의 털 사이를 확인했다. 고환을 들어 올려 음낭 아래 무언가를 붙여 놓지 않았는지 확인했고 몸을 구부리게 하고 궁둥짝을 벌려 직장 부위에서 비죽이 나와 있는 건 없는지 확인해야 했다. 이젠 그곳을 손가락으로 쑤셔 보지 않는 것이 방침이었다. 마지막으로 발가락 사이에 무언가가 끼어 있지 않은지 보기 위해 발바닥을 확인했다. 그러는 내내, 길모어는 머릿속에 떠오르는 온갖 욕설을 계속 내뱉고 있었다.

그런 다음 그들은 족쇄를 다시 채웠고, 스콧은 족쇄가 확실히 채워졌는지 확인했다. 제리 스콧이 말했다. "게리, 난 널 좋아하지 않고 너도 날 좋아하지 않아. 하지만 그건 잊어버리자고. 내가 널 주립 교도소로 데리고 갈 텐데, 도주를 시도하지 않았으면 좋겠어. 폭스 보안관보가 바로 네 뒤에 앉아 있을 거고, 네가 조금이라도 문제를 일으키거나 빠르게 움직이거나 공격적인 행동을 하면 네 목을 꺾어 버릴 거거든. 목을 아예 부러뜨릴 거야."

알몸 수색 후에도 수감자가 무엇을 숨길 수 있는지 알 수가 없었다. 어디선가 나타난 머리핀으로 수갑을 풀어 버릴 수도 있고, 방법만 안다면 리필용 볼펜심으로 수갑을 여는 것도 가능했다. 따라서 죄수를 이송할 때는 항상 걱정할 것이 많았다. 스콧은 그에게 차에 얌전히 앉아 있으면 곧장 교도소로 갈 테니 괜찮을 거라고 말했다.

그는 족쇄를 찬 탓에 느린 걸음으로 구치소를 나와 차량에 올라탔고, 전과 같은 방식으로 앉아서 출발했다. 스콧은 신변 보호를 위해 두 명의 형사를 태운 다른 차량이 약 250미터 뒤에서 따라오게끔 준비했다. 그들은 선두 차량 뒤에 붙어 탈출 계획을 실행하려는 운전자가 있는지 감시할 터였다. 또한 길모어를 암살하려고 결심한 괴한이 운전하는 차량이 나타날 가능성도 경계했다.

어쨌든 이송은 조용히 진행되었다. 길모어가 공기 좋고 바깥 저녁 경치도 좋다는 식의 말을 했고, 스콧이 대답했다.

"그래, 날씨 좋네."

길모어가 크게 심호흡을 하고는 말했다. "창문을 조금만 내려 주겠어?"

스콧이 말했다. "물론이지."

그리고 어깨 너머로 그 뒤의 경관에게 말했다. "리, 내가 몸을 약간 숙여서 창문을 조금 열 거야.”

그러자 팍스 보안관보가 몸을 앞으로 기울여, 스콧이 몸을 숙이고 한 손으로 창문 손잡이를 돌려 내리는 동안 엄호했다. 바깥 공기가 들어오자 길모어는 조금 진정을 하는 것 같았다. 그는 그 후 도착할 때까지 더 이상 아무 말도 하지 않았다. 하지만 긴장은 풀린 듯 보였다.

그들이 주립 교도소에 도착하자, 담당 경찰관이 다른 문을 통해 그들을 최고 보안 구역으로 안내했다. 그곳에서 그들은 구속 벨트와 족쇄와 수갑을 풀고 다시 몸수색을 한 후 길모어를 감방으로 데려갔고, 그러는 내내 그는 입을 꾹 다물고 있었다. 스콧은 작별 인사를 하지 않았다. 그를 동요시키고 싶지 않았고, 그러한 시도가 야유처럼 보일 수 있었기 때문이다. 교도소 밖에는 밤이 찾아왔고, 산등선이 크고 시커먼 짐승처럼 주간 고속 도로까지 발을 내리뻗었다.

그날 밤, 게리의 막냇동생 미칼 길모어가 베시로부터 전화 한 통을 받았다. 그녀는 게리가 사형을 선고받았다는 소식을 전했다.

“어머니.” 미칼이 말했다. “이 나라에서는 십 년 동안 사형이 집행되지 않았는데, 그게 게리부터 시작되지는 않을 거예요.”

그럼에도 전화기를 내려놓으면서 그는 욕지기가 올라오는 걸 느꼈다. 남은 밤 동안 그의 눈에 보이는 건 오직 게리의 눈뿐이었다.

# 7부

## 사형수 감방

# 30장

## 깜빵[153]


1


9월에 고등학교 학기가 시작된 직후, 그레이스 맥기니스에게 동료 선생 하나가 자기가 7월에 읽었다면서 유타주에서 남자 두 명을 살해한 죄로 체포된 포틀랜드 출신 남자 이야기를 들려주었다. 기억하기로 그 남자의 이름은 길모어였다. 그런 이름의 친구 있지 않아요? 그레이스는 정말 더 이상 듣고 싶지 않았다. 어떤 종류의 나쁜 소식은 신경 안 쓰고 있으면 알아서 사라지는 신비한 혹 같았으니까.

이제 그 기사가 다시 포틀랜드 신문에 실렸다. 그 살인범은 확실히 게리 길모어였고, 그가 유타주 프로보에서 사형 선고를 받았다는 내용이었다. 그레이스는 베시에게 전화하기로 마

---

153) The Slammer. 감독. 교도소를 이르는 속어.

음먹었다. 몇 년 만의 통화가 될 터였다. 하지만 그녀는 수화기를 들기도 전에 어떤 대화가 이어질지 예상할 수 있었다.

"내가 아는 그 게리가 그 두 청년을 죽였다니 믿을 수 없어요." 베시는 말할 터였다. "그랬을 리 없어요. 그 앤 천성적으로 다정한 아이였어요."

"그래요." 그레이스는 말할 것이다. "정말 그랬죠."

"난 게리에게서 그런 잔혹함을 본 적이 없어요." 베시가 말할 것이다.

그리고 그레이스는 다시 동의할 것이고, 자신이 진실을 말하고 있지 않음을 알 것이다. 게리는 그녀에게 그 어떤 잔인한 짓도 한 적이 없었다. 분명히 없었다. 하지만 프롤릭신 주사를 맞은 후 게리에게 끔찍한 무언가가 스며든 것을 그녀는 보았다. 성격이 너무도 급격히 변해서, 그레이스는 프롤릭신 주사를 맞은 후에 존재하게 된 게리 길모어라는 이름의 남자를 전혀 알지 못한다고 거짓 없이 말할 수 있을 정도였다. 마치 어떤 저속함이 그의 머릿속을 침범해 들어간 것 같았다. 그녀는 그가 두 사람을 죽였다는 사실이 별로 놀랍지 않았다. 프롤릭신 처치 이후, 그녀는 늘 그가 조금 두려웠다.

그날 그레이스의 손은 전화기에 가 있었지만 선뜻 베시에게 전화를 걸 수가 없었다.

"난 겁쟁이야." 그레이스가 혼잣말했다. "지독한 겁쟁이야."

그리고 그들 모두에 대해, 트레일러 안의 베시에 대해, 그리고 그녀가 만나 보기도 전에 죽었지만 베시의 이야기마다 빠지지 않고 등장한 까닭에 그녀에게도 익숙한 프랭크 시니어에 대해, 그리고 베시의 아들들에 대해, 그러니까 말 한마디 나눈 적 없는 프랭크 주니어와 그레이스의 차에서 거의 죽을 뻔한 게일런, 그리고 미칼과 게리에 대해 생각했다. 사랑의 감정과 비참함, 그리고 담즙처럼 뜨거운 분노, 거기에 더해 그레이스의 커다란 몸이 감당할 수 있는 모든 비애가 한꺼번에 밀려들었다. 후회처럼 슬픈 기억들이 떠올랐고, 언젠가 그녀에게 베시의 인생에서 발을 빼라고 속삭였던 공포심이 되살아났다. 그리고 그녀는 트레일러 안에 있을 베시를 생각했다.


2


　미칼은 그레이스가 처음 만난 길모어가(家) 사람이었다. 1967년에서 1968년까지 그녀는 당시 최고 학년이었던 미칼에게 문예 창작을 가르쳤고, 그는 가장 뛰어난 학생 중 하나였다. 그레이스의 결혼 전 이름은 길모어, 그레이스 길모어 맥기니스였다. 베시와 함께 추적해 본 결과 아무 관계도 아니었지만, 이름과는 별개로, 그레이스는 트루먼 커포티[154]에 관해 미칼과 나눈 길고 지적인 대화에 깊은 인상을 받았다. 그녀는 『무자비하게』를 수업 교재로 선정했고, 미칼은 그 책에 대해 이야기하면서 많은 통찰력을 보여 주었다.

---

154) Truman Capote(1924~1984). 미국의 배우이자 소설가. 대표작으로 실제 범죄를 바탕으로 한 논픽션 소설 『인 콜드 블러드(In Cold Blood)』(1966), 그리고 『티파니에서 아침을』(1958) 등이 있다.

하지만 처음 그녀와 미칼이 가까워진 것은, 그녀가 지역 채널 8의 세계 문제 평의회 프로그램에서 중국의 문화 대혁명 같은 주제를 다룰 수 있는 학생 네 명을 뽑아 달라는 요청을 받으면서였다. 그레이스는 미칼을 첫 번째로 선택했다.

미칼의 머리는 길었다. 포틀랜드의 노동자 계급이 많이 거주하는 변두리 지역인 밀워키에도 선생들 가운데 정치적으로 보수적인 사람들이 있었고, 그들은 장발의 학생이 텔레비전 프로그램에서 학교를 대표해서는 안 된다고 생각했다. 그레이스는 교장을 찾아가 이 문제를 결정하기 위한 교직원 회의를 요청했다. 그레이스는 몇몇 교사들의 생각이 완전히 비틀려 있다고 비난했다. 자신이 이 마을에서 가장 날씬한 중년 여성으로 뽑힐 가능성은 전혀 없다는 걸 그녀도 알고 있었지만, 그레이스는 자신의 키와 체격, 그리고 결코 작지 않은 목소리를 이용해 약간의 자유주의적인 경멸감을 표현할 수 있었다. 미칼은 텔레비전 프로그램에 출연했다. 그는 훌륭하게 해냈다.

그레이스는, 그녀의 표현대로 말하자면, '일방적으로 가르쳐야 하는' 학생이 아니라 '배움에 능동적인' 학생을 만날 때가 있었다. 미칼이 바로 그런 학생이었다. 그레이스는 자신이 생각하기에 미칼이 흥미를 가질 만한 것들을 찾아보곤 했다. 미칼에게 그를 약간 편애한다고 솔직하게 고백하기도 했다. 그러므로 어느 날 그가 자신을 찾아와, 어머니가 체납된 세금 때문에 집을 잃게 될 상황인데 조언을 구할 사람이 아무도 없다고 털어놓았을 때도 그다지 이상하게 느껴지지 않았다. 선생님이 그들과 이야기해 주실 수 있을까요? 어느 토요일에 '오크힐 길'로 간 그레이스가 둥근 진입로가 딸린 그 집을 봤을 때 처음 든 생각은 '맙소사, 유령 나오겠네.'였다. 뒤쪽 초목에서 뭔가 슬금슬금 올라오는 것 같은 느낌이었다.

첫인상일 뿐이었지만, 그녀는 오래도록 심령 현상에 관심이 많았기 때문에 크게 동요하지는 않았다. 그레이스는 가구가 단출하게 배치된 크고 어두운 방으로 들어갔다. 그녀가 '포틀랜드 고딕'이라고 부르는 양식이었다. 말하자면, 전후(戰後) 필리핀산 마호가니 가구들로 꾸며진 공간이었다.


3


베시는 작고 가냘픈 체구에 짙은 회색 머리를 단정히 틀어 올려, 더 알고 싶게 만드는 흥미로운 얼굴을 하고 있었다. 못해도 대학 여학생 클럽 기숙사의 사감 정도는 훌륭하게 해냈을 여성으로 보였다. 하지만 그레이스는 베시가 정말 대저택에 어울린다고 생각했다. 그녀는 돈에 절대 굴복하지 않겠다는 듯 늘 회색 옷을 입고 다니는, 어느 작고한 공익 기업 사장의 부인이라 해도 손색이 없을 만한 사람이었다. 그레이스는 처음부터 그녀가 마음에 들었다. 품격과 위엄이 넘치고, 조용히 쌓아 온 신중함까지 갖춘 사람이었다.

대화를 시작하고 보니 그녀가 더 좋아졌다. 그레이스가 자신의 미혼 시절 이름이 길모어였다고 말하는 순간 시작된 대화가 장장 세 시간 동안 이어졌다. 화제가 무궁무진했다.

잠시 후 베시가 집과 관련한 문제들을 이야기하기 시작했다. 프랭크가 집을 완전히 구매했고 융자금도 없지만 여전히 유지하기가 힘들다는 것이었다. 그는 보험금을 남기지 않았고, 그녀는 '스피즈'라는 술집에서 빈 그릇을 치우며 한 달에 200달러도 안 되는 돈을 벌고 있었다. 너무 굼뜨고 관절염이 심해서 웨이트리스 직급으로 올라갈 수도 없었다. 지금 그녀는 육 년째 세금을 체납하고 있어, 시에서 재산을 압류당할 처지였다. 그녀는 시로부터 담보권을 실행하겠다는 통지를 받았다. 음, 그녀는 미칼이 학교에 다니는 동안은 집을 잃고 싶지 않았다. 정말로, 그녀는 아이들이 다시 돌아올 수 있는 장소로서 집을 지키고 싶었다. 그녀는 아이들이 독립하기 전에 살았던 집을 간직하고 싶어 했다. 그래서 모르몬 교회가 세금을 납부해 주는 대신 자신이 죽은 후 집을 교회에 양도하는 방안을 생각했다. 그녀는 교회가 이 집을 가치 있는 투자 대상으로 고려해 주기를 바랐다.

그레이스는 그 일을 도울 수 없었다. 그레이스는 모르몬교에 대해 잘 알지 못했고, 여기서의 해결책은 지역 감독 및 그의 태도와 관련이 있었다. 그래서 그들은 다른 문제들로 넘어갔다. 베시는 유쾌한 대화 상대였다.

그녀는 자신이 일하는 식당에서는 식사할 시간을 아주 짧게 준다고 말했다. "성미 고약한 주방장에게 음식을 주문하고 뒤쪽으로 달려가 허겁지겁 음식을 삼키기까지 삼십 분이라는 시간이 주어지죠. 내가 다 먹지 못하는 걸 보더니, 주방장이 음식량을 확 줄여 주겠다고 하더군요. 내가 말했죠, '제발 그래 주세요. 삼십 분을 더 주지 않는 이상, 지금처럼 주면 다 먹을 수가 없어요.' 게다가 난." 그녀가 말했다. "접시에 음식을 남겨 놓는 걸 좋아하거든요. 접시에 있는 걸 모두 먹어 치울 수가 없어요. 평생 한 번도 그런 적이 없죠. 내가 접시를 싹 비우는 날은 곧 저승에 가는 날일 거예요. 그날이 오면 본향으로 돌아가겠죠, 그곳이 어디든 간에."

어제, 베시는 버스 기사에게 말했다. "우리 집 대문 앞에 죽은 주머니쥐가 있었던 거 알아요?"

그 버스 기사가 말했다. "그걸 집어다가 찌개를 끓여먹지 그랬어요?"

그녀가 말했다. "있잖아요, 글렌, 다신 당신이랑 말 안 할 거예요."

그가 말했다. "그 주머니쥐가 죽어 있었다면 당신을 해칠 수 없어요."

"해칠 수 있어요. 벼룩이 있을지도 모르잖아요."

그레이스는 그녀와 함께하는 시간이 점점 즐거워졌다. 두 사람은 모두 합성 섬유를 싫어했지만, 요즘 양모나 면이나 실크를 살 여유가 되는 사람들이 어디 있겠느냐는 말을 했다.

"난 매년 그냥 옷 없이 지내요." 베스가 말했다. "그렇다고 완전히 벌거벗는 건 아니에요. 그랬다간 흉한 꼴을 본 나라 전체가 성욕을 잃을 테니까요."

그녀는 그레이스에게 게리에 대해 말해 주었다. '스피즈'에서는, 그녀에게 교도소에서 복역 중인 아들이 있다는 사실을 아무도 몰랐다. 어떤 여성은 심지어 이렇게 말하기까지 했다.

"당신은 평생을 살면서 단 한 번도 비통한 일을 겪지 않은 행운아예요."

그레이스는 베시가 놀라운 목소리를 지녔다고 생각했다. 근사하게 다듬어진 목소리는 아니지만, 분명히 흔치 않은 목소리였다. 개척자 여성을 연기하는 베티 데이비스[155] 같았다. 그레이스는 베시에게 젊었을 때의 사진을 보여 달라고 부탁했고, 젊은 시절의 그녀가 아름답다고 생각했다. 그레이스는 수년의 세월이 흐르는 동안 베시에게 스며든 것은 극기의 태도라고 판단했다.

두 사람의 대화는 베시가 출근할 시간이 되어야만 끝이 났다. 베시는 흰색 블라우스와 검정색 치마, 남색 스웨터를 입고 떠났다. 양팔에 꿰는 앞치마를 두르고 플랫슈즈를 신은 그녀의 걸음은 한때 훌륭한 발레리나가 될 거라는 말을 들었던 여성의 걸음과는 거리가 멀었다. 그녀의 손과 무릎, 그리고 발목에서 관절염이 진행되고 있었다.

그레이스는 그녀를 차로 태워다 주고 커피 한 잔을 마시면서 그녀가 '스피즈'에서 접시 치우는 모습을 지켜보았다. 베스가 그런 일을 해야 한다는 것이 끔찍했다.

그 여자에 대한 생각이 그레이스의 머릿속에서 떠나지 않았다. 유령이 출몰할 것 같은 집에 살면서 그 집을 지키고 싶어 하는 여자, 베스. 그레이스는 가끔 베스를 찾아가 세금과 교회 이야기를 나누곤 했다. 나중에 베스가 그것을 모두 잃은

---

155) Bette Davis(1908~1989). 미국의 영화배우.

후에는 새로운 이야기들이 나왔지만 그레이스는 어째서 베스가 그 집을 지키고 싶었는지 궁금해지곤 했다.

"그 집은 귀신 들린 집이에요, 그레이스." 한번은 그녀가 그레이스에게 말한 적이 있었다. "내가 아니면 아무도 그렇게 오래 머물지 못했을 거예요. 당신도 위층에 가 보면 느낄 수 있을걸요. 남편이 매우 아팠던 어느 날 밤, 죽기 불과 몇 달 전에 그가 일어나서 복도를 따라 화장실로 가다가 끔찍한 소리와 함께 계단 아래로 떨어졌어요. 마치 무언가가 남편을 와락 붙잡아 바닥으로 내던진 것 같았죠. 오랜 세월 곡예 훈련을 받은 사람이 아니었다면 그는 분명 죽음을 피할 수 없었을 거예요. 나는 지나가면서 비명을 질렀고, 아이들의 방문을 모두 두드렸어요. '일어나, 너희 아버지가 아래층으로 떨어졌어.' 아이들이 뛰어나왔고, 프랭크 주니어가 그를 업어 다시 옮겼어요. 그리고 프랭크 시니어가 죽은 후, 어느 날 밤 나와 미칼이 잠자리에 들 준비를 하는데, 1층 침실과 주방 사이의 복도에서 내 인생 최악의 소음이 들렸어요. 그곳은 살기 무서운 곳이었어요, 정말로."

물론, 그레이스는 미칼이 대학에 입학한 후에야 그 이야기를 들었고, 베스는 교회로부터 약간의 도움을 받고 필리핀산 마호가니 가구를 팔아 마련한 트레일러에서 살고 있었다.

베시는 자신이 유일하게 일을 쉬는 일요일에는 포틀랜드와 세일럼을 오가는 왕복 버스가 운행하지 않는다고 했다. 그레이스가 말했다.

"내가 교도소까지 태워다 주면 되죠."

면회는 한 달에 단 두 번뿐이었고, 그레이스의 자녀들은 이미 결혼한 뒤라 그녀는 이제 가족을 돌보는 부담이 크지 않았다. 게다가 그레이스는 독서를 좋아했다. 그녀는 면회가 끝나기를 기다리는 동안 차 안에서 읽을 책을 가져갔다. 두 사람은 차를 타고 오가며 즐거운 시간을 보냈다. 마녀에 대해서도 이야기했다. 베시는 자신이 숲속 존재와 거의 다름없는 삶을 살고 있다고 말했다. 그녀는 마녀들을 존경했지만, 마녀들의 힘에 휘둘리고 싶지는 않다고 말했다.

"그거 알아요?" 그녀가 말했다. "난 마녀들과 교류하는 사람과 함께 차를 타는 게 무서워요. 그들이 차를 망가뜨릴 수 있다고 믿거든요. 그들이 일으키는 모든 강력하고 사악한 진동을 경계해야 해요."

그레이스는 그날 베시가 교도소 안에 있던 두어 시간 동안 차 안에 앉아서 책을 읽었다. 나중에 베시가 말하길, 게리가 그레이스의 이름을 면회인 목록에 올려놓았다고 했다. 그레이스는 그를 만나는 일에 특별히 관심은 없었지만, 뭐 베시가 원한다면 아무렴 어때, 라고 생각했다.

교도소 방문은 이 년 동안 지속되었다. 방문은 거의 격주로 이루어졌다. 가끔은 도착한 그들에게 교도소 측에서 이렇게 말할 때도 있었다. 오늘은 면회가 안 돼요. 완전히 갇혀서 출입이 제한됐거든요. 베스가 오기 전에 미리 말해 주는 법이 한 번도 없었다.

처음 교도소 안에 들어갔을 때, 그레이스는 소리가 울리는 힘에 압도당했다. 그 외에는, 영화에서 보았던 교도소들만큼 나쁘지는 않았다. 주변에 커다란 회색 돌담이 있어서 충분히 음울했지만, 그곳은 세일럼 외곽의 교통량이 많은 도로와 맞닿은 들판 너머에 비교적 자연스럽게 자리했으며, 행정 건물은 2층 높이에 불과했다. 작은 문을 통해 입장했고, 접수처는 작은 공장이나 부품 공급업체의 허름한 로비처럼 보였다. 원형으로 된 커다란 안내 데스크가 있었고, 벽에는 죄수들이 그린 사슴과 말 그림들이 걸려 있었다. 또한 반대편에는 두 번째 출입구가 있는 작은 방으로 들어가는 미닫이 형식의 철창문이 있었다. 면회객들이 지시에 따라 이 공간 안으로 밀려 들어오고 나면, 그들 뒤쪽의 출입구가 쾅 소리를 내며 닫혔고, 조금 있다가 앞쪽 문이 열렸다. 그 철문들이 여닫히는 소리가 크게 반향을 일으켰다. 그 소리는 긴 석벽을 따라 마치 유개차들이 서로 충돌하는 소리만큼이나 크게 울려 퍼졌다. 그리고 모두가 면회실로 들어갔다.

그곳은 고등학교 학부모 모임을 위한 회의 공간처럼 보였다. 연주황, 연파랑, 연노랑, 연녹색의 플라스틱 의자들이 값싼 블론드 우드 탁자 주변에 많이 놓여 있었다. 벽을 따라 담배 자판기, 콜라 자판기, 과자 자판기가 있었다. 교도관 한두 명만이 지켜보는 가운데, 서른 명에서 마흔 명의 사람들이 탁자를 사이에 두고 이야기를 나누었고, 수감자 한 명당 면회객 두세 명인 경우가 많았다.

그레이스는 온갖 유형의 면회객들을 보았다. 슬픈 얼굴의 노동 계급 아버지와 어머니, 아기를 품에 안은 근심 어린 표정의 아내, 아기의 입가에 작게 말라붙어 있는 우유 자국. 상당수의 매우 뚱뚱한 여성들이 뒤뚱거리며 문을 통과해 들어왔다. 그들은 보통 매우 마른 죄수와 묵직한 연애를 하고 있었다. 젊고 탄탄한 체격의 여자들도 몇 명 있었는데, 그들은 특정한 표정을 하고 있었고 그레이스는 점차 이를 알아차렸다. 립스틱을 두껍게 바른 그들은 어떤 특별한 문화에 속한 듯한 인상을 풍겼다. 그들은 분명히 교도소 안에 남자 친구가 있었는데, 그레이스는 게리를 통해 그들 중 많은 이들이 교도소 밖에도 남자 친구가 있다는 사실을 알게 되었다. 그 남자들은 과거에 교도소에 있었지만 지금은 출소한 상태였고, 의심할 여지 없이 곧 다시 돌아오게 될 사람들이었다. 그 여자들이 바깥에서 함께 사는 남자보다 이곳에서 면회하는 남자에게 더 깊이 빠져 있을 가능성도 충분히 있었다.

물론 수감자들도 있었다. 일부는 아무리 좋게 말해도 억눌린 사람들처럼 보였다. 다들 지능이 떨어지거나, 몸이나 자세가 이상하거나, 어딘가 행동이 수상쩍거나, 무신경하거나, 주눅 들거나, 멍청해 보였다. 농가 마당에서 자라 촌뜨기의 논리를 가진 것처럼 보이는 사람들이었다.

그런가 하면 자신들이 정말 주목받아야 할 사람이란 듯 행

동하는 자들도 있었다. 그들은 마치 엄선된 특권 사회의 일원
처럼 보였다. 자기들이 면회 온 사람들보다 인생과 생존과 세
상에 대해 더 잘 안다는 듯, 얼굴에 은은한 미소를 머금었다.
그들은 보통 외모에서 유연하고 날렵한 인상을 주거나, 아예
대놓고 강인해 보였다. 줄타기 곡예사의 기술을 지닌 듯 움직
였다. 방문객이나 관광객을 바라보는 조롱 섞인 태도에서 드
러나듯이, 그들은 지독하게 거만했다. 마치 사람들의 시선이
익숙하며, 시선을 받을 자격이 있다는 듯이 굴었다. 자신들을
방문한 사람들과 마주 앉기 전까지 그들은 얼굴에 그런 표정
을 유지했다. 자리에 앉은 뒤엔 다른 표정이 나타날 수도 있었
다. 반 시간쯤 지나면 연약함이나 다정함, 혹은 그저 순전한
비참함이 드러나기도 했다.

　나중에 게리를 더 잘 알게 되었을 때, 그는 재소자와 죄수
라는 두 종류의 수감자가 존재한다고 신중하게 알려주었다.
그는 두 번째가 더 우월한 범주이며 자신이 여기에 속한다는
식으로 이야기했다. 그레이스도 그를 그 범주에 넣었을 것이
다. 그는 그런 식으로 옷을 입었다. 옅은 파란색 셔츠와 담청
색의 멜빵 달린 작업복을 아주 단정하게 입었다. 재소자들과
는 달리 죄수들은 맞춤 양복처럼 셔츠를 입었다. 조금 지나자,
두 부류의 차이가 확연하게 드러났다. 학급 임원들과 운동선
수, 매력적인 아이들이 으레 형성하는 내집단과 그 밖의 일반
학생들로 이루어진 고등학교에 비유할 수도 있을 것 같았다.

　하지만 게리는 어머니 앞에서는 거만하게 굴지 않았다. 그
는 매우 진지하게 어머니와 대화하곤 했다. 두 사람은 대화에

깊이 빠져 들었고, 그레이스는 의도치 않게 그들의 이야기를 엿듣는 일이 없도록 이따금 방 안을 둘러보았다. 가끔 베시나 게리가 뭔가 재미있는 말을 하기도 했다. 두 사람 모두 굉장히 즐겁게 웃었다. 그 면회실에서 그들은 엄청나게 많이 웃었다.

그는 항상 그레이스에게 몇 분을 할애했다. 말씨는 온화했지만, 약간의 아이러니가 섞여 있었다. 그는 항상 그레이스가 이번 주에는 어떤 유령을 만났는지 물었고, 그런 다음엔 함께 유령에 대해 이야기했다. 또한 자신이 읽고 있는 책에 대한 그레이스의 의견을 묻기도 했다. 그가 가장 좋아하는 책은 J. P. 던리비의 『진저맨』이었다. 그레이스는 게리에게 《아트 투데이》의 구독권을 사 주기도 했다. 그레이스는 그가 그린 아이들 그림이 최상급의 칭찬을 받을 만하다고 생각했다.

그가 화내는 모습을 본 건 베시가 집을 확실히 잃었다고 말한 날뿐이었다. 모르몬 교회에 대해 품은 화가 너무 커서, 수년 후 그의 격노를 떠올리는 것만으로도 그레이스는 이런 생각을 하게 되었다. '그는 그 두 청년이 모르몬교도라는 걸 알고 죽였을 거야. 거의 확실해.'

그는 또한 미칼이 대학에서 어떻게 지내는지 묻기도 했다. 그는 그를 신비주의 미칼이라고 부르곤 했는데, 단 한 번도 면회를 오지 않았기 때문이다. 그레이스는 미칼이 "전 게리를 잘 모르는걸요."라고 말하는 걸 들은 적이 있었다. 게리가 소년원에 들어갔을 때 미칼이 겨우 네 살이었다는 점을 고려하면 딱히 거짓이라곤 할 수 없었다. 그레이스는 또한 미칼의 긴 머리도 관련이 있을지 모른다고 생각했다. 그는 그 면회실 안 죄수들의 시선에 불편함을 느낄 터였다.

그럴 때면 베시는 그의 아버지에 대한 웃긴 이야기로 화제를 돌리곤 했다. 아버지와 아들이 잘 지내지 못했다는 사실은 못 알아챌 수 없었지만, 왠지 모르게 게리를 가장 웃게 하는 것은 프랭크 시니어에 관한 재미있는 일화들이었다.


5


프랭크는 의자 몇 개를 쌓아 놓고 꼭대기에서 오케스트라 석으로 공중제비를 돌아 뛰어내렸던 일을 자주 자랑스레 떠벌렸는데, 어느 날 덴버에서 베시에게 그 장면을 직접 보여 주기로 마음먹었다. 베스는 그에게 하면 안 될 것 같다고 말했다. 그는 너무 취해 있었다.

"평생 해 온 일이야." 그가 그녀에게 말했다. "난 방법을 알아."

그가 올라섰을 때 의자들이 우르르 넘어지는 바람에 그는 심하게 숨이 막혔고, 그녀는 그가 죽었다고 생각했다.

"나는 계속 그의 입에 내 입을 대고 인공호흡인가 뭔가를 하려고 애썼지."

양을 키우던 때의 일화도 있었다. 게일런은 검은 양을 한 마리 가지고 있었는데, 미칼이 울면서 졸랐다. "나도 한 마리 가질래." 미칼은 원하는 건 뭐든지 가졌다.

"그래, 그래." 그녀가 말했다. "양, 말, 소, 뭐든 간에, 아이에게 가져다줘요."

프랭크는 축사에서 검은 얼굴을 가진 흰 양을 데리고 돌아와 양을 스테이션왜건 뒤에서 꺼냈다. 베스는 화가 치밀었다. 그녀는 동물을 좋아하지 않았고, 차 뒷부분까지 청소해야 했으니까. 저 빌어먹을 양 같으니.

옆집 여자에겐 요란하게 짖는 개 세 마리가 있었다. 프랭크가 모퉁이를 돌자 양이 날뛰기 시작했다. 아이들이 모두 비명을 질렀다.

"아버지가 양을 우리에 넣는 걸 도와드리렴."

소동은 삼십 분 동안 지속되었다. 베스는 계속 현관에 있었다.

그녀가 외쳤다. "녀석의 꼬리를 비틀어요, 프랭크, 그놈이 곧장 앞으로 갈 거예요."

하지만 그녀가 하는 말을 듣지 못한 프랭크가 게일런에게 말했다. "그 망할 놈의 엉덩이를 걷어차렴." 게일런이 발로 차려는 순간 양이 뒤로 도는 바람에 얼굴을 차이고 말았다.

프랭크가 말했다. "빌어먹을 얼굴과 엉덩이도 구분 못 하는 거냐?"

갑자기 그 동물이 몸을 돌렸다. 프랭크가 밧줄에 발이 걸려 넘어졌고 양이 그를 끌고 가기 시작했다. 양이 이동하며 초록색 설사를 쏟아 내는 동안 프랭크가 잔디와 인도와 도로 갓길의 자갈 위를 가로질러 끌려갔다. 그들이 프랭크를 일으켜 세웠을 때 그는 한쪽 엉덩이에서 욱신거리는 아픔을 느꼈다.

"날 좀 봐." 그가 몸을 털어내며 말했다. "온몸에 풀이 잔뜩 묻었어."

"프랭크." 베시가 말했다. "그건 풀이 아니에요." 흐느끼듯

웃는 사이사이에 그녀는 이렇게 말하곤 했다. "내가 본 중 가장 웃긴 광경이었어."

"기억해요?" 게리가 말했다. "아빠가 세계 최악의 운전자였던 거." 그가 그레이스를 보며 말했다. "아빤 그 일 말고도 많은 사고를 쳤어요. 사람들이 경적을 울리면 엄지손가락을 코에 갖다 댔죠. 아니면 핸들을 놓고 '무스 불윙클'156)처럼 양쪽 귀 옆에서 다섯 손가락을 모두 내두르기도 했어요. 아빠가 다시 양손을 핸들에 올려놓을 때까지 사람들은 미친 듯이 화를 냈죠. 우리는 아빠가 멋지다고 생각했고 우리도 다른 차들을 향해 손가락을 흔들었죠."

한바탕 웃고 난 후에는 뒤를 잇는 추억에 잠겨 게리가 말했다. "아빠가 살아 있다면 좋겠어요. 아빤 수년 전에 날 여기서 꺼내 줬을 거예요."

"나도 안다, 게리." 베시가 말했다. "하지만 난 널 꺼내 줄 수가 없단다. 난 돈도 없고 수완도 없어. 네 아버지만큼 영향력도 없지."

"음." 게리가 말했다. "아빠가 살아 있으면 좋겠다고 생각하며 많은 밤을 지새웠어요."

"두 사람은 늘 부딪혔어요." 베시가 집으로 돌아오는 길에 그레이스에게 말했다. "하지만 게리 말이 맞아요. 그 애 아버진 절대 그 애를 교도소에 있도록 내버려두지 않았을 거예요.

---

156) 가상의 캐릭터로, 미국에서 1959년부터 1964년까지 방영된 애니메이션 시리즈 「로키와 그의 친구들」과 「불윙클 쇼」의 두 주인공 중 한 명.

프랭크는 누굴 만나고 어떤 말을 해야 하는지 알았으니까요. 난 그냥 시시한 유타주의 어느 시시한 농장에서 자랐어요. 소, 돼지, 닭, 염소, 말, 양 말곤 아는 게 없으니 게리에게 아무 쓸모가 없죠." 그녀가 한숨을 쉬었다. "프랭크가 살았을 때 그 아이와 가까이 지냈다면 얼마나 좋았을까요."

그들은 이 주에 한 번씩 일요일마다 편도 65킬로미터 거리를 자동차로 왕복했고, 과거의 메아리들이 철문이 쾅 닫히는 소리처럼 울려 퍼지곤 했다. 베시는 자금 삼아 모아 둔 사연들을 과자처럼 나눠 주곤 했다. 마치 과거에서 울려 퍼지는 깊은 메아리들보다는 맛깔난 작은 이야기들을 자연스레 선호하는 것 같았다.


6


그녀는 자신과 프랭크가 버스로 텍사스를 여행하던 중 맥캐미의 벌슨 호텔에서 하룻밤을 묵었던 날 게리가 태어났다고 그레이스에게 설명했다. 게리가 생후 육 주가 될 때까지 그들은 움직일 수 없었다. 게리가 자신을 영원히 텍사스 사람이라고 생각하기에 충분한 기간이었다.

"아기 둘을 데리고 여행하는 것이 좋았나요?" 그레이스가 물었다.

아니, 좋진 않았다. 하지만 그녀의 태도는 그대로였다. 그녀는 프랭크를 있는 그대로 사랑하고자 했다. 그를 변화시키려고 하지 않았다. 그래서 그들은 여행했다. 그녀는 언제든 문제가 터질 것 같아 조마조마했다.

콜로라도에서, 프랭크가 위조 수표를 유통시킨 혐의로 체포되어 삼 년 형을 선고받았다. 베시는 프로보로 돌아가서 기다렸다. 다른 곳으로 갈 돈이 없었기 때문이었다.

그녀는 모든 것이 끝났다고 생각했다. 그녀의 가족은 우호적이지 않았다. 수년을 떠나 있다가 아이 둘과 돌아온 데다, 남편은 교도소에 갇혀 있었기 때문이다. 하지만 그녀는 기다렸다. 다른 남자 생각은 전혀 하지 않았다. 긴 기다림이었지만, 끝은 아니었다. 프랭크는 십팔 개월 만에 출소하여 그녀를 데리고 캘리포니아로 가서 방위 산업체에서 일했고, 그러다 그들은 다시 여행을 떠났다. 아이들이 여섯 살과 일곱 살이 되고 게일런이 태어났을 때쯤, 그녀는 포틀랜드 외곽에 집을 사자고 프랭크를 설득하는 데 성공했다. 버스 터미널에서 잠을 자고 핫도그로 끼니를 때우는 것보다는 훨씬 나은 선택이었다.

프랭크는 포틀랜드와 시애틀과 타코마 같은 도시들의 건축 법규 개요를 다시 쓰기 시작했다. 그는 사람들이 자신의 설명서를 구입하여 도시 규정에 따라 각자의 집을 짓거나 개조하는 방법을 이해할 수 있도록 건축 법규들을 명확한 언어로 정리했다. 그런 다음 그 설명서에 들어갈 광고를 판매했다. 수년에 걸쳐 수익이 발생했다. 한때는 프랭크에게 매일 수표가 들어올 정도였다.

아이들은 '슬픔의 성모' 가톨릭 학교에 다녔고, 게리는 자기가 신부가 될 거라고 생각했다. 베스는 크리스털 스프링스 대로에 있는 그들의 집을 무척 좋아했다. 집은 작았지만, 베스는 그곳에서 최선을 다해 요리하고 바느질했다. 그러다 프랭크가 일 년 동안 솔트레이크로 옮겨 가야 했다. 그녀가 그레이스에게 말하길, 그때가 바로 게리에게 망령이 붙은 시점이었다.

그녀는 그 원인을 자기들이 살던 집 탓으로 돌렸다. 프랭크도 집이 귀신 들렸다는 데 동의했다. 그는 그런 생각을 특별히 믿는 사람이 아니었지만, 한번은 그들이 침실에서 갓 태어난 미칼에게 젖을 먹이고 있는데, 주방에서 누군가가 이야기하며 웃는 소리가 들렸다. 그들이 달려 내려갔지만 주방엔 아무도 없었다.

그러다 홍수가 났고, 화재가 진압된 후엔 지하실 히터의 안전밸브가 작동하지 않았다. 가스가 벽을 따라 세차게 올라오기 시작했다. 프랭크가 말했다. "더 이상 못 참아. 나가야겠어." 신문에 게재될 자신들의 사진이 눈에 선했다. 아버지, 어머니, 네 명의 아들들이 사망하다.

그녀는 그 집과 작별할 수 있어 기뻤지만, 다정한 이웃인 코언 노부인과 헤어지는 건 아쉬웠다. 베스가 코언 부인을 만난 건 부인의 침실 창문이 아이들의 침실 창문 바로 맞은편에 있었고, 게리가 그 창문을 통해 물총을 쏘곤 했기 때문이었다. 푸슉. 코언 부인이 그를 타일렀다. 이러지 마라, 난 나이 든 여자잖니. 이런 짓을 하면 안 돼. 마침내 그녀는 자기 남동생에게 이 일을 얘기했다. 음, 내가 그 집 부모와 얘기해 봐야겠어. 코언 부인의 남동생이 말했다.

"그들은 이방인이야.[157] 거리를 둬." 그녀가 말했다. "내가

---

157) 모르몬교도 입장에서 모르몬교도가 아닌 사람을 말한다.

가 볼게.”

그러한 불평거리를 가지고 방문했을 때 프랭크가 말했다.

“장담컨대, 다시는 그런 일 없을 겁니다.”

그때 코언 부인은 프랭크로부터 아이들을 체벌하지 않겠다는 약속을 받아 냈다. 아이들은 그 일로 부인을 몹시 좋아하게 되었고, 코언 부인이 이 방문에서 너무 오랫동안 그들의 집에 머무르는 바람에 그녀의 남동생이 찾아왔다.

“그는 우리가 그의 누나를 죽여서 지하실에 넣어 놓았을 거라고 생각했대요.” 베스가 말했다. “내가 말했죠, ‘아니, 아니에요, 우리는 사람들을 죽이기엔 너무 바쁘거든요.’ 아, 난 그 부인이 정말 좋았어요. 그녀가 말했죠. ‘정말 잊지 않을게요. 내게 당신들은 유일한 이방인 친구니까요.’”

그들이 떠나던 날, 코언 부인과 그녀는 작별 인사를 나누며 울었다. 코언 부인이 말했다. “당신이 그 집에 머물지 않아 다행이에요. 그 집은 사악한 집이거든요.”

7

프랭크는 이후 아이들과 잘 지내지 못했고, 게리는 확실히 변했으며, 두 사람은 늘 싸우게 되었다.

포틀랜드로 돌아왔을 때, 게리는 비속어를 어마어마하게 사용했다. 욕설이 지옥 불처럼 쏟아져 나왔다. 베시에게는 마치 더럽고 혐오스러운 악마가 그의 입에서 막 걸어 나오는 것처럼 들렸다. 그래서 그녀는 가족 게임을 시작했다. 그녀가 아이들에게 말했다.

"어휘력이 풍부하면 그런 말을 사용할 필요가 없을 거야."

아이 중 하나가 사전을 열어 단어를 고르면, 다른 아이가 그 단어의 의미를 말하고 철자를 썼다. 수년이 지나자 아이들은 선생님들을 쩔쩔매게 할 정도로 어휘력이 풍부해졌다.

그녀는 너그러운 어머니였다. 공연을 보러 가도 좋다고 약속했으면, 집을 부수는 한이 있어도 토요일엔 공연을 보러 갈 수 있었다. 아버지는 정반대였다. 우유 한 잔만 넘어뜨려도 그걸로 끝이었다. 그래서 그들은 두 가지 체제 아래서 살았다.

물론 프랭크 사업의 절반 이상이 시애틀에서 이루어졌다. 그는 격주로 주말에만 돌아와서 게리와 싸우곤 했다.

싸움은 별거 아닌 일로 시작되었다. 프랭크가 게리더러 문을 닫으라고 하면, 아빠가 직접 닫으라고 게리가 받아쳤다. 둘은 일어나서 소리를 질러 댔다. 칼로 공기를 자를 수 있을 만큼 극도로 긴장된 분위기였다. 베스는 그 말의 의미가 무엇인지 이해했다.

하지만 게리가 처음으로 곤경에 처했을 때, 프랭크는 그를 보석으로 빼 주었다. 프랭크는 게리가 하지 않았다는 것을 증명하기 위해 몇 번이나 사설 탐정을 고용했지만, 베스는 그가 저지른 일이라는 것을 너무도 잘 알았다. 그녀는 좋은 쪽으로 게리의 버릇을 망쳤고, 프랭크는 나쁜 쪽으로 망쳤다.

차를 훔치다가 붙잡힌 후, 게리는 소년원에 수감되었다. 한 달에 한 번씩 베시와 프랭크가 면회를 갔고, 잔디 위에서 소풍을 했다. 매클래런 소년원은 멋진 붉은 기와지붕과 노란색 치장 벽토가 발린 벽이 있는 이 층짜리 건물과 드넓은 녹지로 이루어져 있었는데, 외관상으론 그녀가 여행을 하며 보았던 몇몇 사립 학교보다 딱히 더 나빠 보이지 않았다.

들어갈 땐 문제아였던 게리가 냉혹한 청년이 되어 나왔다. 마치 집 안에 거대한 공허가 들어선 것 같았다. 선생님들은 그가 공부에 전혀 흥미를 보이지 않는다고 알려 왔다. 낮 동안 내리 잠만 잔다는 것이었다.

밤이 되면 베시는 그에게 "어디 가니?"라고 묻곤 했다. 그러면 게리는 "말썽거리를 찾으러 나가요. 사고 칠 만한 걸 좀 찾아야죠."라고 대답했다.

한두 번은 심하게 두들겨 맞고 돌아오기도 했다. 게리는 성질이 매우 나빴고, 누구에게라도 곧장 터뜨릴 준비가 되어 있었다. 그녀는 게리가 성질을 자제하는 법을 배우기만을 기도했다. 그가 싸움질로 만신창이가 될 때마다 참을 수가 없었다. 어느 날 밤에는 새벽에 집으로 돌아와 문간에서 쓰러졌다. 눈알이 거의 머리에서 돌출해 나온 상태라 가족들은 그를 병원으로 데려가야 했다.

막 스무 살이 되고서는 아버지에게 실제로 폭력을 휘두를 뻔한 적도 있었다. 그 무렵 프랭크는 너무 병약해서 더 이상 대응할 수가 없었다. 베스는 게리에게 그날 밤만이라도 집을 떠나 있으라고 부탁했다.

어느 해, 오리건 주립 교도소에서 폭동이 일어났고 그 폭동에 가담한 게리가 티브이에 나와 인터뷰를 했다. 한 여자가 그 방송을 보고 연락을 취하기 시작했고, 직접 면회하러 올 만큼 그를 좋아하게 되었다. 게리의 말에 따르면 그녀는 스물여섯 살로 이름은 베키였고 매우 뚱뚱했다. 그럼에도 그녀는 멋진 편지들을 써 보냈다. 게리는 베시에게 그녀와 결혼하고 그녀의 어린 아들을 입양하겠다고 말했다.

하지만 베키는 궤양이 생겨 수술을 받았고, 수술 후 집에 돌아와 사망했다.

교도소에서는 게리를 장례식에 보내 주지 않았다. 친척이 아니었기 때문이다. 베시가 그의 이름으로 장례식에 꽃을 보냈다.

이 일이 있고 오래 지나지 않아, 독방에 수용된 게리와 다른 네 명의 죄수들이 손목을 그었다. 그레이스가 다음에 만났을 때, 그는 프롤릭신을 투약한 상태였다. 마치 그가 자신의 몸을 떠나 덩치 큰 낯선 사람의 몸으로 돌아온 것처럼 보였다. 입이 헤벌어지고 눈은 유리처럼 텅 비어 있었다. 걸을 땐 다리에 족쇄를 찬 사람처럼 느릿느릿 발을 옮겼다.

베시가 한눈에 보고 눈물을 터뜨렸다. 면회실이 조용해졌다. 아무 소리도 들리지 않았다. 수감자들은 계속해서 외쳤다. "힘내, 친구."

면회 내내 수감자들은 계속 이렇게 말했다. "침착해, 친구!"

게리는 베시와 그레이스에게 계속 말을 걸려고 애썼지만, 그의 입술은 입안에 돌을 문 사람처럼 움직였다. 그레이스는 베시를 그곳에서 데리고 나가야겠다는 생각뿐이었지만, 베시는 부교도소장을 만나기 전에는 떠나지 않겠다고 했다.

"어떻게 내 아들에게 이런 짓을 할 수가 있죠?" 베시가 물었다.

그는 불만스러운 듯 보였지만, 프롤릭신이 폭력적이거나 정신병적 증세를 보이는 사람들에게 가장 효과적인 약이라고 말했다.

그레이스는 "헛소리!"라고 쏘아 주고 싶었지만, 하지 않았다.

교도소에서 프롤릭신 투약을 중단하자 증상은 사라졌지만, 그는 그레이스가 보기에 전혀 다른 사람이 되어 있었다. 이제 그녀는 그에게서 믿을 수 없는 무언가를 느꼈다. 그의 말투는 천박해졌고, 그의 시각은 추잡해졌다. 두 사람은 마치 서로 다른 섬에 있는 것 같았다.

9

게일런 길모어가 그레이스의 인생에 들어왔다. 베시는 이 년 동안 게일런에 대해 이야기하면서, 모든 아들들 가운데 가장 작가가 되고 싶어 했던 아이라고 말했다. 그는 아름다운 시를 썼다. 그리고 수표도 썼다. 열여섯 살 때 그는 술을 마시기 시작했다. 그러다 은행에 가서 그녀의 이름으로 수표를 썼다.

그 애가 불행해진 건 잘생긴 얼굴 탓이라고 베시는 말했다. 베시는 세상에 게일런보다 잘생긴 소년은 없다고 생각했다. 그녀는 게리와 있을 때보다 게일런과 있을 때 훨씬 많이 웃었다.

게일런이 저지른 최악의 실수는 '스피즈'에서 100달러짜리 수표를 현금화한 것이었다. 수표가 부도 났을 때, 베시가 사장인 스피드에게 말했다. "제 다음 급료로 메울게요."

그러자 그가 말했다. "아니, 그건 당신 잘못이 아니에요."

베시가 말했다. "제가 갚아야 해요."

그녀가 그 대화에 대해 게일런에게 말하자, 그는 차를 타고 떠나 다섯 해 동안 돌아오지 않았다.

어느 날 시카고에서 전화가 걸려 왔다.

"엄마, 추수감사절에 엄마랑 떨어져 있는 건 이번이 처음인데 나도 거기서 함께하고 싶어요."

베스가 말했다. "내가 돈을 보내 주면 돌아오겠니?"

그러겠다고 해 놓고 그는 오지 않았다.

수년이 흐른 뒤, 그가 아내인 재닛과 함께, 복부에 피를 흘리며 돌아왔다. 베스는 그게 궤양이 아니라는 걸 알지 못했다. 그는 얼음송곳에 찔린 것이었다. 베스는 그를 데리고 게리의 면회를 가려고 했다. 그는 게리를 수년 동안 보지 못한 터였다. 하지만 게일런이 말했다. "숙취가 심해요."

베시가 말했다. "어젯밤에 뭘 하느라 그렇게 취했니?"

그가 말하길, 어제는 해리 후디니의 기일이었고, 자기는 언제나 그날을 기념한다고 했다.

그러던 어느 날 밤, 자정이 조금 지난 시간에 재닛이 그레이스에게 전화를 걸어서 게일런이 매우 아픈데 택시 탈 돈이 없다고 말했다. 밀워키 병원까지 저희를 좀 태워다 주실 수 있어요? 그레이스가 그렇게 했지만 게일런은 입원할 수가 없었다. 그에겐 복지 카드도 주치의도 없었기 때문이다.

병원의 조언에 따라 그들은 오리건시티로 갔다. 그곳에서도 게일런은 똑같은 말을 들었다. 이제 새벽 2시였다. 다음 병원에서도 거절당했다. 그레이스가 비용이 얼마가 들든 치료를 위해 서명하겠다고 말했지만, 병원 측에서는 입원을 위해서는 의사가 필요하다고 말했다. 그레이스는 생각했다. 이 아이는 내 차의 뒷좌석에서 죽겠구나.

의과 대학에서, 그들은 기다리라는 말을 들었다. 그리고 맙소사, 그들은 거기서 5시 15분까지 앉아 있었다. 상당한 고통에 시달리던 게일런이 마침내 자리에서 일어나, 더 이상 기다리지 않겠다고 그녀들에게 말했다. 그레이스는 모텔에서 작별인사를 했다. 그레이스는 내가 도울 일이 있으면 전화하라고 말한 뒤 집으로 돌아왔다. 그들 옆에 있다간 자기도 거의 폐인이 될 것 같고 선택의 여지도 별로 없다고 생각했다.

하루 후, 그레이스는 게리가 보내온 편지를 받았다. 새 치아 세트를 위해 그녀가 빌려준 100달러에 대한 부분 상환으로 50달러가 동봉되어 있었지만, 편지의 나머지 내용은 끔찍했다. 교도소에 대한 그의 증오는 걷잡을 수 없어 보였다. 그는 그녀가 이해할 수 없는 격앙된 어조로 폭력에 대해 이야기했다. 그것은 그들이 지금껏 서로 나눠 왔던 모든 대화나 이해의 범위를 완전히 벗어난 것이었다.

이 시점에서 그레이스는 스스로에게 말했다. "내가 가진 에너지는 이 정도가 다야. 내겐 아이들과 손주들이 있어. 계속 감당할 수는 없어. 난 지독한 겁쟁이거든."

그녀는 베시에게 전화를 걸어 말했다. 세상의 모든 사랑을 담아, 당신을 향한 감정은 멈추지 않을 거예요. 하지만 난 이젠 물러나야 할 것 같아요.

베시는 이해했다. 비난은 없었다. 그레이스는 아주 부드럽게 관계에서 발을 뺐고, 그게 다였다. 그 후로 그녀는 그들 중 누구도 다시 보지 못했다.

나중에, 그녀는 게일런이 사망했고, 베시가 비용을 부담하여 게리가 교도관 두 명과 함께 장례식에 왔었다는 이야기를 들었다. 경관들은 점잖았고, 사복을 입고 있었으며, 뒤에 멀찍이 서 있었다. 아무도 게리가 구금되어 있다는 사실을 알지 못했다. 장례식 후, 베시가 교도관들에게 직접 가서 감사 인사를 전하며 비용을 지불했다.

# 31장

## 거친 바람이 불어와

1

10월 7일

천사 니콜.

난 지금 교도소에 있어. 방금 도착했어. 독방에 갇힌 기분이
야. 1인실이거든. 매트리스도 엉망이고 베개도 없고 바닥에는
다른 사람이 사용했던 더러운 종이 접시들이 있어……. 나한테
흰색 작업복을 입으라고 던져 줬는데, 난 작업복이 싫어. 가랑
이가 너무 꽉 끼거든.

10월 8일

오늘 아침 그들이 베개를 가져다줬어. 와! 꽤 부자가 된 기분
이야!

어떤 교위와 사회 복지사로부터 이곳에 대해 짧게 설명을 들

었어. 면회에 대해 물었더니 당신이 날 보러 오는 게 가능할 거라고 말해 주더군. 우리가 법적으로 결혼한 사이는 아니지만, 당신이 날 방문할 수는 있을 거래. 일주일에 한 시간, 금요일 오전 9시에서 11시 사이에. 면회 양식에 당신을 니콜 길모어(배럿)로 기재하고 '관계' 아래에는 사실혼 관계의 아내 ─ 약혼녀 ─ 라고 적었어. 당신이 내 성을 사용하면 좋겠지만 당신의 신분증에는 물론 배럿이라고 적혀 있겠지. 그리고 아마 교도소 측에서 당신의 신분증을 요구할 거야.

10월 9일

남북 전쟁[158]에 대한 내 감정을 당신에게 말한 적이 있는지 모르겠어. 아마 말한 적 있을 거야. 어쨌든 내가 온 마음으로 남쪽을 지지한다는 사실을 알아도 당신은 놀라지 않을 거야. 내가 에메랄드섬에 대해 느끼는 것만큼이나 강한 끌림을 느껴.

옳든 그르든 그들은 끝까지 계속 싸워야 한다고 믿었어. 신념과 용기가 있었지. 그들은 보급품이 다 떨어진 상태였어. 식량도 탄약도 없었고 전쟁을 치르는 데 필요한 모든 것이 부족했어. 하지만 거의 이길 뻔했지. 가장 피비린내 나는 전쟁에서 승리할 뻔했단 말이야.


"정직한 에이브[159]가 당신의 전사 소식을 들었을 때,

---

158) 1861년에서 1865년 사이에 미국에서 일어난 내전. 전쟁 결과 남부 연합군이 패했고, 미국 전역에서 노예제를 폐지한 중요한 계기가 되었다.
159) 에이브러햄 링컨을 가리킨다.

사람들은 그가 멋진 승리의 무도회를 열 거라고 생각했지만,

그는 밴드에게 「딕시」[160]를 연주해 달라고 청했어. 당신을 위해

조니 렙 — 그리고 당신이 믿었던 모든 것을 위해 —

당신은 끝까지 싸웠어 조니 렙, 조니 렙,

당신은 끝까지 싸웠어."[161]


뭐 어쨌든, 그건 내가 흥미를 느끼는 역사적 사건 중 하나야. 알라모 전투[162]도 그렇고.

우린 어떻게 될까, 니콜? 당신이 궁금해하는 거 알아. 그런데 답은 간단해. 사랑으로……우리는 상황 그 이상이 될 수 있어.

니콜 난 차라리 저들이 날 처형하도록 두고 싶어. 내가 항소를 취하하면 저들은 형량을 줄이거나 사형을 집행할 수밖에 없을 거야. 그런데 감형될 것 같지는 않아.

그 결정은 정말 나 혼자 내릴 수 있는 게 아니야. 당신에게 자살을 부탁할 순 없어. 한때는 그럴 수 있을 거라고 생각했지만, 그럴 수가 없어. 내가 처형되고 당신이 자살한다면, 그냥 솔직히 말해서 그게 내가 원하는 일인 것 같아.

하지만 그런 부탁으로 당신에게 부담을 주고 싶진 않아.

---

160) 19세기 중반에 만들어진 미국 민요. 남북 전쟁 당시 남부 연합의 비공식 국가처럼 여겨지면서 남부의 상징적인 곡이 되었다.
161) 미국의 가수 조니 호튼(Johnny Horton)이 1959년에 발표한 노래 「조니 렙(Johnny Reb)」의 가사. 조니 렙은 남부 연합의 일반 병사를 의인화한 국가적 인물이다. 북부군은 빌리 양크라고 불렸다.
162) 1836년 텍사스 독립 전쟁 당시에 텍사스 주민 186명이 요새 알라모에서 멕시코 정규군 약 1800명에 맞서 싸우다가 전사한 전투.

10월 11일

이곳에서 엄마의 전화를 받은 후 금요일에 엄마에게 편지를 썼어. 지금껏 이틀 전과 같은 방식으로 엄마와 대화한 적은 없었어. 엄마와 나 사이의 감정은 깊지만, 우린 항상 그걸 가볍게 피상적으로만 표현했었거든. 어쨌든 당신과 내가 서로 사랑하고 있다는 걸 엄마에게 말했어. 이런 일이 일어나게 된 경위를 설명할 수도 없고 설명하고 싶지도 않다, 다만 평생 외롭게 좌절하며 살다 보니 나약하고 나쁜 습관을 키웠고, 그래서 내가 어느 정도 악해졌다, 그런데 이제 악하게 행동하는 것도 싫고 더 이상 악해지고 싶지도 않다, 이렇게 말했어.

아, 니콜, 사람은 자신의 신념에 대해 용기를 가져야 할 때가 와. 나는 삼십오 년을 살면서 약 십팔 년 정도를 교도소에서 보냈어. 매 순간이 싫었지만 한 번도 그것 때문에 울어 본 적은 없어. 앞으로도 그럴 거야. 하지만 난 진절머리가 나, 니콜. 교도소의 정해진 일상이 싫어. 소음도 싫고 교도관들도 싫어. 내가 하는 모든 일이 그저 시간을 때우기 위한 것이라는 절망감도 싫어. 교도소는 다른 사람들보다 내게 더 큰 영향을 미치는 것 같아. 교도소는 날 지치게 해. 교도소에 갇힐 때마다 너무 절망감을 느껴서 그냥 그 상황에 완전히 빠지게 돼. 그래서 결국 어쩌면 필요 이상으로 더 오랜 시간을 거기서 보내게 된 것 같아. 이게 논리적으로 말이 된다면 말이야.

당신은 정말 강인한 여자이고 정말 강인한 영혼이야. 당신은 그걸 알고 있고, 내가 그걸 안다는 것도 알아. 당신은 그런 강인함을 그냥 타고난 게 아니라 무언가를 통해 배워야 했지. 내 말은, 이전 삶에서 그걸 가져올 수도 있지만, 원래는 뭔가 어려운 일들을 극복함으로써 얻어야 했다는 거야. 우린 우리가 극복한 것들만큼만 강하니까.

10월 12일

공과금이 다 밀렸고 아이들에겐 신발이 필요해요.

그런데 난 망했죠.

목화 값이 파운드당 25센트까지 떨어졌어요.

그리고 난 망했죠.

소가 말라 죽고 암탉이 알을 낳지 않아요.

매일 점점 더 쌓여 가는 청구서 더미.

군(郡)에서 내가 가진 것들을 다 가져가겠죠.

난 망했어요.

형님에게 돈을 좀 빌리러 갔어요.

난 망했으니까요.

개처럼 뼈를 달라고 구걸하는 게 얼마나 싫은지.

하지만 난 망한걸요.

형님이 말하네요. "내가 할 수 있는 일이 없다.

아내와 열아홉 아이들이 모두 독감에 걸렸어.

그래서 나도 마침 널 찾아가려던 참이었지.

난 망했거든."163)

---

163) 조니 캐시(Johnny Cash)의 노래 「버스티드(Busted)」의 가사.

가장 용감한 사람은 가장 큰 두려움을 극복한 사람이야.

난 그냥 두려움이 싫어. 어떤 면에선 두려움이 일종의 죄악이라고 생각해…….

아마도 곧, 다음 달에 나는 이제껏 겪어 본 적 없는 가장 큰 두려움과 마주칠지도 몰라……. 그때 내가 어떤 감정을 느낄지는 모르겠어……. 내 인생 전체가 이 순간을 위해 준비된 느낌이야.

날 보러 왔는데 들여보내 주지 않으면 교도소장을 찾아가. 이름은 샘 스미스야. 그와 언쟁하거나 화내지 마. 그런 지위에 있는 사람들은 언쟁에 귀를 기울일 필요가 없거든. 그들은 그 자체로 권력이니까. 그냥 우리가 결혼하기로 약속한 사이이고 면회하고 편지 주고받는 게 우리 둘에게 굉장한 의미라고 설명하면 돼.

여긴 빌어먹게 지루한 곳이야. 대화가 안 돼. 이 멕시코인 둘이 하는 얘기라곤 여자들에게 작업 거는 거랑 자기들이 그걸 얼마나 잘하는지밖에 없어. 개똥 같은 멕시코 놈들. 나는 이런 대화를 수년 동안 들어 왔어. 교도소마다 한결같아. 완전히 헛소리지. 헛소리의 정수.

법을 어기는 게 옳다는 말이 아니야. 그런 얘기를 하는 게 아니야. 하지만 지금 교도소들은 존재 방식이 영 글러먹었어.

10월 17일

여기 온 이후 밤에 잠을 제대로 잔 적이 없어. 하루 스물네 시간 내내 불이 켜져 있거든. 밤에 빛을 좀 차단하려고 수건을 걸어 놓으면, 저들이 점호할 때 날 깨워서 수건을 내리지 않으면 내 빌어먹을 매트리스를 가져가 버리겠다고 협박해. 짜증 나 미치겠어.


2


캐서린은 니콜 때문에 무척 심란했다. 게리가 카운티 구치소에 있을 때도 상황은 충분히 안 좋았지만, 그래도 그때는 니콜이 그저 스프링빌에서 프로보를 오갔을 뿐이었다. 이제는 상황이 달라졌다. 니콜은 교도소로 히치하이킹을 해서 갈 때 플레전트 그로브를 지나갔고, 가끔은 아이들을 캐서린에게 맡기고 돌아오는 길에 잠시 들르기도 했다.

캐서린은 게리에 관해 이야기를 해 보고 싶었지만 반응은 그다지 좋지 않았다. "그는 어때 보이니?"라고 그녀가 물으면, 니콜은 "어때 보이냐고요? 어때 보이겠어요?"라고 대답했다. 그러다 캐시를 통해 게리가 죽고 싶다는 말을 하고 있다는 걸 알게 되었다. 니콜은 이에 대해 침묵으로 일관했다. 니콜이 아이들은 자기가 없으면 더 잘 살 거라고 말했을 땐 정말 무서웠다.

그들은 그 문제로 크게 다퉜다. 캐서린은 심지어 본심도 아닌 모진 말들을 마구 내뱉었다. 우선 그녀는 히치하이킹이 무서웠고, 그래서 그 문제로 니콜의 신경을 긁었다. 그다음엔 게리였다.

"그놈은 아무짝에도 쓸모가 없어." 캐서린은 말하곤 했다. "그 자식은 그저 빌어먹을 살인자일 뿐이고, 사형당해 마땅해. 아니." 그녀는 자신의 말을 정정했다. "그것도 그놈한텐 너무 관대한 거지."

"엄만 그이를 이해 못 해요." 니콜이 말했다.

"그래." 캐서린이 말했다. "난 못 해, 하지만 너야말로 이제 아빠 없는 아이들을 키워야 하는 불쌍한 두 여자를 이해하려고 노력하는 게 어떠니? 네가 그 망할 살인자를 보러 매일 같이 달려가는 동안에 말이야."

캐서린은 겉으로 보이는 것처럼 게리에게 화가 난 건 아니었다. 심지어 속으로는 그를 안쓰럽게 생각하기도 했다. 하지만 니콜이 남의 차를 얻어 타고 교도소로 가는 것을 막을 방법을 찾아야 했다. 캐서린이 예상할 수 있는 미래라고는 게리가 사형당하면 니콜이 완전히 무너질 거라는 것뿐이었다.

정말이지 대단한 싸움이었다. 마지막에는 니콜이 소리를 질렀다. 그래도 침묵보다는 나았다.

"참 멋진 일이야, 안 그러니?" 캐서린이 말했다. "가서 사람 머리통을 날려 버리다니 말이야."

"상관없어요." 니콜이 말했다. "엄마가 하려는 빌어먹을 이야기는 듣고 싶지 않아요."

"오, 니콜, 대체 왜, 왜, 도대체 왜 거기에 가려는 거니?"

"왜냐하면 그이에겐 나 말곤 아무도 없으니까요. 저들이 그를 처형할 때까진 내가 매일매일 갈 거예요. 사실." 니콜이 말했다. "나도 가서 지켜볼 거예요."

"어떻게 그럴 수 있어?" 캐서린이 악쓰듯 말했다.

그러다 한풀 꺾여 더 단순한 문제로 언쟁은 이어졌다.

"차가 필요하면." 캐서린이 말했다. "제발 부탁인데, 네가 거기까지 가야겠다면, 우리 중 한 사람에게 전화해."

"글쎄요, 엄만 일하잖아요. 귀찮게 하고 싶지 않아요."

"빌어먹을." 캐서린이 말했다. "일을 해도 다를 건 없어. 난 네가 아무 차나 얻어 타고 다니는 거 맘에 안 들어."

"음." 니콜이 말했다. "여기 들르느라 시간을 낭비할 수가 없어요."

심지어 캐서린의 고용주인 오버맨 씨도 니콜에게 말했다. "얘야, 차가 필요하면 직장으로 전화하렴. 오전 8시에 가고 싶다 해도 상관없어. 네 엄마가 시간을 내서 너랑 같이 가면 되니까. 나도 히치하이킹은 마뜩지가 않구나."

니콜은 그냥 웃으며 말했다. "에이, 다들 걱정이 지나쳐요."

3

10월 17일

예전에 삼 주 정도 꿈을 완전히 박탈당한 적이 있어. 프롤릭신 투약 때문에 잠을 잘 수 없을 때였지. 다행히, 나는 꿈의 중요성을 알고 있었어.

그래서 내가 할 수 있는 최선을 다해 보충했어. 내 의식을 강제로 파고드는 환각 속으로 일부러 빠져들기도 했지만, 완전히

빠져나올 수 없을 정도로 깊이 빠지지는 않았지. 나는 아주 극
소수의 사람만이 정말로 이해할 수 있는 무언가를 배웠다고 믿
어. 정신이 나가 버린다는 건 얼마나 끔찍한 일일까, 라는 것 말
이야.

목숨이 걸린 재판을 받고 있는데 변호인들이 말 그대로 날
변호하지 않은 건 사실이야. 쓸 만한 게 거의 없었던 건 맞지만,
그들은 딱히 궁금해하지도 않았어. 한 번도 진정으로 표면 아
래를 들여다보려고 한 적이 없어. 그들은 사형 선고를 받은 모든
사람들처럼 나도 항소를 통해 내 생명을 연장할 거라고 생각해.

내 말은, 그들은 그냥 모르는 게 많다는 거야. 스나이더와 에
스폴린이라는 두 꼭두각시 말이야. 빌어먹을.

보수는 꽤 많이 받았을 거야. 그럴 만하지. 주 정부가 그들에
게 돈을 지불했고, 그들은 주 정부를 위해 할 일을 했으니까.


10월 18일

교위가…… 면회실에서의 애정 행각은 좀 자제해야 할 것
같다고 말하더군. 우린 그저 만나서 반가웠을 뿐이라고 말했
지.(좀 에누리해서 한 말이지만.) 그가 그러더군. 자기는 이해할
수 있다고. 자기도 인간이라고. 난 몰랐는데, 어쨌든 규칙은 규
칙이고, 자기도 우리에게 너무 자주 경고하고 싶지 않대.

다음은 「미모사」의 몇 구절이야. 퍼시 비시 셸리[164]가 쓴 시지.

---

164) Percy Bysshe Shelley(1792~1822). 영국의 낭만주의 시인. 『프랑켄슈
타인』의 저자 메리 셸리(Mary Shelley)의 남편이다.

건조한 바람을 타고 이동하는 유령들의 군대처럼

갈색, 노랑과 회색, 그리고 빨강

그리고 죽은 자들처럼 창백한 흰색 나뭇잎들이 휘잉 날리는

소리에

새들이 겁을 먹었네.


나는 감히 넘겨짚지 않으리라.

다만 오류와 무지와 투쟁의 이 삶에는

아무것도 존재치 않고, 모든 것은 허상이며,

우리는 한낱 꿈의 그림자일 뿐.


10월 19일

수에게 악감정은 없지만, 당신은 한 편지에서 그녀가 항상 당신을 자기 애인의 친구랑 엮어 주려고 애쓴다고 말했지. 그리고 그 빌어먹을 하와이 놈이 아마 수 때문에 들른 것 같다고도 했잖아. 당신이 애초에 왜 그 하와이 놈을 당신 집에서 그렇게 오래 머물게 했는지 모르겠어. 맙소사, 자기야, 젠장. 그냥 그 개자식에게 꺼지라고 확실히 말했어야지. 그리고 난 당신이 수에게 남자는 필요 없다고 확실히 못 박았으면 좋겠어.

멍청한 놈이 친구가 데리러 오길 기다리는 동안 당신의 거실에서 죽치고 있게 놔두지 마. 그런 새끼 나가서 도랑에나 앉아 있으라고 해.

사전에서 그 단어를 찾을 수 없는 이유는 당신이 그걸 잘못 읽었거나, 내가 맞게 쓰지 않았기 때문일 거야. 어쨌든 그건 '탠

톨로직(TANTOLOGIG)’이 아니라 ‘토톨로직(TAUTOLOGIC,
동어 반복의)’이야. 다시 봐 봐.

　대놓고 당신에게 자살을 부탁할까도 생각했어. 당신이 자살
로 갚아야 할 죄를 짓는다면 내가 모든 죄를 떠맡겠다고 말할
까도 생각했어. 할 수만 있다면 그러고 싶어. 하지만 그 경우 어
떤 결과가 초래될지 모르는데 어떻게 그런 제안을 할 수 있겠
어? 천사, 지금 우리에게 우리가 전생에 망쳤던 무언가를 다시
살아 낼 수 있는 기회가 주어지는 걸까?

　그것은 필시 다른 어떤 일처럼 지금 일어나고 있는 일일 수
도 있어.

　있잖아, 내가 이 일 중 어느 것도 별로 두렵지 않다고 당신에
게 말했지. 음, 나는 잘못된 선택을 할까 봐 두려워. 우리에게
상처를 줄까 봐 두려워. 나는 우리에게 상처 주고 싶지 않아.

10월 20일

　당신의 마음속에서 당신의 꿈속에서 날 품어 줘 천사 내게
와서 따뜻하게 질척하게 뜨겁게 끈적끈적하게 달콤하게 내 몸
을 감싸고 내 자지를 당신의 입속에 당신의 보지 속에 당신의
엉덩이 사이에 품고 내 위에 눕고 내 아래에 눕고 내 옆에 누워
당신의 머리를 가까이 대고 당신의 예쁜 다리를 높이 들어 올
려 내 몸을 꽉 감싸며 당신의 보지를 내 입안에 넣어주면 나는
그것을 머금어 핥고 더듬고 빨아서 당신이 폭발하듯 절정에 올
라 신음하고 한숨을 내쉬며 내 입안에 따뜻한 애액을 축축하
게 쏟아 내는 걸 느낄 거야.

4

수는 니콜의 모든 변화를 지켜보고 있었다. 처음 게리가 카운티 구치소에 수감되었을 때, 니콜은 정말로 외출하고 싶어 했다. 어쩌면 그녀 말대로 게리를 사랑하긴 하지만, 자기에게 참견할 사람이 아무도, 단 한 사람도 없다는 것을 즐기기도 했을 것이다. 니콜은 수와 함께 나다니기 시작했다. 수가 아기를 낳은 후에는, 가끔 니콜의 집에서 파티를 열기도 했다.

그러다가 그것이 시작되었다. 니콜은 더 이상 남자를 만나고 싶어 하지 않았다. 재판이 끝난 후, 니콜은 밤새도록 편지를 읽었다. 또는 끊임없이 편지를 썼다. 그것이 수 베이커에게 깊은 인상을 남겼다. 한번은 새벽 4시에 니콜이 편지 쓰는 걸 본 적도 있었다. 니콜은 편지를 읽거나 쓰는 걸 멈추지 못했다. 마치 흡연을 멈추지 못하듯.

가끔 니콜은 그의 편지에서 우스꽝스러운 내용을 보고 웃었다. 어떤 내용은 그녀를 울리기도 했다. 그녀는 자기가 울고 있다는 사실을 수에게 들키지 않으려 애썼지만, 충혈된 눈으로 편지를 읽는 게 보였다. 눈물이 뺨을 타고 흘러내렸다. 그러다 자세를 바로 하고 앉아서 울음을 멈추고 편지를 계속 읽어 나갔다.

재판이 끝나고 몇 주 후, 니콜은 정말로 흥분했다.

"그래." 그녀가 수에게 말했다. "그는 싸우지 않을 거야. 그이는 죽고 싶어 해."

수가 그에 대해 의견을 말하려 하자 니콜이 말했다. "죽는 걸 원한다면, 그에겐 그럴 권리가 있어."

누구도 니콜에게 다른 말을 하긴 어려웠을 것이다.

어느 날, 10밀리그램 용량의 바륨 100개를 가지고 있다는 수의 말을 듣고 니콜이 물었다.

"스스로 목숨을 끊고 싶으면 얼마나 먹어야 해?"

어느 날 밤 지독히도 침착하게 그저 그렇게 물었다. 수는 그런 건 한 번도 생각해 본 적이 없었다.

"글쎄, 나도 몰라. 시도해 보고 싶지 않아. 그러니 난 몰라."

그런 생각은 전혀 해 본 적이 없었다. 하지만 날이 갈수록, 그리고 니콜이 점점 더 침울해질수록, 수는 가끔씩 걱정되기 시작했다.

10월 20일

우리가 처한 기막히고 비현실적인 상황이 계속 떠올라. 나는 그걸 받아들여야만 하지. 선택의 여지가 없어. 당신은 받아들이기로 선택하는 거고. 당신은 놀라운 사람이야. 당신이 보여 주는 그 순전한 힘과 아름다움을 말하는 거야. 내가 죽는 건 아주 쉬워. 그저 그 멍청한 변호사 두 놈을 해고하고 항소를 모두 취하하고 11월 15일 월요일 오전 8시에 여기서 걸어 나가 빠르고 쉽게 총에 맞아 죽기만 하면 되거든. 만약 당신이 나와 함께하기로 선택한다면, 그건 훨씬 힘들 거야. 왜냐하면 당신은 수면제든 총이든 칼날이든 뭐든 당신이 결정한 수단으로 직접 해치워야 할 테니까. 당신 자신의 손으로 말이야. 그리고 그건 힘든 일이지. 나도 알아. 또 당신은 사람이 자살하면 무거운 죄를 진다고 믿잖아. 나도 모르지 않아. 또한 서니와 피버디에 대해서도 모르지 않고. 오, 맙소사! 내가 총에 맞아 죽는데, 지지 않을 수도 있는 빚을 당신이 떠안을 이유는 없어. 자기야, 나는 당신에게 나랑 같이 가자고 부탁하거나 명령하는 게 아니야. 난 그럴 수 없어. 하지만 난 당신에게 그게 내가 원하는 거라고 말해 왔지. 그게 모순이라면 어쩔 수 없어. 난 그저 솔직해지려는 거야.

10월 21일

하루 종일 기분이 더럽고 개 같았어. 우울해. 바닥이야. 이 빌어먹을 감방이 너무 좁아.

어렸을 때 항상 노래를 부르곤 했어. 포틀랜드에 있는 '존슨 크릭'에 자주 내려갔는데, 정말 멋진 개울이었지. 사방이 울창한 숲이고, 수영하기 좋은 깊은 웅덩이도 있어서 예전엔 여기서 알몸으로 수영하곤 했어. 그리고 혼자 있을 땐 목청껏 노래를 불러 댔어!

10월 22일

아, 자기야. 당신은 편지에서 가끔은 내 사랑을 느끼지 못하겠다고 했지. 자기야, 여기 있어! 매초, 매 순간, 매일 매시간 내 사랑은 당신 곁에 있어. 내 모든 사랑을 당신에게 보내.

나라는 존재의 모든 것을 당신에게 주고 싶어. 당신이 내 모든 것을 알았으면 좋겠어. 내가 나에 대해 특별히 좋아하지 않고 항상 내 마음속에서 어느 정도는 숨기거나, 그렇게 나빠 보이지 않도록 바꾸거나 변질시켜서 온 것들조차, 당신에겐 얼마든지 보여 줄 거야.

제기랄, 여긴 시끄러운 곳이야. 어떤 멍청한 놈이 어딘가에서 괴성을 지르고 있어. 괴성을 지르겠다는 이유 말곤 다른 이유 없이 괴성을 지르는 거야. 내 신발 한 짝을 그놈 엉덩이 사이에 곧장 박아 주고 싶어. 지금은 풋볼 시즌이고 매일 밤 경기가 열리는 것 같아. 난 풋볼이 싫고 어떤 개자식이 몇 야드를 전진할 때마다 이 미친놈들이 질러 대는 괴성을 듣는 것도 싫어.

에잇, 빌어먹을. 난 원래 시끄럽게 떠드는 사람이 아니어서 그런지 밤낮으로 시끄럽게 떠드는 녀석들이 이해가 안 돼. 심지어 난 감방 안에서 다른 감방에 있는 녀석들과 말을 섞는 것도 좋아하지 않아. 보이지도 않는 사람과 대화를 이어 간다는 게 이상하잖아. 밤낮으로 감방에 갇혀 있는 후레자식들이 동시에 열 가지쯤의 서로 다른 대화들을 한다고 생각해 봐. 그중 일부는 건물 한쪽 끝에서 다른 쪽 끝까지 또렷하게 들린다고 생각해 보라고.

당분간은 이곳이 조용하길 바랐어. 하지만 절대 그렇지 않지. 이 문들, 맙소사, 얼마나 쿵쿵대고 쾅쾅대는지. 빌어먹을 티브이가 하루 종일 요란하게 떠들어 대. 저놈들이 하루 종일 뭘 볼 건지 투표하는 소리가 들려. 그러는 데 오 분에서 십 분 정도가 걸려. 매일 어떤 바보가 한 시간마다 《티브이 가이드》를 목청껏 읽어 주면, 각 멍청한 쇼에 대해 투표를 해. 미쳤어. 바보 상자라는 말이 딱 맞아.

여기서 많은 시간을 보냈지만, 앞으로의 시간도 지금과 별반 다르지 않겠지.

니콜은 흰색 밴을 운전하는 어떤 남자에게 강간당하고 칼에 20~30번을 찔린 여자 히치하이커에 대한 이야기를 게리에게 보내는 편지에 썼다. 자신은 그 끔찍한 놈이든 다른 어떤 놈이든 두렵지 않다고 썼다. 만약 자기가 그런 상황에 처한다면, 아무도 자신의 몸을 범하지 못할 거라고 했다. 그 몸에 목숨이 붙어 있는 한.

게리는 답장에서 별다른 말을 하지 않았고, 니콜은 기뻤다. 그녀는 그것이 '선다우너스' 전 회장과의 일에 대해 사과하려는 자신의 방식임을 깨달았다.

때때로 히치하이킹을 하다가, 그녀는 불현듯 죽음을 예감하기도 했다. 자신이 타고 있던 차가 고속 도로를 붕 떠서 이탈하는 장면이 머릿속에 떠올랐다. 그럴 때마다 그녀는 죽으면 다음 순간에 어떤 일이 벌어질지 궁금했다. 그 생각이 메아리처럼 머릿속을 맴돌았다. 차가 고속 도로를 이탈하는 모습이 계속 눈앞에 아른거렸다. 그러다 그녀는 불안을 느꼈다. 죽음이 실수라면 어떡하지? 만약 그 마지막 순간에, 그 일이 벌어지는 바로 그 순간에, 자신의 행동이 진정 실수였음을 깨닫는다면 어떡하지? 자신에겐 죽을 권리가 없을지도 모른다는 것, 그것이 그녀가 가진 유일한 걱정거리였다.

이제 면회 때, 게리가 약에 대해 이야기하기 시작했다. 약을 먹으면 의식이 점점 사라지게 돼. 평화로운 방법이지. 당신이 터널에서 느꼈던 욕지기나 오한 같은 건 전혀 없을 거야. 약은

순하거든.

그녀는 여전히 자기가 죽어도 괜찮은지 확신하지 못했다. 이번 달 내내 그녀는 결정을 내리지 못했다. 아이들에 대해 마음이 오락가락하다가, 마침내 결정을 내렸다. 게리 없이 사느니 차라리 죽음을 결행하기로. 조만간 시도할 작정이었다. 근사했다.

물론, 게리는 이 문제에 대해 그녀에게 계속 편지를 썼다. 몇 번은 그가 그 주제를 너무 밀어붙인다고 그녀가 화를 내며 불평했다. 그러면 그는 미안해하며 그저 자신이 느끼는 바를 표현한 것뿐이라고 해명했다. 하지만 그가 그 이야기를 꺼내면, 그녀는 자기가 과연 정말로 그 일을 실행에 옮기고 싶은지 고민하게 되었다.


5


게리가 공포에 질린 채 깨어나, 교도소의 모르몬교 목사인 클라인 캠벨에게 자기를 방문해 달라는 말을 전했다. 잠시 후 캠벨이 들렀고, 게리는 자신이 꾼 꿈에 대해 이야기했다. 순전한 망상이라고 목사가 말했다. 꿈에서 니콜이 지나가던 차를 얻어 탔는데, 운전자가 니콜을 추행하기 시작했어요. 오늘 반드시 그녀를 만나야 해요. 당신이 그녀를 교도소로 데려와줄 수 있을까요? 캠벨이 그러겠다고 말했다.

처음 게리를 방문했을 때, 클라인 캠벨은 몇 년 전에 니콜이 신학 수업에서 자신의 학생이었다고 언급했다. 그는 몇 시간 동안 그녀와 상담해 주었다. 그 말을 들은 게리는 기분이 좋아 보였다. 그 후 두 사람은 잘 지냈다. 대화도 몇 번 나눴다.

캠벨은 교도소 체제가 완전히 사회주의적인 삶의 방식이라고 믿었다. 길모어가 곤경에 빠진 것은 당연했다. 십이 년 동안 교도소는 그에게 언제 자고, 언제 먹고, 무엇을 입고, 언제 기상해야 하는지를 알려 주었다. 자본주의 환경과는 정반대였다. 그러다 어느 날 저들은 죄수를 정문 밖으로 내보내면서, 그에게 오늘은 마법 같은 날이니 2시를 기점으로 당신은 자본주의자이고, 그러니 이제 자기 힘으로 살라고 말한다. 나가서 일자리를 찾고 스스로 일어나고 정시에 출근하고 돈을 관리하고 교도소에서 하지 말라고 배웠던 모든 일을 하라는 것이다. 당연히 실패할 수밖에. 출소했던 죄수 중 80퍼센트가 결국 교도소로 돌아갔다.

그래서 그는 길모어가 궁금해졌고, 그와의 상담을 기대했다. 실제로, 그 남자가 교도소에 들어온 지 며칠 후에 첫 기회를 잡았다. 어느 날 저녁 캠벨이 그냥 그의 감방에 들어가 말했다.

"나는 목사고, 내 이름은 클라인 캠벨이네."

길모어는 최고 보안 교도소의 죄수들이 입는 흰색 옷을 입고 침상에 앉아 열심히 그림을 그리고 있었다. 손에 연필 한 자루를 쥔 그의 앞에 반쯤 완성된 연필 초상화가 있었지만, 그는 일어나 악수를 하며 만나서 반갑다고 말했다. 두 사람은 잘 지냈다. 목사는 그를 자주 찾아갔다.

지금까지, 클라인 캠벨은 사형 집행 대상자를 상담한 적이 없었다. 사형수들은 항상 그곳에 있었고, 캠벨은 그들과 잡담도 하고 농담도 했지만, 진지한 상담은 하지 않았다. 그 남자들은 곧 사형당할 사람들이 아니었다. 그들의 항소는 수년간 계속되었고, 그들이 처한 환경은 비참했다. 그도 그럴 것이 최고 보안 교도소 전체가 동물원 같았다. 여러 개의 우리가 나란히 늘어선 단층짜리 동물원.

본관 복도와 직각을 이루는 곳에 일반 수감 구역이 있었다. 출입구 뒤에는 일렬로 늘어선 감방 다섯 개가 다른 감방 다섯 개와 마주 보는 형태로 나란히 배치되어 있었다. 따라서 각 수감자는 바로 맞은편에 있는 수감자의 모습을 온전히 볼 수 있었고, 반대편의 다른 수감자들도 일부 보였다. 때로는 열 명이 모두 한꺼번에 말을 하기도 했다. 여기저기서 시끄럽게 외쳐대는 소리로 아수라장이었다. 소리가 철과 돌에 부딪혀 울려 퍼졌다. 메아리들이 자동차가 충돌하듯 서로 부딪쳐 산산이 흩어졌다. 마치 거대한 철제 내장 속에서 사는 것 같았다.

죄수들이 최고 보안 교도소에서 삼 개월 이상 복역하는 일은 거의 없었다. 하지만 사형수들은 영원히 그곳에 갇혀 지냈다. 다른 죄수들은 식사 시간에 자신의 층을 벗어나 식당으로 이동하거나 마당으로 나갈 수 있었다. 사형수에겐 음식이 감방 안으로 배달되었다. 마당으로 나가는 것도 절대 허용되지 않았다. 한 번에 한 명씩 하루에 삼십 분씩 감방에서 나와 복도를 왔다 갔다 할 수 있었다. 다른 수감자들에게 말을 걸거나, (캠벨이 목격한 바 있듯이) 자기 음경을 꺼내거나 다른 수감자에게 창살 사이로 그의 것을 내밀어 보라고 부추길 수도 있었다. 그러다 창살에서 물러나지 않으면 얼굴에 소변을 맞을 줄 알라는 위협을 당할 수도 있었다. 그리고 길모어가 바로 그런 위협을 하는 사람이었다. 그게 사형수들의 운동이었다.

그곳의 다른 죄수들과 비교했을 때, 길모어는 여유로웠다. 사실 캠벨은 이 능력에 놀라움을 금치 못했다. 캠벨은 언제나 먼저 주방으로 가서 그에게 블랙커피를 가져다주었고, 길모어는 싱긋 웃으며, "안녕하세요, 목사님?"이라고 조용한 목소리로 인사하곤 했다.

때때로 그들은 길모어의 감방에서 대화를 나눴다. 캠벨은 자주 길모어를 불러내어 아무도 그들의 대화를 엿듣지 못하도록 최고 보안 교도소의 상담실로 들어갔다. 길모어는 여러 번 이렇게 말했다. "목사님과 이렇게 대화를 나누는 게 정말 좋네요. 여기선 제대로 대화할 상대가 없거든요."

가끔은 대화가 깊어지기도 했다. 길모어는 "이건 정신과 의사에게도 말하지 않을 내용"이라면서, 자기가 처음 매클래런 소년원에 갔을 때 남자애 둘이 그를 붙잡고 강간했던 일을 말했다. 그것이 정말 싫었지만, 나이가 들면서 자기도 다른 편에서 동일한 게임에 참여했음을 인정했다. 그들은 고개를 끄덕였다. 예전에 교도소에는 이런 말이 있었다.

"모든 늑대의 내면에는 복수할 기회를 노리는 호모 새끼가 숨어 있다."

한번은 길모어가 캠벨이 잊을 수 없는 진술을 했다.

"전 남자 둘을 죽였어요." 그가 말했다. "예정대로 사형당하고 싶어요." 그리고 덧붙였다. "악명 같은 건 절대 원하지 않아요." 그의 어조는 단호했다. 그는 캠벨에게 자기는 뉴스 보도, 티브이, 라디오 인터뷰 등 그 어느 것도 원하지 않는다고 말했다. "전 그냥 제가 사형당해야 한다고 믿어요. 제게 책임이 있다고 느껴요."

캠벨이 말했다. "글쎄, 그게 자네가 죽기를 원하는 동기의 전부는 아닐 텐데, 게리, 그저 책임감 때문이라고?"

게리가 대답했다. "아뇨, 솔직히 말씀드릴게요. 저는 십팔 년 동안 복역했고, 앞으로 이십 년을 더 복역할 생각이 없어요. 이 비루한 감방에서 사느니, 차라리 죽는 편을 택할래요."

캠벨은 이해할 수 있었다. 일반적으로, 후기 성도 교회는 사형의 효능을 믿었다. 캠벨은 확실히 그랬다. 한 남자가 계속해서 타락하고, 점점 더 증오와 원망에 사로잡혀, 자기 자신에게도, 다른 사형수들에게도 고약해지는 모습을 지켜보는 것은 너무도 잔인한 일이라고 그는 생각했다. 차라리 처형된 후가 지금 여기 있는 것보다 낫고, 그때가 더 변하지 않고 더 자기다울 수 있을 거라고 생각했다. 차라리 저승으로 가서, 부활을 기다리는 것이 현명했다. 그곳에서 자신의 신념을 위해 싸울 더 나은 기회를 얻을 수 있을 것이었다. 영적 세계에서는, 타락하기보다는 도움을 받을 가능성이 더 컸다.

6

캠벨은 한국에서 예수 그리스도 후기 성도 교회의 선교사로 활동했고, 이후 공수 부대에서 육군 군목으로 복무했다. 제대 후 육 년 동안 신학교에서 학생들을 가르쳤다. 주말 경찰로도 일했다. 금요일 밤 6시에 순찰차를 타고 나가 월요일 아침 8시에 다시 순찰차를 돌려주곤 했다. 그는 유타주의 시골 목장에서 자랐기 때문에 따로 총기 훈련을 받을 필요가 없었다. 어렸을 때부터 총을 들고 다녔고, 사격 속도가 대단히 빨랐다. 엉덩이의 총집에서 총을 빼서 약 15미터 떨어진 곳에 놓인 3.8리터짜리 캔을 쏘아 맞히는 데 4분의 1초면 되었다. 그는 자신을 제2의 부치 캐시디[165]라고 생각하며 자랐다.

그는 키가 아주 큰 편은 아니었지만, 좋은 체격을 유지하고 단정한 옷차림으로 다니지 않는 것을 죄악시하다시피 했다. 어깨를 쭉 펴고 최대한 똑바로 서 있는 그는 명사수처럼 보였다. 마치 금속으로 정교하게 만든 기계 같았다. 그가 경찰로 일하던 주말에는, 걸려 오는 모든 전화를 받으며 하루 스물네 시간을 근무했다. 물론, 그곳은 작은 마을이었고, 보통 교회에 갈 시간은 있었다. 하지만 항상 연락을 받을 수 있도록 호출기를 차고 다녔고, 주말에는 모든 만취한 사람들과 싸움들을 처리했기 때문에, 실제로 린던시의 경찰관 두 명이 검거한 건수

---

165) 본명은 로버트 르로이 파커(Robert LeRoy Parker)로, 미국의 열차 강도이자 은행 강도이다. 1969년 영화 「내일을 향해 쏴라」 덕분에 유명해졌다.

를 합친 것보다 더 많은 검거 실적을 올렸다.

그가 니콜을 마지막으로 본 것은 그런 주말 중 어느 새벽 2시였다. 린던의 한 도로를 운전하고 있는데, 그곳에서 그녀가 하치하이킹을 하려고 서 있었다. 그가 말했다. 차에 타렴. 여기 나와서 뭘 하고 있니? 위험하게.

그는 그녀에게 아이가 있다는 소식을 들어 알고 있었는데, 지금 그녀는 누가 봐도 약에 취한 모습이었다. 그녀를 구치소로 데려갈 이유는 충분했지만, 그녀는 그를 신뢰했고, 그는 그녀가 귀가 중임을 알았다. 그는 일주일에 한 번 오 분에서 삼십 분 정도 그녀를 상담하던 지난 시간을 계속해서 떠올렸고, 그녀가 당시 집에서 얼마나 나쁜 상황에 처해 있었는지 알고 있었다. 그녀는 그에게 리 삼촌에 대해 이야기했었다. 그러나 그것은 민감한 문제였다. 그는 정말 그녀가 그 문제를 상세히 털어놓도록 종용할 수 없었다. 때때로 그녀는 그의 신학 수업을 청강하기도 했는데, 자기가 그곳에 있다는 사실조차 모르는 것 같은 몽롱한 얼굴로 앉아 있었다.

이제 캠벨이 게리를 위해 니키를 찾으러 간 날 아침, 그녀는 소파 위에서 잠들어 있었고, 두 아이는 바닥에서 담요를 덮고 자고 있었다. 그녀는 머리에 빗질을 조금 하고는, 캠벨을 안으로 들였다. 그가 누구인지도 모르는 눈치였다.

커튼을 조금 열었다. 그를 알아보지 못했다.

"안녕, 니콜, 나 기억하니?"

그녀가 유심히 쳐다보더니 말했다. "물론이죠, 들어오세요."

"난 캠벨 형제란다."

“그래요, 물론이죠, 들어오세요.”

두 사람은 예의상 안부를 몇 마디 주고받았다. 그리고 게리가 그녀를 만나고 싶어 해서 자신이 왔다고 그가 말했다.

그녀는 아이들을 전 시어머니인 배럿 부인에게 맡겼다. 교도소로 가는 길에 캠벨은 그녀의 상황에 대해 논의했다. 그녀는 별스러운 호들갑 없이 게리가 죽으면 자기도 죽을지 모른다고 말했다.

캠벨이 혼자 간직하고 넘어가기엔 꽤나 의미심장한 발언이었다. 그러나 당국에 알릴 수는 없었다. 그가 교도소에서 하는 일이란 결국 비밀을 지키는 것이었다.

가끔 어떤 죄수가 들어와서 특정 남자가 자신을 괴롭힌다고 말하기도 했다. 캠벨은 그 일을 교도소장과 의논하지 않았다. 그러면 다른 재소자들이 그 남자가 고자질한 것을 알아채고 그를 훨씬 더 괴롭힐 수 있기 때문이었다.

그래서 캠벨은 생사가 걸린 문제가 아닌 한 어떤 것도 함부로 밝히지 않았다. 그리고 그런 경우에도 반드시 당사자의 허락을 받았다.

이제 그는 게리와 니콜이 자살을 고려하고 있다는 사실을 알면서도 누구에게 알릴 수가 없었다. 그것은 오히려 더 큰 압박을 줄 뿐이었다. 그 후 길모어의 감방에는 매분 교도관이 상주했다. 하지만 그는 좀처럼 마음 편한 척을 할 수가 없었다. 그 문제를 조용히 이야기하는 니콜의 방식이 무엇보다 걱정스러웠다. 게리는 화가 났을 때를 제외하고는 캠벨이 보았던 중 가장 느긋한 눈을 하고 있었다. 그 눈은 마치 자기가 걸

코 놓칠 리 없는 뜬공 아래 자리한 훌륭한 외야수처럼 모든 것을 아무런 긴장감 없이, 품위 있게 바라보았다. 니콜의 목소리도 마찬가지였다. 진실을 말하는 그녀의 목소리는 한 번도 흔들리지 않았다.


7


10월 26일

우리가 만난 그 밤 기억해? 난 당신을 가져야 했어. 그저 육체적으로만이 아니라 모든 방식으로, 영원히……. 그날 밤 내 가슴에선 거친 바람이 불었어.

내 인생에서 영원히 가장 아름다운 밤으로 남을 거야. 당신을 신보다 더 사랑해. 당신이 내 말뜻을 이해해 줘서 기뻐, 천사. 그렇게 말하기는 아직 좀 어색하지만 그런 표현으로 기분 상하게 할 의도는 전혀 없어. 난 그저 그 무엇보다 당신을 사랑할 뿐이야. 신도 웃으실 거야. 당신이 초반에 보낸 편지 중 하나에서 당신은 내 입안으로 기어 올라와 당신의 머리카락 한 가닥을 타고 내 목구멍을 미끄러져 내려가 내 위장의 닳은 부분을 고쳐 주겠다고 말했지. 당신은 글을 참 잘 써.

지난 금요일에 당신은 우리가 더 가까워질 수 있도록 각자가 특정 시간에 서로를 생각하면 좋겠다고 말했지. 하지만 여기선 시간을 알 수가 없어. 시계를 볼 수가 없으니 대략 몇 시쯤 되었겠구나, 짐작만 할 뿐이야. 아침 식사는 대략 6시나 7시, 점심은

11시나 12시, 저녁은 4시쯤 가져다준다는 건 알지만, 그게 늘 같은 시간인지조차 모르겠어. 돌아가며 하루는 이 구역이 먼저 먹고 다음 날은 저 구역이 먼저 먹을지도 모르지. 젠장, 한마디로 그냥 지금이 몇 시인지를 모르겠어.

자기야 우린 이제 피할 수 없는 주제에 대해 논의해야 해. 당신의 낢은 인생 말이야. 어떤 남자도 당신을 갖지 못했으면 좋겠어. 누가 어떤 방식으로든 당신을 갖는 것도 싫지만, 특히나 당신 마음 일부분이라도 사로잡는 건 더더욱 원하지 않아.

만약 저승에서 다른 남자와 함께 있는 당신을 본다면 내가 어떻게 할지 지금은 말 못 하겠어.

나는 내가 내 영혼을, 내 존재 자체를 영원히 소멸시킬 방법을 찾아낼 거라고 믿어.

만약 그게 불가능하다면, 나는 천왕성, 그 가장 사악한 장소의 중심부로 내 영혼을 내던져 보겠어. 그러면 영원히 변하지 않는 존재가 되겠지.

10월 28일

명상할 수 있으면 좋겠어. 이미 어느 정도는 할 수 있어. 하지만 있잖아, 정말 깊이는 못 해. 조용할 때조차도 항상 시끄러울 것이 예상되거든. 당신은 명상을 통해 모든 것에 대한 정답을 얻을 수 있을 테지만, 나는 주변 환경 때문에 명상에 깊이 빠져들지를 못해. 소음 때문이라기보다는, 이런 곳에서는 스스로를 옥죄지 않고 느긋해질 수가 없어. 교도소에는 ─ 모든 교도소에는 ─ 긴장의 기운과 폭력의 분위기가 공중에 가득하거든.

이런 곳에는 편집증을 가진 수많은 개자식들이 있고 그놈들은 부정적인, 적대적인 편집증적 기운을 내뿜으며 돌아다니니까.

당신이 명상한다니 무척 좋아. 나는 자동 기술을 그렇게까지 좋아하지는 않는 것 같아. 자동 기술이나 위저보드[166] 같은 것들을 이용하면 열어서는 안 되는 문들을 열 가능성이 있다고 생각해. 갈 데 없이 외롭고 쓸쓸해서 인간의 마음속으로 침투할 기회를 노리는 영혼들이 많아. 모든 영혼이 선한 건 아니야. 그저 외롭기만 한 영혼도 많지만, 악의가 있는 영혼도 많아.

자기야, 영혼을 대하려면 조심해야 해. 음울하고 불길하게 말하려는 건 아니고, 내가 어떻게 이걸 확실히 아는지는 모르겠지만, 당신이 중심을 잃지 않아야 한다는 건 분명히 알아. 당신이 소통하는 대상보다 더 강해야 해. 당신이 받은 '전언'을 주의 깊게 따져 보고, 만약 잠시 후 무언가 잡아당기는 느낌이 들거나, 뭔가 옳지 않은 느낌이 든다면, 만약 그로 인해 슬프거나 이상하거나 어떤 식으로든 좋지 않은 느낌이 든다면…… 그렇다면 그만둬야 해. 인생의 다른 모든 일에 대해서와 마찬가지로, 당신의 주도권을 쥐어야 해. 강해져. 두려워하지 마.

자기야, 죽으면 무슨 일이 일어날지는 나도 몰라. 그것이 익숙할 거라는 걸 제외하고 말이야. 그것은 내가 가진 엄청 강한 느낌이고, 내가 수년간 생각해 왔고 정말로 알고 있는 그런 느낌이야. 죽음에서 중요한 것은 자기 자신의 주도권을 유지해야 한다는 거야. 우리가 옆을 지나갈 때 우리에게 말을 거는 외롭

---

166) 심령술사들이 사용하는 점괘 판.

고 쓸쓸한 영혼들에 의해 곁길로 새면 안 돼. 그들은 심지어 손을 뻗어 움켜잡을 수도 있어.

이런 일이 발생할 때마다 우리는 서로를 염두에 두어야 해. 왜 그런지는 모르겠지만, 천사 같은 눈동자의 내 사랑, 이것이 내가 알고 있는 그런 것들 가운데 하나야. 죽으면 살아생전과는 비교할 수 없을 만큼 자유로워지고, 우리가 있을 어떤 장소를 생각하기만 해도 엄청난 속도로 이동할 수 있을 거야. 그것은 자연스러운 일이고 우린 적응하게 돼. 그것은 그저 육체에 방해받지 않은 의식일 뿐이니까.

있잖아, 옆 감방에 수감된 녀석이 내가 들어 본 것 중 가장 지독한 방귀 소리를 내는군. 깁스야말로 빌어먹을 방귀쟁이인 줄 알았는데, 이 멍청이에 비할 바가 아니었어! 시끄럽고 거칠게 우르릉거려서 화난 듯이 들리는 방귀 소리, 그런 방귀 소리는 처음 들어 봐. 잔디 깎는 기계 시동 걸리는 소리보다 더 심하지 뭐야.

8

스나이더와 에스플린은 노얼 우튼과 더불어 이 사건에 대해 몇 차례 사후 평가 시간을 가졌다. 그들은 복도나 커피숍에서 종종 마주쳤고, 때때로 상대방의 전략에 대해 의문을 제기했다. 승리를 거둔 우튼은 확실히 그들을 약간 자극했지만, 자기가 너무 심하다고는 생각하지 않았다. 그의 말투는 이런 식이었다.

"이봐 멍청이들, 의뢰인한테 받을 수 있는 협조를 다 받은 게 확실해?" 혹은, "대체 왜 그 자식 여자 친구를 증인석에 앉히지 않은 거야?"

"그가 허락하지 않았어." 그들은 대답했다.

모두가 그것이 꽤 의문이라는 데 동의했다. 피고인이 제정신이고 판단 능력이 있는 사람이라면, 자신의 변호를 스스로 주도할 권리가 있을 것이다.

게리가 유타 주립 교도소에 수감되고 난 뒤로, 스나이더와 에스플린은 거의 소통하지 못했다. 그들은 게리와 두어 차례 통화를 했고, 처음에는 니콜이 출입할 수 있도록 협의도 했지만, 11월 1일로 예정된 항소 심리가 열리기 며칠 전까지, 실제로 교도소에는 가지 않았다. 하지만 그날, 두 사람은 최고 보안 교도소의 면회실에서 게리를 직접 만났다. 약 4.5×6미터 정도 되는, 걸어 다니기 충분한 바닥이 있는 공간이었다.

그들은 좋은 소식을 가지고 왔다. 그들이 보기에 사형을 종신형으로 감형받을 가능성이 꽤 있어 보였다. 첫째, 그들의 설명에 따르면, 유타주 의회가 최근에 제정한 사형 관련 법령은 사형 판결에 대한 의무적 재심 절차를 규정하지 않았다. 그것은 심각한 문제였다. 위헌 소지가 있을 수 있었다. '위헌 소지'가 있다는 이 비판은 법의 영역에서 나올 수 있는 가장 강력한 비판이었다. 많은 변호사들은 그 유타주 법령이 미 연방 대법원에서 무효화될 게 거의 확실하다고 생각했다. 따라서 이젠 유타주의 대법원이 11월 15일에 사형을 집행하는 걸 매우 주저하리라는 게 스나이더와 에스플린의 의견이었다. 사형이 집행된 지 얼마 지나지 않아 연방 대법원이 그 결정을 뒤집는다면, 유타주 대법원은 체면을 구기게 될 것이었다.

게다가 법적으로 따져 보기 좋은 빌미도 있었다. 감경 심리에서 불럭 판사는 오렘 살인 사건의 증거를 인정했다. 이는 배심원단에게 큰 영향을 주었을 것이다. 한 남자가 추가적으로 다른 살인도 저질렀다는 얘기를 들으면 그의 죽음에 찬성하는 표를 던지기가 분명 더 쉬워질 터였다. 따라서 스나이더와 에스플린은 낙관적으로 생각했다. 그들의 변호 전략은 이렇듯 유리한 항소 근거를 확보하는 것이 핵심이었다. 이제 그들은 실제로 약간 흥분되기까지 했다. 이중 일부는 유타 카운티에서 새로운 법적 쟁점이 될 것이기 때문이었다.

게리가 귀 기울여 들었다. 그리고 말했다. "이곳에 온 지 삼 주가 지났는데, 남은 평생을 이곳에서 살고 싶다는 생각이 안 드네요." 그가 고개를 저었다. "잘해 낼 수 있을 거라는 생각으로 오긴 했는데, 스물네 시간 불이 켜져 있고 소음이 너무 커서 견디기 힘들어요."

변호인들은 그들의 항소 근거에 대해 계속 이야기했다. 데비 부시넬의 고통을 언급한 우튼의 최후 의견 진술은 분명 게리에 대한 편견을 야기할 수 있었다. 항소 전망은 좋았다. 심지어 훌륭했다.

게리는 이리저리 서성였고, 약간 안절부절못하는 표정이었다. 그는 최고 보안 교도소에서 생활하면서 느꼈던 어려움들을 반복해서 말했다. 마침내 그가 조용히 말했다. "당신들을 해고해도 될까요?”

변호인들은 그럴 수 있을 거라고 대답했다. 하지만 어쨌든 자기들은 항소를 추진해야 할 것 같다고 말했다. 그게 그들의 의무였으니까.

길모어가 말했다. “아니, 난 죽을 권리도 없나?” 그가 그들을 노려보았다. “처벌을 받아들일 수도 없어?”

게리는 자기가 이전에도 한 번, 18세기 영국에서 사형당한 적이 있다는 믿음에 대해 이야기했다. 그가 말했다. “전에도 이런 적이 있었다는 느낌이 들어요. 과거에 내가 어떤 범죄를 저질렀죠.” 그가 조용히 있다가 다시 입을 열었다. “그때 저지른 일을 속죄해야 한다는 느낌이 들어요.”

에스플린은 18세기 영국 어쩌고 하는 이 이야기를 정신과 의사들이 들었다면, 분명 길모어에 대한 진단이 달라졌을 거라는 생각을 지울 수가 없었다.

길모어는 이제 자신의 삶이 이번 생으로 끝나지 않을 거라고 말하기 시작했다. 그는 죽은 후에도 여전히 존재할 것이었다. 모든 것이 어떤 논리적인 논의의 일부로 보였다. 마침내 에스플린이 말했다. “게리, 당신의 관점을 이해할 수 있어요. 하지만 우린 여전히 그 항소를 계속 추진할 의무가 있다고 생각해요.”

게리가 다시 “그러면 난 뭘 할 수 있나요?”라고 말했을 때, 스나이더가 대답했다. “글쎄요. 나도 모르겠네요.”

그러자 게리가 말했다. “당신들을 해고해도 되나요?”

에스플린이 말했다. “게리, 우리는 판사님께 우리를 해고하고 싶어 하는 당신의 의사를 전달하겠지만, 어쨌든 항소를 제기하기는 할 겁니다."

그들은 비교적 좋은 관계로 헤어졌다.


9


노얼 우튼은 샌프란시스코에서 열린 전국 강력 범죄 심포지엄에 참석 중이었다. 그의 표현에 따르면 그는 살인 사건을 기소하는 방법을 배우기 위해 그곳에 갔고, 그곳에서 수료증까지 받았다. 그는 아내와 함께 며칠 동안 지내며 잠시 즐길 계획이었지만, 사무실에서 온 소식 때문에 계획은 무산되었다. 우튼의 비서가 전화를 걸어 게리 길모어가 새 재판에 대한 신청을 철회할 거라고 말했다. 항소하지 않겠다는 것이었다. 그는 처형되기를 원했고 스나이더와 에스플린은 몹시 당황했다. 자신들이 어떤 윤리적 입장을 취해야 하는지 알 수 없었다. 우튼은 돌아가는 것이 좋겠다고 결론 내렸다. 길모어가 어떤 사기극을 생각해 냈을지 모르는 일이었다. 우튼이 기억하기로 이전에 이런 술책이 쓰인 적은 없었다.

11월 1일의 법정은 조용한 분위기였다. 참석한 사람도 많지 않았다. 그리고 우튼이 보기에, 모든 것을 고려하면 게리가 판사에게 하는 발언은 비교적 솔직하고 정중한 편이었다. 그렇다 해도 여전히 엉뚱하고 황당했다. 우튼은 불럭 판사의 허락을 얻어 몇 가지 질문을 했다.

**우튼 씨**: 길모어 씨, 지금까지 유타 주립 교도소에 있으면서 교도소에서 받은 대우가 어떤 식으로든 귀하의 결정에 영향을 미쳤나요?

**길모어 씨**: 아니오.

**우튼 씨**: 유타 카운티 구치소에서의 처우가 영향을 미친 건가요?

**길모어 씨**: 아니오.

**우튼 씨**: 현재 유타 카운티에서 수임료를 받는 두 명의 변호사가 귀하를 대리하고 있습니다. 이해하시죠?

**길모어 씨**: 네.

**우튼 씨**: 그들이 귀하에게 제공한 상담과 그들이 귀하를 대변한 방식에 대해 만족하십니까?

**길모어 씨**: 전적으로는 아니오.

**우튼 씨**: 어떤 면에서요?

**길모어 씨**: 그들에겐 만족해요.

**우튼 씨**: 그렇다면 그들이 귀하를 대변한 방식이 귀하의 결정에 꼭 영향을 미친 건 아니었다, 이 말씀인가요?

**길모어 씨**: 그건 내 결정입니다. 남은 평생을 교도소에서 살고 싶지 않다는 사실 외엔 어떤 영향도 받지 않았어요. 이 교도소, 저 교도소의 문제가 아니라 어떤 교도소든 그렇다는 뜻입니다.

**우튼 씨**: 본인의 생각 외에 다른 사람이 귀하의 결정에 영향을 준 적이 있나요?

**길모어 씨**: 나는 스스로 결정합니다.

**우튼 씨**: 현재 알코올이나 약물 또는 기타 중독 상태인가요?

**길모어 씨**: 물론 아니오.

우튼 씨: 이 결정에 대해 생각하는 과정에서 그러한 영향을 받은 적이 있나요?

길모어 씨: 아니오. 난 교도소에 있어요. 거기선 맥주나 위스키 같은 건 제공하지 않아요.

우튼 씨: 스스로 판단할 때, 현재 이 결정을 내릴 만한 정신적 그리고 감정적 능력이 있다고 생각하나요?

길모어 씨: 네.

우튼 씨: 지금 이 시점에서 자신이 미쳤거나 정신적으로 이상이 있다고 주장하시나요?

길모어 씨: 아니오. 나는 내가 무엇을 하고 있는지 알아요.

우튼 씨: 이 결정에 대해 생각할 시간을 더 갖기 위해 법원에 일반적인 항소 기간 이후로 형 집행 날짜를 미뤄 달라고 요청하시겠습니까?

길모어 씨: 이 결정에 대해 앞으로도 생각을 바꿀 일은 없을 겁니다.

데저트 뉴스

살인자는 사형 날짜가 지켜지기를 원한다

프로보(AP) 11월 1일. 당사자가 마음을 바꿔 항소하거나 법원과 주지사가 개입하지 않는 한, 호텔 직원을 살해한 혐의로 유죄 판결을 받은 35세의 가석방자는 자신의 사형 집행 기일인 11월 15일을 지킬 것이다.

“나에게 사형을 선고했잖아요. 그게 농담이나 그런 게 아니라면, 난 그대로 실행되기를 원해요.” 길모어가 어제 말했다.

제4지방 법원의 불럭 판사는 길모어에게 이제라도 마음을 바꾸고 항소할 수 있다고 알려 주었고, 길모어의 변호인 한 명은 길모어가 항소를 결심할 경우에 대비해 항소 서류를 준비하겠다고 말했다.

———

데저트 뉴스

후디니는 나타나지 않았다

11월 1일. 할로윈은 오십 년 전의 할로윈에 사망한 탈출 기술자 해리 후디니의 영혼과 접속하려는 집단들에게 실망스러운 날이었다.

일요일에 여러 명의 마술사들이 해리가 사망한 디트로이트 병원 병실에 모여 탈출 명인의 전언을 기다렸다. 그들이 그 이벤트를 녹화하기 위해 가져온 비디오테이프 기계에서 얻은 것은 지역 라디오 방송에서 송출된 록 음악뿐이었다.

"심지어 그리 좋은 음악도 아니었어요." 한 마술사가 말했다.

# 32장

## 오래된 암, 새로운 광기

1

11월의 둘째 날, 수많은 전화가 걸려 온 뒤 베시는 다시 메아리를 듣기 시작했다. 과거가 베시의 귓속에서 울렸고, 머릿속에서 되울렸다. 철창이 석벽에 쾅 부딪히는 소리가 들렸다.

미칼이 그녀에게 소리쳤다. "그 바보는 자기가 유타주에 있는 걸 몰랐대요? 그런 식으로 우쭐대면 저들은 그를 죽일 거예요."

그녀는 막내아들을 진정시키려 애썼지만, 그러는 동안에도 자신은 게리가 세 살 때부터 그가 처형당하리라는 걸 알고 있었다는 생각을 했다. 게리는 사랑스러운 아들이었지만, 세 살 때부터 그녀는 그런 두려움과 함께 살아왔다. 그때부터 그는 그녀가 다가갈 수 없는 면을 보이기 시작했다.

프랭크가 콜로라도 교도소에 수감되어 멀리 있던, 끝나지 않을 것 같던 그해의 어느 날, 베시는 엄마 집에 앉아 마당에서 게리가 노는 모습을 지켜보았다. 거기에 진흙 웅덩이가 있었고, 그녀는 거기 가까이 가지 말라고 그에게 일렀다. 그녀가 안으로 들어간 지 이 분 후, 게리는 그 웅덩이 한가운데 앉아 있었다.

그 일은 그녀에게 두려움을 심어 주었다. 저 아인 항상 저렇듯 반항적이게 될까?

이제, 다시 트레일러의 벽들이 좁혀 들어오는 것 같았다. 언젠가 누가 그녀에게 트레일러에서 살아가는 법을 배우는 게 어렵지 않았냐고 물어본 적이 있는데, 그녀는 아니라고, 전혀 어렵지 않았다고 대답했다. 그녀는 그곳에서 살아 본 적이 없었다. 그녀는 이사 온 날 죽었으니까.

그곳은 보기 흉한 곳이었고 그녀는 흉한 곳을 싫어했다. 건강도 나빠졌다. 화가인 조지 삼촌으로부터 집을 꾸밀 정도의 예술적 자질은 물려받았다고 생각했고, 지난 마지막 집을 위해선 그 정도는 했었다. 그 집은 멋진 집이었다. 이제 그녀는 좁은 방에서 살았고, 전화번호부 위에 놓인 라디오와 베개 위에 자리 잡은 아픈 골반뼈와 더불어 부엌 끝에 있는 테이블 앞에 앉아 몇 년 몇 날을 지내야 했다. 그사이 관절염은 악화되었다.

모든 것이 갈색이었다. 가난의 연속이었다. 심지어 아이스박스도 갈색이었다. 결코 걷히지 않는 침울함의 그늘이었다. 진흙의 색. 아무것도 자랄 수 없었다.

바깥에는 고속 도로 옆 공터에 트레일러 쉰 대가 늘어서 있었다. 사람들은 그곳을 '공원(Park)'이라고 불렀다. 그곳은 노인들을 싼값에 '주차해(Park)'[167] 두는 곳이었다. 트레일러 비용이 3500달러였나? 기억나지 않았다. 사람들이 침실 개수가 하나인지 둘인지를 물으면 그녀는 "당신이 믿을지 모르겠지만, 침실이 한 개 반이에요."라고 답변했다. 또한 차양도 반쪽, 현관도 반쪽이었다.

가끔은 관절염이 악화되어 한 주 내내 외출하지 못하는 때도 있었다. '스피즈'에서, 그녀는 일을 제대로 해낼 수가 없었다. 테이블에서 접시를 들어 올릴 때마다 뒤틀린 손가락이 쑤셨다. 모든 움직임이 불쾌한 거래의 시작처럼 느껴졌다. 때때로 그녀는 통증의 영향으로 척추가 굳어 버리지 않도록 중간에 자세를 조정해야 했다. 마침내 사장이 그녀를 내보낼 수밖에 없겠다며 마지막 급여를 주었다. 그녀는 일주일에 70달러를 벌고 있었다. 일을 그만두자 관절염이 더욱 악화되었다. 한쪽 무릎이 아프기 시작하더니, 곧 다른 쪽 무릎도 아파 왔다.

의사가 관절염이 있는 무릎에 플라스틱 무릎 관절을 삽입하는 수술을 할 수 있다고 말했다. 그녀는 플라스틱 무릎으로 플라스틱 집에서 사는 모습을 떠올리며 거절했다. 허리까지 내려온 긴 머리가 회색으로 변했고, 그녀는 그 머리를 둥글게 틀어 올려 고정했다. 팔을 들어 올리기 힘든 탓에, 보통은 틀어 올린 상태로 내버려두었다.

---

167) 여기선 거의 방치해 두다시피 한다는 의미로, 작가는 Park라는 단어로 말장난하고 있다.

"꼴이 말이 아니네." 베시는 이렇게 혼잣말하곤 했다. 마치 집을 잃으면 외모도 잃을 수밖에 없다는 듯이.

그녀는 미칼이 고등학교를 졸업하던 해에 이사했다. 미칼은 포틀랜드에서 대학을 다녔고, 스스로 학비와 생활비를 벌었다. 그는 똑똑했고 성적을 잘 받았으며, 자기 인생을 생각해야 했다. 그가 베시를 잘 찾아오지 않는 시기가 있었다. 그녀가 대리석 상판 가구가 있는 방 열 칸짜리 집을 잃던 날, 미칼은 북쪽으로, 그녀는 남쪽으로 갔고, 두 사람은 다시는 같은 지붕 아래서 살지 않았다.

그녀는 포틀랜드시 경계의 남쪽, 밀워키에 있는 매클로플린 대로를 따라 조금 더 남쪽으로 이사했을 뿐이었다. 술집과 식당, 할인 매장이 늘어선 4차선 도로를 따라 더 아래로 내려갔다. 한 주유소에는 심지어 2차 세계 대전 때 사용된 보잉 폭격기가 주유 펌프 위 공중에 매달려 있었는데, 이보다 더 쓸데없는 물건이 있을까 싶었다. 트레일러 안에 머무는 시간이 길어지면서, 그녀가 낡고 오래된 매클로플린 대로에서 그 우스꽝스러운 비행기를 지나치는 횟수도 점차 줄어들었다.

미칼은 가 버렸다. 모두 가 버렸다. 자신의 잘못이 어느 정도인지, 그리고 대초원의 풀밭에서 철제 띠로 묶인 수레바퀴처럼 삐걱거리며 굴러가는 세상의 잘못이 어느 정도인지 그녀는 알지 못했지만, 그들은 사라졌다. 게리는 영원히 떠났고, 그녀의 꿈속에서는 게일런의 배에 난 얼음송곳 구멍 사이로 여전히 바람이 휘파람 소리를 냈다. 프랭크 주니어는 자주 집을 비웠으며, 주말에 만나도 자신의 생각에 깊이 매몰되어 거의 말을 하지 않았고, 더 이상 마술 연습도 하지 않았다. 그리고 프랭크 시니어는 죽어서 떠나간 지 오래였다.

가족의 슬픔은 게리로부터 시작되었고, 이제 그는 죽기를 원했다. 게리가 떠나고 나면 남은 가족들은 모두 서로 찾기를 포기했던 그 구덩이 안으로 한 걸음 더 내려가게 될까? 그녀는 프랭크 시니어가 죽었던 그 나날들을 다시 살고 있었다.

프랭크의 험악한 표정은 사람을 넘어뜨릴 만큼 강렬했다고 그녀는 말하곤 했다. 그는 오랫동안 공연계에 몸담아 온 덕에 근육이 울퉁불퉁했다. 강하고 건장한 남자였지만, 그녀는 그가 조금씩 쇠약해지다 결국 죽는 모습을 지켜보았다.

그는 항상 암을 무척 두려워했다. 자기 어머니가 암으로 세상을 떠났기 때문이다. 프랭크는 한마디도 하지 않았지만 베시는 그에게 분명한 두려움이 있다는 걸 알고 있었다. 누가 암이란 단어를 입에 올리기만 해도 그의 하루가 달라질 정도였다.

그녀는 그가 병원에서 오랜 시간 목숨을 연명하는 모습을 지켜보았다. 그는 조금씩 쇠약해졌다. 한때 그녀는 그를 매우 사랑했지만 아이들 문제로, 대부분 게리 문제로 너무 많이 싸웠기 때문에 마지막에 이르러서는 특별한 느낌이 없었다. 하지만 그가 죽어 가는 모습을 지켜보는 건 힘들었다. 그녀는 그를 다시 깊이 사랑할 뻔했다.

게리가 처음으로 판사 앞에 섰을 때를 생각할 때, 프랭크가 게리의 편에 서는 모습을 본 건 그때가 처음이었기 때문에 그녀는 혼자서 눈물을 흘렸다.

"아무것도 인정하지 마라." 그는 게리에게 줄곧 말했다. 거기에는 그의 인생 지혜가 담겨 있었다. 아무것도 인정하지 않으면, 상대방은 법과 정의라는 게임을 시작하지 못할 수도 있었다.

어쨌거나 판사는 게리에게 유죄를 선고했다.

이제 게리는 경기장의 반대편에서 뛰고 있었다. 그는 "날 죽여요."라고 말하고 있었다.


2


프랭크가 콜로라도 교도소에 수감 중일 때, 그녀는 잠시 페이와 함께 살았다. 어느 날 밤 박쥐 한 마리가 페이의 집으로 날아들었다. 그녀는 박쥐를 쫓아내기 위해 경찰을 불렀다. 그 박쥐에게는 분명 사악한 기운이 있었다. 프랭크가 죽은 지 일 년이 지난 다음 날에도 박쥐 한 마리가 필리핀산 마호가니 가구와 함께 집 안으로 들어왔다. 그녀는 이십 년 묵은 공포에 떨며 위층으로 뛰어 올라가 다시 경찰에 신고했다. 게리가 페이 로버트 코프먼이라는 이름이 적힌 출생증명서를 들고 그녀의 책상 앞에 앉아 있던 그날과 가까운 날에 일어난 일이었다. 그 순간 그녀는 몇 년이 걸리든 그 집을 잃게 되리라는 것을 알았다. 게리의 안에는 너무 많은 증오가 있었다. 그런 증오 위에선 집을 지킬 수 없었다.

그럼에도 그녀는 노력했다. 손가락이 굵어지고 무릎이 뻣뻣해지고 팔다리가 천천히 뒤틀리면서도, 몇 년에 걸쳐 노력했다. 만약 모르몬 교회가 밀린 세금 1400달러를 내준다면, 그렇게 큰돈도 아니었기에, 그녀는 교회에 전액을 갚을 때까지 권리증을 넘길 의사도 있었다.

간단한 일일 거라고 생각했지만, 그 결과 그녀의 귓가에 새로운 목소리들이 들려왔다. 실제 목소리였다. 갖은 추악한 생각들이 들려왔다. 감독은 부동산을 감정할 사람을 보내겠다고 말했지만, 감정사가 와서 매긴 가치는 7000달러였다. 그녀가 그에게 자기 남편이 십 년 전에 그 두 배를 지불했고 남편은 바보가 아니라면서 따졌다. 그는 "그들이 감정가를 낮게 매기라고 했어요."라고 말하더니, 부지의 노후 상태에 대해 이야기했다.

곧 목소리들이 왜 좀 더 검소하게 살아 볼 생각을 하지 않느냐고 묻기 시작했다. 이제 이렇게 큰 집에서 살 필요가 있을까요? 언제든 교회 신도 중 부잣집에 들어가서 가정부 같은 일을 하며 숙식을 해결할 수 있을 텐데요.

감독은 그녀가 물리적으로 유지할 수 없는 집을 계속 보유하는 것은 현명한 일이 아니라고 설명했다. 아닌 게 아니라, 시에서 뒷마당의 잡초를 관리하지 않으면 소송을 제기하겠다고 협박했다. 아들이 넷이나 있는데도, 그 집 뒤편은 웃자란 풀과 깡통들과 청미래덩굴이 뒤얽혀 어수선했다. 교회에서 젊은이들을 보내 정리하려고 했지만, 품이 여간 많이 드는 게 아니었다. 미칼이 도울 수는 없나요?

그 아인 학업에 열중하고 있다고 베시는 설명했다. 이 대답 후, 감독과 그녀 사이에는 차갑고 깊은 틈이 생겼다.

그녀는 재정 상황에 대해 이야기하는 목소리들을 들었다. 집을 유지하고 관리하는 데 들어가는 비용까지 포함하면, 이 집은 체납된 세금을 갚고 되찾는 비용만큼의 가치도 없을 겁니다. 그들은 그녀에게 집에 딸린 토지가 잘 관리되지 않아 잡초가 무성하다고, 그녀의 아들들이 제대로 관리하지 않았다고 다시 말했다. 그녀는 누군가가 자기 아들들이 무엇을 해야 한다고 말하는 것이 싫었다. 그녀더러 살면서 관리할 수 있는 이동식 주택을 찾는 것이 현명한 방도라고 말하는 목소리들도 싫었다.

그녀는 모든 사람 중에서 자기를 해친 사람은 모르몬교도들뿐이고, 다른 어떤 사람도 그러지는 못 했다고 스스로에게 말했다. 오리건 주립 교도소 면회실에서 자신이 게리에게 집을 지키는 일에 대해 교회가 전혀 도와주지 않았다고 말했던 날, 그의 얼굴에 떠오른 끔찍한 증오를 그녀는 기억했다. 그때 그의 눈에는 마치 자신의 위상에 걸맞은 적을 찾은 것 같은 표정이 떠올랐다.

이제 그녀는 트레일러 안에서, 티브이도 켜지 않고 라디오도 켜지 않은 채 다리를 담요로 감싸고 120년은 되어 보이는 잠옷 차림으로 어둠 속에 앉아 있다. 모르몬 교회에서 그녀를 도와주러 온 청년이 정적을 깨며 문을 두드리는 소리가 들렸다. 그는 식탁과 싱크대 곳곳에 널려 있는 더러운 접시들을 설거지하고, 바로 전날과 그 전 닷새 동안의 흔적을 따라가며, 그녀가 팔다리를 뒤틀며 하루하루를 살아온 모든 기록들을 주워 담을 터였다. 이따금 그녀는 어둠 속에 앉아서, 청년이 문 두드리는 소리에 대답하지 않고, 그가 문에 난 창유리를 통해 그녀의 어둑한 형체가 거기 앉아 있는지 살피는 것을 느끼곤 했다. 마침내 그녀는 "저리 가요."라고 말했다.

"사랑해요, 베시." 그 모르몬교 청년이 창문 너머로 그녀에게 말하고는, 베니 부시넬이 한때 그랬던 것처럼 다음 차례인 다른 노인을 도우러 떠났다.

'게리가 죽고 싶어 할 리 없어.' 그녀는 어둠 속에서 혼자 생각했다.


1976년 11월 2일
오리건주 밀워키

게리 길모어

No. 13871

사랑하는 게리,

정오에 소식을 들었는데, 게리, 얘야, 난 정말 견딜 수가 없었다. 난 널 사랑하고 네가 살길 바란단다.

게리, 미칼도 널 사랑해, 그 앤 네 친구야. 내 말이 거짓이 아니라는 거 알지. 그 앤 몹시 괴로워했지만 널 돕기 위해 열심히 노력할 거다.

자신을 진정으로 사랑하는 사람이 네다섯 명 정도만 되어도 행운인 거야. 그러니 제발 견뎌 다오.

몇 년 전 솔트레이크시티에서 찍은 나와 미칼의 사진을 동봉한다.


사랑한다,
엄마가

미칼은 게리의 살인 행각이 자신에게 얼마나 큰 분노를 일으켰는지 베시에게 한 번도 말한 적이 없었다. 지난 7월에 처음 그 소식을 들었을 때, 미칼은 살해당한 사람이 자신이었을 수도 있다고 생각했다.

미칼은 음반 가게에서 일했다. 신보를 30퍼센트 할인된 가격에 구입할 수 있어 친구들의 부러움을 샀지만, 그는 또한 마약 판매상과 매춘부들을 매장에서 쫓아내는 일도 해야 했다. 그가 그런 일을 감당할 준비가 되어 있었던 건 아니다. 한번은 절도범이 칼을 들이댄 적도 있었다. 또 한번은 출입구에서 소변을 보던 취객 때문에 큰 화를 당할 뻔도 했다. 포틀랜드의 폭력은 상점 가장자리까지 핥듯 밀려와 낡고 마른 고무, 해파리, 위스키병, 죽은 오징어가 함께 말라붙어 있는 도시 해변의 노란 거품 같은 토사물을 남겼다.

미칼의 인생을 저주받은 가족으로부터 벗어나려는 길모어가(家) 소년의 시도로 보는 시각도 있지만, 그것이 딱히 미칼의 의도는 아니었다. 그의 관점은 더 단순했다. 그는 그저 수년 동안 게리가 두려웠다. 7월의 어느 끔찍한 밤, '유타주에서 살인을 저지른 뒤 체포된 오리건 남성'이라는 헤드라인을 읽으며 수치심을 느꼈다. '그게 나였을 수도 있어.' 그 또한 똑같이 지각없는 강도의 똑같은 희생자였을 수 있었다. 그는 그때 자신의 형을 증오했다. 그의 형은 살해당하는 공포에 대해 아무런 관심이 없었다. 그의 형은 어떤 집을 털면 그 집에 살고 있는 사람들도 파멸시킨다는 사실을 몰랐다.

다음 날, 베시는 미칼에게 이렇게 말했다. "사랑하는 아들이 다른 두 엄마에게서 그들의 아들을 빼앗았을 때, 그 기분이 어떨지 상상이 되니?"

미칼은 형의 폭력적이고 변덕스러운 충동이 두려웠다는 것을, 그것을 어떻게 직면해야 할지 몰랐다는 것을, 그리고 1972년 이후로 다시는 그를 보지 않아도 되어 기뻤다는 것을 엄마에게 어떻게 말해야 할지 몰랐다.

게리가 오리건 주립 교도소로부터 유진에 있는 사회 복귀 시설로 소위 '학업 석방' 허가를 받았던 때의 일이었다. 교도소 측에서 그가 미술을 공부할 수 있도록 내보내 준 것이었다. 미칼은 베시에게서 이 소식을 전해 들어 알고 있었지만, 그럼에도 게리가 1972년 가을 출소한 다음 날에 여섯 개들이 맥주를 들고 등록은 다음 날 해도 된다는 다행스러운 정보와 함께 자신의 하숙방에 나타났을 때, 깜짝 놀랐다. 유진의 학교는 약 200킬로미터 떨어진 곳에 있었지만, 게리는 급해 보이지 않았다. 그저 미칼이 어떻게 지내는지만 궁금해했다.

다음 날, 게리가 다시 찾아왔다. 같은 옷을 입고 있었다. 그의 파란 눈이 핏발 선 흰자위의 중심에서 미칼을 응시했다. 눈꼬리에 노란빛이 돌았다. 그는 미칼을 점심 식사에 데려갈 준비가 되어 있었지만, 꼭 택시를 타려고 했다. 길거리에서 눈에 띄고 싶지 않다고 했다.

미칼은 교도소에 있는 게리를 가끔 면회할 때면 항상 느꼈던 공포에 다시 한번 휩싸였다. 게리뿐만 아니라 그 면회실에

있는 다른 수감자들의 잃어버린 삶, 우울, 무관심, 응어리진
분노, 그 방 안에 존재하는 바닥 모를 폭력의 가능성도 두려
웠다. 얼마 후, 미칼은 방문을 중단했다. 그가 긴 머리를 하고
들어올 때 너무 많은 소란이 일었기 때문이었다. 그건 마치 해
병대 막사 앞에서 베트남 전쟁에 항의하는 것 같았다.

이날 점심을 먹기 위해 그들은 토플리스 바[168]에 갔다. 미칼
은 게리가 황홀경에 빠졌다고 생각했다. 게리는 댄스 플로어에
있는 여자의 젖가슴만 계속 주시했다. 잠시 후 미칼이 용기를
끌어모아 말했다. "아무래도 형은 학교에 가지 않을 것 같네."

게리는 일부러 시골 말씨로 느리게 대답했다. 더없이 가짜
같다고 미칼은 항상 생각했다. 오리건보다는 텍사스 말씨에
가까웠다. "있잖아." 게리가 말했다. "나는 학교 체질이 아니
야. 예술에 대해 내가 이미 알고 있는 것 이상을 가르쳐 줄 수
있는 사람은 없어." 그런 다음 화제를 바꿨다. 그는 총이 필요
하다고 했다. 오리건 주립 교도소의 한 친구가 다음 주에 치
과 치료를 받기 위해 나오기로 되어 있었다. 워드 화이트라는
이름의 친구였다. 게리는 그를 탈옥시키고 싶다고 했다.

미칼이 항의했다. "형은 형의 인생을 내던지고 있어."

"그건 존엄의 문제야." 게리가 말하며 미칼의 눈을 들여다보
았다. 그는 총을 얻어 낼 수 없을 거라는 사실을 깨닫고는 말
했다. "나라면 내 형제를 위해 그 일을 했을 거야."

그가 택시에서 미칼을 내려 주고 떠났다.

---

168) 상반신을 노출한 여자들이 시중을 드는 술집.

미칼이 그달에 게리를 본 건 단 두 번뿐이었다. 한번은 게리가 찾아와 함께 조니 캐시 음반을 들었다. 그는 맨정신이었고 다정했다. 또 하루는, 게리가 그를 학교에서 차에 태워 부자 친구의 집으로 데려가더니 수영장을 보여 주고, 그런 다음 권총을 보여 주었다. "너 이런 거 사용해 볼 수 있을 것 같아?"

마치 덩치 큰 남자가 상대한테서 허세가 새어 나오는지 시험해 보는 것 같았다. "필요하다면 나도 총을 쓸 수는 있겠지." 미칼이 말했다. "하지만 난 형이 생존에 관해 이야기하는 것이길 바라." 게리는 총을 치우고 미칼의 머리카락을 헝클었다. "가자." 그가 말했다. "집까지 태워다 줄게."

가는 길에, 게리는 너무 느리게 가는 앞차에 대고 경적을 울리기 시작했다. 그 운전자가 그에게 심술을 부리느라 속도를 조금 더 늦추자, 게리가 반대 차선으로 급하게 방향을 틀었고, 마주 오던 밴과 정면으로 마주쳤다. 하지만 마지막 순간에 인도를 타고 올라가서 가까스로 충돌을 피했다.

"형 때문에 우리 다 죽을 뻔했어." 미칼이 고함쳤다.

게리는 심호흡을 하고 있었다. 그가 운전대에 이마를 대고 숨을 몰아쉬었다. "가끔은 죽음을 직시할 수 있어야 해."

4

며칠 후, 미칼은 게리가 무장 강도 혐의로 체포되었다는 뉴스를 들었다. 게리는 다시 교도소로 돌아갔다. 수개월 후, 베시와 미칼이 그의 재판에 참석했다. 형이 선고되기 직전에, 게리가 판사를 향해 발언했다. 미칼은 그것을 결코 잊지 못했다.

"제게 관용을 베풀어 달라고 특별히 호소하고 싶습니다. 저는 지난 구 년 반 동안 갇혀 있었고, 열네 살 이후 약 이 년 반 정도 자유를 누렸습니다. 형기를 받으면 언제나 그만큼 복역했고 단 한 번도 가석방된 적이 없습니다. 법은 제게 단 한 번도 너그러운 적이 없었고, 저는 정의란 가혹하다는 것을 느끼게 되었으며, 지금까지 단 한 번도 관대함을 요청해 본 적이 없습니다. 재판장님, 사람을 필요한 만큼 가둘 수도 있지만, 때론 지나치게 오래 가둘 수도 있습니다. 제가 말씀드리고 싶은 것은, 누군가를 석방하거나 누군가에게 관용을 베풀어야 할 때가 있다는 것입니다. 물론 그때가 언제인지 누가 말할 수 있겠습니까? 오직 당사자 자신만이 정말로 알 수 있으며, 그것은 차라리 누군가를 설득하는 문제입니다. 만약 제때 관대한 처우를 받았다면 아마 다시는 문제를 일으키지 않을 것 같았던 때가 저에게도 있었습니다. 하지만 말씀드린 것처럼, 법은 제게 너그러웠던 적이 없었다고 생각합니다. 지난 9월, 저는 교도소에서 출소하여 유진에 있는 레인 커뮤니티 칼리지에 진학해 미술을 공부하게 되었고, 반드시 그렇게 하리라 마음먹었습니다. 어느 날은 구 년 동안 교도소에 갇혀 있다가, 다음 날엔 자유의 몸이 되니 조금 혼란스러웠습니다. 술을 몇 잔 마셨고 이게 정말 어리석은 일이라는 걸 깨달았죠. 이제 막 출소했는데 술 냄새를 풍기며 사회 복귀 시설에 가는 게 두려웠습니다. 곧바로 교도소로 돌려보내질 것 같았고, 솔직히 말해서 계속 술을 마시고 싶었고 맛도 좋았습니다. 뭐, 어쨌든 저는 도망 쳤습니다. 얼마 지나지 않아 돈이 다 떨어졌습니다. 며칠 동안 일자리를 찾아보았지만 여의치가 않았어요. 근로 경력이 전 혀 없었으니까요. 자유로운 신분일 때에야 며칠 빈털터리가 되 어도 상관없지만, 도망자 신세라면 돈 없이는 생활이 불가능 하거든요. 저는 돈이 좀 필요했어요. 저는 어리석은 사람이 아 닙니다. 비록 어리석고 바보 같은 짓을 많이 저질렀지만, 저는 자유를 얻고 유지하는 방법은 법을 어기지 않는 것뿐임을 마 침내 깨달았을 정도로 자유를 원합니다. 지금보다 그것을 더 절실히 깨달은 적은 없었습니다. 이 판결에 대해 집행 유예를 선고해 주신다 해도, 제가 지금 당장 풀려나지는 않을 겁니다. 저에겐 아직 남은 형기가 있거든요. 그런데 말씀드렸다시피 문 제가 생겼고, 그런 데다 판사님께서 거기에 형을 더 얹으신다 면 문제가 가중될 겁니다.”

판사는 그에게 추가로 구 년의 형을 선고했다. “걱정하지 마 세요.” 게리가 그의 어머니에게 말했다. “그들은 제가 저 자신을 해친 것 이상으로 절 해칠 수 없으니까요.” 미칼이 수갑 찬 게리 와 악수를 나눴고, 게리가 말했다. “부탁 하나만 하자. 살 좀 쪄 라, 알았지? 넌 너무 빌어먹게 말랐어.” 미칼은 1976년 11월 중 순에 그가 유타 주립 교도소로 전화를 걸기까지 사 년에 가까 운 세월 동안 형의 목소리를 듣지 못했다. 그때쯤 게리 길모어 는 미국 인구의 절반에게 알려진 이름이 되어 있었다.

(2권에서 계속)

세계문학전집 477

처형인의 노래 1 서부의 목소리들


1판 1쇄 찍음 2026년 3월 24일
1판 1쇄 펴냄 2026년 3월 31일


지은이   노먼 메일러
옮긴이   이운경
발행인   박근섭, 박상준
펴낸곳   (주)민음사

출판등록   1966. 5. 19. (제 16-490호)
서울특별시 강남구 도산대로1길 62(신사동) 강남출판문화센터 5층 (우편번호 06027)
대표전화 02-515-2000   팩시밀리 02-515-2007
www.minumsa.com


한국어 판 ⓒ (주)민음사, 2026. Printed in Seoul, Korea


ISBN 978-89-374-6477-5 04800
ISBN 978-89-374-6000-5 04800 (세트)


* 잘못 만들어진 책은 구입처에서 교환해 드립니다.